Drijfzand

Van dezelfde auteur

Stille blik
Verdronken verleden
Kil als het graf
Nasleep
Onvoltooide zomer
Vuurspel

Bezoek onze internetsite www.awbruna.nl
voor informatie over al onze boeken en softwareproducten.

Peter Robinson

Drijfzand

A.W. Bruna Uitgevers B.V., Utrecht

Oorspronkelijke titel
Strange Affair
© 2005 by Eastvale Enterprises Inc. Published by
arrangement with Lennart Sane Agency AB.
Vertaling
Valérie Janssen
Omslagontwerp
Room Concept & Design, Naarden-Vesting
© 2005 A.W. Bruna Uitgevers B.V., Utrecht

ISBN 90 229 8905 4
NUR 305

Voor Sheila

'Ook al ligt onze broeder op de pijnbank, zolang we onszelf op ons gemak voelen, zullen onze zintuigen ons nooit vertellen over zijn lijden. Ze hebben ons nooit buiten onze eigen persoon kunnen voeren, zullen dat ook nooit kunnen, en slechts door middel van de verbeelding kunnen we ons een soort beeld vormen van zijn gevoelens.'
Adam Smith, *Theory of Moral Sentiments*

'Een vriend is je altijd toegedaan,
je broer is geboren om te helpen in tijden van nood.'
Spreuken, 17:17

1

Werd ze gevolgd? Het was zo laat op de avond moeilijk te zeggen op de snelweg. Er was veel verkeer, voornamelijk vrachtwagens, maar ook mensen die net iets te voorzichtig van de pub naar huis reden, rode BMW's die met meer dan honderd mijl per uur over de snelste baan voorbijraasden, zakenmensen die na een late vergadering snel naar huis wilden. Ze was inmiddels Newport Pagnell al gepasseerd, en het schijnsel van de rode achterlichten van de auto's voor haar en de koplampen van het tegemoetkomende verkeer trilden in de zwoele avondlucht. Ze begon een tikje nerveus te worden toen ze nogmaals in de achteruitkijkspiegel keek en zag dat de auto nog altijd achter haar reed.

Ze schoof naar de buitenste rijbaan en ging iets langzamer rijden. De auto, een donkere Mondeo, haalde haar in. Het was te donker om de gezichten te kunnen onderscheiden, maar ze meende te zien dat er één persoon voorin zat en een tweede achterin. De wagen had geen lichtbak op het dak met het woord 'taxi', dus het was waarschijnlijk een auto met chauffeur, vermoedde ze, en ze schudde haar bezorgdheid van zich af. Waarschijnlijk een of andere rijke stinkerd die naar een nachtclub in Leeds werd gebracht. Even verderop op de snelweg passeerde ze de Mondeo weer zonder er verder nog aandacht aan te schenken. In het nachtprogramma op de radio werd Old Blue Eyes gedraaid met *Summer Wind*. Haar favoriete muziek, hoe ouderwets de meeste mensen het ook vonden. Talent en goede muziek zouden wat haar betreft nooit uit de mode raken.

Toen ze het Watford Gap tankstation naderde, besefte ze opeens dat ze moe was en honger had, en omdat ze nog een flinke rit voor de boeg had, besloot ze hier even een korte pauze in te lassen. Ze had niet eens in de gaten dat de Mondeo twee parkeerplaatsen verderop tot stilstand kwam. Bij de ingang van het wegrestaurant hingen een paar slonzige types rond; een paar jongeren die er nog te jong uitzagen om al te mogen rijden en rokend achter de speelautomaten stonden, staarden haar wellustig na en gluurden openlijk naar haar borsten.

Ze ging eerst naar het damestoilet en vervolgens naar het restaurant, waar ze een sandwich met ham en tomaat kocht die ze in haar eentje aan een tafeltje opat en wegspoelde met een Cola Light. Aan het tafeltje tegenover

9

haar zat een man met een lang gezicht en roos op de kraag van zijn donkere colbertje over de rand van zijn bril naar haar te loeren, terwijl hij intussen net deed of hij zijn krant zat te lezen en een saucijzenbroodje at.

Was hij gewoon een viezerik of had zijn belangstelling een onheilspellender achtergrond? vroeg ze zich af. Uiteindelijk kwam ze tot de slotsom dat hij slechts een vies mannetje was. Soms leek het wel of de hele wereld bevolkt werd door dergelijke types en kon ze nauwelijks over straat lopen of in haar eentje iets gaan drinken zonder dat een of andere miserabel kereltje dat dacht dat hij de geweldigste man ter wereld was haar zat te begluren, zoals die knullen bij de ingang ook hadden gedaan, of op haar af kwam gestapt om haar te versieren. Tja, hield ze zichzelf voor, wat had je dan op dit late tijdstip in een wegrestaurant bij een tankstation verwacht? Er kwamen nog een paar mannen binnen, die zonder enige aandacht aan haar te schenken naar het buffet liepen waar koffie in meeneembekers werd verkocht.

Ze at de helft van de sandwich op, gooide de rest weg en liet haar reismok met verse koffie vullen. Toen ze naar haar auto terugliep, lette ze er goed op dat er andere mensen bij haar in de buurt waren – een gezin met twee jonge, luidruchtige, hyperactieve kinderen die al lang in bed hadden moeten liggen – en dat niemand haar volgde.

Ze had nog maar een kwart tank benzine, dus ze tankte bij het benzinestation en betaalde met haar creditcard aan de pomp. De viezerik uit het restaurant zette zijn auto stil bij de pomp naast die van haar en staarde haar aan terwijl hij de tuit van de slang in zijn tank liet zakken. Ze negeerde hem. Ze zag dat de nachtmanager oplettend vanuit zijn kantoortje naar buiten keek en voelde zich daardoor iets veiliger.

Toen de tank weer vol was, reed ze de invoegstrook op en voegde ze voorzichtig in tussen twee vrachtwagens met aanhangers. Het was warm in de auto, dus draaide ze beide raampjes open en ze genoot van het speelse briesje dat dat veroorzaakte. Met de bries en de sterke, warme koffie zou het haar wel lukken om wakker te blijven. De klok op het dashboard gaf 00.35 uur aan. Nog maar een uur of twee, drie te gaan en dan zou ze veilig zijn.

Toen Banks de Dog and Gun binnenkwam, zong Penny Cartwright net Richard Thompsons *Strange Affair* en haar lage, hese stem gaf de rauwe melancholie van het nummer bijzonder goed weer. Banks bleef als door de bliksem getroffen bij de deur staan. Penny Cartwright. Hij had haar al in geen tien jaar gezien, hoewel hij in die tijd wel regelmatig aan haar had gedacht en zelfs haar naam een paar keer in *Mojo* en *Uncut* was tegengekomen. Ze was vrijwel niet veranderd. Ze zag er nog steeds goed uit in haar spijkerbroek en strakke witte T-shirt. Het lange, ravenzwarte haar dat hij zich zo goed herinnerde, glansde in de verlichting op het kleine podium nog net zo prachtig als vroeger en ze zag er met hier en daar een enkele grijze haar aantrekkelijker uit dan ooit tevoren. Ze leek iets somberder dan vroeger, had wellicht een iets triestere blik in haar ogen, maar het paste wel bij haar en Banks vond het contrast tussen haar bleke huid en donkere haar erg mooi.

Toen het nummer was afgelopen en er kort werd geapplaudisseerd, maakte Banks van de gelegenheid gebruik om naar de bar te lopen, daar een glas bier te bestellen en een sigaret op te steken. Hij was er helemaal niet blij mee dat hij, na een maand of zes geen sigaret te hebben aangeraakt, weer was begonnen met roken, maar het was even niet anders. Hij probeerde in de flat niet te roken en was van plan te stoppen, zodra hij zijn leven weer een beetje op de rails had. Momenteel fungeerde het als steun en toeverlaat, een oude vriend die hem in tijden van nood weer had opgezocht.

Er was in de hele pub geen lege stoel te vinden. Banks voelde het zweet op zijn slapen en in zijn nek kriebelen. Hij leunde tegen de bar en liet zich meeslepen door Penny's stem, die nu *Blackwater Side* inzette. Ze werd door twee muzikanten begeleid, een op gitaar en de ander op contrabas, die een hecht tapijt van klanken weefden waar haar stem luchtig overheen zweefde.

De volgende applausronde luidde tevens een pauze in het optreden in. Glimlachend en af en toe een bekende begroetend liep Penny door de menigte, die als de Rode Zee voor haar uiteenweek, naar de bar, waar ze naast Banks kwam staan. Ze stak een sigaret op, inhaleerde de rook, vormde met haar mond een O en blies een rookcirkel in de richting van de spiegel achter de tap.

'Dat was een uitstekend optreden,' zei Banks.

'Dank je.' Ze keek hem niet aan. 'Gin en tonic alsjeblieft, Kath,' zei ze tegen het meisje achter de bar. 'Een groot glas graag.'

Banks kon aan de afwerende klank in haar stem horen dat ze dacht dat hij gewoon een van de vele fans was, misschien zelfs wel een gek of een stalker, en dat ze van plan was weg te lopen zodra ze haar drankje had.

'Je weet niet meer wie ik ben, hè?' vroeg hij.

Ze slaakte een diepe zucht, draaide zich om en keek hem aan om hem met een schampere opmerking op zijn nummer te zetten. Toen kroop er langzaam een blik van herkenning over haar gezicht. Plotseling zag ze er zenuwachtig en opgelaten uit, en ze wist blijkbaar even niet wat ze moest zeggen. 'O... ja. Inspecteur Burke was het toch?' stamelde ze ten slotte. 'Of hebt u inmiddels misschien promotie gemaakt?'

'Helaas niet,' zei hij. 'En het is Banks, maar zeg maar Alan. Dat is lang geleden.'

'Ja.' Penny pakte haar gin en tonic van de bar en hief het glas op naar Banks, die er zachtjes met zijn eigen glas tegenaan tikte. '*Slainte.*'

'*Slainte,*' zei Banks. 'Ik wist niet dat je weer in Helmthorpe was.'

'Tja, er is ook niet echt een grote reclamecampagne voor me georganiseerd.'

Banks liet zijn blik door de schemerige barruimte dwalen. 'Ach, dat weet ik zo net nog niet. Je hebt anders zo te zien een zeer toegewijd publiek.'

'Voornamelijk mond-tot-mondreclame. Maar ik woon inderdaad weer in de oude cottage. Wat brengt u hier?'

'Ik hoorde de muziek toen ik langsliep,' zei Banks. 'Ik herkende je stem. Wat heb je de laatste tijd zo allemaal gedaan?'

Er verscheen een ondeugend lichtje in haar ogen. 'Dat is een enorm lang verhaal en ik weet niet zeker of het u wel iets aangaat.'

'Misschien kun je me er eens over vertellen tijdens een etentje?'

Penny keek hem vanonder haar gefronste wenkbrauwen met een onderzoekende blik in haar schrandere, blauwe ogen aan en schudde zachtjes haar hoofd. 'Dat kan ik echt niet doen,' fluisterde ze.

'Waarom niet? Het is maar een etentje, hoor.'

Ze deinsde en stukje achteruit en antwoordde: 'Dat kan ik echt niet doen. Hoe kunt u me dat nu vragen?'

'Luister, als het is omdat je niet met een getrouwde man wilt worden gezien, dan kan ik je vertellen dat dat al een paar jaar voorbij is. Ik ben inmiddels gescheiden.'

Penny keek hem aan met een blik alsof hij er mijlenver naast zat, schudde nogmaals haar hoofd en verdween in de menigte. Banks keek haar verbijsterd na. Hij begreep de signalen die ze had afgegeven niet, kon de afschuw die hij in haar ogen had gezien bij de gedachte aan een etentje met hem niet plaatsen. Zo weerzinwekkend was hij nu ook weer niet. Een simpele uitnodiging om samen uit eten te gaan. Wat mankeerde haar in godsnaam? Toen Penny weer naar het podium liep, gooide Banks de rest van zijn bier in een keer naar binnen; hij liep naar de deur en ving in het voorbijgaan heel even haar blik op vanaf de andere kant van de ruimte. Er lag een verblufte, verwarde uitdrukking op haar gezicht. Zijn vraag had haar klaarblijkelijk enorm van haar stuk gebracht. Nu ja, dacht hij toen hij haar de rug toekeerde en met een rood gezicht vertrok, de geschokte blik was tenminste verdwenen.

Het was een donkere, maanloze avond, maar de hemel was bezaaid met sterren; de High Street van Helmthorpe was verlaten en het licht van de straatlantaarns gloeide wazig op in de heiige avondlucht. Banks hoorde dat Penny in de Dog and Gun een nieuw nummer inzette. Weer een lied van Richard Thompson: *Never Again*. De gekwelde melodie en droevige tekst achtervolgden hem over de straat en stierven pas zachtjes weg toen hij het met keitjes geplaveide steegje insloeg dat langs de oude boekhandel leidde en over de begraafplaats naar het voetpad liep dat hem naar huis zou voeren, of wat tegenwoordig voor zijn huis moest doorgaan.

De lucht geurde naar mest en warm hooi. Rechts van hem liep een stapelmuurtje langs de begraafplaats en aan zijn linkerkant was een helling die door aarden wallen in vlakken was verdeeld en glooiend omlaagliep naar Gratly Beck, die hij onder zich kon horen voortrazen. Het smalle pad was onverlicht, maar Banks kende elke centimeter uit zijn hoofd. Het ergste wat hem kon gebeuren was wellicht dat hij in een hoop schapenstront stapte. Van dichtbij ving hij het hoge, zeurderige gegons van gevleugelde insecten op.

Tijdens de wandeling bleef hij piekeren over Penny Cartwrights vreemde reactie op zijn uitnodiging om samen uit eten te gaan. Ze was altijd al een beetje een rare geweest, bedacht hij nu, had altijd een scherpe tong gehad en kon vaak sarcastisch uit de hoek komen. Dit was echter iets heel anders geweest, geen sarcasme, geen scherpe opmerking, maar een geschokte reactie, vol afschuw. Kwam dat door het leeftijdsverschil? Hij was tenslotte begin vijftig en Penny was minstens tien jaar jonger. Maar ook dat verklaarde niet waarom ze zo heftig had gereageerd. Ze had ook gewoon vriendelijk kunnen zeggen dat ze haar haren moest wassen. Banks wilde graag geloven dat hij die hint ook wel zou hebben begrepen.

Het pad hield ongeveer halverwege de helling van Gratly Hill op bij een hek met horizontale latten. Banks glipte er zijwaarts doorheen en liep langs de nieuwe huizen naar het groepje oude cottages aan de overkant van de brug. Aangezien zijn eigen woning nog altijd door bouwvakkers onder handen werd genomen, huurde hij al een tijdje een flat in een van de voor vakantieverhuur bestemde appartementencomplexen aan het laantje links ervan.

De lokale bevolking had het beste met hem voor gehad, zo was hem gebleken, en hij had een vrij ruime eenkamerflat op de bovenste verdieping gekregen, met een eigen ingang en tegen een heel schappelijke huur. Het was wel bijzonder ironisch, dacht hij, dat het pand ooit, voordat het jaren geleden tot vakantieappartementen was omgebouwd, het huis van Steadman was geweest en dat het nu juist tijdens de zaak-Steadman was geweest dat hij Penny Cartwright had leren kennen.

Banks' woonkamer, die op het noorden uitkeek, bood een prachtig uitzicht over de vallei en Helmthorpe, dat tussen de hellingen ingeklemd op de bodem lag, helemaal tot aan de sappige groene weiden in de verte waar her en der schapen liepen te grazen en het dorre, verbleekte gras van de hoger gelegen weidegebieden, met daarboven de kale kalkstenen richel van Crow Scar en het daarachter gelegen wilde-heidelandschap. Zijn slaapkamerraam keek echter in westelijke richting uit over een kleine, in onbruik geraakte begraafplaats met een kleine kapel die door Sandemans sekte was gebruikt. Enkele van de grafstenen waren zo oud dat je de namen amper nog kon lezen en stonden tegen de muur van het huis geleund.

Sandemans sekte, zo had Banks ergens gelezen, was in de achttiende eeuw opgericht nadat een kleine groep zich had afgescheiden van de Schotse presbyteriaanse kerk. De leden gingen ter communie, omarmden het idee dat alle eigendommen gemeenschappelijk bezit waren, waren vegetariërs en hielden 'liefdesfeesten', waardoor ze naar Banks' idee een beetje als achttiende-eeuwse hippies klonken.

Banks was een beetje aangeschoten, merkte hij toen hij onhandig met zijn sleutel bij de voordeur op de begane grond stond te schutteren. De Dog and Gun was niet de eerste pub geweest die hij die avond had aangedaan. Eerst had hij in zijn eentje in de Hare and Hounds gegeten en daarna had hij een paar glazen bier gedronken in The Bridge. Ach, wat zou het ook, hij had tenslotte nog een hele week vakantie en hoefde niet te rijden. Misschien nam hij zo zelfs nog wel een of twee glaasjes wijn. Hij moest nog altijd niets van whisky hebben, vooral Laphroaig. De specifieke smaak ervan was het enige wat hij zich nog kon herinneren van de avond waarop hij bijna zijn laatste adem had uitgeblazen en zelfs vanaf een afstandje werd hij al misselijk van de geur. Was het misschien de drank geweest waardoor Penny zich had laten afschrikken? vroeg hij zich af. Had ze soms gedacht dat hij dronken was toen hij haar mee uit eten vroeg? Banks betwijfelde het. Hij had niet onduidelijk gesproken en was evenmin onvast ter been geweest. Niets in zijn gedrag had de suggestie gewekt dat hij te veel ophad. Nee, er zat beslist iets anders achter.

Eindelijk ging de deur open en hij liep de trap op, opende de binnendeur boven met zijn sleutel en deed het licht in de gang aan. Het voelde warm en benauwd aan in de flat, dus liep hij naar de woonkamer om daar een raam open te zetten. Niet dat dat iets hielp. Nadat hij een flink glas Australische shiraz voor zichzelf had ingeschonken, liep hij naar de telefoon. Er knipperde een rood lampje, wat erop duidde dat er iets was ingesproken op zijn voicemail. Het bleek slechts één berichtje te zijn, maar wel een heel verrassende: van zijn broer Roy. Banks wist niet eens dat Roy zijn telefoonnummer had en was er vrij zeker van dat de kaart en de bloemen die hij in het ziekenhuis van Roy had gekregen, in werkelijkheid van zijn moeder afkomstig waren. 'Alan... shit... je bent er niet en ik heb het nummer van je mobiele toestel niet. Als je er tenminste eentje hebt, natuurlijk. Je hebt als ik het me goed herinner nooit veel opgehad met de nieuwste technische snufjes. Maar goed, moet je luisteren, dit is echt belangrijk. Of je het nu gelooft of niet, jij bent de enige die me nu nog kan helpen. Er is iets... ik wil er liever niets over zeggen op je voicemail. Het kan een kwestie van leven of dood zijn.' Hij lachte ruw. 'Misschien zelfs wel dat van mij. Goed, ik probeer het straks nog wel een keer, maar kun je me anders misschien zo snel mogelijk terugbellen? Ik moet je echt spreken. Dringend. Alsjeblieft.' Banks hoorde een zoemend geluid op de achtergrond. 'Er staat iemand voor de deur. Ik moet nu gaan. Bel me alsjeblieft. Ik zal je voor alle zekerheid mijn mobiele nummer ook geven.' Roy sprak zijn beide telefoonnummers in en daarmee eindigde het berichtje.

Banks luisterde het bericht verbaasd nogmaals af. Hij wilde het zelfs al bijna een derde keer beluisteren, maar besefte dat dat totaal geen zin had. Hij had er een hekel aan wanneer mensen in een film steeds maar weer dezelfde boodschap opnieuw afspeelden en er keer op keer in slaagden het bandje altijd precies tot de juiste plek te laten terugspoelen. In plaats daarvan legde hij de hoorn neer en nam hij een slok wijn. Hij had genoeg gehoord. Roy klonk bezorgd en bang, en niet zo'n klein beetje ook. Het berichtje was volgens zijn voicemail om 21.29 uur achtergelaten, ongeveer anderhalf uur geleden, toen Banks in The Bridge achter een biertje zat.

Roys toestel ging verschillende keren over waarna er een antwoordapparaat werd ingeschakeld: Roys stem met een kort, zakelijk verzoek om een boodschap achter te laten. Banks sprak een kort bericht in, zei dat hij het later nog een keer zou proberen en hing op. Hij probeerde ook het mobiele nummer, maar ook daar werd niet opgenomen. Hij kon op dit moment niet veel meer doen. Misschien belde Roy straks terug, zoals hij had gezegd dat hij zou doen.

Banks vond het heerlijk om vanuit de vensterbank in zijn slaapkamer naar de begraafplaats te kijken, vooral wanneer de maan scheen, en kon daar soms wel een uur lang zitten. Hij wist niet waar hij op zat te wachten – een geestverschijning, wellicht – maar de diepe stilte van de grafstenen en de wind die door het lange gras ruiste schonken hem blijkbaar een soort innerlijke rust. Vanavond niet: geen maan, geen briesje.

De baby van beneden begon te huilen, zoals elke avond rond dit tijdstip. Banks zette de televisie aan. Er was niet veel om uit te kiezen: films, een talkshow of het nieuws. Hij koos *The Spy Who Came in from the Cold*, die een halfuur geleden was begonnen. Dat gaf niets; hij had hem al talloze keren gezien en kende het verhaal uit zijn hoofd. Het lukte hem echter niet om zijn hoofd erbij te houden. Terwijl hij naar Richard Burtons nerveuze, gedreven spel zat te kijken en probeerde de draad op te pikken, dwaalden zijn gedachten steeds weer af naar Roys berichtje en hij merkte dat hij gespannen zat te wachten tot de telefoon ging, het ding haast wilde dwingen om over te gaan.

Hij kon momenteel niets doen, maar de dringende, angstige klank in Roys stem had hem verontrust. Hij zou het morgenochtend nogmaals proberen, voor het geval dat Roy gewoon een avondje weg was geweest, maar als hij hem dan niet te pakken kreeg, zou hij zelf naar Londen gaan om te achterhalen wat er verdomme allemaal aan de hand was.

Waarom hielden sommige mensen verdorie nooit eens rekening met anderen en waren ze zo onfatsoenlijk om zo vroeg op de zaterdagochtend een lijk te vinden? vroeg inspecteur Annie Cabbot zich af. En helemaal nu Banks vakantie had en zij standby was. Het was niet alleen dat haar hele weekend nu naar de maan was – en juniorinspecteurs kregen ook geen overwerk uitbetaald – maar ook dat die eerste uiterst belangrijke uren aan het begin van een onderzoek op dat tijdstip enorm werden bemoeilijkt doordat de meeste mensen domweg niet beschikbaar waren, waardoor het veel moeilijker was dan anders om informatie boven tafel te krijgen. En het was nog een bijzonder prachtige zaterdagochtend ook; kantoren zouden leeg blijven, de service tot een minimum beperkt, omdat iedereen met volgeladen picknickmand en kinderen in de auto zou springen om zich naar het dichtstbijzijnde stukje grasland of zand te begeven.

Ze parkeerde haar auto achter de blauwe Peugeot 106, die op een stil stukje landweg halverwege Eastvale en de A1 stond. De brigadier van het bureau had haar even na halfacht wakker gebeld uit een onrustige droom die ze onmiddellijk weer was vergeten en na een korte douche en een kop oplos-koffie was ze op weg gegaan.

Het was die ochtend nog altijd rustig en heiig, en ze hoorde het gegons van insecten in de lucht. Het zou echt een perfecte dag worden voor een picknick aan de oever van de rivier, te midden van libellen en de geur van wilde knoflook, met een fles Chablis die in het water lag te koe-len misschien, en haar schetsblok en een paar stukken houtskool. Na een paar stukjes Wensleydale-kaas – die met cranberry's vond ze het lekkerst – en een paar glazen wijn zou dan een dutje op de oever volgen met mis-schien een prettige droom. Genoeg gedagdroomd nu, hield ze zichzelf voor toen ze naar de auto liep; het leven had vandaag iets anders voor haar in petto.

Annie zag onmiddellijk dat de linkerflank van de auto in contact was geko-men met het stapelmuurtje, zo erg zelfs dat het metaal aan die kant hele-maal was verwrongen en onder de krassen zat, en een deel van de muur door de klap was ingestort. Op het gortdroge asfalt waren echter helemaal geen remsporen of bandensporen te zien.

Rond de Peugeot heerste al de nodige bedrijvigheid. De weg was voor al het overige verkeer afgesloten en alleen toegankelijk voor politiewagens, en de directe omgeving van de auto was met tape afgezet. Dat zou de no-dige problemen opleveren wanneer de eerste toeristen straks binnendrup-pelden, dacht Annie, maar daar was niets aan te doen; de plek moest nu eenmaal worden veiliggesteld. De fotograaf, Peter Darby, was al klaar met het fotograferen van het lichaam en de auto, en maakte nu uitgebreide video-opnames van het gebied. Brigadier Jim Hatchley en agent Winsome Jackman, die beiden dichterbij woonden, waren er al toen Annie arriveerde; Hatchley stond aan de kant van de weg en Winsome zat in het geopende portier van de onopvallende politieauto.

'Wat heb je voor me?' vroeg Annie aan Hatchley, die er zoals gewoonlijk uitzag alsof hij achterwaarts door een heg was gesleurd. Het kleine stukje tissue dat hij op zijn kin had geplakt op de plek waar hij zich bij het scheren had gesneden, hielp ook niet echt.

'Een jonge vrouw die dood achter het stuur van haar auto zit,' zei Hatchley.

'Dat had ik zelf ook al gezien,' snauwde Annie met een blik op het openstaande portierraampje aan de chauffeurskant.

'U lijkt vanochtend een tikje lichtgeraakt, inspecteur,' zei Hatchley. 'Wat is er? Bent u soms met het verkeerde been uit bed gestapt?'

Annie negeerde hem. Ze was Hatchleys pesterijen en steken onder water, die alleen maar waren toegenomen sinds zij tot inspecteur was bevorderd, terwijl hij nog steeds brigadier was, inmiddels wel gewend. 'Doodsoorzaak?' vroeg ze.

'Nog niet bekend. Geen aanwijsbare oorzaak. Geen duidelijk zichtbare lelijke plekken of kneuzingen. En officieel is ze nog niet dood. Pas wanneer de dokter dat zegt.'

Annie onderdrukte de neiging hem erop te wijzen dat ze dat zelf ook wel wist. 'Maar je hebt haar wel onderzocht?' drong ze aan.

'Ik heb even snel gekeken, meer niet. Niets aangeraakt. Winsome heeft gevoeld of ze nog een hartslag kon vinden, maar dat was niet het geval. We zitten nu op dokter Burns te wachten.'

'Dus voorzover wij weten kan ze net zo goed aan een hartaanval zijn overleden?'

'Ja, dat is denk ik best mogelijk,' zei Hatchley. 'Maar zoals ik net al zei: ze is vrij jong. Volgens mij zit er een luchtje aan.'

'Enig idee wie ze is?'

'Er is geen schoudertas, geen rijbewijs, helemaal niets. Voorzover we door de ramen hebben kunnen zien, tenminste.'

'Misschien heeft iemand haar tot stilstand gedwongen. Dat klinkt logischer dan dat een jonge vrouw die in haar eentje reist vrijwillig stopt voor een onbekende op een donker landweggetje. Je kunt daar zien dat ze tegen de muur is geknald. Misschien werd ze wel achtervolgd.'

'Ik heb het nummerbord laten natrekken op de computer, inspecteur,' zei Winsome, die nu naar hen toe kwam gelopen. 'De auto staat geregistreerd op naam van Jennifer Clewes. Woont in Londen. Kennington. Zevenentwintig jaar oud.'

'We weten nog niet zeker dat ze het ook echt is,' zei Annie, 'dus probeer zo veel mogelijk informatie over haar te vinden.'

'Oké, inspecteur.' Winsome zweeg even.

'Wat is er?'

'Is er niet al eens eerder zoiets gebeurd?'

'Zoiets?' vroeg Annie.

'Zo'n moord. Net als deze. Een jonge vrouw die dood in de berm is gevonden. Niet langs de M1, maar de A1, maar toch...'

'Inderdaad,' zei Annie. 'Ik kan me herinneren dat ik daarover in de kranten heb gelezen. Ik kan me alleen niet de details herinneren. Zoek het eens uit, wil je?'

'Jazeker, inspecteur.' Winsome liep terug naar haar auto.

Annie keek weer naar Hatchley. 'Is hoofdinspecteur Gristhorpe al op de hoogte gesteld?'

'Jawel, inspecteur. Hij heeft laten weten dat we hem op de hoogte moeten houden.'

Dat was logisch, dacht Annie. Het had absoluut geen zin om de hoofdinspecteur helemaal hiernaartoe te laten komen als straks bleek dat de vrouw de berm in was gereden om daar te overlijden aan een hartaanval, astma, een aneurysma in de hersenen of een van die vele andere gebreken aan het lichaam die naar willekeur toesloegen en er verantwoordelijk voor waren dat in alle andere opzichten gezonde, jonge mensen plotseling overleden. 'Wie van ons was als eerste ter plekke?'

'Agent Farrier.'

Hatchley wees naar de geüniformeerde wijkagent die tegen een patrouillewagen stond geleund. Pete Farrier. Annie kende hem wel; hij werkte net als zij bij het hoofdbureau van de westelijke divisie. Werkte daar voorzover zij had gehoord al jaren en was een betrouwbare, verstandige man. Annie liep naar hem toe. 'Wat is er gebeurd, Pete?' vroeg ze. 'Wie heeft dit bij ons gemeld?'

'Dat stel daar verderop, inspecteur.' Farrier wees naar een man en een vrouw die een paar meter bij de plek vandaan in de berm op het gras zaten; de man had zijn arm om de vrouw heengeslagen en zij leunde met haar hoofd tegen zijn borst.

Annie bedankte Farrier, liep terug naar haar auto om een stel latex handschoenen te halen en trok deze aan. Vervolgens liep ze naar de Peugeot. Ze moest de plek des onheils even van dichterbij bekijken, een paar eerste indrukken opdoen voordat dokter Burns arriveerde en met zijn onderzoek begon. Een aantal vliegen had zich al op het bleke gezicht van de vrouw genesteld. Annie verjoeg ze. Ze bleven kwaad om haar hoofd zoemen in afwachting van het moment dat ze weer konden terugkeren.

De vrouw zat ietwat voorover gebogen en een stukje naar links weggezakt op de bestuurdersstoel; haar rechterhand zat om het stuur geklemd en met haar linkerhand hield ze de versnellingspook vast. De veiligheidsriem was stevig om haar heen gesnoerd en hield haar op haar plek, en beide portierraampjes stonden open. De sleutel stak nog steeds in het contact, zag Annie, en in de daarvoor bestemde houder stond een reismok.

Het slachtoffer was geen grote vrouw, maar ze had wel flinke borsten en de veiligheidsriem die ertussendoor liep scheidde ze van elkaar, waardoor ze nog prominenter in het oog sprongen. Ze leek tussen de vijfentwintig en dertig jaar oud, wat overeenkwam met Jennifer Clewes' leeftijd, en ze was erg knap. Haar huid was bleek en was dat waarschijnlijk voor haar dood ook al geweest, haar lange haar was rood – henna, vermoedde Annie – en ze droeg een lichtblauwe katoenen blouse en een zwarte spijkerbroek. Aan haar lichaam was niets opvallends te zien, zoals Hatchley ook al had opgemerkt, en er was geen bloed zichtbaar. Haar ogen waren open: een dof, wezenloos groen. Annie had die blik al vaker gezien, die stilte al eerder gevoeld.

Hatchley had gelijk; er zat een luchtje aan het schouwspel voor haar, zo zeer zelfs dat er in elk geval eerst een grondig voorlopig onderzoek moest worden verricht voordat werd besloten op welke schaal het onderzoek zou gaan plaatsvinden. Terwijl Annie de plek aandachtig bekeek, maakte ze aantekeningen van wat ze had gezien en bedacht, om die later te kunnen teruglezen.

Toen ze daarmee klaar was, liep ze naar het stel dat het lichaam had gevonden. Ze waren nog erg jong, zag ze toen ze dichter bij hen was. De man zag grauw en de vrouw die hij vasthield, zat nog altijd met haar hoofd tegen zijn schouder weggedoken, hoewel ze zo te zien niet langer huilde. De man keek op en Annie ging op haar hurken naast hem zitten.

'Ik ben inspecteur Cabbot van het hoofdbureau van de westelijke divisie,' zei ze. 'Ik heb begrepen dat jullie de auto hebben gevonden?'

De vrouw draaide haar gezicht weg van de beschermende schouder van de man en keek Annie aan. Ze had kort ervoor blijkbaar wel gehuild, maar nu zag ze er slechts geschokt en verdrietig uit.

'Kun je me vertellen wat er is gebeurd?' vroeg Annie aan de man.

'We hebben alles al aan die agent in uniform verteld. Hij was hier als eerste.'

'Dat weet ik,' zei Annie, 'en het spijt me dat ik jullie moet vragen het nogmaals door te nemen, maar het scheelt een stuk als jullie het me zelf vertellen.'

'Er is eigenlijk niets te vertellen, hè lieverd?' zei hij tegen de vrouw, die haar hoofd schudde.

'Vertel me eerst maar eens hoe jullie heten.'

'Dit is Sam, Samantha,' zei hij, 'en ik ben Adrian, Adrian Sinclair.'

'Goed, Adrian. Waar komen jullie vandaan?'

'Sunderland.' Annie meende een licht noordelijk accent bij hem te bespeuren, ook al viel het niet echt op. 'We zijn hier op vakantie.' Adrian zweeg even en streelde Samantha's haar. 'Op huwelijksreis.'

Nu, deze reis zou hun zeker hun hele leven bijblijven, dacht Annie, alleen niet om de juiste redenen. 'Waar logeren jullie nu?'

Adrian wees langs de helling omhoog. 'We hebben een cottage gehuurd. Greystone. Daarginds.'

Annie kende het huisje wel. Ze maakte een aantekening. 'En wat deden jullie hier bij de weg?'

'Wandelen,' zei Adrian. 'Het was zo'n prachtige ochtend en we waren vroeg wakker geworden van de vogels.'

Ze waren erop gekleed, zag Annie. Geen ervaren wandelaars met een geplastificeerde plattegrond om hun nek, wandelstokken, wandelschoenen en dure Goretex-kleding, maar wel eenvoudige, stevige schoenen, lichte kleding en een rugzak.

'Hoe laat kwamen jullie hier precies aan?'

'Dat moet even voor zevenen zijn geweest,' zei Adrian.

'Wat zagen jullie toen?'

'De auto die in de berm stond, net als nu.'

'Hebben jullie hem aangeraakt?'

'Nee, volgens mij niet.'

Annie keek naar Samantha. 'Geen van beiden?'

'Nee,' antwoordde Samantha. ' Misschien heb je het dak trouwens wel even aangeraakt, Adrian, toen je je bukte om naar binnen te kijken.'

'Dat is best mogelijk,' zei Adrian. 'Dat kan ik me niet meer herinneren. In eerste instantie dacht ik dat ze misschien iets op een wegenkaart opzocht of zelfs dat ze sliep. Ik ben ernaartoe gegaan om te vragen of ze hulp nodig had. En toen zag ik haar, met haar ogen open en alles... We zouden er normaalgesproken nooit zomaar naartoe zijn gegaan, maar...'

'Maar?'

'Nu ja, dat kwam eigenlijk door mij,' zei Sam. 'Zoals Adrian net al zei: hij dacht dat het gewoon iemand was die de auto daar had neergezet om even wat uit te rusten of rustig de kaart te lezen.'

'Maar jij dacht daar anders over. Waarom was dat?'

'Dat kan ik eigenlijk niet precies zeggen,' zei Sam. 'Het was gewoon nog zo vroeg op de ochtend, en het was een vrouw en ze was alleen. Ik vond dat we moesten nagaan of alles wel in orde was met haar. Het kon zijn dat iemand haar had lastiggevallen of dat ze van streek was of zo. Misschien waren het onze zaken helemaal niet, maar je kunt toch niet zomaar weglopen, gewoon verder wandelen?' Er kwam wat kleur op haar wangen toen ze dit zei. 'Maar goed, toen we dichterbij kwamen, konden we zien dat ze zich niet bewoog, alleen maar voor zich uit staarde, zoals nu, en het had er veel van weg dat ze tegen dat muurtje was gebotst. Ik zei dat we ernaartoe moesten gaan om te vragen of ze gewond was.'

'Hadden jullie al in de gaten dat ze dood was voordat jullie door het raam keken?'

'Nou ja,' zei Adrian, 'ik heb weliswaar nog nooit iemand gezien die dood was, maar je voelt het toch op een of andere manier aan, hè?'

Ja, dacht Annie die zelf veel te veel dode mensen had gezien, dat is inderdaad waar. Alsof er niemand thuis is.

Samantha huiverde even en leek dieper weg te duiken in Adrians beschermende armen. 'En al die vliegen,' zei ze.

'Welke vliegen?' vroeg Annie.

'Op haar gezicht en haar armen. Heel veel vliegen. Ze bewoog niet. Ze probeerde niet eens om ze weg te jagen. Ik dacht nog dat het wel enorm zou jeuken.'

Annie slikte moeizaam. 'Stonden de ramen open?'

'Ja,' zei Samantha. 'Net zoals nu. We hebben echt niets aangeraakt of veranderd. We hebben tenslotte vaak genoeg Morse en Frost op televisie gezien.'

'Dat geloof ik graag. Ik moet het gewoon even zeker weten. Ik neem niet aan dat jullie iemand hebben gezien, andere auto's hebben gehoord en dergelijke?'

'Nee.'

'Wat hebben jullie gedaan toen jullie haar hadden gevonden?'

'De politie gebeld.' Adrian haalde een mobiele telefoon uit zijn zak. Een paar maanden geleden zou hij daar in deze omgeving helemaal niets aan hebben gehad, bedacht Annie, maar de bereikbaarheid was de laatste tijd enorm verbeterd.

'En verder kunnen jullie me niets vertellen?'

'Nee. Moet u eens horen, we zijn er helemaal ondersteboven van. Kunnen we nu misschien naar huis? Ik denk dat Sam even moet gaan liggen en ik kan wel een kop sterke thee gebruiken.'

'Hoe lang blijven jullie in Greystone?' vroeg Annie.

'We hebben nog een week.'

'Ga voorlopig niet al te ver weg,' zei Annie. 'Misschien komen we nog een keer met jullie praten.'

Annie voegde zich weer bij Hatchley en zag dat dokter Burns' grijze Audi net op dat moment aan kwam gereden. Ze begroette hem en ze liepen samen naar de Peugeot. Het zou geen gemakkelijke klus voor hem zijn om dit lichaam te onderzoeken, wist Annie, want het zat rechtop in een kleine ruimte en hij mocht het niet verplaatsen voordat dokter Glendenning, de gerechtelijk patholoog-anatoom, was gearriveerd. Ze wist ook dat dokter Burns zich ervan bewust was dat de technische recherche de auto een grondige beurt zou willen geven, dus hij lette er bijzonder goed op dat hij niets aanraakte in de auto om zodoende geen mogelijke vingerafdrukken te verpesten, ook al had hij plastic wegwerphandschoenen aan. Het was de taak van de politiearts om te bepalen of het meisje dood was en daar een officiële verklaring voor af te geven – de rest was aan de patholoog-anatoom – maar Annie wist dat dokter Burns haar indien mogelijk graag een inschatting zou geven van het tijdstip van overlijden en de doodsoorzaak.

Nadat hij de pols van de vrouw had gevoeld, haar ogen had bekeken en vervolgens met een stethoscoop had geluisterd of hij een hartslag kon vinden, bevestigde dokter Burns dat ze inderdaad dood was.

'Het hoornvlies is nog niet dof,' zei hij, 'wat inhoudt dat ze waarschijnlijk nog geen acht uur dood is. Ik ben ervan overtuigd dat die vliegen al eitjes hebben gelegd, wat je in de zomer met openstaande ramen ook zou mogen verwachten, maar er is niets wat erop wijst dat dit al in een vergevorderd stadium is, wat erop duidt dat we hier te maken hebben met een relatief recent sterfgeval.'

Dokter Burns trok een handschoen uit en liet zijn hand in de blouse van de vrouw glijden om onder haar arm te voelen. 'Meer kan ik wat betreft temperatuur niet doen,' zei hij, toen hij Annies nieuwsgierige blik opving. 'Het helpt om een inschatting te maken. Ze is nog steeds warm, hetgeen bevestigt dat de dood pas een paar uur geleden is ingetreden.'

'Het was een warme nacht,' zei Annie. 'Hoe lang geleden?'

'Kan ik je niet precies zeggen, maar ik vermoed hooguit vijf of zes uur.' Hij voelde aan de kaak en hals van de vrouw. 'Rigor mortis is ingetreden op de plekken waarop je het ook zou verwachten en aangezien de warmte dat proces waarschijnlijk enigszins heeft bespoedigd, plaatst dat het overlijden inderdaad min of meer binnen hetzelfde tijdsbestek.'

Annie keek op haar horloge. 'Tussen twee en vier uur in de ochtend dus?'

'Ik zou er natuurlijk niet op durven zweren,' zei dokter Burns glimlachend, 'maar dat klinkt wel ongeveer juist. Maar vertel dokter Glendenning alsjeblieft niet dat ik je een ruwe schatting heb gegeven. Je weet hoe hij daarover denkt.'

'Enig idee wat de doodsoorzaak zou kunnen zijn?'

'Dat ligt iets moeilijker,' zei dokter Burns en hij keerde zich weer om naar het lichaam. 'Er zijn geen zichtbare sporen van wurging, noch met een touw, noch met de hand, en geen onderhuidse bloedingen, die je bij wurging wel zou verwachten. Ook geen zichtbare steekwonden en voorzover ik tenminste kan zien geen bloed. Dat zal moeten wachten tot ze bij dokter Glendenning op de snijtafel ligt.'

'Kan het een hartaanval of zoiets zijn geweest?'

'Dat zou kunnen. Dat komt niet zo heel vaak voor bij gezonde jonge vrouwen, maar als ze een of andere genetische aandoening heeft of al ziek was... Laten we het erop houden dat het mogelijk is, maar niet heel waarschijnlijk.'

Dokter Burns boog zich weer over het lichaam en porde en tastte hier en daar wat. Hij probeerde de hand van de vrouw los te wrikken van het stuur, maar slaagde daar niet in. 'Dat is interessant,' zei hij. 'De rigor mortis heeft de handen nog niet bereikt, dus het lijkt erop alsof ze tijdens het overlijden is verkrampt.'

'Wat betekent dat in dit geval?'

24

Dokter Burns stond op en keek Annie aan. 'Dat betekent dat ze het stuur vasthad toen ze overleed. En de versnellingspook ook.'

Annie dacht even over deze opmerking na. Ofwel de vrouw was er maar net in geslaagd om haar auto aan de kant te zetten voordat ze stierf, ofwel ze had geprobeerd aan iets, iemand te ontkomen.

Annie stak haar hoofd door het portierraampje naar binnen, zich terdege bewust van de verontrustende nabijheid van het stoffelijke overschot, en keek omlaag. Een voet op de koppeling en de andere op het gaspedaal. Had ze geprobeerd de auto te starten en weg te rijden? Voorzover Annie kon zien, was de versnellingspook ergens tussen de vrij en de achteruit blijven steken. Ze stak haar hand uit en raakte voorzichtig de mok aan. Die was koud.

Toen ze haar hoofd wilde terugtrekken, rook Annie iets, een wat zoetig, metalig luchtje. Ze zei dit tegen dokter Burns. Hij fronste zijn wenkbrauwen en boog zich voorover, terwijl hij verontschuldigend opmerkte dat zijn reukvermogen niet al te best was. Hij raakte voorzichtig het haar van de vrouw aan en trok het weg zodat hij haar oor kon zien. Toen hapte hij naar adem.

'Grote god,' zei hij. 'Moet je dit eens zien.'

Annie bukte zich en keek naar de plek die hij aanwees. Net achter het rechteroor van de vrouw zat een klein, stervormig gaatje en de huid eromheen was verbrand en bedekt met een roetachtige substantie. Er was niet veel bloed en wat er was, had onder haar rode haar verborgen gezeten. Annie was geen expert, maar er was ook geen expert voor nodig om te kunnen zien dat dit een schotwond was die was veroorzaakt door een wapen dat van heel dichtbij was afgevuurd. En als er geen wapen te zien was en de vrouw één hand op het stuur had en de ander op de versnellingspook, dan kon ze moeilijk zichzelf deze schotwond hebben toegebracht.

Dokter Burns boog zich door het raampje langs de vrouw heen en voelde aan de andere kant van haar schedel naar bloedsporen en de plek waar de kogel haar hoofd weer had verlaten. 'Niets,' zei hij. 'Geen wonder dat we niets konden zien. De kogel moet zich nog in de schedel bevinden.' Hij deed een pas bij de auto vandaan, alsof hij zijn handen van de hele kwestie aftrok. 'Goed,' zei hij, 'meer kan ik nu niet doen. De rest is aan dokter Glendenning.'

Annie keek hem aan, zuchtte diep en riep Hatchley. 'Laat hoofdinspecteur Gristhorpe weten dat het zo te zien een moord betreft. En verder moeten we zo snel mogelijk dokter Glendenning en die lui van de technische recherche hierheen halen.'

Hatchley trok een lang gezicht. Annie begreep het wel en leefde met hem mee. Het was weekend, maar al het verlof zou nu worden ingetrokken. Brigadier Hatchley was beslist van plan geweest om naar de wedstrijd van het plaatselijke cricketteam te gaan kijken en zich daarna met zijn maten te laten vollopen in de pub. Dat zat er helaas niet meer in. Ze zou er niet eens van opkijken als Banks ook werd teruggeroepen, afhankelijk van de schaal waarop het onderzoek zou gaan plaatsvinden.

Ze staarde naar de weg en voelde haar hart in haar schoenen zinken toen ze de eerste mediabusjes al zag aankomen. Slecht nieuws verspreidt zich snel, dacht ze.

2

Banks, zich totaal niet bewust van de commotie een paar kilometer verderop aan de weg, was die ochtend al voor achten opgestaan en hij had zich aangekleed, en zat nu met koffie en een krant voor zich aan tafel, zijn lichte kater verdreven door de aspirine die hij had geslikt. Hij had helemaal niet goed geslapen, voornamelijk omdat hij met gespitste oren had liggen afwachten of de telefoon zou overgaan. Bovendien had hij het nummer dat Penny Cartwright had gezongen, *Strange Affair,* niet uit zijn hoofd kunnen zetten. De melodie bleef hem achtervolgen en ook de tekst, die allerlei beelden van dood en angst opriep, kon hij maar niet uit zijn gedachten verbannen. Door het raam had hij uitzicht op de strakblauwe hemel boven de steil omhoog rijzende noordelijke valleihelling en de daken van grijze flagstone van Helmthorpe ongeveer een kilometer verderop op de bodem van het dal, met zijn opvallende kerktoren met het vreemde torentje op de ene hoek die overal bovenuit torende. Het deed heel sterk denken aan het uitzicht dat hij ook had vanaf de muur bij zijn oude cottage, alleen onder een iets andere hoek. Het deed hem echter niets. Hij kon zien dat het prachtig was, maar hij kon het niet voelen. Het was alsof er iets ontbrak, een draadje loszat, of misschien hing er wel een soort onzichtbaar schild of dichte mist tussen hem en de rest van de wereld, die aan alles wat hij vroeger had gekoesterd de kracht om gevoelens bij hem los te maken had onttrokken. Muziek, het landschap, woorden op een pagina, alles leek dof en machteloos, ver weg en onbelangrijk. Nadat de brand vier maanden geleden zijn huis en bezittingen had verzwolgen, was Banks een teruggetrokken, in zichzelf gekeerde man geworden; hij was zich daar terdege van bewust, maar kon er niets aan doen. Weten dat je aan een depressie leed was één ding, er iets aan doen iets heel anders.

Het was begonnen op de dag dat hij het ziekenhuis had verlaten en naar de overblijfselen van zijn cottage was gaan kijken. Hij was niet voorbereid geweest op de enorme omvang van de ravage: het dak weg, de ramen door de hitte gesneuveld, de binnenkant een enorme berg verkoolde brokstukken, alles reddeloos verloren en vrijwel niets wat ook nog maar een beetje herkenbaar was. En het feit dat de man die dit op zijn geweten had was ontkomen, hielp ook niet echt.

Nadat hij een paar dagen op Gristhorpes boerderij in Lyndgarth had gelogeerd om aan te sterken, had Banks de flat gevonden en was hij erin getrokken. 's Ochtends kwam hij soms zijn bed niet uit. 's Avonds zat hij meestal te drinken voor de televisie, ongeacht wat er op was. Hij dronk nooit te veel, maar hij dronk wel gestaag door, voornamelijk wijn, en hij was ook weer begonnen met roken.

Zijn eenzelvige houding had de kloof tussen hem en Annie Cabbot, die overduidelijk iets van hem wilde, alleen maar verbreed. Hij dacht dat hij wel wist wat het was, maar kon het haar niet geven. Nog niet. Dit had er eveneens voor gezorgd dat zijn relatie met Michelle Hart, een inspecteur die recentelijk was overgeplaatst naar de afdeling Jeugd- en Zedenpolitie in Bristol, wat eigenlijk te ver weg was om een enigszins normale relatie te kunnen onderhouden, was bekoeld. Michelle had trouwens zo haar eigen problemen, wist Banks. Datgene wat haar leek te achtervolgen, liet haar nooit met rust, zat altijd in de weg, zelfs wanneer ze samen ergens om lachten of met elkaar vrijden. Ze hadden het een tijdlang heel goed gehad samen, dat leed geen enkele twijfel, maar inmiddels hadden ze het stadium van 'gewoon goede vrienden' bereikt dat gewoonlijk het einde inluidt.

Het was net of de brand en het daaropvolgende verblijf in het ziekenhuis de pauzeknop van Banks' leven hadden ingedrukt en hij de play-knop niet kon vinden. En toen hij eenmaal weer aan het werk was gegaan, was zelfs dat saai geweest, en had het voornamelijk bestaan uit bureauwerk en ellenlange vergaderingen waarin nooit eens echt een knoop werd doorgehakt. De verveling werd slechts af en toe even doorbroken wanneer hij met Gristhorpe of Jim Hatchley een biertje ging drinken en over voetbal of de televisieprogramma's van de vorige avond kletste. Zijn dochter Tracy was zo vaak ze kon bij hem op bezoek geweest, maar ze had aan de vooravond van haar examens gestaan en had haar tijd hard nodig om te studeren. Brian was eveneens een paar keer langsgekomen en zat nu met zijn band in een opnamestudio in Dublin om aan een nieuwe cd te werken. Hun eerste cd onder de naam *The Blue Lamps* had het redelijk goed gedaan, maar volgens de hooggespannen verwachtingen zou de tweede echt een knaller worden.

Banks had meer dan eens overwogen om professionele hulp te zoeken, maar had het idee telkens weer verworpen. Hij had zelfs even met de gedachte gespeeld dat dokter Jenny Fuller, een psycholoog die tevens als politieadviseur fungeerde en met wie hij al een aantal keren had samengewerkt, hem misschien wel zou kunnen helpen, maar zij had momenteel weer voor langere tijd een aanstelling als gastdocent – in Australië deze keer – en toen hij er eenmaal iets langer over had nagedacht, sprak het idee dat Jenny in de duistere krochten van zijn onderbewuste zou spitten hem eigenlijk ook niet echt aan. Misschien was het maar beter om datgene wat daar verborgen lag te laten rusten.

Eigenlijk had hij ook helemaal geen bemoeizieke zielenknijper nodig die in zijn hoofd grasduinde en hem vervolgens vertelde wat er mis met hem was. Hij wist allang wat er mis was, wist best dat hij veel te veel in zijn flat zat te piekeren. Hij wist ook dat het genezingsproces – niet alleen het fysieke, maar ook het mentale en emotionele – tijd nodig had en iets was wat hij alleen zou moeten doorlopen, dat hij de moeilijke weg terug naar het land der levenden stapje voor stapje zou moeten afleggen. De brand had zonder enige twijfel diepe wonden bij hem achtergelaten die veel verder gingen dan alleen de buitenkant.

Het was niet eens zozeer de pijn die hij had geleden – dat had niet lang geduurd en het grootste deel ervan kon hij zich toch niet meer herinneren – als wel het verlies van al zijn aardse bezittingen dat hem het hardst had getroffen. Hij voelde zich stuurloos, niet langer verankerd, een met helium gevulde ballon die aan de hand van een onoplettend kind was ontglipt. Wat het nog erger maakte was dat hij vond dat hij eigenlijk een enorme bevrijding zou moeten voelen, een ontsnapping uit de beklemmende greep van het materialisme, het soort gevoel waarover goeroes en wijzen spraken, maar hij voelde zich juist alleen maar nerveus en onzeker. Zijn verlies had hem helemaal niet de deugd der eenvoud leren inzien, had hem slechts leren inzien dat hij zijn materiële bezittingen meer miste dan hij ooit voor mogelijk had gehouden, ook al had hij nog niet voldoende energie en belangstelling bij elkaar geschraapt om een begin te maken met het vervangen van de voorwerpen die wel konden worden vervangen: zijn cd-verzameling, zijn boeken en dvd's. Hij was nu nog te lusteloos om al opnieuw te beginnen. Hij had uiteraard wel nieuwe kleren gekocht – gemakkelijk zittende, functionele kleren – maar meer ook niet.

Ach, bedacht hij peinzend, terwijl hij kauwend op een stukje geroosterd brood met marmelade vluchtig de recensies in het culturele katern van de krant doornam, het ging tenminste wel elke dag een klein beetje beter. Het werd steeds iets gemakkelijker om 's ochtend uit bed te komen en hij had er een gewoonte van gemaakt om op mooie dagen af en toe een wandeling te maken langs de valleihelling tegenover zijn flat, omdat de frisse lucht en de lichaamsbeweging hem energie gaven. Ook had hij de vorige avond genoten van Penny Cartwrights zang en begon hij langzamerhand zijn cd-verzameling te missen. Nog geen maand geleden zou hij niet eens de moeite hebben genomen om de recensies in de krant te lezen.

En nu had zijn broer Roy, die hem niet één keer had gebeld of opgezocht toen hij in het ziekenhuis lag, een geheimzinnige, dringende boodschap op zijn voicemail achtergelaten en niet teruggebeld. Voor de derde keer sinds hij die ochtend vroeg was opgestaan, probeerde Banks Roy te bereiken op de nummers die hij had ingesproken. Weer kreeg hij het antwoordapparaat met de mechanische stem die hem meedeelde dat hij een bericht kon achterlaten en ook het mobiele toestel stond nog altijd niet aan.

De krant kon hem niet langer boeien en na een blik op zijn horloge besloot Banks om zijn ouders te bellen. Die zouden inmiddels wel zijn opgestaan. Misschien was Roy wel bij hen of wisten zij wat er aan de hand was. Hij had in elk geval blijkbaar regelmatiger contact met hen dan Banks zelf.

Zijn moeder nam op, nerveus omdat ze al zo vroeg op de dag werd gebeld. In haar wereldje bracht een telefoontje zo vroeg op de ochtend nooit goed nieuws, wist Banks. 'Alan? Wat is er? Is er iets?'

'Nee, mam,' zei Banks in een poging haar gerust te stellen. 'Alles is in orde.'

'Je mankeert toch niets, hè? Gaat het al iets beter met je?'

'Ik ga vooruit,' zei Banks. 'Luister eens, mam, ik vroeg me af of Roy misschien bij jullie was.'

'Roy? Waarom zou hij bij ons zijn? De laatste keer dat we Roy hebben gezien was afgelopen oktober tijdens onze gouden bruiloft. Dat weet je toch nog wel? Je was er zelf ook bij.'

'Jawel, dat weet ik nog wel,' zei Banks. 'Maar ik probeer hem al een tijdje te bellen...'

Zijn moeder reageerde opgetogen. 'Dus jullie sluiten eindelijk vrede. Dat is fijn om te horen.'

'Ja,' zei Banks, die het niet over zijn hart kon verkrijgen om zijn moeder meteen weer teleur te stellen. 'Maar ik krijg steeds zijn antwoordapparaat.'

'Ach, hij is waarschijnlijk aan het werk. Je weet toch hoe hard Roy werkt. Die is altijd wel met het een of ander bezig.'

'Ja,' zei Banks instemmend. En meestal iets waarmee hij zich op het randje van de criminaliteit bevond. Maar dan wel witteboordencriminaliteit, wat door sommige mensen blijkbaar niet als criminaliteit werd beschouwd. Toen Banks er eens goed over nadacht, drong het tot hem door dat hij eigenlijk geen flauw idee had waarmee Roy zijn geld verdiende. Hij wist alleen dat hij heel veel verdiende. 'Dus u hebt de laatste tijd niets van hem gehoord?'

'Dat heb ik niet gezegd. Hij heeft een week of twee geleden nog gebeld, gewoon om te vragen hoe het met je vader en mij gaat.'

Het impliciete verwijt ontging Banks niet; hij had zijn ouders al meer dan een maand niet gebeld. 'Had hij verder nog iets te melden?'

'Niet echt. Behalve dan dat hij het druk heeft. Misschien is hij wel op reis. Heb je daar al eens aan gedacht? Hij zei inderdaad iets over een belangrijke zakenreis die hij binnenkort zou maken. Weer naar New York, geloof ik. Daar zit hij zo vaak. Ik kan me alleen niet herinneren wanneer hij precies zou gaan.'

'Goed, mam,' zei Banks. 'Dan zit hij waarschijnlijk daar. Dank u wel. Ik zal een paar dagen wachten en hem bellen wanneer hij weer terug is.'

'Doe dat, Alan. Hij is een goeie knul, die Roy van ons. Ik snap echt niet waarom jullie al die jaren niet beter met elkaar hebben kunnen opschieten.'

'We kunnen best met elkaar opschieten, mam. Onze levens zijn gewoon heel verschillend, dat is alles. Hoe gaat het met pa?'

'Hetzelfde als altijd.' Banks hoorde op de achtergrond het geritsel van een krant – de *Daily Mail* die zijn vader alleen las om zich vervolgens over de Conservatieven te kunnen beklagen – en een gedempte stem. 'Je krijgt de groeten van hem.'

'Oké,' zei Banks. 'Groeten terug... Nu, doe een beetje rustig aan allebei. Ik bel binnenkort nog wel een keertje.'

'Doe dat,' zei Banks' moeder, waarna hij ophing.

Banks belde nogmaals de twee telefoonnummers van zijn broer, maar nog steeds geen Roy. Hij was beslist niet van plan om een paar dagen of zelfs maar een paar uur te wachten. Als Roy onder normale omstandigheden zonder iets te zeggen ergens naartoe was gegaan en niet de moeite had genomen om even terug te bellen, was Banks er, zijn broer kennende, gewoon van uitgegaan dat Roy in Californië of het Caraïbisch gebied in de zon lag met een fraai gevormde jonge dame aan zijn zijde. Dat zou typisch iets voor hem en zijn egoïstische levenshouding zijn. Volgens Roy was alles in het leven met een glimlach en een stapeltje bankbiljetten te regelen. Deze keer lag het echter anders. Deze keer had Banks de angst in de stem van zijn broer gehoord.

Hij wiste het bericht van zijn voicemail, gooide een paar kledingstukken, tandenborstel en scheerapparaat in een weekendtas, controleerde of alle lampen uit waren, trok de stekkers van alle elektrische apparaten uit de stopcontacten en deed de flat achter zich op slot. Hij wist dat hij geen rust zou hebben tot hij de vreemde stilte van Roys kant tot op de bodem had uitgezocht, dus kon hij net zo goed naar Londen rijden om zelf uit te zoeken wat er allemaal aan de hand was.

Hoofdinspecteur Gristhorpe had na de lunch een vergadering belegd in de vergaderkamer van het hoofdbureau van de westelijke divisie en inspecteur Annie Cabbot, brigadier Hatchley en brigadier Stefan Nowak, de coördinator plaats delict, zaten samen met agenten Winsome Jackman, Kev Templeton en Gavin Rickerd op de hoge stoelen met stramme rugleuningen onder de starende blikken van katoenmagnaten met rode gezichten en strakke kragen uit een ver verleden. Hun aantekeningen en dossiermappen lagen in keurige stapeltjes naast piepschuimen bekertjes thee en koffie op de donkere, met was ingewreven tafel. Op de prikborden aan de muur bij de deur hingen Peter Darby's polaroidfoto's van de plaats delict. Het was bloedheet en bedompt in de ruimte en de kleine ventilator die Gristhorpe had aangezet, bracht daar vrijwel geen verandering in.

Zodra het onderzoek eenmaal serieus op gang kwam, zouden er al snel meer mensen aan het team worden toegevoegd, maar deze zeven personen zouden het kernteam blijven vormen: Gristhorpe als leidinggevende en Annie, die het grootste deel van het actieve onderzoek voor haar rekening zou nemen, als zijn assistent die tevens met de organisatie was belast. Rickerd zou als office manager verantwoordelijk zijn voor het voorbereiden en bemannen van de recherchecommandokamer van waaruit het moordonderzoek zou worden uitgevoerd; Hatchley fungeerde als administratief coördinator, die de waarde van elk stukje informatie moest inschatten en dit vervolgens zou doorgeven om in de computer te worden ingevoerd; Winsome en Templeton zouden het meeste loopwerk verrichten, alle informatie vergaren en natrekken, en de interviews voor hun rekening nemen. Later zouden er nog anderen worden toegewezen – een coördinator getuigenverklaringen, een operationeel coördinator die de dagopdrachten verdeelde, researchers en vele anderen – maar voorlopig was de belangrijkste taak het systeem opzetten en in werking stellen. Het betrof niet langer slechts een sterfgeval onder verdachte omstandigheden. Jennifer Clewes – als dat inderdaad de naam van het slachtoffer was – was vermoord.

Gristhorpe schraapte zijn keel, rommelde wat in zijn papieren en opende met een verzoek aan Annie om de feiten samen te vatten, wat ze zo kort en bondig mogelijk deed. Vervolgens richtte hij het woord tot Stefan Nowak. 'Al iets gehoord van de technische recherche?'

'Het is nog een beetje vroeg dag,' zei Stefan, 'dus ik kan u op dit moment alleen maar melden wat we níét hebben.'

'Kom maar op.'

'Het wegdek was droog en er zijn geen bandensporen zichtbaar van een ander voertuig. Ook hebben we geen tastbare sporen gevonden, geen weggegooide sigarettenpeuken, gebruikte lucifers en dergelijke. Op de buitenkant van de auto zit een flink aantal vingerafdrukken, dus het zal wel een tijdje duren voordat Vic Manson dat allemaal heeft uitgezocht, maar die kunnen werkelijk van iedereen zijn.'

'En de binnenkant van de auto?' vroeg Gristhorpe.

'Hij staat momenteel in de politiegarage. Daar zouden we vanmiddag iets meer over moeten horen. Er is wel iets anders.'

'Wat dan?'

'Het heeft er veel van weg dat ze inderdaad van de weg is geduwd. De linkerkant van de wagen heeft het stapelmuurtje geraakt.'

'Maar de rechterkant was onbeschadigd, voorzover ik dat tenminste heb kunnen zien,' zei Annie.

'Dat klopt,' zei Stefan instemmend. 'De auto die haar van de weg heeft gedrongen, heeft de hare niet daadwerkelijk geraakt. Helaas. Anders hadden we misschien een paar fraaie verfmonsters gehad.'

'Blijf zoeken,' zei Gristhorpe.

'De dader is niet van opzij op haar ingereden, maar heeft haar waarschijnlijk ingehaald en is toen plotseling naar links geschoven,' ging Stefan verder.

'Oké,' zei Gristhorpe. 'Wat doe je wanneer je als vrouw 's avonds alleen in de auto zit en er op een verlaten landweggetje een auto van achteren heel snel op je af komt gereden?'

'Je gaat er als een speer vandoor of je gaat juist langzamer rijden, zodat hij je kan inhalen en zo snel mogelijk zo ver mogelijk bij je vandaan is,' zei Annie.

'Precies. Alleen heeft hij haar in dit geval in de berm gedrukt.'

'De versnellingspook,' zei Annie.

'Wat?' vroeg Gristhorpe.

'De versnellingspook. Ze was bezig te schakelen. Ze wilde hem in zijn achteruit zetten.'

'Daar lijkt het tenminste wel op,' zei Stefan.

'Alleen was ze niet snel genoeg,' zei Annie.

'Nee. En toen sloeg de motor ook nog af.'

'Denkt u dat het mogelijk is dat ze met hun tweeën waren?' vroeg Annie.

'Hoezo?' vroeg Gristhorpe.

Stefan keek Annie even aan en gaf toen antwoord. Hun gedachtepatroon vertoonde zo vaak zoveel overeenkomsten dat het bijna griezelig werd, vond ze. 'Ik denk dat inspecteur Cabbot bedoelt dat de paar seconden die het de bestuurder anders zou hebben gekost om af te remmen, zijn riem los te maken en zijn pistool tevoorschijn te halen voordat hij kon uitstappen een enorm verschil hadden kunnen uitmaken,' zei hij.

'Inderdaad,' zei Annie. 'Hoewel het natuurlijk wat vergezocht is om ervan uit te gaan dat de moordenaar inderdaad als een brave burger keurig netjes de riem om had. En misschien had hij zijn pistool al eerder tevoorschijn gehaald en heeft hij niet eens de moeite genomen om de motor af te zetten. Maar als er nog iemand anders bij was, op de achterbank bijvoorbeeld, die snel uit de auto kon springen met zijn pistool in de aanslag en niet eerst de riem hoefde los te maken, dan zou ze geen tijd hebben gehad om te herstellen van de schok en de auto in zijn achteruit te zetten. Bedenk wel dat ze waarschijnlijk in paniek is geraakt.'

'Hm,' zei Gristhorpe. 'Interessant. En inderdaad heel goed mogelijk. We houden het zeker in gedachten. Verder nog iets?'

'Niet echt,' zei Stefan. 'Het slachtoffer is naar het mortuarium gebracht en dokter Glendenning zei dat hij verwachtte in de loop van de middag aan de lijkschouwing te kunnen beginnen. Voorlopig wijst alles erop dat een enkele schotwond boven het rechteroor de doodsoorzaak is.'

'Enig idee wat voor soort wapen er is gebruikt?'

'We hebben geen patroonhulzen gevonden, dus de moordenaar is slim geweest en heeft alles opgeruimd, of anders heeft hij een revolver gebruikt.

Als ik moest gokken, zou ik zeggen dat het waarschijnlijk een .22 was. Bij een groter kaliber had de kogel het lichaam waarschijnlijk ook weer verlaten, met achterlating van een tweede wond.' Stefan zweeg even. 'We mogen hier in de omgeving dan misschien niet al te veel ervaring hebben met schotwonden,' zei hij toen, 'maar onze ballistisch expert Kim Grainger weet waar ze het over heeft. Dat was het wel zo ongeveer, hoofdinspecteur. Het spijt me dat u op dit ogenblik nog niet echt veel aan ons hebt.'

'Het is ook een beetje vroeg dag,' zei Gristhorpe. 'Blijf zoeken, Stefan.' Hij richtte zich tot de rest van de groep. 'Is de identiteit van de vrouw al bevestigd?' vroeg hij.

'Nog niet,' zei Annie. 'Ik heb contact gehad met Lambeth North. Toevallig is hun inspecteur in Kennington een oude vriend van me, Dave Brooke, en hij heeft een paar agenten naar haar huisadres gestuurd. Daar was niemand aanwezig. Ze blijven een oogje in het zeil houden.'

'Haar auto staat niet als gestolen geregistreerd?'

'Nee.'

'Dus de kans dat het stoffelijk overschot dat we in die auto hebben aangetroffen van de eigenaar ervan is, is nog altijd heel reëel?'

'Ja. Tenzij ze haar auto aan een vriendin heeft uitgeleend of nog niet heeft gemerkt dat hij wordt vermist.'

'Weten we eigenlijk wel zeker dat ze alleen in die auto zat?' vroeg Gristhorpe.

'Nee.' Annie keek naar Stefan. 'Ik neem aan dat dat iets is wat ze in de garage voor ons kunnen vaststellen.'

Stefan knikte. 'Wellicht.'

'Is haar naam al door de computer gehaald?'

'Dat heb ik gedaan,' zei Winsome. 'Naam, vingerafdrukken, uiterlijke kenmerken. Niets. Als ze al ooit een strafbaar feit heeft gepleegd, dan hebben we haar daar niet voor opgepakt.'

'Het zou niet de eerste keer zijn,' zei Gristhorpe. 'Goed, onze eerste prioriteit is erachter zien te komen wie ze is en wat ze daar op dat weggetje deed. Ik ga er trouwens van uit dat we al zijn begonnen met een huis-aan-huisonderzoek in de omgeving van het incident?'

'Ja,' zei Annie. 'Het probleem is alleen dat er in de directe omgeving vrijwel niets is. Zoals u al weet is het in de vroege ochtenduren op een verlaten stuk weg tussen de A1 en Eastvale gebeurd. Onze mensen houden daar al een buurtonderzoek, maar er is in een straal van twee kilometer rondom de auto vrijwel niets te bekennen, afgezien van een paar vakantiecottages en een enkele boerderij. Tot nu toe heeft het niets opgeleverd.'

'Niemand heeft het schot gehoord?'

'Voorzover wij momenteel weten niet, nee.'

'Een ideale plek dus om iemand te vermoorden,' merkte Gristhorpe op. Hij wreef over zijn kin. Annie zag aan de stoppels dat hij zich die ochtend niet had geschoren. En zo te zien had hij evenmin zijn verwarde haardos gekamd. Maar goed, persoonlijke verzorging werd soms een beetje naar de achtergrond verdrongen door de dwingende tijdsdruk van een moordonderzoek. Tenminste, wat betreft de mannen dan. Kev Templeton was uiteraard veel te ijdel om er ook maar een fractie minder verzorgd, atletisch en trendy dan anders bij te lopen en zijn onaangedane, ijselijke houding deed vermoeden dat er antivries door zijn aderen stroomde in plaats van bloed, maar Jim Hatchley was beslist in Gristhorpes voetsporen getreden. Gavin zag eruit als een treinspotter, compleet met ziekenfondsbrilletje dat op de brug van zijn neus met een stuk pleister bij elkaar werd gehouden. Winsome zag er in haar donkerblauwe broek met krijtstreep en bijbehorende gilet met daaronder een witte bloes met geschulpte halslijn uit om door een ringetje te halen en Annie voelde zich in haar eenvoudige pastelkleurige jurk en linnen jasje een tikje conservatief. Ook voelde ze zich akelig plakkerig en ze hoopte maar dat het niet al te veel opviel.

Toen het tot haar doordrong dat ze een karikatuur van Kev Templeton aan het tekenen was in een outfit uit de jaren zeventig, compleet met afrokapsel en strak overhemd van goudlamé, rukte Annie zich los uit haar overpeinzingen betreffende kleding, sprak ze zichzelf in gedachten voor de zoveelste keer bestraffend toe omdat het haar tegenwoordig zoveel moeite kostte om zich ergens op te concentreren en richtte ze haar aandacht weer op het onderwerp van de vergadering: Jennifer Clewes. Gristhorpe had haar blijkbaar iets gevraagd en Annie besefte dat ze het niet had gehoord.

'Pardon?'

Gristhorpe keek haar met gefronste wenkbrauwen aan. 'Ik vroeg: hebben we al enig idee waar het slachtoffer die avond vandaan kwam?'

'Nee,' zei Annie.

'Dan is het misschien een goed idee om navraag te doen bij alle garages, benzinestations en winkels die tot laat op de avond geopend zijn.'

'Als het slachtoffer werkelijk Jennifer Clewes is,' zei Annie, die haar tijdelijke concentratieverlies zo snel mogelijk wilde goedmaken, 'dan bestaat er een goede kans dat ze uit Londen kwam. En de weg waarop ze is gevonden leidt van en naar de A1, die op zijn beurt weer in verbinding staat met de M1, waardoor dat alleen maar des te aannemelijker wordt.'

'Wegrestaurants en tankstations, dus?' opperde Kev Templeton.

'Een uitstekend idee, Templeton,' zei Gristhorpe. 'Kan ik dat aan jou over- laten?'

'Zou het niet beter zijn om de lokale politie daarvoor in te schakelen, hoofdinspecteur?'

'De organisatie daarvan neemt veel te veel tijd in beslag. We moeten snel resultaten boeken. Daarom is het beter dat je het zelf doet. Vanavond.'

'Net wat ik altijd al graag had willen doen,' mopperde Templeton. 'Langs de M1 op en neer rijden om de plaatselijke keuken uit te proberen.'

Gristhorpe glimlachte. 'Tja, het was tenslotte jouw idee. Ik heb trouwens gehoord dat je bij Woodall een heel aardige panini met bacon kunt krijgen. Verder nog iets?'

'Agent Jackman heeft me erop gewezen dat er een aantal maanden geleden een vergelijkbare misdaad heeft plaatsgevonden,' zei Annie.

Gristhorpe keek Winsome Jackman met opgetrokken wenkbrauwen aan. 'Is dat zo?'

'Ja, hoofdinspecteur,' zei Winsome. 'Ik heb de gegevens opgezocht. Er zijn minder overeenkomsten dan op het eerste gezicht lijkt.'

'We willen het toch graag even horen,' zei Gristhorpe.

'Het was tegen het eind van april, op de drieëntwintigste. De jonge vrouw in kwestie Claire Potter, was 23 jaar en woonde in Noord-Londen. Ze was op vrijdagavond rond een uur of acht vertrokken om het weekend door te brengen bij vrienden in Castleton. Daar is ze nooit aangekomen. Haar auto is de volgende ochtend in een greppel langs een stil weggetje ten noor- den van Chesterfield aangetroffen door een automobilist die toevallig voor- bijreed en haar lichaam lag daar vlakbij, ze was neergestoken en verkracht. De politie vermoedt dat haar auto door de dader van de weg in de greppel is gedrukt. De patholoog heeft sporen van chloroform en de bijbehorende brandplekken rond haar mond aangetroffen.'

'Waar was ze voor het laatst gezien?'

'Het benzinestation van Trowell.'

'Hebben de gesloten-circuitcamera's daar iets opgepikt?' vroeg Gristhor- pe.

'Blijkbaar niet. Ik heb even met inspecteur Gifford van de Derbyshire CID gesproken en kreeg de indruk dat ze op een dood spoor waren beland. Geen getuigen uit het restaurant of benzinestation. Niets.'

'De MO is ook anders,' merkte Annie op.

'Ja,' zei Gristhorpe. 'Jennifer Clewes is neergeschoten, niet neergestoken, en ze is niet seksueel misbruikt, voorzover we op dit moment tenminste weten. Maar jij denkt dus dat er een verband zou kunnen zijn, agent Jackman?'

'Nu ja,' zei Winsome nadenkend, 'er zijn wel enkele overeenkomsten: een korte pauze bij een benzinestation met wegrestaurant, een auto die van de weg wordt geduwd, een jonge vrouw. Er kunnen talloze redenen zijn waarom hij haar deze keer niet heeft misbruikt en het is ook heel goed mogelijk dat hij sinds de vorige moord een pistool heeft aangeschaft. Misschien beviel het werken met een mes hem niet. Misschien werd het daardoor net iets te persoonlijk.'

'Oké,' zei Gristhorpe. 'Goed gedaan. We houden het zeker in ons achterhoofd. Een seriemoordenaar tussen onze vingers laten wegglippen omdat we een dergelijk verband over het hoofd hebben gezien, is wel het laatste wat we willen. Ik neem aan dat je HOLMES in werking gaat zetten?'

'Ja,' zei Winsome. Het Home Office Large Major Enquiry System was een uiterst belangrijk middel bij elk grootschalig onderzoek. Elk stukje informatie werd in de computer ingevoerd en daar werden verbanden gelegd die zelfs een ervaren agent gemakkelijk zou kunnen missen.

'Mooi.' Gristhorpe stond op. 'Oké. Alle...'

Er werd op de deur geklopt en Gristhorpe riep: 'Binnen.'

Dokter Wendy Gauge, dokter Glendennings nieuwe, ondoorgrondelijke assistente, stond kalm en zelfverzekerd als altijd in de deuropening, met de mysterieuze, gereserveerde glimlach om haar lippen die daar altijd leek te sluimeren, zelfs wanneer ze over een stoffelijk overschot op de operatietafel gebogen stond. Het gerucht ging dat dokter Gauge werd klaargestoomd om de oude Glendenning op te volgen wanneer deze met pensioen zou gaan en Annie moest toegeven dat ze goed was.

'Ja?' zei Gristhorpe.

Wendy Gauge kwam de kamer in gelopen. 'Ik ben net terug van het mortuarium,' zei ze. 'Toen we de kleding van het slachtoffer wilden verwijderen, vond ik dit in een achterzak van haar broek.' Ze overhandigde hem een stukje gelinieerd papier dat zo te zien uit een schrift of zoiets was gescheurd en dat ze heel attent in een doorzichtig plastic mapje had gestopt. 'De moordenaar heeft waarschijnlijk verder alles uit de auto meegenomen,' ging dokter Gauge verder, 'maar... nu ja... haar spijkerbroek zat erg strak en ze... eh... nu ja, ze zat erop.'

Annie zou hebben durven zweren dat dokter Gauge bloosde.

Gristhorpe bestudeerde het stukje papier aandachtig, fronste toen zijn wenkbrauwen en schoof het over de tafel naar de anderen, zodat zij het ook konden lezen.

Annie kon haar ogen nauwelijks geloven, maar daar, haastig neergekrabbeld met een blauwe ballpoint, stonden een naam en een adres, gevolgd door een routebeschrijving vanaf de snelweg en een ruw geschetste kaart van Helmthorpe:

Alan Banks
Newhope Cottage
Beckside Lane
Gratly, bij Helmthorpe
North Yorkshire

Rond hetzelfde tijdstip waarop zijn collega's in Eastvale zich afvroegen waarom het slachtoffer van een moord zijn naam en adres in haar achterzak had zitten, kwam Banks in Londen aan en zocht hij tussen het zaterdagmiddagverkeer op wegen met chique restaurants en Maserati-showrooms door zijn weg naar het huis van zijn broer Roy in South Kensington, even ten oosten van Gloucester Road. Het was jaren geleden dat hij voor het laatst in Londen had gereden en de wegen leken drukker dan ooit.

Toen hij onder een smal bakstenen poortje doorreed en zijn auto parkeerde op de ruime, met kinderhoofdjes geplaveide binnenplaats, drong het tot hem door dat hij nog nooit bij Roy thuis was geweest. Hij stapte uit zijn auto en tuurde naar de witgeverfde bakstenen buitengevel van het huis met een inpandige garage naast de voordeur, met daarboven een erkerraam met verticale raamspijlen. Het zag er niet groot uit, maar dat deed er tegenwoordig niet echt meer toe. Een huis als dit, op deze locatie, zou op de huidige markt waarschijnlijk 800.000 pond doen of misschien nog wel meer, vermoedde Banks, wellicht zelfs een miljoen, en zo'n honderdduizend pond daarvan betaalde je alleen al voor het dure woord *mews* in je adres, hoe onwaarschijnlijk dat ook leek.

De huizen stonden broederlijk zij aan zij, maar verschilden allemaal in een of meer opzichten van elkaar – hoogte, gevel, ramen, garagedeuren, gietijzeren balkons – en er heerste een rustige, haast landelijke sfeer, een holletje waarin je kon wegkruipen voor de rumoerige drukte die zich letterlijk om de hoek bevond. De enorme binnenplaats werd aan drie kanten door huizen omringd en het poortje van rode baksteen, dat net breed genoeg was voor één auto en toegang gaf tot de drukke doorgaande weg, zorgde ervoor dat de wereld aan de andere kant werd buitengesloten. Achter de huizen recht tegenover het poortje werd het vrije uitzicht op de felblauwe lucht bedorven door een torenflat en in de verte een rij hijskranen, die eruitzagen als een bizar soort roofvogels.

De meeste huizen hadden een garage en er stonden dan ook vrijwel geen auto's op de binnenplaats geparkeerd. Naast de paar auto's die er wel stonden, BMW's, Jaguars en Mercedessen, stak Banks' sjofele Renaultje wel heel magertjes af. Het deed hem voor de zoveelste keer beseffen dat hij aan een nieuwe auto toe was. Het was een warme junidag, veel warmer dan in het noorden, en hij trok zijn jasje uit en hing het over zijn schouder.

Hij controleerde het huisnummer dat in zijn adresboekje stond. Het was het goede huis. Hij belde aan en wachtte even. Niemand deed open. Misschien was de bel wel kapot, bedacht Banks, of was deze boven niet te horen, maar toen schoot het hem te binnen dat hij door Roys ingesproken berichtje heen het gezoem van de bel had gehoord. Hij klopte op de deur. Nog steeds geen reactie. Hij klopte nogmaals.

Af en toe reed er op Old Brompton Road een auto langs het poortje, maar verder was het stil in de omgeving. Nadat hij voor de derde keer had geklopt, probeerde Banks of de deur op slot zat. Tot zijn stomme verbazing was dat niet het geval. Banks kon het bijna niet geloven. Hij herinnerde zich nog goed dat Roy juist al van heel jongs af aan altijd alle mogelijke beveiligingsmaatregelen trof en fanatiek over zijn bezittingen waakte. Een van de eerste dingen die hij had gedaan toen hij daar oud genoeg voor was, was sparen om een hangslot te kunnen kopen voor zijn speelgoedkist en wee degene die met zijn vingers aan Roys fiets of step zat.

Banks bekeek het slot aandachtig en zag dat het er een was met een speciaal nachtslot dat je alleen kon openen en sluiten met een sleutel. Achter de deur lagen een exemplaar van de *Times* van die ochtend en een paar brieven, rekeningen of reclamedrukwerk. Vlak bij de deur hing het paneeltje met druktoetsen van een inbraakalarm, maar dat was niet geactiveerd.

Aan de linkerkant was een kleine woonkamer die een beetje deed denken aan de wachtkamer bij de huisarts, met een beige, driedelige zithoek en een lage salontafel met een glazen blad waarop een keurig stapeltje tijdschriften lag. Banks bladerde er snel doorheen. Voornamelijk zakelijke bladen en hightech magazines. Vanaf de hal liep een smalle gang langs de woonkamer naar de aan de achterkant van het huis gelegen keuken, met aan de rechterkant direct achter de voordeur een deur die toegang gaf tot de garage. Banks nam even een kijkje en zag Roys Porsche 911 staan. De portieren waren op slot, de motorkap was koud.

Banks ging het huis weer in en opende een deur waarachter zich een smalle trap bevond. Hij bleef onderaan staan en riep Roys naam. Geen antwoord. Het huis was stil, op de talloze dagelijkse geluiden na die ons gewoonlijk niet eens meer opvallen: verkeer in de verte, het gebrom van de koelkast, het tikken van een klok, een kraan die lekte, oud hout dat kraakte. Banks huiverde even. Zijn moeder zou hebben gezegd dat er iemand over zijn graf liep. Hij kon niet precies zeggen waardoor het kwam, maar hij voelde duidelijk een tinteling langs zijn rug kruipen. Angst. Er was niemand in het huis; daar was hij vrij zeker van. Maar misschien hield iemand het pand in de gaten? Door de jaren heen had Banks geleerd naar zijn gevoel te luisteren, ook wanneer hij niet van plan was er iets mee te doen, en hij voelde aan dat hij voorzichtig te werk moest gaan.

Hij liep naar de keuken, die eruitzag alsof hij alleen maar werd gebruikt om thee te zetten en brood te roosteren. De hele benedenverdieping – woonkamer, gang en keuken – was in verschillende blauw- en grijstinten geschilderd. De verf rook nieuw. In de gang hingen een paar foto's met een scherp zwartwitcontrast. De ene was van een naakte vrouw die opgerold op een bed lag, de andere van een straatje met uit baksteen opgetrokken huizen met leistenen daken die glommen na een recente regenbui. Het straatje liep langs een heuvelhelling met straatstenen omlaag naar een fabriek met rokende schoorstenen. Banks was verrast. Hij wist niet dat Roy belangstelling had voor kunst en al helemaal niet voor fotografie. Maar ja, zijn broer en hij waren dan ook zo ver uit elkaar gegroeid dat er nog wel meer zou zijn dat hij niet van hem wist.

In de keuken stond een kleine, rustieke houten tafel met twee bijpassende stoelen, omgeven door de gebruikelijke parafernalia: aanrecht, werkbladen, broodrooster, keukenkastjes, koelkast, fornuis en magnetron. De tafel was leeg, afgezien van een geopende fles Amarone waar de kurk in was teruggestopt en, half verscholen achter de fles, een mobiele telefoon. Banks pakte het toestel op. Het ding stond uit en hij zette hem aan. Het was een duur model, zo een dat digitale beelden kan versturen en ontvangen, en de batterij was nog vrijwel helemaal opgeladen. Hij luisterde de voicemail af en las de sms-jes door, maar de enige berichten die daarop waren achtergelaten, waren die van hemzelf. Was Roy iemand die wel vaker vergat zijn mobieltje mee te nemen wanneer hij ergens naartoe ging, zelfs wanneer hij net zijn nummer bij iemand had ingesproken met het verzoek hem terug te bellen? Banks betwijfelde het, zoals hij ook betwijfelde of Roy zomaar zou vergeten zijn voordeur op slot te doen of het inbraakalarm te activeren, tenzij hij enorm van slag was.

Op een van de werkbladen stond een wijnrek en zelfs Banks kon zien dat de flessen bordeaux, chianti en bourgogne die erin lagen duur en van goede kwaliteit waren. Boven het rek hing aan een haakje een sleutelbos. Een van de sleutels zag eruit als een autosleutel. Banks stopte ze in zijn zak. Hij keek in de koelkast. Die was leeg, op wat margarine, een pak melk en een stukje beschimmelde cheddar na. Dat bevestigde zijn vermoeden. Roy stond niet graag in de keuken. Hij kon het zich gemakkelijk veroorloven om buiten de deur te eten en Old Brompton Road telde een flink aantal uitstekende restaurants. De achterdeur zat op slot en het raam keek uit op een achtertuintje en het steegje daarachter.

Voordat hij naar boven ging, liep Banks eerst terug naar de garage om te zien of de autosleutel aan de sleutelbos van de Porsche was. Zoals hij al had verwacht, was dit inderdaad het geval. Banks deed het portier aan de bestuurderskant open en stapte in.

Hij had nog nooit in een dergelijke auto gezeten en hij zakte helemaal weg in de luxueuze leren bekleding. Hij voelde er veel voor om de sleutel in het contact te steken en zomaar een stukje te gaan rijden. Maar daarvoor was hij nu niet hier. De binnenkant van de auto rook schoon en fris, met een vleugje duur leer erdoorheen. Voorzover Banks kon zien lagen er geen lege chipszakjes of blikjes fris op de achterbank, geen lege snoeppapiertjes op de vloer. Helaas zat er ook niet zo'n hip GPS-geval in de auto dat Banks kon vertellen waar Roy de laatste keer naartoe was geweest. In het zijvak van het portier zat een klein AA-boekje met wegenkaarten, dat was opengeslagen op de pagina met rechts onderaan Reading en links bovenaan Stratford-upon-Avon. Verder zat er niets in, afgezien van de handleiding van de auto en een paar cd's, voornamelijk klassieke muziek. Banks stapte uit en keek in de kofferbak. Die was leeg. Daarna liep Banks de trap op naar de bovenverdieping, die veel meer woonruimte bood dan de begane grond omdat hij ook boven de garage doorliep. Boven aan de trap was een kleine overloop waar vijf deuren op uitkwamen. De eerste gaf toegang tot het toilet, de tweede tot een moderne badkamer, compleet met Power Shower en whirlpool. Hij zag het gebruikelijke scheergerei, spullen voor gebitsverzorging, aspirine en een maagzuurremmend middel, en heel wat meer verschillende soorten shampoo, conditioner en bodylotion dan een man alleen volgens Banks nodig kon hebben. Ook het roze plastic wegwerpscheermesje naast de lotion voor de gevoelige huid was waarschijnlijk niet echt aan Roy besteed, tenzij hij natuurlijk zijn benen schoor.

Aan de achterkant van het huis bevond zich een slaapkamer, eenvoudig en licht, met behang met een bloemetjesmotief: tweepersoonsbed, dekbed, toilettafel, ladekastje en een kleine kledingkast vol kleding en schoenen, alles even onberispelijk. Roys garderobe omvatte een uitgebreide verzameling dure vrijetijdskleding en zakelijke kleding, merkte Banks op toen hij de labels bekeek – Armani, Hugo Boss, Paul Smith – en er hing ook wat vrouwenkleding, waaronder een zomerjurk, een zwarte avondjurk, Levi's, een stapel shirtjes met korte mouwen en diverse paren schoenen en sandalen.

In de laden lagen enkele sieraden, condooms, tampons en mannen- en vrouwenondergoed. Banks wist niet of Roy zich op gezette tijden graag in vrouwenkleding uitdoste, maar ging er gemakshalve maar van uit dat de vrouwenspullen het eigendom waren van zijn huidige vriendinnetje. En aangezien de hoeveelheid te gering was om erop te kunnen duiden dat er ook daadwerkelijk een vrouw in het huis woonde, leek het veilig om aan te nemen dat ze hier slechts een paar kledingstukken en toiletartikelen had liggen voor het geval ze de nacht bij Roy doorbracht.

Banks dacht terug aan het jonge meisje dat Roy bij zich had gehad toen ze elkaar de laatste keer zagen. Ze was een jaar of twintig geweest, verlegen, met kort, piekerig zwart haar met blonde plukken, een bleek, knap gezichtje en prachtige ogen met de warme gloed van kastanjes in oktober. Ook had er een zilveren piercing onder haar onderlip gezeten. Ze had een spijkerbroek aangehad met een kort, wollen truitje dat een flink stuk van haar strakke buik had vrijgelaten en een navel met een ringetje erdoorheen. Ze waren verloofd, herinnerde Banks zich nog. Haar naam was Colleen geweest of Connie of zoiets. Misschien wist zij wel waar Roy uithing.

Haar nummer stond waarschijnlijk wel in het bestand op Roys mobiele telefoontje. Het was natuurlijk helemaal niet zeker dat ze nog steeds met Roy verloofd was of dat de kleding en toiletspullen van haar waren.

Naast de slaapkamer lag een veel grotere kamer die blijkbaar dienstdeed als Roys kantoor en was ingericht met dossierkasten, computerscherm, fax-apparaat, printer en kopieerapparaat. Ook hier was alles piekfijn in orde, geen rommelige stapels papier of op alle mogelijke en onmogelijke plekken gele memostickertjes, zoals in Banks' eigen kantoor. Het bureau was vrij-wel leeg, op een ongebruikt schrijfblok na en een leeg glas waarin rode wijn had gezeten, gezien de gestolde droesem op de bodem. Op een boe-kenplank vlak boven het bureau stond een reeks standaard referentieboe-ken: atlas, woordenboek, Dunn and Bradstreet, *Who's Who*.

Roy leidde zo te zien een zeer ordelijk leventje en Banks bedacht dat hij als kind ook al zo netjes was geweest. Na het spelen had hij zijn speelgoed altijd keurig in zijn kist opgeborgen en deze op slot gedaan. Zijn kamer was een toonbeeld van reinheid en netheid geweest, zelfs toen hij een tiener was. Hij had echt zo bij het leger gekund. In Banks' kamer was het daarentegen altijd dezelfde wanordelijke bende geweest als in de meeste tienerslaapka-mers die hij tegenwoordig tijdens vermiste-personenzaken zag. Hij had zelf altijd precies geweten waar alles was – zijn boeken stonden bijvoorbeeld op alfabet gerangschikt – maar hij nam zelden de moeite om zijn bed op te maken of de her en der neergegooide kledingstukken op de vloer uit te zoe-ken. Nog een reden waarom zijn moeder altijd de voorkeur had gegeven aan Roy.

Banks vroeg zich af of Roys computer bruikbare informatie zou opleveren. Het platte computerscherm stond op het bureau, maar de computer zelf kon Banks nergens vinden. Hij stond niet op of onder het bureau en even-min op de plank erachter. Hij zag een toetsenbord en een muis, maar zon-der computer kon hij met toetsenbord, muis en scherm helemaal niets be-ginnen. Dat wist zelfs een beginneling als Banks nog wel.

Omdat hij wist dat Roy een fervent liefhebber was van de nieuwste tech-nische snufjes en apparaatjes had Banks eigenlijk verwacht dat er tevens wel ergens een laptop zou liggen, maar ook daarin kwam hij bedrogen uit. Hetzelfde gold voor een palmtop. Hij wist nog goed dat Roy op het feestje vorig jaar met een opzichtige, nieuwe palmtop had lopen zwaaien, zo'n gevalletje dat vrijwel alles kan, behalve dan misschien 's ochtends een eitje voor je bakken.

Het sprak uiteraard voor zich dat er nergens zoiets nuttigs als een agenda te vinden was. Roy bewaarde alle informatie natuurlijk op zijn computer en palmtop, en die waren blijkbaar allebei verdwenen. Gelukkig had Banks zijn mobiele telefoon wel en zou deze waarschijnlijk een enorme hoeveelheid nummers van contactpersonen opleveren.

In een postvakje achter de computertafel lag een digitale camera, een Nikon Coolpix 4300. Hoewel Banks' eigen goedkope Canon natuurlijk niet kon tippen aan die van Roy, wist hij er wel het een en ander over. Hij kreeg het ding vrij gemakkelijk aan de praat en zocht uit hoe hij de afbeeldingen op het LCD-scherm kon bekijken, maar er zat geen geheugenkaart in en er waren geen afbeeldingen opgeslagen. Hij doorzocht de overige postvakjes om te zien of daar misschien een soort foto-opslagapparaatje lag, maar vond niets. Weer een ontbrekend stukje van de puzzel, besefte hij. Al die dingen die je in de nabijheid van een computer zou verwachten – zip drive, back-updiskettes of cd's – waren stuk voor stuk opvallend afwezig. Alleen beeldscherm, muis, toetsenbord en een lege digitale camera waren achtergebleven.

Er lag nog wel een ander apparaatje: een 40G iPod, weer zo'n elektronisch speeltje dat Banks had overwogen om aan te schaffen. Hij luisterde even vluchtig, ving een fragment op van een aria en een stukje uit een ouverture. Banks had zijn broer altijd een beetje als een cultuurbarbaar beschouwd, wist niet eens dat hij van opera hield en ze dus misschien wel iets met elkaar gemeen hadden. Voorzover hij het zich kon herinneren was Roy een fan van Herman's Hermits geweest, terwijl Banks zelf liever naar Dylan, The Who en de Stones had geluisterd.

Een van de muziekstukken waar Banks toevallig op stuitte, was Dido's klaagzang uit Purcells *Dido and Aeneas* en hij bleef iets langer luisteren dan eigenlijk noodzakelijk was, met een brok in zijn keel en dat brandende gevoel achter zijn ogen dat hij altijd kreeg wanneer hij *When I am laid in earth* hoorde. Hij stond versteld van de krachtige, emotionele reactie die het bij hem opriep. Opnieuw een goed teken. Sinds de brand had hij amper iets gevoeld en hij had gedacht dat dat kwam doordat hij niets meer had om mee te voelen. Het was een bemoedigende gedachte dat er ergens in zijn oude lijf nog een beetje leven zat. Hij bekeek de inhoudsopgave van de iPod en trof daar een flinke verzameling prachtige stukken aan: Bach, Beethoven, Verdi, Puccini, Rossini. Zelfs de complete *Ring*-cyclus, maar ach, niemand is volmaakt, vond Banks. Roy al helemaal niet. Dat zijn broer op een enkele uitzondering na een goede smaak bleek te hebben, kwam als een aangename verrassing.

Het telefoontje zelf was net een minicomputer. Banks slaagde erin 1471 te bellen en ontdekte zo dat het laatste binnenkomende gesprek dat van hem was geweest voordat hij die ochtend naar Londen was vertrokken. Roy had geen abonnement op de extra service die de nummers van de laatste vijf bellers weergaf. Banks bedacht dat dit er waarschijnlijk ook weinig toe deed, omdat hij zelf minstens vijf keer had gebeld. Het telefoontje was verbonden met een digitaal antwoordapparaat en na wat onhandig gerommel met de druktoetsen ontdekte Banks dat er drie berichten waren, alle drie van hemzelf. De overige keren had hij geen boodschap achtergelaten.

Banks dacht dat hij ergens in het huis iets hoorde. Hij bleef roerloos zitten luisteren. Stel dat Roy was teruggekomen en erachter kwam dat Banks in zijn privé-spullen en zakelijke papieren zat te snuffelen? Hoe moest hij zich daar dan in vredesnaam uit kletsen? Daar stond tegenover dat het een enorme opluchting voor Banks zou zijn om Roy weer te zien en Roy zou toch zeker wel begrijpen dat na zijn telefoontje zijn broer de inspecteur wel iets had moeten ondernemen? Desondanks zou het een gênante situatie zijn. Er verstreken een paar minuten en toen hij verder niets meer hoorde, deed hij het af als een van de vele geluiden die bij zo'n oud huis als dit horen.

Banks trok de laden van het bureau open. De onderste twee bevatten mappen vol rekeningen en belastingpapieren, die zo op het eerste gezicht niets ongebruikelijks aan het licht brachten, en de bovenste laden zaten vol met de gebruikelijke kantoorartikelen: plakband, elastiekjes, paperclips, scharen, kladblokken, nietmachines en cartridges voor de printer.

De ondiepe lade in het midden van het bureau bevatte pennen en potloden in alle vormen en maten. Banks woelde er met zijn hand doorheen en zijn aandacht werd getrokken door een vrij opvallend exemplaar. Deze was dikker en korter dan de meeste andere pennen, platter en vierkant in plaats van rond. Hij vermoedde dat het misschien een markeerstift was, viste hem eruit en schroefde de dop eraf. Het was geen pen. Waar de punt behoorde te zitten, zat een klein, rechthoekig stukje metaal dat eruitzag alsof het ergens moest worden ingeplugd. Maar waarin? Hoogstwaarschijnlijk een computer. Banks deed de dop er weer op en liet het ding in het borstzakje van zijn overhemd glijden.

De laatste deur gaf toegang tot een enorme woonkamer die zich boven de garage uitstrekte. Het was de kamer aan de voorkant met het erkerraam dat Banks vanaf de straat had gezien. Het kleurenschema hier was anders, rode en aardetinten, woestijnkleuren. Ook hier hingen ingelijste zwartwitfoto's aan de muren en Banks vroeg zich af of Roy ze misschien zelf had gemaakt. Hij wist niet of je met een digitale camera zwartwitfoto's van zo'n goede kwaliteit kon maken, maar misschien was het best mogelijk. Er was hem nog altijd niets te binnen geschoten wat erop duidde dat Roy vroeger belangstelling had gehad voor fotografie; Roy had volgens hem ook nooit bij de fotografieclub op school gezeten, terwijl de meeste andere scholieren allemaal wel voor langere of kortere tijd lid waren geweest in de vergeefse hoop dat degene die de leiding had op een goede dag een naaktmodel naar binnen zou smokkelen.

Net als de rest van het huis was ook deze kamer schoon en opgeruimd. Nergens een stofnest of vieze mok te bekennen. Banks dacht niet dat Roy het huis zelf schoonhield; daar had hij waarschijnlijk wel een schoonmaakster voor. Zelfs de glossy tijdschriften lagen keurig evenwijdig aan de rand van de tafel opgestapeld, alsof Hercule Poirot zich er in hoogst eigen persoon over had ontfermd. Voor het raam stond een weelderige slaapbank tegenover de muur waaraan een breedbeeld plasmatelevisie hing die was verbonden met een schotelantenne en een dvd-speler. Toen hij iets beter keek, ontdekte Banks dat je met de laatste ook dvd's kon opnemen. Onder het scherm stonden een subwoofer en een center luidspreker, en verdeeld over de ruimte hingen op strategische plekken nog eens vier kleinere speakers. Het was dure apparatuur, die Banks maar wat graag zelf had aangeschaft als hij er het geld voor had gehad.

Banks liep naar de op maat gemaakte muurkast om Roys verzameling dvd's en cd's te inspecteren. Verbouwereerd las hij de titels. Niet de nieuwste James Bond- of Terminatorfilms, geen schoolmeisjes- of Jenna Jameson-porno, maar Fellini's $8\frac{1}{2}$, Kurasawa's *Ran* en *Kumonosu jô*, Herzogs *Fitzcarraldo*, Bergmans *Det Sjunde inseglet* en Truffauts *Les Quatre cents coups*. Er stonden een paar films bij die Banks zelf ook nog wel zou willen bekijken – *The Godfather*, *The Third Man* en *A Clockwork Orange* – maar niet-Engelstalige arthousefilms, klassiekers uit de filmwereld, vormden toch de meerderheid. Er stonden ook een paar rijen boeken, voornamelijk non-fictie over onderwerpen variërend van muziek en film tot filosofie, religie en politiek. Nog een verrassing. In een nisje stond een enkele ingelijste familiefoto.

Banks liet zijn blik langs Roys uitgebreide operaverzameling op dvd en cd glijden: *Die Zauberflöte, Tosca, Otello, Lucia di Lammermoor* en vele andere. Een complete *Ring*-cyclus, dezelfde als op de iPod. Er stond ook wat jazz uit de jaren vijftig en een paar Hollywood-musicals – *Oklahoma, South Pacific, Seven Brides for Seven Brothers* – maar op het debuut van The Blue Lamps na geen popmuziek. Banks vond het fijn om te zien dat Roy Brians cd had gekocht, ook al had hij hem waarschijnlijk nooit gedraaid. Hij vroeg zich af hoe de cd op Roys dure stereo-installatie zou klinken, dus hij trok het plastic hoesje uit de kast en maakte hem open. In plaats van de vertrouwde blauwe afbeelding zag hij echter de woorden *CD-Rewritable* op het schijfje staan, die 650 megabytes bevatte ofwel 74 minuten speeltijd.

Banks stopte de cd in de zak van zijn jasje en ging op de bank zitten. Op de armleuning lagen diverse afstandsbedieningen en toen hij eenmaal had uitgevogeld bij welk apparaat ze allemaal hoorden, zette hij de televisie en versterker aan om beeld en geluid uit te proberen. Er was een Europese voetbalwedstrijd aan de gang en de kwaliteit van het beeld was adembenemend, het geluid van de commentatoren hard genoeg om de doden tot leven te wekken. Hij zette alles weer uit.

Banks liep terug naar het kantoor, pakte het schrijfblok van het bureau en een pen uit de lade, en nam deze mee naar de keuken op de begane grond. Daar ging hij aan de keukentafel zitten om een kort briefje te schrijven waarin hij uitlegde dat hij in het huis was geweest en later zou terugkomen, met daaraan toegevoegd het verzoek of Roy zo snel mogelijk contact met hem wilde opnemen, mocht hij thuiskomen terwijl Banks weg was.

Hij vond het jammer dat hij er niet aan had gedacht om zijn mobiele telefoontje mee te nemen, want dan had hij een nummer kunnen achterlaten waarop hij bereikbaar was, maar het was nu eenmaal niet anders; hij had hem in de woonkamer van zijn flat op tafel laten liggen, net als de draagbare cd-speler die hij de afgelopen maanden niet één keer had gebruikt. Toen bedacht hij dat hij natuurlijk wel Roys mobieltje kon meenemen. Hij was toch al van plan om de namen in het telefoonbestand na te trekken, dus kon hij hem net zo goed een tijdje gebruiken voor het geval Roy hem wilde bellen. Hij meldde dit nog even in een PS onder aan het briefje en stopte het mobieltje in zijn zak. Op weg naar buiten probeerde hij de sleutel die hem het geschiktst leek uit en hij ontdekte dat deze inderdaad op de voordeur paste.

3

'Wat denk jij ervan, Annie?' vroeg Gristhorpe.

Ze zaten samen in het ruime, van vloerbedekking voorziene kantoor van de hoofdinspecteur met het stukje papier tussen hen in op Gristhorpes bureau. Het was niet Banks' handschrift, daar was Annie heel zeker van. Maar verder was het één groot vraagteken. Ze had de dode vrouw beslist nooit ontmoet en Banks had in haar bijzijn nooit de naam Jennifer Clewes laten vallen. Dat hoefde op zich natuurlijk helemaal niets te betekenen, besefte ze. Op de eerste plaats was het misschien niet eens haar echte naam en op de tweede plaats was het heel goed mogelijk dat Banks een heleboel zaken uit zijn leven voor haar verborgen had gehouden, waaronder mogelijk ook een nieuwe vriendin. Maar als ze inderdaad zijn vriendin was, waarom had ze dan een routebeschrijving en een briefje met zijn adres nodig? Het kon natuurlijk zijn dat ze nog niet eerder bij hem in Gratly langs was geweest.

Was ze echt zijn nieuwste aanwinst? Annie betwijfelde het. Banks was de laatste tijd teruggetrokken, chagrijnig en zwijgzaam geweest, gedrag dat nu niet bepaald bevorderlijk was voor het veroveren van een nieuwe geliefde. Wie zou hem in zijn huidige gemoedstoestand nu willen hebben? Bovendien was deze vrouw jong genoeg om zijn dochter te kunnen zijn. Nu zou dat voor een heleboel mannen geen enkel obstakel vormen, maar toch... Wat veel belangrijker was, was het feit dat een kogel in haar hoofd een einde aan haar leven had gemaakt. Een relatie met Banks bracht de nodige risico's met zich mee, wist Annie uit eigen ervaring, maar die waren over het algemeen niet dodelijk.

'Ik weet het niet, hoofdinspecteur. Ik vermoed dat het het meest voor de hand ligt dat het haar eigen handschrift is. Misschien heeft ze de informatie telefonisch doorgekregen en zelf opgeschreven. Dat zullen we weten zodra we een voorbeeld van Jennifer Clewes' handschrift binnenkrijgen.'

'Heb je inspecteur Banks gesproken?'

'Hij is niet thuis en zijn mobieltje staat niet aan. Ik heb een bericht ingesproken.'

'Goed, laten we dan maar hopen dat hij dat afluistert en terugbelt. Ik zou erg graag willen weten waarom een jonge vrouw midden in de nacht helemaal vanuit Londen hiernaartoe onderweg was om hem te spreken en waarom iemand haar door haar hoofd heeft geschoten.'

'Hij kan overal zijn,' zei Annie. 'Hij heeft tenslotte vakantie.'

'Heeft hij jou niet verteld waar hij naartoe ging?'

'Hij vertelt me tegenwoordig bijna niets meer.'

Gristhorpe fronste zijn wenkbrauwen en wreef over zijn kin, leunde toen achterover in zijn ruime, gestoffeerde stoel en vouwde zijn handen achter zijn hoofd. 'Hoe gaat het met hem?' vroeg hij.

'Ik ben wel de laatste aan wie u dat moet vragen, hoofdinspecteur. We hebben elkaar sinds de brand amper gesproken.'

'Ik dacht dat jullie bevriend waren.'

'Ik zou graag geloven dat dat ook zo is. Maar u kent Alan. Hij is niet bepaald het type dat iets loslaat wanneer hij dat niet wil. Ik denk dat hij me nog altijd verwijt wat er is gebeurd, de brand en de rest. Phil Keane was tenslotte mijn vriend. Hoe dan ook, hij is de laatste tijd erg zwijgzaam. Om eerlijk te zijn geloof ik dat dat deels ook komt doordat hij depressief is.'

'Ik kan niet zeggen dat dat me verbaast. Dat komt vaak voor na ziekte of een ongeluk. Het enige wat je kunt doen is wachten tot het opklaart. En hoe staat het met jou?'

'Met mij? Uitstekend. Ik red me wel.' Annie hoorde zelf hoe gespannen en onzeker haar stem klonk, maar ze kon er niets aan doen. Trouwens, ze zou het vast ook wel redden. Ze was in elk geval niet depressief, alleen gekwetst en kwaad, en wellicht ook een beetje in de war.

Gristhorpe hield haar blik net lang genoeg vast om haar een ongemakkelijk gevoel te geven en ging toen verder. 'We moeten zien te achterhalen waarom het slachtoffer Alans adres bij zich had,' zei hij. 'En we kunnen het haar zelf niet vragen.'

'Ze had een huisgenote,' zei Annie. 'Het team van Lambeth North werd het zat om een beetje doelloos buiten rond te hangen en is binnen een kijkje gaan nemen. Jennifer Clewes woonde in het huis samen met een zekere Kate Nesbit. Er lag in elk geval post voor zowel Kate Nesbit als Jennifer Clewes.'

'Hebben ze die huisgenote al gesproken?'

'Ze is niet thuis.'

'Op haar werk?'

'Op zaterdag? Zou kunnen. Of wellicht is ze een weekend weg.'

Gristhorpe keek op zijn horloge. 'Het is beter dat je er zelf naartoe gaat,

Annie,' zei hij. 'Laat die oude vriend van je in Kennington maar weten dat je komt. Spoor die huisgenote op en praat met haar.'

'Ja, hoofdinspecteur.' Annie stond op. 'Er is nog iets anders.'

'Wat dan?'

Annie gebaarde naar het vodje papier. 'Dat adres. Het is weliswaar Alans adres, maar niet waar hij momenteel woont.'

'Dat was me al opgevallen,' zei Gristhorpe. 'Denk je dat dat van belang is?'

'Tja,' zei Annie met haar hand al op de deurknop. 'Hij woont inmiddels al vier maanden in die flat in het voormalige huis van Steadman. Je zou toch denken dat iedereen die hem kent – iedereen die hem goed kent in elk geval – daarvan op de hoogte is. Als ze zijn nieuwe vriendin was of zoiets, waarom heeft hij haar dan zijn oude adres gegeven?'

'Daar zit wat in.' Gristhorpe wreef nadenkend langs de zijkant van zijn neus.

'Wat wilt u dat we nu doen?'

'Met betrekking tot inspecteur Banks?'

'Ja.'

Gristhorpe zweeg even. 'Hij neemt de telefoon niet op, zei je?'

'Dat klopt, de telefoon thuis niet en zijn mobieltje ook niet.'

'We moeten hem zo snel mogelijk zien op te sporen, maar ik wil het nog even buiten de officiële kanalen om proberen. Ik zal Winsome zijn familie en vrienden laten bellen, eens kijken of iemand weet waar hij uithangt.'

'Ik was van plan om even bij zijn huis langs te gaan – beide huizen – om een kijkje te nemen... u weet wel... controleren of alles in orde is.'

'Prima idee,' zei Gristhorpe. 'Weet je zeker dat je dat aankunt?'

Annie keek hem over haar schouder aan. 'Natuurlijk kan ik dat aan,' zei ze. 'Waarom zou ik het niet aankunnen?'

Banks klopte aan bij een paar buurhuizen in de straat, maar er werd slechts bij één opengedaan, een oudere man die in het huis tegenover dat van Roy woonde.

'Ik had u al bij Roy naar binnen zien gaan,' zei deze. 'Ik zat me net af te vragen of ik soms de politie moest bellen.'

Banks haalde zijn politiepas tevoorschijn. 'Ik ben Roys broer,' zei hij, 'en ik ben van de politie.'

Daar nam de man blijkbaar genoegen mee, want hij stak zijn hand uit.

'Malcolm Farrow,' zei hij toen Banks hem een hand gaf. 'Aangenaam. Komt u binnen.'

'Ik hoop niet dat ik u stoor, maar...'

'Geen sprake van. Nu ik met pensioen ben lijken alle dagen op elkaar. Kom binnen, dan nemen we een borrel.'

Banks liep achter hem aan naar een woonkamer die vol stond met donkere houten meubelen en antieke voorwerpen. Farrow bood hem een glas cognac aan, maar Banks wilde alleen maar spuitwater. Het was veel te vroeg op de middag voor sterke drank.

'Wat kan ik voor u doen, meneer Banks?' vroeg Farrow.

'Zegt u toch Alan. Het gaat over Roy.'

'Wat is er met hem? Prachtkerel trouwens, die broer van je. Kan me geen betere buurman wensen. Opgewekt, attent. Geweldige vent.'

'Dat is fijn om te weten,' zei Banks, die afgaande op Farrows onvaste stem en het fijne netwerk van paarse adertjes rond zijn stompe neus zo het vermoeden had dat deze al een paar borreltjes op had. 'Wat ik eigenlijk wilde weten is of u enig idee hebt waar hij naartoe is.'

'Bedoel je dat hij dan nog niet terug is?'

'Inderdaad. Hebt u hem zien weggaan?'

'Ja zeker. Gisteravond om een uur of halftien. Ik liet net de kat naar buiten en toen zag ik hem vertrekken.'

Dat was vlak na het telefoontje, besefte Banks. 'Was hij alleen?'

'Nee. Er was een man bij hem. Ik riep een groet en Roy groette terug. Zoals ik al zei, ik kan me geen vriendelijkere buurman wensen.'

'Die man,' zei Banks. 'Hebt u hem goed kunnen zien?'

'Jammer genoeg niet. Het werd al een beetje donker, zie je, en de straatverlichting is niet best. Om je de waarheid te zeggen zijn mijn ogen ook niet meer wat ze geweest zijn.'

En hij was bovendien waarschijnlijk straalbezopen, dacht Banks, als hij er tenminste van uit mocht gaan dat vandaag geen uitzondering was. 'Alles wat u zich kunt herinneren, is welkom,' zei hij.

'Nou ja, het was een potige kerel met krullend haar. Blond of grijs. Sorry, meer heb ik niet gezien. Dat is me alleen maar opgevallen, omdat hij heel even met zijn gezicht naar me toe stond toen Roy zich omdraaide.'

'Waarom draaide Roy zich om?'

'Om de deur op slot te doen. Roy is erg gespitst op beveiligingsmaatregelen en dergelijke. Dat moet tegenwoordig ook wel, hè?'

'Ja, dat zal best,' zei Banks, die zich zat af te vragen waarom de deur dan niet op slot was geweest en het inbraakalarm niet geactiveerd was toen hij arriveerde. 'Waar gingen ze naartoe?'

'Ze stapten in een auto en reden weg. Die stond voor Roys huis geparkeerd.'

'Wat voor auto?'

'Ik weet bijna niets van auto's. Rij zelf al jaren niet meer, dus ik volg het allemaal niet echt meer. Hij had een lichte kleur, dat kan ik je wel vertellen. En hij was vrij groot. Zag er duur uit.'

'En ze reden gewoon weg?'

'Ja.'

'Had u die man al eens eerder gezien?'

'Het zou kunnen, als het dezelfde was tenminste.'

'Iemand die regelmatig langskomt?'

'Niet direct regelmatig, maar ik heb hem wel een paar keer gezien, ja. Meestal wanneer het al donker is, dus ik kan helaas niets aan mijn beschrijving toevoegen.'

'Hadden ze ook iets bij zich?'

'Zoals?'

'Wat dan ook. Een koffer. Een kartonnen doos.'

'Voorzover ik heb kunnen zien niet.'

Dat hield in dat Roys computerapparatuur op een later tijdstip was opgehaald, door iemand met een sleutel van het huis. 'En daarna hebt u niemand meer zien of horen aanbellen?'

'Sorry. Mijn slaapkamer is aan de achterkant van het huis en ondanks mijn leeftijd slaap ik nog altijd als een blok.'

'Ik ben blij dat te horen,' zei Banks.

'Luister eens, is er soms iets aan de hand? Je zegt net dat Roy niet is thuisgekomen.'

'Het heeft waarschijnlijk niets om het lijf,' zei Banks, die niet wilde dat Farrow zich zorgen zou maken. Hij zette het glas spuitwater neer en stond op. 'Ik durf te wedden dat ze naar een pub zijn gegaan en daar te diep in het glaasje hebben gekeken. Waarschijnlijk liggen ze op dit moment bij die andere man thuis hun roes uit te slapen. Het is tenslotte zaterdag.' Hij liep naar de deur.

'Je zult wel gelijk hebben,' zei Farrow, die achter hem aan liep, 'ook al is dat eigenlijk niets voor hem. Vooral omdat hij pas net thuis was.'

'Pardon?' zei Banks en hij bleef in de deuropening staan.

'Nou ja, hij was pas net thuisgekomen, niet meer dan tien of vijftien minuten daarvoor, om een uur of kwart over negen. Ik zag zijn auto, heb gezien dat hij hem in de garage zette. Ik moet zeggen dat het er veel van weg had dat hij haast had.'

Het bericht was om 21.29 uur bij Banks ingesproken, wat inhield dat Roy hem vrijwel meteen nadat hij was thuisgekomen had gebeld. Waar was hij geweest? Wat was het dat hij hem niet via de telefoon kon vertellen? Hij had nog aan de telefoon gezeten toen iemand bij hem aanbelde en een paar minuten later was Roy weer vertrokken, waarschijnlijk met dezelfde man die ook had aangebeld. Waar waren ze naartoe gegaan?

'Dank u wel voor de moeite, meneer Farrow,' zei Banks. 'Ik zal u niet langer lastigvallen.'

'Geen enkel punt. Laat je het me wel weten wanneer je iets hoort?'

'Natuurlijk,' zei Banks.

En waarom zou ik het niet aankunnen? dacht Annie bij zichzelf toen ze haar auto boven op de heuvel parkeerde en naar het huis van Steadman liep. Haar relatie met Banks was verleden tijd, dus wat deed het er dan verder nog toe of hij iets had met die Jennifer Clewes? Maar ze was wel dood en Banks leek van de aardbodem te zijn verdwenen.

Annie bleef even stilstaan op de brug. Het was een van die vroege zomerdagen waarop de hele wereld in zonneschijn was gehuld en het leven zo eenvoudig leek. Toch hing er nu voor Annie een vleugje melancholie overheen, net als bij de aanblik van de eerste bruine randjes aan bladeren, en ze merkte dat haar gedachten afdwaalden naar de onopgeloste problemen die haar bleven achtervolgen.

Toen Banks net uit het ziekenhuis was ontslagen, was er een tijd geweest waarin ze hem van alles had willen vertellen, had willen uitleggen, ze zich wilde verontschuldigen omdat ze zich als een idioot had gedragen, maar hij liet niet toe dat ze dicht bij hem kwam, dus had ze het opgegeven. Uiteindelijk bleven ze gewoon samenwerken alsof er niets ingrijpends tussen hen was voorgevallen.

Maar er was wel degelijk iets voorgevallen. Phil Keane, Annies vriend, had Banks willen vermoorden, had hem een of ander middeltje toegediend en zijn cottage in brand gestoken. Annie en Winsome hadden hem nog net op tijd naar buiten gesleept en zo zijn leven gered, en Phil was spoorloos verdwenen, alsof hij nooit had bestaan.

Natuurlijk was het niet Annies schuld. Haar kon niets worden verweten. Ze kon het toch immers niet weten? Alleen had ze het juist wel degelijk moeten weten, hield ze zichzelf voortdurend voor. Ze had de voortekens moeten herkennen. Banks had zelfs nog geprobeerd het haar te vertellen, maar dat had ze als jaloezie afgedaan. Ze had er nog nooit zo ver naast gezeten. Natuurlijk had ze de nodige relaties verknald, maar dat overkwam iedereen wel eens. Dit was iets totaal anders. Een diepe vernedering, volledig en tot op het bot. Ze was razend. Ze was verdomme inspecteur; uitgerekend zij zou een zesde zintuig moeten hebben om mensen als Phil Keane eruit te pikken; ze had hem door moeten hebben.

Op een bepaalde manier was wat haar nu was overkomen vele malen erger dan de verkrachting die ze drie jaar geleden had doorstaan. Dit was verkrachting van haar geest en bezoedelde haar ziel. Want ze had echt van Phil Keane gehouden, ook al gaf ze dit niet graag toe nu ze walgde van de gedachte dat hij zijn handen over haar lichaam had laten glijden, haar genot had geschonken, in haar was gestoten. Hoe was het mogelijk dat ze niet door zijn charmes heen had geprikt, niet verder had gekeken dan zijn knappe gezicht, zijn intelligentie, de allesoverheersende energie en enthousiasme voor het leven die haar – en eigenlijk iedereen in zijn aanwezigheid – het gevoel hadden gegeven dat ze bijzonder was, een uitverkorene?

Inmiddels was ze er wel achter dat achter dat charmante uiterlijk een onmetelijke en ondoordringbare duisternis schuilging, het gebrek aan geweten van een ware psychopaat, vermengd met de allesoverheersende hebzucht van een ordinaire dief. Plus de voorliefde voor het spel, het plezier dat hij door bedrog en vernedering kreeg. Maar was zijn charmante houding echt alleen maar buitenkant? Hoe langer Annie erover nadacht, des te dieper ze ervan overtuigd raakte dat Phils charmes niet slechts uiterlijke schijn waren, maar diep in de kern van zijn wezen zaten geworteld, een tumor die niet los kon worden gezien van het kwaad dat diep in zijn binnenste heerste. Het was onmogelijk om het buitenste laagje weg te krabben en de verschrikkelijke waarheid daaronder bloot te leggen; de buitenkant was net zo echt als de rest.

Dergelijke overpeinzingen hoorden niet thuis op zo'n prachtige dag als vandaag, sprak Annie zichzelf vermanend toe en ze onderdrukte de woede die telkens als gal in haar keel opwelde wanneer ze aan Phil en de gebeurtenissen van de afgelopen winter dacht. Sindsdien had ze echter continu naar aanwijzingen gezocht die duidelijk konden maken waar hij eventueel naartoe was gegaan. Ze had alle oersaaie politiecirculaires en memo's door-gelezen die ze gewoonlijk ongezien weggooide, had de kranten doorgespit en de nieuwsuitzendingen op televisie gevolgd, in de hoop een spoor te vin-den – een brand die op onverklaarbare wijze ergens was uitgebroken, een zakenman wiens fortuin hem was ontfutseld, een vrouw die was gebruikt en aan de kant gezet – alles wat ook maar een beetje in het daderprofiel paste dat ze in haar hoofd had samengesteld. In bijna zes maanden tijd had dat haar echter slechts één vals spoor opgeleverd, een uitslaande brand in Devizes die uiteindelijk bleek te zijn veroorzaakt door een brandende siga-ret. Ze wist echter dat hij ergens moest zijn en zodra hij toesloeg, wat zeker zou gebeuren, zou ze hem in zijn kraag grijpen.

Een jochie in een korte broek en een loshangend shirt zat op de oever van Gratly Beck te vissen. Hij moest wel heel veel mazzel hebben, wilde hij iets vangen in dit snelstromende water, dacht Annie. Hij zwaaide toen hij zag dat ze naar hem keek. Annie zwaaide terug en liep toen snel naar het huis van Steadman.

Nadat ze zowel bij Banks' flat als bij de cottage had gekeken, moest ze snel naar Darlington om daar de trein naar Londen te pakken. De trein van vijf voor halfvier zou als alles goed ging even na zessen op King's Cross aanko-men. Dat was sneller dan met de auto en bovendien had ze geen zin om traag haar weg te moeten zoeken door het drukke centrum van Londen he-lemaal naar het ten zuiden van de rivier gelegen Kennington. Ze was van plan haar auto bij het station in Darlington te laten staan.

Annie liep langs de kleine kapel van Sandemans sekte met de overwoe-kerde begraafplaats en wandelde over het pad naar de vakantieapparte-menten. Twee huizen waren tot één pand samengevoegd en vanbinnen omgebouwd tot vier ruime, zelfstandige flats: twee boven en twee beneden. Ze wist dat Banks een raam had dat uitkeek op de begraafplaats, omdat hij eens had opgemerkt hoe toepasselijk hij dat vond, maar ze was er nooit bin-nen geweest. Hij had haar nooit uitgenodigd.

Hoewel ze wist dat het zinloos was, belde Annie toch eerst bij Banks aan. Op de begane grond werd de deur van een flat opengedaan door een ver-moeid uitziende jonge vrouw met een baby tegen haar borst, die Annie on-getwijfeld op het tuinpad had zien lopen.

'Dat heeft geen enkele zin,' zei ze. 'Hij is er niet.'

'Wanneer is hij vertrokken?' vroeg Annie.

'Waarom wilt u dat weten?'

Annie haalde haar pas uit haar schoudertas. 'Ik ben een collega van hem,' legde ze uit. 'Ik moet iets belangrijks met hem bespreken.'

De vrouw bekeek de pas, maar was er blijkbaar niet erg van onder de indruk. 'Nou, hij is er dus niet,' zei ze nogmaals.

'Wanneer is hij weggegaan?' vroeg Annie nogmaals.

'Vanochtend om een uur of acht. Met de auto.'

'Heeft hij ook gezegd waar hij naartoe ging?'

'Niet tegen mij. En dat verwacht ik ook helemaal niet van hem.'

'Bent u de eigenaar van deze flats?'

'Mijn man en ik. We wonen zelf in deze flat en verhuren de andere. Hoezo?'

'Ik vroeg me af of ik misschien even snel een kijkje in de zijne kon nemen. Ik neem aan dat u een reservesleutel hebt?'

'Dat kunt u niet zomaar doen. Dit is privé-bezit.' De baby bewoog even en boerde een paar keer zachtjes. Ze wreef over zijn ruggetje en hij was weer stil.

'Moet u eens horen,' zei Annie, 'het is echt heel belangrijk. Ik wil uw tijd niet langer in beslag nemen dan absoluut noodzakelijk is. Ik begrijp dat u het druk hebt met de baby, maar ik zou het echt enorm waarderen als u me heel even in inspecteur Banks' flat laat rondkijken. Dat is zoveel gemakkelijker dan dat ik eerst een huiszoekingsbevel moet gaan regelen.'

'Een huiszoekingsbevel? Kan dat dan?'

'Ja, dat kan.'

'Goed dan,' zei ze. 'Het zal mij ook een zorg zijn. Wacht hier maar even.' Ze liep naar binnen en kwam terug met twee sleutels, die ze aan Annie gaf.

'Maar ik wil ze wel terug,' zei ze.

'Natuurlijk,' zei Annie. 'Ik ben zo terug.'

Ze voelde de ogen van de vrouw in haar rug prikken toen ze Banks' deur opendeed en de trap naar de bovenste flat op liep. Boven aan de trap maakte ze de volgende deur open en toen bevond ze zich in een klein halletje met aan de muur haakjes voor jassen en een kastje voor schoenen en zwaardere spullen. Op de tafel onder een spiegel met een vergulde lijst lag een stapel reclamefolders.

De eerste binnendeur die ze opendeed was die van de slaapkamer. Het voelde vreemd aan om in Banks' flat rond te snuffelen terwijl hij er zelf niet was, vooral in zijn slaapkamer, maar Annie hield zichzelf voor dat er nu eenmaal niets anders op zat. Hij speelde op een of andere manier een rol in een moordonderzoek en ze konden hem niet vinden. Er was trouwens niets in de slaapkamer te zien, behalve een tweepersoonsbed dat met de Franse slag was opgemaakt, enkele kledingstukken in een ladekast en hangkast, en een zitje met kussens dat over de begraafplaats uitkeek. Dat zou wel een bijzondere openingszin opleveren wanneer je iemand wilde versieren, bedacht Annie. 'Vrij met me aan de rand van de begraafplaats.' Het had wel wat. Toen verjoeg ze het beeld van twee mensen in een bed uit haar gedachten en liep ze naar de woonkamer.

Op de salontafel voor de bank lagen een mobiele telefoon en een draagbare cd-speler met een koptelefoontje. Die had Banks dus achtergelaten, dacht Annie bij zichzelf en ze vroeg zich af waarom. Banks was gek op muziek en hij wilde altijd en overal bereikbaar zijn. Tenminste, dat was tot voor kort zo geweest. Ze liet haar blik door de kamer glijden en merkte op dat er geen boeken en cd's stonden, op het exemplaar van *Don Giovanni* na dat ze namens het hele team in het ziekenhuis aan hem had gegeven. De cd zat nog altijd in het plastic. Er was niet eens een stereo-installatie, alleen een kleine televisie die waarschijnlijk bij de flat hoorde. Annie werd er een tikje depressief van. Ze luisterde Banks' voicemail af, maar er waren geen berichten.

De keuken was klein en smal, en in de koelkast stonden de gebruikelijke spullen: melk, eieren, bier, kaas, verschillende soorten groente, bacon, tomaten, een fles sauvignon blanc en een paar plakken ham; alles zag er nog tamelijk vers uit. Mooi, hij at gelukkig dus wel goed. Onder de kleine eettafel stonden een paar kartonnen dozen vol lege wijnflessen klaar om naar de glasbak te worden gebracht.

Annie nam vluchtig een kijkje in toilet en badkamer, en een korte zoektocht in de kastjes bevestigde alleen maar wat ze al had verwacht: scheerapparaat, scheerschuim, tandpasta en tandenborstel ontbraken, dus die had hij waarschijnlijk meegenomen. Tussen de medicijnen die gewoon bij de drogist verkrijgbaar waren, stond ook een flesje sterke, op recept verkregen pijnstillers van drie maanden geleden. Waar Banks ook uithing, hij verwachtte blijkbaar niet dat hij die nodig zou hebben.

Ze bleef even in de gang staan, zich afvragend of ze misschien iets over het hoofd had gezien, maar ze besefte al snel dat er niets was om over het hoofd te zien. Dit was de flat van een anonieme man, iemand die zich nergens voor interesseerde, die geen hobby's had, geen vrienden, geen leven. Er stonden niet eens gezinsfoto's. Dit was Banks' flat niet, kon zijn flat niet zijn. Niet de Banks die zij kende.

Annie zag Newhope Cottage en de woonkamer daar met de blauwe muren en het plafond met de kleur van rijpe brie weer voor zich, herinnerde zich het warme, getemperde oranje licht en de avonden die ze daar met Banks had doorgebracht. 's Winters had er vaak een vuurtje gebrand in de open haard en de geur van de turf had zich harmonieus vermengd met de Islay malt die ze soms samen hadden gedronken. 's Zomers hadden ze vaak in het donker buiten op het lage muurtje langs Gratly Beck naar de sterren zitten kijken, luisterend naar het geruis van het voortkabbelende water. En er was altijd muziek geweest: Bill Evans, Lucinda Williams, Van Morrison en strijkkwartetten die ze niet kende.

Annie voelde tranen in haar ogen opwellen en ze veegde ze ruw weg voordat ze weer naar beneden ging. Daar overhandigde ze zonder een woord te zeggen de sleutels, waarna ze snel over het pad wegliep.

Banks zat in een pub aan Old Brompton Road met Roys mobiele telefoontje te spelen in de hoop erachter te komen wat alle verschillende functies waren en hoe hij ze moest gebruiken. Hij vond een overzicht van de laatste dertig binnenkomende, uitgaande en gemiste gesprekken. Soms stond er alleen een voornaam vermeld, vaak alleen een nummer en een flink aantal binnenkomende gesprekken vielen onder 'anoniem'. Op vrijdagmiddag om 15.57 uur had Roy voor het laatst iemand gebeld, een zekere 'James'. Banks drukte op de zendtoets en hoorde het toestel aan de andere kant overgaan. Het duurde even voordat er eindelijk werd opgenomen met een vermoeid: 'Ja?' Op de achtergrond hoorde Banks David Bowie *Moonage Daydream* zingen.

'Zou ik James kunnen spreken?' vroeg hij.

'Spreek je mee.'

'Mijn broer Roy Banks, heeft je gisteren gebeld. Ik vroeg me af waar dat voor was.'

'Dat klopt,' zei James. 'Hij belde om een afspraak te maken, ik meen voor aanstaande woensdag. Ja, hier heb ik hem, woensdag om halfdrie.'

'Een afspraak voor wat?'

'Een knipbeurt. Ik ben Roys kapper. Hoezo? Is er iets?'

Banks hing zonder antwoord te geven op. In elk geval was Roy er op vrijdagmiddag om drie minuten voor vier 's middags zo zeker van geweest dat hij er aanstaande woensdag nog zou zijn dat hij op die dag een afspraak met zijn kapper had gepland. Zoiets had Banks nog nooit van zijn leven gedaan. Hij ging zelf altijd gewoon naar zijn vaste herenkapper en wachtte daar dan, bladerend door een oud tijdschrift, net als alle anderen keurig op zijn beurt.

Banks spoelde de laatste happen van de curry weg met een glas Pride, stak een sigaret op en keek om zich heen. Het was vreemd om weer in Londen te zijn. Hij was er sinds de verhuizing al vele malen terug geweest, voornamelijk in verband met zaken waaraan hij op dat moment werkte, maar hij voelde zich steeds meer een vreemdeling, een toerist, ook al had hij er zelf ooit vijftien jaar gewoond.

Maar goed, dat was dan ook alweer een hele tijd geleden en alles was nu eenmaal aan verandering onderhevig. Armoedige wijken werden omgetoverd tot populaire buurten en plekken die ooit tot het neusje van de zalm hadden behoord, verslonsden. Ongure kroegjes werden vervangen door pubs voor trendy jongeren en chique pubs raakten in verval. Hij had geen flauw idee meer wat tegenwoordig 'hip' was. Londen was een uitgestrekte, continu groeiende metropool en zelfs toen hij er nog woonde, was Banks alleen maar bekend geweest met Notting Hill en Kennington, waar hij had gewoond, en de West End, waar hij had gewerkt. Wat hem betreft had South Kensington net zo goed een andere stad kunnen zijn.

Hij richtte zijn aandacht weer op Roys verdwijning en sloot zich af voor het rumoer van de gesprekken om hem heen. Hij zou de rest van de lijst een andere keer wel doornemen, wanneer hij weer terug was in Roys huis. Ook wilde hij weten wat er op de cd stond. Er zaten ontelbaar veel internetcafés in de omgeving en bij een aantal daarvan zou hij niet alleen de cd kunnen aflezen, maar ook documenten printen, maar daar was het erg druk en zou hij ongetwijfeld sporen achterlaten. Hij had zelf zijn broers privacy geschonden, maar daar had hij dan ook alle reden toe gehad, vond hij, maar er was geen enkele aanleiding om Roys geheimen ook openbaar te maken.

Hij besefte dat hij niemand in Londen kende met een computer. De meeste mensen die hij er had gekend, of het nu criminelen of politiemensen waren, waren inmiddels verhuisd, met pensioen gegaan of overleden. Behalve natuurlijk Sandra, zijn ex-vrouw, die van Eastvale naar Camden Town was verhuisd toen ze bij hem wegging. Sandra had waarschijnlijk wel een computer. Zijn laatste gesprek met haar was echter desastreus verlopen en ze had hem tijdens zijn ziekbed ook niet bepaald trouw bezocht. Sterker nog, ze was zelfs geen enkele keer langsgekomen en had alleen via Tracy haar medeleven betuigd. En dan was er nog haar man Sean, en uiteraard de nieuwe baby Sinéad. Nee, hij was niet van plan om Sandra in de nabije toekomst een bezoekje te brengen.

Net als internetcafés was ook het gebruik van officiële kanalen uit den boze: de cd kon informatie bevatten die belastend was voor Roy. Als Roy zich met duistere zaakjes had ingelaten, wilde Banks zijn broer niet verraden. Hij zou hem wellicht ongenadig op zijn kop geven en hem stevig de les lezen wanneer hij hem eenmaal had gevonden, maar hij was niet van plan ervoor te zorgen dat hij achter de tralies belandde.

Hij kon eerst nog iets anders uitproberen: er was iemand die Roys reputatie waarschijnlijk net zo graag wilde beschermen als hij. Banks drukte zijn sigaret uit en tastte in zijn zak naar het mobieltje. Hij zocht in het telefoonboek met namen en nummers op het toestel de naam Corinne op. Zo heette Roys verloofde, wist hij nog, en hij noteerde het nummer in zijn opschrijfboekje. Daarna stopte hij het toestel terug in zijn zak, dronk hij zijn glas leeg en liep hij naar buiten.

Het was plakkerig en benauwd in Londen. Als hij had kunnen kiezen, dan was dit niet de plek waar hij tijdens een hittegolf uit vrije wil zou vertoeven. Mensen hingen lusteloos rond op de trottoirs en het stonk buiten naar uitlaatgassen of, nog erger, naar rottend vlees of kool.

Banks wilde niet steeds het mobieltje gebruiken, voor het geval Roy het briefje dat hij bij hem thuis had achtergelaten vond en hem belde, dus ging hij op zoek naar een telefooncel en diepte hij een oude telefoonkaart op uit zijn portemonnee. Het was alsof hij de metalen hut binnenwandelde waarin de Japanners Alec Guinness in *The Bridge on the River Kwai* hadden opgesloten. Zweetdruppels gleden kriebelend langs zijn lijf omlaag, waardoor zijn overhemd aan zijn huid vastplakte. Iemand had een bromvlieg geplet tegen het glas, wat een lange veeg donkergekleurd bloed had achtergelaten. Hij kon zelfs het warme papier van de telefoongids ruiken.

Banks haalde zijn opschrijfboekje tevoorschijn en toetste het nummer in dat hij op Roys mobieltje had gevonden. Hij stond al op het punt om weer op te hangen toen er aan de andere kant van de lijn een ademloze stem klonk.

'Hallo?'

'Corinne?'

'Ja. Met wie spreek ik?'

'Met Alan Banks. De broer van Roy. Misschien herinner je je mij nog wel.

We hebben elkaar afgelopen oktober in Peterborough ontmoet tijdens de gouden bruiloft van mijn ouders.'

'Ja, natuurlijk. Dat herinner ik me nog wel.'

'Moet je horen, ik ben in Londen en ik vroeg me af of we elkaar ergens zouden kunnen ontmoeten om even te praten. Misschien kunnen we samen wat gaan drinken of zo?'

Er viel een korte stilte en toen zei ze: 'Een afspraakje, bedoel je?'

'Nee. Sorry. Ik pak het helemaal verkeerd aan. Neem het me alsjeblieft niet kwalijk. Het komt door de hitte. Daarom dacht ik dat een drankje misschien wel een goed idee was. Ergens waar het koel is, als er in Londen al zo'n plek bestaat.'

'Ja, het is inderdaad bloedheet. Wat bedoelde je dan precies? Ik kan je niet helemaal volgen.'

'Ik wil je graag een paar dingen vragen.'

'Nu weet ik het weer. Je werkt toch bij de politie?'

'Jawel, maar daar gaat het nu niet... ik bedoel, het is geen officieel onderzoek.'

'Tja, je hebt me wel nieuwsgierig gemaakt. Je zou naar mijn flat kunnen komen.' Ze zweeg even. 'Ik heb een ventilator in mijn werkkamer.'

'Heb je ook een computer?'

'Ja. Hoezo?'

'Fantastisch,' zei Banks. 'Wanneer schikt het?'

'Ik heb vanmiddag een afspraak met een cliënt – voor een zelfstandig accountant is een vrij weekend helaas nooit vanzelfsprekend – maar ik zou aan het eind van de middag wel klaar moeten zijn. Een uur of vijf?'

Banks keek op zijn horloge. Het was nu halfvier. 'Uitstekend,' zei hij.

'Mooi. Heb je pen en papier bij de hand? Dan geef ik je mijn adres.'

Banks noteerde het adres dat ze hem opgaf en luisterde aandachtig naar Corinnes routebeschrijving. In de buurt van Earl's Court Road. Vlak bij Roys huis dus, maar een totaal andere wereld. Hij bedankte haar nogmaals, ontvluchtte het benauwde hokje en keerde terug naar de pub.

Tegen de tijd dat Annie de brug was overgestoken en langs het laantje naar Banks' cottage wandelde, had ze haar evenwicht min of meer hervonden. De bouwvakkers hadden inmiddels het dak hersteld. Vanbuiten zag de cottage er volkomen normaal uit en je zou haast geloven dat er iemand woonde, alleen hingen er geen gordijnen voor de ramen en stond er een overvolle puincontainer naast het huis. Omdat het zaterdag was, waren er geen bouwvakkers aan het werk, maar gezien de trage vorderingen hadden ze best een paar uur extra kunnen werken, zodat Banks zo snel mogelijk terug kon naar de plek waar hij thuishoorde, vond Annie. Ze waren immers al bijna vier maanden met de klus bezig.

Het was voor het eerst sinds de avond van de brand dat Annie hier terug was en de aanblik van het huisje riep pijnlijke herinneringen bij haar op: het gevoel van de natte deken die ze om zich heen had geslagen; de vlammen die naar buiten sloegen toen ze de deur intrapte; de rook die in haar ogen en keel prikte; het dode gewicht van Banks toen ze hem naar de deur sleurde; de kracht waarmee Winsome hen had geholpen de laatste meters te overbruggen, een afstand die Annie in haar eentje niet zou hebben kunnen afleggen, wist ze. Ze had kuchend op de modderige grond naar Banks' liggen staren die daar onbeweeglijk lag, bang dat hij dood was. En het ergste van alles: de herinnering aan Phil Keanes zilverkleurige BMW die over de heuveltop uit het zicht verdween toen Winsome Banks' laantje insloeg.

Ze nam even de tijd om over te schakelen op het heden. Jennifer Clewes had Banks' adres in haar achterzak gehad, maar dat was dit adres geweest, zei Annie in zichzelf. Waarom? Ze ontdekte bandensporen in de droge aarde, maar die konden van iedereen zijn. Van de bouwvakkers, bijvoorbeeld. En hoewel een bord vermeldde dat Beckside Lane een doodlopend laantje was en bovendien een particuliere weg, kwam het regelmatig voor dat auto's toch het paadje op reden. Desalniettemin lette ze goed op dat ze de sporen niet uitwiste.

Annie liep naar de voordeur van de cottage. Hoewel het huis vanbinnen nog niet klaar was, vermoedde ze dat de bouwvakkers het wel zouden afsluiten wanneer ze er niet waren om krakers te ontmoedigen en wellicht ook omdat ze soms hun dure gereedschap hier lieten liggen. Daarom trok het versplinterde hout rond het slot ook onmiddellijk haar aandacht. Ze bekeek het van dichtbij en zag dat de beschadiging recent moest zijn aangebracht. De deur was nieuw en nog niet geschilderd, en het vernielde hout was schoon en stug.

Annies latex handschoenen lagen nog in de kofferbak van haar auto, dus duwde ze de deur voorzichtig met haar voet open en stopte ze haar handen in haar zakken. Vanbinnen was het huis een enorme bende, maar dat was zo te zien de troep die de bouwvakkers hadden achtergelaten en niet een inbreker. De kamers waren ingedeeld, er waren nieuwe balken aangebracht voor het plafond en de betimmering met gipsplaten was vrijwel afgerond, behalve van de muur tussen de woonkamer en de keuken. Het was vreemd om daar te staan met de geur van zaagsel en metaalschaafsel in haar neus in plaats van de rook van een turfvuurtje, dacht Annie peinzend. De trap was zo te zien klaar en zag er stevig uit, dus nadat ze hem voorzichtig had uitgeprobeerd, liep ze naar boven. De ooit zo vertrouwde slaapkamer was nu slechts een geraamte, met de berekeningen en bouwplannen van de bouwvakkers in potlood op de muren gekrast. De andere slaapkamer was al even kaal.

Annie ging naar beneden en liep langs het laantje terug. Tijdens het lopen draaide ze zich nog eenmaal om. Iemand had in de cottage ingebroken en dat was heel recent gebeurd. Ze nam aan dat de bouwvakkers de boel op slot hadden gedaan toen ze op vrijdag vertrokken, maar moest dat voor alle zekerheid even bij hen navragen. Het was natuurlijk mogelijk dat het dieven waren geweest, maar dat was dan wel erg toevallig. Annie besefte dat ze Stefan Nowak en de technische recherche erbij moest halen om te zien of zij een verband konden ontdekken tussen Jennifer Clewes' auto en Banks' cottage.

Als dit was gedaan door degene die ook Jennifer Clewes had vermoord, redeneerde Annie, dan had hij Banks' adres ongetwijfeld op een andere manier te pakken gekregen, want Jennifer Clewes' briefje had in de achterzak van haar spijkerbroek gezeten. Misschien had hij al geweten waar Banks woonde en had hij, toen hij eenmaal doorhad waar ze naartoe ging, Jennifer op een verlaten, geïsoleerd gedeelte van de weg doodgeschoten en was hij vervolgens doorgereden naar Banks' cottage. Maar waarom? Om hem ook te vermoorden? Het was in elk geval logisch om hen afzonderlijk aan te pakken.

Banks was echter niet thuis geweest; hij had ongeveer een halve kilometer verderop in zijn tijdelijke flat gezeten. Had Banks enig idee wat er aan de hand was? Was hij daarom zo vroeg op de ochtend vertrokken? Een belangrijke vraag, begreep Annie, en ze wandelde terug naar haar auto boven op de heuvel. Wat wist Banks precies en was hij op dit moment in veiligheid? Ze wist dat ze het antwoord op die vragen waarschijnlijk pas zou krijgen wanneer ze hem zelf had opgespoord.

Corinne woonde in een flat op de eerste verdieping van een flatgebouw met vier verdiepingen aan een smal straatje, op nog geen vijftig meter van

Earl's Court Road vandaan. Ze zag er anders uit dan het jonge meisje uit Banks' herinnering, bedacht hij, toen ze hem bij de deur begroette en hem vroeg om binnen te komen. Om te beginnen was haar haar langer, het hing nu bijna tot op haar schouders, en ook was het blond met donkere wortels. De kleine piercing onder haar mond was weg, maar had een littekentje achtergelaten op haar gladde huid, en ze leek nu eerder dertig dan twintig. Ook kwam ze nu kordater en volwassener over dan ze in Banks' herinnering was geweest.

'Loop even mee naar achteren,' zei ze. 'Daar is mijn kantoor.' Op de tafel bij het openstaande raam stond een elektrische ventilator, die om de paar seconden langzaam een draai van negentig graden maakte en lauwwarme golven door de ruimte joeg. Het was beter dan niets.

'Het lijkt wel alsof iedereen tegenwoordig thuis werkt,' merkte Banks op en hij nam plaats in een leunstoel. Corinne ging schuin tegenover hem zitten en sloeg haar benen over elkaar, een positie waaraan veel vrouwen blijkbaar de voorkeur gaven, en hij vermoedde dat ze in deze ruimte haar zakelijke gesprekken voerde met cliënten die bij haar thuis langskwamen. Een kan water vol ijsklontjes stond op de tafel tussen hen in, samen met twee grote glazen. Corinne boog zich een stukje voorover en schonk voor hen beiden een glas vol zonder haar zithouding te veranderen. Een hele prestatie, vond Banks, in aanmerking genomen dat hij zelf in die houding niet eens comfortabel zat. Corinne bewoog zich echter met een gratie en lichaamsbeheersing die duidden op Pilates- en yoga-oefeningen.

'Er wordt wel gezegd dat thee heel verfrissend is bij warm weer,' zei ze, 'maar de gedachte nu iets warms te moeten drinken spreekt me niet echt aan.'

'Dit is prima,' zei Banks. 'Dank je wel.'

Corinne droeg een effen oranje T-shirt dat in haar spijkerbroek zat gestopt en om haar nek hing een Keltisch kruis aan een zilveren ketting. Ze was blootsvoets, merkte Banks op, en de nagels van haar tenen waren niet gelakt. Af en toe hield ze tijdens het gesprek haar hartvormige gezichtje een beetje schuin, beet ze op haar lip en tastten haar vingers onbewust naar de hanger. De blaadjes buiten bij het raam hadden in het zonlicht een gouden randje en wanneer er een licht briesje opstak, danste hun schaduw de pavane op de lichtblauwe muren.

'Goed dan,' zei ze, 'ik moet eerlijk zeggen dat ik erg nieuwsgierig ben geworden door ons gesprek aan de telefoon. Het spijt me als ik...'

'Dat was geheel mijn schuld. Ik was niet echt duidelijk. Ik hoop niet dat je nu denkt dat ik zo'n type ben dat achter de verloofde van zijn broer aanzit?'
Ze glimlachte kort en gespannen, waaruit Banks opmaakte dat het wellicht niet helemaal koek en ei was tussen de verloofden, maar hij zei er maar even niets over. Wanneer ze er behoefte aan had, zou ze er zelf wel over beginnen.
'Ik wilde het graag met je over Roy hebben,' ging hij verder.
'Wat wil je weten?'
'Heb je enig idee waar hij is?'
'Hoe bedoel je?'
Banks vertelde haar over het telefoontje, Roys afwezigheid en de deur die niet op slot had gezeten. 'Ik heb jouw nummer op zijn mobieltje gevonden,' zei hij. 'Dat heeft hij op de keukentafel laten liggen.'
'Dat is niets voor hem,' zei ze met gefronst voorhoofd. 'Dat is echt helemaal niets voor hem. Maar om antwoord te geven op je vraag: nee, ik weet niet waar hij is. Denk je dat je ermee naar de politie moet stappen? Ik weet dat je zelf ook bij de politie werkt, maar...'
'Ik begrijp wat je bedoelt,' zei Banks. 'Nee, ik denk niet dat dat nodig is. Nog niet, tenminste. Ik geloof niet dat ze er iets mee zouden doen. Roy is een volwassen vent. Er kan nog altijd een heel eenvoudige verklaring voor te vinden zijn. Weet je wie zijn vrienden zijn?'
'Niet echt. Er was een stel met wie we indertijd een paar keer zijn uitge-weest, Rupert en Natalie, maar ik geloof niet dat Roy veel vrienden heeft.'
Het woordje 'indertijd' was Banks niet ontgaan, maar hij ging er niet op in. Er kwam een Rupert voor in het telefoonboek van Roys mobieltje. Banks zou hem te zijner tijd wel bellen, net als alle andere personen op de lijst.
'Ken jij een forsgebouwde man met grijs of blond krullend haar?' vroeg hij. 'Hij rijdt in een grote, lichtgekleurde auto, een duur model.'
Corinnes frons verdiepte zich even nadenkend, maar toen zei ze: 'Nee. Het spijt me. Rupert rijdt in een leigrijze BMW en Natalie heeft een Kevertje voor de boodschappen.' Ze trok haar neus op. 'Een gele.'
'Wanneer heb je Roy voor het laatst gezien?'
'Afgelopen donderdag een week geleden.' Ze speelde met het kruis. 'Hoor eens, ik kan het je maar beter vertellen; het botert de laatste tijd niet meer zo goed tussen ons.'
'Dat is heel jammer om te horen. Is daar een specifieke reden voor?'
'Ik denk dat hij een ander heeft.' Ze schokschouderde zachtjes. 'Het doet er

eigenlijk niet eens zo heel veel toe. Zo serieus was onze relatie nu ook weer niet. We kennen elkaar pas een jaar. We wonen niet eens samen.'

'Maar ik dacht dat jullie verloofd waren?'

'Ik vermoed dat het daar juist mee te maken heeft. Ik had het zomaar eens ter sprake gebracht en Roy is nogal impulsief. We zijn geen van tweeën al toe aan trouwen. We hebben het afgeblazen en zijn verder gegaan alsof er niets was gebeurd. En toen begonnen de problemen. Ik denk dat je na zo'n enorme stap terug niet kunt verwachten dat de relatie blijft zoals hij daarvoor was, denk je wel?'

De verloving was dus uitgesteld of gedegradeerd tot verkering en de relatie bekoeld, net als bij Banks en Michelle. Typisch een streek van zijn kleine broertje. In elk geval hoefde Corinne niet verder te leven met de gedachte echtgenote nummer vier te zijn geweest, die vernedering bleef haar tenminste bespaard. 'Maar daarom is het nog niet minder verdrietig,' zei Banks. 'Ik vind het heel erg voor je. Heb je enig idee wie die ander is?'

'Nee. Ik weet eigenlijk niet eens zeker of er wel een ander is. Het is meer een gevoel. Je weet wel, kleine dingen.'

Banks bedacht dat het telefoonboek van Roys mobieltje wellicht een paar namen en nummers bevatte die in dit opzicht mogelijk helderheid konden verschaffen. 'Hoe recent?' vroeg hij.

'Een paar weken pas.'

'En daarvoor?'

'Toen ging alles nog prima. Tenminste, dat dacht ik.'

'Is het je opgevallen dat hij misschien ergens over piekerde toen je hem de laatste keer zag?'

'Ik heb niets gemerkt. Hij gedroeg zich als altijd. Behalve dan...'

'Wat?'

'Nu ja, ik zei het net al, het zijn van die kleine dingen, dingen die een vrouw opmerkt. Vergeetachtigheid, afstandelijkheid, afwezig gedrag. Dat was niets voor hem.'

'Maar hij was niet depressief, maakte zich geen zorgen over iets?'

'Niet zo erg dat het opviel. Ik had gewoon het idee dat hij voortdurend aan iemand anders dacht en liever bij haar wilde zijn.'

'En drugs?' vroeg Banks.

'Wat is daarmee?'

'Schei toch uit. Je gaat me toch hoop ik niet zitten wijsmaken dat Roy en jij nooit een lijntje hebben gesnoven, nooit een jointje hebben gerookt.'

'En wat dan nog?'

'Afgezien van het feit dat het tegen de wet is, wat we nu maar even buiten beschouwing zullen laten, kom je in het drugswereldje nogal wat akelige types tegen. Was Roy zijn dealer misschien nog geld schuldig?'

'Hoor eens, het was nooit veel. Puur voor de lol. Een grammetje in het weekend, meer niet. Dat kon hij zich gemakkelijk veroorloven.'

'Oké,' zei Banks. 'Wat weet je over zijn zakelijke beslommeringen?'

'Vrij veel.'

'Je bent toch zijn accountant?'

'Roy doet zijn eigen boekhouding.'

'O. Ik dacht eigenlijk dat jullie elkaar zo hadden ontmoet.'

'Ja, dat is ook zo,' zei Corinne. 'Hij moest een accountantscontrole laten uitvoeren en toen heeft een vriend mij bij hem aanbevolen.' Ze draaide het Keltische kruis om en om. 'De meesten van mijn cliënten zitten in de showbusiness en de culturele hoek – schrijvers, musici, kunstenaars – geen grote namen, maar er zitten er een paar bij met een behoorlijk en regelmatig inkomen. Roy was voor mij op zijn zachtst gezegd iets heel nieuws, maar ik kon het geld goed gebruiken. En voordat je het vraagt: alles was keurig in orde en legaal.' Ze kneep haar ogen tot spleetjes. 'Roy heeft me eens verteld dat hij ervan overtuigd was dat jij dacht dat hij een oplichter was.'

'Ik denk helemaal niet dat hij een oplichter is,' zei Banks niet helemaal naar waarheid. 'Ik geloof alleen dat hij de wet vaak wat oprekt, graag de mazen opzoekt, meer niet. Dat doen de meeste zakenlui. Wat ik me echter wel zit af te vragen, is of hij misschien een reden had om ervandoor te gaan. Had hij in zakelijk opzicht problemen? Had hij veel geld verloren, een paar verkeerde beslissingen genomen?'

'Nee. Zowel de belastinginspecteur als ik was uiterst tevreden over Roys boekhouding.'

'Hoor eens, ik heb zijn huis gezien,' zei Banks. 'Porsche, breedbeeldtelevisie met plasmascherm, allerhande elektronische apparaatjes en hebbedingetjes. Blijkbaar verdient Roy een aardige duit. Volgens jou op een legale manier. Heb je enig idee waarmee?'

'Hij is financier. Tot op zekere hoogte is hij ook nog altijd actief op de aandelenmarkt, maar hij financiert voornamelijk zakelijke ondernemingen.'

'Wat voor soort ondernemingen?'

'Van alles. De laatste tijd heeft hij zich gespecialiseerd in technologie en privé-gezondheidszorg.'

'Hier?'

'Overal. Soms gaat hij in zee met Franse of Duitse bedrijven. Hij heeft contacten in Brussel, bij de EU, in Zürich en Genève. Hij steekt ook veel tijd en energie in Amerika. Hij is gek op New York. Roy is niet dom. Hij zet nooit al zijn geld op één ding. Dat is ook de reden dat hij zo succesvol is.' Ze zweeg even. 'Je kent je broer echt helemaal niet, hè?' Voordat Banks kon antwoorden, ging ze verder: 'Hij is in veel opzichten een opmerkelijke man, een financier die tijdens een diner Kierkegaard of Schopenhauer kan citeren. Maar hij zal zijn achtergrond nooit verloochenen. De verpletterende armoede. Hij heeft zichzelf omhooggewerkt, is iemand geworden, en dat is zijn drijfveer. Hij wil beslist nooit meer zo ver terugzakken.'

Wat had Roy Corinne allemaal wijsgemaakt? vroeg Banks zich af. Zo slecht hadden ze het in hun jeugd niet gehad. Oké, zij had natuurlijk alleen de degelijke woning gezien waarin zijn ouders tegenwoordig woonden en niet het huisje in de wijk achter de steenfabriek waar de huizenrijen op elkaar stonden gepropt en waar ze tot Banks' elfde en Roys zesde hadden gewoond. Maar ook in dat laatste geval was 'verpletterende armoede' wel wat overdreven. Ze hadden altijd genoeg eten en kleding gehad, en waren op het gebied van liefde nooit iets tekortgekomen. Tot de jaren tachtig had Banks' vader altijd werk gehad. Wat deed het er nu toe dat het toilet buiten was geweest, verderop in de straat, en dat het hele gezin met één metalen tobbe had moeten doen die ze vulden met ketels water die ze op de gaskachel aan de kook hadden gebracht? Zo was het er in de jaren vijftig en zestig bij duizenden andere arbeidersgezinnen aan toe gegaan.

'Het is waar dat we nooit erg dik met elkaar zijn geweest,' gaf Banks toe en hij verjoeg een vlieg van zijn broek. 'Wat zal ik ervan zeggen? Dat gebeurt nu eenmaal wel eens. We hebben gewoon niet zo heel veel met elkaar gemeen.'

'O, maar daar weet ik alles van,' zei Corinne. 'Ik kan mijn jongere zusje niet uitstaan. Ze is een vreselijke snob en een chagrijnig stuk vreten.'

'Ik heb geen hekel aan Roy. Ik ken hem gewoon niet echt goed en ik heb het vermoeden dat hij in moeilijkheden verkeert.' De cd die hij bij Roy in het hoesje van The Blue Lamps had aangetroffen schoot hem weer te binnen en hij haalde hem uit zijn zak. 'Ik heb dit bij Roy thuis gevonden,' zei hij. 'Ik vroeg me af of jij me hier misschien mee kunt helpen.'

'Natuurlijk.'

Corinne had in een mum van tijd de cd in haar computer gestopt en een inhoudslijst gevonden. De pictogrammen waren JPEGS: in totaal 1232 stuks. Sommige waren slechts genummerd, andere hadden namen als Natasha, Kiki en Kayla. Corinne klikte een ervan aan en riep de beelden op.

Banks keek met een hand leunend op de rugleuning van de stoel mee over haar schouder toen de beelden op het beeldscherm verschenen. De eerste was van een naakte vrouw met de stijve penis van een man in haar mond, met druppels sperma op haar kin en een door drugsgebruik doods aandoende blik in haar ogen; de tweede was van dezelfde man die nu de vrouw, met een overduidelijk gespeelde blik van extase op haar gezicht, van achteren penetreerde. Daarna volgden verschillende foto's van een bijzonder aantrekkelijke blonde tiener die op elke foto iets minder kleding aanhad en nietsverhullende poses innam.

Dat was genoeg.

Corinne maakte opeens een einde aan de fotopresentatie en haalde de schijf uit de computer. 'Zo zie je maar dat Roy als het erop aankomt echt niet zo anders is dan een heleboel andere mannen,' zei ze en ze liep weg van de computer. Banks zag dat haar gezicht rood was. Ze gaf hem de cd terug. 'Misschien wil je dit graag bewaren?'

'Is dat het enige wat erop staat?' vroeg hij.

'Het lijkt mij van wel, maar als je het zeker wilt weten, zul je alle 1232 beelden moeten bekijken. Het staat je uiteraard vrij om alles te controleren, maar dan niet hier, als je het niet erg vindt. Ik vind dit soort dingen nogal vernederend. En heel beledigend.'

Goed, dacht Banks, het was de moeite van het proberen waard geweest. Hoewel hij absoluut niets had tegen afbeeldingen van naakte vrouwen, alleen of met een partner, was Banks vaak genoeg in aanraking gekomen met de smerige kanten van de porno-industrie om te weten hoe erg het kon zijn, vooral wanneer er kinderen bij betrokken waren. Uit wat hij van Roys verzameling had gezien, maakte hij op dat alles legaal was, de meisjes volwassen, hoewel misschien een tikje aan de jonge kant. Hij voelde zelfs een bepaalde band met zijn broer nu hij had ontdekt dat Roy ook maar gewoon een mens was, de stiekemerd. Als hun moeder dat eens wist. Maar toen kreeg zijn inspecteursinstinct de overhand. Als Roy deze foto's niet gewoon van internet had gedownload, maar ze zelf had gemaakt, met een digitale camera bijvoorbeeld, dan zou hij wel eens betrokken kunnen zijn bij smerige zaakjes.

'Had Roy iets van doen met internetporno?' vroeg hij aan Corinne, voorbijgaand aan het feit dat zij misschien niet de aangewezen persoon was om dat aan te vragen.

'Altijd bereid om meteen het ergste over hem te denken, hè?' zei ze.

'Ik begrijp niet waarom jij hem steeds meteen in bescherming neemt, na wat hij jou heeft aangedaan.'

Corinne werd rood van kwaadheid.

'Misschien vind je het moeilijk te geloven, maar ik wil hem juist helpen,' zei Banks.

'Dat pak je dan op een wel heel vreemde manier aan.' Ze wierp een blik op de cd en trok een vies gezicht. 'Trouwens, je hebt daar toch het bewijs al.'

Banks pakte de cd op. Op een later tijdstip zou hij hem nauwkeurig bestuderen, elk van de 1232 beelden bekijken, om zekerheid te krijgen. Het was al voorgekomen dat hotelkamers en locaties in de buitenlucht aan de hand van de achtergrondbeelden van internetporno waren geïdentificeerd. Van één slachtoffertje van kinderporno in Amerika was de identiteit vastgesteld met behulp van een wazig gemaakt schoollogo op haar T-shirt. Als er foto's bij zaten die inderdaad door Roy waren gemaakt, kon hij er als het echt moest wel achter komen waar hij ze had gemaakt en wie de modellen waren. Maar niet hier, niet nu.

Hij had geen vragen meer voor Corinne en merkte dat ze nerveus was en graag zou zien dat hij vertrok. Misschien kwam het door de beelden op de cd, misschien ook door iets heel anders, maar hij kreeg beslist het gevoel dat hij niet langer welkom was. Toen schoot hem echter het pen-achtige voorwerp weer te binnen dat hij in de lade van Roys kantoor had gevonden. Misschien wist Corinne wat het was. Hij haalde het ding uit de borstzak van zijn overhemd en hield het haar voor. 'Enig idee wat dit kan zijn?'

Corinne pakte het voorwerp aan, bekeek het nauwkeurig en schroefde de dop eraf. 'Dit is een draagbare mini-USB-stick. Daarop kun je informatie opslaan.'

'Zoiets als een cd?'

'Ja, maar dan met veel minder ruimte. Deze heeft maar 256 megs, geen 700. Wel handig. Je kunt hem net als een pen aan de binnenkant van je zak bevestigen.'

'Kunnen we zien wat erop staat?'

Corinne voelde er blijkbaar weinig voor om nog verder in Roys privézaken te grasduinen, vooral na wat ze zojuist op de cd had aangetroffen. Banks deed dit werk nu al zo lang dat hij eraan gewend was geraakt om in het privé-leven van een ander te graven. De politie geloofde niet in geheimen, vooral niet tijdens een grootscheeps onderzoek. Vaak vervulde wat hij vond hem met weerzin, maar hij had door de jaren heen een zekere tolerantie opgebouwd voor de eigenaardige trekjes van de mens.

Onder de uiterlijke schijn van normaliteit droegen de meeste mensen wel een of ander geheim bij zich waarover ze zich schuldig voelden, iets wat ze voor de buitenwereld verborgen wilden houden, en Banks had in de loop der jaren velen van hen wel eens ontmoet, van ongevaarlijke verzamelaars van kranten en tijdschriften, wier huis een labyrint van wankele stapels gedrukt papier vormde, tot heimelijke travestieten en eenzame fetisjisten. Natuurlijk reageerden ze stuk voor stuk pijnlijk getroffen en vol afschuw, voelden ze zich tot in het puntje van hun tenen vernederd omdat iemand hun geheimpjes had achterhaald, maar voor Banks was het niets bijzonders.

Door Corinnes reactie drong het voor het eerst in lange tijd weer eens tot hem door dat wat hij deed iets onnatuurlijks was, een inbreuk op het leven van anderen. In dit ene gesprek alleen al had hij min of meer gesuggereerd dat haar ex-verloofde, zijn eigen broer nota bene, betrokken was bij drugs, illegale seks en fraude. Voor hem wellicht de normaalste zaak van de wereld, maar niet voor zo'n vriendelijke jonge vrouw als Corinne. Was hij door zijn werk hard en onverschillig geworden? Banks moest weer aan Penny Cartwright denken en haar afwijzende reactie toen hij gisteravond had voorgesteld om een keertje samen uit eten te gaan. Had dat iets te maken gehad met zijn werk, met de manier waarop hij de wereld en de mens bekeek? Zij was tenslotte een vrije ziel, dus zag ze hem dan misschien als de vijand?

Corinne plugde de USB-stick in haar computer in. 'Daar gaan we dan,' zei ze en Banks staarde over haar schouder naar het beeldscherm.

4

Annie kwam die zaterdagavond om even na halfzeven het Oval-station van de ondergrondse uit gelopen, waar ze in een veel te warme wagon geperst had gezeten met zo'n vijf miljoen andere mensen die na het winkelen of een bezoek aan vrienden of familie op weg naar huis waren, en ze sloeg na het park op de hoek Camberwell New Road in. Jonge knullen met kaalgeschoren hoofden en ontblote bovenlijven lagen languit op het gras blikjes bier te drinken, ze spanden af en toe hun getatoeëerde spierbundels en loerden wellustig naar iedere aantrekkelijke vrouw die voorbijkwam. Een groepje jongere kinderen had van T-shirts doelpalen geïmproviseerd en speelde enthousiast een potje voetbal. Bij de gedachte alleen al begon Annie weer te transpireren.

Toen zag ze Phil.

Hij liep aan de overkant van de straat met een aangelijnde hond, een of ander soort terriër. Hij was het echt, daarvan was ze overtuigd. De slome gratie in zijn stap, de dure vrijetijdskleding, de hooggeheven kin en enigszins wijkende haargrens. Zonder te kijken rende ze de weg op, zich bewust van het luide getoeter om haar heen, en toen ze bijna de overkant had bereikt, werd zijn aandacht getrokken door het rumoer.

Hij bleef staan en keek in haar richting, met een vragende uitdrukking op zijn gezicht. Annie bleef stilstaan op de stoep, doof voor het gevloek en getier van de laatste bestuurder die haar op een haar na had gemist. Het was Phil toch niet, besefte ze. Er was een oppervlakkige gelijkenis, maar meer ook niet. De man bukte zich om zijn hond te aaien en liep na een laatste nieuwsgierige blik achterom verder in de richting van de verkeerslichten. Annie leunde tegen een lantaarnpaal totdat haar hartslag weer normaal was en vloekte. Dit was niet de eerste keer dat ze had gedacht hem te zien; ze zou in het vervolg voorzichtiger moeten zijn, minder opgefokt. Als ze realistisch was, moest ze toegeven dat de kans dat ze hem bij toeval in een willekeurige straat in Londen tegen het lijf zou lopen waarschijnlijk zeer minimaal was.

Ze was nog altijd gespannen van de treinreis. Ze moest even tot rust komen. Ze had de trein van vijf voor halfvier gemakkelijk gehaald en was er zelfs in geslaagd om een plekje te krijgen in de stiltecoupé, maar ook daar was het, ondanks de vele openstaande ramen, veel te warm geweest. Bovendien had ze aan Phil zitten denken, wat waarschijnlijk ook de reden was dat ze zo gemakkelijk had geloofd dat ze hem werkelijk aan de overkant van de straat zag lopen. Het grootste deel van de reis had ze doorgebracht met het lezen van de tabloids, had ze de pagina's nagespeurd op alles wat maar naar Phil riekte, maar ze had zoals gewoonlijk niets gevonden. Ze moest zichzelf wat beter leren beheersen.

Ondanks het stiltevoorschrift was tijdens de reis meer dan eens een mobiele telefoon gegaan en verder had Annie ook het geluid uit het koptelefoontje van een van haar medereizigers moeten aanhoren. Dat had haar aan Banks doen denken en daardoor had ze weer zitten piekeren over de vraag waar hij in vredesnaam kon zijn en wat hij te maken had met de moord op Jennifer Clewes. Volgens de vrouw met de baby was Banks die ochtend in zijn eentje vertrokken, maar dat verklaarde verdorie nog altijd niet wat er aan de hand was.

Het huis, dat in de buurt van Lothian Road stond, was zo gevonden. De twee agenten die de flat in de gaten moesten houden, zaten in de keuken; de man had zijn mouwen opgestroopt en zat kauwend op een luciferhoutje met zijn voeten op tafel een stapel brieven door te lezen, en de vrouw dronk thee en bladerde door een paar exemplaren van *Hello*. Op een Royal Doulton-schoteltje waren twee filtersigaretten uitgedrukt. Op een of andere manier leken ze net twee stoute schoolkinderen die ergens bij waren betrapt, ook al vertoonden ze geen van beiden ook maar het geringste spoortje van schuldgevoel. Annie stelde zich voor.

'En, hoe is het in het kille noorden?' vroeg de man, die Sharpe heette, zonder zijn voeten van tafel te halen of de lucifer uit zijn mond te verwijderen. Hij zag eruit alsof hij zich al een dag of vier niet had geschoren.

'Erg warm,' zei Annie. 'Wat doen jullie?'

Sharpe gebaarde naar de brieven. 'Ik snuffel een beetje rond. Helaas zit er niets interessants tussen, alleen maar rekeningen, reclamefolders en bankafschriften, alles min of meer zoals je zou verwachten. Geen pikante details. Er worden lang niet zoveel brieven meer geschreven als vroeger, hè? Iedereen gebruikt tegenwoordig alleen maar e-mail en sms.'

Het was vreemd om uit de mond van Sharpe, die een jaar of 21 was, zo'n kritische opmerking over 'tegenwoordig' te horen, aangezien dit waarschijnlijk de enige tijd was die hij had meegemaakt. De ironie in zijn stem was Annie echter niet ontgaan en het nonchalante gebrek aan respect van beide agenten voor het huis van een slachtoffer maakte haar razend. 'Oké, bedankt voor het surveilleren,' zei ze. 'Jullie kunnen nu wel gaan.'

Sharpe wierp een blik op zijn partner Handy, en trok een wenkbrauw op. De lucifer in zijn mondhoek bewoog even. 'U bent onze baas niet,' zei hij. Annie slaakte een zucht. 'Ook goed,' zei ze. 'Als het zo moet... Hier heb ik het geduld niet voor.' Ze haalde haar mobieltje tevoorschijn, liep naar de gang en belde inspecteur Brooke op het bureau van Kennington. Nadat ze wat beleefdheden hadden uitgewisseld en hadden afgesproken dat ze die avond samen iets zouden gaan drinken, bracht Annie hem in het kort op de hoogte van de situatie, waarna ze terugliep naar de keuken en Sharpe met een stralende glimlach het telefoontje overhandigde.

Zodra hij hoorde wie het was, trok hij schielijk zijn voeten van de tafel, schoot hij recht overeind in zijn stoel en slikte hij bijna de lucifer in. Zijn partner, die tot dan toe nog geen woord had gezegd, keek hem met gefronste wenkbrauwen aan. Toen het gesprek was afgelopen, gooide Sharpe het mobieltje op tafel, hij wierp Annie een vuile blik toe en zei ten slotte tegen zijn partner: 'Kom op, Jackie, we moeten ervandoor.' Hij slenterde opzettelijk zo langzaam mogelijk het huis uit en als hij niet zo irritant was geweest, had Annie dat nog bijna grappig gevonden ook, maar met een laatste smerige blik achterom vormde hij met zijn lippen geluidloos het woord 'trut' en stak hij zijn middelvinger op.

Annie voelde zich buitengewoon tevreden toen die kleine scène voorbij was, ze ging zitten en schonk een kop thee voor zichzelf in. De thee was lauw, maar ze had geen zin om een verse pot te zetten. Iemand had een raam opengezet, maar dat hielp helemaal niets; er was geen briesje dat enige verlichting kon brengen. Een lege strook vliegenpapier bungelde zacht wiegend in een haast onvoelbaar luchtstroompje boven het aanrecht. Terwijl ze zat te wachten, belde Annie op haar mobiele toestel Gristhorpe in Eastvale. Dokter Glendenning had de lijkschouwing op Jennifer Clewes afgerond en afgezien van de schotwond niets gevonden. Haar maaginhoud bestond uit een deels verteerde sandwich met ham en tomaat die ze minstens twee uur voor haar dood had gegeten, wat Templetons theorie dat ze vanuit Londen was gekomen en waarschijnlijk ergens onderweg een wegrestaurant had aangedaan, leek te staven. Glendenning wilde zich niet vastleggen op een specifiek tijdstip van overlijden en ging niet verder dan de schatting dat het tussen een en vier uur in de ochtend was gebeurd. De technische recherche was nog altijd bezig op de plaats delict en zou daarna zo snel mogelijk naar Banks' cottage gaan om dat aan een onderzoek te onderwerpen. Ze hadden een gedeeltelijke vingerafdruk gevonden op het portier aan de bestuurderskant van Jennifer Clewes' auto, maar die kwam niet overeen met de afdrukken die het bureau in het archief had.

Uiteindelijk hoefde Annie niet eens zo heel lang op Jennifers huisgenoot te wachten. Rond een uur of zeven ging de voordeur open en hoorde ze een vrouwenstem roepen: 'Jenn? Hallo, Jenn? Ben je al terug?'

Toen de eigenaresse van de stem de keuken in kwam gelopen en daar Annie zag zitten, bleef ze stokstijf stilstaan en ze legde een hand op haar borst en deed een stap naar achteren. 'Wat is er?' vroeg ze. 'Wie bent u? Wat doet u hier?'

Annie haalde haar politiepas tevoorschijn en liep naar haar toe. De jonge vrouw bekeek hem aandachtig.

'Noord-Yorkshire?' zei ze. 'Ik begrijp het niet. U hebt in ons huis ingebroken. Ik heb geen schade aan het slot gezien. Hoe hebt u dat gedaan?'

'We hebben voor alles een sleutel,' zei Annie.

'Wat wilt u van mij?'

'Ben jij Kate Nesbit, Jennifer Clewes' huisgenote?'

'Ja,' antwoordde ze.

'Misschien kun je maar beter even gaan zitten,' zei Annie en ze trok een stoel onder de tafel vandaan.

Verbijsterd liet Kate zich op de stoel zakken. Haar blik viel op het schoteltje en ze trok haar neus op. 'Wie heeft hier zitten roken? Er mag in onze flat niet worden gerookt.'

Annie was kwaad op zichzelf omdat ze de peuken niet had opgeruimd, ook al was de geur toch wel in de warme avondlucht blijven hangen.

'Ik niet,' zei ze en ze zette het schoteltje op het aanrecht. Ze wist niet waar de vuilnisbak was.

'Bedoelt u soms dat er nog meer mensen hier zijn geweest?'

Annie bleef even bij het aanrecht staan. 'Alleen maar twee agenten van het wijkbureau. Ik heb hen erop aangesproken. Het spijt me dat ze zo onbeleefd zijn geweest. Het was echt noodzakelijk dat we in jullie huis konden, geloof me.'

'Noodzakelijk?' Kate schudde haar hoofd. Ze was een knap meisje, op een heel gezonde, zakelijke manier, met kortgeknipt blond haar, een bril met ovale glazen en een zwart montuur, en een gezonde roze blos op haar wangen. Ze zag er sportief uit, vond Annie, en ze zag al voor zich hoe het lange, ranke meisje er op de rug van een paard zou uitzien. Zelfs de kleren die ze aanhad, een korte witte broek en een groen rugbyshirt, waren sportief. 'Wat is er aan de hand?' vroeg ze nu. 'Ik neem aan dat het geen goed nieuws is?'

'Helaas niet.' Annie ging tegenover haar zitten. 'Wil je iets drinken?'

'Nee, dank u wel. Vertelt u me maar wat er is. Het is toch niet papa, hè? Dat kan haast niet. Ik was er zo-even nog.'

'Ben je vandaag bij je ouders geweest?'

'Ja, in Richmond. Ik ga elke zaterdag, wanneer ik tenminste niet hoef te werken.'

'Nee,' zei Annie. 'Het gaat niet om je vader. Luister, dit zal een schok zijn, maar ik zou graag willen dat je hier even naar kijkt.' Ze deed haar koffertje open en haalde er de foto uit die Peter Darby in het mortuarium van Jennifer Clewes had gemaakt. Het was geen slechte foto – ze lag er tamelijk vredig bij en er waren geen sporen van geweld of bloed zichtbaar – maar het leed geen enkele twijfel dat het een foto van een dode was. 'Is dit Jennifer Clewes, jouw huisgenote?'

Kate sloeg een hand voor haar mond. 'Grote hemel,' zei ze met betraande ogen. 'Dat is Jenn. Wat is er met haar gebeurd? Heeft ze een ongeluk gehad?'

'Zo kun je dat wel zeggen. Luister eens, heb je enig idee waarom ze gisteravond laat met haar auto op weg was naar Yorkshire?'

'Ik wist niet eens dat ze daarnaartoe ging.'

'Je wist wel dat ze weg was?'

'Ja. We waren gisteravond allebei thuis. Niet dat we elke minuut samen doorbrengen, hoor, we hebben ieder onze eigen kamer en zo, maar... Mijn god, ik kan dit echt niet geloven.' Ze sloeg haar handen voor haar gezicht. Annie kon zien dat ze trilde als een rietje.

'Wat is er gebeurd, Kate?' vroeg Annie. 'Probeer je alsjeblieft te concentreren.'

Kate haalde diep adem. Dat leek iets te helpen. 'Er was niets op televisie wat we wilden zien, dus we hadden een dvd opgezet. *Bend it Like Beckham*. Jenns mobieltje ging en ze vloekte. We zaten net midden in de film. Maar goed, ze ging naar haar slaapkamer om hem daar op te nemen en toen ze terugkwam, zei ze dat er een noodgeval was en dat ze weg moest, en dat ik de film maar zonder haar moest afkijken. Ze zei dat ze niet zeker wist wanneer ze terug zou komen. En nu vertelt u me dat ze helemaal nooit meer terugkomt.'

'Hoe laat was dat ongeveer?'

'Dat weet ik niet precies. Een uur of halfelf, kwart voor elf misschien.'

Dat paste precies in het tijdsschema, dacht Annie. Afhankelijk van de verkeersdrukte nam de rit van Kennington naar Eastvale ongeveer vier uur in beslag en Jennifer Clewes was op ongeveer vijf kilometer van haar eindbestemming tussen een en vier uur in de ochtend vermoord. 'Heeft ze laten doorschemeren waar ze naartoe ging?'

'Helemaal niets. Ze zei alleen maar dat ze weg moest. Direct. Maar dat is typisch iets voor haar.'

'O, ja?'

'Ze vertelde eigenlijk nooit echt wat ze ging doen, waar ze naartoe ging. Zelfs niet wanneer het voor mij wel handig zou zijn om te weten wanneer ze terug zou zijn, in verband met eten en dergelijke. Ze kon soms erg nonchalant zijn.' Kate sloeg een hand voor haar mond. 'Och, moet je mij nu eens horen. Wat afschuwelijk.' Ze begon te huilen.

'Het geeft niet,' zei Annie troostend. 'Probeer kalm te blijven. Had je de indruk dat Jennifer zich ergens zorgen over maakte, bang was misschien?'

'Nee, niet direct bang. Maar ze zag wel bleek, alsof ze een schok had gekregen of zoiets.'

'Heb je enig idee wie de beller was?'

'Nee. Sorry.'

'Wat heb je gedaan toen ze eenmaal was vertrokken?'

'De film afgekeken en toen naar bed gegaan. Hoor eens, wat is er eigenlijk precies gebeurd? Heeft ze een auto-ongeluk gehad? Is dat wat er is gebeurd? Dat kan onmogelijk haar schuld zijn geweest. Ze reed juist altijd heel voorzichtig en dronk nooit veel wanneer ze moest rijden.'

'Dat is het ook niet,' zei Annie.

'Wat dan? Vertelt u het me toch.'

Ze zou er vroeg of laat toch wel achter komen, bedacht Annie. Ze stond op, opende een van de glazen deurtjes van de keukenkastjes, pakte een paar glazen en liet deze vollopen met kraanwater. Ze gaf er een aan Kate en ging weer zitten. Ze vond Kates smekende blik, met wijd opengesperde, angstige ogen en een diepe rimpel in haar voorhoofd, onverdraaglijk en zag dat de hand die het glas vasthield, beefde. Wanneer Kate hoorde wat

Annie haar te vertellen had, zou haar leven nooit meer hetzelfde zijn; het zou altijd bezoedeld blijven, altijd gekenmerkt door moord.

'Jennifer is doodgeschoten,' zei Annie met zachte, vlakke stem. 'Het spijt me echt verschrikkelijk.'

'Doodgeschoten?' herhaalde Kate. 'Nee... ze... Maar ik begrijp het niet...'

'Dat geldt ook voor ons, Kate. Dat is wat we nu proberen uit te zoeken. Ken je iemand die haar misschien iets zou willen aandoen?'

'Iemand die Jenn iets zou willen aandoen? Natuurlijk niet.' De woorden kwamen hortend en stotend over haar lippen, alsof ze wanhopig naar adem snakte.

Kate wilde haar glas neerzetten, maar miste de tafel. Het glas viel in scherven op de vloer. Ze stond op, sloeg haar handen voor haar mond en toen draaiden haar ogen zonder enige waarschuwing weg, en voordat Annie haar kon vastpakken, viel ze flauw.

'Zeg,' zei Corinne, 'weet je zeker dat we dit wel moeten doen? Dit zijn tenslotte wel Roys privé-dossiers over zijn zaken.'

'Het is een beetje laat om nu nog terug te krabbelen,' merkte Banks op. 'En trouwens,' zei hij met een gebaar naar de cd, 'misschien is het alleen maar meer van hetzelfde.'

Corinne wierp hem een vuile blik toe en keek toen weer naar het scherm. 'Goed dan,' zei ze, 'de stick is in elk geval niet met een wachtwoord beveiligd.'

'En gezien het feit dat Roy zijn privacy enorm afschermt, houdt dat waarschijnlijk in dat er geen vertrouwelijke gegevens op staan,' zei Banks. In elk geval niets belastends, dacht hij.

'Wat is het nut hier dan van?'

'Wellicht bevat dit iets waarvan het de bedoeling was dat ik het zou vinden en lezen? Hij moet hebben beseft dat ik niet goed ben in het kraken van wachtwoorden en dergelijke. Bovendien kan ik alle informatie die ik kan vinden goed gebruiken. Zakelijke contacten, werkzaamheden, vaste gewoonten, wat dan ook.'

'Er staat een enorme verscheidenheid aan zaken op,' zei Corinne, die de cursor langs de inhoud liet glijden. 'Een paar Word-documenten, een financiële boekhouding, Excel-spreadsheets, PowerPoint-presentaties, marktonderzoekrapporten, memo's, brieven.'

'Kun je ze voor me printen?'

'Een paar ervan wel.' Corinne selecteerde een aantal documenten en de printer kwam zoemend tot leven. Het was een snelle, merkte Banks op.

'Kun je de inhoud ook kopiëren op zo'n ander gevalletje?'

'Een losse USB-stick, bedoel je?'

'Bijvoorbeeld. Kan dat?'

'Ja, natuurlijk kan dat. Tenminste, dat zou kunnen, als ik een reserve had. Is een cd ook goed?'

'Uitstekend,' zei Banks. 'Zolang we maar een kopie hebben.'

'Wat ga je daar dan mee doen?'

'Die ga ik per post aan mezelf opsturen,' zei Banks. 'Zo heb ik altijd een back-up.'

'Maar misschien is er wel helemaal niets aan de hand. Misschien is Roy er gewoon vandoor met zijn nieuwe vriendin. Heb je daar al eens aan gedacht?'

Dat had Banks inderdaad zelf ook al bedacht. 'Moet je horen,' zei hij, 'het klopt inderdaad dat ik Roy niet zo goed ken en ik neem direct van je aan dat hij eerder een creatieve, brutale zakenman is dan een oplichter, maar jij hebt dat berichtje niet gehoord. Hij klonk doodsbang, Corinne. Hij deed wel heel luchtig, maar tegelijkertijd zei hij ook dat het mogelijk een kwestie van leven of dood was. Is dat iets voor hem?'

Corinne fronste haar wenkbrauwen. 'Nee. Niet dat hij een stoere held is of zo, hoor, maar hij gaat lastige situaties gewoonlijk niet uit de weg en hij is geen paniekzaaier. Kan hij misschien ontvoerd zijn of zo?'

'Heeft hij het ooit over die mogelijkheid gehad?'

'Nee. Maar je hoort er wel vaker over.'

'Het komt maar zelden voor. Maar neem maar van mij aan dat er iets goed mis is,' zei Banks. 'Er kloppen gewoon te veel dingen niet. Om te beginnen de computer die is verdwenen. Vind jij het soms niet verdacht dat iemand zoveel moeite heeft gedaan om Roys hele computer mee te nemen en alle opslagapparatuur die hij maar kon vinden? Ze hebben de USB-stick en de cd alleen maar laten liggen omdat die allebei verstopt waren.' Op een plek die zo voor de hand lag dat je hem daardoor gemakkelijk over het hoofd kon zien, had Banks er nog aan kunnen toevoegen, net als de gestolen brief van Poe. 'En vergeet niet dat zijn buurman, die Malcolm Farrow, me heeft verteld dat Roy en die andere man geen van beiden iets bij zich hadden toen ze in de auto stapten. Iemand moet tussen ongeveer halftien gisteravond en het begin van vanmiddag, toen ik aankwam, zijn teruggekeerd om die computerspullen mee te nemen.'

'Is het al eens bij je opgekomen dat hij misschien zelf is teruggekomen en alles heeft meegenomen?' vroeg Corinne.

'Waarom zou hij dat doen? Waar heeft hij het dan naartoe gebracht? Trouwens, zijn auto staat nog in de garage. Hij heeft er toch niet nog een, of wel?'

'Nee. Alleen zijn geliefde Porsche. Je hebt gelijk, als hij ergens naartoe was gegaan, had hij de Porsche wel genomen. Hij is stapelgek op die auto.'

'Ik neem aan dat hij niet ergens een tweede huis heeft? Een plek waar hij naartoe zou gaan wanneer hij ergens voor op de vlucht was? Een villa in de Algarve, bijvoorbeeld?'

'Roy heeft niets met Portugal. En voorzover ik weet bezit hij evenmin een huisje in Toscane of de Provence of waar dan ook. Hij heeft mij er tenminste nooit mee naartoe genomen. Hij is gek op reizen en vakanties, maar een eigen huis in het buitenland is volgens hem veel te veel gedoe. Dan ben je aan die ene plek gebonden.'

'Hij heeft waarschijnlijk nog gelijk ook.'

Corinne beet op haar lip. 'Nu begin ik me toch echt zorgen te maken.'

Banks legde een hand op haar schouder, maar trok hem vrijwel onmiddellijk weer terug, omdat hij niet wilde dat ze het gebaar verkeerd zou uitleggen. Ze reageerde niet. 'Ik vind Roy wel,' zei hij. 'Laten we nu maar eerst een paar van deze documenten bekijken. Misschien kunnen we aan de hand daarvan bepalen waar we moeten gaan zoeken. Jij bent beter op de hoogte van zijn zakelijke handel en wandel dan ik.'

'Dat zegt helemaal niets. En trouwens, er zit niets bij wat er ook maar in de verste verte louche uitziet.'

'Hoe kun je dat zien?'

Corinne aarzelde even. 'Nu ja, misschien kan ik dat ook wel helemaal niet. Ik heb je net al gezegd dat de stick niet met een wachtwoord of code is beveiligd en het is niet erg waarschijnlijk dat Roy informatie over de import van heroïne vastlegt, of wel?'

'Dus het is nergens uit op te maken?'

Tijdens het antwoorden opende Corinne verschillende documenten die ze vluchtig scande. De printer was nog altijd druk bezig. 'Niet uit de informatie in deze mappen. Alles ziet er volkomen legaal uit. Als hij inderdaad heeft geprobeerd om dat soort zaken op de stick te verstoppen, is er volgens mij altijd wel iets waardoor je het merkt. Zo eenvoudig is dat namelijk niet. En bovendien zit Roy niet zo in elkaar, dat probeer ik je de hele tijd al duidelijk te maken.'

'Hoe zit het met die financiële boekhouding?'

'Inkomsten en uitgaven. Winst/verliessheets van bedrijven. Investeringsrendementen. Bankafschriften. Offshorebanken. Zijn financiële situatie ziet er goed uit.'

'Doet Roy veel zaken met offshorebanken?'

'Dat doet iedereen met zijn inkomen en dat moet ook wel. Het gaat erom de belastingafdracht zo laag mogelijk te houden. Het is niet in strijd met de wet. Dit zijn voornamelijk memo's en correspondentie. Het staat je uiteraard helemaal vrij om alles op je gemak door te nemen, met name omdat jij ook degene bent die ze heeft gevonden, maar volgens mij is het een verspilling van tijd. Roy zit in het bestuur van een paar hightechbedrijven die zich vooral bezighouden met miniopslagapparatuur, zoals die USB-stick, geheugenkaarten voor kleine hoeveelheden informatie, dat soort dingen. Het is in onze huidige wereld met al die mobiele telefoons, digitale camera's, PDA's, MP3-spelers en allerhande combinaties waarschijnlijk een veilige markt om op te opereren. Klein is in. Als bestuurslid krijgt hij in dividenden uitbetaald.'

'En verder?'

'De laatste tijd is Roy zich gaan interesseren voor particuliere zorgverlening. Ik herinner me nog daar hij het daarover heeft gehad. Kijk.' Ze startte een PowerPoint-presentatie op waarin de voordelen en winstmarges werden bejubeld van een investering in een keten klinieken voor plastische chirurgie. 'Hij zit in het bestuur van een keten van gezondheidscentra, een farmaceutisch bedrijf, een fitnesscentrum.'

'Dat klinkt allemaal oersaai,' zei Banks.

'Dat heb ik je toch al gezegd. Maar drie keer raden wie van jullie tweeën een Porsche heeft.'

'Wrijf het nog maar eens goed in. Verder nog iets?'

'Een paar marktonderzoeksrapporten over gezondheid en hightech, van die rapporten die je kunt kopen, de duurdere soort.'

'Ik hoopte eigenlijk dat je een paar namen voor me zou hebben.'

'O, maar die zijn er ook wel,' zei Corinne. 'Memo's en brieven die zijn uitgewisseld tussen Roy en diverse directeuren en bedrijven waarbij hij betrokken is. Julian Harwood, bijvoorbeeld.'

'Die naam komt me bekend voor.'

'Dat zou heel goed kunnen. Hij is een hoge piet in de geprivatiseerde gezondheidszorg. Directeur van een keten klinieken waar Roy bij betrokken is. Van kanker tot borstvergroting. Roy en Julian zijn overigens al jarenlang bevriend.'

'Maar Harwood is zelf toch geen dokter?'

'Nee, een zakenman.'

'Heb je hem wel eens ontmoet?'

'Mm-mm.'

'Zo te horen was je niet erg onder de indruk.'

'Misschien wel omdat dat juist precies is waar het bij hem om draait. Indruk maken. Eerlijk gezegd heb ik hem altijd een beetje een lompe boer gevonden, maar goed, zulke mensen moeten er ook zijn. Dat wil niet meteen zeggen dat hij ook een oplichter is.'

'Dus jij denkt dat hier geen informatie op staat die erop zou kunnen duiden dat Roy betrokken is bij wat voor illegale of gevaarlijke zakelijke deals dan ook?'

'Je ziet toch zelf ook wel dat alles er koosjer uitziet? Over dat gevaarlijke ben ik niet zo zeker.'

'Wat bedoel je daarmee?'

'Het lijkt inderdaad wel allemaal zuivere koffie, maar dat wil natuurlijk nog niet zeggen dat de hightechbedrijven waarmee hij samenwerkt niet stiekem illegale wapengeleidingssystemen aan terroristen verkopen of dat de klinieken niet in het geheim meewerken aan genetische manipulatie. Het zou best kunnen dat de klinieken die gespecialiseerd zijn in plastische chirurgie een aantal gangsters van nieuwe gezichten hebben voorzien.'

Banks lachte. 'Zoals in *Seconds*, bedoel je?'

Corinne fronste haar wenkbrauwen. 'Ik kan je even niet volgen.'

'Het is een film. Rock Hudson. Daarin krijgt hij een nieuw gezicht en een nieuwe identiteit.'

'O, op die manier. Nu ja, wat ik eigenlijk wilde zeggen is dat ze dergelijke dingen natuurlijk niet aan de grote klok willen hangen. Alles is mogelijk. Dat zou jij toch moeten weten. Bij elke onschuldig ogende onderneming kan achter dat onschuldige uiterlijk iets heel anders blijken schuil te gaan, wanneer je iets dieper graaft.'

Dat wist Banks inderdaad ook en daarom was hij wat Roy betreft nog lang niet gerustgesteld.

Corinne pakte de stapel geprinte vellen van de printer, stopte deze in een mapje en gaf dit aan hem. 'Hier. Veel plezier ermee.'

Banks nam de map aan, stopte hem in zijn attachékoffertje en stond op. 'Enorm bedankt,' zei hij. 'Heel fijn dat je me zo uitgebreid hebt geholpen.'

'Maak je daar maar niet druk over,' zei Corinne. 'Zorg jij maar dat je Roy vindt.'

'Dat zal ik doen.'

'En laat je het me wel weten wanneer je hem hebt gevonden?'

'Natuurlijk. Pas jij intussen goed op jezelf. Als je nog iets te binnen schiet of als je iets nodig hebt, dan... nu ja, dan kun je me bellen op Roys mobiele telefoontje. Dat heeft hij op de keukentafel laten liggen. Zo ben ik ook aan jouw nummer gekomen.'

Corinne keek hem met gefronste wenkbrauwen aan. 'Dat is niets voor hem,' zei ze. 'Dat is echt helemaal niets voor hem.'

'Nee,' zei Banks en hij vertrok.

De laatste keer dat Annie iemand had zien flauwvallen was op haar negende geweest, toen een van de vrouwen in de kunstenaarscommune waar ze was opgegroeid tijdens het avondeten opeens onderuit was gegaan. En dat, zo had ze opgemaakt uit een gesprek tussen enkele volwassenen dat ze na afloop had opgevangen, was volgens iedereen door drugsgebruik veroorzaakt. Bij Kate Nesbit speelden waarschijnlijk eerder shock en wellicht ook de warmte een rol.

Annie wist gelukkig het een en ander van EHBO en ze legde Kates voeten op een stoel, zodat haar benen hoger lagen dan haar hart waardoor de bloedstroom naar de hersenen werd gestimuleerd, en draaide vervolgens haar hoofd opzij om te voorkomen dat ze haar tong inslikte. Ze boog zich over haar heen en luisterde. Kate ademde rustig in en uit. Omdat ze geen reukzout bij de hand had – het goedje zelfs nog nooit had gezien of geroken – kon Annie verder alleen maar controleren of Kate geen schedelfractuur had opgelopen toen ze was gevallen en daarna liep ze naar het aanrecht om een glas water te halen. Ze pakte een theedoek die ze met wat koud water natmaakte en samen met het glas naar Kate bracht, en haalde toen nog een glas water voor zichzelf. Kate bewoog zich inmiddels alweer voorzichtig en haar ogen waren open. Annie depte haar voorhoofd en hielp haar toen om rechtop te gaan zitten zodat ze wat water kon drinken. Toen Kate zei dat ze zich al wat beter voelde, hielp Annie haar op haar stoel en ruimde ze de glasscherven op voordat ze het gesprek hervatte.

'Het spijt me echt vreselijk,' zei Kate. 'Ik weet niet wat me overkwam.'

'Dat geeft niet. Ik vind het alleen vervelend dat er geen gemakkelijker manier was om je te vertellen wat er is gebeurd.'

'Doodgeschoten? Jenn? Ik kan het amper geloven. Dat soort dingen overkomt ons soort mensen toch nooit?'

Annie wilde maar dat ze kon antwoorden dat ze gelijk had.

'Wat was het precies?' ging Kate verder. 'Een beroving? Toch niet wat dat andere meisje ook is overkomen?'

'Claire Potter?'

'Ja. Dat is wekenlang in het nieuws geweest. Ze hebben de dader nog steeds niet opgepakt. U denkt toch niet dat hij...?'

'Dat weten we nog niet. Maar Jennifer is niet seksueel misbruikt.'

'Godzijdank.'

'Haar spullen zijn wel weg,' zei Annie. 'Schoudertas, portemonnee. Het zou dus best om een beroving kunnen gaan. Weet je of ze veel contant geld bij zich had?'

'Nee, dat had ze nooit. Ze zei altijd dat ze alles wat ze nodig had kon kopen met haar creditcard of pinpas.'

Dat was tegenwoordig inderdaad zo, wist Annie. Mensen hadden vaak alleen maar veel contant geld bij zich wanneer ze net hadden gepind bij een geldautomaat. 'Luister,' vervolgde Annie, 'jij hebt samen met Jennifer een flat gedeeld. Jullie waren beslist goed met elkaar bevriend. Ik begrijp dat je van streek bent, maar ik reken erop dat je me helpt. Wat was er gaande in Jennifers leven? Mannen, werk, familie, vrienden. Wat dan ook. Denk goed na. Vertel me alles. Er moet toch een verklaring te vinden zijn, tenzij het hier inderdaad om een zinloze, willekeurige overval draait.'

'Misschien was het dat juist wel,' zei Kate. 'Dat komt toch wel vaker voor? Mensen die zonder enige aanleiding iemand vermoorden.'

'Jawel, maar niet zo vaak als jij denkt. De meeste slachtoffers kennen hun moordenaar persoonlijk. Daarom wil ik ook graag dat je goed nadenkt en me alles vertelt wat je weet.'

Er verscheen een diepe rimpel in Kates voorhoofd. Ze nam een slokje water. 'Ik weet het niet,' zei ze. 'Zo dik waren we nu ook weer niet met elkaar.'

'Had ze veel vrienden en vriendinnen?'

'Dat meisje met wie ze samen op school had gezeten in Shrewsbury, waar ze is opgegroeid. Ze is hier een paar keer geweest.'

'Weet je nog hoe ze heet?'

'Melanie. Melanie Scott.'

Annie had het idee dat Melanie Scott niet tot Kates favoriete personen behoorde. 'Waren ze erg goed bevriend?'

'Ze zijn vorig jaar samen op vakantie geweest. Dat was voordat Jenn hier introk, maar ze heeft me er alles over verteld. Sicilië. Ze zei dat het fantastisch was geweest.'

'Heb je het adres van Melanie?'

'Ik geloof het wel. Ze woont in Hounslow, weet ik nog. Vlak bij Heathrow. Ik zoek het straks wel op voordat u weggaat.'

'Prima. Wat was Jennifer voor iemand?'

'Rustig, werkte hard. En ze gaf echt om mensen, weet u. Misschien had ze wel maatschappelijk werkster moeten worden.'

Annie wist uit ervaring dat de wereld van maatschappelijk werk zelden werd bevolkt door mensen die om andere mensen gaven. Wel door mensen met goede bedoelingen, maar dat was volgens haar iets heel anders. 'En al die mysterieuze uitjes?'

'Ach, ik heb het eigenlijk een beetje overdreven. Ik ben er gewoon graag van op de hoogte waar mensen uithangen en wanneer ze thuiskomen. Jenn nam niet altijd de moeite om me dat te laten weten. Maar ze was geen feestbeest, hoor, als u dat soms bedoelt, geen vaste bezoeker van nachtclubs. Ik denk dat ze eigenlijk heel verlegen was. Maar ze was erg intelligent en ambitieus. Zoals ik net al zei: ze gaf echt om mensen. En ze was grappig. Ze had een geweldig gevoel voor humor. We keken vaak samen naar een dvd van *The Office* en dan lagen we allebei in een deuk van het lachen. We hebben namelijk allebei op een soortgelijke werkplek gewerkt. We wisten uit ervaring hoe dat was. Dat zal ik allemaal heel erg missen,' voegde Kate eraan toe. 'Ik zal Jenn heel erg missen.' Ze begon weer te huilen en pakte een papieren zakdoekje. 'Sorry. Ik kan het gewoon niet...'

'Het geeft niet,' zei Annie. 'Noemde je haar altijd zo? Jenn, niet Jenny?'

Kate snotterde wat en snoot haar neus. 'Ja. Zo werd ze het liefst genoemd. Ze had een hekel aan Jenny. Jenny paste gewoon niet bij haar. Net zoals Katy of Kathy niet echt bij mij past.'

En Anne niet bij mij, dacht Annie bij zichzelf. Grappig hoe lang namen, en dan met name afkortingen, bleven hangen. Tijdens haar jeugdjaren in de kunstenaarscommune was ze altijd Annie geweest en alleen op school hadden ze haar Anne genoemd. 'Jullie hebben vast heel wat afgekletst,' zei Annie. 'Waar had ze het dan zoal over?'

'Heel gewone dingen.'

Jezus, dacht Annie, dit was nog erger dan water uit een steen persen. 'Is het je misschien opgevallen of haar stemming of gedrag de laatste tijd is veranderd?' vroeg ze.

'Ja. Ze was erg zenuwachtig en schrikachtig. Dat was niets voor haar.'

'Zenuwachtig? Sinds wanneer?'

'De laatste paar dagen.'

'Heeft ze je ook verteld wat er aan de hand was?'

'Nee. Ze was juist nog stiller dan normaal.'

'Denk je dat er een verband bestaat tussen haar gedrag enerzijds en haar reactie op het telefoontje van gisteravond en de autorit op zo'n laat tijdstip anderzijds?'

'Geen idee,' zei Kate. 'Misschien wel.'

Het probleem was dat Jennifers mobieltje net als andere spullen was meegenomen. Maar misschien leverden de gegevens van de provider iets op. 'Weet je welk netwerk ze gebruikte?'

'Orange.'

Annie maakte een aantekening dat ze dit moest uitzoeken en vroeg toen: 'Heb je misschien een voorbeeld van haar handschrift voor me?'

'Wat bijvoorbeeld?'

'Een korte krabbel of zoiets? Brief? Ansichtkaart?'

Kate keerde zich om naar het kurken prikbord dat naast de deur aan de muur hing. Er zaten enkele Far Side-cartoons op geprikt en ook een paar ansichtkaarten. Kate liep ernaartoe en trok een van de kaarten, met een afbeelding van de Eiffeltoren, los en bracht deze naar Annie. 'Jenn is in maart een weekendje naar Parijs geweest,' zei Kate. 'Ze heeft me deze gestuurd. We hebben er nog hartelijk om gelachen, want zij was eerder hier dan dat ding.'

'Is ze alleen gegaan?' vroeg Annie, terwijl ze een fotokopie van het briefje dat in Jennifer Clewes' achterzak had gezeten uit haar attachékoffertje haalde om het handschrift te vergelijken.

'Ja. Ze zei dat ze altijd al eens met de Eurostar had willen reizen en ze hadden net een speciale aanbieding. Ze heeft er alle kunstgaleries bezocht. Ze vond het heerlijk om galeries en musea af te lopen.'

Voorzover Annie met haar ongeoefende blik kon inschatten, leek het inderdaad hetzelfde handschrift, maar ze zou de hulp van een expert moeten inroepen. 'Mag ik deze houden?' vroeg ze.

'Ja, hoor.'

Annie stopte de kopie en de kaart in haar koffertje. 'Je zei net dat ze alleen is gegaan,' ging ze toen verder, 'maar Parijs is toch juist dé stad voor romantiek?'

'Jenn had in die tijd geen vaste verkering.'

'Maar de laatste tijd wel?'

'Volgens mij wel.'

'Maar je weet het niet zeker?'

'Ach, Jenn kon erg terughoudend zijn. Als ze een nieuwe vriend had, zou ze nooit meteen alles vertellen. Maar ze werd de laatste tijd wel erg vaak op haar mobieltje gebeld en ze belde zelf ook veel. En ze is een paar keer 's nachts niet thuis geweest. Dat deed ze normaalgesproken niet.'

'Wanneer is dat begonnen?'

'Een paar weken geleden.'

'Voordat ze zich een beetje vreemd ging gedragen dus?'

'Ja.'

'Heeft ze je ook verteld hoe hij heette? Ik neem tenminste aan dat het een hij was?'

'Grote god, ja natuurlijk. Maar ze heeft geen namen laten vallen. Ze heeft me niet eens verteld dat ze weer een vaste vriend had. Dat idee kreeg ik alleen door de manier waarop ze zich gedroeg. Intuïtie. Ik heb het een en ander bij elkaar opgeteld.'

'Maar je zei net dat ze zenuwachtig en schrikachtig was. Dat is niet bepaald het gedrag dat je zou verwachten bij iemand die net een nieuwe vriend had, vind je wel? En waarom deed ze er zo geheimzinnig over? Praatten jullie soms nooit over persoonlijke dingen, bijvoorbeeld wanneer een van jullie het had uitgemaakt met een vriendje of zo?'

'We zijn pas zes maanden huisgenoten,' zei Kate. 'En in die tijd hebben we geen van tweeën met zoiets te maken gehad. Er is wel een vent die haar de hele tijd lastigvalt, maar dat is alles.'

'Wie is dat?'

'Haar ex-vriend. Hij heet Victor, maar dat is alles wat ik van hem weet. Hij belt de hele tijd en hangt vaak hier op straat rond. U denkt toch niet...?'

'Ik denk nog helemaal niets,' zei Annie. 'Weet je zeker dat je zijn achternaam niet weet of waar hij woont?'

'Sorry,' zei Kate. 'Het was al uit voordat we hier samen introkken. Dat dacht Jenn tenminste.'

'Hoe reageerde zij erop? Was ze bang voor hem?'

'Nee. Ze ergerde zich er alleen maar aan.'

'Hoe zijn jullie eigenlijk huisgenoten geworden?'

Kate wendde haar blik af. 'Dat zeg ik liever niet. Dat is nogal privé.'

Annie leunde een stukje naar voren. 'Luister eens, Kate,' zei ze, 'dit is een moordzaak. Daarin is niets privé. Hoe is het precies in zijn werk gegaan? Via een krantenadvertentie? Internet? Wat?'

Kate bleef zwijgen en Annie ving het geluid op van water dat uit de lekkende kraan in de gootsteen drupte. Door het open raam hoorde ze dat er ergens een tuin met water werd besproeid en een kind dat kraaide van plezier. 'Kate?'

'Oké, oké. Ik dacht dat ik in verwachting was. Ik had zo'n zwangerschapstest gedaan, maar ik vertrouwde dat ding niet.'

'Wat heeft Jennifer hier precies mee te maken?'

'Zij werkte daar. Een privé-gezondheidscentrum voor vrouwen. Ze zijn er gespecialiseerd in alles wat met geboortebeperking, zwangerschap en gezinsplanning te maken heeft.'

'Zoiets als de British Pregnancy Advisory Service? Marie Stopes?' Annie herinnerde zich deze twee nog van drie jaar geleden, toen ze zelf onverwacht met een zwangerschap te maken had gekregen, hoewel ze zelf uiteindelijk naar een kliniek van de National Health Service was gegaan.

'Het is een nieuwe keten. Er zijn pas een paar filialen geopend, heb ik gehoord.'

'Hoe heet dat centrum?'

'Het Berger-Lennox Centrum.'

'En daar voeren ze abortussen uit?'

'Nee, niet in het centrum zelf, maar ze hebben zusterklinieken waar dat wel wordt gedaan en kunnen dus wel een abortus voor je regelen. Ze doen echter veel meer dan alleen dat. Ze hebben eigenlijk alles, van betrouwbare zwangerschapstests, advies en voorlichting, en medische onderzoeken tot het regelen van abortussen of contact met adoptiebureaus, maatschappelijk werk en noem maar op. Ze zorgen echt voor alles. En ze zijn heel discreet. Een van mijn vriendinnen op het werk had me over hen verteld. Hoezo, denkt u dat dat belangrijk is?'

'Dat weet ik nog niet,' zei Annie. Eén ding wist ze echter wel en dat was dat een aantal randgroeperingen bij abortus een rood waas voor ogen kreeg en dat het al was voorgekomen dat mensen die bij dergelijke klinieken werkten dat met hun leven hadden moeten bekopen. 'Heb je het adres ook voor me?'

'In mijn slaapkamer. Ik zal het zo voor u halen, tegelijk met dat van Melanie.'

'Graag,' zei Annie. 'Hoe hebben jullie elkaar eigenlijk ontmoet? Je zei net dat Jennifer op de administratie werkte.'

'Ja, zij regelde de zakelijke kant van alles. We raakten aan de praat toen ik in het kantoortje allerlei formulieren moest invullen. Zij was degene die me alles uitlegde, hoe het allemaal in elkaar zat en dergelijke. We konden het eigenlijk meteen goed met elkaar vinden. We zijn ongeveer even oud en ik geloof dat ze een beetje medelijden met me had. Maar goed, uiteindelijk bleek ik toch niet zwanger te zijn en toen vroeg ze of ik zin had om samen iets te gaan drinken om dat te vieren. Tijdens dat gesprek kwamen we erachter dat we het geen van tweeën erg naar onze zin hadden op de plek waar we toen woonden, dus besloten we om de kosten te delen en samen iets te zoeken. We kenden elkaar weliswaar nog niet heel goed, maar we konden wel met elkaar opschieten.'

'Waar woonde ze indertijd?'

'In de buurt van Hammersmith. Ze had me verteld dat het een piepklein flatje was en dat het niet zo'n fijne buurt was. Ze durfde daar 's avonds eigenlijk niet alleen over straat te lopen. Mag ik alstublieft nog een glas water?'

Het was Annie niet helemaal duidelijk waarom ze dat aan haar vroeg en niet gewoon opstond om het zelf te halen. Het was tenslotte haar eigen flat. Waarschijnlijk de shock. Die arme meid zag eruit alsof ze elk moment weer kon flauwvallen. Annie liep naar de gootsteen en vulde nogmaals beide glazen. Een dikke bromvlieg was op de strook vliegenpapier neergestreken en trappelde nu verwoed met zijn pootjes om los te komen, maar zonk juist met elke beweging dieper weg in het plakkerige spul. Annie dacht dat ze wel wist hoe hij zich voelde.

'En waar woonde jij?' vroeg ze terwijl ze het glas water aanreikte.

'Dank u wel. In Richmond. Bij mijn ouders.'

'Waarom wilde je daar weg? Was dat omdat je dacht dat je in verwachting was?'

'Nee, hoor. Dat had er helemaal niets mee te maken. Dat heb ik hun zelfs nooit verteld. En dat vriendje... ach, die is allang uit mijn leven verdwenen. Richmond was gewoon te ver weg. Ik was heel veel tijd kwijt met op en neer reizen naar mijn werk. Ik werk in Clapham. Ik ben bibliothecaresse. Hiervandaan is het maar een paar haltes met de ondergrondse en op mooie dagen kan ik dat stuk zelfs lopen, wanneer ik genoeg tijd heb.'

'Oké,' zei Annie. 'Waarom deed Jennifer zo geheimzinnig over haar nieuwe vriend, denk je?'

'Ik denk dat hij getrouwd is,' zei Kate zachtjes.

Dat leek aannemelijk, meende Annie. Als Jennifer een relatie had met een getrouwde man, zou ze dat waarschijnlijk niet van de daken hebben geschreeuwd; het lag voor de hand dat ze nerveus en gespannen was geweest omdat ze bang was dat iemand erachter zou komen en het mobiele telefoontje was wellicht gewoon het veiligste communicatiemiddel geweest. Dan liep ze tenminste niet het risico dat zijn vrouw opnam. 'Maar je hebt geen flauw idee hoe hij heet of waar hij woont?'

'Nee. Het spijt me.'

'Hoe hebben ze elkaar ontmoet?'

'Ik weet niet eens zeker of ik wel gelijk heb,' zei Kate. 'Mijn moeder zegt altijd dat ik een veel te levendige fantasie heb.'

'Doe eens een gok. Waar zou Jennifer iemand kunnen hebben ontmoet? Waar ging ze graag naartoe als ze uitging? Naar nachtclubs?'

'Nee, ik heb u toch al gezegd dat ze niet zo'n type was. Bovendien was ze meestal veel te moe wanneer ze uit haar werk thuiskwam. Ze werkte vaak laat door in het centrum. Ze ging natuurlijk wel eens iets drinken of eten met haar collega's en wij gingen af en toe ook wel samen naar de film. En dan had ze haar vriendin Melanie nog.'

'Kan het iemand zijn geweest die ze via haar werk had ontmoet?'

'Dat zou best kunnen. Dat is wel de plek die het meest voor de hand ligt, hè?'

Annie knikte. Dat wist ze uit eigen ervaring. Zelf had ze via haar werk Banks ontmoet en indirect ook Phil Keane. 'Waarom was ze vrijdag niet met hem uit? Dat telt tenslotte ook als weekend. Dan spreken de meeste mensen toch iets af.'

'Dat weet ik niet,' zei Kate. 'Ze zei alleen maar dat ze thuisbleef. Ze zei wel dat ze die avond een telefoontje verwachtte, maar ze wist niet precies hoe laat.' Een paar spieren in haar gezicht trokken samen, alsof ze op het punt stond opnieuw in huilen uit te barsten. 'Had ik het moeten aanvoelen? Had ik haar moeten tegenhouden?'

Annie liep naar haar toe en legde een hand op haar schouder. 'Rustig maar, Kate,' zei ze. 'Er is niets wat jij had kunnen doen, geen enkele reden waarom je het had moeten aanvoelen.'

'Maar ik voel me zo nutteloos. Ik ben geen goede vriendin voor haar geweest.'

'Het is niet jouw schuld. Het beste wat je nu kunt doen is mijn vragen zo duidelijk en kalm mogelijk beantwoorden. Goed?'

Kate knikte, maar bleef nog een tijdje zitten snuffen en depte regelmatig haar ogen en neus droog.

'Ze is dus tussen halfelf en kwart voor elf gebeld?'

'Ja. Ik geloof het wel.'

'Wat weet je over Jennifers familie?' vroeg Annie. 'Waar wonen ze? Kon ze goed met haar ouders overweg?'

'Volgens mij wel,' zei Kate. 'Ze ging weliswaar niet zo heel vaak naar hen toe, maar ze wonen dan ook helemaal in Shrewsbury. Wanneer ze zo ver weg wonen, ga je gewoon niet zo heel vaak, hè?'

'Nee,' zei Annie, wier vader zelfs nog verder weg woonde, in St. Ives. 'Kun je hun adres ook voor me opzoeken? Nu we zeker weten dat het lichaam dat we hebben gevonden van Jennifer is, zal iemand hen daarvan op de hoogte moeten stellen.'

'Natuurlijk,' zei Kate. 'Dat heb ik in mijn PDA staan. Voor noodgevallen en zo. Ik had alleen nooit gedacht dat ik het voor zoiets als dit nodig zou hebben.' Ze veegde nogmaals haar ogen droog, pakte toen haar schoudertas en gaf Annie het adres.

Annie stond op. 'Zou ik dan nu even een kijkje in Jennifers slaapkamer kunnen nemen, terwijl jij die andere adressen voor me opzoekt?'

5

Banks liet zijn auto bij Corinne in de straat staan, op loopafstand van Roys huis, pakte de District Line van Earl's Court naar Embankment en wandelde vervolgens naar het hoofdpostkantoor achter Trafalgar Square. Daar kocht hij een gevoerde envelop waarin hij beide gekopieerde cd's –die met Roys zakelijke documenten van de USB-stick en die met de seksplaatjes – naar het hoofdbureau van de westelijke divisie stuurde, ter attentie van zichzelf. Het was altijd een goed idee om als het even kon ergens anders een back-up te hebben. Hij bewaarde de originele cd met JPEGS en de USB-stick in zijn koffertje, samen met de documenten die Corinne voor hem had uitgeprint. Op een gegeven moment moest hij alle JPEG-beelden controleren, gewoon om zichzelf ervan te vergewissen dat Roy geen relevante informatie tussen de erotische beelden had verstopt. Een vervelende klus, bedacht hij, maar iemand moest het doen.

Toen hij klaar was op het postkantoor, liep hij een sigarenhandel binnen om een nieuw pakje Silk Cut te kopen. Tijdens het betalen viel zijn oog op een van de koppen in de avondkranten en hij bukte zich om het iets beter te kunnen lezen. Een jonge vrouw, wier identiteit tot dan toe nog niet was vastgesteld, was even buiten Eastvale in Noord-Yorkshire dood aangetroffen in een auto: neergeschoten. Als hij geen vrij had gehad, zou de zaak ongetwijfeld op zijn bureau zijn beland, maar zoals de zaken er nu voor stonden was de klus waarschijnlijk naar Annie gegaan. Zij zou nu ongetwijfeld de door de media aangewakkerde opwinding die altijd rond schietwapens ontstond moeten afhandelen en hij benijdde haar niet, maar wellicht nam Gristhorpe de media wel voor zijn rekening, zoals hij bijna altijd deed. Banks stak een sigaret op en liep verder. Toen hij nog bij de Met werkte, had hij vaak hele stukken gelopen en soms had het hem zelfs geholpen om zijn gevoelens op een rijtje te zetten of een probleem op te lossen. Hij had het altijd heel prettig gevonden om 's avonds door de West End te lopen, ook al was het karakter van de wijk enorm veranderd sinds zijn begintijd bij de politie.

Voor de pubs stonden groepjes lachende en grappen makende mensen buiten op straat met een glas bier in de hand. Op Leicester Square vermaakten jongleurs en vuurvreters hele drommen Amerikaanse toeristen die daar in

93

korte broek en T-shirt rondslenterden en water uit plastic flesjes dronken. Het was een zwoele avond en het was erg druk op het plein, met lange rijen voor het Odeon, waar metalen dranghekken waren geplaatst, waarschijnlijk voor een of andere première, en iedereen hoopte een glimp van een van de filmsterren op te vangen. Banks herinnerde zich dat hij daar begin jaren zeventig als jonge straatagent zelf ooit ook een keer had moeten helpen om de mensenmenigte in bedwang te houden. Bij een van de Bond-films, *The Man With the Golden Gun*, als hij het goed had. Dat was echter een ijskoude avond geweest, tegen de kerst, meende hij, en zijn collega's en hij hadden arm in arm gestaan om het publiek op afstand te houden, terwijl overal flitslampjes oplichtten (in die tijd waren het ook nog echt flitslampen) en sterren uit hun limousine stapten. Hij dacht dat hij Roger Moore en Britt Ekland had gezien, maar het was best mogelijk dat hij ernaast zat; hij was erg slecht in het herkennen van beroemdheden.

In die tijd ging Banks graag naar de bioscoop. Voordat de kinderen er waren, gingen Sandra en hij afhankelijk van zijn dienstrooster minstens twee keer per week en wanneer hij 's avonds of 's nachts moest werken, gingen ze vaak naar een middagvoorstelling. Na de geboorte van Brian vroegen ze zelfs af en toe of een buurvrouw wilde oppassen, totdat het onmogelijk werd gemaakt door zijn undercoverwerkzaamheden.

Tegenwoordig ging hij nog maar zelden. De laatste paar keer dat hij een film in de bioscoop was gaan zien, had er altijd wel iemand doorheen zitten praten en had het er naar warme popcorn met gesmolten boter gestonken, waren de vloeren kleverig geweest door gemorste cola. Naar de film gaan had tegenwoordig meer weg van rondhangen in een café waar ze op de muren bewegende beelden vertoonden. In Eastvale was een nieuwe megabioscoop gebouwd, naast het Swainsdale winkelcentrum, maar hij was er nog niet geweest en betwijfelde of dat ooit zou gebeuren.

Banks liep Soho in. Het liep inmiddels tegen negenen en het was nog altijd licht, maar de zon hing al laag, het licht stierf langzaam weg en hij had honger. Sinds de erbarmelijke curryschotel die hij bij Roy om de hoek had gegeten, had hij niets meer gehad. Ook hier was het druk op straat en zaten de terrasjes bij de restaurants en cafés aan Old Compton Street, Greek Street, Dean Street en Frith Street bomvol. Er hing een vleugje marihuana in de lucht, vermengd met de geur van espresso, gebakken knoflook, olijfolie en specerijen uit het Midden-Oosten. Neonlampen en kaarsen gloeiden onnatuurlijk op in het paarse schemerlicht, heiig door de zachte trillingen van de sluimerende hitte. Jongens liepen hand in hand door de straten of stonden met hun hoofden dicht bij elkaar op straathoeken. Knappe jonge vrouwen in luchtige, dunne kleding wandelden lachend samen of aan de arm van hun afspraakje voorbij.

Banks bereikte Tottenham Court Road voordat de elektronicazaken hun deuren hadden gesloten en schafte daar min of meer lukraak een laptop aan met dvd-rw/cd-rw-drive. Het apparaat was zo licht dat het gemakkelijk in een vak van zijn attachékoffertje kon worden vervoerd en bevatte alle functies die hij nodig had plus nog wat extra's. De aanschaf vormde geen al te zware aanslag op zijn bankrekening, waar nog altijd een flink bedrag op stond dat na de brand door zijn verzekering was uitgekeerd. Hij haalde de handleiding en diverse losse onderdelen uit de doos, stopte ze eveneens in zijn koffertje en liet de verpakking achter in de winkel. Daarna liep hij hongerig terug naar Soho.

In Dean Street zag Banks een restaurantje waar hij al eens eerder had gegeten, samen met Annie, en hij herinnerde zich dat het eten daar uitstekend was. Net als bij de andere restaurants waren alle terrastafeltjes bezet en stonden alle ramen aan de straatkant zo ver mogelijk open. Toch ging Banks naar binnen en daar werd hij beloond met een piepklein tafeltje ergens weggestopt in een hoek, ver bij de straat en het rumoer vandaan. De meeste mensen zouden die plek waarschijnlijk als de slechtste in het hele pand beschouwen, maar Banks was tevreden. Het was binnen net zo warm als buiten, dus wat dat betreft maakte het niet uit waar je zat, en er kwam vrijwel onmiddellijk een serveerster naar hem toe met een menukaart. Ze glimlachte zelfs naar hem.

Banks bette zijn voorhoofd met het servet en bestudeerde de kaart aandachtig. De letters waren klein en hij tastte naar de goedkope leesbril die hij bij een drogisterij had gekocht. Het was hem opgevallen dat hij daar de laatste tijd steeds vaker gebruik van maakte wanneer hij de krant las of een kruiswoordpuzzel deed.

Zijn keus viel al snel op de steak, medium gebakken, met friet en een half flesje Château Musar. Terwijl hij op zijn eten zat te wachten, nam hij alvast een glas wijn en de rijke, complexe smaak was even krachtig als hij zich herinnerde. Annie had deze wijn ook lekker gevonden, bedacht hij.

Annie. Hoe moest hij dat in vredesnaam aanpakken? Waarom had hij zich zo schofterig tegen haar gedragen na alles wat ze voor hem had gedaan? Ze was razend op hem, dat had hij heus wel door, maar als hij nu eens zijn best deed... misschien slaagde hij er dan wel in de muur die ze in haar kwaadheid had opgetrokken te slechten. Als hij eerlijk was, moest hij toegeven dat het al vanaf het moment dat ze hun relatie hadden verbroken niet echt meer tussen hen boterde. Hij was jaloers geweest op de relaties die Annie na hem had gehad en hij wist dat zij ook jaloers was geweest op de zijne. Mede daarom was de bruuske wijze waarop hij haar in het ziekenhuis had afgewezen ook zo onvergeeflijk. De omstandigheden waren echter buitengewoon geweest, hield hij zichzelf voor. Zijn hoofd had er niet echt naar gestaan.

De steak en friet werden gebracht en Banks concentreerde zich weer op Roy. Met een beetje geluk zat er iets bij die computerdocumenten – waarom zou Roy ze anders hebben verstopt? – een naam, een bedrijf, iets wat hem op het goede spoor kon zetten. Het probleem was echter juist dat ze waarschijnlijk eerder te veel informatie dan te weinig zouden opleveren en Banks had nu eenmaal geen team van agenten tot zijn beschikking die hij de straat op kon sturen om alle valse aanwijzingen eruit te filteren. Misschien kon hij Corinne nogmaals om hulp vragen. Ze had gezegd dat ze bereid was om hem te blijven helpen.

Hij voelde een lichte bezorgdheid jegens Corinne die een koude rilling over zijn rug joeg en hij huiverde even. Had hij haar in gevaar gebracht door Roys zakengeheimen te vertellen? Hij was er echter heel zeker van dat hij op weg naar haar huis niet was gevolgd en ook nu werd hij door niemand geschaduwd. Er zou haar heus niets overkomen, zei hij sussend tegen zichzelf. Hij zou haar voor alle zekerheid morgenochtend vroeg bellen.

Hij nam een hap van het malse vlees en opeens drong het tot hem door dat hij slechts één keer samen met Roy uit eten was geweest. Ze kwamen elkaar natuurlijk wel tegen bij familiefeesten, hoewel dat er door de jaren heen niet zo heel veel waren geweest, en Banks was bij Roys eerste huwelijk aanwezig geweest, maar met hun tweetjes uit eten, dat was slechts één keer voorgekomen en de uitnodiging daartoe was volledig onverwacht gekomen, voorzover Banks kon zien was er geen enkele aanleiding toe geweest. Het was halverwege de jaren tachtig geweest, herinnerde Banks zich, toen de financiële wereld wankelde door de talloze schokkende schandalen rond handel met voorkennis. Hoewel het onduidelijk was wat Roy tegenwoordig precies deed, was hij in die tijd beurshandelaar geweest en met zijn Armani-pak en minstens honderd pond kostende kapsel had hij er op en top als een succesvolle zakenman uitgezien, zijn moeders oogappel. Banks' leven daarentegen was één grote puinhoop geweest, eigenlijk een beetje zoals nu, bedacht hij peinzend, zich sterk bewust van de ironie ervan. Hij had op het randje van een burn-out gezeten, zijn carrière en huwelijk hingen aan een zijden draadje, en hij was in gespannen afwachting geweest van het antwoord op zijn aanvraag om naar Noord-Yorkshire te worden overgeplaatst. En toen had Roy hem op een goede dag op het bureau gebeld – hij wist niet eens zeker of zijn broer wel wist waar hij op dat moment woonde – en hem gevraagd of hij tijd had om samen in The Ivy een hapje te eten.

Het restaurant was tot de nok toe gevuld met mensen uit de showbusiness en Banks meende zelfs een of twee sterren te herkennen, maar hij had geen namen bij de gezichten weten te plaatsen. Ze hadden er in elk geval wel als sterren uitgezien en zich ook zo gedragen. Nadat ze onder het genot van een zeer dure shepherd's pie en een nog duurdere fles rode wijn een halfuur lang ditjes en datjes over de familie hadden uitgewisseld en Roy beleefd had geïnformeerd naar Banks' carrière en gezondheid, had hij het gesprek op de recente schandalen gebracht. Hoewel er niets expliciets werd gezegd, had Banks na afloop sterk het vermoeden gehad dat Roy naar informatie had zitten hengelen. Niet dat hij er ook maar iets vanaf wist, maar zijn broer had belangstellend geïnformeerd naar de manier waarop een dergelijk onderzoek in zijn werk ging, hoe de politie aan informatie kwam, hoe ze tegenover informanten stonden, wat de wetgeving op dit gebied precies inhield enzovoort. Hij was erg subtiel geweest, was tijdens het dessert van bessenijs met witte-chocoladesaus op het onderwerp doorgegaan, en het was wel duidelijk dat het hem om informatie te doen was geweest.

En dan was er nog iets. Hoewel hij het niet honderd procent zeker wist, was Banks vaak genoeg met drugs in aanraking gekomen om de tekenen te kunnen herkennen en hij was ervan overtuigd dat Roy high was. Coke, vermoedde hij. Dat was tenslotte in die tijd de populairste drugssoort geweest onder succesvolle jonge mannen uit de financiële wereld. Op een gegeven ogenblik was Roy even opgestaan om naar het toilet te gaan en toen hij terugkwam, had hij zich met een rood aangelopen gezicht en af en toe zacht snuivend nog enthousiaster op het gesprek gestort.

En dat, zo begreep Banks nu, was waarschijnlijk het moment geweest waarop hij voor het eerst had vermoed dat zijn kleine broertje mogelijk een crimineel was. Daarvoor was hij slechts zijn lastige broertje geweest, het grote voorbeeld met wie Banks voortdurend werd vergeleken en tegen wie hij altijd het onderspit dolf. Nu Banks terugdacht aan het gesprek dat ze die avond hadden gevoerd, geloofde hij nog steeds dat hij indertijd gelijk had gehad, dat Roy iets van plan was geweest en wilde weten hoe groot de kans was dat hij zou worden opgepakt. Maar goed, hij was niet opgepakt en hield zich inmiddels blijkbaar met andere zaken bezig. Maar of die zaken wel zuiver op de graat waren?

Banks schonk de fles Château Musar leeg in zijn glas. Misschien had hij beter een hele fles kunnen bestellen, bedacht hij. Maar dat zou te veel zijn geweest en hij wilde de volgende dag helder kunnen nadenken. Uit wat hij tussen de groepjes restaurantbezoekers door in het fletse straatlicht kon zien, maakte hij op dat het nog drukker was geworden. De mensenmassa bestond voornamelijk uit jonge mensen, die waarschijnlijk tot in de kleine uurtjes in de clubs zouden blijven hangen.

Toen zijn koffie met cognac voor hem op tafel stond, schoot het Banks te binnen dat hij nog geen slaapplek had geregeld. Hij was vergeten een hotelkamer te reserveren. Op dat moment voelde hij het gewicht van de sleutelbos en het mobieltje in zijn zak en besefte hij dat hij eigenlijk al had geweten waar hij zou slapen toen hij deze in zijn zak had laten glijden voordat hij Roys huis verliet. Het had op dit tijdstip totaal geen zin om te proberen in het netwerk van smalle straatjes van Soho een taxi te vinden, dus wandelde hij naar Charing Cross Road, waar hij er binnen de kortste keren een kon aanhouden. Hij verzocht de taxichauffeur om hem naar South Kensington te brengen.

Winsome had geduldig de hele middag en ook het begin van de avond met regelmatige tussenpozen geprobeerd Banks' ouders en kinderen te bellen. Ze had echter geen flauw idee hoe ze erachter kon komen wie Banks' vrienden waren. Hij had weliswaar een oud adresboekje in de lade van zijn bureau laten liggen, maar daar stonden niet echt veel namen in vermeld en sommige ervan waren blijkbaar van zo lang geleden dat de nummers niet eens meer in gebruik waren. Het was een vreemde gewaarwording dat ze op zoek was naar haar eigen baas, in het privé-adresboekje snuffelde van iemand die ze met u aansprak en tegen wie ze enorm opkeek, maar hij kon zonder enige twijfel antwoord geven op een paar van hun vragen. Ook had Winsome door dat hij wellicht gevaar liep. Er was tenslotte een vrouw doodgeschoten die waarschijnlijk naar hem onderweg was en bovendien was er ingebroken in zijn half gerenoveerde cottage. Toeval? Winsome geloofde daar niet in.

Nadat ze de lijst met telefoonnummers van familieleden had geraadpleegd, had Winsome eerst zijn dochter Tracy in Leeds gebeld. Toen ze haar tegen etenstijd eindelijk te pakken kreeg, zei Tracy dat ze geen flauw idee had waar haar vader was. Zijn zoon Brian nam zijn mobiele telefoontje niet op, dus sprak ze een berichtje in op de voicemail. Toen ze aan het begin van de avond voor de derde keer Banks' ouders belde, nam een vrouw op.

'Mevrouw Banks?' vroeg Winsome.

'Ja. Met wie spreek ik?'

'Ik ben agent Jackman. Ik ben een collega van uw zoon inspecteur Banks. Ik probeer u al de hele middag te bereiken.'

'Dat spijt me, kind, we zijn op bezoek geweest bij mijn broer en zijn vrouw in Ely. Hoezo? Wat is er dan? Is er iets met Alan gebeurd?'

'Er is niets gebeurd, mevrouw Banks. Voorzover wij weten is alles in orde. Hij heeft deze week vakantie, maar u weet vast wel hoe het eraan toe gaat in dit werk. We hebben hem nodig en het is vrij dringend. En nu is hij blijkbaar vergeten zijn mobiele telefoontje mee te nemen. Ik vroeg me af of u misschien wist waar hij is.'

'Nee, meisje,' zei mevrouw Banks. 'Hij vertelt ons tegenwoordig nooit meer waar hij naartoe gaat.'

'Nee, dat zal ook wel niet,' zei Winsome, 'maar het was de moeite van het proberen waard. Hebt u hem recentelijk nog gesproken?'

'Toevallig heeft hij ons vanochtend vroeg gebeld.'

'Waarom, als ik het vragen mag?'

'O, dat mag je best weten, kind. Het was een beetje vreemd. Zie je, hij vroeg naar zijn broer, naar Roy en die twee... nu ja, ze hebben eigenlijk nooit echt veel met elkaar opgehad.'

'Dus het was tamelijk ongebruikelijk dat inspecteur Banks naar hem vroeg?'

'Inderdaad.'

'Wat wilde hij weten?'

'Hij wilde weten of ik wist waar Roy was, net zoals jij nu wilt weten waar Alan is. Wat is er toch allemaal aan de hand? Weet je heel zeker dat er niets is?'

'Niets om u zorgen over te maken, mevrouw Banks. We hebben alleen zijn hulp nodig. Zou u me het adres en telefoonnummer van zijn broer kunnen geven, als u die hebt?'

'Natuurlijk,' zei mevrouw Banks. 'Zijn adres ken ik uit mijn hoofd, maar voor cijfers heb ik niet zo'n goed geheugen. Als je even wilt wachten, dan zoek ik het op.'

'Graag,' zei Winsome. 'Ik wacht wel.'

Ze hoorde dat de hoorn voorzichtig op een harde ondergrond werd neergelegd en vervolgens ving ze het geluid van gedempte stemmen op. Enkele seconden later kwam mevrouw Banks terug aan de telefoon en gaf ze haar het nummer. 'Hij heeft ook zo'n mobiel toestel. Wil je het nummer daarvan ook hebben?' vroeg ze.

'Graag.'

'Zo'n rare gewoonte van mensen tegenwoordig om altijd maar bereikbaar te willen zijn,' merkte mevrouw Banks op. 'Je vraagt je toch af hoe wij het al die jaren zonder die nieuwerwetse apparaatjes hebben gered, maar het is ons toch maar mooi gelukt. Ach, moet je mij nu horen. Jij bent waarschijnlijk veel te jong om je die tijd nog te herinneren.'

'Ik herinner me het juist wel degelijk,' zei Winsome, die in een hut in het hooggelegen Cockpit Country in Jamaica was opgegroeid, blootgesteld aan de elementen, zonder telefoon of elektriciteit of ontelbare andere zaken die zo onontbeerlijk leken voor het leven in het Groot-Brittannië van de eenentwintigste eeuw.

Mevrouw Banks gaf haar het nummer en Winsome beëindigde het gesprek. Ze bleef even nadenkend voor zich uit zitten staren terwijl ze met haar pen op het schrijfblok tikte, zocht toen inspecteur Cabbots mobiele nummer op en pakte nogmaals de hoorn van de haak.

'Mijn excuses voor Sharpe en Handy,' zei inspecteur Brooke. 'Het zijn echt twee sukkels van de bovenste plank, maar het valt tegenwoordig niet mee om goede hulp te krijgen en zij hadden toevallig net dienst.'

Annie begon te lachen. 'Dat geeft niet. We hebben zelf ook een paar van die types rondlopen.'

Ze zaten in een rumoerige pub aan Brixton Road een pint Director's bitter te drinken. David Brooke was van Banks' leeftijd, maar hij zag er ouder uit, was een stuk dikker en had een onverstoorbaar, rond, rood gezicht dat Annie altijd met boeren associeerde, en nog maar een paar plukjes rood haar op zijn sproetige schedel. Zijn donkerblauwe pak had betere tijden gekend, net als zijn gebit, en hij had vanwege de warmte zijn stropdas afgedaan, waardoor hij alleen nog maar meer deed denken aan een boerenkinkel uit Somerset die naar de grote stad was overgekomen voor een huwelijk of een voetbalwedstrijd.

Jennifer Clewes' slaapkamer had Annie niet veel opgeleverd, maar ze wist nu wel dat Jennifer porseleinen beeldjes spaarde, voornamelijk van sprookjesfiguren, dat ze van Frank Sinatra, Tony Bennett en Ella Fitzgerald hield, en afgezien van een enkel romannetje zelden iets las wat niet over zaken en handel ging. Naast haar werkkleding bezat ze voornamelijk vrijetijdskleding: spijkerbroeken, spijkerrokjes en spijkerjacks, T-shirts, katoenen shirtjes. Niets met kantjes of strookjes. Ze had één nette jurk en twee paar zwarte pumps. Voor de rest bezat ze alleen sportschoenen en sandalen.

Op het eerste gezicht leverde haar computer niets ongebruikelijks op. Het ding bevatte geen dagboek of privé-documenten, alleen een kalender waarop bij de meeste dagen een privé-afspraak stond vermeld. Ze had op de dertiende een tandartsafspraak staan. Als er verder nog iets in stond, moesten de computerexperts dat maar boven tafel zien te krijgen. Wel had Annie een veel betere foto van Jennifer gevonden, levend en breeduit lachend, met op de achtergrond een oceaan. Kate Nesbit had haar verteld dat die vorig jaar in Sicilië was gemaakt, toen Jennifer daar met Melanie Scott, haar schoolvriendin uit Shrewsbury, op vakantie was.

Toen ze klaar was in de flat, belde Annie een hotel bij Lambeth Bridge om een kamer te reserveren voor twee nachten, nadat ze eerst nogmaals Gristhorpe had gebeld om daar toestemming voor te vragen. De volgende dag was het zondag, dus dan was het Berger-Lennox Centrum waarschijnlijk gesloten. Annie was van plan om er maandagochtend vroeg langs te gaan, voordat ze naar het noorden terugkeerde. Op zondag wilde ze Melanie Scott opzoeken. De plaatselijke politie zou Jennifers ouders op de hoogte stellen van het overlijden van hun dochter en hen naar Eastvale brengen om het lichaam officieel te identificeren.

'Hoe gaat het met je, Dave?' vroeg Annie. 'Het is alweer zo'n tijd geleden.'

'Te lang, als je het mij vraagt. Met mij gaat alles uitstekend, dank je. Eigenlijk is het grootste nieuws dat ik eindelijk aan de beurt ben om promotie te maken. Hoofdinspecteur.'

'Gefeliciteerd, Dave,' zei Annie. 'Hoofdinspecteur Brooke. Het heeft wel wat.'

Brooke grinnikte. 'Dat vind ik nu ook. Hoe is het gesprek met die huisgenote van het slachtoffer gegaan?' vroeg hij toen.

Annie nam een slokje bier. 'Prima. Ik ben niet echt veel aan de weet gekomen, maar ik begin nu tenminste een beetje een beeld te vormen van Jennifer, ook al blijft het wat vaag. Je weet hoe dat gaat in het beginstadium.'

'Vertel mij wat. Een traag proces.'

'Die arme meid,' ging Annie verder. 'Die huisgenote, Kate Nesbit. Ze was er helemaal kapot van. Het heeft me heel wat moeite gekost om haar zover te krijgen dat ze toestond dat ik de bovenbuurvrouw haalde om bij haar te blijven tot haar ouders er zijn. Ik heb hen gebeld en ze hebben beloofd zo snel mogelijk te komen. Wat er daarna gaat gebeuren, weet ik ook niet.'

'Als je wilt, kan ik wel een oogje in het zeil houden. Af en toe even iemand bij haar langs sturen om te zien hoe het met haar gaat.'

'Als het maar niet Sharpe en Handy zijn.'

Brooke glimlachte. 'Nee, dat zal ik dat arme kind niet aandoen. Daar hebben we een paar uitstekende wijkagenten voor.'

'Fijn,' zei Annie. 'Dat lijkt me een heel goed idee. Bedankt.'

'Graag gedaan.'

'Ik vraag het niet graag,' vervolgde ze, 'maar zou je ook een paar surveillanten kunnen missen voor een huis-aan-huisonderzoek? Ik zou het met alle liefde zelf willen doen, maar ik moet morgen naar Hounslow om een goede vriendin van het slachtoffer op te zoeken.'

'En waar moeten ze dan naar vragen?'

'Of iemand iets ongebruikelijks of verdachts heeft gezien, vreemden die in de buurt rondhingen, dat soort dingen.'

'Ik denk dat ik dat wel kan regelen,' zei Brooke. 'We kunnen natuurlijk niet hebben dat jij blaren krijgt op die poezelige inspecteursvoetjes van je.'

'Je bent een schat, Dave.'

Annies mobieltje ging. Ze excuseerde zich en liep naar buiten, zodat ze de beller beter kon verstaan. Toen Winsome haar het adres en telefoonnummer van Banks' broer doorgaf en erbij vermeldde dat Banks mogelijk bij hem was, moest ze de pub weer in om haar opschrijfboekje uit haar koffertje te halen en de gegevens te noteren. Ze bedankte Winsome en hing op.

'Belangrijk nieuws?' vroeg Brooke.

'We zijn wellicht onze vermiste inspecteur op het spoor,' zei Annie.

'Vermiste inspecteur?'

'Het is een lang verhaal.'

Brooke knikte in de richting van Annies lege glas. 'Nog eentje?'

'Ach, waarom ook niet,' zei Annie. 'Ik hoef tenslotte niet te rijden.'

'Heb je misschien ook zin om een hapje te eten? Dan kun je me tijdens het eten alles over die inspecteur van je vertellen.'

'Hier?'

Brooke keek om zich heen en trok een vies gezicht. 'Mooi niet. We kunnen hier nog wel wat drinken en als je zin hebt, zoeken we daarna aan de andere kant van de rivier een fatsoenlijke plek om iets te eten.'

'Dat lijkt me een goed plan,' zei Annie. 'Hoe gaat het met Joan en de kinderen?'

'Bloeiend, dank je wel.' Brooke zweeg even. 'Dat was niet echt subtiel, Annie.'

'Wat bedoel je?'

'Je wilde toch weten of ik nog steeds gelukkig getrouwd ben en geen bedreiging voor je vorm? Nou, het antwoord op het eerste is ja en op het tweede nee. Doe je altijd zo wanneer een man je een etentje aanbiedt?'

'O, betaal jij? Dat wist ik niet. Dan zit het wel goed.'

'Nu verstop je je achter luchthartige scherts.'

'Je hebt gelijk,' zei Annie. 'Het spijt me. Ik zou beter moeten weten. Ik heb de laatste tijd gewoon een paar slechte ervaringen opgedaan.'

'Wil je erover praten?'

Annie schudde haar hoofd. Phil Keane was wel het laatste waarover ze wilde praten. Ze zou hem met alle liefde willen wurgen, dat wel misschien, hem ophangen en vierendelen, dat leek haar zelfs nog beter, maar over hem praten, dat wilde ze absoluut niet.

Brooke was niet het type dat zou proberen haar te versieren en onder normale omstandigheden zou ze dat ook wel hebben beseft. Toen Annie jaren geleden als jonge surveillant in Exeter onder de toen nog brigadier Brooke werkte, was hij met Joan getrouwd. Hij was als politieman geen denker, maar een doener, behaalde resultaten puur door keihard te werken, maar hij had haar goed behandeld en ze hadden door de jaren heen sporadisch contact met elkaar gehouden. Zijn aanbod om samen wat te gaan eten was dan ook precies dat en zeker niet meer, en het zat haar dwars dat ze had gedaan alsof ze zelfs een goede, oude vriend niet langer durfde te vertrouwen.

'Het spijt me,' zei Annie. 'Ik dacht even niet na.'

'Het is al goed. En stiekem vind ik het heel vleiend dat je mij nog steeds als een potentiële kandidaat beschouwt.'

Annie klopte zachtjes op zijn arm. 'Dat ben je zeker,' zei ze. 'Maar nu verga ik van de honger, dus wat zou je ervan zeggen als we dat tweede drankje hier eens oversloegen en bewaarden voor waar we hierna ook maar naartoe gaan? Geldt je aanbod nog steeds?'

'Op naar de West End,' zei Brooke.
'Zouden we misschien even via South Kensington kunnen rijden?'

Het was laat op de zaterdagavond en eigenlijk had hij nu die bloedmooie, roodharige nieuwe medewerkster van de administratie een beurt moeten geven, bedacht Kev Templeton somber, die met die enorme tieten en benen van hier tot gunter, maar in plaats daarvan reed hij nu door een stortbui die zo heftig was dat zijn ruitenwissers het amper aan konden, langs de M1.

Oké, toegegeven, dit was bijna net zo goed, zo niet beter, hield hij zichzelf voor. De spanning van een achtervolging. Nou ja, misschien niet direct een achtervolging, maar hij zat tenminste niet op kantoor, was lekker onderweg, en reed door de nacht om een aanwijzing na te trekken. Dit was pas het echte leven. Dit was waarom hij bij de politie was gegaan. De regen gutste in brede stralen over de ruiten, een bliksemschicht doorkliefde het hemelgewelf en het gerommel van het onweer klonk zelfs boven het geluid uit van de Chemical Brothers-cd die hij oorverdovend hard had opstaan.

Hij wist best dat ze hem op het hoofdbureau niet al te serieus namen, alleen maar omdat hij jong was en zijn uiterlijk goed verzorgde. Ze dachten allemaal dat hij een of andere modepop was die alleen maar nachtclubs afliep. Oké, hij ging inderdaad vaak naar nachtclubs en hij liep er graag goedverzorgd bij, maar hij had echt wel iets meer in zijn mars. Op een goede dag zou hij ze eens wat laten zien. Hij zou voor al zijn examens slagen en als een komeet door de politierangen omhoogschieten.

Wie dachten ze eigenlijk wel niet dat ze waren? Gristhorpe kon ongeveer elk moment met pensioen gaan en als hij al ooit echt speurwerk had verricht, dan was dat inmiddels al jaren geleden. Banks was goed, maar geen teamspeler en liet zich vanwege problemen in zijn privé-leven in rastempo naar de zijlijn manoeuvreren. Annie Cabbot was lang niet zo geweldig als ze zelf wel dacht. Veel te emotioneel, vond Kev, alsof ze continu ongesteld was. De enige die hem echt zorgen baarde, was Winsome. Winsome de Verschrikkelijke, zoals hij haar heimelijk noemde. Die zou het ver schoppen. Zou een uitstekende ondergeschikte partner voor hem zijn wanneer hij hoofdinspecteur was. Een uitstekende partner ook om een nummertje mee te maken. Bij de gedachte alleen al brak het zweet hem uit. Die dijen. Hij was eerst rechtstreeks naar het eind van de snelweg gereden, had daar de auto gekeerd, was toen in noordelijke richting langs de M1 gereden en had inmiddels de benzinestations bij Toddington en Newport Pagnell al gehad, waar hij zonder veel succes Jennifer Clewes' foto had laten zien. Hij had bij geen van die benzinestations iets in het wegrestaurant gegeten en toen hij Watford Gap naderde, liep het al tegen middernacht en kreeg hij toch wel trek. Moest trouwens ook pissen. Dan kon hij net zo goed even bij de Road Chef langsgaan. Door de jaren heen had hij wel geleerd dat wegrestaurants veel te prijzig waren en geen van alle veel te bieden hadden. Zo laat op de avond maakte elk wegrestaurant eigenlijk een wat vervallen indruk, dacht Templeton bij zichzelf; maar misschien zag het tankstation van Watford Gap er wel altijd zo uit. Het had iets te maken met de verlichting en de clientèle. Op dat tijdstip waren er maar weinig keurige gezinnetjes uit de middenklasse op de weg. En evenmin veel oudere mensen. Afgezien van de enkele handelsreiziger of zakenman die na een late afspraak op weg naar huis was, zagen de meeste aanwezigen er als schurken uit. Als de politie af en toe eens een bezem door de wegrestaurants haalde, zouden ze ongetwijfeld wel beet hebben, dacht Templeton. Dan zouden ze beslist een paar namen van gezocht-posters binnenhalen. Misschien moest hij dat idee maar eens aan de hoge omes doorspelen. Misschien ook niet. Die zouden ongetwijfeld zelf met de eer gaan strijken.

Een man kwam de toiletruimte binnen gelopen en ging vlak naast Templeton bij een urinoir staan. Toen hij een gesprek begon – de gebruikelijke openingszin over grote jongens onder elkaar – ritste Templeton zijn gulp dicht, trok hij zijn politiepas tevoorschijn en zwaaide hij deze zo ruw voor het gezicht van de man heen en weer dat deze struikelend achteruitdeinsde en de macht over de beweging verloor, waardoor hij over zijn schoenen en broek piste. 'Oprotten, viezerik,' zei Templeton. 'Je hebt ongelooflijk veel mazzel dat het me momenteel gewoon te veel moeite is om je te arresteren wegens prostitutie. Wegwezen. En snel!' Templeton klapte eenmaal hard in zijn handen.

De man werd bleek. Hij ritste met trillende handen zijn gulp dicht en rende zonder zelfs maar zijn handen te wassen naar de deur. Templeton waste zijn handen dertig seconden lang met warm water en zeep. Hij had de pest aan flikkers en vond dat ze een verdomd grote vergissing hadden begaan toen ze het al die jaren terug legaal hadden gemaakt. Dat had de sluizen wagenwijd opengezet, net als met immigratie. Als het aan hem lag stuurde de regering al die flikkers naar de gevangenis en al die buitenlanders naar hun thuisland, behalve Winsome natuurlijk; die mocht blijven.

Boven in het restaurant bestelde Templeton een kop thee en een maal van worst, eieren en witte bonen, ervan uitgaand dat niemand iets kon verpesten aan zo'n eenvoudig gerecht, en hij droeg het dienblad naar het eerste het beste lege tafeltje en probeerde de ketchupvegen op het tafelblad te negeren. De eieren hadden te lang op het vuur gestaan en de thee was oud, maar verder was de maaltijd wel oké. Templeton werkte de maaltijd zonder al te veel moeite weg.

Toen hij klaar was, liep hij naar het buffet en sprak hij de jonge Aziatische knul aan die hem bemande. Zijn naamplaatje gaf aan dat hij 'Ali' heette.

'Was je hier gisteren rond deze tijd ook?'

'Ja, ik was hier,' zei Ali. 'Soms lijkt het verdomme wel alsof ik hier altijd ben.'

'Dat geloof ik graag,' zei Templeton en hij haalde de foto van Jennifer Clewes uit zijn koffertje. 'Ik ben trouwens agent Templeton, afdeling Ernstige Delicten, Noord-Yorkshire. Heb je deze vrouw hier toevallig gezien?'

'Jezus, man, is ze soms dood?' vroeg Ali, die wit wegtrok. 'Ik heb nog nooit een dode gezien.'

'Ik vroeg of je haar hier hebt gezien.'

'Wat is er met haar gebeurd?'

Templeton slaakte een theatrale zucht. 'Moet je horen, Ali, ons gesprek zal een stuk prettiger verlopen wanneer ik de vragen stel en jij antwoord geeft, begrepen?' zei hij.

'Ja. Oké. Laat nog eens zien.' Ali stak zijn hand uit, maar Templeton hield de foto stevig vast, net binnen zijn gezichtsveld. Hij wilde niet dat hij onder Ali's vettige vingerafdrukken kwam te zitten.

Ali tuurde een tijd lang met half dichtgeknepen ogen naar de foto, langer dan volgens Templeton strikt noodzakelijk was, en zei toen: 'Ja, ze is hier gisteravond geweest. Zat daar.' Hij wees naar een tafeltje.

'Hoe laat?'

'Weet ik niet meer. Als je 's avonds werkt, hebt je geen idee van tijd.'

'Was ze alleen?'

'Ja. Dat weet ik nog, omdat ik dacht: wat doet zo'n knappe meid als zij nou in d'r eentje hier op vrijdagavond.'

'Heb je gezien of ze misschien van streek was of bang?'

'Watte?'

'Hoe gedroeg ze zich?'

'Heel gewoon. Ze heeft een sandwich gegeten; nou ja, ze heeft maar de helft opgegeten. Ik kan niet zeggen dat ik het haar kwalijk neem. Die sandwiches met ham en tomaat worden inderdaad een beetje klef wanneer ze al een tijdje liggen...'

'Heeft iemand haar benaderd?'

'Nee.'

'Haar aangesproken?'

'Nee. Maar die kerel aan het tafeltje tegenover haar zat wel de hele tijd naar haar te gluren. Een beetje een vies mannetje, vond ik.'

'Waar zag je dat precies aan?' vroeg Templeton.

'Ach, u weet wel. Het was een beetje een eng type.'

'Juist. Hoe lang is ze gebleven?'

'Geen idee. Niet langer dan een minuut of tien, vijftien, denk ik. Hoor eens, vertelt u me nou nog wat er met haar is gebeurd? Toen ze hier wegging, was er niets aan de hand.'

'Werd ze door iemand gevolgd?'

'Die kerel tegenover haar, dat vieze mannetje, is direct na haar vertrokken, maar ik kan niet zeggen dat hij haar volgde. Hij had zijn saucijzenbroodje op. Waarom zou hij hier dan in vredesnaam nog langer blijven zitten?'

Templeton liet zijn blik door het restaurant glijden. 'Ik snap wat je bedoelt,' zei hij.

'De meeste mensen die hier komen, hebben haast. Het verloop is groot.'

'En verder toonde niemand opvallend veel belangstelling voor deze vrouw?'

'Nee.'

'Heeft ze nog iemand gebeld?'

'Voorzover ik heb gezien niet.'

'Dat vieze mannetje, had je die hier al eens eerder gezien?'

'Nee.'

'Kun je hem voor me beschrijven?'

'Hij had een donkergrijs pak aan, als een zakenman, droeg een bril met een dik, zwart montuur, en hij had een lang gezicht met een onderkin en een lange, dunne neus. Kort bruin haar, lichtbruin. O ja, en hij had roos. Het deed me aan iemand denken, maar ik weet niet meer wie. Niet de roos, natuurlijk, maar zijn gezicht.'

'Hoe oud denk je dat hij was?'

'Oud. Een jaar of veertig.'

'Kun je me verder nog iets vertellen?'

'Nee, dat was het wel zo'n beetje. Komt dit op televisie bij *Crimewatch?*'

'Bedankt voor je hulp.' Templeton liet Ali dagdromend over een televisie-optreden achter en liep naar zijn auto. Het regende niet meer en donkere plassen weerkaatsten het licht van de lampen. Voordat hij de snelweg weer op reed, liep Templeton eerst naar het kantoortje van de nachtmanager van het benzinestation. Daar liet hij zijn pas zien aan de slaperige jonge man achter de balie. De knul leek een beetje bij zijn positieven te komen.

'Ik ben Geoff,' zei hij. 'Wat kan ik voor u doen?'

'Was je gisteravond ook hier?'

'Ja.'

Templeton haalde de foto weer tevoorschijn. 'Kun je je haar misschien herinneren?'

'Het lijkt wel alsof ze...' Hij fronste zijn wenkbrauwen. 'Ik weet het niet.'

'Alsof ze dood is,' zei Templeton. 'Wat heel goed kan kloppen, want dat is ze ook. Kun je je haar nog herinneren?'

'Ze is hier inderdaad geweest. Iemand met dat uiterlijk vergeet je niet zo snel.'

'Weet je ook nog hoe laat dat was?'

'Dat kan ik niet met zekerheid zeggen, maar dat zou op het bonnetje van haar creditcard moeten staan.'

'Heeft ze met een kaart betaald?'

'Dat doen de meeste mensen. Benzine is verdomd duur en betaalkaarten komen dan goed van pas. Tegenwoordig kun je je pas zelf bij de pomp door een betaalapparaat halen. Je hoeft niet eens meer binnen te komen. Niet iedereen doet dat, hoor. Sommige mensen hebben gewoon behoefte aan wat menselijk contact.'

'Ik neem niet aan dat je de bonnetjes van gisteravond nog hebt?'

'Ja zeker wel,' zei Geoff. 'Ze worden pas op maandagavond opgehaald.'

'Waar wachten we dan nog op? Ze heet Jennifer Clewes.'

Geoff haalde een stapeltje creditcardbonnen tevoorschijn en bladerde er bijtend op zijn lip doorheen. 'Een ogenblikje. Hier, volgens mij is dit hem.' Hij liet Templeton een bonnetje zien waarop 00.35 uur stond aangegeven. Wat inhield dat ze ongeveer tweeënhalf uur later bij de afrit naar de A1 moest zijn aangekomen. Dat klopte precies wat de tijd betrof. Templeton bedankte Geoff en vroeg hem voor alle zekerheid ook naar de 'oude' man die Ali had beschreven.

'Die vent die roos had? Een kerel met een lang gezicht?'

'Die bedoel ik.'

'Ja, die is hier ook geweest. Tegelijkertijd met haar, nu ik eraan denk. Ik zag dat hij naar haar stond te gluren toen ze zich vooroverboog met de tuit. Kan niet zeggen dat ik het hem kwalijk neem. Het was net iets uit de *FHM*. Hé, u denkt toch zeker niet...'

'Had je hem al eens eerder gezien?'

'Niet dat ik me kan herinneren. Maar er komen hier ook zoveel mensen langs.'

'Hij heeft zeker niet met een pas betaald?'

Geoff grinnikte en bladerde nogmaals door de stapel. 'Ik heb het u toch gezegd. De meesten betalen met een pas. Hier is hij al, direct na die van haar. Ene meneer Roger Cropley.'

'Hebben jullie gesloten-circuitcamera's?'

'Die hebben we zeker,' zei Geoff.

In de verte rommelde het onweer. Geoff hield het strookje omhoog en Templeton las de details. Er bestaat dus wel degelijk een God, dacht hij triomfantelijk.

Terug in Roys huis controleerde Banks eerst of er berichten waren ingesproken. Het was er maar één en tot zijn stomme verbazing was deze afkomstig van Annie Cabbot. Wat nog verbazingwekkender was, was het feit dat het berichtje duidelijk voor Roy was bestemd, want ze sprak hem aan met 'meneer Banks'. Ze was eerder op de avond bij zijn huis langs geweest, zei ze, maar toen was hij niet thuis geweest. Zou hij zo snel mogelijk contact met haar willen opnemen? Annie wist uiteraard niet dat Roy was verdwenen. Ze klonk vrij kil en zakelijk, vond Banks, en hij vroeg zich af wat ze in Londen deed. Kon het iets te maken hebben met het moordonderzoek waaraan ze in Eastvale werkte? Het was inmiddels al na elven en hij had geen zin om zo laat op de avond nog een ingewikkeld gesprek aan te gaan met Annie. Hij zou haar morgenochtend wel terugbellen.

Hij nam de geopende fles Amarone mee naar boven en bekeek op de plasmatelevisie *A Clockwork Orange*. Hoewel hij het volume van het surroundsysteem zo laag mogelijk had gezet om de buren niet te storen, vulde het geluid nog altijd de hele kamer. Na afloop viel hij op de bank in slaap, met de nog altijd halfvolle fles naast zich op de vloer.

De storm raasde die nacht over Londen, maar Banks hoorde het onweer niet en zag ook de felle bliksemschichten niet. Even na drieën werd hij echter wel gewekt door de duidelijk herkenbare melodie van *La Donna è Mobile* die van heel dichtbij klonk.

Toen Banks eenmaal een beetje wakker was, kon hij zich niet herinneren dat hij vlak voordat hij in slaap was gevallen een cd van *Rigoletto* had opgezet. Toen schoot Roys mobieltje, dat op de tafel naast hem lag, hem weer te binnen.

Hij pakte het toestel op en het geluid bleek daar inderdaad vandaan te komen. Het was donker in de kamer, maar met behulp van het blauw oplichtende schermpje wist hij de juiste knop te vinden.

'Hallo,' mompelde hij. 'Met wie spreek ik?'

Aanvankelijk bleef het stil, afgezien van een zacht geruis op de achtergrond, mogelijk een soort statische storing. Toen meende hij dat hij iemand gesmoorde of kokhalzende geluiden hoorde maken, alsof deze persoon probeerde zijn lachen in te houden. Hij bedacht dat het misschien iemand was die per ongeluk Roys nummer had gebeld en dat de geluiden afkomstig waren van een televisie die op de achtergrond aan stond.

Zoiets was Banks ook eens overkomen toen hij was vergeten zijn mobiele toestel uit te zetten. Op een of andere manier had hij een van de nummers in het telefoonboek geactiveerd, met als gevolg dat Tracy de ondervraging van de getuige van een moord te horen kreeg. Gelukkig had ze het niet goed kunnen verstaan en toen ze doorkreeg wat er waarschijnlijk was gebeurd, besefte ze dat ze de verbinding moest verbreken. Toch was Banks daarna altijd een beetje paranoïde gebleven over het uitzetten van zijn mobieltje.

Misschien waren dit gewoon kinderen of iemand die een grap wilde uithalen? De gedempte geluiden gingen door, gevolgd door een doffe klap en het onmiskenbare geluid van iemand die lachte. Toen Banks naar de display keek, verscheen daar stukje bij beetje een foto. Hij was niet echt scherp, maar het was zo te zien een foto van een man die op een stoel hing, misschien wel sliep of anders bewusteloos was, met zijn hoofd schuin opzij. Banks kon niet zien of er verder nog andere mensen in de buurt waren, maar afgaande op de geluiden zou het heel goed een of ander wild feestje kunnen zijn.

Waarom zou iemand Roy in vredesnaam zo'n foto sturen? Banks was moe en omdat hij nu toch niet helder kon nadenken, sloeg hij de foto op en legde hij het telefoontje terug op de tafel. Wat het ook was, het moest wachten tot de volgende ochtend, tot hij beter in staat was om er iets mee te doen.

6

De onweersbui die die nacht over de zuidelijke helft van het land trok, verdreef de drukkende hitte en de zondag beloofde een heldere, zonnige dag te worden, met door de buien schoongespoelde, vochtig glanzende straten. Het was weliswaar nog altijd een graad of 25, maar nu het minder zwoel was, voelde de warmte heel aangenaam aan.

Annie werd na een verfrissende slaap pas laat wakker, ook al was het veel te warm geweest in haar hotelkamer en had ze in haar ondergoed boven op de lakens gelegen. Ze had de thermostaat aan de muur op koud gezet, maar dat had geen enkel verschil gemaakt en ze was tot de conclusie gekomen dat die er alleen maar voor de show hing. Misschien koelde je inderdaad iets af wanneer je geloofde dat het ding echt werkte, maar zo'n rotsvast geloof bezat ze helaas niet.

Na een lauwwarme douche en een eenvoudig ontbijt dat ze op haar kamer nuttigde, ondertussen de zondagkrant doorspittend op zoek naar aanwijzingen dat Phil Keane weer bezig was geweest, zonder echter iets te vinden, controleerde Annie haar mobiele toestel voor het geval ze een berichtje van Roy Banks had gemist, maar dat bleek niet zo te zijn. Ze belde opnieuw naar het nummer en kreeg weer het antwoordapparaat. Deze keer liet ze een nog bondiger berichtje achter. Ze belde zijn mobiele nummer nog een keer, maar had ook daar geen geluk. Ze nam niet de moeite om daarop een berichtje achter te laten.

Vervolgens belde ze Melanie Scott om zich ervan te vergewissen dat ze werkelijk thuis was en nam toen via zijn telefoonnummer thuis contact op met Gristhorpe, die haar vertelde dat Jennifer Clewes' ouders die ochtend naar Eastvale werden gebracht om hun dochter te identificeren. Daarna ging Annie op weg naar de ondergrondse.

Ze moest eerst met de Northern Line naar Leicester Square en daar overstappen op de Picadilly Line, die helemaal tot aan Heathrow reed. Door het aangename weer en de relatieve rust in de wagon verliep de reis naar Hounslow voorspoedig, en tijdens het deel van het traject dat bovengronds liep, staarde ze naar de lange huizenrijen van rode baksteen, sportvelden en kantoren van beton en glas die voorbijgleden.

Met behulp van een stratenboekje vond ze Melanie Scotts huis, dat op slechts vijf minuten loopafstand van de halte Hounslow West stond. De parkeerplaatsen aan beide zijden van de straat stonden vol auto's met ramen die glinsterden in het zonlicht, dus ook nu was ze weer blij dat ze niet met de auto was gegaan.

De vrouw die de deur opendeed, was achter in de twintig, schatte ze, dezelfde leeftijd als Jennifer Clewes. Ze was zo'n graatmager type met een desondanks fraaigevormd lichaam, kleine borsten, ronde heupen en een wespentaille. Ze had een korte broek van spijkerstof aan waarin haar lange, slanke benen zeer voordelig uitkwamen. Gitzwart haar viel sluik over haar schouders en omlijstte een bleek, ovaal gezichtje met enorme bruine ogen, een dopneusje en volle lippen. De rode lippenstift contrasteerde scherp met haar bleke huid. Annie had haar aan de telefoon vrijwel niets verteld, maar ze leek toch te hebben begrepen dat er iets ernstigs aan de hand was en ze maakte een nerveuze indruk, leek op het ergste voorbereid.

'U zei dat het over Jenn ging,' zei ze en ze bood Annie in de kleine woonkamer een leunstoel aan. Het raam aan de voorkant stond open en wanneer er mensen voorbij kwamen gelopen vingen ze flarden van gesprekken en gelach op. Melanie zat op het randje van haar stoel, met haar handen tussen haar knieën geklemd. 'Is er iets gebeurd? Wat is er?'

'Jennifer Clewes is helaas dood. Het spijt me dat er geen betere manier is om het je te vertellen.'

Melanie staarde zwijgend naar een hoek van de kamer en er welden tranen op in haar ogen. Toen drukte ze een vuist tegen haar mond en beet ze erop. Annie liep naar haar toe, maar Melanie wuifde haar weg. 'Nee, het gaat wel. Echt. Het is gewoon een enorme schok.' Ze wreef over haar ogen, zodoende haar wangen met mascara besmeurend, en pakte toen een papieren zakdoekje uit een doos Kleenex op de schoorsteenmantel. 'U bent van de politie, dus er zijn ongetwijfeld verdachte omstandigheden, klopt dat? Hoe is het precies gebeurd?'

Melanie was bepaald niet op haar achterhoofd gevallen, dacht Annie bij zichzelf en ze ging weer zitten. 'Ze is doodgeschoten,' zei ze.

'Godallemachtig. Dan is het zeker die vrouw die ze in Yorkshire in een auto hebben gevonden, hè? Dat heeft in alle kranten gestaan en is zelfs op televisie geweest. U hebt me verteld dat u uit Yorkshire komt.'

'Inderdaad. Noord-Yorkshire.'

'Op televisie konden ze haar naam natuurlijk niet vermelden.'

'Nee,' zei Annie. 'We moeten eerst zekerheid hebben. Haar ouders hebben het lichaam nog niet geïdentificeerd.' Ze overwoog om Melanie de foto te laten zien, maar het had geen zin om haar nog verder van streek te maken. Kate Nesbit had Jennifer al geïdentificeerd en Jennifers ouders zouden dat deze ochtend nog kunnen bevestigen.

'Ik kan het niet geloven,' zei Melanie. 'Wie zou Jennifer nu willen vermoorden? Was het een of andere viezerik? Is ze...?'

'Ze is niet seksueel misbruikt,' zei Annie. 'Kun je iemand bedenken die haar iets zou hebben willen aandoen?'

'Ik? Nee, ik kan echt niemand bedenken.'

'Wanneer heb je Jennifer voor het laatst gesproken?'

'Een paar dagen geleden – woensdag geloof ik – aan de telefoon. Ik heb haar al een week of twee, drie niet gezien. Allebei hebben we het te druk. We waren van plan om volgend weekend samen naar de film te gaan. Een lekkere meidenfilm. Ik kan het echt niet geloven.' Ze depte haar ogen.

'Weet je dan misschien of haar iets dwarszat, of ze ergens over piekerde?'

'Ze was de laatste keer dat ik haar sprak een beetje verstrooid. Maar ik moet eerlijk zeggen dat Jenn soms erg lang over haar werk kan doorzagen en dat ik dan maar met een half oor luister.'

'Maakte ze zich druk over haar werk?'

'Niet echt iets specifieks. Het ging om iemand over wie ze het al eens eerder had gehad. Een van de late meisjes, zo noemde ze haar.'

'Late meisjes? Wat zijn dat?'

'Ik heb geen flauw idee. Zo zei ze dat.'

'Een collega? De late dienst?'

'Nee, die indruk had ik niet. Volgens mij werken ze daar niet in ploegendiensten. Het centrum is niet 24 uur per dag geopend. Maar soms heeft ze wel contact met de cliënten, vanwege het papierwerk en de rekeningen en al dat soort zaken, of wanneer er een probleem is of zoiets. Er was een of andere jonge vrouw...'

Zo had Jennifer Kate Nesbit ook leren kennen, schoot Annie te binnen, via het gezondheidscentrum. 'Weet je nog hoe ze heette?'

'Ik doe mijn best. Geef me even. Ze sprak de naam zo snel uit dat ik het niet honderd procent zeker weet, maar het was nogal een ongewone naam.'

Melanie zweeg en staarde uit het erkerraam. Er reed een witte bestelwagen voorbij, die heel even het zonlicht blokkeerde. 'Carmen, geloof ik.'

'Dat was haar voornaam?'

'Ja. Carmen. Ik weet nog dat ik toen dacht dat het een beetje leek op de naam van een bekende actrice, maar die heet Cameron, is het niet? Cameron Diaz. Dit meisje heette Carmen, net als de opera. Haar achternaam was iets in de trant van Petri. Sorry.'

'Dat geeft niet.' Annie noteerde de naam en de uitdrukking 'late meisjes', en zette bij dit laatste een vraagteken 'Heeft Jennifer ook gezegd waarover precies ze zich zorgen maakte?'

'Nee. Sorry. Het ging over iets wat die Carmen had gezegd.'

'Was Carmen in het centrum voor een abortus?'

'Daar ging ik wel van uit,' zei Melanie, 'maar Jenn heeft er niets over gezegd. Dat is immers een van de redenen dat mensen daarnaartoe gaan, of voor advies en dergelijke, wanneer ze nog geen beslissing hebben genomen, nog niet goed weten wat ze zullen doen.'

'Had Jennifer een bepaald standpunt over abortus?'

'Hoe bedoelt u?'

'Denk je dat ze het cliënten zou afraden wanneer het haar werd gevraagd, dat ze hen eerder zou aanmoedigen om het kind te krijgen en dan op te geven voor adoptie?'

'O, nu snap ik het. Nee, niet echt. Jenn vond altijd dat de vrouw dat zelf moest weten. Het komt natuurlijk wel eens voor dat zo'n vrouw heel bang is, vooral wanneer ze nog jong is. Sommigen van hen weten gewoon echt niet wat ze moeten doen. Maar Jenn was geen adviseur of voorlichter. Daar hebben ze andere mensen voor.'

'Maar ze had wel af en toe contact met de meisjes?'

'Soms wel, ja.'

'Maar je hebt geen idee waarom Jennifer zo bezorgd was over deze Carmen?'

'Jenn raakte vaak heel sterk betrokken bij de problemen van anderen, zo was ze nu eenmaal. Dat kan in haar werk soms een nadeel zijn. Meestal heeft ze geen direct contact met de cliënten, maar soms... nu ja, dat heb ik net al gezegd. Ze is van nature heel meelevend en bekijkt lang niet alles even objectief. Dat geldt ook voor mensen. Maar goed, dat is tevens een van de eigenschappen die haar zo bijzonder maken. Sorry. Maakten. Mijn god.'

'Is Jenn wel eens bedreigd vanwege haar werk?'

'U bedoelt omdat ze abortussen regelde?'

'Ja. Er bestaan verschillende groeperingen die zich daar actief tegen verzetten en sommige ervan schuwen geweld niet.'

'Ze heeft het er tegen mij nooit over gehad. Ik geloof dat er één keer een klei-ne demonstratie is gehouden, maar daarbij is niets bijzonders voorgevallen. In elk geval geen geweld. Dergelijke groeperingen laten het centrum zelf over het algemeen wel met rust, omdat ze er zelf geen abortussen uitvoeren en de meesten van hun cliënten krijgen hun baby gewoon en geven deze daarna op voor adoptie, dus ik denk niet dat dat er iets mee te maken heeft.' Annie begreep dat Jenns collega's van het centrum haar waarschijnlijk meer konden vertellen over dit onderwerp. Ze zei: 'Het kan misschien geen kwaad als je me iets meer over haar achtergrond vertelde. Ik heb ge-hoord dat je Jenn al vrij lang kende?'

'Al vanaf de lagere school. We woonden maar twee straten bij elkaar van-daan. En we zijn op dezelfde dag jarig. Ik vind het zo erg voor haar vader en moeder...' Melanie pakte een pakje sigaretten van de armleuning van haar stoel en stak er een op. 'Sorry, u vindt het toch niet erg?' vroeg ze en ze blies een rookwolk uit.

'Het is jouw huis,' zei Annie. En het zijn jouw longen, voegde ze er in ge-dachten aan toe. 'En daarna? Op de universiteit?'

'Ons postdoctoraal hebben we allebei in Birmingham behaald. Ik heb in-ternationale handel gedaan en Jenn management.'

'En jullie doctoraalstudie?'

'Jenn heeft economie gestudeerd in Kent en ik ben naar Essex gegaan. Mo-derne talen.'

'En jullie hebben al die tijd contact gehouden?'

'Natuurlijk. In de vakanties waren we vrijwel onafscheidelijk.'

'Ik heb gehoord dat jullie afgelopen zomer nog samen op vakantie naar Si-cilië zijn geweest.'

'Dat klopt.' Melanie fronste haar wenkbrauwen. 'Mag ik misschien vragen waar u precies naartoe wilt? Wilt u soms suggereren dat onze vriend-schap... dat er iets vreemds aan was? Want als dat zo is...'

Annie stak bezwerend haar hand op. 'Nee, helemaal niet. Dat gaat me trouwens ook helemaal niets aan.' Tenzij het tot Jennifers dood had geleid. 'Haar huisgenote, Kate, leek alleen niet al te veel van Jennifers leven af te weten, ze kende haar blijkbaar amper.'

'Dat is niet zo verbazingwekkend,' zei Melanie. 'Jenn is heel erg op haar privacy gesteld. Ze woonde in een flat samen met iemand, omdat het nu eenmaal niet anders kon – Londen is zo duur – maar dat wilde nog niet zeggen dat ze die persoon alles vertelde. Bovendien...'

'Wat?'

'Tja, ik had de indruk dat Jenn die Kate maar een nieuwsgierig mens vond dat haar altijd het hemd van het lijf vroeg, een bemoeial die continu wilde weten waar ze naartoe was geweest en met wie. Jenn zei wel eens dat het erger was dan toen ze nog thuis woonde.'

Annie had zelf in Exeter ooit ook zo'n flatgenote gehad, een meisje dat Caroline heette en er niet voor terugdeinsde om haar te vragen wat voor voorbehoedsmiddel ze gebruikte en wat er precies had plaatsgevonden wanneer Annie 's nachts niet in de flat had geslapen. Soms had Annie het idee gehad dat Carolines opdringerige belangstelling voor Annies seksleven haar manier was om via via ook eens seksuele opwinding te ervaren; zelf had ze nooit een vriendje gehad en Annie vermoedde dat ze daarom maar zo aan haar trekken probeerde te komen. Niet dat Annie veel pikante details prijsgaf of zelf zo vaak iets spannends had beleefd, hoor.

'Waarom woonden jullie niet samen in een flat?'

'Hounslow is voor haar te ver weg en ik moet hier wel wonen vanwege mijn werk. Ik zou niet graag elke dag vanuit het centrum naar Heathrow willen reizen en weer terug.'

'Dus Kate en Jennifer konden niet echt goed met elkaar opschieten?'

'Dat heb ik niet gezegd. Het is best mogelijk dat je redelijk goed met iemand kunt opschieten die heel anders is dan jij, meestal in elk geval, zelfs wanneer haar gewoonten je ergeren, zolang je maar een beetje afstand weet te bewaren.'

'Dat is waar,' zei Annie. 'Soms is dat zelfs maar het beste.'

'Zo was het met hen ook. Ze konden het tot op zekere hoogte prima met elkaar vinden. Kate zorgde ervoor dat de boel schoon en opgeruimd was, liet nooit eten wegrotten in de koelkast, deed altijd de deur op slot wanneer ze wegging, maakte nooit herrie. Van die dingen. Dingen die belangrijk zijn wanneer twee mensen een woonruimte delen. Ze hadden nooit ruzie of zo. Alleen is Kate erg nieuwsgierig en ook een beetje bazig. Alles moet precies zoals zij het wil. En ze heeft iets tegen roken, is daar ook heel uitgesproken in. Ik ga dat huis niet eens in. Het is natuurlijk haar goed recht, maar je zou toch denken dat iedereen af en toe wel een beetje water bij de wijn kan doen.'

'Tja, misschien wel,' zei Annie. 'Hoe zit het met vriendjes?'

'In welk opzicht?'

'Zijn er problemen op dat gebied?'

Melanie streek haar haren naar achteren. 'Ik geloof dat Kate niet zoveel meer van mannen moest hebben. Een tijdje terug is ze zich lam geschrokken. Ze dacht dat ze zwanger was, heeft Jenn me verteld. Maar ik weet helemaal niets over haar liefdesleven of het gebrek daaraan.'

'En Jennifer?' Annie dacht terug aan wat Kate Nesbit haar over Jennifers ex-vriend Victor had verteld en wilde nu weten wat Melanie over hem wist. Melanie zweeg even en hakte toen blijkbaar een knoop door. 'Wat de liefde betreft, is Jenn heel serieus,' ging ze verder. 'Vlak voordat we vorig jaar samen op vakantie gingen, had ze de relatie verbroken met iemand met wie ze al drie jaar samen was en ze was er kapot van. Ik had haar van tevoren wel kunnen vertellen dat dat zou gebeuren, maar dat kun je nu eenmaal niet maken, hè? Jenn wilde vastigheid, samenwonen, misschien zelfs wel trouwen en kinderen, en het was overduidelijk dat hij dat niet wilde en daarom op een gegeven moment de benen zou nemen.'

'En dat is ook gebeurd?'

'Ja.' Melanie lachte. 'Het was de bedoeling dat ze tijdens de vakantie alles zou vergeten. Hem voorgoed uit haar hoofd zou zetten. We waren van plan om ons elke dag te bezatten en met alle knappe gozers die we tegenkwamen het bed in te duiken.'

'En is dat ook gelukt?'

'Nee. Het gaat toch nooit precies zoals je van tevoren hebt bedacht? Jenn heeft een enorme stapel boeken gelezen en ik heb mijn Italiaanse taalvaardigheid uitgeprobeerd op de obers, die allemaal minstens vijftig waren. Er was in dat hele gat niet één leuke jonge vent te bekennen. 's Avonds zwolgen we meestal onder het genot van een paar flessen goedkope Siciliaanse wijn in zelfmedelijden en 's ochtends werden we vaak met een knallende koppijn wakker. O ja, op de tweede dag is Jenn ook nog enorm verbrand. Alles bij elkaar opgeteld was het een tamelijk mislukte onderneming, zou ik zo zeggen.'

'En daarna?'

'Ze heeft hem uit haar hoofd gezet.'

'En hij haar ook?'

'Niet helemaal,' zei Melanie en er verscheen een diepe rimpel in haar voorhoofd. 'Jenn heeft me verteld dat hij haar een paar keer heeft lastiggevallen, dat hij beweerde dat hij enorm stom was geweest en haar had gevraagd om hem nog een kans te geven, iets in die geest. En hij belde haar voortdurend.'

'Op het werk of thuis?'

'Beide.'

'Lastiggevallen, zeg je net; bedoel je daarmee dat hij haar heeft gestalkt, bedreigd, of iets anders?'

'Ze zei alleen maar dat hij haar lastigviel.'

'Kun je je zijn naam en adres nog herinneren?'

'Zijn adres weet ik niet uit mijn hoofd, maar ik moet het ergens hebben opgeschreven. Herinnert u me er nog even aan voordat u vertrekt. Volgens mij woont hij ergens richting Chalk Farm. Hij heet Victor Parsons.'

'Heeft Jennifer na Victor nog een nieuwe vriend gehad?'

'Volgens mij wel. Vrij recent.'

'De afgelopen weken?'

'Ja. Hooguit een paar maanden. Ze ging heel voorzichtig te werk. Ik had trouwens de indruk dat ze hem echt heel graag mocht.'

'Weet je ook hoe hij heet?'

'Sorry, dat heeft ze me niet verteld. Ze heeft er trouwens helemaal niet veel over gezegd; ze was erg gesloten. Maar ik ken haar inmiddels natuurlijk al zo lang dat ik de voortekenen wel een beetje herkende, als u begrijpt wat ik bedoel.'

'Denk je dat het mogelijk is dat hij getrouwd is?'

'Getrouwd? Nou, dat hoop ik niet. Volgens mij zou Jenn nooit iets met een getrouwde man beginnen, niet bewust in elk geval. Ik zei het u net al. Wat de liefde betreft, was ze erg serieus. Ze geloofde echt dat ze ooit de ware Jakob zou tegenkomen en dat ze dan voorgoed bij elkaar zouden blijven. Over zulke zaken maakte ze nooit grappen.'

Annie begon zich af te vragen of Kate Nesbits vermoedens eigenlijk wel ergens op waren gebaseerd, of slechts het gevolg waren van Jennifers aangeboren terughoudendheid op het gebied van liefdeszaken. 'Weet je waar ze elkaar hebben ontmoet?'

'Op het werk, zou ik zo denken. Ze gaat vrijwel nooit ergens naartoe, tenzij ik meega.'

'Moet je luisteren,' zei Annie, 'ik weet dat het een beetje een cliché is, maar ik moet het toch vragen. Kun je iemand bedenken die Jennifer mogelijk iets wilde aandoen? Is er iemand die haar ooit heeft bedreigd?'

Melanie aarzelde geen seconde. 'Nee,' zei ze met betraande ogen. 'Jenn was een prachtmens, zo'n zeldzaam wezen dat vanbinnen heel goed en puur is.'

'Je weet dus niet of ze misschien vijanden had?'
'Ze had geen vijanden. Als u het mij vraagt, was dit weer zo'n willekeurige overval waarover je wel eens op het nieuws hoort, een seriemoordenaar misschien, iemand die haar niet kende. Net als dat andere meisje, dat afgelopen voorjaar is vermoord.'
'En op haar werk? Ging daar alles goed?'
'Dat moet u aan haar collega's vragen, want ze heeft mij nooit verteld dat er problemen waren. Ze hield van haar werk.' Ze begon weer te huilen. 'Het spijt me. Ik kan er gewoon niet bij met mijn hoofd.'
Annie had toch geen vragen meer voor haar. Ze troostte Melanie zo goed en zo kwaad als dat ging en opperde dat ze misschien een vriendin kon bellen om haar een tijdje gezelschap te houden. Melanie had daaraan geen behoefte, zei dat ze zich wel zou redden, en ondanks de vele tranen had Annie de indruk dat ze waarschijnlijk veel sterker was dan Kate Nesbit. Bovendien woonden haar ouders nog altijd in Shrewsbury, dus konden ze nooit echt snel in Londen zijn. Annie liet een kaartje achter met daarop haar mobiele nummer, liet Melanie weten dat ze altijd kon bellen en vroeg zich tijdens de wandeling terug naar de ondergrondse af hoe het toch in vredesnaam mogelijk was dat zo'n gevoelig, serieus en bijzonder iemand als Jennifer het slachtoffer van een moord was geworden.

Toen Banks die zondagochtend met een bonzend hoofd en droge mond werd gewekt door vogelgezang, stond hem nog heel helder voor de geest dat er die nacht iets heel vreemds was voorgevallen.
Hij strompelde naar de badkamer, dronk daar twee glazen water en slikte drie aspirines, en keerde toen terug naar de televisiekamer, waar hij op de bank had liggen slapen. Hij pakte Roys mobiele telefoontje op en ontdekte dat de foto nog altijd zichtbaar was op het scherm, maar dat de bedoeling ervan bij daglicht even onduidelijk was als afgelopen nacht. Hij zocht de gegevens van het binnengekomen berichtje op het overzicht op. De beller stond als 'anoniem' vermeld.
Banks bekeek de foto aandachtig. De voorgrond was onscherp en de gedaante wazig. Achter het slap hangende lichaam stond zo te zien een muur, waarop Banks vaag de vorm van letters kon onderscheiden. Hij kon de woorden niet lezen, maar een expert zou er misschien wel iets uit kunnen opmaken.
Was de man op de stoel Roy? Het was mogelijk, bedacht Banks; de gelaats-

trekken waren niet duidelijk te zien, maar het haar zag er bekend uit. Als het inderdaad Roy was, was dit dan een omslachtige manier om Banks te laten weten dat iemand zijn broer had meegenomen, had ontvoerd? Zou er dan binnenkort een verzoek om losgeld volgen?

De man op de foto kon werkelijk iedereen zijn, besloot Banks uiteindelijk. Misschien had Roy de foto wel zelf gestuurd. Het zou een soort boodschap kunnen vormen of een waarschuwing. Daar stond tegenover dat de foto naar Roys mobieltje was verzonden en dus mogelijk voor Roy bestemd was, tenzij iemand anders er natuurlijk van op de hoogte was dat Banks het telefoontje tijdelijk in zijn bezit had. Dit laatste wakkerde Banks' angstige vermoedens omtrent zijn broer weer aan. Als iemand nu al wist dat hij in Roys huis verbleef en Roys mobieltje had, dan kon hij maar beter oplettend en behoedzaam te werk gaan.

Banks legde het mobieltje weg en liep terug naar de badkamer, waar hij zijn verkreukelde kleding uittrok en in Roys luxe Power Shower stapte, die hij voluit openzette. De hete waterstralen kletterden op zijn lijf en langzaam maar zeker begon hij zich weer een beetje mens te voelen.

Pas toen hij zich al stond af te drogen met een dikke, zachte handdoek schoot het Banks te binnen dat hij zijn weekendtas in de kofferbak van zijn auto had laten liggen, die nog altijd op de binnenplaats stond geparkeerd. Hij had geen zin om nu meteen naar buiten te rennen en hem te halen, dus poetste hij zijn tanden met Roys elektrische tandenborstel, die zijn tandvlees bijna aan flarden scheurde, en pakte hij zolang een schoon overhemd met korte mouwen en een paar sokken uit de kledingkast van zijn broer. Er zat echter niets anders op dan zijn eigen spijkerbroek weer aan te trekken, want de broeken van Roy waren te lang en te wijd voor hem.

Nadat hij Roys voorraad koffie uit een van de keukenkastjes had opgediept en een hele pot voor zichzelf had gezet, nam Banks deze mee naar boven naar de televisiekamer en het mobieltje. Het berichtje en de digitale afbeelding moesten met alle technische snufjes die de politie tot haar beschikking had op een of andere manier te traceren zijn, wist Banks. Ook was er een berg aan informatie te vinden op de simkaart van zo'n mobieltje. Helaas beschikte hij momenteel niet over de daarvoor benodigde middelen. Hoe belangrijk zou het zijn? vroeg hij zich af.

Banks kon de gedachte dat zijn broer wellicht bij iets illegaals betrokken was en daarom spoorloos was verdwenen nog altijd niet van zich afzetten. Misschien dreigde alles aan het licht te komen, was hij er daarom vandoor gegaan en hield hij zich nu ergens schuil. Als dat het geval was, bestond er een grote kans dat Roy ernstig in de problemen zou raken wanneer Banks de plaatselijke politie inschakelde. En stel dat dan ook nog bekend werd dat het om iets vreselijks ging – drugs of pornografie, bijvoorbeeld – en Roy de gevangenis indraaide, dan zouden hun ouders dat nooit overleven.

Aan de andere kant kon hij in zijn eentje weinig uitrichten en hooguit de aanwijzingen natrekken die hij al had: de namen en nummers uit Roys mobieltje en uit de documenten die Corinne voor hem had geprint. Hij wist best dat hij eigenlijk gewoon zijn plicht zou moeten doen, wist ook wat hij ieder ander in een dergelijke positie zou aanraden, maar toch aarzelde hij nog. Met de nieuwe laptop kon hij nu in elk geval wat meer tijd besteden aan de cd en USB-stick, en er was maar één persoon aan wie hij hulp kon vragen.

Hij liep naar Roys kantoor. Er was weer een bericht ingesproken, zag hij. Dan had er zeker iemand gebeld toen hij onder de douche stond. Ook deze keer was het Annie Cabbot, met het eenvoudige verzoek of Roy haar zo snel mogelijk wilde terugbellen. Banks was het berichtje van de vorige avond helemaal vergeten. Hij wist nog altijd niet zeker of hij Annie er wel bij wilde betrekken – zij zou er ongetwijfeld op staan dat hij Roys verdwijning meldde, waardoor het officieel een politiezaak werd – maar hij was wel nieuwsgierig genoeg om haar terug te bellen op haar mobiele nummer in de hoop er zo achter te komen wat ze precies wilde. Geen gehoor. Hij besloot het later nog eens te proberen, pakte de hoorn van het toestel en belde Corinne om zich ervan te vergewissen dat met haar alles in orde was. Hij slaakte een zucht van verlichting toen ze zei dat er niets vreemds was voorgevallen. Ze klonk slaperig. Hij verontschuldigde zich voor het feit dat hij haar had wakker gebeld, zei dat hij nog wel zou terugbellen en hing op.

Ten slotte toetste hij een nummer in dat in zijn geheugen stond gegrift. Na de pieptoon sprak hij een kort berichtje in en vijftien minuten later ging de telefoon. Hij griste de hoorn van de haak.

'Met Banks.'

'Wat is er zo belangrijk dat je een hardwerkende collega op zijn enige vrije dag stoort?' vroeg hoofdinspecteur Richard 'Dirty Dick' Burgess.

'Ik moet je spreken,' zei Banks. 'Dringend.'

Hoofdinspecteur Gristhorpe kon inspecteur Alan Banks maar niet van zich afzetten en dat was niet alleen omdat hij vanwege diens afwezigheid die zondag zo vroeg op de ochtend al naar het hoofdbureau van de westelijke divisie toe moest en daardoor wellicht iets minder tijd aan zijn stapelmuurtje kon besteden dan hij graag had gewild. Ongetwijfeld zou er een hele menigte verslaggevers aanwezig zijn, want het onderwerp vuurwapens lag nogal gevoelig. Hoewel het land sinds het gruwelijke drama van Dunblane een van de strengste wapenwetten ter wereld kende, werd het nog altijd overspoeld met illegale, goedkope wapens uit Ierland en Oost-Europa.

Hij had echter nog wel even tijd, dus nam hij zijn mok sterke thee mee naar de achtertuin en zette hij hem op zijn stoel, zodat hij op zijn gemak de berg stenen kon bekijken om te zien welke volgens hem het beste zou passen. De muur liep nergens naartoe, omheinde niets, maar was voor Gristhorpe vrijwel net zo belangrijk als ademhalen. Hij zou hem nooit af krijgen – hoe kon je iets afkrijgen wat nergens naartoe ging? – maar als het toch ooit zover zou komen, dan brak hij het ding gewoon af en begon hij helemaal opnieuw. De kunst van het bouwen van stapelmuurtjes was tegenwoordig in de Dales bijna een uitgestorven vak en hoewel Gristhorpe beslist niet pretendeerde een expert of een vakman te zijn, vormde de bezigheid zowel een eerbetoon als therapie.

Terwijl hij aandachtig naar de stenen staarde, was Gristhorpe zich aangenaam bewust van de zon die op zijn gezicht scheen en het lichte briesje dat zacht als vrouwenvingers door zijn warrige haardos streek. Hij dacht aan zijn vrouw Mary en haar vederlichte aanraking, en realiseerde zich dat het alweer meer dan twaalf jaar geleden was dat ze aan kanker was overleden. Hij miste haar nog steeds enorm en er ging geen dag voorbij dat hij niet even aan haar dacht, haar gezicht voor zich zag, terugdacht aan haar gezichtsuitdrukking, zachte stem, gevoel voor humor of een bepaald gebaar.

De geur van wilde knoflook hing in de lucht, rook hij, samen met een vleugje teer van het warme asfalt op de weg. Gristhorpe nam een slokje thee en pakte een steen op. Hij paste perfect. Toen concentreerde hij zich weer op datgene wat hem al geruime tijd dwarszat: Banks.

In de loop der tijd had Banks zich ontwikkeld tot veel meer dan zomaar een van Gristhorpes ondergeschikten. Gristhorpe herinnerde zich nog goed zijn eerste indruk van de hypernerveuze, kettingrokende inspecteur die op het randje van een burn-out had gebalanceerd en hij had zich indertijd afgevraagd of hij een verkeerde beslissing had genomen door de overplaatsing goed te keuren. Banks was echter weer opgekrabbeld en had, deels onder invloed van het rustige leven in Yorkshire dat hij inmiddels als zijn nieuwe thuis was gaan beschouwen, een fragiel soort evenwicht hervonden.

Gristhorpe besefte dat hij als een soort mentor had gefungeerd voor de nieuwe Banks, niet zozeer op het gebied van werk, als wel op dat van menselijkheid. Banks was een gecompliceerde man en Gristhorpe vroeg zich af of hij ooit de rust en harmonie zou vinden waarnaar hij blijkbaar op zoek was. Na de scheiding van Sandra, die, zo wist Gristhorpe, Banks had gekwetst, en zijn rommelig verlopen relatie met Annie Cabbot had het er even op geleken dat Banks een zekere mate van geluk had gevonden in de eenzaamheid van zijn cottage, maar zelfs daaraan was plotseling een gewelddadig einde gekomen. Wat zou er nu gebeuren? Gristhorpe had geen flauw idee en vermoedde dat Banks dat zelf niet eens wist.

Hij nam nog een slokje thee en zocht een nieuwe steen uit. Hij wilde per se weten wat de band was tussen Banks en de overleden vrouw, voordat dit uitlekte. Momenteel probeerden ze Banks op te sporen via zijn familie, maar als dat niets opleverde, zou de speurtocht via de officiële kanalen worden voortgezet en dat kon schadelijke gevolgen hebben voor Banks' carrière. Dan zouden namelijk de media worden ingeschakeld. Zijn foto zou in alle kranten worden geplaatst met een verzoek aan de lezers om de politie te bellen wanneer men meende hem ergens te hebben gezien. Verder zou iedere agent in het land naar hem uitkijken. Het ging er niet alleen om dat Gristhorpe wilde weten waarom de overleden vrouw Banks' adres in haar achterzak had gehad – het verkeerde adres – maar ook dat Annie hem had verteld dat er was ingebroken in de cottage en dat de bouwvakkers bij hoog en bij laag volhielden dat ze het pand zoals gewoonlijk aan het einde van hun werkdag hadden afgesloten en er geen waardevolle apparaten hadden achtergelaten.

Gristhorpe dronk zijn thee op en legde de steen op zijn plek. Te groot. Hij wierp hem terug op de stapel en ging naar binnen. Tijd om aan het werk te gaan.

Banks moest een paar uur overbruggen tot zijn afspraak met Burgess. Hij belde Julian Harwood en tot zijn verbazing was in een mum van tijd geregeld dat ze elkaar die middag om twee uur al in de Starbucks aan Old Brompton Road zouden ontmoeten. Harwood leek hem zo'n type dat vond dat hij je een enorme gunst verleende door tijd voor je vrij te maken, maar toen Banks hem vertelde dat hij Roys broer was, was zijn belangstelling gewekt.

Daarna noteerde hij alle namen en nummers uit het telefoonboek en de lijst van binnenkomende en uitgaande gesprekken op Roys mobieltje in zijn opschrijfboekje, gewoon voor het geval dat. De ervaring had hem geleerd dat elektrische apparaatjes juist op die momenten waarop je ze het hardst nodig had, nogal eens de neiging hadden om kuren te vertonen.

Veel van de namen op de lijst stonden ook in het telefoonboek, waaronder Julian, Rupert en Corinne. Verder waren er diverse bedrijfsnamen bij die ook in de documenten voorkwamen die Corinne voor hem had geprint en telde het telefoonboekje tevens een aantal dienstverlenende bedrijven, zoals kapper, kleermaker, bankmanager, tandarts en huisarts. Het zei hem allemaal weinig. Hij belde een paar van de nummers, waaronder dat van Rupert, maar niemand wist waar Roy was; dat wilde zeggen: niemand gaf toe dat hij wist waar hij was.

De naam van een zekere Jenn dook heel regelmatig op de lijst van de laatste dertig telefoongesprekken op – minstens tien gesprekken waren naar of afkomstig van haar mobieltje geweest – en Banks vermoedde dat zij Corinnes opvolgster was. Hij toetste het nummer in, maar het toestel was niet beschikbaar. Hij vroeg zich af of er misschien een andere manier was om met haar in contact te komen. Het was natuurlijk heel goed mogelijk dat ze niets te maken had met Roys verdwijning en hem daarom binnen niet al te lange tijd wel weer op zijn mobiele nummer zou bellen.

Met toenemende frustratie bladerde Banks door de stapel memo's en verslagen, en bekeek hij de logo's en namen van bedrijven. Het zei hem allemaal niets en het ontbrak hem aan tijd en middelen om ze allemaal na te trekken. Om te beginnen had hij nu geen toegang tot het landelijke registratie- en databasesysteem van de politie. Het zou zomaar kunnen dat hij zonder het te beseffen de namen van tientallen misdadigers voor zijn neus had liggen. Misschien kon Burgess hem hierbij een handje helpen, maar die zou Banks slechts selectief en naar eigen goeddunken informatie verschaffen.

Banks spendeerde een halfuur aan een nieuwe zoektocht door het huis, maar dat leverde niets van belang op. Toen besloot hij de JPEG-documenten op de cd die hij gisteren had gevonden eens nader te bestuderen. Hij installeerde zijn nieuwe laptop op de keukentafel, zette een pot verse koffie en slaagde er aan de hand van de instructies in om het apparaat aan de praat te krijgen. Hij liet de cd erin glijden en trof Windows Explorer ergens onderaan weggestopt in het Accessories-menu aan.

Zijn computer gaf de 1232 JPEG-documenten automatisch als kleine pictogrammen weer op het scherm. Banks liet de cursor erlangs glijden en zag dat het allemaal afbeeldingen van naakte vrouwen waren met documentnamen als Maya, Teresa, April, Mia en Kimmie, of van mannen en vrouwen die seksuele handelingen verrichtten. Zodra hij de cursor iets te lang op een ervan liet rusten, verscheen er een balkje in beeld met informatie over de grootte van het document, type en formaat. De meeste JPEG-beelden telden tussen de 25 en 75 kilobytes.

Toen hij bij afbeelding 980 was aanbeland, merkte Banks echter op dat deze en de twee erna anders waren; ze waren alle drie genummerd met het voorvoegsel DSC en toonden twee mannen die zo te zien samen op een terrasje bij een café zaten. Toen hij de cursor op een ervan liet staan, zag hij dat deze met 650 kilobytes aanzienlijk groter was dan de voorgaande beelden en dat hij op dinsdag acht juni om 15.15 uur was gemaakt met een camera die als E4300 werd geïdentificeerd. Roys Nikon was een 4300-model. Afgaande op het informatiebalkje waren de overige beelden allemaal de dag erna gedownload, dus het had er veel van weg dat Roy deze uit een ander document had versleept.

Geïntrigeerd klikte Banks tweemaal op de eerste afbeelding van de twee mannen. Hij herkende hen geen van beiden. Ze zaten met hun hoofd naar elkaar toe gebogen en waren in een diep gesprek verwikkeld. Ze droegen allebei een wit overhemd dat bij de hals een stukje openstond en een lichte, sportieve broek. De een was forsgebouwd en had krullend, grijzend haar, de ander was wat jonger en slanker met zwart piekhaar, een sikje en een opgejaagde, behoedzame uitdrukking op zijn gezicht, alsof hij bang was dat hij werd bespioneerd.

De twee volgende beelden waren van hetzelfde tafereeltje en blijkbaar vlak na elkaar gemaakt. Banks ging naar het eind van het document, maar vond daar verder alleen nog maar meer Larissa's, Natasha's, Nadia's en Mitzi's. Op dinsdagmiddag had Roy dus stiekem drie foto's gemaakt van twee mannen die buiten op een terrasje bij een café een gesprek voerden en op woensdag had hij deze foto's op een cd gezet, verborgen tussen honderden erotische foto's. Vervolgens had hij de cd in het cd-hoesje van The Blue Lamps gestopt, dat binnen zijn verzameling een heel vreemde eend in de bijt vormde.

Wie waren die mannen en wat hadden zij mogelijk te maken met Roys verdwijning? Banks pakte de laptop op en nam hem mee naar boven. Hij moest maar eens uitzoeken hoe Roys printer werkte.

Templeton dacht dat hij was gestorven en naar de hemel was gegaan toen hij die ochtend verslag uitbracht aan Gristhorpe en de baas hem opdroeg samen met Winsome meneer Roger Cropley met een bezoekje te vereren. Creditcardbedrijven waren niet al te toeschietelijk wanneer hen werd verzocht om informatie vrij te geven, zelfs niet voor de politie, maar de geslo-ten-circuitcamera's van het benzinestation toonden een nummerbord dat begon met YF, wat erop duidde dat de auto uit Leeds afkomstig was. Het regionale kantoor van de dienst voor wegverkeer waar het kentekenregister zich bevond was op zondag gesloten, dus Templeton had zich moeten behelpen met telefoonboeken van de regio en de lijst van stemgerechtigden. Gelukkig had dat uiteindelijk een adres opgeleverd in Noord-Eastvale, wat tevens inhield dat meneer Cropley naar alle waarschijnlijkheid dezelfde afrit van de A1 had genomen als Jennifer Clewes.

Templeton liet Winsome de korte afstand naar het huis van Cropley rijden en gluurde intussen stiekem naar de zwarte stof die strak om haar dijen spande wanneer ze naar een andere versnelling schakelde. Jezus, daar kon ze een man mee doden, dacht hij bewonderend. Toen drong het tot hem door dat hij die ochtend zo hitsig was, omdat zijn plan om gisteravond een nummertje te maken met die rooie van de administratie in duigen was gevallen. Toen hij die ochtend bij het bureau aankwam, had ze hem nog vuil aangekeken ook, met zo'n blik die zei: jij hebt je kans gehad, makker, dus nu wegwezen. Toch wist hij zeker dat hij, als hij de kans kreeg, haar weerstand wel kon overwinnen. Hij was ook moe, besefte hij, had amper een uur geslapen, maar daar kon hij wel tegen.

Terwijl ze door de zo vroeg op de zondagochtend nog stille straten reden, spoorde hij zijn werkbrein tot actie aan en stippelde hij in gedachten het interview uit. Hij zag Cropley wel zitten als moordenaar. Er waren weliswaar een paar probleempjes, maar daar kon hij zich wel uit kletsen: om te beginnen had er geen seksueel misbruik plaatsgehad, wat inderdaad wel een beetje vreemd was, en verder had er ook geen worsteling plaatsgevonden. Dan had je natuurlijk ook nog dat briefje met Banks' adres dat in de zak van het slachtoffer had gezeten. Templeton was er echter van overtuigd dat Cropley haar van de weg had geduwd en vervolgens had geprobeerd om zijn slag te slaan, maar dat er toen iets gigantisch verkeerd was gegaan. 'Leuke zaterdagavond gehad?' vroeg hij aan Winsome.

Ze keek hem van opzij aan. 'Ja, hoor. En jij?'

'Je weet al wat ik zaterdagavond heb gedaan; ik heb mogen genieten van de heerlijkheden die de snelwegkeuken te bieden heeft. En jij?'

'Ik? Niets bijzonders. Een avondje van de club.'

'Club?'

'Ja, de speleologieclub.'

Templeton wist dat Winsome het leuk vond om in gaten in de grond te klimmen en ondergrondse grotten te bezoeken. Het leek hem werkelijk het saaiste of voor iemand die aan claustrofobie leed zoals hij, het angstaanjagendste wat je maar kon bedenken. 'Waar werd dat avondje gehouden?' vroeg hij. 'Het Gapende Gat zeker?'

'Wat zijn we weer grappig,' zei Winsome. 'Nee, we hadden in de Cock and Bull afgesproken. Je zou ook eens mee moeten gaan.'

Vroeg ze hem nu mee uit? 'Naar de Cock and Bull?'

'Nee, sufferd. Grotten bekijken.'

'Mij niet gezien,' zei Templeton. 'Je krijgt mij echt niet in zo'n zwart gat.'

'Lafaard,' zei ze. 'We zijn er.'

Ze hield stil voor een keurige, achttiende-eeuwse twee-onder-een-kapwoning, een saai huis met ramen met spijlen en een beige gevel. De straat lag op een kleine heuvel en bood een schitterend uitzicht op het lager gelegen Swainsdale in het westen. Aan het eind van de straat stond een kleine kalkstenen kerk met een vierkante, Normandische toren en er liepen al mensen naar binnen voor de ochtenddienst.

Templeton drukte stevig op de bel en Winsome stond naast hem. Ondanks, of misschien wel dankzij, zijn slaapgebrek voelde Templeton zich energiek en opgewonden, net als die keer dat hij in een nachtclub XTC had gebruikt. Op haar eigen koele, elegante manier maakte ook Winsome een vrij opgewekte indruk en als het haar al was opgevallen dat hij in de auto naar haar dijen had zitten gluren, dan had ze er in elk geval niets over gezegd.

De man die de deur opendeed, zag er nu niet direct als een vies mannetje uit, vond Templeton, behalve dan dat hij witte sokken en sandalen aanhad, maar hij vertoonde wel verdomd veel overeenkomsten met de beschrijving die Ali hem in Watford Gap had gegeven. Een jaar of veertig, met dunner wordend, zout-en-peperkleurig haar, slank maar met een bierbuik die over de broekrand van zijn versleten bruine corduroy broek puilde, een lang gezicht met hamsterwangen en een neerslachtige uitdrukking op zijn gezicht. Hij deed Templeton een beetje denken aan die acteur die in al die oude sitcoms meespeelde die tot in den treure op televisie werden herhaald, met Judi Dench en Penelope Keith.

'Meneer Cropley?' zei Templeton en hij liet hem zijn politiepas zien. 'Wij zijn van de politie. We zouden u graag even willen spreken.'

Cropley keek hen verbaasd aan, maar dat deed iedereen wanneer de politie op de stoep stond. 'O ja, natuurlijk,' zei hij en hij deed een stap opzij. 'Komt u toch binnen. Mijn vrouw is net...' Hij maakte zijn zin niet af en ging Templeton en Winsome voor naar een woonkamer waar het naar kaneel en appel rook en waar mevrouw Cropley net de laatste hand legde aan een fleurig boeket. Ze was langer dan haar man en knokig, met krachtige, haast mannelijke gelaatstrekken. Templeton vond haar er erg streng uitzien en zag in gedachten al voor zich hoe ze gehuld in krakend leer de zweep liet knallen tijdens een heerlijk SM-avondje. Onwillekeurig huiverde hij even. Misschien dat meneer Cropley daarom zijn heil elders zocht.

'We willen eigenlijk graag even alleen met uw man spreken,' zei Templeton met een vriendelijke glimlach.

Mevrouw Cropley bleef even staan, tot het kwartje viel. Toen dat gebeurde, wierp ze haar man een raadselachtige blik toe, waarna ze zich omdraaide en zonder een woord te zeggen de kamer verliet.

Templeton probeerde die blik te doorgronden. Er sluimerde daar iets, zoveel was wel zeker. Een van Cropleys akelige geheimpjes was aan het licht gekomen en zou hem in moeilijkheden brengen, en zijn vrouw wist ervan en liet hem duidelijk merken dat hij er alleen voor stond.

'We stonden eigenlijk op het punt om naar de kerk te gaan,' zei Cropley.

'De dominee zal het vanochtend helaas zonder u moeten stellen,' zei Templeton.

'Waar gaat het over?'

'Ik denk dat u dat wel weet. Ik wil graag eerst weten of u afgelopen vrijdagavond laat via de M1 en A1 hierheen bent gereden?'

'Ja. Hoezo?'

'In wat voor auto rijdt u?'

'Een Honda.'

'Kleur?'

'Donkergroen.'

'Bent u bij het benzinestation van Watford Gap gestopt?'

'Ja. Hoor eens, ik...'

'Hebt u, toen u daar was, een jonge vrouw gezien die alleen reisde?'

'Er waren daar zoveel mensen. Ik...'

Templeton ving de blik op die Winsome hem toewierp. Ze had het ook door. Cropley probeerde de vraag te omzeilen, een van de tekenen die erop zouden kunnen duiden dat hij schuldig was.

'Ik zal de vraag even opnieuw stellen,' ging Templeton verder. 'Hebt u daar een jonge vrouw in haar eentje in het restaurant zien zitten? Mooi figuurtje, roodgeverfd haar. Iemand die je niet gemakkelijk over het hoofd ziet.'

'Dat kan ik me niet meer herinneren.'

Templeton raadpleegde uitgebreid zijn opschrijfboekje. 'Het is namelijk zo,' ging hij toen verder, 'dat de knul achter het buffet zich nog herinnert dat u tegenover dat meisje zat en de medewerker van het benzinestation herinnert zich nog dat u stond te tanken op hetzelfde moment dat deze jonge vrouw daar ook was. Zo zijn we ook aan uw naam gekomen, via het bonnetje van uw creditcard. We weten dus dat u daar bent geweest. Herinnert u zich dan nog wel dat u bij het benzinestation een jonge vrouw hebt gezien? Ze reed in een lichtblauwe Peugeot 106. Denkt u even goed na. Neem er gerust de tijd voor.'

'Waarom? Wat...?'

'Weet u het nog?'

'Misschien wel,' zei Cropley. 'Vaag. Maar ik kan niet zeggen dat ik echt aandacht aan haar heb geschonken.'

'Dat is niet wat ik heb gehoord.'

'Dan heeft iemand u iets zitten wijsmaken.'

'Kom nu toch,' zei Templeton. 'U hebt naar haar zitten loeren, is het niet zo? De medewerker van het benzinestation zei dat u erbij stond alsof u maar wat graag uw spuit in haar tank had gestopt. U zag haar zeker wel zitten, hè? U had vast wel zin in een vluggertje.' Hij was zich ervan bewust dat Winsome hem met een schuin oog aankeek, maar hij was ervan overtuigd dat zo'n keiharde, directe aanpak soms beter werkte dan een paar halfslachtige, op vriendelijke toon gestelde vragen.

Cropley liep rood aan. 'Zo is het helemaal niet gegaan.'

'Wat is helemaal niet zo gegaan?'

'Niets. Er is helemaal niets gebeurd. Die hele situatie niet. Het is best mogelijk dat ik haar heb gezien, maar ik heb niet naar haar zitten "loeren", zoals u beweert. Ik ben getrouwd, een godvrezend man.'

'Dat weerhoudt lang niet alle mannen ervan om naar een andere vrouw te kijken.'

'En trouwens, sinds wanneer is naar vrouwen kijken in strijd met de wet?'

'Dus u hebt wel naar haar staan loeren.'

'U moet me geen woorden in de mond leggen.'

'Wat deed u zo laat nog op de weg?'

'Ik was op weg naar huis. Dat is toch evenmin een misdaad, hoop ik? Ik werk in Londen. Gewoonlijk blijf ik daar doordeweeks overnachten.'

'Een forens dus. Wat doet u voor werk?'

'Computers. Ontwikkeling van software.'

'Komt u altijd pas zo laat naar huis?'

'Het verschilt per keer. In de regel probeer ik op vrijdag altijd al halverwege de middag of op zijn laatst aan het eind van de middag te vertrekken om de avondspits voor te zijn.'

'Waarom afgelopen vrijdag dan niet?'

'We hadden een vergadering. We moesten een deadline halen van een belangrijk project.'

'En als ik het bedrijf waar u werkt bel, dan zal men dat bevestigen?'

'Natuurlijk. Waarom zou ik liegen?'

'Het zou zomaar kunnen dat u er een gewoonte van maakt om op de snelweg heen en weer te rijden op zoek naar jonge meisjes die u kunt verkrachten en vermoorden,' zei Templeton.

'Dat is belachelijk.'

'Vindt u? Leest u dan geen kranten? Volgt u het nieuws niet?'

'Ik probeer op de hoogte te blijven van de actualiteiten.'

'O, ja? Dan hebt u zeker de ontwikkelingen rond de jonge vrouw die op de weg van de A1 naar Eastvale is vermoord niet gevolgd, is het wel? Dezelfde weg waar u ook hebt gereden. U bent haar zeker gevolgd, hè? Even het juiste moment afgewacht. Een onverlicht weggetje op het platteland. U hebt haar gesneden. Wat is er toen gebeurd? Was ze misschien toch niet helemaal uw type? Heeft ze zich soms verzet? Waarom hebt u haar neergeschoten?'

Cropley stond op. 'Dit is absurd. Ik heb niet eens een pistool. Ik ga mijn advocaat bellen.'

'Waar is het pistool, meneer Cropley? Hebt u het weggegooid?'

'Ik zei het net toch al. Ik heb geen pistool.'

Templeton liet zijn blik door de kamer glijden. 'Een huiszoekingsbevel is zo geregeld. Dat veroorzaakt natuurlijk wel een enorme bende in huis.'

'Doe wat u niet laten kunt.'

'Het is beter dat u het ons zelf vertelt,' zei Winsome op sussende toon. 'We weten dat dit soort dingen nu eenmaal gebeurt, dat mensen hun zelfbeheersing verliezen. Gaat u alstublieft weer zitten.'

'Maar dat is helemaal niet gebeurd,' zei Cropley en hij trok zijn das recht en keek kwaad naar Templeton. Hij ging weer zitten.

'Kom, meneer Cropley,' zei Winsome. 'Lucht uw hart maar. Het waren er twee, is het niet zo?'

'Twee wat?'

'Twee meisjes. Claire Potter en Jennifer Clewes. Waar was u op 23 april?'

'Dat is zo lang geleden, dat weet ik niet meer.'

'Denkt u nog eens goed na,' zei Templeton. 'Het was een vrijdag. U was ongetwijfeld op weg naar huis vanuit Londen. Toen bent u zeker ook laat vertrokken?'

'Hoe kunt u nu van me verwachten dat ik me van al die vrijdagen één specifieke dag nog herinner?'

'U doet zeker altijd even het benzinestation van Watford Gap aan, hè? Bevalt het eten u daar soms goed? Of gaat u ook wel eens ergens anders heen? Newport Pagnell? Leicester Forest? Trowell?'

'Ik stop onderweg wanneer ik daar behoefte aan heb.'

'Behoefte aan wat?'

'Het is een lange rit. Ik pauzeer altijd even wanneer ik daar zin in heb. Eén keer maar. Om naar de wc te gaan. Een kop thee te drinken. Soms met een saucijzenbroodje of een chocoladekoekje.'

'En dat kijkt u naar de meisjes die daar zitten?'

'Kijken is niet verboden.'

'Dus u geeft toe dat u wel kijkt?'

'Nu doet u het weer. Ik zei alleen maar dat het niet verboden is om te kijken. U moet mijn woorden niet verdraaien.'

'Bent u op 23 april bij het benzinestation van Trowell geweest?'

'Dat weet ik niet meer. Ik vermoed van niet. Meestal stop ik iets eerder.'

'Maar u komt er zo nu en dan wel eens?'

'Zo nu en dan wel, ja.'

'En is het misschien mogelijk dat u daar op 23 april ook bent geweest?'

'Dat zei ik net toch al. Ik betwijfel het ten zeerste. Ik ben daar volgens mij dit jaar niet één keer geweest.'

'Wat toevallig.'

'Het is gewoon de waarheid.'

Templeton voelde de toenemende frustratie bij zichzelf. Cropley was een koele kikker en wist blijkbaar heel goed hoe hij zo min mogelijk moest prijsgeven. Waarom zou hij zo geheimzinnig doen als hij niets te verbergen had?

'Hoor eens, meneer Cropley,' zei Winsome, 'we weten dat u het hebt gedaan. Het is slechts een kwestie van tijd. We kunnen dit op een prettige manier afhandelen, hier, in de aangename omgeving van uw eigen huis, maar we kunnen u ook meenemen naar het bureau. U mag het zeggen. En neemt u maar van mij aan dat elke beslissing die u vanaf nu neemt later weer van invloed kan zijn.'

'Wat zou u in mijn geval doen?' vroeg Cropley haar. 'Als u onschuldig was en iemand beweerde dat u iets vreselijks hebt gedaan? Wat zou u dan doen?'

'Ik zou de waarheid vertellen.'

'Nou, ik heb jullie verdomme de waarheid verteld, maar daar schiet ik dus geen moer mee op.'

'Matig uw taalgebruik een beetje,' onderbrak Templeton hem. 'Er is een dame aanwezig.'

'Ik weet zeker dat ze wel ergere dingen heeft gehoord.'

'En u bent nog wel een godvrezend man.'

'Ik heb niet gezegd dat ik een heilige ben. Of een watje.'

'Goed, laten we het daar nog eens over hebben. U bent geen heilige, zegt u; slaat dat misschien op de daden die u op uw geweten hebt? Misschien kunnen we inderdaad niet bewijzen dat u Claire Potter hebt vermoord, maar met Jennifer Clewes maken we beslist een goede kans.'

'Dan hebt u mij toch verder nergens meer voor nodig?'

'Begrijpt u het dan niet?' zei Winsome. 'Als u ons nu alles vertelt, kweekt u een beetje goodwill voor uzelf voor later.'

'En wat levert dat me dan helemaal op? Een jaar mindering op het vonnis? Twee jaar? Drie? Aangenomen dat ik het er zolang uithoud, natuurlijk.'

'Dat is heel goed, meneer Cropley,' zei Templeton. 'U denkt al na over het uitzitten van uw straf. De gevangenis. Dat duidt erop dat u de goede kant op gaat. Uw medewerking kan van invloed zijn op de behandeling die u, wanneer u eenmaal achter de tralies zit, ten deel valt. Ziet u, mensen als u zijn volgens de types die over het algemeen de gevangenissen bevolken net zo erg als kinderverkrachters en de rechtbank heeft een zekere mate van beslissingsbevoegdheid over de vraag of u wel of niet in een geïsoleerde cel wordt geplaatst.'

'Dat is gelul,' zei Cropley. 'In gevangenissen gelden ook strenge regels en voorschriften, en het maakt geen moer uit of ik beken of niet. Bovendien zitten jullie er volledig naast. Luister goed, dan zeg ik het nog één keer. Ik heb het niet gedaan. Ik heb nog nooit van mijn leven iemand verkracht of vermoord. Is dat duidelijk genoeg voor jullie?'

Templeton keek Winsome even aan. 'Het is niet anders,' zei hij. 'Zoals ik u net al heb verteld, zullen we met het bewijsmateriaal en de getuigenverklaringen in deze zaak ijzersterk staan in de rechtszaal.'

'Indirecte bewijzen. Dat betekent helemaal niets.'

'Het is voorgekomen dat mensen op basis van heel wat minder gegevens zijn veroordeeld.'

Cropley zei niets.

'Hoe laat bent u vrijdag vertrokken?'

'Ongeveer halfelf.'

'Hoe laat was u thuis?'

'Rond een uur of vijf.'

Templeton zweeg even. Dat klopte van geen kant. 'Kom, zeg. Zo lang duurt de rit van Londen naar Eastvale niet, zelfs niet wanneer je onderweg een of twee keer stopt. Maar misschien kon u, nadat u dat meisje had vermoord, niet direct naar huis rijden. Wat hebt u toen gedaan? Een beetje rondgereden tot u wat kalmer was en zich in staat voelde om uw vrouw onder ogen te komen?'

'Ik heb pech gekregen met de auto.'

'Maak dat de kat maar wijs.'

'Het is echt zo. Ik heb de auto in de buurt van Nottingham aan de kant moeten zetten.'

'Een mooi excuus.'

'Helemaal niet. Ik heb verdomme meer dan een uur op de wegenwacht zitten wachten. Ze beweerden dat ze het die avond heel druk hadden.'

'De wegenwacht?'

'Inderdaad. Daar ben ik lid van. Wilt u soms mijn pasje zien?'

Templeton kreeg het een beetje warm. Deze wending in het gesprek beviel hem helemaal niet. 'Kunt u dat bewijzen, dat u pech hebt gehad?' vroeg hij.

'Ja, natuurlijk. Vraag het maar na bij de wegenwacht. Daar kunnen ze het bevestigen. Ik heb vanaf ik denk één uur tot ongeveer halfdrie op de vluchtstrook gestaan. Wacht eens even...'

'Wat was er aan de hand?'

'Iets met de koeling van de motor. Dat is geloof ik een lelijke spaak in jullie wiel, hè? Jullie hadden me namelijk niet verteld wanneer dat meisje precies is vermoord. Dat moet rond de tijd zijn geweest dat ik op de wegenwacht stond te wachten, klopt dat?' Hij grijnsde triomfantelijk.

Templeton had Cropley het liefst een mep op zijn neus verkocht, maar hij wist zich te beheersen. Als Cropley inderdaad tot ver na tweeën op de M1 had vastgezeten, kon hij Jennifer Clewes niet hebben vermoord. 'De gegevens van uw mobiele telefoon zullen dit staven?'

'Als het goed is wel. Was dat alles?'

'Nog niet helemaal,' zei Templeton, die het niet kon toestaan dat die hufter zich zat te verkneukelen. 'Wie heeft het benzinestation als eerste verlaten, Jennifer Clewes of u?'

'Zij.'

'En u bent haar gevolgd?'

'Nee. Ik heb heel even een stukje achter haar aan gereden, maar toen werd ik plotseling ingehaald door een andere auto die me afsneed. Kwam zo uit de schaduw aangesjeesd. Vlak daarna heb ik beide auto's weer ingehaald en ik heb haar verder niet meer gezien. Ze moet me later, toen ik op de vluchtstrook stond, weer zijn gepasseerd, maar dat is me niet opgevallen.'

'En die andere auto? Waarom hebt u ons dat niet eerder gemeld?'

'Omdat u veel te druk bezig was mij te beschuldigen van verkrachting en moord. U hebt er niet naar gevraagd.'

'Goed, dan vraag ik het nu. Wat voor auto was het?'

'Een Mondeo. Donkere kleur. Mogelijk donkerblauw.'

'Hoeveel mensen zaten erin?'

'Twee. Eentje voorin, eentje achterin.'

'Zoals in een taxi?'

'Ja, maar het was geen taxi. Hij zag er tenminste niet als een taxi uit. Hij had bijvoorbeeld geen lichtbak op het dak.'

'Een auto met chauffeur dan?'

'Dat zou kunnen. Hoor eens, ik wil u niet vertellen hoe u uw werk moet doen, vooral omdat u het er tot nu toe zo geweldig van af hebt gebracht, maar waarom vraagt u me niet iets nuttigs, bijvoorbeeld of ik me het nummerbord nog kan herinneren?'

'Dat wilde ik net vragen,' zei Templeton. 'Herinnert u zich dat dan nog?'

'Ja, dus. Een deel ervan in elk geval. Ik denk dat het me is bijgebleven omdat hij er zo plotseling tussen dook en ik moest remmen.'

'Wat was het dan?'

'LA51.'

Templeton kon niet precies uit zijn hoofd zeggen welk regionale kantoor van de dienst voor wegverkeer nummerborden uitgaf die met die twee letters begonnen, maar hij wist wel dat '51' erop duidde dat de auto tussen september 2001 en februari 2002 was geregistreerd. De rest kon hij opzoeken. Het was niet veel, maar nog altijd beter dan niets.

'Hoe zagen de inzittenden eruit?'

'Dat heb ik niet goed kunnen zien,' zei Cropley. 'Maar ik geloof dat het twee mannen waren. Op het moment zelf heb ik er niet echt veel aandacht aan geschonken en alleen maar vrij hard geremd.'

'Denkt u nog eens goed na.'

Cropley dacht diep na. 'Toen ze hun auto er plotseling tussen drukten, draaide de passagier op de achterbank zich om en keek me aan. Ik zal wel hebben getoeterd. Onbewust.'

'En?'

'Nou ja, ik heb hem dus niet echt goed gezien. Het was donker en zijn gezicht was in de schaduw. Maar ik geloof dat hij donker haar had dat in een paardenstaart zat en de blik die hij me toewierp was beslist niet vriendelijk. Ik weet nog wel dat ik best opgelucht was dat ze niet stopten om me in elkaar te slaan. Je hoort tegenwoordig zoveel verhalen over geweld op de weg.'

'Dat komt ervan als u zomaar gaat zitten toeteren,' zei Templeton.

'Ze sneden me af.'

'Een populaire dame, die Jennifer Clewes,' zei Templeton peinzend. 'Eerst laat u uw oog op haar vallen en vervolgens komt een stel andere kerels tussenbeide die het voor u verpesten. Hoe voelde u zich toen?'

'Waar hebt u het in godsnaam over?' zei Cropley. 'Hoort u wel wat u zelf zegt? U bent net zo'n amateuristische televisiepsycholoog. Hoor eens, jullie weten inmiddels donders goed dat ik het niet heb gedaan en ik begin het een beetje zat te worden, dus waarom sodemieteren jullie niet gauw op om navraag te doen bij de wegenwacht?'

Templeton liep rood aan en Winsome gebaarde dat ze beter konden vertrekken voordat hij iets deed waarvan hij later spijt zou krijgen. Hij wierp Cropley nog even een dreigende blik toe, maar ging toen met haar mee.

'Goed gedaan, Kev,' zei ze toen ze buiten stonden. 'Dat heb je werkelijk uitstekend aangepakt.'

Hij wist zeker dat ze hem nog steeds zat uit te lachen toen ze achter het stuur kroop en zijn woede prikte als hete naalden vanbinnen tegen zijn huid.

7

De pub die Burgess had uitgekozen, was tussen een islamitische slager en een Indiaas afhaalrestaurant ingeklemd aan een smal straatje tussen Liverpool Street Station en Spitalfields Market. Banks had de ondergrondse genomen en had voortdurend om zich heen gekeken of hij misschien werd gevolgd. Hij was er vrij zeker van dat dit niet het geval was. Na de ontvangst van de foto op het mobieltje, nam hij echter liever geen risico's meer.

Hoewel het lunchtijd was en de meeste pubs in de omgeving een traditionele maaltijd van roast beef met Yorkshire pudding op het menu hadden staan, bestond de keus hier uit nacho's met sour cream en gekruide kipvleugeltjes met barbequesaus. Banks had in geen van beide echt zin en hield het bij een pint Pride en een zakje cheese-unionchips, maar Burgess viel gretig op zijn nacho's aan en spoelde ze met goedkoop bier weg.

Er lag nog net geen zaagsel op de vloer, maar toen Banks eens om zich heen keek, bedacht hij dat het hier niet eens echt zou misstaan. Het merendeel van de lunchklanten bestond uit oudere Bangladezen, Indiërs en Pakistanen, aan hun alcoholgebruik te zien geen van allen toegewijde moslims. Een groepje mannen volgde op televisie een cricketwedstrijd, Essex tegen Pakistan, en er werd zo nu en dan luidkeels commentaar geleverd op een bijzonder goede off-spinner of square cut.

Sinds januari, toen Banks hem voor het laatst had gezien, was Burgess nauwelijks veranderd, alleen ging hij deze keer informeel gekleed in een spijkerbroek en een felgekleurd hawaïhemd waar Banks hoofdpijn van kreeg. Hij had nog altijd een kaalgeschoren schedel en een buikje, en in zijn ogen lag weer de vertrouwde cynische, uitgebluste blik. Het enige wat nieuw was, was zijn zongebruinde huid. Ondanks de vele pieken en dalen die zijn carrière had gekend, was Burgess na de elfde september, toen de politie mannen nodig had die van aanpakken wisten zonder al te veel vragen te stellen, keurig op zijn pootjes terechtgekomen. Banks wist niet precies voor welke tak hij momenteel werkzaam was, maar ging ervan uit dat het iets te maken had met de Special Branch.

'Leuk tentje heb je uitgezocht,' zei Banks.

'Je wordt hier in elk geval met rust gelaten,' zei Burgess. 'Iedereen bemoeit zich alleen met zijn eigen zaken. Bovendien verstaan de meesten amper Engels.' Buiten was de lucht inmiddels betrokken en er gleden een paar dikke regendruppels langs het smerige raam omlaag. Burgess sloeg Banks nauwlettend gade. 'Je maakt je zorgen over iets, dat kan ik aan je zien. Wil je ome Dick misschien vertellen wat er aan het handje is?'

Banks keek om zich heen, zag dat niemand aandacht aan hen schonk, riep de foto op het scherm van het mobieltje op en schoof het toen over de tafel naar hem toe. Burgess pakte het ding op, bekeek de afbeelding aandachtig en trok zijn wenkbrauwen op. 'Dat kan iedereen zijn,' zei hij en hij gaf het toestelletje aan Banks terug. 'Een of andere dronkelap die op een feestje zijn roes uitslaapt.'

'Dat weet ik wel. Maar stel nu eens dat het niet zo is?'

'Wie denk je dan dat het is?'

'Het zou mijn broer kunnen zijn.'

'Roy?'

'Hoe weet jij dat hij zo heet?'

Burgess zweeg even. 'Het speelde een hele tijd geleden.'

'Wanneer?'

'Een jaar of vijf, zes. In elk geval nog in de vorige eeuw. Er was indertijd geen enkele reden om je ermee lastig te vallen.'

'Waardoor werd jullie aandacht op Roy gevestigd?'

'Wapenhandel.'

Banks moest even iets wegslikken. 'Wat?'

'Je hebt me goed gehoord. Wapenhandel. Kijk niet zo verbaasd. Je broer heeft geholpen om een deal rond te krijgen tussen een wapenfabrikant uit Groot-Brittannië en een of andere rijke, Arabische sjeik. Hij zorgde ervoor dat alles op rolletjes liep, regelde het smeergeld en de cadeaus, bezocht gala's op het consulaat en ga zo maar door.'

'Heeft Roy dat echt gedaan?'

'Roy laat geen kans voorbijgaan om geld te verdienen. Hij heeft een buitengewoon wijdvertakt netwerk van contacten en relaties, en de ellende is dat hij geen flauw benul heeft wie de meesten van die mensen in werkelijkheid zijn.'

'Ik had nooit gedacht dat iemand Roy nog eens naïef zou vinden,' zei Banks.

'Misschien niet,' antwoordde Burgess, 'maar hij geloofde net iets te gemakkelijk dat sommige mensen ook echt waren wie ze beweerden te zijn. Misschien wilde hij gewoon niet dieper graven. Misschien voelde hij zich zo veiliger en was het gemakkelijker om zijn geweten te sussen. Steek het geld in je zak en wat je niet wilt zien, dat zie je gewoon niet.'

Dat klonk inderdaad als de Roy die Banks kende. Nog aannemelijker dan naïviteit was een gebrek aan verbeelding. Op jonge leeftijd hadden ze om een of andere reden eens een paar dagen in dezelfde slaapkamer moeten slapen, wist Banks nog. Banks was tien geweest, Roy een jaar of vijf. Banks had zijn jongere broertje willen treiteren door hem tegen bedtijd allerlei gruwelijke spookverhalen te vertellen over lijken zonder hoofd en mismaakte, mensenetende monsters, in de hoop dat hij hem zo de stuipen op het lijf zou jagen dat hij de hele nacht niet durfde te slapen. Roy was echter tijdens Banks' bloederige versie van *Dracula* ingedommeld en het was Banks geweest die niet had kunnen slapen, die bij elke windvlaag en krakend hout angstig in elkaar was gedoken, en zo het slachtoffer was geworden van zijn eigen fantasie. Misschien had Roy zijn collega's inderdaad klakkeloos op hun woord geloofd, misschien had hij inderdaad niet dieper willen graven of misschien ontbeerde hij inderdaad de fantasie die nodig was om uit het geheel van kale feiten nieuwe informatie te distilleren. Banks pakte een Silk Cut.

'Dacht al dat je het niet lang zou volhouden,' zei Burgess, die een van zijn eigen dunne sigaartjes opstak en Banks de vlam voorhield, die er dankbaar gebruik van maakte.

'Het is maar tijdelijk,' zei Banks.

'Uiteraard. Nog een pint?'

'Waarom ook niet?'

Burgess liep naar de bar en Banks keek naar de cricketwedstrijd tot hij terug was. Er gebeurde niets opwindends. Toen de tweede pint Pride voor hem op tafel stond, vroeg hij Burgess wat hij precies over Roy wist.

'Je moet goed begrijpen dat je broer in de strikte zin van het woord niets onwettigs heeft gedaan,' zei Burgess. 'Er zijn nu eenmaal mensen die die klotedingen fabriceren en andere mensen die ze verkopen. In die tijd kon je nog ongestoord van alles aan iedereen waar ook ter wereld verkopen: raketten, landmijnen, onderzeeërs, tanks, straaljagers, noem maar op. De ellende was alleen dat die dingen ondanks alle bureaucratische regels en voorschriften nog veel te vaak in handen vielen van de verkeerde mensen. Soms werden ze zelfs ingezet tegen diezelfde mensen die ze ook hadden geleverd.'

'Waar zijn deze specifieke ladingen dan terechtgekomen?'
'Ze waren bestemd voor een bondgenoot in het Midden-Oosten, maar zijn uiteindelijk in handen gevallen van een terroristische splintergroepering.'
'En Roys aandeel hierin?'
'Hij had geen idee wat er allemaal speelde. Zoveel was wel duidelijk. Hij zag het grote geheel niet, wilde dat ook niet zien, net als de betrokken wapenfabrikanten. Hen kon het werkelijk niets schelen. Het enige waar zij op uit waren, was een vette winst binnenhalen.'
'Wat is er toen gebeurd?'
'Het was ons te doen om de kerel die Roy erbij had gehaald, een oude gabber van hem van vroeger die Gareth Lambert heette. Is inmiddels uitgerangeerd. Heeft het land verlaten.'
Banks was de naam niet tegengekomen op Roys mobieltje. Misschien had hij hem over het hoofd gezien, het waren er ook zoveel geweest, of misschien viel Lambert wel onder een van de 'anonieme' nummers. Maar het kon natuurlijk ook zo zijn dat wat Burgess hem had verteld inderdaad klopte en Gareth Lambert was uitgerangeerd, en dan zou Roy ook geen enkele reden meer hebben om zijn telefoonnummer te bewaren. 'En Roy?' vroeg hij.
'Een van onze jongens heeft hem heel vriendelijk iets in zijn poezelige oortje gefluisterd.'
'En sindsdien?'
'Totaal van ons radarscherm verdwenen,' zei Burgess. 'Dus als er iets achter de gebeurtenissen van nu zit, dan hebben wij er in elk geval niets mee te maken. Wat ik je net vertelde, speelde zich een hele tijd geleden af en is wat ons betreft een gesloten boek.'
'Dat is fijn om te weten,' zei Banks.
'Waarom vertel je me niet wat er is gebeurd?'
Banks bracht hem volledig op de hoogte, vanaf het vreemde telefoontje tot aan de digitale foto die hij midden in de nacht had ontvangen. Burgess luisterde al rokend zonder hem te onderbreken. Toen Banks was uitgesproken, viel er een stilte. Iemand scoorde een six en de cricketfans juichten luidruchtig.
'Zou een grap kunnen zijn. Jongeren,' zei Burgess ten slotte.
'Die gedachte is ook bij mij opgekomen.'
'Misschien wil iemand je bang maken. Is het de bedoeling dat jij gelooft dat het je broer is en dat hij op een of andere manier gewond is geraakt.'

'Zover was ik zelf ook al gekomen.'

'Maar je bent niet bang?'

'Ja, natuurlijk ben ik bang, verdomme. Maar ik wil weten wat er met Roy is gebeurd. Wat moet ik dan doen? Opgeven en naar huis gaan?'

Burgess begon te lachen. 'Jij? Dat zie ik jou nooit doen. En ontvoering? Heb je daar al eens aan gedacht? Eerst een waarschuwing en straks een eis tot losgeld?'

'Ja,' zei Banks, 'maar tot nu toe heb ik zo'n eis niet ontvangen.'

'Dus wat was je nu van plan te gaan doen?'

'Ik hoopte dat jij me misschien kon helpen.'

'In welk opzicht?'

'Het mobieltje,' zei Banks. 'Een forensisch onderzoek zou ons de nodige informatie moeten opleveren waarmee we verder kunnen. Misschien kunnen ze achterhalen waar de foto vandaan is gestuurd, misschien zelfs ook wel waar hij is gemaakt. Ik ben niet helemaal op de hoogte van al die technologie, maar ik weet wel dat computerexperts een heleboel gegevens uit die dingen kunnen loskrijgen.'

'Dat is zeker waar,' zei Burgess. 'Met al die DNA-testen, computers, internet, mobiele telefoontjes en gesloten-circuitcamera's van tegenwoordig is er amper nog behoefte aan een eenvoudige agent. We zijn een uitgestorven ras, Banksy, of in elk geval hard op weg om dat te worden.'

'Een ontnuchterende gedachte. Kun je me helpen?'

'Sorry,' zei Burgess. 'Dit is wel even iets heel anders dan snel een naam natrekken of iets in een database opzoeken. Mijn afdeling heeft in feite slechts zelden contact met de jongens van de technische ondersteuning. We hebben veel meer te maken met inlichtingendiensten, het verzamelen van informatie. Het zou verdomd raar overkomen als ik nu plotseling mijn neus laat zien op het lab en dit zonder verdere uitleg op hun bureau drop. Dan krijg ik het beslist met die lui aan de stok. Het spijt me, Banksy, maar dat gaat niet door. Ik raad je aan om ermee maar het dichtstbijzijnde politiebureau te stappen.'

Banks staarde naar het telefoontje. Hij had Burgess' reactie al zo half en half verwacht, maar was desondanks teleurgesteld, wist even niet wat hij moest doen. Hij kon er onmogelijk mee naar de plaatselijke politie stappen. Niet alleen omdat hij bang was dat Roy mogelijk bij criminele activiteiten betrokken was, maar ook omdat hij nooit zou mogen meewerken aan een officieel politieonderzoek naar de verdwijning van zijn eigen broer en hij dacht niet dat hij het zou kunnen verdragen om met zijn handen in zijn zakken vanaf de zijlijn te moeten toekijken. 'Oké,' zei hij. 'Je weet heel zeker dat je absoluut geen idee hebt waarom dit alles gebeurt?'

'Ik zweer het je, op het graf van mijn moeder. Onze belangstelling voor je broer was van tijdelijke aard en we hebben geen enkele reden om die nieuw leven in te blazen.'

'Houden jullie hem wel in de gaten?'

'De laatste tijd niet meer. We hebben hem inderdaad nog een tijdje in het oog gehouden. Zoals ik al zei: hij heeft een paar interessante contacten. In Roy zelf zijn we niet meer geïnteresseerd. Dit draait niet om wapens of terrorisme. Geloof me, dan zou ik dat echt wel hebben geweten.'

'En zou je het me ook vertellen als het wel zo was?'

Burgess glimlachte. 'Misschien wel.'

Banks haalde de envelop tevoorschijn die hij had meegebracht en liet een van de digitale foto's aan Burgess zien. 'Weet jij wie deze mensen zijn?' vroeg hij.

Burgess pakte de foto op en bekeek hem van dichtbij. 'Krijg nou wat,' zei hij. 'Dat kan niet. Hoe kom je hieraan?'

Banks vertelde hem waar hij de foto had gevonden.

'Wanneer is hij gemaakt?'

'Volgens de computergegevens is hij op dinsdag 8 juni om 15.15 uur gemaakt.'

'Maar dat was afgelopen dinsdag.'

'Wie is het?'

'Gareth Lambert.'

'Je zei net dat hij uitgerangeerd was.'

'Dat dacht ik, ja. Kijk.' Burgess legde de foto voor Banks neer en wees op de grijsharige man. 'Hij is een beetje aangekomen en zijn haar is grijs geworden, maar hij is het wel degelijk.'

'Is hij een van de slechteriken?'

'Zeker weten.'

'In welke branche was hij actief?'

'Import-export. Vroeger tenminste. Chique benaming voor smokkelen, als je het mij vraagt. Kent de Balkan-route als zijn broekzak.'

'Wat smokkelde hij dan?'

'Je kunt het zo gek niet bedenken.' Burgess streek met een hand over zijn gladgeschoren schedel. 'Ach, je mag het wel weten ook. In zijn glorietijd was Gareth Lambert echt een vreselijk akelig sujet. Niet alleen keihard, maar echt akelig, sluw. Misschien is hij iets milder geworden nu hij wat ouder is, maar ik betwijfel het.'

'Wat heeft hij op zijn kerfstok?'

'Het was niet altijd zozeer een kwestie van wat hij deed als wel wie hij kende. Hij ging om met een paar van de smerigste schoften in Europa. Smokkelde wapens, drugs, mensen, letterlijk alles. Hij had banden met verschillende legers op de Balkan – Kosovo, Bosnië – kende alle generaals persoonlijk. Hij heeft medische middelen gesmokkeld – morfine, antibiotica – soms in verdunde vorm. Een beetje een Harry Lime eigenlijk en bijna net zo ongrijpbaar. Wil altijd vooruit, iedereen een stap voor blijven. Een gladde jongen, die klootzak. Als hij echt terug is, kun je er donder op zeggen dat hij bij een of andere illegale deal betrokken is en als je broer Roy... tja...'

Banks vond dit niet bepaald geruststellend. 'Wie is die man die bij hem zit?'

'Dat weet ik niet. Ik ken hem volgens mij niet. Lambert en zijn mensen zijn eigenlijk mijn pakkie-an niet meer. Mag ik deze houden? Ik heb nog altijd een paar contacten op belangrijke posities en zal eens navraag doen. Er zitten nog heel wat lui van de oude garde bij de Yard die graag zullen willen horen dat Gareth Lambert weer terug is, als ze dat tenminste niet allang weten, natuurlijk.'

'Ga je gang,' zei Banks. 'Ik heb nog meer exemplaren. En het mobieltje?'

'Hou dat maar even bij je. Misschien heb je het nog nodig. Als die foto inderdaad voor jou bestemd was, volgen er wellicht nog meer berichten.'

'Je zou wel eens gelijk kunnen hebben,' zei Banks en hij liet het toestel in zijn zak glijden. Misschien kon Annie hem in contact brengen met een computerexpert die het beeld kon uitvergroten. Op die manier hoefde hij het mobiele toestel niet eens af te staan.

'Goed,' zei Burgess. 'Dan ga ik er nu maar eens vandoor.'

Banks vroeg zich af of hij er goed aan had gedaan om Burgess alles te vertellen en hem de foto van de twee mannen te geven. Nu hij een collega op de hoogte had gebracht van Roys verdwijning was deze al half en half een officiële politiezaak geworden, en kon hij niet meer terug, wat er verder ook gebeurde. Door het eerste telefoontje niet te melden, in Roys huis te logeren en zich toegang te verschaffen tot de data op diens computer was hij al veel te ver gegaan en er zouden beslist disciplinaire maatregelen worden getroffen. Hij dacht dat hij wel op Burgess' discretie kon rekenen, maar alles had zijn grenzen.

Op deze manier kon hij zijn eigen onderzoek tenminste blijven voortzetten. Hij had al een lijst met namen en telefoonnummers gemaakt, bijna honderd in totaal, en hij kon zich nog altijd niet herinneren of daar een Gareth Lambert bij had gezeten. Hij zou de lijst opnieuw moeten nagaan, natuurlijk, maar als Lambert weer ten tonele was verschenen, hadden Roy en hij misschien wel een goede reden om geen sporen te willen nalaten die erop wezen dat ze weer contact met elkaar hadden.

'Luister,' zei hij tegen Burgess, 'ik waardeer het enorm dat je me helpt, maar als jullie denken dat Roy schone handen heeft en zich niet langer met criminele praktijken inlaat...'

'Je wilt dat ik je broer hierbuiten laat?'

'Als het kan.'

'Ik kan je geen garanties geven,' zei Burgess. 'Nu Gareth Lambert weer uit het niets is opgedoken, is het een heel ander verhaal. Maar ik beloof je dat ik mijn best zal doen.'

'Laat je me weten hoe het gaat? Om te beginnen wil ik bijvoorbeeld graag weten waar ik die Lambert kan vinden.'

'Zoals ik net al zei: ik doe mijn best. Ik ga dit tot op de bodem uitzoeken. Als ik dacht dat het ook maar enigszins zin had, zou ik je vragen om op te donderen en terug te gaan naar Yorkshire, maar zorg in elk geval dat je me niet voor de voeten loopt.'

'Ik zal er eens over nadenken,' zei Banks. Hij gaf Burgess Roys telefoonnummers en keek naar buiten. 'Het is bijna droog. Ik moet er ook maar eens vandoor.'

Burgess keek hem streng aan. 'Wees voorzichtig, Banksy,' zei hij. 'Denk eraan, ik ken je wel zo'n beetje. En dit gesprek heeft nooit plaatsgehad.'

Banks liep naar buiten. Zijn auto stond nog altijd bij Corinne's flat geparkeerd, dus hij wandelde naar Liverpool Street, waar hij de ondergrondse kon pakken naar Earl's Court om daar zijn auto op te halen voordat hij naar zijn afspraak met Julian Harwood moest.

Toen Banks het grote plein voor het station had bereikt, liep hij naar het Kindertransport Memorial om het van dichtbij te kunnen bekijken. Het kunstwerk, dat was opgericht ter nagedachtenis aan de reddingsoperatie waarbij meer dan tienduizend kinderen in 1938 en 1939 aan vervolging door de nazi's waren ontsnapt, bestond uit een glazen vitrine in de vorm van een enorme koffer met daarin een verzameling voorwerpen die de kinderen bij zich hadden gehad en daarnaast een bronzen beeld van een jong meisje.

Door het met regendruppels bedekte glas ontdekte Banks onder andere schoolschriften, met pagina's vol stijf, Duits handschrift, brieven, kledingstukken, familiefoto's met ezelsoren, een paar oude laarzen waaronder schaatsen waren gebonden, een handpop van een poesje, een boek met pianomuziek, een versleten koffer en drie kleerhangers. Op een ervan stond geschreven *Für das Kind*, op de tweede *Fürs liebe Kind* en op de derde *Dem braven Kinde*. Het deed Banks denken aan Mahlers prachtige *Kindertotenlieder*, ook al waren deze kinderen niet gestorven; ze waren juist gered. Hij vroeg zich af of Roy dit stuk van Mahler in zijn collectie had staan; het was hem niet opgevallen.

Toen hij zo naar de persoonlijke bezittingen van de kinderen stond te kijken die voor hem lagen uitgestald, werd Banks herinnerd aan alle persoonlijke bezittingen die voorgoed verloren waren gegaan toen zijn cottage uitbrandde: de foto's en videobanden van zijn gezin – huwelijk, vakanties, opgroeiende kinderen – brieven, souvenirs, aandenkens, de gedichten die hij als tiener had geschreven, oude agenda's en schriften, schoolrapporten, het complete overzicht van zijn leven.

De aanblik van het gedenkteken weerhield hem er echter van om te zwelgen in zelfmedelijden. Hij had lang niet zoveel verloren als deze kinderen, die hun thuisland waren kwijtgeraakt en in veel gevallen ook hun hele familie. Maar misschien hadden ze er ook iets voor teruggekregen. Ze waren tenminste ontsnapt aan de concentratiekampen, waren door goede, liefdevolle families in huis genomen en konden hun verdere leven in relatieve vrijheid doorbrengen.

Banks keek naar het bronzen beeld van het meisje in haar rok en jasje. De regendruppels leken net tranen die over haar gezicht stroomden. Hij draaide zich om en liep naar de ondergrondse.

Annie was blij dat Brooke had voorgesteld om die middag even snel in haar hotel te lunchen. Om te beginnen had ze een beetje trek en verder voelde ze zich rusteloos. Ze had niets van Roy Banks gehoord en begon zich nu langzaam maar zeker af te vragen of de twee broers hun geschillen misschien hadden bijgelegd en er samen vandoor waren gegaan, puur en alleen om het haar zo lastig mogelijk te maken.

Brooke had zijn beste, zondagse pak aan en zag er met zijn knalrode kop en veel te strakke kraag uit als een boer die net uit de kerk terugkomt. Naast hem voelde Annie zich een beetje slonzig in haar eenvoudige spijkerbroek en zwarte trui met V-hals. Omdat ze geen van beiden echt enorme honger hadden, bestelden ze koffie en sandwiches met kaas en ingelegde ui, die keurig in vieren gesneden in een mandje werden geserveerd.

'Nou, Dave,' zei Annie, 'ik moet zeggen dat je er zeer chic uitziet.'

Brooke bloosde. 'Mijn pak, bedoel je? Ik moet vanmiddag naar een doopplechtigheid.' Hij ging zitten, plukte aan zijn kraag en maakte uiteindelijk een knoopje los. 'Zo, dat is beter. Ik heb straks in de kerk nog genoeg tijd om mezelf hiermee te wurgen.'

Annie lachte.

'Ik heb niet echt veel voor je,' zei Brooke, 'maar ik heb een paar jongens navraag laten doen in de buurt waar het slachtoffer woonde. Ook heb ik gesproken met de straatagent uit die wijk, een zekere Latham.'

'Wat had hij te melden?' vroeg Annie.

'Een rustige wijk. De laatste tijd geen problemen gehad.'

'En het buurtonderzoek dat die mannen van je hebben uitgevoerd?'

'Daar wordt het iets interessanter. Een man die even verderop in de straat woont, was vrijdagavond om een uur of tien op zoek naar een parkeerplaatsje. Blijkbaar kan hij zijn auto normaalgesproken vrijwel altijd voor de deur van zijn huis kwijt, maar die avond kon dat niet omdat er al iemand stond. Hij zei dat het die week al een paar keer eerder was voorgekomen. Hij was een beetje nijdig, maar hij kon er verder niets aan doen. Het was tenslotte een openbare parkeerplaats. Maar goed, hij wist te vertellen dat er twee mannen in de auto hadden gezeten, een voorin en een achterin. Hij dacht dat ze misschien op het punt stonden om te vertrekken en heeft nog een paar minuten staan wachten, maar ze schonken geen aandacht aan hem.'

'En toen?'

'Toen is hij op zoek gegaan naar een ander plekje.'

'Kan hij zich nog iets over de auto herinneren?'

'Alleen maar dat hij donkerblauw was.'

'Het nummerbord heeft hij niet gezien?'

'De auto stond tussen twee andere geparkeerd. Hij kon de voor- en achterkant niet zien.'

'Jammer. Verder nog iets?'

'Toen hij om elf uur de hond ging uitlaten, was de auto weg.'

'Kon hij de mannen beschrijven?'

'Niet echt goed. Alleen maar dat de man die achterin zat iets om zijn nek had, een dikke gouden ketting of zoiets. Hij zei dat ze er een beetje louche uitzagen. Hun uiterlijk schrok hem in elk geval zozeer af dat hij maar niet op hen is afgestapt om te vragen of ze van plan waren te vertrekken.'

'Interessant,' zei Annie. 'Ik heb net mijn baas aan de telefoon gehad en een van onze mensen heeft een vergelijkbaar signalement gekregen van een zekere Roger Cropley. Blijkbaar heeft die Cropley Jennifer Clewes vrijdagnacht rond een uur of halfeen bij het benzinestation van Watford Gap gezien en is hij, toen hij achter haar aanreed, plotseling gesneden door een auto zoals jij net hebt beschreven, met een man voorin en een achterin.'

'Dan heeft het er veel van weg dat iemand bij haar flat op de uitkijk heeft gestaan.'

'Daar lijkt het inderdaad wel op,' zei Annie. 'Als het tenminste dezelfde auto is. Ik heb vanaf het begin al gedacht dat ze met zijn tweeën waren, een die razendsnel uit de auto kon stappen om haar neer te schieten en een ander die reed.' Annie raadpleegde haar opschrijfboekje. 'Zegt de naam Carmen Petri jou iets?'

Brooke fronste zijn wenkbrauwen. 'Nee, ik geloof het niet. Hoezo?'

'Een van Jennifer Clewes' vriendinnen liet hem vallen. Een van de "late meisjes", zei ze. Jennifer maakte zich zorgen over haar, over iets wat zij had gezegd.'

'Late meisjes?'

'Ja. Hoezo? Weet jij soms wat dat betekent?'

'Geen flauw idee,' zei Brooke. 'Het klinkt gewoon raar. Ik neem niet aan dat het gaat om meisjes die 's avonds laat werken, prostituees en dergelijken?'

'Die indruk had ik niet,' zei Annie. Gezien de context – een centrum dat was gespecialiseerd in geboortebeperking, zwangerschap en gezinsplanning – had Annie een paar mogelijke verklaringen bedacht: misschien waren 'late meisjes' meisjes die over tijd waren en, bang voor een eventuele zwangerschap, beter laat dan nooit bij het centrum om informatie en advies kwamen vragen; of misschien was hun zwangerschap juist al in zo'n vergevorderd stadium dat ze te laat waren voor een abortus, die na de 24e week bij de wet verboden was.

'Ik zal onze dossiers er eens op naslaan en kijken of die Carmen een bekende van ons is, maar de naam zegt me niets.'

'Daar is ook geen enkele reden toe. Evengoed bedankt. En, Dave? Controleer ook vermiste personen en recente sterfgevallen, als je wilt.' Stel dat iemand na die wettelijk vastgelegde termijn van 24 weken toch zwangerschapsonderbrekingen uitvoerde en dat daarbij iets volledig was misgegaan, dan was Jennifer Clewes misschien wel een heel smerig zaakje op het spoor geweest, dacht Annie bij zichzelf.

'Ik heb Roy al in een maand niet gezien,' zei Julian Harwood, 'dus ik zie eigenlijk niet in hoe ik u kan helpen.'

'Je weet maar nooit,' zei Banks. 'Heel vriendelijk van u om tijd voor me vrij te maken.'

'Dat is toch normaal. Roy is een goede vriend van me. Al jaren trouwens, ook al zien we elkaar tegenwoordig nog maar zelden. Als er ook maar iets is wat ik kan doen, dan kunt u op me rekenen.'

Harwood was er blijkbaar niet op uit om indruk op hem te maken, dacht Banks. Dat hoefde ook niet; hij was immers een machtige, rijke zakenman die gewend was om zijn zin te krijgen. Dat Corinne een heel andere indruk van hem gekregen, kon best eens komen doordat Harwood zich in het bijzijn van vrouwen wellicht anders gedroeg. Dat doen zoveel mannen. Bovendien was ze Roys vriendin en een bijzonder aantrekkelijke jonge vrouw, en had hij het daarom misschien nodig gevonden om zich te bewijzen, indruk op haar te maken.

De zon was weer tevoorschijn gekomen en ze zaten met een *grande latte* voor zich op tafel buiten op het terrasje bij de Starbucks. Voordat hij naar de afgesproken plek was gegaan voor zijn ontmoeting met Harwood had Banks een afdruk van de digitale foto aan Malcolm Farrow, Roys overbuurman, laten zien. Farrow had gedacht dat de forse man met het grijze krulhaar mogelijk inderdaad degene was geweest met wie Roy op vrijdagavond om halftien was vertrokken, maar hij kon het niet met honderd procent zekerheid zeggen.

Banks ving de geur van Chinees eten op, maar kon in de buurt geen Chinees restaurant ontdekken. Het was druk op straat: veel winkelende mensen, een mengelmoes van toeristen en Londenaren die een wandelingetje maakten of op een terrasje wilden zitten. Aan het tafeltje naast hen zaten twee knappe, jonge meisjes in korte broek met daarop een luchtig hemdje, die Frans spraken en Gauloises rookten.

Harwood was jonger dan Banks had verwacht, ongeveer halverwege de veertig en dus van Roys leeftijd, en volkomen kaal op een brede strook zwart haar boven zijn oren na. Hij had een gezonde, bruine huidskleur en het pezige voorkomen van iemand die regelmatig tennist of squasht. Hij droeg vrijetijdskleding, maar dan wel heel dure: een overhemd van spijkerstof dat bij de hals een stukje openstond en een kakikleurige katoenen broek met een messcherpe vouw. Alleen de Nike-sportschoenen vielen een beetje uit de toon, maar ook die waren beslist niet goedkoop geweest.

Banks stak een sigaret op – een van de voordelen van het buiten zitten – en zei: 'Ik neem aan dat u niet weet waar hij is?'

'Hoezo?'

Banks vertelde hem van Roys telefoontje en de deur die niet op slot had gezeten. Tijdens Banks' relaas verscheen er een diepe rimpel in Harwoods voorhoofd en toen Banks was uitgesproken, zei hij: 'Roy kan wel overal zijn. Hij reist heel wat af. Had u daar al aan gedacht?'

'Ja,' zei Banks. 'Maar zijn boodschap klonk dringend en het is ook vreemd dat hij niemand heeft verteld waar hij naartoe ging. Geen van de mensen die ik tot nu toe heb gesproken, heeft enig idee waar hij kan zijn. Doet hij altijd zo geheimzinnig over waar hij naartoe gaat?'

'Normaalgesproken niet,' zei Harwood. 'Het hangt ervan af. Als er bijvoorbeeld een gevoelig liggende deal in het buitenland op het spel staat...'

'Is dat in dit geval een aannemelijke verklaring?'

'Ik wil alleen maar zeggen dat het kan.'

'U bent toch zijn zakenpartner? Als hij een reisje had gepland, zou u er toch vanaf moeten weten.'

'Voorzover ik weet had hij geen reisplannen,' zei Harwood. 'Maar ik ben niet zijn persoonlijke assistent. Roy heeft nogal wat ijzers in het vuur waar ik niets mee te maken heb.'

'Denkt u dat het mogelijk is dat hij ertussenuit is geknepen?'

Harwood dacht even diep na. 'Kan best, als het hem allemaal te veel is geworden. De belastingdienst, schulden, dat soort zaken. Maar in dat geval zou hij zijn huis toch zeker wel hebben afgesloten en zijn mobiele telefoontje hebben meegenomen?'

'Misschien was dat juist een afleidingsmanoeuvre. Daar zie ik hem wel toe in staat. Ach, ik weet het ook niet,' zei Banks. 'Misschien zie ik wel dingen die er niet zijn.'

Harwood schraapte zijn keel. 'Roy heeft me verteld dat u een politieman bent,' zei hij. 'Hebt u deze gebeurtenissen al bij de politie aangegeven?'

'Nee,' zei Banks. 'Tot nog toe heb ik het onderzoek hiernaar in eigen hand gehouden.'

Harwood knikte. 'Misschien wel zo verstandig, gezien de regelmaat waarmee Roy – hoe zal ik dit zeggen? – op de grens van wat net wel of net niet kan lijkt te operen.'

'Hoe lang kent u hem al?' vroeg Banks.

'Al jaren. We hebben elkaar op de universiteit ontmoet.'

'En sinds die tijd werken jullie in zakelijk opzicht samen?'

'Af en toe.'

'Zijn jullie ook actief in de wapenhandel?'

'Wapenhandel?'

'Roy speelde een paar jaar geleden een belangrijke rol bij een wapendeal. Ik vroeg me af of u als goede vriend daar misschien iets vanaf wist.'

'Dat is niet echt mijn terrein,' zei Harwood kortaf. 'Ik weet ook niet of het waar is, maar Roy wist in elk geval heel goed dat hij met zoiets niet bij mij hoefde aan te komen.'

'O, neemt u maar van mij aan dat het waar is. Hoe zit het met handel met voorkennis?'

'Wat is daarmee?'

'Daar deed mijn broer ook aan. Ik vroeg me af of u daar misschien ook deel aan hebt genomen.'

Harwood schokschouderde. 'Er is een tijd geweest... dat het niet geheel ongebruikelijk was.'

'Dus het antwoord is ja?'

'Dat zeg ik niet.'

'Maar u wist dat Roy eraan meedeed?'

Harwood duwde zijn stoel ruw naar achteren en wilde opstaan. 'Is dit soms een soort verhoor? Want als dat zo is, vertrek ik nu direct.'

'Ik moet u gewoon een paar dingen vragen,' zei Banks. 'Telt dat dan meteen als een verhoor?'

'Het hangt ervan af wat het voor vragen zijn en hoe u ze stelt.'

'Ik zal zo vriendelijk mogelijk te werk gaan, op voorwaarde dat u zo eerlijk mogelijk antwoordt.'

Harwood schoof zijn stoel weer iets dichter bij de tafel. 'Ik ben nog steeds bereid om u te helpen,' zei hij. 'Maar misschien kunnen we het onderwerp handel met voorkennis verder laten rusten? Ik zeg niet dat het tegenwoordig helemaal niet meer voorkomt – je hoeft de kranten er maar op na te slaan om te weten dat dit niet zo is – maar als Roy en ik daar ooit iets mee te maken hebben gehad, dan hebben we dat zeker in de jaren negentig al achter ons gelaten. U kunt me op mijn woord geloven.'

'Goed dan,' zei Banks. 'Ik heb gehoord dat Roy recentelijk veel geld heeft geïnvesteerd in de particuliere zorgverlening en u bent in die sector een belangrijk man.'

'Ik ben ook degene geweest die hem erbij heeft gehaald. De sector biedt heel veel mogelijkheden. Ik ben directeur van een keten particuliere gezondheidscentra en klinieken waar diverse vormen van zorgverlening worden geboden door uiterst bekwame doktoren en verpleegkundigen. Roy is een van onze grootste aandeelhouders.'

'Wat voor vormen van zorgverlening?'

'U kunt het in feite zo gek niet bedenken: het varieert van herniaoperaties tot stervensbegeleiding bij terminale kankerpatiënten en alles wat daartussen zit.'

'Kunt u een reden bedenken dat iemand hem mogelijk kwaad zou willen doen?'

'In verband met onze zakelijke ondernemingen, bedoelt u?'

'Ja.'

'Nee,' antwoordde Harwood. 'Dan zit u toch op het verkeerde spoor. Ik kan u verzekeren dat alles keurig volgens de wet wordt afgehandeld. Waarom vraagt u dat?'

'Omdat mijn onderzoek helemaal vastzit, meneer Harwood, en ik volledig in het duister tast. Voorzover ik heb kunnen nagaan, is Roy voor het laatst gezien toen hij samen met een andere man zijn huis verliet en in een grote, lichtgekleurde en waarschijnlijk dure auto stapte. Ik heb gehoord dat niets erop duidde dat dit onder dwang is gebeurd, maar ik sluit die mogelijkheid nog altijd niet uit, want het zou best kunnen dat die andere man een pistool of zoiets bij zich droeg. Later, mogelijk diezelfde nacht nog, is zijn computer weggehaald uit zijn huis dat niet was afgesloten. Zijn mobiele telefoontje lag op de keukentafel. Er was zo te zien niet gevochten. Ontvoering is natuurlijk nog steeds een mogelijkheid, ook al is er nog altijd geen eis om losgeld binnengekomen. Roy is een rijk man.'

Harwood wreef bedachtzaam over zijn kin. 'Maar zo rijk nu ook weer niet.'

'Het is maar net hoe je het bekijkt,' zei Banks. 'Ik vermoed dat er wel mensen voor minder zijn ontvoerd.'

'Dat is ook weer waar. Maar zou er dan niet allang contact zijn opgenomen? Wanneer is dit allemaal gebeurd, zei u?'

'Vrijdagavond. Het is dus inmiddels twee dagen geleden en tot op heden heb ik niets gehoord. Daardoor vermoed ik toch dat het om iets anders gaat. Ik heb niet het idee dat dit het werk is van ordinaire criminelen. Het lijkt me eerder... ik weet het niet zo goed.'

'Georganiseerde misdaad?'

'Dat is een mogelijkheid,' zei Banks. 'Maar hoe is Roy dan in vredesnaam in de wereld van de georganiseerde misdaad verzeild geraakt?'

'Dat weet ik ook niet,' zei Harwood. 'Het was ook zomaar een idee. Ik weet niet eens waar dat soort mensen zich precies mee bezighoudt. Het gaat tegenwoordig toch niet meer alleen om de maffia, of wel? Je leest zo veel over Russen en Jamaicaanse gangsters en Vietnamese bendes. Mensen die je zonder enige aanleiding zo de keel afsnijden. Wie zal het zeggen?'

Banks haalde een afdruk van een van Roys digitale foto's uit zijn koffertje en legde deze op de tafel. 'Kent u een van deze mannen?'

Harwood wees op Lambert en zei koeltjes: 'Hém ken ik wel, ja. Dat is Gareth Lambert. Die andere man zegt me niets.'

'U kent Lambert dus?'

'Ja zeker. Roy en ik hebben in het verleden wel eens zaken met hem gedaan. De laatste jaren trouwens niet meer. Hij is uit het wereldje gestapt.'

'Hij is weer terug.'

Harwood fronste zijn wenkbrauwen. 'Dat wist ik niet.'

'Interessant,' zei Banks en hij borg de foto weer op. 'Dat Roy het wel weet en u niet, bedoel ik.'

'Gareth Lambert en ik hebben een paar jaar geleden onenighcid gehad,' zei Harwood. 'Sindsdien praten we niet meer met elkaar.'

'Waarover?'

'Een privé-kwestie.'

'Juist. Weet u misschien waar ik hem zou kunnen vinden?'

'Ik heb me laten vertellen dat hij naar Spanje is verhuisd.'

'Dat is een groot land. Hebt u zijn adres misschien ook?'

'Nee. Ik heb u zo-even al verteld dat we ruzie hebben gehad. Het interesseert me werkelijk totaal niets waar de heer Lambert uithangt of wat hij doet.'

Banks had graag iets meer over die ruzie gehoord, maar Harwood was een gewiekst zakenman die heel goed geheimen kon bewaren en zich niet snel in de kaart liet kijken. 'Heeft Roy ooit iets tegen u gezegd waaruit u kon opmaken dat hij zich met louche zaakjes bezighield?'

'Nee. Maar dat zou hij me ook zeker niet hebben verteld. Ook in de zakenwereld geldt soms: wat niet weet, wat niet deert.'

'Is het mogelijk dat hij bij toeval iets op het spoor is gekomen? Diefstal of zoiets?'

'Bij een van de centra?'

'Bijvoorbeeld.'

'Ik bemoei me niet met de dagelijkse leiding van de gezondheidscentra en -klinieken.'

'En Roy?'

'Uw broer is een investeerder die graag actief betrokken is. Hij wil altijd graag weten hoe de bedrijven in elkaar steken, welke naam bij welk gezicht hoort. Ik kan me indenken dat hij overal persoonlijk langs is geweest.'

'Dus het ligt voor de hand dat hij bekend is met de centra?'

'Ik vermoed van wel. Met een aantal ervan wel.'

'Zou hij daar op een geval van fraude of zoiets kunnen zijn gestuit?'

'De boekhouding wordt regelmatig gecontroleerd. Als iemand geld van het bedrijf ontvreemdde, zouden we dat volgens mij wel hebben doorgehad.'

'En dingen die spoorloos verdwijnen? Medicijnen, bijvoorbeeld.'

'Dat wordt allemaal zeer streng gecontroleerd.' Harwood keek op zijn horloge. 'Juist,' zei hij en hij stond op om te vertrekken, maar bleef nog even staan. 'Ik moet er helaas vandoor. Ik weet niet of u me in verband met deze gebeurtenissen als verdachte hebt aangemerkt, maar u moet goed beseffen dat ik Roys vriendschap enorm op prijs stel. Als ik u verder nog ergens mee kan helpen, neem dan vooral contact met me op.'

'Uitstekend,' zei Banks. 'Dank u wel voor dit gesprek.'

Harwood liep weg. Banks rookte zijn sigaret op, drukte het peukje uit en liep Old Brompton Road in. Hij wandelde onder het smalle poortje door de binnenplaats op en tastte naar Roys sleutel. Op het moment dat hij deze in het slot stak, greep iemand zijn arm vast en zei een bekende stem: 'Je bent er gloeiend bij.'

8

'Je ziet eruit als een levend lijk.'

'Bedankt. Je moet mensen niet zo stiekem besluipen met die *Sweeney*-imitatie van je. Voor hetzelfde geld had ik je een dreun verkocht.'

'Wat ben jij gespannen, zeg.'

'Misschien heb ik daar ook wel alle reden toe.'

'Wil je er met me over praten?'

Banks wierp Annie een blik toe die haar heel bekend voorkwam. Hij zou haar eerst al haar kaarten op tafel laten leggen en daarna pas beslissen hoeveel hij haar zou vertellen. Dat moest dan maar.

'Oké,' zei Annie. 'Heb je misschien eerst iets te drinken voor me?'

Ze zaten aan Roys keukentafel en de stralende middagzon scheen door het openstaande raam naar binnen. Banks pakte een fles Château Kirwan uit het wijnrek en terwijl hij deze met een peperdure, ingewikkelde kurkentrekker bewerkte, sloeg Annie hem gade. Met een simpele kurkentrekker zonder al die moderne poespas zou het waarschijnlijk veel sneller zijn gegaan, dacht ze bij zichzelf. Nadat Banks twee glazen had volgeschonken, zaten ze even zwijgend tegenover elkaar.

'Wie eerst?' vroeg Annie ten slotte.

'Hoe heb je me gevonden?'

'Dat doet er niet toe. Ik heb je gevonden, daar gaat het om.'

'Nee,' zei Banks. 'Het gaat erom dat je naar me op zoek was. Waarom ben je helemaal hiernaartoe gekomen, terwijl je volgens mij vast wel belangrijkere dingen aan je hoofd hebt?'

'Weet je het echt niet?'

'Ik heb geen flauw idee. Jullie weten immers dat ik vakantie heb. Weet jij soms iets wat ik niet weet?'

'Waarschijnlijk een heleboel.'

'Het is nergens voor nodig om sarcastisch te worden.'

Annies gezicht liep rood aan. Het was helemaal niet haar bedoeling geweest om sarcastisch te doen, maar hij dreef haar ertoe. Sarcasme was iets waar ze zich achter verborg wanneer ze zich kwetsbaar of verward voelde, zoals anderen zich achter een sigaret of een slechte grap verbergen. Ze besefte dat dit waarschijnlijk niet het juiste moment was, maar was bang dat ze het gesprek met Banks niet veel langer zou volhouden als ze niet eerst de lucht tussen hen beiden klaarde. Hij zou haar een stukje tegemoet moeten komen. De laatste keer dat ze had geprobeerd om tot hem door te dringen en de kloof tussen hen te overbruggen, had hij haar weggestuurd. Ze dronk haar glas in één teug leeg en hield hem omhoog om bijgevuld te worden. Even wat moed indrinken. Banks keek haar onderzoekend aan en schonk nog wat wijn in.

'Het spijt me,' zei Annie. 'Het is niet mijn bedoeling om sarcastisch te doen. Na wat er is gebeurd, valt alles wat ik zeg blijkbaar verkeerd.'

Banks keek haar heel even aan, maar staarde toen over haar schouder door het raam naar buiten. In de achtertuin stonden enkele struiken in bloei en Annie ving het gezoem op van bijen die achter haar van de ene tak naar de andere vlogen. Ze stak impulsief haar hand uit en legde deze op zijn arm. 'Wat is er, Alan? Zo kunnen we toch niet verder. Zo kun jij toch niet verder.'

Banks trok zijn arm niet terug toen ze hem aanraakte, maar antwoordde ook niet onmiddellijk en tuurde een tijdlang zwijgend over haar schouder door het raam. Ten slotte keek hij haar weer aan.

'Je hebt gelijk,' zei hij. 'Ik heb het gevoel dat ik heel ver af sta van alles wat vroeger belangrijk voor me was, maar langzaam maar zeker kom ik er steeds weer iets dichterbij.'

'Het licht aan het einde van de tunnel?'

'En alle andere clichés. Inderdaad.'

'Daar ben ik blij om,' zei Annie, die merkte dat ze volschoot. Er was nog zoveel meer dat ze hem wilde zeggen, maar ze voelde wel aan dat het daar nu niet de juiste gelegenheid voor was. Bovendien waren er dringender zaken die ze moesten bespreken. Ze nam nog een slokje wijn. Beslist geen goedkoop supermarktwijntje dat je zo even achterover goot. Banks stak een sigaret op.

'Ik dacht dat je daarmee was gestopt,' zei Annie.

'Dat was ik ook,' zei Banks. 'Dit is slechts een tijdelijke terugval.'

'Dat hoop ik dan maar.'

'Waarover wilde je me spreken?'

'Heb je gehoord over die vrouw die in de buurt van Eastvale dood is aangetroffen in een auto?'

'Ik heb erover gelezen in de krant,' zei Banks, 'maar daar stond niet echt veel in.'

'Ze heet Jennifer Clewes. Ken je iemand die zo heet?'

'Nee,' zei Banks.

'Drie keer raden wat we in de achterzak van haar spijkerbroek hebben gevonden?'

'Geen flauw idee.'

'Een adres.'

'Van wie?'

'Van jou.'

Banks' mond zakte open. 'Wat? Ik kan me niet... Hoe heette ze ook alweer, zei je?'

'Jennifer Clewes.'

'Ik heb echt nog nooit van haar gehoord. Wat heeft dit allemaal te betekenen?'

'Daar zijn we nog niet achter. Ze had een briefje in haar zak met daarop in haar eigen handschrift jouw adres en een routebeschrijving geschreven,' vervolgde Annie. 'Een routebeschrijving naar de cottage. Daar heeft zo te zien iemand ingebroken. Je kunt je de ophef wel voorstellen die bij ons ontstond door de vondst van jouw naam en adres op het stoffelijke overschot van iemand die is vermoord. Hoofdinspecteur Gristhorpe wil deze informatie tot maandag voor zich houden.' Annie zag dat Banks zijn hersens pijnigde en probeerde een verband te ontdekken tussen verschillende zaken. 'Kom op, Alan, nu jij,' zei ze. 'Je weet iets. Wat is het?'

'Ik weet helemaal niets. Ik heb je de waarheid verteld. Ik heb nog nooit van dat meisje gehoord.'

'Toch hou je iets voor me verborgen. Dat zie ik aan je.'

'Het is nogal ingewikkeld.'

'Ik heb alle tijd.' Annie voelde zich wat licht in het hoofd door de wijn, maar ach, wat kon het haar ook bommen, dacht ze, wie A zegt, moet ook B zeggen. 'Misschien kun je me alvast vertellen wat je hier eigenlijk doet,' ging ze verder. 'Het laatste wat ik heb gehoord is dat je broer en jij nu niet direct de beste maatjes waren.'

'Hij is verdwenen,' zei Banks.

'Wat?'

Banks vertelde haar over Roys telefoontje en het lege, niet afgesloten huis. 'Heb je het al aangegeven?'

Banks zei niets en staarde weer over haar schouder door het raam naar buiten.

'Nee, dus.'

'Waarom zanikt iedereen daar zo over door?' snauwde Banks in een plotseling opwellende vlaag van woede. 'Jij weet net zo goed als ik dat de politie geen enkele moeite zal doen om een man van 45 die nog geen 48 uur wordt vermist, op te sporen. Waarschijnlijk heb ik zelf nu al meer gedaan dan de plaatselijke politie zou hebben gedaan.'

'Wie probeer je daarmee te overtuigen? Hoor je wel wat je zelf zegt? In dit geval zijn er verdachte omstandigheden en dat weet jij ook. Je hebt me net verteld dat hij zei dat het een kwestie van leven of dood was.'

'Zou kunnen zijn.'

'Oké, als je zo begint. Voorlopig zal ik mijn mond hierover houden, maar vergeet niet dat je mogelijk het leven van je broer op het spel zet. In godsnaam, Alan, eigenlijk hoor je niet eens hier te zijn.'

'Dank je wel dat je me daar even op wijst.'

'O, soms wilde ik maar dat je eens volwassen werd. Je mag dan misschien het licht aan het einde van de tunnel zien, maar eerlijk gezegd zit je nog steeds met jezelf in de knoop. De afgelopen maanden heb je alleen maar bureauwerk verricht, je praat met vrijwel niemand, je neemt zelden de moeite om je te scheren, je moet nodig naar de kapper en je bent de helft van de tijd vaak halfbezopen. Ik ben in je flat geweest. Ik heb met eigen ogen gezien hoe je leeft.' Annie wist best dat het totaal geen zin had om hem de les te lezen. Ze moest alleen van tijd tot tijd even haar frustratie kwijt.

'Wat ben jij in een goed humeur, zeg,' zei Banks.

Annie schudde vermoeid haar hoofd. 'Hoor eens, ik begrijp dat je je zorgen maakt,' ging ze op mildere toon verder. 'Ik snap dat je bezorgd bent over je broer, maar wees nu eens niet zo koppig. Ik zeg dit niet alleen voor je eigen bestwil, maar ook voor die van hem.'

'Je hebt waarschijnlijk wel gelijk,' zei Banks, 'maar bekijk het ook eens vanuit mijn standpunt. Ik ben bang dat ze dingen over Roy zullen ontdekken die onze ouders liever niet willen horen en verder zullen ze nooit toestaan dat ik aan de zaak blijf meewerken zodra er eenmaal een officieel politieonderzoek wordt ingesteld. En trouwens, als ik dit zelf niet doe, hoe moet ik dan weten of het wel goed wordt gedaan?'

'Ik vraag me wel eens af hoe jij het ooit tot seniorinspecteur hebt geschopt,' zei Annie. 'Kon iedereen maar zo goed delegeren als jij.'

Banks lachte. Annie keek verrast op en de spanning was gebroken.

'Je weet heel zeker dat je nooit van Jennifer Clewes hebt gehoord?' vervolgde ze. 'Heb je echt geen idee waarom ze jouw adres bij zich kan hebben gehad?'

'Er komt een Jenn voor in het telefoonboek op Roys mobieltje.'

'Zo werd ze door haar vrienden genoemd.'

'Wacht even.' Banks liep naar boven. Annie dronk nog wat wijn en liet haar blik door de keuken dwalen. Duur, dacht ze, helemaal voor een ruimte die niet vaak werd gebruikt. Banks kwam al snel weer terug met een uitpuilende map onder zijn arm, en hij ging weer zitten en begon door de pagina's te bladeren.

'Heb je haar telefoonnummer?' vroeg hij.

'Haar mobieltje is weg, maar ik heb het nummer van haar huisgenote gekregen.' Annie las het telefoonnummer op uit haar opschrijfboekje. Het was hetzelfde nummer dat op Roys mobieltje stond.

'Mijn god,' zei Annie. 'Er bestaat dus wel degelijk een verband tussen Jennifer Clewes en jouw broer Roy.'

'Corinne had gelijk. Hij had inderdaad een nieuwe vriendin.'

'Corinne?'

'Roys verloofde. Ex-verloofde, als ik hier op af mag gaan.'

'Vanaf dit moment is dit een officieel politieonderzoek,' zei Annie. 'Ik zal de verdwijning van je broer met inspecteur Brooke moeten bespreken. Hij zal dit niet echt leuk vinden.'

'Doe vooral wat je niet laten kunt,' zei Banks.

'Luister nou,' zei Annie sussend in een poging om hem te kalmeren. 'Je weet best dat je er veel te persoonlijk bij betrokken bent om mee te mogen werken aan deze zaak – beide zaken – maar dat wil nog niet zeggen dat je jezelf helemaal niet nuttig kunt maken.'

'Op welke voorwaarden?'

Annie glimlachte even. 'Het is niet echt waarschijnlijk dat je 24 uur per dag in de gaten zult worden gehouden, is het wel? Zolang we er maar voor zorgen dat alle neuzen dezelfde kant op wijzen.'

Banks knikte. 'Meer kan ik niet van je vragen.'

'Het enige wat ik wil is dat je me op de hoogte houdt. Komt er trouwens ook een Carmen Petri op die lijst voor?'

'Carmen? Die naam ben ik volgens mij niet tegengekomen. Een ongebruikelijke naam. Ik zal even kijken.' Banks doorliep de lijst met namen. 'Nee,' zei hij. 'Hoezo? Wie is dat dan?'

'Geen idee,' zei Annie. 'Die naam dook op in een van de interviews. Al enig idee hoe alles in elkaar steekt?'

'Laten we eens op een rijtje zetten wat we tot nu toe hebben ontdekt.'

'Waarschijnlijk heeft iemand op vrijdagavond bij Jennifers huis in Kennington op de uitkijk gestaan,' zei Annie. 'En wellicht ook op andere avonden in die week. Heeft iemand haar staan opwachten. We weten nog niet waarom. Een getuige heeft verklaard dat er rond het tijdstip waarop ze is vertrokken een donkerblauwe auto in de buurt van haar flat geparkeerd stond met twee mannen erin, een voorin en een achterin, en dat hij die auto daar al eens eerder had gezien. Dezelfde auto – we denken tenminste dat het dezelfde auto is – is ook bij het benzinestation van Watford Gap gesignaleerd, waar Jennifer iets heeft gegeten en getankt. Deze auto is vlak achter haar gaan rijden toen ze vertrok en heeft daarbij een andere automobilist gesneden. We hebben slechts een gedeeltelijk signalement van de man die achterin zat: gespierd, met een paardenstaart.'

'Is dat de man die haar heeft vermoord?'

'Dat weten we niet, maar het is de beste aanwijzing die we tot nu toe hebben. Stefan maakt overuren met het forensisch onderzoek. Helaas is de auto die haar achtervolgde niet beschadigd geraakt, dus we hebben geen verfmonsters.'

'Maar waarom zou Roy die vrouw naar me hebben toe gestuurd? Waarom kwam hij zelf niet?'

'Geen idee. Jennifers huisgenote heeft me verteld dat ze op vrijdagavond om ongeveer kwart voor elf een telefoontje kreeg en direct daarna is vertrokken. Ze zei dat Jennifer een beetje van de kaart was. Klonk je broer erg bang toen hij hoorde dat er werd aangebeld?' vroeg Annie.

'Nee,' zei Banks. 'Daar heb ik al over zitten nadenken en hij klonk heel normaal. Als hij bang was geweest dat het iemand was die hem iets wilde aandoen, zou hij toch zeker niet hebben opengedaan? Dan had hij waarschijnlijk eerder geprobeerd om uit een raam aan de achterkant naar buiten te klimmen. Trouwens, de overbuurman zei dat Roy zijn voordeur gewoon op slot deed en vervolgens doodgemoedereerd met zijn bezoeker in een auto stapte.'

'Wat denk jij dat er is gebeurd?'

'Ik heb geprobeerd om de gebeurtenissen van die dag op een rijtje te zetten,' zei Banks. 'Volgens mij is het zo gegaan: Roy komt even voor halftien thuis; ik weet niet waar hij is geweest, maar er is iets gebeurd waardoor hij van slag is. Hij legt zijn mobieltje op de keukentafel of misschien ligt dat daar al, schenkt een glas wijn voor zichzelf in en gaat naar boven naar zijn kantoor om te zien of er is gebeld of om zijn e-mail te controleren of zoiets. Hij neemt het glas wijn mee. Het is heel goed mogelijk dat hij daar een tijdje over het een en ander zit na te denken, en vervolgens vindt hij dat zijn ontdekking, wat het dan ook mag zijn, zo belangrijk is dat hij zijn broer de inspecteur, met wie hij eigenlijk vrijwel geen contact meer heeft, erover opbelt. Misschien heeft hij zelfs het idee dat hij gevaar loopt door wat hij weet. Hoe dan ook, hij belt me op en laat me weten dat hij mijn hulp nodig heeft. Terwijl hij aan de telefoon zit, wordt er aangebeld. Hij doet open en vertrekt per auto met degene die voor de deur staat. Zo te zien vrijwillig. Hij vergeet zijn mobiele telefoontje mee te nemen, ook al heeft hij zojuist het nummer daarvan bij mij ingesproken. Ik zou zo zeggen dat dat erop wijst dat hij verstrooid was en niet zo'n klein beetje ook.'

'Kan het zijn dat Roy degene is geweest die Jennifer zo laat op de avond heeft gebeld?' vroeg Annie nadenkend.

'En tevens degene is die haar een routebeschrijving naar mijn cottage heeft gegeven en haar op het hart heeft gedrukt om onmiddellijk te vertrekken, omdat hij zelf niet hiernaartoe kon komen? Misschien wel. Maar waarom? Wat is er dan tussen halftien en kwart voor elf voorgevallen?'

'Dat weten we niet.' Annie zweeg even. 'Arme meid,' zei ze toen. 'Uit wat ik tot nu toe over Jennifer te weten ben gekomen, blijkt dat ze een fatsoenlijke, hardwerkende, zorgzame vrouw was, misschien een tikje naïef en idealistisch.'

'Waarom is ze dan vermoord?'

'Wist ik dat maar.' Annie nam een slokje wijn. Het werd donkerder doordat de wolken zich samenpakten. 'Wat ga je nu doen?'

'Verder met mijn eigen clandestiene onderzoek,' zei Banks.

Annie glimlachte. 'Wat zal ik daar eens van zeggen?'

'Zeg maar niets. En jij?'

'Ik ga zo snel mogelijk met Dave Brooke praten en ik ben er vrij zeker van dat hij jou ook zal willen spreken. Ik meen het, Alan. Onze zaken hebben elkaar gekruist en ik wil alles nagaan. En trouwens, gezien de omstandigheden van Jennifer Clewes' dood moeten we er rekening mee houden dat Roy ook wel eens gevaar zou kunnen lopen. Heb je daar al bij stilgestaan?'

'Ik doe bijna niet anders,' zei Banks. 'De gedachte dat hij er gewoon tussenuit is geknepen is het vaakst bij me opgekomen, met ontvoering als goede tweede. Nu jij echter hebt aangetoond dat er een connectie is tussen hem en dat vermoorde meisje, werpt dat een heel ander licht op de zaak.'

'Ik ben blij dat je er zo over denkt. Als je ons had laten weten hoe we je konden bereiken, hadden we dit punt wellicht al eeuwen geleden bereikt.'

'Hoe kon ik nu weten dat jullie naar mij op zoek waren?'

'Je snapt best wat ik bedoel. Goed, ik moet morgen nog een aantal dingen doen. Jennifer is weliswaar in onze regio vermoord, maar haar leven speelde zich hier af. Dat maakt de zaak er niet eenvoudiger op.'

'Wat moet je dan doen?'

'Om te beginnen wilde ik bij Jennifers werk langs gaan. Ze werkte bij een particulier gezondheidscentrum in Knightsbridge. Het...'

'Hoe heet dat centrum?' vroeg Banks.

'Het Berger-Lennox Centrum. Hoezo?'

Banks sloeg de map nogmaals open en bladerde door een aantal vellen papier, waarvan sommige waren volgekrabbeld in zijn eigen kriebelige handschrift. Na een tijdje wees hij op een geprint vel papier. 'Ik dacht al dat die naam me bekend voorkwam,' zei hij. 'Het is een van de centra waarin Roy geld heeft geïnvesteerd. Een van Julian Harwoods bedrijven. Weet je zeker dat Jennifer Clewes daar werkte?'

'Ja.'

'Misschien hebben ze elkaar daar dan wel ontmoet. Harwood heeft me verteld dat Roy het type investeerder is dat graag actief bij het bedrijf betrokken is en vaak zelf een kijkje neemt bij de bedrijven waarin hij geld heeft gestopt. En als die Jennifer Clewes een aantrekkelijke jonge vrouw was...'

'Wat inderdaad het geval was,' zei Annie.

'Bingo.'

'Dat hoeft op zichzelf niet per se iets te betekenen.'

'Misschien niet,' zei Banks. 'Maar het vormt weer een connectie. Eén persoon is vermoord, een andere verdwenen. Haar telefoonnummer staat in zijn telefoonboek, mijn adres zit in haar broekzak en dan zijn ze ook nog eens allebei bij dat gezondheidscentrum betrokken. Ik weet niet hoe het met jou zit, maar ik vind dat wel heel toevallig allemaal. Misschien moest ik morgen maar eens met je meegaan. Om zekerheid te krijgen. Iemand moet zich toch herinneren of Roy daar is geweest.'

Annie zweeg even. Ze wilde het diplomatiek aanpakken, maar wist niet goed hoe ze dat moest doen. Ten slotte gooide ze alle voorzichtigheid overboord. 'Dat kan niet,' zei ze. 'Je weet best dat dat niet kan. Jij werkt niet mee aan deze zaak. Ik heb je al gezegd dat ik van plan ben een officieel onderzoek te starten naar de verdwijning van je broer en ik ben best bereid om je enige bewegingsruimte te geven, maar je kunt niet zomaar binnenwalsen en de boel van me overnemen. In de zaak-Jennifer Clewes speel jij officieel geen rol.'

'Maar als het nu eens verband houdt met wat er met Roy is gebeurd?'

'Hoor eens, Alan, ook in die zaak heb je geen officiële standing. Je gaat niet met me mee. Punt uit.'

'Goed,' zei Banks. 'Oké. Ik begrijp het wel.'

'Ga nu niet zitten pruilen. Dat past niet bij je.' Annie stond op. Ze voelde zich een beetje licht in het hoofd, maar dat zou ze wel overleven. 'En blijf in de buurt. Inspecteur Brooke zal je ongetwijfeld een verklaring willen afnemen.' Annie hoorde een zacht tikkend geluid op de bladeren achter haar. Het klonk steeds luider en sneller. Het regende weer.

Het was vroeg op de avond en Banks zat in Roys kantoor de documenten te lezen die Corinne voor hem had geprint, toen hij iemand op de deur hoorde kloppen. Hij dacht meteen dat het misschien Roy was, maar waarom zou die op zijn eigen deur kloppen? Toen bedacht hij dat het wel eens inspecteur Brooke kon zijn die een praatje met hem kwam maken en hij vond dat het maar beter was om dat zo snel mogelijk achter de rug te hebben. Toch keek hij snel om zich heen naar iets wat als wapen kon dienen, voor het geval dat. Het enige wat hij kon vinden, was een set golfclubs in een kast op de overloop, dus hij greep een van de ijzers stevig beet en deed de deur open. De man die voor hem stond was van Banks' eigen leeftijd. Hij droeg een donker pak, had een keurige scheiding in zijn grijzende zwarte haar en een serieuze, intelligente blik in zijn ogen. Als hij niet het boordje van een geestelijke had omgehad, had hij zo voor politieman kunnen doorgaan, dacht Banks bij zichzelf. De man staarde even naar de golfclub en keek vervolgens naar Banks.

'Hallo,' zei hij en hij stak aarzelend zijn hand uit. 'Mijn naam is Hunt. Ian Hunt. Is Roy thuis?'

Banks gaf hem een hand. Deze voelde klam en kil aan. 'Nee,' zei hij. 'Ik ben zijn broer Alan. Waarover wilde u Roy spreken?'

'Hij heeft het wel eens over u gehad,' zei Hunt. 'De inspecteur. Maar ik dacht... Laat maar.'

Banks meende wel te kunnen raden wat Ian Hunt dacht, maar hij hield zijn mond. Alle informatie die hij kon krijgen was welkom en als hij vanaf het begin een verdedigende houding aannam, schoot hij daar niet veel mee op. Hij vroeg zich af wat de dominee in vredesnaam bij Roy thuis kwam doen. 'Wilt u misschien even binnenkomen?'

'Ja. Ja, graag, als u het niet erg vindt.'

Banks zette de golfclub naast de voordeur tegen de muur en ging de dominee voor naar de keuken aan de achterkant van het huis, waar hij een paar uur eerder nog met Annie had gezeten. Hij bood Hunt een stoel aan. Hunt repte met geen woord over de golfclub. Banks wilde niet dat de man zou denken dat hij hem aan een verhoor onderwierp, maar besefte dat hij na al die jaren bij de politie vrijwel geheel was verleerd hoe je een eenvoudig, normaal gesprek met iemand voerde. Zijn werk beïnvloedde nu eenmaal de manier waarop hij mensen zag en met hen omging. Zelfs tegen Corinne was hij kortaf geweest. 'Waarom wilde u Roy spreken?' vroeg hij.

'Och, het is eigenlijk niet belangrijk,' zei Hunt. 'Hij was vanochtend niet in de kerk en dat is helemaal niets voor hem.'

Banks viel bijna van zijn stoel. 'De kerk?' De wonderen zijn de wereld nog niet uit.

'Ja. Hoezo? Wat is daar zo vreemd aan?'

'Niets,' zei Banks, die zelf sinds zijn jeugd nooit meer een voet in een kerk had gezet, behalve bij huwelijken en begrafenissen. Roy en hij waren niet bijzonder religieus opgevoed en geen van beide ouders was een regelmatige kerkganger geweest. Natuurlijk werd in die tijd elke schooldag nog geopend met een gebed en een psalm, maar verder dan een paar jaar op de zondagsschool en een korte periode bij de Lifeboys en Boys' Brigade was Banks nooit gekomen. En nu dit.

'Normaalgesproken zou ik niet zomaar langskomen,' zei Hunt, 'maar na de dienst was er een bijeenkomst van het comité voor fondsverwerving ten behoeve van de restauratie en Roy heeft daar altijd enthousiast aan bijgedragen. Niet alleen in financieel opzicht, begrijpt u, maar ook wat betreft ideeën. Roy heeft een zeer creatieve geest.'

'Een kopje thee, dominee?'

'Graag. En zegt u toch Ian. Tenzij u wilt dat ik u met "inspecteur" aanspreek?'

'Prima.' Banks zette een ketel water op. Thee met de dominee op zondagavond, dacht hij. Een bijzonder respectabel tijdverdrijf. Hij had niet gedacht dat dit een wereld was waarin Roy zich thuis zou voelen. De theezakjes stonden naast de koffie en hij deed er twee in een theepot met een bloemetjespatroon.

'Ik hoop dat je het niet erg vindt dat ik dit vraag,' zei Banks toen het water bijna kookte, 'maar sinds wanneer gaat Roy naar de kerk?'

'Dat vind ik helemaal niet erg,' zei Hunt. 'Op 16 september 2001 heeft hij voor het eerst een dienst bijgewoond.'

'Ik had niet verwacht dat je je de precieze datum nog zou herinneren,' zei Banks.

'Hoe zou ik die datum nu kunnen vergeten? Rond die tijd is een enorm aantal mensen weer naar de kerk teruggekeerd of voor het eerst naar de kerk gekomen.'

Banks dacht even diep na, maar toen drong de betekenis van de datum tot hem door. Het was natuurlijk de eerste zondag geweest na de aanslagen op het World Trade Center. Maar waarom zou die gebeurtenis zo'n enorme impact op Roy hebben gehad? Hij goot kokend water in de theepot. 'Wat bracht hem ertoe om naar de kerk te gaan?' vroeg hij.

Hunt zweeg even. 'Je weet echt vrijwel niets over je broer, hè?'

'Dat klopt,' zei Banks. 'En hoe meer ik over hem te weten kom, des te minder ik hem blijk te kennen.'

'De universele paradox van kennis.'

'Dat kan wel zijn,' zei Banks, 'maar momenteel gaat mijn belangstelling toch vooral uit naar de praktische kant van kennis. Jij hebt zeker ook geen idee waar Roy zou kunnen zijn?'

Hunt knipperde met zijn ogen. 'Ik ben hier juist omdat ik wilde weten of hij thuis was.'

'Dat zegt niets.'

Hunt keek Banks nieuwsgierig aan. 'Ik kan merken dat je beroepshalve hebt geleerd om nooit iets klakkeloos als waarheid aan te nemen,' zei hij. 'Nee, ik zou echt niet weten waar hij is.'

'Waarom ben je eigenlijk hier?'

'Dat heb ik net al gezegd. De bijeenkomst. Het is niets voor Roy om weg te blijven zonder zich af te melden.'

'Wanneer heb je hem voor het laatst gezien?'

'Vorige week zondag.'

'Heb je hem toen ook gesproken?'

'We hebben na de dienst heel even met elkaar staan praten.'

'Hoe gedroeg hij zich toen?'

'Niet anders dan anders.'

Banks pakte de melk uit de koelkast, rook er even aan om te zien of deze nog goed was, schonk thee in en nam toen tegenover Hunt plaats. 'Het spijt me als ik wat kortaf ben,' zei hij, 'maar ik maak me ernstig zorgen. Roy heeft een tamelijk verontrustend bericht achtergelaten op mijn voicemail en toen ik hem hier kwam opzoeken was hij verdwenen en de voordeur was niet op slot.'

'Dat is inderdaad iets om je zorgen over te maken,' zei Hunt.

'Spraken jullie tweeën elkaar vaak?'

'Ja,' zei Hunt. 'We brengen regelmatig een paar uur in elkaars gezelschap door, meestal bij mij thuis, en soms lunchen we daar ook samen.'

Roy die bij de dominee thuis lunchte, daar kon Banks zich niet direct een voorstelling van maken. 'Heeft hij bij jou zijn hart gelucht? Ik bedoel, heeft hij...'

'Ik begrijp wat je bedoelt.' Hunt verschoof een stukje op zijn stoel. 'Ja, ik denk dat ik wel kan zeggen dat hij met mij vrijuit over zijn gevoelens heeft gesproken. Tot op zekere hoogte tenminste.'

'Op welk gebied?'

'Op allerlei gebieden.'

'Dat is toch een beetje te vaag voor me,' zei Banks. 'Kun je iets specifieker zijn? Het klinkt immers niet alsof je hem de biecht hebt afgenomen of zoiets.' Banks besefte dat hij had nagelaten om te informeren welke gezindte Hunt vertegenwoordigde. 'Je bent toch niet katholiek?'

'Anglicaanse kerk. Ik denk niet dat ik je echt kan helpen. Roy is nooit in detail getreden over wat hij precies deed.'

'Dat had ik ook niet van hem verwacht,' zei Banks. 'Denk je dat hij een bepaalde reden had om op 16 september 2001 naar de kerk te gaan of kwam het puur voort uit een vaag, ongemakkelijk gevoel over waar het met de wereld naartoe ging?'

'Dat was het niet.' Hunt haalde even diep adem. 'Ik heb het gevoel dat je broer zijn morele kompas was kwijtgeraakt, zo in beslag werd genomen door het verdienen van geld dat de manier waarop hij het verdiende er niet langer toe deed.'

'Hij zal niet de enige zijn,' zei Banks.

'Nee. Maar ik vermoed dat het pas door de gebeurtenissen op 11 september in New York op niet mis te verstane wijze tot hem is doorgedrongen.'

'Je wilt daarmee toch niet zeggen dat hij op een of andere manier bij die aanslagen betrokken was, hè?'

'Zeer zeker niet,' zei Hunt. 'Nee, je zit er echt helemaal naast.'

'Wat bedoelde je dan?'

'Heeft hij het je dan niet verteld? Hij was erbij.'

Banks moest dit even laten bezinken. 'Was Roy tijdens de aanslagen in New York?'

Ian Hunt knikte. 'Uit wat hij me heeft verteld heb ik begrepen dat hij een afspraak had met een bankier in de tweede toren. Hij was een beetje aan de late kant en zijn taxi stond vast in het verkeer. Voordat hij goed en wel besefte wat er gebeurde, stond het verkeer stil; mensen kwamen uit hun auto en sommigen wezen naar boven. Roy is toen ook uitgestapt en kon gewoon niet geloven wat hij zag. De rook en de vlammen. Mensen die uit ramen naar beneden sprongen. Het heeft drie dagen geduurd voordat hij een plaatsje kon bemachtigen op een vlucht terug naar huis.'

'Jezus christus,' zei Banks. 'Sorry. Dat heeft hij me nooit verteld.'

'Jullie hebben toch ook vrijwel geen contact met elkaar?'

'Dat klopt.'

'Het heeft hem aan het denken gezet, de enorme omvang ervan, het lot, hoe alles met elkaar in verbinding staat, de onvoorstelbare gevolgen van zo op het oog onbeduidende, op zichzelf staande daden. Dat was waarover hij met mij wilde praten. Ik had ook geen antwoorden voor hem, maar blijkbaar vond hij wat hij zocht in de kerk, de gebeden, de heilige communie en onze gesprekken.'

Banks dacht terug aan wat Burgess hem had verteld over de wapenhandel. Roy was erachter gekomen dat de lading wapens van een deal die door zijn toedoen tot stand was gekomen in de verkeerde handen was terechtgekomen. Was Roy dan werkelijk zo naïef geweest om te denken dat de verkoop van wapens net zo'n gewone zakelijke transactie was als alle andere? Waarschijnlijk had hij er niet al te lang bij stilgestaan en had hij zich eenvoudigweg laten verleiden door het geld en de spanning, concludeerde Banks. Na een waarschuwing van de Special Branch had hij zich onmiddellijk teruggetrokken uit dat wereldje, maar toen was hij getuige geweest van de aanslagen op het World Trade Center en had hij wroeging gekregen, had hij zich gerealiseerd dat de wapens of raketten die hij had geëxporteerd ook wel eens voor zoiets konden zijn gebruikt. Roy begreep dat hij een grens had overschreden en schrok van wat hij aan de andere kant aantrof.

Zelfmoordaanslagen op afgelegen plaatsen in de woestijn, dat was allemaal ver van zijn bed, maar op 11 september 2001 was hij er zelf bij in New York en was hij getuige van de verschrikkingen die daar plaatsvonden. Vanaf dat moment kon Roy onmogelijk nog langer negeren wat terroristen die over de juiste middelen beschikten voor het Westen in petto hadden als ze de kans kregen. En die middelen had Roy hen, zich al dan niet bewust van de ware toedracht, die ene keer verschaft. Vandaar de wroeging. Roy had zich tot de kerk gewend voor vergiffenis.

Dit plaatste zijn broer in een heel ander daglicht en het zou wel even duren voordat Banks eraan gewend was. Dit beeld kwam beslist niet overeen met dat van de Roy van zo'n acht maanden geleden, toen hij hem voor het laatst had gezien; die Roy was Roy de goede zoon geweest, een Roy die hij zorgvuldig instandhield ten behoeve van zijn ouders. Had Roy zijn ouders eigenlijk wel verteld wat hij had meegemaakt? Banks betwijfelde het. In weerwil van zijn kerkbezoeken was Roy gewoon doorgegaan met het verdienen van geld; hij had zijn vermogen niet weggegeven aan goede doelen, had niet de armoedegelofte afgelegd en al evenmin de kuisheidsgelofte. Zijn wroeging kende blijkbaar zo zijn grenzen.

Wat was er dan nu met hem gebeurd? Was hij zijn morele kompas opnieuw kwijtgeraakt? Sommige mensen waren verslaafd aan het verdienen van geld, misschien nog wel meer dan aan het geld zelf, net zoals andere verslaafd waren aan gokken, heroïne of sigaretten. Toen Banks de vorige zomer hoorde dat een oude schoolvriend van hem aan longkanker was overleden, was hij gestopt met roken, maar nadat de brand hem zijn huis, zijn bezittingen en bijna ook zijn leven had ontnomen, was hij weer begonnen. Wat was daar de logica van? Maar het heette nu eenmaal niet voor niets een verslaving.

'Heeft iets in de gesprekken die jullie recentelijk hebben gevoerd je enige aanleiding gegeven om te denken dat Roy mogelijk weer over de schreef was gegaan?' vroeg Banks.

'Nee,' antwoordde Hunt. 'Helemaal niets.'

'Hij heeft het niet over zijn zakelijke activiteiten gehad?'

'We praatten nooit over zijn werk. Onze gesprekken waren voornamelijk van filosofische en spirituele aard. Luister, ik weet dat Roy van nature geen gelovig man is en ik geloof zeker niet dat hij een heilige is, zelfs niet na alles wat er is gebeurd, maar hij heeft wel degelijk een geweten dat hem soms dwarszit. Hij is nog altijd een keiharde zakenman, het type dat het niet altijd zo nauw neemt met de regels als hem dat zo uitkomt en zelden vragen stelt, maar volgens mij is hij wel veel voorzichtiger geworden. Hij heeft zijn eigen grenzen bepaald.' Hunt zweeg even. 'Hij heeft altijd enorm tegen jou opgekeken.'

'Daar heb ik anders bar weinig van gemerkt.' In zijn jeugd had Banks alle foute dingen gedaan die je maar kon bedenken. Hij kwam te laat thuis, werd opgepakt voor winkeldiefstal en betrapt bij het roken, was regelmatig bij vechtpartijen betrokken, besteedde te weinig tijd aan zijn huiswerk en het toppunt van alles was nog wel geweest dat hij zijn studie niet had afgemaakt en voor een carrière had gekozen die beide ouders afkeurden. Roy daarentegen had de moeizame vorderingen van zijn vijf jaar oudere broer nauwlettend gadegeslagen en geleerd hoe hij het vooral niet moest aanpakken.

'Toch is het waar,' zei Ian Hunt. 'Hij keek heel erg tegen je op, vooral toen jullie nog kinderen waren. Maar jij had nooit tijd voor hem. Je liet hem links liggen. Hij voelde zich aan zijn lot overgelaten, afgewezen, heeft altijd het idee gehad dat hij je teleurstelde.'

'Hij was mijn kleine broertje,' zei Banks.

Hunt knikte. 'En liep altijd in de weg.'

Banks dacht terug aan de tijd dat hij verkering had met Kay Summerville, zijn eerste echte vriendinnetje. Roy was indertijd een jaar of twaalf geweest en telkens als hun ouders een avondje naar de buurtpub gingen en Banks Kay uitnodigde om naar zijn platen te komen luisteren, moest hij Roy betalen om op zijn kamer te blijven. Misschien had Roy mede door dat soort dingen inderdaad de indruk gekregen dat hij altijd in de weg liep, bedacht Banks, maar tegelijkertijd had hij zo ook een manier ontdekt om er zelf wijzer van te worden.

'Ik ben me er in elk geval nooit van bewust geweest dat hij tegen me opkeek,' zei Banks. 'Hij heeft nooit iets laten merken.'

'Misschien komt dat wel doordat Roy zich voortdurend moest bewijzen. Jij was bijvoorbeeld goed in sport. Hij niet, dus werkte hij keihard aan waar hij wel goed in was. Om te compenseren.'

Goed in sport? Banks was in zijn jeugd een redelijk succesvolle fly-half back geweest, snel en glibberig als een aal. Bij cricket had hij er als batsman niet veel van gebakken, maar hij was wel een vrij goede bowler geweest. Roy was een dik, bebrild en onaantrekkelijk kind geweest dat absoluut geen enkele aanleg had gehad voor sport, dus hadden de andere kinderen op school hem gepest en een studiebol genoemd. Toen het gepest te ver dreigde te gaan, had Banks ingegrepen en er een einde aan gemaakt, dus niemand kon zeggen dat hij nooit iets voor Roy had gedaan. Maar hij had gewoon niet genoeg gedaan.

'Zelfs nu kijkt hij nog tegen je op,' ging Hunt verder.

'Dat vind ik nog moeilijker te geloven,' zei Banks, die zich afvroeg waarom zijn broer tegenwoordig in godsnaam nog tegen hem zou opkijken, met zijn mislukte huwelijk en zijn hondenbaan. Vooral omdat Roy zelf alles had: een flitsende auto, vrouwen die bij bosjes aan zijn voeten lagen, een huis met het chique *mews* in het adres. Dat waren natuurlijk allemaal dingen, besefte Banks plotseling, materiële bezittingen. Zelfs de vrouwen fungeerden tot op zekere hoogte als statussymbool. Kijk mij nu eens met deze beeldschone jonge vrouw aan mijn arm. Allemaal puur voor de show. Roys huwelijken waren alle drie op een scheiding uitgedraaid en niet één ervan had kinderen voortgebracht. En nu had hij zelfs zijn verloving met Corinne verbroken. Banks had tenminste Brian en Tracy nog.

Hij zag dat Hunt was opgestaan en op het punt stond om te vertrekken. 'Sorry,' zei Banks. 'Ik zat na te denken over wat je net zei.'

'Het geeft niet,' zei Hunt. 'Ik moest maar weer eens gaan. Het spijt me dat ik je niet echt heb kunnen helpen. Als je nog iets wilt weten, aarzel dan niet. De kerk, St. Jude's, staat even verderop in de straat.'

'Bedankt. O, wacht even.' Banks pakte snel een van de digitale foto's en liet hem aan Hunt zien. 'Komen deze mannen je misschien bekend voor?'

Hunt schudde zijn hoofd.

'Je hebt Roy nooit in het gezelschap van een van hen gezien?'

'Nee, nooit.'

Ze gaven elkaar een hand en Ian Hunt vertrok.

Misschien was Banks' grootste fout in zijn pogingen om Roy te doorgronden wel geweest dat hij diens spirituele en emotionele kanten buiten beschouwing had gelaten. Nu hij erachter was gekomen dat Roy regelmatig naar de kerk ging, werd alles anders, werd er een nieuwe dimensie toegevoegd die hij niet had voorzien. Zou hij er wat aan hebben om erachter te komen wat er met Roy was gebeurd? Wellicht niet, maar het zou wel invloed hebben op de wijze waarop hij zijn onderzoek voortzette. Tot nog toe was hij ervan uitgegaan dat het om een of andere louche zakendeal draaide waar Roy bij betrokken was en dat de grond hem gewoon te heet onder de voeten was geworden; maar nu was werkelijk alles weer mogelijk.

Wellicht had Roy iets gezien wat niet voor zijn ogen was bestemd of vormde hij een bedreiging voor mensen met wie hij ooit nauw had samengewerkt en was hij van plan om in plaats van een oogje dicht te knijpen juist een boekje over hen open te doen. Maar over wie en wat dan?

Door de gaten in het wolkendek schenen felle lichtstralen en in het westen was de lucht helderrood en paarsblauw gekleurd. De vele mensen die in de rij stonden om tijdens de zonsondergang een ritje te maken in de London Eye schuifelden ongedurig heen en weer terwijl de zoveelste bui op hen neerkletterde en vanaf Westminster Bridge stonden mensen onder paraplu's en in regenjassen naar het enorme reuzenrad te kijken.

De achtjarige Michaela Toth had al de hele dag opgewonden uitgekeken naar het beloofde ritje. Het moest het hoogtepunt worden van haar allereerste weekend in Londen – leuker nog dan het bezoek aan Madame Tussaud en de dierentuin – en ze mocht speciaal hiervoor laat opblijven van haar mama en papa. Zelfs de regen kon haar humeur niet verpesten en ze sprong tijdens het lange wachten opgewonden van haar ene voet op haar andere, met haar gele plastic schoudertas met de roze bloem erop stevig tegen zich aangeklemd. Het leek wel alsof ze nooit aan de beurt zouden komen, want de rij schoof traag als een slak telkens maar een heel klein stukje vooruit. Michaela kon nauwelijks geloven dat de Eye zo enorm veel groter was dan ze zich had voorgesteld en dat hij nooit helemaal stilstond, zelfs niet wanneer er mensen in- of uitstapten. Ze werd een beetje bang bij de gedachte, maar het was geen vervelende bangheid.

Centimeter voor centimeter schuifelden ze naar voren. Zodra er een gondel leeg was, stroomde hij meteen weer vol. Een logge, rode sleepboot tufte langzaam over de rivier en liet een pijlvormige streep schuim achter op het donkere water. Er was nog net genoeg licht om de mannen op het dek te kunnen zien en Michaela zag dat een van hen in haar richting wees. Eerst dacht ze nog dat hij naar de Eye wees, maar toen kwamen er andere mannen bij hem staan en de sleepboot veranderde van koers en voer nu naar de oever toe.

Michaela trok aan haar vaders hand en vroeg hem om met haar naar het muurtje te lopen om te kijken waar die mannen naar hadden gewezen. Even dacht ze dat hij nee zou zeggen, maar toen merkte ze dat hij ook nieuwsgierig was geworden, want hij vroeg haar moeder om hun plekje in de rij bezet te houden en zei dat ze snel zouden terugkomen.

Toen ze bij de reling naast de Eye aankwamen, was de sleepboot de oever al heel dicht genaderd. De mensen op Westminster Bridge wezen nu ook allemaal hun kant op en Michaela vroeg zich af of ze misschien een dolfijn hadden gezien of een walvis, ook al geloofde ze niet echt dat er walvissen of dolfijnen in de Theems leefden. Misschien was er een ontsnapt uit een aquarium. Of misschien was er iemand in de rivier gevallen en gingen de mannen op de sleepboot hem redden.

Michaela hield de hand van haar vader stevig vast en rekte zich uit om over de muur langs de oever te kunnen kijken. Ze was net lang genoeg en het lukte. Het water stond heel laag en vlak achter de muur stak een strook riviergrind als de rug van een walvis boven het water uit. Op de drooggevallen strook lag een man. Een donkere gedaante die op zijn buik lag, met zijn armen voor zich uitgestrekt en zijn onderlichaam half in het water. Michaela's vader trok haar snel mee.

'Wat is er, papa?' vroeg ze bang. 'Wat doet die man daar?'

Haar vader gaf geen antwoord; hij nam haar gewoon mee. Toen ze weer bij haar moeder in de rij stonden, zei haar vader iets tegen haar moeder en Michaela ving de woorden 'dode man' op. Algauw liepen er ook andere mensen naar het muurtje. Eén vrouw begon te gillen. Michaela was bang dat het ritje nu misschien niet door zou gaan. Als daar beneden een dode man lag, zou zelfs de London Eye misschien wel ophouden met ronddraaien.

Na het vertrek van dominee Ian Hunt borg Banks een beetje beschaamd de golfclub weer op, deed hij de ramen en deuren op slot en liep hij met zijn glas wijn naar boven. Hij belde Julian Harwood, die bevestigde dat hij de directeur van het Berger-Lennox Centrum was, maar zei dat hij er eigenlijk nog nooit daadwerkelijk was geweest en nog nooit van Jennifer Clewes had gehoord. Banks had geen enkele reden om hem niet te geloven.

Banks voelde plotseling een enorme behoefte om naar wat muziek te luisteren voordat hij naar bed ging. Hij vond een cd die hij nog niet kende: Lorraine Hunt Lieberson die twee cantates van Bach zong. Op Roys super-de-luxe stereotoren kwam het rijke timbre van de strijkinstrumenten geheel tot hun recht en wanneer Banks zijn ogen dichtdeed, kon hij zich voorstellen dat hij zich in een kamer bevond met het kleine ensemble om hem heen opgesteld. En de stem was werkelijk subliem, zo prachtig dat je bijna in God zou gaan geloven. Hij dacht terug aan Penny Cartwright die *Strange Affair* zong. Een heel andere, maar eveneens prachtige stem. Banks nam een slokje wijn en voelde dat een aangename roes bezit van hem nam; hij liet de muziek over zich heen spoelen en dacht na over Annie, Roy, Jennifer Clewes en het Berger-Lennox Centrum. Hij was de volgende ochtend graag met Annie meegegaan als ze het hem had gevraagd, maar ze had wel gelijk, het was niet zijn zaak en hij zat inderdaad nog steeds met zichzelf in de knoop. Toen hij zijn gevoelens aan een onderzoek onderwierp, kwam hij opmerkelijk genoeg tot de ontdekking dat hij zich eigenlijk niet eens echt gekwetst voelde door haar opmerkingen. Op het moment zelf waren ze wel hard aangekomen, maar ze waren al snel bezonken en hij wist dat Annie gelijk had. Hij moest dingen loslaten. Misschien was hij nog net niet zo diep gezonken als die ongelukkige kerel uit een van zijn favoriete Nick Lowe-nummers, maar het had niet veel gescheeld.

Een paar maanden geleden, voor die kwestie met Phil Keane, zou Annie zijn gezelschap wel op prijs hebben gesteld, maar nu vertrouwde ze hem blijkbaar niet meer helemaal. En ze had groot gelijk. Teruggaan naar Yorkshire was wel het laatste wat hij nu wilde.

De cd was afgelopen en Banks zocht iets anders uit om op te zetten. Roy had de liederen van Mahler niet, maar wel de *Vier letzte Lieder* van Strauss, een van Banks' lievelingsstukken, dus zette hij die op. Het tweede lied was pas net begonnen toen hij de telefoon in Roys kantoor hoorde overgaan. Hij zette zijn glas neer en liep snel over de overloop naar de kamer om op te nemen.

De London Eye torende hoog boven het tafereel op de oever uit, een gigantische, donkere halve cirkel tegen een achtergrond van met maanlicht overgoten wolken. Hij was inmiddels gesloten, maar draaide nog steeds langzaam rond. Niet ver daarvandaan was het op de stenen traptreden die naar de lager gelegen strook riviergrind voerden die door het getijde was drooggevallen, een komen en gaan van de in beschermende kleding gestoken, spookachtige gedaanten van de technische rechercheurs. Het was een precisieballet waarin iedere danser zijn passen door en door kende. Ondanks een sporadische kreet, een enkel kort gesprek en het statische gekraak van portofoons hing er een vreemde stilte en er heerste totaal geen jachtige haast, alsof het machtige hart van de stad stilstond. Zelfs de mensen van de media achter de tape waarmee het gebied was afgezet, gedroegen zich opmerkelijk rustig. Grote schijnwerpers beschenen zowel de ruwe, slijmerige stenen en het riviergrind als het vettige water, en een videocamera van de politie legde alles vast. Het regende niet meer en vanaf Westminster Bridge sloegen een paar nieuwsgierige toeschouwers het gebeuren gade, donkere silhouetten tegen het licht dat in het westen wegstierf.

Toen Banks bij het afgezette gebied aankwam, stond Burgess hem al met een grimmige uitdrukking op zijn gezicht op te wachten. Hij had Banks aan de telefoon verteld dat hij gealarmeerd was geraakt toen hij op het nieuws had gehoord dat bij de London Eye het lichaam van een blanke man van Roys leeftijd was aangespoeld. Ze hadden geen identificatie aangetroffen op het lichaam, dus het was nog niet bewezen dat het ook daadwerkelijk Roy was en hij hoopte natuurlijk dat hij het niet was, maar misschien vond Banks het de moeite waard om even te komen kijken.

Dat had Banks zich geen twee keer laten zeggen.

Burgess greep hem bij de arm en bracht hem naar een zwaargebouwde man met een rood, maanvormig gezicht. 'Inspecteur Brooke, Lambeth North,' zei Burgess. 'Dit is inspecteur Banks, North Yorkshire, afdeling Ernstige Delicten.'

De twee mannen knikten elkaar kort toe. 'Inspecteur Brooke?' zei Banks. 'Dan bent u waarschijnlijk degene met wie Annie Cabbot samenwerkt aan de zaak-Jennifer Clewes?'

'Annie en ik kennen elkaar al heel lang.'

Banks gebaarde in de richting van de rivier. 'Ligt hij nog steeds daar?'

'De politiearts heeft inmiddels vastgesteld dat de dood is ingetreden, maar de technische recherche heeft zijn werkzaamheden nog niet afgerond. Ze zullen echter snel moeten zijn, want het wordt alweer vloed.' Brooke zweeg even en staarde naar zijn voeten. 'Hoofdinspecteur Burgess heeft me verteld dat hij denkt dat er een kans bestaat dat de man daar beneden uw broer is.'

'Ik hoop in godsnaam dat het niet zo is,' zei Banks, 'maar die kans bestaat inderdaad. Hij wordt vermist.'

'Het spijt me dat u dit moet doen.'

'Ik wil graag zekerheid,' zei Banks. 'Mogen we al naar beneden?'

'Er liggen extra overalls in het busje van de technische recherche. En kijkt u goed waar u uw voeten neerzet, want die oude traptreden zijn versleten en glad.'

Uitgedost in de beschermende kledij lieten Banks en Burgess hun pas zien aan de agent die de plaats delict bewaakte, waarna ze onder de tape door doken en naar de trap liepen. De onderste trede reikte net niet helemaal tot aan de drooggevallen strook riviergrind, dus had de technische recherche een tijdelijk bruggetje van planken gemaakt. Deze wiebelden een beetje toen Banks en Burgess eroverheen liepen. Eén keer gleed Banks bijna uit en het drong plotseling tot hem door dat hij die dag vrij veel had gedronken. Het water klotste zachtjes tegen de stenen kademuur.

Toen hij de strook grind naderde, maakte een beklemmend gevoel zich van Banks meester en het kostte hem moeite om adem te halen. Op een teken van Burgess draaide een van de rechercheurs voorzichtig het lichaam om zodat zijn gezicht zichtbaar werd. Banks hurkte met krakende knieën naast het lichaam neer en staarde in Roys dode ogen. In zijn linkerslaap zat een gaatje, vlak bij het litteken dat Banks Roy in hun jeugd per ongeluk had bezorgd met een speelgoedzwaard. Banks voelde dat hij enigszins wankelde en stond zo snel op dat hij er draaierig van werd. Burgess greep hem vast bij zijn elleboog.

'Het gaat wel,' zei Banks en hij trok zich los.

'Is het hem?'

'Het is hem,' zei Banks en terwijl hij probeerde de emoties die in hem opwelden te onderdrukken, was zijn enige gedachte: wat moet ik in godsnaam tegen mijn ouders zeggen?

'Laten we maar naar de kade teruggaan,' zei Burgess.

Banks volgde hem over de planken en de stenen traptreden. Brooke en zijn brigadier stonden op bevestiging te wachten. Hoe eerder een stoffelijk overschot werd geïdentificeerd, des te eerder kon het proces van een grootschalig onderzoek in gang worden gezet, wist Banks. Hij knikte in Brookes richting.

'Het spijt me,' zei Brooke.

'Hoor eens,' zei Banks, 'denkt u dat het mogelijk is om dit nog even onder ons te houden? Zijn identiteit, bedoel ik. Ik zou dit graag zelf aan onze ouders willen vertellen, maar niet vanavond. Het is al zo laat.'

Brooke keek naar de mensenmenigte op de brug en de fotografen achter de afzettape. 'We kunnen hun wel vertellen dat we nog altijd wachten op een officiële identificatie,' zei hij. 'Daarmee zouden we hen een tijdje zoet moeten kunnen houden.'

'Morgenochtend ga ik naar hen toe,' zei Banks. Als het vanavond maar niet hoeft, bad hij in stilte. Hij kon de gedachte om nu nog naar Peterborough te rijden, zijn ouders te wekken en de hele nacht bij hen te zitten om hen te troosten in hun verdriet, in de wetenschap dat ze waarschijnlijk liever hadden gehad dat hij het was geweest en niet Roy, niet verdragen. Bij daglicht zou het iets gemakkelijker zijn, dacht hij. Laat ze nog één nacht vredig slapen; er zouden snel genoeg heel wat akelige nachten volgen. 'Kunt u het alstublieft voor me aan Annie vertellen?' vroeg hij.

'Natuurlijk. Morgenochtend.'

'Bedankt.'

Brooke zweeg even. 'Ik neem aan dat u al wist dat ik toch al van plan was om u op te zoeken,' zei hij. 'Inspecteur Cabbot en ik hebben het vanavond nog over u gehad.'

'Dat dacht ik al,' zei Banks.

'Hierdoor verandert er natuurlijk wel het een en ander, maar ik heb toch nog een paar vragen voor u,' vervolgde Brooke.

'Wat mij betreft kan het nu wel,' zei Banks.

'Uitstekend. Hoofdinspecteur Burgess heeft me verteld dat u in het huis van uw broer logeert. Zullen we daar dan maar naartoe gaan?'

'Prima,' zei Banks en hij tastte onhandig in de zak van zijn jas naar zijn sigaretten. 'Laten we dan maar gaan.'

9

Het Berger-Lennox Centrum ging op maandagochtend om negen uur open en Annie stond om klokslag negen voor de deur. Het centrum besloeg de hele begane grond en eerste verdieping van een achttiende-eeuws pand in een halvemaanvormige rij huizen met vier verdiepingen in Knightsbridge, dat zo uit *Upstairs, Downstairs* leek te zijn gekopieerd. Maar goed, bedacht Annie peinzend, aangezien hun cliënten aardig wat moesten neertellen voor hun diensten, konden ze natuurlijk niet aankomen met een of ander prefab gebouwtje van beton en glas.

Binnen maakte de eeuwenoude elegantie plaats voor een modernere sfeer. De muren waren in zachte pasteltinten geschilderd en er hing een soort sissende stilte in de ruimte waardoor ze het gevoel kreeg dat haar oren verstopt zaten, alsof ze in een vliegtuig zat. Het duurde even voordat ze doorhad dat er op de achtergrond zachte muziek klonk: een klassiek, rustgevend stuk dat Banks waarschijnlijk wel zou herkennen.

De geur van sandelhout in de lucht riep plotseling een beeld op van Annies moeder Jane, die zich glimlachend over haar heen boog. Het kwam als een enorme schok, want haar moeder was overleden toen Annie zes was en ze herinnerde zich bijna niets meer over haar. Maar nu kon ze haast voelen hoe de lange, zachte haren haar in haar gezicht kietelden. Jane was een beetje een hippie geweest en Annie herinnerde zich nog dat er in de kunstenaarscommune waar ze was opgegroeid vaak sandelhoutwierook was gebrand. De herinnering deed haar ook beseffen hoe ver ze de afgelopen jaren van de idealen uit haar jeugd verwijderd was geraakt en ze voelde plotseling een dringende behoefte om meer tijd vrij te maken voor yoga en meditatie; sinds dat gedoe met Phil Keane had ze er helemaal niets meer mee gedaan.

De blondine achter de glimmend gepoetste balie keek op van haar computerscherm en begroette Annie met een glimlach. Op een koperen plaatje op haar bureau stond vermeld dat ze Carol Prescott heette. In de gemeenschappelijke werkruimte achter haar stond een jonge vrouw bij een dossierkast.

Annie liet haar politiepas zien en legde uit dat ze bezig was met het onderzoek naar de moord op Jennifer Clewes. Carols professionele glimlach verdween spoorslags en maakte plaats voor een verdrietige blik. Er verscheen een diepe rimpel in haar voorhoofd en haar ogen werden vochtig.

'Die arme Jennifer,' zei ze. 'Het stond vanochtend in de krant. Ze was ontzettend lief. Ik kan me gewoon niet voorstellen dat iemand haar zoiets zou willen aandoen. Ik weet niet waar het met de wereld naartoe gaat.'

'Kende je haar goed?'

'Ik werkte onder haar. Buiten het werk gingen we niet echt met elkaar om of zo, maar ze was altijd erg vriendelijk en opgewekt.'

'Hoe ging het de laatste tijd met haar?'

'Prima,' zei Carol. 'Hoewel, nu ik eraan terugdenk was ze de afgelopen week wel een beetje afwezig.'

'Enig idee waarom dat was?'

'Nee. Het leek wel alsof ze heel gespannen was.'

'Vond ze het prettig om hier te werken?'

'Die indruk had ik wel altijd, maar ik kende haar niet zo heel goed en ze heeft me nooit in vertrouwen genomen. Trouwens, hoe kun je ooit weten of iemand echt gelukkig is? Je leest tenslotte ook regelmatig in de krant dat mensen zelfmoord hebben gepleegd, terwijl hun vrienden juist denken dat ze een geweldig leven hebben.'

'Dat is zo,' zei Annie. 'Maar Jennifer heeft geen zelfmoord gepleegd.'

'Nee. Dat weet ik. Het spijt me.'

'Dat is niet nodig. Luister eens, ik zou graag met een paar mensen van hier willen praten, mensen die haar goed kenden, maar misschien kun jij me eerst wat algemene achtergrondinformatie geven over het centrum zelf.'

De telefoon ging en Carol excuseerde zich en nam op. Op zakelijke toon maakte ze een afspraak voor een intakegesprek met een nieuwe patiënt.

'Sorry,' zei ze toen ze had opgehangen. 'Natuurlijk. Wat wilt u precies weten?'

'Hoeveel mensen werken hier?'

'Zeven,' zei Carol. 'Met Jennifer meegeteld. Ze was het hoofd van de administratie. Dan is er nog haar assistente Lucy, die hier in het kantoor achter me zit. Andrea en Georgina zijn onze twee adviseurs, voorlichters, en dan is er nog dokter Alex Lukas, die over de medische kant gaat, en een verpleegster, Louise Griffiths.'

'Welke rol speelt Julian Harwood in het geheel?'

'Meneer Harwood? Hij is de algemeen directeur van de hele keten. Maar hij komt hier nooit. Hij gaat natuurlijk ook niet over de dagelijkse leiding van het centrum of de klinieken.'

'Klinieken?'

'Ja. Het beëindigen van een zwangerschap gebeurt niet hier. Wanneer een cliënte dat wil, maken we een afspraak voor haar bij een van onze klinieken.'

'Juist ja,' zei Annie. 'Dus het centrum zelf vormt geen doelwit voor anti-abortusactivisten?'

'Niet echt, nee,' zei Carol. 'We hebben hier wel een paar keer een kleine demonstratie gehad, hoor, wanneer er weer eens iets in het nieuws was geweest, maar die zijn nooit gewelddadig. We bieden advies over alle aspecten van gezinsplanning, niet alleen abortus.'

'Welke procedure volgen jullie?'

Carol leunde ontspannen achterover in haar stoel. 'Goed,' zei ze, 'ze melden zich eerst bij mij, meestal hier aan de balie, maar soms ook aan de telefoon, en ik vertel hun welke diensten we hun kunnen bieden en wat dat kost, en geef hun een paar brochures om te lezen; daarna stuur ik hen door naar Lucy, die het papierwerk verzorgt. Dan neemt Louise meestal een zwangerschapstest af, voor alle zekerheid. Normaal gesproken vragen we hen om een urinemonster mee te brengen, maar als ze dat zijn vergeten, kan dat hier alsnog worden geregeld. En daarna moeten ze in de wachtkamer blijven wachten tot Andrea of Georgina hen te woord kan staan. Daar kunnen ze dan intussen de brochures vast doorlezen.'

'Wat gebeurt er dan?'

'Dat hangt eigenlijk van hen zelf af. Onze voorlichters stellen een aantal persoonlijke vragen en beantwoorden op hun beurt de vragen die de cliënte op dat moment heeft. U zou ervan opkijken hoe verwarrend zo'n zwangerschap voor veel van die arme meiden is.'

Integendeel, dacht Annie bij zichzelf. Ze was zelf zwanger geraakt nadat ze was verkracht en hoewel ze er geen moment aan had getwijfeld dat ze een abortus wilde, kon ze zich de innerlijke beroering en het schuldgevoel dat ze had gehad nog heel goed voor de geest halen. Terwijl ze toch een moderne, vooruitstrevende vrouw was. Er waren maar weinig vrouwen die de beëindiging van een zwangerschap luchthartig benaderden.

'Daarna bespreken ze de verschillende opties,' ging Carol verder, 'geven ze indien nodig advies. Daar zijn ze speciaal voor opgeleid. Vervolgens gaat de cliënte naar dokter Lukas, die hun medische voorgeschiedenis met hen doorneemt en hen onderzoekt om te zien hoever de zwangerschap al gevorderd is, en neemt verpleegster Griffiths een bloedmonster af. Dan volgt er nog meer papierwerk – toestemmingsformulieren en dergelijke – en bespreekt de dokter de verschillende methoden met hen en helpt hen om te beslissen welke procedure in hun geval het geschiktst is.'

'En als de cliënte geen abortus wil?'

'Dan geeft Andrea of Georgina haar informatie over adoptiebureaus en dergelijke. Ze gaat alsnog bij de dokter langs, die dan haar gezondheid controleert en zo.'

'Bieden jullie ook zorg tijdens de zwangerschap?'

'Nee. In elk geval niet hier. We verwijzen hen meestal door.'

'Je zei net dat Jennifer het hoofd van de administratie was. Wat hielden haar werkzaamheden precies in?'

'Alles wat te maken had met de dagelijkse gang van zaken, behalve de medische kant. Dat is enorm veel werk,' zei Carol. 'Soms moest ze tot 's avonds laat doorwerken om een beetje bij te blijven.'

'Dat is waar ook, dat wilde ik je ook nog vragen,' zei Annie. 'Heb jij wel eens van de uitdrukking "late meisjes" gehoord?'

Carol fronste haar wenkbrauwen. '"Late meisjes"? Nee. Hoezo, wat betekent dat dan?'

'Daar probeer ik nu juist achter te komen.'

'Het spijt me, maar het zegt me niets.'

'Kun je je dan misschien herinneren of jullie ooit een cliënte hebben gehad die Carmen Petri heet?'

'Nee.'

'Dat weet je heel zeker?'

'U kunt het aan Lucy van de administratie vragen, maar volgens mij zou ik zo'n naam wel hebben onthouden.'

'Dat zou kunnen,' zei Annie. 'Konden Lucy en Jennifer op het persoonlijke vlak goed met elkaar overweg?'

'Ze waren collega's. Jennifer was ook Lucy's baas en dat veroorzaakt altijd een beetje een kloof tussen mensen, hè? Hoewel Jennifer niet het type was om zich op haar positie te laten voorstaan, hoor.'

'Wie van jullie kende haar het beste?'

Carol dacht even na en zei toen: 'Ik denk Georgina. Ze praatten vaak samen over het centrum en een aantal cliënten, en ik geloof dat ze zelfs een paar keer samen iets zijn gaan drinken na het werk, wanneer Jennifer niet door hoefde te werken.'

'Bedankt,' zei Annie. 'Is Georgina er vanochtend ook?'

'Ja, ze is in haar kantoor.' Carol pakte de hoorn van de haak. 'Ik dacht niet dat ze op dit moment met iemand bezig was. Zal ik haar even laten weten dat u haar wilt spreken?'

'Dat hoeft niet,' zei Annie, die liever onaangekondigd binnenkwam. 'Vertel me maar waar haar kantoor is, dan vind ik het wel.'

Carols hand bleef even weifelend boven de telefoon hangen. Dit druiste blijkbaar tegen de standaardprocedure in. 'Oké,' zei ze toen en ze legde de hoorn terug. 'Ze zit boven, tweede deur rechts. Haar naam staat erop: Georgina Roberts.'

'Hebben jullie hier wel eens problemen gehad met een zekere Victor Parsons?' vroeg Annie. 'Jennifers ex-vriend.'

'O, die. Die herinner ik me nog maar al te goed. Ik moest de beveiligingsmensen erbij halen om hem eruit te zetten.'

'Wat deed hij dan?'

'Hij schopte een enorme herrie. Onze cliënten waren helemaal van slag.'

'Wat kwam hij hier doen?'

'Hij wilde per se met Jennifer praten, maar zij had me opgedragen hem niet binnen te laten.'

'Wat gebeurde er toen?'

'Uiteindelijk is hij weggegaan.'

'Is dit wel vaker gebeurd?'

'De eerste keer is hij zonder al te veel tegen te sputteren vertrokken. De tweede keer moest ik de beveiligingmensen erbij roepen.'

Twee keer dus. 'Heeft hij ook dreigementen geuit?'

'Voorzover ik weet niet. Hij zei alleen maar dat we nog niet van hem af waren.'

'Wanneer was dit?'

'Een paar weken geleden.'

Heel recent dus, dacht Annie bij zichzelf. Toch waren Jennifer en Victor al meer dan een jaar geleden uit elkaar gegaan. Iemand die zo lang met een obsessie bleef rondlopen, moest beslist even worden nagetrokken.

'Nog één ding,' zei Annie. 'Heb je hier in het centrum wel eens een zekere Roy Banks gezien?'

Carols gezicht fleurde op en ze bloosde licht. 'Meneer Banks? Ja, natuurlijk. Jennifer en hij... nou ja, ze waren een stel. Ik weet dat ze misschien wat aan de jonge kant is voor hem, maar hij is echt een lekker ding. Ik kan het haar niet kwalijk nemen.' Haar gezicht betrok. 'O. Die arme meneer Banks. Hij zal er echt kapot van zijn. Weet hij het al?'

'Nog niet,' zei Annie. 'Dus hij kwam hier regelmatig?'

'Ja zeker. Soms kwam hij Jennifer ophalen van haar werk en als hij dan even moest wachten, kletsten we altijd wat.'

'Waarover?'

'O, niets bijzonders. Films, het weer, koetjes en kalfjes. En Arsenal. We zijn allebei een enorme fan van Arsenal.'

'Is hij hier wel eens tegelijk met Victor Parsons geweest?'

'Nee.'

'Je weet dat hij een van de investeerders van de centra is?'

'Ja, dat heeft hij me een keer verteld. Maar hij gedroeg zich nooit uit de hoogte of zo.'

'Is dat waarom hij hier de eerste keer kwam? Heeft hij zo Jennifer ontmoet?'

'O, nee,' zei Carol. 'Nee, hij was hier als cliënt. Als begeleider van een cliënt, moet ik eigenlijk zeggen.'

Nu was het Annies beurt om verrast te reageren. 'Als begeleider van een cliënt?'

'Ja,' zei Carol. 'Zijn dochter. Ze was zwanger.'

Ruim voordat Annie bij het Berger-Lennox Centrum aankwam, baande Banks zich al moeizaam een weg door de maandagochtendspits in de richting van Peterborough. Na een groot deel van de nacht tegen zijn angst en verdriet te hebben gestreden, voelde hij zich nu als verdoofd en hij zag enorm tegen de komende uren op. Zijn ouders verafgoodden Roy; het was heel goed mogelijk dat zijn vaders hart deze zware klap niet zou overleven. Toch moest hij het hun zelf vertellen; dit nieuws kon hij niet door een of andere onbekende agent laten brengen.

Brooke had zijn uiterste best gedaan om de identiteit van het slachtoffer geheim te houden voor de media. Zodra Banks het zijn ouders had verteld, moest hij Brooke bellen om hem dit te laten weten, zodat hij verder kon. Het schoot hem te binnen dat hij Corinne en Roys overbuurman Malcolm Farrow had beloofd dat hij hen op de hoogte zou houden, maar zij moesten nog even wachten.

Na een paar voorzichtig gestelde vragen – heel voorzichtig zelfs, gezien de omstandigheden – had Banks Roys mobieltje, USB-stick en cd aan Brooke gegeven en had hij geprobeerd wat te slapen. Hij had een barstende koppijn gehad van de wijn en het was hem niet gelukt om in slaap te vallen. Gelukkig was het alweer bijna ochtend en kwam de zon in juni al vroeg op. Om zes uur stond Banks onder de douche en daarna was het tijd om zijn auto op te halen, die hij de avond tevoren vlak bij Waterloo Station had laten staan, ergens koffie te kopen voor onderweg en naar zijn ouderlijk huis te rijden.

De reis nam langer in beslag dan Banks zich herinnerde of had verwacht, en uiteindelijk deed hij deed bijna drie uur over een rit die eigenlijk in nog geen twee uur moest kunnen worden afgelegd. Op elke radiozender waarop hij afstemde, werd tijdens alle nieuwsuitzendingen melding gemaakt van het onbekende stoffelijke overschot dat de avond tevoren bij de London Eye uit de Theems was gevist. Banks zette de radio uit.

Toen hij zijn auto eindelijk voor het huis van zijn ouders in Peterborough stilzette, liep het al tegen tienen. In Londen was het moordonderzoek toen al in volle gang: Roys mobiele telefoontje werd door experts van de technische ondersteuning onder handen genomen en de technische recherche onderwierp elk stukje bewijsmateriaal dat op de plaats delict was aangetroffen aan een grondig onderzoek. Straatagenten waren bezig met een buurtonderzoek en Brooke zat klaar om alle informatie te schiften, op zoek naar de belangrijkste aanwijzingen.

De voordeur was groen geschilderd, zag Banks, wat na zijn vorige bezoek moest zijn gebeurd. Het kleine gazon was een beetje overwoekerd en ook de bloembedden stonden er niet echt florissant bij. Dat was niets voor zijn moeder. Hij klopte aan en wachtte. Zijn moeder deed de deur open en reageerde verrast toen ze hem zag. Ze was afgevallen, dacht Banks bij zichzelf, en ze zag er moe en afgetobd uit, met donkere wallen onder haar ogen. God wist welke impact het nieuws van de moord op Roy op haar zou hebben.

Hij kon merken dat ze doorhad dat er iets mis was, want ze kletste zenuwachtig aan één stuk door toen ze hem voorging naar de woonkamer, waar zijn vader op zijn vaste stekje in de leunstoel zat met de krant op schoot. 'Kijk eens wie er is, Arthur. Het is onze Alan die op bezoek komt.'

Misschien was het slechts Banks' verbeelding, maar hij meende te zien dat de kamer er wat onverzorgd bij lag; een laagje stof op het televisiescherm, een schilderijtje dat scheef hing, een theekopje dat op de vloer naast de bank stond, kreukels in het kleedje voor de open haard.

'Dag, jongen,' zei Arthur Banks. 'Was je toevallig in de buurt?'

'Niet echt,' zei Banks en hij ging op het randje van de bank zitten. Zijn moeder liep zenuwachtig heen en weer, en wilde al naar de keuken gaan om een ketel water op te zetten voor thee: het oer-Engelse middel waarmee alle problemen als sneeuw voor de zon verdwenen. Banks riep haar terug. Er zou straks nog genoeg gelegenheid en aanleiding zijn om talloze potten thee te zetten. Onderweg had hij voortdurend gerepeteerd wat hij zou gaan zeggen, hoe hij het zou aanpakken, maar nu het eenmaal zover was kon hij zich daar niets meer van herinneren.

'Het gaat over Roy,' stak hij van wal.

'Heb je hem gevonden?' vroeg Ida Banks.

'In zekere zin wel.' Banks boog zich een stukje voorover en pakte zijn moeders hand vast. Dit was nog moeilijker dan hij had gedacht; de woorden bleven diep in zijn binnenste steken en toen hij verderging, kwamen ze er haast fluisterend uit. 'Hij was niet thuis en ik heb het hele weekend naar hem gezocht. Ik heb mijn best gedaan, mam, echt waar, maar ik was te laat.' Hij voelde de tranen in zijn ogen opwellen en ze rolden over zijn wangen naar beneden.

'Te laat? Wat bedoel je daarmee: te laat? Waar is hij dan naartoe?'

'Roy is dood, mam.' Het was eruit. 'Hij komt nooit meer terug.'

'Weet je dat wel zeker?' vroeg Ida Banks. 'Misschien haalt hij gewoon een grapje met ons uit.'

Even dacht Banks dat hij het niet goed had verstaan. 'Wat?' vroeg hij verdwaasd en hij veegde zijn gezicht droog met de rug van zijn hand.

Ida Banks lachte en streek haar haren glad. 'Snap je het dan niet?' zei ze. 'Het is gewoon een grapje. Onze Roy is een echte grapjas, is het niet zo, Arthur? Hij haalt gewoon een grapje met ons uit.'

Arthur Banks zei niets. Banks zag dat hij wit was weggetrokken en de rand van zijn krant stevig in zijn knuisten klemde. Het papier was ingescheurd.

'Pap, kan ik iets voor u halen? Hebt u een pil nodig of zoiets?'

'Nee,' zei Arthur Banks moeizaam. 'Niets. Het gaat wel. Vertel me wat er is gebeurd.'

'Er valt niet zo heel veel te vertellen,' zei Banks en hij keek weer naar zijn moeder. 'Ze hebben hem gisteravond in de rivier gevonden.'

'Was hij in de rivier aan het zwemmen?' zei Ida Banks. 'Maar dat water is toch veel te vies om in te zwemmen? Ik heb nog zo tegen hem gezegd dat hij voorzichtig moest zijn. Je kunt vreselijke ziekten krijgen van vies water, hoor.'

'Hij was niet aan het zwemmen, mam,' zei Banks. 'Hij was dood.'

Zijn moeder ademde diep in. 'Dat mag je niet zeggen,' zei ze. 'Zulke dingen mag je niet zeggen. Zeg jij er eens iets van, Arthur. Je wilt me alleen maar van streek maken. Je hebt Roy nooit gemogen. Als dit een of andere grap moet voorstellen, dan kan ik er niet echt om lachen.'

Arthur Banks stond stijfjes op en schuifelde naar zijn vrouw toe. 'Ik denk dat we nu wel een kopje thee kunnen gebruiken, lieverd,' zei hij. 'Dan kan Alan ons bij een lekker kopje alles nog eens precies uitleggen.'

Ida Banks knikte, blij dat ze een doel in het leven had. 'Ja,' zei ze, 'dat is inderdaad het beste. Ik zal even thee zetten.'

Toen ze de keukendeur achter zich had dichtgetrokken, keek Arthur Banks zijn zoon aan. 'Er kan geen vergissing in het spel zijn?'

'Het spijt me, pap.'

Zijn vader bromde iets en wierp een blik in de richting van de keuken. 'Ze voelt zich al een tijdje niet goed. Ze moet binnenkort worden opgenomen voor tests en dergelijke. We wilden niet dat jij je zorgen zou maken. De dokters weten nog niet wat haar precies mankeert, maar ze voelt zich niet zo lekker. Ze eet slecht. Ze raakt snel in de war.' Arthur Banks wees naar de krant. 'Het is dat krantenbericht, hè? Dat lichaam dat ze uit de Theems hebben gevist. Het staat op de voorpagina. Dat is zeker onze Roy?'

'Ja,' zei Banks. 'We hebben zijn identiteit tot dusver uit de media kunnen houden, maar het zal uiteindelijk wel bekend worden. Er is nog iets, pap. Roy is doodgeschoten. We weten nog niet waarom. Maar het zal groot nieuws zijn. Er zullen wel verslaggevers langskomen.'

'Maak je maar geen zorgen, jongen. Die komen er bij mij niet in.'

'Dat gaat misschien minder gemakkelijk dan u denkt. Als u wilt, kan ik contact opnemen met de plaatselijke politie.' Banks wist hoe zijn vader tegenover de politie stond, ging er al zijn hele leven onder gebukt, maar de behoefte om zijn ouders in bescherming te nemen was ditmaal sterker dat zijn respectvolle ontzag voor de mening van de oude man.

'Als jij denkt dat dat het beste is. Ik weet het gewoon niet. Ik kan even niet helder denken. Onze Roy... dood. Het is verschrikkelijk wanneer je kinderen eerder overlijden dan jijzelf. Doodgeschoten? Nee. Daar kan ik niet bij.'

Het werd Banks plotseling koud om het hart, een voorbode van wat hij zou voelen als Tracy of Brian iets zou overkomen, en hij kon zich nu beter indenken wat zijn ouders moesten doormaken. Hij was een broer kwijt, iemand die hij wellicht nooit bijzonder graag had gemogen en nooit echt had gekend, maar die wel familie van hem was, en dat deed hem verdriet. Zijn ouders hadden echter hun lievelingszoon verloren.

'Ik weet het, pa,' zei hij. 'En het spijt me dat ik degene ben die het jullie moet vertellen, maar ik wilde gewoon niet dat jullie er op een andere manier achter zouden komen.'

'Dat waardeer ik,' zei Arthur Banks en hij keek zijn zoon aan. 'Het kan niet gemakkelijk voor je zijn geweest. Moeten we het lichaam identificeren?'

'Dat is al gebeurd.'

'En de begrafenis?'

'Dat regel ik allemaal wel, pap, maakt u zich daar maar geen zorgen over.'

'Was hij... is het snel gegaan?'

'Ja,' zei Banks. 'Hij heeft er waarschijnlijk helemaal niets van gevoeld.' Afgezien van de angst, een verstikkende, afgrijselijke angst voor wat komen zou, dacht hij bij zichzelf, maar hij zei het niet hardop.

'In de krant stond dat hij in de rivier lag.'

'Ja. Hij lag op een strook riviergrind vlak bij de London Eye.'

'Weten jullie ook waar hij erin is gegooid?'

'Nog niet. Het getij en de stroming zijn vrij sterk, vooral na al die regen die we de laatste tijd hebben gehad. Het is aan de experts om dat te achterhalen.'

'Heb je enig idee wat erachter zit? Verkeerde hij in moeilijkheden?'

'Ik vermoed van wel,' zei Banks.

'Roy heeft altijd enorme risico's genomen.'

'Ja, dat is waar,' zei Banks instemmend. 'Maar ik heb het idee dat het deze keer iets anders is.'

'Waarom?'

'Het is gewoon een gevoel. Er heeft nog een moord plaatsgevonden, een jonge vrouw. Het is mogelijk dat er een verband tussen beide gebeurtenissen bestaat.'

Arthur Banks wreef over zijn gezicht. 'Toch niet dat meisje dat hij vorig jaar bij zich had, die Corinne?'

'Nee, pap. Met Corinne is alles goed. Het is iemand anders. Jennifer Clewes. Heeft Roy het tegen u wel eens over haar gehad?'

'Nee.'

'Ik zal u hier natuurlijk zo veel mogelijk helpen,' zei Banks, 'maar misschien heeft het meer zin dat ik naar Londen terugga om uit te zoeken wat er is gebeurd. Dat is tenslotte mijn werk. Alleen maak ik me zorgen om mama en u. Kan ik iemand voor u bellen? Oom Frank misschien?'

'Nee zeg, alsjeblieft niet. Aan Frank heb je helemaal niets, die loopt alleen maar in de weg. Nee, laat het maar aan mij over. Ik zorg wel voor je moeder. Als ze dat wil, vraag ik mevrouw Green misschien wel of ze strakjes even wil langskomen.'

'Dat is een goed idee. Ik weet zeker...'

Op dat moment hoorden Banks en zijn vader een kopje op de keukenvloer in scherven vallen, gevolgd door een lange, smartelijke jammerkreet die het bloed in hun aderen deed stollen.

Toen Annie na een kort gesprek met Lucy, die haar niet veel meer had kunnen vertellen dan dat Jennifer een goede baas was en een 'aardige' vrouw, naar het kantoor van Georgina op de eerste verdieping liep, overdacht ze peinzend de informatie die ze van Carol Prescott had gekregen. Annie had absoluut niet geweten dat Roy Banks een dochter had. Het meisje met wie hij in april bij hen was geweest, was elf weken zwanger en had voor een abortus gekozen, wat Roy Banks in totaal ongeveer vijfhonderd pond had gekost, had Carol gezegd. Tijdens dat bezoek had Roy Jennifer ontmoet. Carol herinnerde zich nog dat ze tijdens de afwezigheid van de dochter, die eerst een gesprek met de voorlichter had gehad en vervolgens met de dokter, samen hadden zitten kletsen. Na die ontmoeting was hij een aantal keren langsgekomen om haar na haar werk op te halen of ergens met haar te gaan lunchen. De naam die Carol noemde kwam Annie bekend voor: Corinne. Banks had haar verteld dat Roy een vriendin had die Corinne heette. Blijkbaar had Roy Banks of anders zijn vriendin een goede reden gehad om haar voor zijn dochter laten doorgaan, tenzij de medewerkers van het centrum natuurlijk simpelweg hadden aangenomen dat zij zijn dochter was vanwege het leeftijdsverschil. Maar was haar naam hen dan niet opgevallen op de formulieren? Nu ja, misschien hadden ze wel gedacht dat ze gescheiden was en de naam van haar man nog gebruikte, bedacht Annie. Of was dit misschien een andere Corinne? Annie had Carol gevraagd of Roy zelf had gezegd dat ze zijn dochter was, maar dat wist ze niet meer en ze zei dat ze niet echt op de naam van het meisje had gelet.

Ach, hield Annie zichzelf voor, waarschijnlijk had het helemaal niets te betekenen. Ze wist al dat Roy Banks en Jennifer Clewes een stel vormden, en waar ze elkaar hadden leren kennen deed er waarschijnlijk niet echt veel toe. Het sierde Roy Banks natuurlijk niet dat hij met zijn nieuwe vriendin had zitten flirten terwijl hij het vorige model voor een abortus naar het centrum bracht, vond Annie, maar er waren wel ergere dingen. Waarschijnlijk kreeg hij als investeerder nog korting ook. Wat had Jennifer er zelf van gevonden? Iedereen zei dat ze een 'aardige' meid was, fatsoenlijk, zorgzaam, en een harde werkster. Ze had het op haar werk nooit over de 'dochter' gehad. Roy Banks moest wel een heel gladde praatjesmaker zijn als hij zich daaruit had weten te kletsen, vermoedde Annie.

Annie klopte op de deur van Georgina's kantoor.

'Binnen,' riep een stem.

Annie ging naar binnen en zag een mollige vrouw met donker krullend haar en een beginnende onderkin achter het bureau zitten. Ze zag eruit alsof ze normaal gesproken altijd glimlachte. Deze keer was de glimlach echter verdrongen door een diepe rimpel in haar voorhoofd. Annie stelde zichzelf voor en de rimpel werd nog dieper.

'Ik heb gehoord dat jullie veel met elkaar optrokken,' zei ze.

'Dat klopt,' zei Georgina instemmend. 'We waren vriendinnen. Ik ben er helemaal kapot van. Ik weet dat het een cliché is, maar het omschrijft momenteel het beste hoe ik me voel.'

'Dat begrijp ik,' zei Annie.

'Zal ik misschien even koffie halen?' opperde Georgina. 'Hij is best te drinken.'

'Nee, dank u wel. Ik heb mijn portie voor vandaag al gehad.'

Georgina stond op. 'Vindt u het erg als ik wel even... Het is hier dichtbij. Ik ben zo terug. Gaat u zitten. Doe alsof u thuis bent.'

'Ga uw gang.' Toen Annie alleen in de kamer was, liep ze naar het openstaande raam, dat uitkeek op de drukke straat. Bestelwagens reden af en aan. Taxi's hielden stil om passagiers op te pikken of af te zetten. Mannen in pak en vrouwen in mantelpak staken rennend al voordat het licht op groen sprong de straat over.

Annie ging zitten. De kamer was geschilderd in een rustgevende tint blauw en deed haar onmiddellijk denken aan Banks' oude woonkamer in de cottage. Aan de muren hingen diverse ingelijste diploma's en een reproductie van Monets *Waterlelies*. Er stonden geen familiefoto's op Georgina's bureau. De kamer was spaarzaam gemeubileerd – geen dossierkasten, boekenkasten of computer – en Annie vermoedde dat hij voornamelijk was bedoeld om mensen op hun gemak te stellen. Georgina's dossiers en boeken stonden ongetwijfeld ergens anders.

Enkele ogenblikken later kwam Georgina terug met een mok koffie met veel melk.

'Ik heb Carol gevraagd om geen telefoongesprekken door te verbinden, dus als het goed is worden we niet gestoord,' zei ze. 'Ik begrijp alleen niet hoe ik u kan helpen.'

'Dat denkt iedereen,' zei Annie, 'maar u zult er nog van opkijken. Hoelang kende u Jennifer al?'

'Ongeveer twee jaar. Ik werkte hier al toen ze bij ons kwam.'

'Wat was ze voor iemand?'

'In welk opzicht?'

'Wat u maar te binnen schiet.'

'Ze was heel goed in haar werk. Dat was belangrijk voor haar, daarom zeg ik het. Ze was attent en zorgzaam, gaf echt om mensen. Misschien zelfs wel een beetje te veel.'

'Wat bedoel u daar precies mee?'

'Nou ja, als voorlichter krijg je te maken met heel veel verdriet, heel veel mensen met problemen. Je leert min of meer om je eigen leven daarvoor af te schermen, om er een beetje afstand van te nemen. Ik geloof niet dat Jenn dat ook had gekund. Dat is waarschijnlijk ook de reden dat ze op de administratie werkte.'

'Ging ze vriendschappelijk om met de cliënten van het centrum?'

'Ik zou het niet direct "vriendschappelijk" willen noemen, eerder belangstellend. Onze werkzaamheden zijn niet altijd even strikt gescheiden. Iedereen draagt een steentje bij. Wanneer bijvoorbeeld op een dag zo'n meisje in huilen uitbarstte, kon het heel goed voorkomen dat Jenn de eerste was die haar kwam troosten met een schone zakdoek en een paar vriendelijke woorden. Begrijpt u wat ik bedoel?'

'Maar ze ging in haar vrije tijd niet met cliënten om?'

'Voorzover ik weet niet. O ja, je hebt natuurlijk wel dat meisje met wie ze een flat deelt, een zekere Kate. Maar dat lag anders. Kate was niet in verwachting. Ze heeft hier alleen maar een zwangerschapstest laten doen en had ons verder niet nodig.'

'En Roy Banks dan?' vroeg Annie. 'Die heeft ze hier immers ook ontmoet, toen hij met zijn dochter naar het centrum kwam.'

'Daar weet ik niets van.'

'Heeft ze nooit verteld waar ze hem had leren kennen?'

'Nee. Jenn praatte niet graag over haar privé-leven.'

'Was u niet degene die Corinne heeft begeleid?'

'Heet ze zo? Nee, dat moet Andrea zijn geweest. Die is helaas momenteel op vakantie.'

'Dat geeft niet,' zei Annie en ze maakte een aantekening dat ze Banks moest vragen hoe het er tussen Roy en Corinne voor stond. 'Hoe gedroeg Jennifer zich de laatste tijd? Was ze bezorgd, angstig, depressief?'

'Ze zat vorige week duidelijk over iets te piekeren.'

'Maar ze heeft u niet verteld wat er was?'

'Nee. Ik heb haar nauwelijks gesproken. Ik had het razend druk, dus we hadden geen tijd om even te kletsen.'

'Ze heeft u niet verteld wat haar dwarszat?'

'Nee.'

'Zegt de naam Victor Parsons u iets?'

'Die nietsnut. Wat wilt u over hem weten?'

'Ik heb gehoord dat hij hier in het centrum heibel heeft geschopt.'

'Dat klopt, maar hij is echt zo'n type van veel geschreeuw en weinig wol. O, hij is wel degelijk een vervelende vent, hoor, maar ik kan me niet voorstellen dat hij... u weet wel.'

'Wat is er precies tussen hen voorgevallen?'

'Ik heb werkelijk geen flauw idee. Ik denk dat Jenn eraan toe was om te trouwen en kinderen te krijgen, maar dat hij dat niet wilde. Eerlijk gezegd heb ik de indruk dat hij een luilak is, een klaploper. Zonder hem was ze veel beter af.'

'Weet u of hij haar wel eens heeft geslagen?'

'Dat denk ik niet. Ze heeft er tenminste nooit iets over gezegd en ik heb ook nooit tekenen bij haar gezien die daarop duidden. Het verbreken van de relatie was een harde klap voor haar. Ze zei niet veel, maar je kon merken dat ze heel gestrest was, het arme kind. Ze viel enorm af en verwaarloosde zichzelf een beetje.'

'Dit speelde toch voordat ze Roy Banks had ontmoet?'

'O ja, absoluut. Tegen die tijd was ze alweer helemaal de oude. Ze had zelfs een paar keer een afspraakje gehad. Maar die waren op niets uitgedraaid.'

'En een week of twee geleden kwam Victor Parsons terug, heb ik gehoord.'

'Ja, die heeft hier een enorme scène gemaakt. Ik stond toevallig bij de receptie.'

'Wat wilde hij?'

'Hij smeekte haar om bij hem terug te komen. Beweerde dat hij zonder haar niet kon leven.' Georgina's lip krulde verachtelijk om. 'Waardeloos ettertje.'

'Zijn Roy Banks en hij elkaar hier wel eens tegengekomen?'

'Niet dat ik weet.'

'Zou dat misschien kunnen zijn geweest waarom Jennifer de afgelopen week zo van slag was? Victor? Of Roy?'

'Misschien hebben ze ruzie gehad of zo. Het is maar een gokje, hoor. Het kan evengoed iets heel anders zijn geweest.'

'U zei net dat ze heel erg betrokken was, graag mensen hielp.'

'Dat klopt.'

'Waren er de laatste tijd specifieke gevallen voor wie dat gold?'

'Ik dacht het niet. Ze heeft het tegen mij in elk geval niet over bepaalde cliënten gehad.'

'Heeft ze de naam Carmen Petri wel eens laten vallen?'

'Nee, niet dat ik me kan herinneren.'

'En de "late meisjes"? Weet u wat die uitdrukking betekent?'

'Ik ben bang van niet. In welke context?'

'Jennifer gebruikte die benaming tegen een vriendin om deze Carmen te omschrijven. "Een van de late meisjes." Het zegt u dus helemaal niets?'

'Nee. Het zou natuurlijk kunnen slaan op iemand die over tijd is of in een vergevorderd stadium van haar zwangerschap. U weet waarschijnlijk wel dat abortus bij de wet alleen maar is toegestaan tot aan de 24e week.'

'Ja,' zei Annie. 'Dat had ik zelf ook al bedacht. Heeft Jennifer hier, afgezien van Roy Banks en die Victor, wel vaker bezoekers gehad, dat u weet?'

'Nee, ik geloof het niet.'

'Kent u iemand die een donkerkleurige Mondeo heeft, zwart of donkerblauw?'

'Mijn vader heeft zo'n auto, maar ik neem aan dat u dat niet bedoelt.'

Annie glimlachte. 'Niet echt, nee. Verder niemand?'

'Nee. Sorry.'

'Denk u dat Jennifer u in vertrouwen zou hebben genomen als er iets mis was?'

'Hoe bedoelt u?'

'Hier in het centrum bijvoorbeeld. Als er hier iets vreselijks aan de hand was.'

'Ik begrijp niet helemaal wat u bedoelt, maar waarschijnlijk wel. Maar als hier iets ongepasts gaande was, zou Jenn daar beslist vanaf hebben geweten, want ze runde de boel hier vrijwel in haar eentje. Zij en dokter Alex Lukas, natuurlijk.'

'Dokter Lukas?'

'Alex. We tutoyeren elkaar hier allemaal.'

'Is hij er vandaag ook?'

'Zij. Eigenlijk heet ze Alexandra. Misschien was het u al opgevallen dat het centrum bij voorkeur vrouwen in dienst heeft. Dat heeft overigens niets te maken met positieve discriminatie. We hebben gemerkt dat de cliënten die we hier over het algemeen ontvangen, zich beter op hun gemak voelen wanneer ze door een vrouw worden geholpen.'

Dat kon Annie wel begrijpen. Zij had precies hetzelfde gehad toen ze een abortus wilde. Ze zou zeker niet hebben gewild dat een man haar allerlei vragen stelde of onderzocht.

'Moet u horen,' ging Georgina verder en ze boog zich een stukje naar voren, waardoor haar omvangrijke boezem op het bureau rustte. 'Ik kan absoluut geen enkele reden bedenken waarom iemand Jennifer zou willen vermoorden, maar als u denkt dat het iets met het centrum te maken heeft, zit u volgens mij op het verkeerde spoor. Ze had hier geen vijanden.'

'Ik moet alle mogelijkheden onderzoeken. Mijn werk bestaat nu eenmaal grotendeels uit het onderzoeken van alle mogelijkheden, mevrouw Roberts; je wilt achteraf niet voor paal staan omdat je iets heel voor de hand liggends over het hoofd hebt gezien.'

'Net als mijn werk, eigenlijk.'

'In welk opzicht?'

'Tja, het lijkt een beetje een cliché om mensen te vragen of ze met hun ouders overweg kunnen en hoe ze over hun vader denken, maar als achteraf blijkt dat er sprake was van een incestueuze relatie en je die mogelijkheid niet eens hebt onderzocht, maak je natuurlijk wel een heel erg domme indruk.'

'Ik begrijp wat u bedoelt. Kunt u verder nog iets bedenken wat ik zou moeten weten?'

'Nee, het spijt me.' Georgina zweeg even. 'Jenn is toch niet verkracht, hè?'

'Nee.'

'Ik bedacht me namelijk dat dit typisch iets zou zijn wat de politie voor zich houdt, want dat gebeurt toch?'

'Soms vinden we het inderdaad beter om belangrijke informatie voor ons te houden, maar dat geldt niet voor zoiets als dit. Jennifer is door haar hoofd geschoten, niet meer en niet minder.' Annie zag dat Georgina in elkaar kromp bij het horen van die harde opmerking.

'Wat ik maar niet kan begrijpen,' zei Georgina toen, 'is waarom iemand haar op die manier zou willen vermoorden. Begrijpt u me alstublieft niet verkeerd. Voor haar ben ik blij dat het snel voorbij was. Alleen zou ik het misschien iets beter kunnen bevatten als een of ander smerig, ziek mannetje haar had verkracht en vermoord om zijn eigen akelige lusten te botvieren. Maar dit...? Het is gewoon zo zinloos. Het lijkt inderdaad wel alsof iemand een reden had om haar te vermoorden.'

'We doen ons best om daarachter te komen,' zei Annie en ze stond op om te vertrekken. 'Als u verder nog iets bedenkt – het maakt werkelijk niet uit wat, iets wat Jennifer heeft gezegd of gedaan, of juist niet heeft gedaan, wat dan ook – neemt u dan alstublieft contact met me op. Hier hebt u mijn kaartje.'

'Dank u wel.' Georgina nam het kaartje aan en keek er even naar.

Op weg naar het kantoor van dokter Lukas hoorde Annie haar mobiele telefoontje overgaan. Ze liep de trap, haalde hem daar uit haar zak en nam op.

'Hallo?'

'Annie, met Dave. Dave Brooke.'

'Wat is er, Dave? Heb je iets voor me?'

'In zekere zin wel,' zei Brooke. 'Hou je vast. Het is geen goed nieuws.'

'Vertel op.'

'Gisteravond hebben we het lichaam van Roy Banks gevonden. Hij is vlak bij de Eye uit de Theems gevist.'

'Mijn god. Dat bericht dat vanochtend in de krant stond? Dat was Roy Banks?'

'Ja. Doodgeschoten. Zo te zien met een .22.'

'Is Alan...?'

'Hij heeft het lichaam geïdentificeerd. Vroeg ons om de identiteit nog even geheim te houden totdat hij het zijn ouders had verteld. Het was een flinke schok voor hem.'

'Dat kan ik me heel goed indenken. Arme Alan,' zei Annie. 'Kan ik iets doen?'

'Op dit moment niet. Hij is vanochtend naar Peterborough gegaan. Ik heb hem zojuist gesproken. Hij blijft een tijdje bij zijn ouders. Ik vond dat je het moest weten.'

'Ja. Bedankt, Dave. Wat is er toch in vredesnaam allemaal aan de hand?'

'Wist ik het maar.'

10

Dokter Grenville van het gezondheidscentrum bij hen in de wijk was al meer dan twintig jaar de huisarts van het gezin Banks, al sinds de tijd dat hij nog een eigen praktijk had, en toen Banks hem over de telefoon vertelde wat er was gebeurd, was hij uiteraard direct bereid om op huisbezoek te komen. De dokter, die altijd onberispelijk gekleed ging, inmiddels de pensioengerechtigde leeftijd naderde en peper- en zoutkleurig haar had met bijpassende snor, klakte een paar keer afkeurend met zijn tong, diende Ida Banks een kalmerend middeltje toe en schreef een recept uit, waarmee Banks vliegensvlug naar de apotheek ging. Op de terugweg had hij veel zin om er zelf een of twee van in te nemen, maar hij wist de verleiding te weerstaan. De komende dagen moest hij helder kunnen nadenken.

Ida Banks lag op de bank, een klein, verdwaasd figuurtje dat met een deken was toegedekt. Ze lag in zichzelf te mompelen, maar er was geen touw aan vast te knopen en na een tijdje dommelde ze in. Banks bood zijn vader een pil aan, maar deze keek hem met een blik vol afschuw aan en sloeg het aanbod af. Hij was moeilijkheden altijd strijdlustig tegemoetgetreden, was ze nooit uit de weg gegaan, en daar ging hij nu zeker geen verandering in brengen.

'Wat doen we nu?' vroeg hij aan Banks. 'Er zullen toch zeker wel formulieren moeten worden ingevuld en meer van dat soort zaken?'

'Maakt u zich maar niet druk, pap. Dat regel ik allemaal wel in Londen. Weet u misschien of Roy een testament had?'

'Een testament? Geen idee. Hij heeft het er nooit over gehad.'

'Ik zal zijn advocaat wel bellen. Hij staat in Roys telefoonboek. Ik moet toch een paar telefoontjes plegen. Mag ik de telefoon even gebruiken? Het is belangrijk.'

'Ga je gang. Bel maar zo lang en zo vaak als je wilt.'

Banks belde eerst Tracy op haar mobiele nummer. Hij wilde beslist niet dat zijn kinderen van de televisie of uit de krant moesten vernemen dat hun oom was vermoord.

'Hoi, pap.'

'Hoe gaat het met je?'

'Prima. Wat is er aan de hand?'

'Moet er dan per se iets aan de hand zijn, wanneer ik mijn eigen dochter bel?'

'Je klinkt een beetje raar.'

'Oké, je hebt deze keer helaas gelijk. Ik heb helaas slecht nieuws voor je,' zei Banks.

'Wat is er dan? Is er iets met je?'

'Met mij gaat alles goed,' zei Banks. 'Het gaat over oom Roy.'

'Wat is er dan met hem? Zit hij in de gevangenis?'

'Tracy!'

'Nou ja, jij dacht zelf toch ook altijd dat hij daar nog wel eens terecht zou komen?'

'Ik vind het heel erg dat ik je dit moet vertellen, maar hij is dood.'

Er viel een korte stilte aan de andere kant van de lijn, maar toen hoorde hij Tracy's stem weer, die licht trilde. 'Oom Roy? Dood? Meen je dat nou? Een ongeluk?'

'Nee. Het spijt me verschrikkelijk, liefje, maar hij is door iemand gedood. Ik weet niet hoe ik het je anders moet zeggen.'

'Hoe?'

Het had geen zin om het voor haar verborgen te houden, besefte Banks. Ze zou het snel genoeg te weten komen via de krant. 'Hij is doodgeschoten. Vermoord.'

'Jezus,' zei Tracy. 'Onze oom Roy. Vermoord.'

'Er zal in de kranten en op televisie uitgebreid aandacht aan worden besteed,' zei Banks. 'Ik wilde niet dat je er op die manier achter zou komen.'

'Kan ik iets doen?'

'Alles wordt geregeld. Zorg alleen dat je verslaggevers vermijdt, want die zullen je zeker komen opzoeken.'

'Zal ik anders een tijdje bij opa en oma gaan logeren?'

'Concentreer jij je nu maar op je studie. Ik zorg wel voor hen en ik zal ook proberen om binnenkort een keertje bij je langs te komen. Er is trouwens wel iets wat je voor me kunt doen.'

'En dat is?'

'Kun jij het aan je moeder laten weten?'

'Pap!'

'Alsjeblieft. Normaalgesproken zou ze het van mij niet eens hoeven weten. Ze had toch geen goede band met hem en zij heeft nu haar eigen leven. Maar er zal veel aandacht aan deze zaak worden geschonken. Straks staan er bij haar misschien ook verslaggevers op de stoep. Ik wil niet dat ze erdoor wordt overvallen.'

'O, goed dan. Maar het is wel kinderachtig. Jullie moeten toch een keertje met elkaar... Ach, laat ook maar. Ik vind het echt verschrikkelijk van oom Roy. Ik weet best... nou ja, ik weet ook wel dat we elkaar niet zo vaak zagen, maar hij stuurde altijd wel gave cadeaus.'

'Ja,' zei Banks. 'Ik moet nu ophangen. We bellen binnenkort wel weer.'

'Oké. Ik hou van je, pap.'

Vervolgens belde Banks Brian, die niet opnam. Banks liet een berichtje voor hem achter met het verzoek hem zo snel mogelijk terug te bellen en belde daarna inspecteur Brooke om hem te bedanken voor zijn medewerking en hem te laten weten dat hij Roys identiteit kon vrijgeven. Als laatste belde hij Corinne. Er viel een geschokte stilte, waarna hij aan haar stem kon horen dat ze helemaal ondersteboven was van het nieuws. Hij wilde maar dat hij haar kon helpen, maar het enige wat hij aan de telefoon kon doen was aanhoren hoe ze aan de andere kant van de lijn zachtjes huilde, en een paar nutteloze, troostende woordjes mompelen. Hij beloofde dat hij langs zou komen zodra hij weer in Londen was, wat volgens hem niet al te lang zou duren.

Hij had het nummer van Malcolm Farrow niet, dus dat zou moeten wachten tot hij weer naar Roys huis terugging. Toen drong het plotseling tot hem door dat hij daar waarschijnlijk voorlopig niet terechtkon, omdat het hele pand met tape zou zijn afgezet in verband met het politieonderzoek naar de moord op Roy. Hij aarzelde even, maar belde toen Annie op haar mobiele nummer. Ze was in gesprek. Brooke had haar naar alle waarschijnlijkheid al op de hoogte gebracht van Roy, dus sprak Banks alleen een berichtje in met het verzoek of ze hem in Peterborough zou willen bellen zodra ze daar kans toe zag; toen ging hij terug naar zijn vader en moeder.

'Zou je de gordijnen op de eerste verdieping willen dichtdoen, jongen?' vroeg Arthur Banks. 'Zo zou je moeder het graag willen.'

'Natuurlijk.' Banks herinnerde zich dat zijn moeder in zijn jeugd altijd de gordijnen op de eerste verdieping had dichtgedaan wanneer er iemand in de familie was overleden.

Toen Banks in zijn oude slaapkamertje stond, keek hij door het raam uit op de achtertuinen en het verlaten steegje daarachter, en hij kwam tot de ontdekking dat de nieuwbouwwijk met sociale woningbouw waaraan tijdens zijn laatste bezoek aan zijn ouders nog hard werd gewerkt, inmiddels vrijwel voltooid was. De meeste huizen stonden nog leeg en sommige hadden niet eens ramen, maar het braakliggende terrein achter hun huis, waar zolang hij zich kon herinneren onkruid had gewoekerd tussen weggegooide rubberen banden en andere troep, ging nu schuil onder lange rijen goedkope, eentonige woonhuizen. Hij had daar vroeger als kind gevoetbald en cricket gespeeld, had er als tiener zijn eerste zoen gehad en voor het eerst onhandig een meisjesborst betast. Hij probeerde zich te herinneren of Roy daar ook zulke memorabele momenten had meegemaakt, maar hij wist het niet. Als dat al zo was, dan was dat hoogstwaarschijnlijk toch pas geweest nadat Banks het huis uit was gegaan en dat was een tijd geweest waarin ze elkaar zelden spraken.

Eén gebeurtenis stond hem nog wel heel helder voor de geest. Toen hij een jaar of dertien was en Roy acht, had Banks gezien dat een oudere, grotere knul van een jaar of tien, elf Roy buiten op het veldje stond te treiteren. De jongen had Roy herhaaldelijk in zijn buik gestompt en hem uitgejouwd omdat hij een slappeling was, en Roy had tranen met tuiten gehuild. Banks was ernaartoe gerend om er een eind aan te maken en hoewel hij besefte dat hij zich net zo erg misdroeg als die pestkop, had hij zich niet kunnen beheersen en die klootzak een bloedneus en een kapotte lip bezorgd.

Het verhaal had nog een staartje gekregen ook, herinnerde hij zich, want de ouders van de jongen waren diezelfde avond nog bij hem thuis langsgekomen. Banks was er met slechts een waarschuwing dat hij in het vervolg kinderen van zijn eigen leeftijd moest nemen vanaf gekomen, maar dat kwam alleen doordat Roy zijn verhaal tot in de details kon bevestigen. Het had veel erger kunnen zijn. Hij had het toen dus voor Roy opgenomen en Roy had het voor hem opgenomen. Wat was er dan sinds die tijd veranderd? Wat had hen uit elkaar gedreven?

Zoals altijd wanneer hij weer eens een van zijn sporadische bezoekjes aan zijn ouderlijk huis bracht, nam Banks ook nu weer een kijkje in de kledingkast waar de dozen met de spullen uit zijn jeugd werden bewaard. De laatste paar keren had hij daar een ware schat aan oude platen, stripboeken, agenda's, boeken en speelgoed ontdekt. Er stonden ook dozen bij waaraan hij nog niet was toegekomen en hij vroeg zich af of een aantal daarvan misschien van Roy was.

De speelgoedkist met het hangslot was allang verdwenen, maar nadat hij een tijdje had gezocht, diepte hij een kartonnen doos op die vol zat met spullen die beslist niet van hem waren geweest: Corgi-autootjes – beter dan Dinkytoys, zo had Roy indertijd beweerd, omdat ze plastic raampjes hadden en de details veel realistischer waren – een postzegelalbum vol felgekleurde postzegels die niets waard waren, een reisschaakspel dat in een handige meeneemdoos zat, een verzameling Scalextric waarmee Banks nooit had mogen spelen en een aantal van die kleine duikbootjes die bij de cornflakes hadden gezeten, die dingen die je volstopte met zuiveringszout zodat ze zonken en weer boven kwamen drijven. Er zaten geen agenda's of oude schoolrapporten bij, niets waardoor het vage beeld dat Roys speelgoed van hem opriep een vastere vorm aannam, maar helemaal onder in de doos lag wel een Junior Driver, een speelgoedstuur. Banks zag onmiddellijk weer voor zich hoe Roy dat ding altijd tegen het dashboard van zijn vaders Morris Traveller drukte wanneer ze ergens naartoe gingen en net deed of hij reed. Zelfs toen was Roy al gek van auto's geweest.

Banks hield het plastic stuurwiel even vast, legde het toen terug in de doos, zette deze weer in de kast en deed de gordijnen dicht.

Halverwege de ochtend was iedereen op het hoofdbureau van politie van de westelijke divisie in Eastvale op de hoogte van de moord op Banks' broer. Gristhorpe zat met assistent-hoofdcommissaris McLaughlin in vergadering en de gemeenschappelijke werkruimte van de afdeling Ernstige Delicten was in een diepe stilte gehuld. Zelfs de telefoongesprekken werden bijna fluisterend afgehandeld. Het slachtoffer was weliswaar niet direct een van hun eigen mensen die tijdens het uitoefenen van zijn functie om het leven was gekomen, maar het zat er verdomme wel akelig dichtbij.

'Heb jij hem wel eens ontmoet?' vroeg Winsome aan Jim Hatchley, die Banks het langst kende van iedereen.

'Nee,' zei Hatchley. 'Ik had eigenlijk de indruk dat hij het zwarte schaap van de familie was. Alan had niet echt veel met hem op.'

'Maar toch,' zei Winsome. 'Het blijft wel familie.' Ze moest aan haar eigen jongere broer Wayne denken, die lesgaf op een school in Birmingham en die ze slechts zelden zag. Ze zou hem die avond bellen, besloot ze.

'*Aye*, dat is maar al te waar, meid,' zei Hatchley.

Winsome beet op haar lip en ging weer aan het werk. Ze had een beetje mazzel gehad in de speurtocht naar de Mondeo, eerst bij het regionale kantoor van de dienst voor wegverkeer in Wimbledon en vervolgens bij het landelijke registratie- en databasesysteem van de politie zelf. Er was op de dag van de moord op Jennifer Clewes een auto gestolen op een van de goedkope parkeerplaatsen voor lang parkeren bij Heathrow Airport die voldeed aan hun beschrijving, compleet met nummerbord beginnend met '51'. Toen de eigenaar van de auto, die sinds donderdag voor zaken in Rome was geweest, op zondagavond terugkwam en ontdekte dat zijn auto weg was, had hij onmiddellijk de plaatselijke politie ingelicht. Winsome had de politie van Heathrow gebeld, die het als eerste te horen zou krijgen als de auto ergens opdook, en hun gevraagd haar in dat geval zo snel mogelijk op de hoogte te stellen.

Als alle aanwijzingen in deze zaak naar Londen leidden, wat tot nu toe het geval was, dan kon het nog wel even duren voordat inspecteur Cabbot naar Yorkshire terugkeerde. Winsome benijdde haar. Ze zou beslist geen nee zeggen tegen een paar uurtjes lekker winkelen in Oxford Street of Regent Street. Niet dat Winsome verslaafd was aan het kopen van kleding, maar ze kleedde zich graag modieus en vond het fijn om er goed uit te zien, ook al hield dat in dat engerds als Kev Templeton haar met hun ogen uitkleedden. Ze deed het voor zichzelf, niet voor anderen.

Winsome wilde net beneden in de kantine gaan lunchen toen haar telefoon ging.

'Agent Jackman?' vroeg een onbekende stem.

'Daar spreekt u mee.'

'Met agent Owen, Heathrow.'

'Ja?'

'We hebben zojuist een melding binnengekregen over een gestolen auto, een donkerblauwe Mondeo. U hebt daar toch naar geïnformeerd?'

'Dat klopt,' zei Winsome met een potlood in de aanslag. 'Is er al iets bekend?'

'Het is helaas geen goed nieuws.'

'Kom maar op.'

'De lange versie of de korte?'

'Eerst maar de korte.'

'De auto is zondagochtend vroeg aangetroffen op de A13 vlak bij Basildon.'

'Waar ligt dat?'

'In Essex.'

'Fantastisch,' zei Winsome. 'Kan er een team van de technische recherche naartoe worden gestuurd?'

'Wacht even,' zei Owen. 'Ik was nog niet klaar. Ik zei inderdaad dat hij daar is aangetroffen, maar kreeg de kans niet om erbij te zeggen dat hij bij een ongeluk betrokken is geweest.'

'Ongeluk?'

'Ja, de bestuurder is de macht over het stuur kwijtgeraakt en heeft de auto tegen een telefoonpaal geparkeerd. Uit onderzoek is gebleken dat hij veel te hard reed.'

'Hebben jullie hem opgepakt?'

'Hij ligt in het mortuarium.'

'Verdomme,' zei Winsome. 'Hebben jullie hem al geïdentificeerd?'

'O, we weten inderdaad wie hij is. Zij naam is Wesley Hughes. De ellende is dat hij pas vijftien was.'

'Jezus christus,' fluisterde Winsome. 'Een kind nog. Maar waar zijn de twee mannen die wij zoeken dan gebleven? Volgens het signalement dat wij hebben, moeten ze veel ouder dan vijftien zijn.'

'Ik weet daar helaas niets van. We hebben trouwens in één opzicht wel geboft: er was een passagier bij en die is ongedeerd. Nou ja, een paar schrammen en sneeën, maar de dokter heeft hem onderzocht en verder is hij helemaal in orde. Een beetje geschrokken, natuurlijk, maar dat is niet echt verwonderlijk.'

'Hoe oud is hij?'

'Zestien.'

'Heeft de plaatselijke politie hem al gehoord?'

'Dat weet ik niet. Ik heb er verder niets meer mee te maken. Als ik u was, zou ik hen even bellen. Ik heb hier het nummer voor u. Brigadier Singh heeft daar de leiding. Verkeerspolitie.' Hij gaf Winsome het nummer. Ze bedankte hem en hing op.

Ze belde brigadier Singh van het politiekorps van Essex meteen op het hoofdbureau van politie van Basildon. Hij nam vrijwel direct op.

'Ach ja, ik dacht wel dat u zou bellen,' zei hij. 'Een ogenblikje, alstublieft.' Winsome ving enkele gedempte woorden op aan de andere kant van de lijn en toen was Singh weer terug. 'Mijn excuses daarvoor. Het kan hier nogal rumoerig zijn.'

'Dat geeft niet. Wat kunt u me vertellen?'

'Het is een enorme puinzooi.'

'Weten we zeker dat het de juiste Mondeo is?' Singh las het kenteken voor. Dat kwam overeen met het nummer dat ze van de dienst voor wegverkeer en het landelijke registratie- en databasesysteem van de politie had gekregen. 'Agent Owen heeft me in het kort verteld wat er is gebeurd,' zei Winsome. 'Hebben jullie al gesproken met de jongen die het heeft overleefd?'

'Amper. Het heeft een eeuwigheid geduurd voordat we zijn ouders hadden opgetrommeld en toen we hen eenmaal hadden gevonden, bleken ze het opentrekken van een nieuwe fles goedkope wijn te prefereren boven een bezoekje aan het politiebureau. Geen wonder dat het met de jeugd van tegenwoordig helemaal de verkeerde kant opgaat. Maar goed, hij heet Daryl Gooch en het is een brutaal huftertje, maar het ongeluk en een treffen met inspecteur Sefton hebben er wel voor gezorgd dat hij nu een toontje of wat lager zingt.'

'Wat is er volgens hem gebeurd?'

'Hij beweert dat zijn maatje Wesley Hughes en hij de auto op Mile End Road in Tower Hamlets zagen staan toen ze op zondagochtend om een uur of halfvier terugkwamen van een feestje.'

'Tower Hamlets?'

'Ja, in de East End.'

'Ik weet waar het is. Ik had het alleen niet verwacht en ik begrijp het ook niet. Ik dacht dat de auto op vrijdag bij Heathrow was gestolen door twee mannen van in de veertig, die ermee naar Yorkshire zijn gereden om daar op zaterdagochtend in de kleine uurtjes een moord te plegen. Maar nu hoor ik dat hij zondagochtend vroeg in Tower Hamlets is gestolen door twee jonge joyriders. Het is allemaal erg verwarrend.'

'Tja,' ging Singh verder, 'daar weet ik verder niets van, maar dit is wat er volgens Daryl Gooch is gebeurd. De jonge Daryl beweert dat het portier aan de bestuurderskant openstond, de sleutel in het contact zat en er verder niemand te bekennen was, dus bedachten zijn vriendje en hij dat het wel een goed idee was om een stukje buiten de stad te gaan rijden. Jammer genoeg kon zijn vriend niet autorijden. Getuigen hebben verklaard dat hij tegen de 160 reed toen hij de macht over het stuur verloor. Daryl zegt dat ze bezopen en stoned waren van het feestje.'

'Gelooft u hem?'

'Dat weet ik nog niet,' zei Singh, 'maar het lijkt me dat het zo weinig zin heeft voor hem om er nu nog over te liegen.'

'Sommige jongeren liegen uit gewoonte,' zei Winsome.

'Daar hebt u gelijk in. Hoe dan ook, de jongens komen allebei uit Tower Hamlets, dus die hebben beslist geen enkele reden gehad om helemaal naar Heathrow te gaan. Het zijn niet bepaald jetsetters. Enig idee wanneer die auto daar precies is gestolen?'

'Niet echt,' zei Winsome. 'Tussen donderdag- en vrijdagavond, vermoed ik.'

'Het spijt me dat ik u niet verder kan helpen,' zei Singh. 'Bel me gerust als u nog meer vragen hebt.'

'Bedankt,' zei Winsome. 'Dat zal ik zeker doen.'

Ze hing op en beet peinzend op haar potlood terwijl ze probeerde alles op een rijtje te zetten. Als het inderdaad dezelfde Mondeo was die op vrijdagavond in de buurt van Jennifer Clewes' flat was gesignaleerd en die Roger Cropley bij Watford Gap had gezien, dan waren de twee mannen na de moord op Jennifer en de inbraak in Banks' cottage waarschijnlijk 's nachts teruggereden naar Londen, waar ze de auto een dag lang ergens verborgen hadden gehouden om hem vervolgens te dumpen in een louche buurt waar de kans dat hij binnen de kortste keren was verdwenen zeer reëel was, en waren ze daarvandaan te voet naar huis teruggegaan, waar dat ook mocht zijn. Daaruit bleek wel dat deze mannen er niet voor terugschrokken om zich 's avonds laat in een gevaarlijke buurt te begeven.

Het was een goede zet geweest om een auto te stelen van een parkeerplaats voor lang parkeren, want de kans dat de diefstal niet onmiddellijk werd opgemerkt en gemeld was vrij groot. Was dat wel gebeurd, dan was het natuurlijk altijd mogelijk dat hij werd opgepikt door het Automatic Number Plate Recognition-systeem, waarbij een camera de nummerborden van passerende auto's afleest en vergelijkt met de databestanden met vermiste of gestolen voertuigen. Dat was deze keer dus niet gebeurd; de eigenaar van de auto had de diefstal pas op zondagavond aangegeven en tegen die tijd stond de auto al tegen een telefoonpaal bij Basildon geparkeerd.

De kans dat er nu nog sporen op de Mondeo zouden worden aangetroffen, was praktisch nihil, wist Winsome, maar ze konden tenminste nog wel de banden controleren en het was best mogelijk dat de mannen door iemand in Tower Hamlets waren gezien toen ze de auto daar dumpten. Ze moest maar weer eens wat telefoontjes plegen.

Het kantoor van dokter Lukas had hetzelfde rustgevende interieur als de rest van het Berger-Lennox Centrum. De stoelen waren zacht en comfortabel, aan de zeegroene muren hingen kleurrijke stillevens en er was nergens een doktersattribuut te bekennen, zelfs geen injectiespuit. Dat was natuurlijk ook wel logisch, bedacht Annie, want dokter Lukas voerde zelf geen abortussen uit, tenminste niet hier, dus was er ook niet echt behoefte aan dergelijke zaken. Er was echter wel een behandelkamer en Annie had het sterke vermoeden dat er achter die deur een tafel, doktersinstrumenten en beensteunen klaarstonden.

'Diep tragisch, die kwestie rond Jennifer,' zei dokter Lukas nog voordat Annie haar iets had gevraagd. 'Ze was zo jong en energiek.' De dokter sprak met een licht accent dat Annie niet helemaal kon plaatsen. In elk geval Oost-Europees.

'Dat is het zeker,' zei Annie instemmend. 'Kende u haar goed?'

'Niet echt. We werkten natuurlijk samen, maar verder dan dat ging het eigenlijk niet. Onze banen zijn heel verschillend, maar we spraken elkaar regelmatig om ervoor te zorgen dat alles in het centrum op rolletjes liep.'

'Maar buiten het werk ging u niet met haar om?'

Dokter Lukas glimlachte zwakjes. 'Ik heb vrijwel geen sociaal leven,' zei ze. 'Dus nee, buiten het werk gingen we niet met elkaar om.'

Annie liet haar blik door de ruimte glijden. 'Het is een mooi pand,' zei ze. 'Een mooi centrum ook. Het onderhoud zal wel het nodige kosten. Ik neem aan dat het goed gaat met de zaken?'

'Voorzover ik weet wel,' zei dokter Lukas. 'Jennifer ging over de financiële kant. Ik hou me alleen met mijn eigen werk bezig.'

'Iedereen die ik tot nu toe heb gesproken, zegt dat Jennifer in de week voor de moord niet zichzelf was. Ik heb gehoord dat ze nerveus was, gespannen, bezorgd. Is u dat ook opgevallen?'

'We hadden afgelopen woensdag een vergadering,' zei dokter Lukas, 'en nu ik er over nadenk, maakte ze inderdaad een wat gespannen indruk.'

'Maar u hebt geen idee waarom dat was?'

'Ik ging ervan uit dat ze relatieproblemen had, maar zoals ik net al zei: ik weet niets over haar privé-leven.'

'Waarom ging u er dan van uit dat ze relatieproblemen had?'

Dokter Lukas glimlachte. Ze was een tengere, kleine vrouw van een jaar of veertig, met kort, donker haar dat hier en daar al wat grijs werd, ingevallen wangen en uitstekende jukbeenderen, en een vermoeide blik in haar ogen. Uit haar lichaamstaal bleek dat ze heel nerveus was, heel gespannen. 'Ik weet dat ik geen voorbarige conclusies mag trekken,' zei ze, 'maar Jennifer was een zeer aantrekkelijke vrouw en ik heb haar hier verschillende keren in het gezelschap van een man zien vertrekken.'

Dat moest Banks' broer Roy zijn geweest. 'Ja, we zijn al van zijn bestaan op de hoogte,' zei Annie. 'Volgens ons is dat niet wat haar dwarszat.'

De dokter spreidde haar handen voor zich uit op het bureau, met haar handpalmen naar boven. 'Dan kan ik u verder niet helpen,' zei ze.

'En haar vorige vriend, Victor Parsons? Hebt u hem wel eens ontmoet?'

'Niet dat ik weet.'

'Blijkbaar heeft hij hier bij het centrum enkele keren stennis geschopt.'

'Ik zit hier boven vrij geïsoleerd,' zei dokter Lukas. 'Waarschijnlijk heb ik er gewoon helemaal niets van gemerkt.'

'Toen Jennifer haar huidige vriend hier ontmoette, begeleidde hij een jonge vrouw van wie iedereen aannam dat het zijn dochter was. Ze heet Corinne en ik geloof niet dat zij zijn dochter is. Hebt u haar behandeld?'

'Wanneer is ze hier geweest?'

'Ongeveer twee maanden geleden. In april.'

Dokter Lukas keerde zich om naar de laptop op haar bureau en drukte een paar toetsen in. 'Corinne Welland?'

'Ik neem aan dat zij dat is,' zei Annie. 'Ik weet niet wat haar achternaam is.'

'Dat is de enige Corinne die bij me is geweest.'

'Dan zal ze het wel zijn.'

'In dat geval is het antwoord ja,' zei dokter Lukas. 'Maar ik wist absoluut niet of ze de dochter van die man was of niet. Ik heb hem nooit ontmoet en ze heeft nooit iets over hem gezegd. Het was een zeer eenvoudig consult.'

'Hoe is het met haar afgelopen?'

'Ze heeft de zwangerschap laten onderbreken en ik neem aan dat ze daarna verder is gegaan met haar leven.'

'Zegt de naam Carmen Petri u iets?'

'Nee,' antwoordde dokter Lukas net iets te snel naar Annies zin.

'Weet u dan misschien wat "late meisjes" zijn?'

'Meisjes die over tijd zijn misschien? Ik zou het echt niet weten.'

'Wat doen jullie met meisjes die zwanger zijn en in een te laat stadium bij jullie komen voor een abortus?'

'In dat geval weigeren we een zwangerschapsonderbreking te regelen. Om te beginnen is het in strijd met de wet en verder is het ook erg gevaarlijk.'

'En wanneer de moeder of de foetus in gevaar is?'

'Dan wel, natuurlijk. In zo'n geval is een ingreep toegestaan. Maar dat is strikt genomen geen abortus; dat is een operationele handeling die wordt uitgevoerd om een leven of levens te redden. Een noodmaatregel.'

'Ja, ik begrijp dat dat iets anders is,' zei Annie. 'Heeft het centrum ooit te maken gehad met een dergelijke ingreep?'

'Niet dat ik weet.'

'En u, als arts, zou dat hebben geweten?'

'U kunt natuurlijk informeren bij de klinieken waar daadwerkelijk zwangerschapsonderbrekingen worden uitgevoerd, maar ik betwijfel het ten zeerste. Onze voornaamste taak is gezinsplanning, hoewel we daarnaast ook een aantal andere diensten aanbieden die de meeste vergelijkbare centra niet hebben. Iemand bij wie na 24 weken alsnog de zwangerschap moet worden beëindigd, wordt automatisch naar een ziekenhuis doorverwezen. Dan betreft het niet langer een persoonlijke beslissing, maar vormt het een medisch probleem.'

'Juist ja,' zei Annie. Hier schoot ze niet echt iets mee op. Als het centrum meewerkte aan illegale abortussen, zou dokter Lukas dat zeker niet zomaar toegeven; verder was Annie er niet helemaal van overtuigd dat ze de naam Carmen nog nooit had gehoord en het ontwijkende antwoord op de vraag over de late meisjes was haar ook niet ontgaan. Misschien moest ze over een tijdje nog een keer met dokter Lukas gaan praten, bedacht ze, terwijl ze opstond en beleefd afscheid nam. In elk geval nadat ze Victor Parsons had gesproken. En de volgende keer zou ze er wel voor zorgen dat dat gesprek niet weer in de steriele omgeving van het Berger-Lennox Centrum plaatsvond, want daar was dokter Lukas duidelijk gewend om de leiding te hebben.

Kev Templeton werd het al snel zat om de hele tijd aan de telefoon te hangen. Hij was een man van de daad; iemand op stang jagen of in de kraag grijpen, dat was meer iets voor hem. Nu het maandag was en de wereld weer tot leven kwam, was hij in zijn element. Met toestemming van Gristhorpe had hij een ontmoeting geregeld met brigadier Susan Browne, die nog altijd aan de zaak-Claire Potter werkte. Ze hadden voor een late lunch afgesproken in een pub die ongeveer halverwege Eastvale en Derby in de buurt van de M1 was en om halfdrie draaide Templeton de parkeerplaats op met in zijn achterhoofd de gedachte dat als die Susan Browne een beetje een lekker ding was, hij voor het eind van de dag misschien nog wel een wip kon maken.

Hij slenterde door de slecht verlichte, grotachtige bar, waar een paar vaste klanten rokend naar een cricketwedstrijd op televisie zaten te kijken, en wandelde door de achterdeur de tuin in. Templeton wist niet of hij er gekleed in spijkerbroek, T-shirt en sportschoenen, en met een Ray-Ban op zijn neus, als een politieman uitzag.

Hij liet zijn blik langs de tafels glijden, op zoek naar de vrouw met wie hij een afspraak had. Het kon er maar één zijn, en toen hij naar haar toe liep en zij opstond en haar hand uitstak om zich voor te stellen, zonk Templetons moed hem in de schoenen. Ze was klein en een beetje te dik om haar heupen, helemaal niet zijn type. Hij hield van die Keira Knightly-types, jonge veulens met een lenig lijf en lange benen. Maar ach, ze had wel mooie ogen, zag hij, en ze leek hem best aardig. Ook droeg ze om de ringvinger van haar linkerhand een dunne, gouden ring. Voor haar op de witte tafel stonden een glas bronwater met prik en een menukaart, zo'n kleurig, geplastificeerd geval die ze standaard voerden in pubs die deel uitmaakten van een keten, het enige soort pub waar je op maandagmiddag om halfdrie nog kon lunchen.

'Zullen we eerst maar even bestellen, dan hebben we dat maar gehad,' zei ze en ze schoof de kaart naar hem toe. 'Ik weet al wat ik neem.'

Templeton liet zijn blik over de kleurrijke afbeeldingen van hamburgers, curryschotels en fish&chips glijden, bedacht dat hij eigenlijk niet zo'n trek had en besloot dat hij wel genoeg had aan een broodje garnaal. Susan zei dat ze een cheeseburger met friet wilde. Hij wilde het haar met het oog op de omvang van haar middel nog afraden, maar bedacht net op tijd dat dit waarschijnlijk geen al te diplomatieke manier was om het gesprek mee te beginnen.

Hij gaf hun bestelling door aan de bar, haalde een glas cola voor zichzelf en liep weer naar de tuin. Hun tafel stond in de schaduw van een enorme bruine beuk en er waaide een licht briesje, dat af en toe met Susans kleine, blonde krullen speelde en ritselend door de bladeren joeg. Aan de andere kant van de tuin speelden een paar kinderen bij de schommels en de draaimolen, terwijl hun ouders aan een van de nabijgelegen tafeltjes van de zon genoten. Templeton legde zijn Ray-Ban op tafel, zodat brigadier Browne goed zicht had op zijn bruine ogen, die al menig hart hadden doen smelten.

'Je werkt dus bij het hoofdbureau van de westelijke divisie?' vroeg ze.

'Ja,' zei Templeton.

'Eastvale?'

'Ken je het soms?'

'Ik heb er vroeger zelf gewerkt. Hoe gaat het met inspecteur Banks? Die zit daar toch nog steeds?'

Templeton grinnikte. 'We hebben nog niet alle dienders van de oude stempel de deur uitgezet.'

Susan Browne fronste haar wenkbrauwen. 'Als ik me het goed herinner, behaalde hij altijd uitstekende resultaten en hij was een prima baas.'

'Ach, nou ja... Wanneer heb jij daar gewerkt?'

'Een paar jaar geleden. Ik ben er vlak nadat ik mijn brigadiersexamen had behaald weggegaan. Heb een jaar uniformdienst gedraaid in Avon en Sommerset, en ben toen overgeplaatst naar de CID in Derbyshire. Hoe maakt inspecteur Banks het? Ik heb gehoord van die brand. Heb hem nog een kaart gestuurd ook.'

'Redelijk,' zei Templeton, die besefte dat hij op zijn woorden moest passen, nu Susan Browne had laten merken waar haar loyaliteiten lagen. 'Of eigenlijk gaat het op dit moment waarschijnlijk even niet zo heel goed met hem. Ze hebben gisteravond het stoffelijk overschot van zijn broer uit de Theems gehaald.'

'Jezus,' zei Susan. 'Wat afschuwelijk. Zou je hem mijn condoleances willen overbrengen?'

'Tuurlijk.'

'Hoe is het gebeurd?'

'Alles wijst erop dat hij is vermoord. Doodgeschoten. Kende je hem?'

'Nee. Maar het blijft verschrikkelijk nieuws. Arme Alan. Zeg hem alsjeblieft dat ik het vreselijk voor hem vind. Ik heette toen nog Susan Gay. Hij weet vast nog wel wie ik ben. Browne is de naam van mijn man.'

Iets in haar stem weerhield Templeton ervan om een opmerking te maken over haar naam. Stel je eens voor dat je met een naam als Gay door het leven moest, dacht hij. Geen wonder dat ze na haar huwelijk de naam van haar man had aangenomen.

'En doe ook de groeten aan hoofdinspecteur Gristhorpe en Jim Hatchley, als die daar tenminste nog werken.'

'Komt voor elkaar.'

'Goed.' Susan joeg een wesp weg van de rand van haar glas. 'Aan het werk dan maar.'

'Claire Potter,' zei Templeton. 'Al iemand op het oog?'

'We hebben geen enkele verdachte. Behalve misschien...'

'Ja?'

'Tja, kun je je voorstellen hoe vaak hij moet hebben geoefend, hoe vaak hij iemand is gevolgd om vervolgens tot de ontdekking te komen dat ze al thuis was voordat hij kon toeslaan? Om een onderneming als deze te laten slagen, moeten er heel wat dingen goed gaan. Een vrouw die 's avonds laat een onverlicht landweggetje inslaat, niemand in de buurt, een portier aan de bestuurderskant dat niet op slot zit. We hebben natuurlijk navraag gedaan en zijn er toen achter gekomen dat een paar maanden eerder, op 20 februari om precies te zijn, een vrouw die ten noorden van Sheffield de M1 had verlaten op vergelijkbare wijze is aangevallen, alleen had zij haar portierdeuren op slot. Paula Chandler.'

'Hoe is dat afgelopen?'

'Ze is erin geslaagd de motor te starten en weg te rijden. Hij is niet achter haar aan gegaan.'

'Signalement?'

'Niets bruikbaars. Het was donker en ze was doodsbang. Ze heeft zijn gezicht niet goed kunnen zien, omdat ze wanhopig probeerde de auto weer aan de praat te krijgen toen hij aan haar portier stond te rukken. Hij droeg een donker pak, zei ze, en hij had een trouwring om. Ze zag zijn hand toen hij naar het handvat greep.'

'Geen handschoenen?'

'Nee. Ze zei dat ze de ring heel duidelijk kon zien.'

'Vingerafdrukken?'

'Alleen wat vage vlekken.'

'Type auto?'

'Dat kon ze niet zeggen. Ze wist alleen maar dat hij een donkere kleur had, blauw of groen. Een compact model. Mogelijk een Japanner.'

Roger Cropley had een donkergroene Honda, herinnerde Templeton zich, en hij voelde een kleine rilling van opwinding. En hij droeg een trouwring.

'Daar heb je niet echt veel aan, hè?' zei hij.

'Heel frustrerend. En er zijn er nog meer, allemaal even vaag. Eén meisje dacht dat ze misschien door een auto is gevolgd en een ander heeft ons laten weten dat iemand haar bij een benzinestation heel vreemd had staan aankijken. Dat soort dingen. We hebben alles nagetrokken, maar het heeft niets opgeleverd.'

'En toch denk je dat het dezelfde man is geweest?'

'Ja. Ik zei het net al: hij moet heel vaak hebben geoefend en hij moest een beetje mazzel hebben. En Paula Chandler heeft bij het wegrestaurant van het benzinestation van Newport Pagnell even iets gegeten.'

'Denk je dat hij daar zijn slachtoffers oppikt, bij wegrestaurants?'

'Ja. Het ligt voor de hand. Je zoekt laat op de avond een vrouw die in haar eentje reist, volgt haar en kijkt of ze misschien een rustige binnenweg neemt. De aanvallen die bij ons zijn aangegeven, vonden allebei laat op de vrijdagavond plaats en in beide gevallen was het slachtoffer vlak daarvoor bij een benzinestation geweest.'

'Vertel me eens iets meer over Claire Potter.'

'Haar auto is in een greppel teruggevonden en de technische recherche heeft aanwijzingen gevonden die erop wijzen dat ze van de weg is gedrukt.'

'Bandensporen?'

'Niets waar we iets mee konden.'

'Waar is ze precies verkracht en vermoord?'

'In een stukje bos daar vlakbij.'

'En niemand heeft gemeld dat hij daar auto's had gezien?'

'Nee. Misschien is er niemand langsgekomen of anders wilden ze er niet bij betrokken worden. Pas de ochtend erop is een man die in een bestelwagen langsreed nieuwsgierig geworden en meldde hij ons dat er een auto in de greppel lag. Ons team heeft toen het gebied doorzocht en haar zo gevonden.' Brigadier Browne zweeg even en nam een slokje water. 'Ik was erbij. Het was vreselijk. Een van de ergste.'

'Wat heeft hij haar aangedaan?'

Het viel Templeton op dat Susan Browne hem tijdens het praten niet aankeek.

'Alles wat je maar kunt bedenken. Haar kleding was van het lijf gescheurd. Ze was verkracht, zowel vaginaal als anaal. Ook had hij een scherp voorwerp gebruikt om haar te penetreren. We hebben vlak bij het lichaam een tak gevonden die onder het bloed zat. Vervolgens heeft hij haar gestoken en is ze doodgebloed. Vijftien steekwonden. Borst, buik, schaamstreek. Ik heb nog nooit zo'n verwoestende woede gezien.'

'DNA?'

'Nee. Of hij heeft een condoom gebruikt, of hij heeft geen zaadlozing gehad.'

'Heeft het lab sporen gevonden van een glijmiddel?'

'Nee.'

'Ik neem aan dat ze de grond om haar heen ook hebben onderzocht?'

'Uiteraard. Geen sperma. Geen DNA. Hij had haar met chloroform verdoofd, zodat ze zich niet kon verzetten, hem niet kon krabben.'

'Geen haar of huidcellen dus?'

'Nee. De dader is heel voorzichtig te werk gegaan en blijkbaar heeft hij de
plaats delict na afloop goed opgeruimd.'

'Ze zien altijd wel iets over het hoofd.'

'Deze keer niet. Er was daar een beekje vlakbij. Hij had haar zelfs gewassen
en keurig netjes neergelegd. Haar kapotgescheurde kleding lag naast haar.
Hij had haar gezicht bedekt met haar eigen ondergoed.'

'Jezus. En het mes?'

'Een heel normaal steekmes. Zo een dat je vrijwel overal kunt kopen.'

'Claire is toch het laatst gezien bij het benzinestation van Trowell?'

'Inderdaad. Ze heeft daar even een kop koffie gedronken. De vrouw achter
de kassa van het wegrestaurant kon zich haar nog herinneren.'

'Maar er was niemand die opvallend veel belangstelling voor haar toonde?'

'Blijkbaar niet. En ze had geen benzine nodig, want haar tank was nog
meer dan halfvol, dus ze is niet bij de pomp geweest.'

'Sporen op de auto? Krassen in de verf, kapotte koplampen, dat soort zaken?'

'Nee. De auto was onbeschadigd. Degene die dit heeft gedaan, heeft haar
waarschijnlijk gesneden en toen is ze om een botsing te voorkomen uitge-
weken en in de greppel beland.'

Hun bestelling werd gebracht en omdat ze allebei dorst hadden gekregen
van de warmte haalde Templeton nog een glas bronwater voor Susan en
een cola voor zichzelf. 'Die zaak waaraan jij werkt,' zei Susan toen hij terugkwam, haar cheeseburger al half op. 'Denk je echt dat er een verband
is?'

'Dat weet ik nog niet. Het is een vreemde kwestie. Luister eens, het is misschien een beetje een rarc vraag, maar denk je dat het mogelijk is dat Claire
Potter door twee mensen is vermoord?'

'Dat is een scenario dat we niet echt in overweging hebben genomen. Bij
dit soort zaken wijzen de enorme woede en de plek van de verwondingen
er gewoonlijk op dat de dader seksueel gefrustreerd is en die types werken
over het algemeen alleen.'

'En Fred en Rosemary West dan?'

'Daarom zei ik ook gewoonlijk. We hebben wel allerlei andere mogelijkheden de revue laten passeren, maar we zijn er vrij zeker van dat het één man was. Het moet erg snel zijn gegaan, net als bij jullie, alleen is Claire niet doodgeschoten. Ze heeft veel erger en veel langer geleden.' Susan nam een slokje bronwater. 'Het is moeilijk te zeggen of er meer verschillen dan overeenkomsten zijn,' zei ze. 'Waarschijnlijk wel, als je het reëel bekijkt. Zelfs als je een verklaring kunt vinden voor de verschillende wapens, dan nog blijft het een feit dat onze moordenaar compleet is doorgeslagen, een enorme woede heeft vertoond. Jullie moordenaar heeft het slachtoffer in koelen bloede doodgeschoten en is toen weggereden. Dat heeft meer weg van een executie dan een mislukt zedendelict.'

'Je hebt waarschijnlijk wel gelijk,' zei Templeton, 'maar we moesten het toch natrekken. Dit type moordenaar slaat toch meestal vaker toe?'

'Moordenaars met een seksuele frustratie, bedoel je? Ja, soms wel. Het valt natuurlijk nooit echt te voorspellen, maar de kans dat hij zich voor langere tijd gedeisd houdt, is niet erg groot. We hebben er profilers bijgehaald en er enkele zeer goede computerprogramma's op losgelaten, en alles wijst erop dat het heel waarschijnlijk is dat hij opnieuw zal toeslaan. Claire Potter is tenslotte alweer bijna twee maanden geleden.' Ze zweeg even. 'Er is nog iets, wat nooit in de kranten heeft gestaan.'

'Wat dan?'

'Hij heeft een aandenken meegenomen.'

'Wat?'

'Een tepel. De linker, om precies te zijn.'

'Jezus christus,' zei Templeton. Hij staarde naar zijn broodje garnaal, voelde dat hij misselijk werd en nam een slokje cola.

'Sorry,' zei Susan. 'Ik vond dat we niets moesten achterhouden. Ik ga ervan uit dat dit bij Jennifer Clewes niet is gebeurd?'

'Nee,' zei Templeton.

Susan had haar eten op. Ze schoof het bord weg. 'Is er verder nog iets wat ik moet weten?'

Templeton dacht terug aan het interview van zondag. 'We hadden een mogelijke verdachte. In de zaak-Jennifer Clewes dan.'

'O?'

'Ja. Een zekere Cropley. Roger Cropley. Hij heeft haar blijkbaar nogal aandachtig zitten opnemen in het wegrestaurant en bij de benzinepomp, en is achter haar aan gereden toen ze naar de snelweg terugreed. Het probleem is alleen dat hij een alibi heeft.'

'Betrouwbaar?'

'Waterdicht. Hij stond met autopech op de vluchtstrook. Heeft de wegenwacht gebeld. Die heeft het tijdstip bevestigd. Hij kan Jennifer Clewes onmogelijk hebben vermoord.'

'Jammer.'

'Dat wil natuurlijk nog niet zeggen dat hij het niet van plan was,' ging Templeton verder. 'Het is namelijk wel een vreemd mannetje. Deed in eerste instantie net of het een spelletje was toen we hem kwamen ondervragen, maar raakte na een tijdje geïrriteerd en begon te sputteren. Werkt blijkbaar in Londen en reist elke week op en neer. Op vrijdagavond, om precies te zijn. En meestal pauzeert hij onderweg ergens. Draagt waarschijnlijk vaak een donker pak. Rijdt in een donkergroene Honda. Is getrouwd. Heeft een trouwring om. Hij zit vrijwel elke vrijdag op de M1. Niet altijd op zo'n laat tijdstip, zei hij, maar soms ook wel. Ik zat zo te denken... nu ja, je snapt het wel, hè?'

'Ach, het kan geen kwaad om nog een keer een babbeltje met hem te gaan maken, denk ik,' zei Susan. 'En mocht je hem dan nog verdacht blijven vinden, dan kan ik misschien ook eens met hem gaan praten. Ik neem aan dat de leidinggevende in jullie zaak daar wel toestemming voor geeft?'

'Dat zou ik wel denken. Het is niet veel, dat geef ik toe,' zei Templeton, 'maar er was iets met hem.'

'Een voorgevoel?'

'Zo kun je het ook noemen. Ik geloof namelijk dat voorgevoelens zijn opgebouwd uit honderden kleine dingen die we onbewust hebben opgepikt. Lichaamstaal. De toon waarop iets wordt gezegd. Kleine dingen, dus. Bij elkaar vormen ze een voorgevoel.'

'Je zou best gelijk kunnen hebben,' zei Susan glimlachend. 'In mijn geval noemen ze dat meestal vrouwelijke intuïtie.' Ze keek op haar horloge. Een mooi gouden gevalletje, zag Templeton. Haar man moest aardig wat verdienen. Werkte dus waarschijnlijk niet bij de politie. 'Ik moet ervandoor,' zei ze. 'Bedankt voor de informatie. Laat je me weten hoe het met Cropley afloopt?'

'Absoluut,' zei Templeton.

'En doe iedereen op het bureau de groeten van me, en breng mijn condoleances over aan Alan Banks.'

'Komt voor elkaar.'

Templeton keek haar na toen ze wegliep. Ze had beslist geen lelijke benen. Als ze iets aan dat zwembandje deed, zou hij best eens een poging willen wagen, getrouwd of niet getrouwd. Hij verjoeg een vlieg van zijn half opgegeten broodje garnaal en het beest bleef even irritant om zijn hoofd heen zoemen voordat het zigzaggend tussen de bomen verdween. Hij moest maar weer eens teruggaan naar Eastvale, dacht hij, om te kijken of daar nog nieuws was.

11

Maandag aan het eind van de middag kwam de regen onverwachts weer met bakken uit de hemel en kletterden de druppels luidruchtig op de voorruit van Dave Brookes Citroën, waarin hij samen met Annie tijdens de spits naar Tower Hamlets reed, niet bepaald een plek die je vaak in een reisgids van Londen zou aantreffen. Ze bevonden zich op Bow en het huis dat ze zochten maakte deel uit van een rijtje vervallen huizen die zowel de bombardementen als de woningsanering hadden overleefd. Aan de overkant van de weg lag een enorm stuk braakliggend terrein, vol met flinke plukken onkruid die door de scheuren in het asfalt omhoogkropen en omheind met een hek van draadgaas van een meter tachtig hoog waarboven prikkeldraad was gespannen. Waarom het terrein was afgezet of door wie, dat wist Annie niet. Ze vermoedde dat het zou worden volgebouwd. Aan de andere kant van het braakliggende terrein stonden nog meer groezelige huizen in de striemende regen, met donkere, leistenen daken, en daarachter rezen woontorens als sombere monolieten omhoog tegen de grauwgrijze lucht.

'Mooi, hè?' zei Brooke, alsof hij haar gedachten kon lezen.

Annie lachte. 'Het is maar net wat je mooi noemt.'

'Het is een stukje geschiedenis,' zei Brooke. 'Geniet er maar van zolang het nog kan. Binnen een jaar of wat staat het hier waarschijnlijk helemaal vol met nieuwe woontorens of een gigantisch uitgaanscentrum.'

'Zo te horen vind je het jammer als dit verdwijnt.'

'Misschien is dat ook wel zo. We zijn er.' Hij zette zijn auto stil aan de rand van de stoep en ze keken naar nummer 46. De voordeur kon wel een lik verf gebruiken om de barsten en krassen te bedekken die door de tijd en wellicht ook onervaren inbrekers waren achtergelaten, zag Annie.

Alf Seaton, een gepensioneerde scheepstimmerman, had niet alleen gezien dat Wesley Hughes en Daryl Gooch in de Mondeo waren weggereden, maar ook dat de auto op zondagochtend in de kleine uurtjes was gearriveerd en dat was waar het Annie en Brooke vooral om te doen was. Annie begon zich af te vragen of ze, als het zo doorging, ooit nog naar huis zou mogen. Ze had gehoopt dat ze na haar bezoek aan het Berger-Lennox Centrum die ochtend in de loop van de middag weer naar huis had gekund, maar toen belde Brooke. Alle wegen leidden blijkbaar naar Londen.

Alf Seaton zat al op hen te wachten en toen ze voor zijn huis stopten, zag Annie de kanten vitrage heel even bewegen. Voordat ze de deur hadden bereikt, ging deze al open en een mollige man met grijs haar en een scheve neus gebaarde dat ze snel binnen moesten komen.

'Akelig weer, nietwaar?' zei hij met een onmiskenbaar Cockney-accent. Daar was dit precies de goede plek voor, meende Annie, en als het goed was waarschijnlijk zelfs binnen gehoorsafstand van Bow Bells. 'Gaat u maar gauw zitten. Ik zal even water opzetten. Ik heb ook chocoladebiscuitjes, als u daar trek in hebt.'

Alf Seaton scharrelde bedrijvig rond in zijn keukentje en intussen bekeek Annie de kleine woonkamer. Deze straalde iets ouderwets uit, vond ze, mede door het overdadig versierde pijpenrekje, het donkere houten bureau en de lage boekenkast onder het raam, die vol stond met voornamelijk scheepvaartromans, zag ze: Alexander Kent, Douglas Reeman, Patrick O'Brian, een paar oude Hornblower-boeken. Aan de muur boven de haard hing een romantisch zeevaarttafereel: lord Nelsons vloot die in onstuimige wateren met bulderende kanonnen de strijd aanbond met de Fransen. De leunstoelen waren oud, maar nog altijd stevig en er was nergens een stofnest te bekennen. Toen Seaton terugkwam met de thee en de koekjes, complimenteerde Annie hem met zijn huis.

'Ik doe mijn best,' zei hij. 'Dat je arm bent, is nog geen excuus om de boel maar te laten verslonzen. Dat zei mijn moeder tenminste altijd.'

'Bent u getrouwd?'

'Fran is een paar jaar geleden overleden. Kanker.'

'Het spijt me dat te moeten horen.'

'Dat geeft niet, meid. Het leven gaat gewoon verder.' Hij liet zijn blik door de kamer dwalen. 'We zijn bijna vijftig jaar samen gelukkig geweest, Fran en ik. We zijn hier in 1954 komen wonen, in ons eerste eigen huis. En achteraf gezien ook het enige. Natuurlijk was ik toen een jonge vent, nog nat achter de oren. En er is sinds die tijd heel veel veranderd. Niet altijd in positieve zin, helaas.'

'Dat zal haast wel niet,' zei Annie.

'Maar jullie zijn hier niet om naar de herinneringen van een oude man te luisteren, is het wel?' zei hij met een knipoog in Annies richting. 'Jullie willen natuurlijk weten wat ik heb gezien.'

'Daarom zijn we inderdaad hier, meneer Seaton,' zei Brooke.

'Alf, graag.'

Alf was een naam die je tegenwoordig niet vaak meer hoorde, bedacht Annie, en als je hem al eens tegenkwam, dan kon je er zeker van zijn dat hij toebehoorde aan iemand van meneer Seatons generatie.

'Goed dan, Alf.'

'Ik weet niet goed of ik jullie nog iets kan vertellen wat ik niet al aan die knaap in uniform heb verteld.'

'Laten we maar eens beginnen met wat u aan het doen was.'

'Wat ik aan het doen was? Nou, ik zat hier in deze leunstoel te lezen. Ik slaap erg slecht, dus ik heb er een gewoonte van gemaakt om dan op te staan, een kop thee voor mezelf te zetten en hier even lekker een stukje te lezen. Dat is beter dan de hele tijd maar te liggen piekeren, wat je meestal op dat tijdstip doet als je niet kunt slapen.'

'Inderdaad,' zei Annie. 'Wat is er toen precies gebeurd? Zag u de auto aankomen of hoorde u hem?'

'Ik hoorde hem. Er rijdt hier 's nachts wel wat verkeer, maar niet echt veel. Het is geen doorgaande weg en ook niet de snelste manier om een doorgaande weg te bereiken. En zoals jullie zelf ook wel hebben gezien, is dit nu niet bepaald een fijne omgeving. Hoe dan ook, op zondagochtend rond een uur of drie is het hier meestal erg stil, afgezien van groepjes jongeren die van een feestje naar huis strompelen.'

'Weet u nog hoe laat het precies was?' vroeg Annie.

Alf Seaton wierp een blik op de massieve, stokoude klok op de schoorsteenmantel. 'Tien over drie,' zei hij. 'Ik heb er speciaal op gelet. Goed, ik hoorde hem dus eerst en toen zag ik het licht van de koplampen. Hij bleef daar aan de overkant van de weg staan. Toen kwam er nog een auto aangereden, die vlak achter de andere bleef stilstaan.'

'Hebt u de bestuurder ook gezien?'

'Van de voorste auto? Ja. Vrij goed zelfs. Er staat daar een straatlantaarn en mijn ogen zijn nog best, voor veraf tenminste.'

'Wat kunt u ons over hem vertellen?' vroeg Annie met een zijdelingse blik op Brooke, die met een knikje aangaf dat ze verder kon gaan met het stellen van vragen. Alf voelde zich blijkbaar erg op zijn gemak bij haar.

'Ik was wel een beetje zenuwachtig,' zei Seaton. 'Er is hier in de wijk natuurlijk vrij veel criminaliteit en wanneer je zo oud bent als ik en niet al te gezond meer bent, maak je je toch veel sneller zorgen. Twintig jaar geleden hadden ze aan mij een kwaaie gehad, gewapend of niet, maar tegenwoordig...'

'Dat is heel begrijpelijk,' zei Annie. 'Maar u hebt hem wel goed kunnen bekijken?'

'Zo bang was ik nu ook weer niet. Ik ben graag op de hoogte van wat zich bij mij in de straat afspeelt. Ik wilde natuurlijk niet hun aandacht trekken, dus deed ik het licht uit. Ik ben blij dat ik dat heb gedaan, want ik zag hem naar het huis kijken en hij bleef even stilstaan, alsof hij vast wilde stellen of er iemand naar hem stond te gluren. Heel even was ik bang dat hij me recht aankeek, maar blijkbaar kwam hij tot de conclusie dat er niemand was.'

'Hoe zag hij eruit?'

'Hij was een boom van een kerel en heel gespierd, alsof hij aan gewichtheffen deed. Hij had een donker trainingspak aan, zo eentje met een witte bies langs de mouw en de zijkant van de broek. Zijn haar was lang en zat in zo'n nichterige paardenstaart. Zwart en glanzend, alsof hij het met vet had ingesmeerd. En om zijn nek droeg hij een dikke gouden ketting.'

Dat leek op een gedetailleerder signalement van dezelfde man die Roger Cropley bij Watford Gap achter in de auto had zien zitten en die een van Jennifers buren rond het tijdstip waarop Jennifer op weg was gegaan naar Banks' cottage in de straat had zien rondhangen. 'En toen?' vroeg Annie.

'Toen zag ik hem in die andere auto stappen.'

'Kunt u zich nog iets herinneren over die achterste auto?'

'Niet echt, behalve dan dat hij lichter van kleur was dan de voorste, beige of zilverkleurig misschien. Er was eigenlijk niet genoeg licht om de kleur goed te kunnen zien, alles was een beetje in zwart-wit, maar hij was... ik weet natuurlijk bijna niets van auto's, maar hij zag er iets duurder uit, chiquer.'

'Hebt u misschien logo's gezien of ornamenten of zoiets?'

'Sorry, nee.'

'Dat geeft niet. U doet het uitstekend. Ik neem niet aan dat u het kenteken hebt opgeschreven?'

'Nee.'

'Hebt u de bestuurder van de achterste auto ook goed kunnen zien?'

'Heel even maar, toen het portier openging en het lampje binnenin even aansprong. Maar die auto stond verder bij de lantaarnpaal vandaan en ving minder licht op.'

'Kunt u hem beschrijven?'

'Eigenlijk heb ik alleen maar gezien dat hij kort, blond haar had. Echt heel kort. Stekeltjes. Toen werd het portier dichtgetrokken, ging het lampje uit en reden ze weg.'

'In welke richting?'

'Zuidelijke. Naar de rivier. Niet lang daarna hoorde ik een paar jongeren praten en sloeg het portier met een klap dicht. Ik heb nog net een glimp van hen opgevangen en toen waren ze verdwenen. Ik weet dat ik toen de politie had moeten bellen. Misschien zou die arme knul dan niet zijn omgekomen. Maar ik wist immers niet wat er allemaal aan de hand was en het is niet verstandig om je zomaar overal mee te bemoeien, tenzij je er natuurlijk echt niet onderuit kunt.'

'U kunt er niets aan doen,' zei Annie.

'Toch zit het me niet lekker.'

'Meneer Seaton. Alf,' zei Brooke, 'denkt u dat u in staat bent om samen met een politietekenaar aan een schets te werken van die ene man die u wel goed hebt gezien?'

'Dat denk ik wel,' zei Seaton. 'Ik heb een redelijk goed beeld van hem in mijn hoofd. Dat moeten we gewoon op papier zien te krijgen.'

'Daar hebben we nu juist een tekenaar voor. Waarschijnlijk kan hij morgenochtend al hier zijn. Komt dat een beetje gelegen?'

'Ik hoef nergens naartoe.'

'Mooi. Dan zal ik dat regelen. Kunt u ons verder nog iets vertellen?'

Seaton dacht even na en zei toen: 'Nee, ik geloof het niet. Het ging allemaal erg snel en zoals ik net al zei, had ik geen flauw idee wat er allemaal aan de hand was. Misschien was het juist wel de bedoeling dat die auto werd gestolen, want waarom zou iemand anders zo'n mooie auto nou in een wijk als deze achterlaten?'

'Precies,' zei Annie.

Banks haalde voor de lunch fish&chips bij de Chinese snackbar aan de overkant van de weg, maar zijn vader at amper iets. Hij klaagde niet eens dat het naar tjaptjoi smaakte, het enige Chinese gerecht dat hij kende, zoals hij normaalgesproken altijd wel deed. Na een kop thee overwoog Banks heel even serieus om terug te gaan naar Londen, maar hij had het idee dat hij eigenlijk behoorde te blijven. Zijn vader had het hem weliswaar niet gevraagd, zou het hem nooit vragen ook, maar het leek Banks onder deze omstandigheden het enige juiste. Het gezin hoorde nu bij elkaar te zijn, voorlopig althans.

Omdat hij zich echter rusteloos voelde door het vele binnen zitten, reed hij naar het centrum, waar hij doelloos over Cathedral Square en door het Queensgate winkelcentrum slenterde. Terwijl hij daar rondliep, schoot het hem weer te binnen dat hij zijn mobiele telefoontje in Gratly had achtergelaten en dat van Roy aan Brooke had gegeven. Als hij echt van plan was om terug te gaan naar Londen, wat inderdaad zo was, kon hij waarschijnlijk wel een nieuwe gebruiken. Hij ging de eerste de beste elektronicazaak binnen en kocht daar een goedkoop toestelletje met een prepaidkaart van tien pond. Zodra hij de batterij bij zijn ouders thuis had opgeladen, kon hij het ding in gebruik nemen.

Het was een bewolkte middag en het zag ernaar uit dat het elk moment zou gaan regenen. Een groep straatmuzikanten speelde vrolijke volksdeuntjes en er had zich een kleine menigte toeschouwers om hen heen verzameld. Een grote groep toeristen wandelde het omheinde terrein van de kathedraal op.

Toen Banks tot de ontdekking kwam dat hij langs het flatgebouw liep dat onderdeel was van het Rivergate winkelcentrum, moest hij aan Michelle Hart denken die daar vroeger aan Viersen Platz had gewoond. Aan de overkant van de rivier bij de Town Bridge lag Charters Bar, een oud ijzeren binnenschip, aan de kade gemeerd en Banks herinnerde zich nog de bluesmuziek die hij daarvandaan had horen komen wanneer hij in het weekend bij Michelle was.

Banks staarde in gedachten verzonken naar het modderige water en vroeg zich af of hij harder had moeten knokken voor zijn relatie met Michelle. Hij had haar veel te gemakkelijk laten gaan. Maar wat had hij dan moeten doen? Haar carrière was belangrijk voor haar en toen ze de kans kreeg om naar Bristol te gaan, kon hij haar moeilijk vragen om het aanbod af te slaan. Bovendien waren er al ver voor haar vertrek scheurtjes in hun relatie ontstaan, zoveel zelfs dat Banks vaak had gedacht dat het accepteren van de nieuwe baan in elk geval deels een poging was geweest om meer afstand tussen hen te creëren en de rafelende banden die hen nog bij elkaar hielden door te knippen. Nu, dat was dan aardig gelukt.

Hij wandelde terug naar zijn auto en bleef een tijdje met de raampjes open zitten roken. Het was wel verdomd ironisch dat hij zijn broer pas na diens verdwijning een beetje had leren kennen, bedacht hij peinzend. Als Roy een jaar of twee, drie geleden was overleden, zou Banks daar natuurlijk ook wel bedroefd om zijn geweest, maar dan zou het verlies minder persoonlijk hebben aangevoeld. Nu deed het verlies hem echt iets, had het hem in zijn hart geraakt. Nu was het een echt persoon die hij zou missen en niet langer alleen een verre herinnering.

Het was niet zozeer dat hij zijn mening over Roy had bijgesteld als wel dat hij hem in een grotere context had leren zien. Roy was een schoft, daarover bestond geen enkele twijfel; hij had ongeveer evenveel benul van zakelijke mores als een vlo en gedroeg zich als een regelrechte ploert waar het vrouwen betrof. Het feit dat hij een fortuin had verdiend, in een Porsche had gereden en vrouwen bij bosjes voor hem waren gevallen, vormde slechts het bewijs van een van de onverbiddelijke waarheden des levens, dat het schoften altijd voor de wind gaat. Misschien krijgen ze in het hiernamaals de rekening gepresenteerd, misschien komen ze terug als kakkerlakken, maar in dit leven gaat het hen voor de wind.

Roys gewetenscrisis na het aanschouwen van de gruwelen van 11 september en zijn toenaderingspoging tot de kerk hadden het kleine beetje moreel inzicht dat hij had bezeten waarschijnlijk tot op zekere hoogte aangescherpt. Had hij in die laatste week soms iets ontdekt wat volgens zijn opvattingen van goed en fout niet door de beugel kon? Had hij met zijn geweten geworsteld voordat hij zijn broer de inspecteur had gebeld? Of was alles min of meer zijn gewone gangetje gegaan? Gedurende zijn leven had Roy waarschijnlijk gestolen, bedrogen en gelogen zonder zich ook maar iets aan te trekken van de consequenties, zonder ook maar één seconde stil te staan bij degenen die hij in dat proces had gedupeerd. Was hij dan echt zoveel veranderd? Daar zou Banks in Peterborough niet achter komen, dat besefte hij maar al te goed, dus moest hij de volgende dag terug naar Londen gaan om verder te zoeken.

Banks bedacht dat het misschien een goed idee was om bepaalde mensen, met name zijn kinderen, te laten weten dat hij een nieuw mobiel nummer had, dus hij zette het toestel aan, stak het stekkertje in de oplader van zijn auto en belde diverse nummers om een bericht in te spreken. Tot zijn stomme verbazing nam Brian voor de verandering eens op.

'Pap. Fijn om weer eens wat van je te horen. We hebben net even pauze. Sorry dat ik je niet eerder heb teruggebeld, maar we zaten in de studio. Ik was van plan je vanavond te bellen.'

'Het geeft niet,' zei Banks. 'Ik ben zelf ook veel weg geweest. Moet je horen, het is een lang verhaal, maar ik heb een nieuw mobiel toestel. Wil je het nummer hebben?'

Brian klonk een tikje verbaasd. 'Graag.'

Banks gaf hem het nummer. 'Hoe gaat het verder?'

'Goed. Langzaam, maar goed.'

'Hoe bevalt Dublin?'

'Fantastisch.'

'Al Guinness gedronken?'

'Een of twee pints. Zeg, wat is er eigenlijk aan de hand, pap? Waarom wilde je me spreken? Er is toch niets vervelends gebeurd?'

'Ik ben bang van wel,' zei Banks, die bij zichzelf dacht: daar gaan we weer, en hij haalde diep adem en zei zonder er verder doekjes om te winden: 'Je oom Roy is dood. Het zal binnenkort uitgebreid in het nieuws zijn, dus ik vond dat je het alvast moest weten.'

'Oom Roy? Nee. Ik heb hem natuurlijk nooit echt goed gekend, maar... hij stuurt wel altijd kaarten en zo. Ik kan het niet geloven. Waarom? Wat is er dan gebeurd? Heeft hij een ongeluk gehad of zo?'

'Ik ben bezig om uit te zoeken wat er precies is voorgevallen,' zei Banks. 'Maar het was in elk geval geen ongeluk. Hij is doodgeschoten.'

'Jezus christus!'

'Het spijt me, Brian, echt. Ik kon gewoon geen betere manier verzinnen om je het nieuws te vertellen. Hoe dan ook, je kunt hier niets doen. Ik heb het Tracy al verteld en zij heeft beloofd om het aan je moeder te vertellen. Ga jij maar gewoon verder met de opnamen.'

'Zeker weten?'

'Ja. En hou er wel rekening mee dat er verslaggevers kunnen opduiken. Ze suggereren dat er een verband zou bestaan tussen de brand in mijn cottage en de dood van je oom.' God wist wat ze allemaal zouden verzinnen wanneer ze eenmaal hoorden dat Jennifer Clewes zijn adres in haar zak had gehad toen ze werd vermoord, dacht Banks bij zichzelf.

'Maar dat is toch belachelijk?' zei Brian.

'Ja natuurlijk, maar vergeet niet ze dat al die verhalen moeten produceren om maar zo veel mogelijk kranten te verkopen. Het maakt niet uit of ze waar zijn of niet, zolang ze maar geen laster bevatten.'

'Shit. Wanneer is de begrafenis?'

'Dat weten we nog niet.'

'Laat je me weten hoe het gaat? Hou me op de hoogte, oké?'

'Ik zal het je zeker laten weten,' zei Banks. 'Over een dag of twee ben ik weer in Londen en logeer ik waarschijnlijk in Roys huis, als de politie daar tenminste mee klaar is. Wil je het adres en telefoonnummer daarvan?'

'Ja. Doe maar voor alle zekerheid. Doodgeschoten... Jezus.'

Banks gaf hem Roys adres.

'Bedankt, pap,' zei Brian. 'En ik vind het echt heel erg.'

'Pas goed op jezelf,' zei Banks en hij verbrak de verbinding.

Hij bleef nog even zitten piekeren over het feit dat hij nu waarschijnlijk een belangrijke opnamesessie voor zijn zoon had verpest, drukte toen zijn sigaret uit en reed langzaam terug naar het huis van zijn ouders.

Victor Parsons deelde samen met twee andere jonge kerels een flat in Chalk Farm. Toen Annie 's avonds rond etenstijd aanbelde, zat hij in de woonkamer een filmtijdschrift te lezen. Annies eerste indruk was dat hij best een knappe vent was om te zien, maar met een saai, nietszeggend karakter, en duidelijk een tegenpool van de stijlvolle, succesvolle, dynamische Roy Banks.

Parsons had zich blijkbaar al een paar dagen niet geschoren en het had er veel van weg dat hij al minstens even lang hetzelfde T-shirt en dezelfde spijkerbroek aanhad. Hij straalde een futloze traagheid uit die op een gebrek aan ambitie leek te duiden. En toch was hij bij Jennifer Clewes op haar werk opgedoken en had hij daar een scène geschopt, hield Annie zichzelf voor. Eerlijk gezegd zag hij er niet uit alsof hij dat in zich had.

Annie stond liever niet te snel met haar oordeel klaar, maar alles wat ze over Jennifer had gezien en gehoord, ook al was dat allemaal na haar dood geweest, duidde erop dat de jonge vrouw veel te goed was geweest voor Victor. Had ze dan zo'n lage eigendunk gehad, was ze zo onzeker geweest dat ze echt iets in hem had gezien? Nu ja, smaken verschillen, bedacht Annie, en je kwam in je leven wel vaker dergelijke onverklaarbare, vreemde combinaties tegen.

De kamer zelf was redelijk schoon en opgeruimd, zag Annie tot haar grote genoegen en verbazing. Ze had zich, in de wetenschap dat ze een vrijgezellenwoning zou bezoeken, mentaal ingesteld op vuile was over de stoelleuningen en posters van Kelly Brook en Jordan in zwarte kanten lingerie aan de muren. In werkelijkheid was de enige poster die ze zag er een van *Kill Bill I*.

'Het gaat zeker over Jenn?' zei Victor, die Annie geen stoel had aangeboden, laat staan een kop thee of koffie. Aangezien hij op de bank hing, nam zij plaats in een leunstoel. Victor staarde haar aan. 'Ik neem aan dat die trut van een Melanie Scott haar mond voorbij heeft zitten praten?'

'Zij niet alleen,' zei Annie. 'Je bent niet echt populair bij Jennifers vrienden en kennissen.'

'Het kan me niet schelen hoe mensen over me denken. Ze kennen me toch niet echt. Het zijn toch allemaal onbenullige sukkels.'

'O, op die manier. En jij bent natuurlijk het arme, miskende, onbegrepen genie dat het tegen de rest van de wereld moet opnemen.'

Hij wierp haar een verachtelijke blik toe. 'Wat weet jij er nu helemaal van? Je zou het toch niet begrijpen.'

'Daar heb je waarschijnlijk wel gelijk in,' zei Annie. 'Zullen we dus maar afspreken dat ik de vragen stel en jij gewoon antwoord geeft? De ervaring heeft me geleerd dat het op die manier het beste werkt.'

'Wat je wilt.'

'Mooi. Ik ben blij dat we dat hebben opgelost. Dan gaan we nu maar eens aan de slag. Waar was jij afgelopen vrijdagavond?'

'Hier.'

'En wat deed je hier?'

'Televisiekijken.'

'Wat voor programma's heb je gezien?'

'*Coronation Street, East Enders*, Lenny Henry, *Have I Got News For You*, en toen Jools Holland en de late vrijdagavondfilm. Een horrorfilm die *Session 9* heette.'

'Was ie goed?'

'Er zaten een paar goede scènes in.'

'Heel indrukwekkend dat je dat allemaal nog weet, Victor.'

'Ik heb gewoon een goed geheugen en het is elke vrijdag zo'n beetje hetzelfde. Behalve dan de film, natuurlijk.'

'Was er nog iemand anders aanwezig?'

'Gavin is tot een uur of een weggeweest, maar Ravi was de meeste tijd gewoon thuis. Vraag het hem zelf maar.'

'Bedankt. Dat zal ik zeker doen.'

'Hoor eens, ik ben er helemaal kapot van. Van wat er is gebeurd. Ik hield van haar.'

'Dat heb ik gehoord, ja. Kan erg vervelend zijn, onbeantwoorde liefde.'

'Ze hield ook van mij. Ze had het alleen zelf nog niet door. Dat was heus nog wel gebeurd, als...'

'Als?'

'Als ze genoeg tijd had gehad.'

Annie slaakte een zucht. 'Victor, ik heb de indruk dat jij ergens de realiteit uit het oog bent verloren. Jennifer hield niet van je. Ze was verdergegaan met haar leven, had iemand anders ontmoet.'

'Jij hebt haar niet gekend.'

'Wat doe je in het dagelijks leven?'

'Wat ik doe?'

'Je beroep. Je werk.'

'Ik ben acteur.'

'Veel werk momenteel?'

'Nu even niet. Maar het is echt waar. Ik heb al verschillende rollen gehad. Ik ben zelfs op televisie geweest. Weliswaar alleen maar in reclamespotjes en één keer in een rol zonder tekst, maar je moet tenslotte ergens beginnen.'

'Veel geld mee verdiend?'

'Niet heel veel, nee.'

Als Annie al had gehoopt dat Victor misschien iemand had ingehuurd om Jennifer te vermoorden, dan werd die hoop snel de bodem ingeslagen. Het was overduidelijk dat hij zich dat nooit had kunnen veroorloven. 'Waarom heb je haar lastiggevallen?' vroeg ze. 'Je bent zelfs naar haar werk gegaan en hebt daar een scène gemaakt. Waarom heb je dat gedaan als je van haar hield?'

'Daar ben ik ook niet trots op. Ik was dronken. Ik had tijdens de lunch met Ravi zitten drinken en dat ben ik niet gewend. De alcohol is me gewoon naar het hoofd gestegen en ik ging helemaal door het lint. Later heb ik er enorme spijt van gehad. Ik heb haar zelfs nog gebeld om mijn verontschuldigingen aan te bieden, maar ze wilde niet met me praten.'

'Hebben jullie elkaar sinds het verbreken van de relatie nog wel eens gesproken?'

'Nee. Ik kreeg haar op haar werk niet te pakken en wanneer ik haar thuis belde, hing ze op. Of anders deed dat andere meisje dat.'

'Kate Nesbit?'

'Heet ze zo? Dat wist ik niet.'

'Maar je wist wel waar ze woonde, waar ze naartoe was verhuisd?'

'Ja. Ik zorgde er wel voor dat ik daarachter kwam.'

'Heb je enig idee of ze zich de laatste tijd over iets of iemand zorgen maakte?'

'Nee. Ik zei net toch al dat ze me volledig uit haar leven had verbannen.'

'Heb je wel eens in de buurt van haar huis rondgehangen?'

'Ik ben er af en toe langsgelopen, ja. Ik hoopte dat ik haar misschien toevallig tegen het lijf zou lopen.'

'Af en toe?'

'Nou ja, niet elke dag, maar wel regelmatig.'

'En ben je haar toen ook tegengekomen?'

'Nee. Nooit.'

'Wanneer ben je er voor het laatst geweest?'

'Een paar weken geleden.'

'Is het je misschien opgevallen of er nog iemand anders in de buurt van haar huis rondhing?'

'Nee.'

Uiteraard niet, dacht Annie bij zichzelf. Het zou hem niet eens opvallen wanneer Godzilla het huis van de buren plattrapte. Hij had alleen oog voor Jennifer. 'En bij haar werk?'

'Ze werkte soms 's avonds tot heel laat door. Ik heb heel vaak aan de overkant van de weg op haar staan wachten. Alleen maar om haar even te zien.'

'Heb je haar wel eens aangesproken wanneer ze naar buiten kwam?'

'Nee. Daar had ik het lef niet voor. Ik keek alleen maar naar haar. Ik heb net toch al gezegd dat ik alleen maar heibel schopte omdat ik dronken was.'

'Wanneer was de laatste keer dat je daar stond?'

'Vorige week. Maandag.'

'En heb je haar op die avond zien vertrekken?'

'Jawel, maar er was iemand bij haar.'

'Wie?'

'Iemand die ik niet kende, zo te zien een of ander meisje.'

'Een jong meisje?'

'Ja. Waarschijnlijk een van die rijke, zwangere tieners die ze daar behandelen. Alleen zag ze er niet echt rijk uit.'

'Hoe laat was dat?'

'Om een uur of acht.'

'Was het centrum toen niet allang gesloten?'

'Ja. Ze gaan om vijf uur dicht. Ik geloof dat verder iedereen al naar huis was, maar Jenn moest vaak langer doorwerken.'

'Kun je het meisje voor me beschrijven?'

'Lang, donker haar. Beetje mager, maar een mooi lijf, afgezien dan van die bult. Ze had heel gewone kleren aan. Je weet wel, bloemetjesjurk, sandalen. Ik heb haar gezicht niet zo goed gezien.'

'Ik neem aan dat je met "die bult" bedoelt dat ze zwanger was?'

'Ja.'

'Waar gingen ze naartoe?'

'Nergens.'

'Waarom niet?'

'Er stapte een kerel uit een auto die voor het gebouw stond geparkeerd; hij zei iets tegen haar en toen is ze bij hem in de auto gestapt.'

'Wie, Jennifer of dat meisje?'

'Het meisje.'

'Wat deed Jennifer toen?'

'Die liep in haar eentje naar de halte van de ondergrondse.'

'Ben je haar gevolgd?'

'Nee. Ik ben iets gaan drinken.'

'Hoe zag die man eruit?'

'Als een bodybuilder. Je kent dat wel, enorm brede schouders, geen nek. En hij had een paardenstaart.'

'En de auto?'

'Heb ik niet op gelet.'

'Donker of licht van kleur?'

'Licht, geloof ik. Misschien wel zilverkleurig.'

'Zat er nog iemand anders in?'

'Dat heb ik niet gezien.'

'Dwong hij het meisje om in te stappen?'

Parsons fronste zijn wenkbrauwen. 'Nee. Maar het leek wel net of hij de baas was en vond dat het lang genoeg had geduurd, dat het tijd werd om te vertrekken.'

'Maar ze verzette zich niet?'

'Nee.'

'Oké,' zei Annie. 'Heb jij afgelopen vrijdag buiten bij Jennifers huis of haar werk gestaan?'

'Nee. Ik heb je toch al verteld dat ik thuis was. Ik ben 's avonds meestal thuis.'

Had Victor Parsons Jennifer vermoord of op een andere manier iets met haar dood te maken gehad? Annie betwijfelde het. Er waren wel stalkers die op een gegeven moment hun toevlucht namen tot geweld, maar die vormden toch de minderheid. In de meeste gevallen waren het zielige sukkels zoals Victor of bijvoorbeeld gluurders, irritant en angstaanjagend, maar over het algemeen vrij onschuldig.

'Wat ik ook nog wilde vragen,' zei ze, 'puur uit nieuwsgierigheid: waarom zijn Jennifer en jij uit elkaar gegaan?'

'Het was allemaal één groot misverstand. Dat was het hem nu juist. Ik dacht dat we allebei iets anders wilden. Je kent het vast wel: Jennifer wilde trouwen en een gezin stichten en zo, en ik wilde me volledig op mijn acteercarrière concentreren. Maar ik had het mis.'

'Dus heb je haar de bons gegeven?'

'Nee. Zo is het helemaal niet gegaan. Het enige wat ik heb gezegd was dat we elkaar iets meer de ruimte moesten geven en eens goed moesten nadenken over wat we eigenlijk wilden. En dat heb ik ook gedaan. Ik besefte dat ik haar wilde, liever dan wat ook ter wereld, en dat ik zelfs bereid zou zijn om mijn carrière voor haar op te geven als dat nodig was, omdat ze zoveel voor me betekende.'

'Wat aardig van je.' Annie had zo het vermoeden dat Jennifer al vrij snel nadat ze eenmaal over de eerste schok heen was en zich op Sicilië samen met Melanie Scott een paar keer flink had lopen bezatten, tot de ontdekking was gekomen dat ze zichzelf gelukkig mocht prijzen dat ze aan die relatie was ontsnapt. Het had geen zin om nog langer met Victor Parsons te blijven praten, bedacht Annie; ze zou er iemand op uitsturen om zijn alibi bij zijn huisgenoot na te trekken en hem van haar lijstje schrappen. Het was nog vroeg op de avond, maar het was een lange dag geweest en Annie was moe; ze wilde eigenlijk alleen maar terug naar haar hotel, daar iets van de roomservice bestellen en lekker voor de televisie hangen. Ze had aan het begin van de middag het nummer in Peterborough gebeld, maar Banks was er niet. Misschien kon ze het straks nog een keer proberen.

'Wat moet ik nu beginnen?' vroeg Victor toen Annie de deur al open had. 'Wat moet ik nu?'

'Misschien zou je eens wat vaker het huis uit moeten gaan en een paar audities af lopen?' opperde Annie en ze vertrok.

'Hoe gaat het nu met haar?' vroeg Banks toen hij terugkwam uit de stad. 'Geen verandering,' zei zijn vader. 'Ik heb je toch gezegd dat ze zich al

voordat dit was gebeurd niet goed voelde. Het is alleen maar erger geworden. Ze ligt nog steeds in bed. Wil niet opstaan.'
'Ik ga zo wel een tijdje bij haar zitten. Ik blijf vannacht hier.'
'Dat is echt niet nodig,' zei zijn vader. 'Voor ons hoef je het niet te doen. We
redden ons heus wel.'
'Ik wil het graag.' Banks besefte dat zijn vader er waarschijnlijk nog niet bij
had stilgestaan dat de identiteit van het slachtoffer binnenkort algemeen
bekend zou zijn en dat dit mogelijk inhield dat er continu zou worden ge-
beld. Dan wilde hij er zijn om de gesprekken af te handelen.
'Wat je wilt. Je bed staat klaar, dat weet je.'
'Dat weet ik,' zei Banks.
'Ik vind het nog steeds moeilijk om te geloven dat Roy dood is. Ver-
moord.'
'Ik ook. Kon ik maar iets doen.'
'Je kunt hem toch niet terugbrengen.'
'Nee. Zijn er al verslaggevers aan de deur geweest toen ik weg was?'
'Nee.'
'Godzijdank. Zeg, pap, heeft Roy u misschien wel eens iets over zijn zake-
lijke belangen verteld? Wat hij precies deed en zo?'
'Mij? Nee, natuurlijk niet. Hij wist ook wel dat ik ongeveer even veel ver-
stand heb van de zakenwereld als van rakettechniek.'
'Denkt u dat hij misschien bang was dat u zijn manier van geld verdienen
zou afkeuren?'
'Ik ben toch verdomme geen communist. Het enige wat ik ooit wilde was
dat de arbeider een eerlijk deel kreeg. Wat is daar mis mee?'
'Niets,' zei Banks, die geen zin had om zich in de welbekende discussie te
laten meeslepen. Niet hier, niet nu. Bovendien was hij het met zijn vader
eens. Zijn vader had ten tijde van het Thatcher-regime in de hoek gezeten
waar de zwaarste klappen vielen en was zijn baan in de metaalfabriek
kwijtgeraakt. Hij was er tijdens de stakersrellen getuige van geweest dat
de MF de stakende mijnwerkers had getreiterd en uitgedaagd, met als gevolg dat hij de politie was gaan zien als de rechterhand van de onderdruk-
ker. Banks wist dat dit soort dingen gebeurde, in een aantal landen ook
daadwerkelijk gebeurd was, en dat men, overigens niet geheel ten on-
rechte, was gaan geloven dat dit tijdens de Thatcher-jaren ook was gebeurd. Banks had vaak geprobeerd om aan zijn vader uit te leggen dat hij
zich op de lange werkdagen die hij maakte alleen maar bezigheid met het

opsporen en opsluiten van criminelen, maar zijn woorden waren aan dovemansoren gericht.

'Hoe dan ook,' ging zijn vader verder, 'Roy is voor ons altijd heel gul geweest.'

De steek onder water ontging Banks niet en hij had zijn vader bijna gevraagd of het er dan niets toe deed waar dat geld vandaan kwam, maar hij wist zijn woorden in te slikken. 'Dus hij heeft nooit bepaalde namen genoemd?'

'Niet dat ik weet, nee.'

'Het Berger-Lennox Centrum, Gareth Lambert, Julian Harwood?'

'Nooit van gehoord.'

'En zijn vriendinnen?'

'Ik ken alleen dat jonge ding dat hij vorig jaar bij onze gouden bruiloft bij zich had.'

'Corinne. Ja, ik heb haar al gesproken. Hij heeft het dus nooit over een zekere Jennifer Clewes gehad?'

'Dat meisje dat in Yorkshire is doodgeschoten? Je had het daarstraks ook al over haar. Nee, ik weet heel zeker dat hij het tegen ons nooit over haar heeft gehad.'

Arthur Banks zat diep weggedoken in zijn lievelingsleunstoel. De televisie stond uit, wat heel ongebruikelijk was, en er was nergens een krant te bekennen. Hoewel Banks maar heel even weg was geweest, viel het hem op dat de woonkamer nog meer sporen van verwaarlozing vertoonde. En zijn vader tastte blijkbaar net zo in het duister omtrent Roys bezigheden als hij zelf. Hij pakte de twee lege kopjes op die naast de leunstoel op de vloer stonden. 'Trek in een kopje thee?'

'Als jij ook neemt,' zei zijn vader.

'Wat wilt u vanavond eten?'

'Maakt mij niet uit, zolang het maar niet iets van de overkant is.'

Banks zette water op en ging op zoek naar de theezakjes, wat nooit een gemakkelijke klus was aangezien zijn moeder ze elke keer als een soort balletje-balletjespel naar een andere plek verhuisde. Deze keer zaten ze in een voorraadbus met de opdruk 'Cacao' die in de voorraadkast stond. Terwijl het water langzaam begon te koken, waste hij het kleine beetje serviesgoed af dat was gebruikt en hij zette de spullen op het afdruiprekje om ze te laten drogen. Hij vond wat brood, tomaten, kaas en gekookte ham, en maakte daar sandwiches van. Daar moesten ze het vanavond dan maar mee doen.

'Al enig idee wanneer de begrafenis zal zijn?' vroeg zijn vader toen Banks binnenkwam met de thee en de sandwiches.

'Ik zou het u niet kunnen zeggen,' zei Banks. 'Het hangt er volledig van af wanneer ze het stoffelijk overschot vrijgeven.'

'Waarom houden ze dat eigenlijk zo lang vast?'

'Soms kan de advocaat van iemand die is gearresteerd en in staat van beschuldiging is gesteld om een tweede, onafhankelijke lijkschouwing vragen. Volgens mij zal dat in dit geval niet gebeuren, maar ik ga daar niet over. Geloof me, pap. Ik hou alles goed in de gaten. Mama en u hoeven zich echt nergens druk over te maken.'

'Moeten we zijn dood niet aangeven?'

'Dat kan pas wanneer de patholoog-anatoom het lichaam heeft vrijgegeven. Ik zal voor alles zorgen wanneer de tijd daar is.'

'Wat moeten wij dan doen, behalve thuis zitten kniezen?'

'U moet de dag zien door te komen, elke dag opnieuw. Het verwerken van deze gebeurtenis zal tijd kosten.'

Zijn vader boog zich naar hem toe. 'Dat is het hem nu juist. Zoveel tijd hebben we niet.'

Banks voelde een rilling over zijn rug lopen.

'Wat bedoelt u? Hebt u weer last van uw hart?'

'Met mijn hart is alles in orde. Een beetje last van angina, meer niet. Nee, het gaat niet om mij. Het is je moeder.'

'Wat is er dan met haar?' Banks dacht terug aan zijn moeders vermoeide, lusteloze houding toen hij net aankwam, nog voordat hij haar over Roy had verteld, en opnieuw viel hem de algehele sfeer van verwaarlozing op die het huis uitstraalde. 'Heeft het soms iets te maken met die tests die ze heeft ondergaan?'

'Ze denken dat ze kanker heeft,' zei Arthur Banks. 'Daarom willen ze haar in het ziekenhuis opnemen, om nog meer tests uit te voeren.'

'Wanneer?'

'Ze zeggen dat ze pas volgende week ruimte voor haar hebben.'

Banks snakte naar een sigaret, maar gaf niet aan het gevoel toe, niet hier, niet nu. Hij wilde maar dat hij een particuliere zorgverzekering voor zijn ouders kon betalen, zodat ze niet zouden hoeven te wachten. 'Jezus,' zei hij. 'Er blijft ons ook werkelijk niets bespaard, hè?'

'Dat kun je wel stellen.'

'Wat denkt de dokter ervan?'

'Je weet hoe dokters zijn. Durven zich zonder de uitslag van al die tests nergens op vast te leggen. Ze maken zich vooral zorgen over de dikke darm. Weet je wat ik denk? Het leven sijpelt langzaam uit haar weg. Glipt al wekenlang stukje bij beetje weg. Ik zie het gebeuren.'

'Maar zelfs als het inderdaad kanker blijkt te zijn, dan is daar een behandeling voor. Vooral voor darmkanker. Ik heb gehoord dat de kans op genezing vrij groot is.'

'Het hangt er maar net van af hoe ver het is uitgezaaid, hoe snel ze erbij zijn.'

'Hoor eens, pap,' zei Banks, 'met pessimisme schieten we nu niets op. U hebt al genoeg op uw bord met Roy. U moet haar hier doorheen zien te slepen. Dat heeft op dit moment de hoogste prioriteit. Zodra we meer weten, pakken we dat andere ook wel aan.'

'Je hebt wel gelijk, maar... het is zo verdomd moeilijk, want ik denk de hele tijd dat ik haar misschien wel kwijtraak. En nu Roy.'

Banks zag dat zijn vader zijn tranen slechts met de grootste moeite kon bedwingen en het drong plotseling tot hem door dat hij hem nog nooit had zien huilen. Zijn moeder wel, maar zijn vader niet. Hij wilde niet dat zijn vader, die een erg trotse man was, zich zou generen en ging daarom naar boven om even bij zijn moeder te kijken. Ze lag in bed met de lakens helemaal tot aan haar kin opgetrokken, maar haar ogen waren open.

'Roy?' vroeg ze toen hij binnenkwam. 'Ben je het echt?'

'Nee, mam,' zei Banks. 'Ik ben het, Alan.'

Hij zou hebben durven zweren dat er een teleurgestelde blik in haar ogen lag. 'O,' zei ze. 'Waar is onze Roy dan?'

Banks ging op de rand van het bed zitten en pakte haar hand vast. Hij voelde droog en mager aan. 'Hij komt niet meer terug, mam. Onze Roy is voorgoed weg.'

'Och, ja,' zei ze. 'Nu weet ik het weer. In het water.' Ze deed haar ogen dicht en leek weer in te dutten.

Banks boog zich voorover om haar zacht op haar wang te kussen, zei haar gedag en ging weer terug naar beneden.

'Ze is af en toe even wakker, maar valt dan weer in slaap,' zei hij tegen zijn vader.

Arthur Banks had zichzelf weer volledig onder controle. 'Ja,' zei hij. 'Dat komt waarschijnlijk door de pillen die de dokter haar heeft gegeven.' Hij keek Banks aan. 'Je zei daarstraks dat je niets kunt doen, maar dat is niet zo. Toen je bij je moeder zat, heb ik even zitten denken.'

'Wat dan, pap?'

'Je bent toch inspecteur? Je kunt je werk doen en teruggaan naar Londen om die schoft op te pakken die onze Roy heeft vermoord.'

Banks ging zitten, nam een slok van zijn thee en stak zijn hand uit om een sandwich te pakken. 'Inderdaad,' zei hij toen. 'U hebt helemaal gelijk. En dat is ook precies wat ik morgenochtend vroeg ga doen.'

12

Na het ontbijt en een korte ontmoeting met Brooke om de tot dan toe ge-
boekte vooruitgang te bespreken, liep Annie aan het eind van de dinsdag-
ochtend naar haar hotelkamer om haar schamele bezittingen in te pakken,
waarna ze kon vertrekken Ze zag ernaar uit om naar huis terug te gaan,
wat schone kleren op te diepen en weer in haar eigen bed te slapen, ook
al was het maar één nacht. Ze wist dat ze hier weer zou moeten terugkeren,
met name omdat ze van plan was om dokter Lukas binnenkort thuis op te
zoeken. Brooke had de leiding over het onderzoek naar de dood van Roy
Banks en het werd tijd dat Annie haar neus weer eens op het bureau in
Eastvale liet zien, waar ze met Stefan Nowak en Gristhorpe moest praten
en wilde kijken of Winsome en Kev Templeton al iets verder waren gekomen.

Terwijl ze op een taxi stond te wachten, vroeg ze zich af wat Banks op dat
moment deed. Ze had hem de vorige avond niet meer gebeld, omdat ze
had bedacht dat het waarschijnlijk maar beter was om zijn ouders en
hem even met rust te laten. Ze kon zich nog herinneren dat Banks haar
ooit had verteld dat zijn ouders Roy aanbaden. En hoewel Roy en hij nooit
echt goed met elkaar hadden kunnen opschieten, moest dit toch hard zijn
aangekomen, vermoedde ze. Hoewel ze zich geen al te grote zorgen om
hem maakte, was hij de laatste tijd natuurlijk al vrij depressief geweest en
dat zou er door een gebeurtenis als deze beslist niet beter op worden. Ze
wilde hem erg graag even spreken, even zien, al was het maar om zich ervan te vergewissen dat alles in orde was en om hem te condoleren. Er kwam
een taxi aangereden en Annie stapte in.

'King's Cross, alstublieft,' zei ze tegen de chauffeur.

'Komt voor elkaar, mevrouw.'

Nog voordat ze Lambeth Bridge waren overgestoken, ging haar mobiele
telefoontje.

'Annie, je spreekt met Dave Brooke.'

'Hallo, Dave. Wat is er?'

'Ik dacht dat je dit wel zou willen weten. Ik krijg net het verslag van de patholoog over Roy Banks binnen. Kun je vrijuit praten?'

'Dat zal wel lukken,' zei Annie. 'Ik zit in een taxi op weg naar het station.'

De chauffeur luisterde af en toe in zichzelf grinnikend naar een interview op BBC Londen en er zat een raam van plexiglas tussen de voor- en achterbank.

'Goed. Het komt erop neer dat het schot door het hoofd hem onmiddellijk heeft gedood. Een kogel van het kaliber .22, net als bij Jennifer Clewes.'

'Is er iets bekend over het tijdstip van overlijden?'

'Hij heeft ongeveer 24 uur in het water gelegen. Dat moet wel gezien de staat waarin het stoffelijk overschot verkeerde en de plek, die strook riviergrind, waar hij is aangespoeld, heb ik me door getijdenexperts laten vertellen.'

'Dan kan het nooit dezelfde moordenaar zijn geweest.'

'Inderdaad. Het is onmogelijk dat die twee mannen op dat tijdstip al uit Yorkshire waren teruggekeerd.' Brooke zweeg even. 'Inspecteur Banks zal het niet prettig vinden om dit te moeten horen, maar zijn broer is blijkbaar ook gemarteld voordat hij is doodgeschoten.'

'Gemarteld?'

'Ja. Er zijn ernstige kneuzingen en door sigaretten veroorzaakte brandwonden op de armen en voetzolen aangetroffen. Ook zijn er enkele vingernagels uitgetrokken.'

'Jezus,' zei Annie. 'Misschien wist hij iets wat iemand anders ook graag wilde weten?'

'Of misschien wilde die iemand anders wel juist weten hoeveel hij wist of had doorverteld.'

'Je hebt gelijk. Dit zal Alan niet graag willen horen. De media...'

'Die komen hier niet achter.'

'Weet je dat heel zeker?'

'Niet via ons. Dit houden we voor ons. Het enige wat we de pers zullen vertellen, is dat hij is neergeschoten. Dat moet voldoende zijn. Ik zie de hoofdartikelen over de gewapende misdaad nu al voor me.'

'Dat is ook wel zo,' zei Annie. 'Ze leven zich nu al enorm uit met die schietpartij in de zaak-Jennifer Clewes. Verder nog iets?'

'Nog een paar dingen,' zei Brooke. 'Kun je je die digitale foto nog herinneren die naar Roy Banks' mobiele telefoontje is verstuurd?'

'Ja. Daar heeft Alan het over gehad.'

'Zoals we al vermoedden, blijkt die inderdaad afkomstig te zijn van een gestolen mobieltje. Het kostte de jongens van de technische ondersteuning geen enkele moeite om het beeld uit te vergroten. Ze hebben allerlei inge-

235

wikkelde dure software die het beeld filtert en oprekt, en op basis van de pixel-gegevens voorspellingen doet. We zijn er alleen niet echt veel wijzer van geworden. We kunnen nog steeds niet met zekerheid zeggen of de man op de stoel inderdaad Roy Banks is. Maar ze hebben wel iets opgepikt van de muur op de achtergrond.'

'Wat dan?'

'Blijkbaar staan er twee rijen met letters of woorden op de bakstenen geschilderd. De eerste eindigt op "ngs" en de tweede op "ife". We hebben geen flauw idee hoe lang de regels zijn geweest of hoeveel woorden ze bevatten. We stellen nu een lijst samen van alle leegstaande fabrieken in Londen en de directe omgeving, en onze experts proberen inmiddels vast te stellen om wat voor machines het precies zou kunnen gaan. Aan de hand daarvan zouden we moeten kunnen bepalen wat voor soort fabriek het kan zijn geweest. Als de getijdenexperts ons een beetje een idee kunnen geven van de plek waar Roy Banks mogelijk in de rivier is gegooid, zouden we op basis van al die gegevens tezamen min of meer moeten kunnen bepalen waar de moord heeft plaatsgevonden.'

'Dat klinkt veelbelovend,' zei Annie. 'En zijn er al aanwijzingen die erop duiden wie Roy Banks mogelijk dood wilde hebben?'

'We hebben uit zijn zakelijke correspondentie een paar bekende namen opgediept. Oliver Drummond en William Gilmore. Ooit van die twee gehoord?'

'Nee,' zei Annie.

'Nou, ze staan allebei op onze zwarte lijst. Drummond is betrokken geweest bij een aantal fraudezaken en we denken dat Gilmore handelt in gestolen auto's en auto-onderdelen. Alleen de duurdere merken. Voornamelijk Jaguars en BMW's voor rijke Russen en Arabieren. We hebben helaas nooit kunnen ontdekken waar hij zijn goederen opslaat of kunnen aantonen dat Gilmore erbij betrokken is. We hebben hem wel een paar keer op kleine dingen gepakt en dat is ook de reden dat hij bij ons bekend is, maar dat is dan ook alles.'

'En de mannen op de foto die inspecteur Banks jullie heeft gegeven?'

Brooke zweeg even. 'Gareth Lambert,' zei hij toen. 'Heeft geen strafblad. Die andere man kennen we niet.'

'Denk je niet dat het iets belangrijks kan zijn? Roy Banks vond het blijkbaar nodig om die foto te maken en hem vervolgens te verstoppen. Zou het misschien om afpersing kunnen gaan?'

'Geef ons even de tijd, Annie,' snauwde Brooke. 'Je weet verdomme zelf ook wel hoe het zit met mankracht en budgetten. Bovendien is de helft van mijn team op vakantie. We doen ons best.'

'Oké, Dave. Rustig maar. Ik wilde je alleen maar helpen.'

'Het spijt me. Ik weet het. We zitten gewoon aan onze taks, meer zit er momenteel niet in.'

'Dat begrijp ik. Veel succes dan maar en bedankt dat je me hebt bijgepraat. Ik ga even kijken hoe het er in het noorden voor staat en ben waarschijnlijk binnen een dag of twee weer hier terug. Hou je me op de hoogte?'

'Absoluut. O, tussen twee haakjes, onze tekenaar is inmiddels klaar met Seaton. Het is geen slechte tekening. Wil je een kopietje?'

'Graag. Dat kan altijd van pas komen.'

'Ik zal hem naar je laten faxen.'

Toen de taxi in de buurt kwam van de chaotische, schijnbaar permanent aanwezige bouwput van de Channel Tunnel Rail Link rondom King's Cross, ging het verkeer steeds langzamer rijden. Annie had niet echt veel tijd meer en vreesde dat ze haar trein misschien niet zou halen, maar toen ontdekte de chauffeur een gaatje in het drukke verkeer en hij hield met nog vijftien minuten te gaan stil voor het station. Annie betaalde hem, kocht bij de W.H. Smith een paar tijdschriften voor onderweg, keek op het grote aankondigingsbord welk perron ze moest hebben en liep naar de trein. Het was erg druk op het station en het rook er naar warme motoren, dieselolie en rook. Annie zocht haar plaatsje op, legde haar kleine tas in het rek en maakte het zich gemakkelijk.

Een minuut of drie voordat de trein zou vertrekken, klonk er een nerveuze aankondiging over de intercom. 'Willen alle passagiers rustig uit de trein stappen en het station verlaten.'

Heel even bleef iedereen roerloos en verdwaasd zitten, zich afvragend of ze het wel goed hadden verstaan. Toen werd dezelfde boodschap nogmaals omgeroepen, deze keer zeer geagiteerd: 'Willen alle passagiers rustig uit de trein stappen en het station verlaten.'

Dat was meer dan voldoende. Iedereen griste zijn spullen bij elkaar, rende naar de deuren en vloog over het perron naar de straat.

Banks had gehoopt aan het eind van de ochtend of op zijn laatst aan het begin van de middag in Londen terug te zijn, maar het mocht niet zo zijn.

Om te beginnen was hij pas laat wakker geworden. Hij had maar niet in slaap kunnen komen omdat hij aan Roy had moeten denken en over zijn ouders had liggen piekeren, en pas toen het alweer licht begon te worden en de vogeltjes hun gezang aanhieven, dommelde hij eindelijk in om pas om halftien weer wakker te worden. Desondanks was hij als eerste op.

Als dat het enige oponthoud was geweest, had hij nog best op een redelijk vroeg tijdstip in Londen kunnen zijn, maar toen hij eenmaal een pot thee had gezet, had gecontroleerd of zijn nieuwe mobiele telefoontje helemaal was opgeladen en naar de overkant van de weg was gelopen om een exemplaar van *The Independent* te halen, was zijn moeder ook opgestaan en liep ze bedrijvig beneden rond. Banks kon niet met zekerheid zeggen of het nieuws van Roys dood inmiddels volledig tot haar was doorgedrongen, maar ze kwam onnatuurlijk rustig, alert en beheerst over.

'Je vader slaapt een beetje uit,' zei ze. 'Hij is moe.'

'Dat geeft niet,' zei Banks. 'U had zelf ook wel iets langer kunnen blijven liggen.'

'Ik heb gisteren wel genoeg uitgerust, dank je. En nu...'

Hierop volgde een opmerkelijke litanie van 'dingen die ze moest doen', die tot gevolg had dat Banks haar bijna de hele dag van hot naar her reed voor een kort bezoek aan de verschillende familieleden die niet al te ver bij hen vandaan woonden, in elk geval degenen in Ely, Stamford en Huntingdon. De meesten van hen hadden de vorige avond al gebeld, nadat ze het nieuws over Roy op het journaal hadden gehoord, maar Banks had zich over alle telefoontjes ontfermd – inclusief die van verslaggevers – en ervoor gezorgd dat zijn vader en moeder geen van beiden werden gestoord.

Nu vertelde Ida Banks iedereen heel rustig dat Roy was overleden en dat ze nog niet wist wanneer de begrafenis zou zijn, maar dat iedereen maar op een aankondiging in de krant moest letten.

Toen ze van hun eerste bezoek terugkwamen, was Banks' vader ook opgestaan en hij zat in zijn leunstoel wat voor zich uit te staren. Hij zei dat er niets was, maar Banks maakte zich zorgen over hem; hij had helemaal geen energie of wilskracht meer.

Banks had in *The Independent* al een artikel over de moord gelezen, waarin naar Roy werd verwezen als de 'rijke ondernemer en broer van Alan Banks, de in Noord-Yorkshire woonachtige inspecteur die eerder dit jaar bijna is omgekomen bij een brand'. Oom Frank had hem verteld dat het ook op televisie was geweest en dat er een foto van Banks was vertoond, samen met een paar oude beelden van de cottage na de brand. Banks was blij dat hij het zelf niet had gezien. God wist met wat voor verhalen de tabloids op de proppen waren gekomen. Suggereerden ze soms dat er een verband bestond tussen de brand en de moord op Roy?

Tegen de tijd dat hij zijn moeder weer had thuisgebracht en haar een van dokter Grenvilles pillen had gegeven, was de middag alweer bijna voorbij. Toen mevrouw Green, de buurvrouw, langskwam en beloofde een tijdje bij hen blijven, kon Banks eindelijk afscheid nemen en teruggaan naar Londen. Voordat hij vertrok, belde hij Burgess om hem zijn nieuwe mobiele nummer te geven en om een uur of vijf met hem af te spreken in een pub in Soho. Het werd tijd om het onderzoek weer op te pakken.

Omdat hij geen cd's had, zette hij de autoradio maar aan. Classic FM draaide Beethovens *Mondscheinsonate* en op Radio Three klonk Tippetts *Concerto for Double String Orchestra*. Banks koos voor Tippett, omdat hij die minder goed kende dan Beethoven.

Op de snelweg ergens in de buurt van Stevenage merkte Banks op dat hij al een tijdje werd gevolgd door een rode Vectra. Hij ging langzamer rijden; de Vectra ook. Hij gaf wat gas; de Vectra volgde. Het was een warme, zomerse middag en hij bevond zich op een drukke weg, maar toch voelde Banks een koude rilling over zijn rug gaan. Hij speelde een tijdje een kat-en-muisspelletje met de Vectra, totdat deze hem uiteindelijk voorbijschoot. Hij kreeg niet de kans om hem goed te bekijken, maar zag nog net dat er twee mensen in de auto zaten, één voorin en één achterin. De man die achterin zat had een paardenstaart en toen de auto Banks' Renault inhaalde, keek hij hem met een brede grijns aan en hij maakte een gebaar met zijn linkerhand alsof hij een pistool richtte en schoot, waarbij zijn duim als haan fungeerde; vervolgens stak hij zijn hand op en blies hij glimlachend over de toppen van zijn wijs- en middelvinger. Het tafereeltje was slechts een fractie van een seconde zichtbaar en toen gingen ze er als een speer vandoor.

Banks probeerde nog even om hen bij te houden, maar het had geen enkele zin. De bestuurder manoeuvreerde de auto snel en behendig van de ene rijbaan naar de andere, totdat ze Banks ver achter zich hadden gelaten. Echter niet snel genoeg, want Banks had wel kans gezien om het nummerbord in zijn geheugen te griffen.

Banks naderde inmiddels Welwyn Garden City, waar het weer ging regenen, en vroeg zich intussen af wat dat verdomme allemaal te betekenen had gehad. Toen begreep hij plotseling dat ze hem vanuit Peterborough moesten zijn gevolgd en het werd hem koud om het hart. Ze wilden hem laten weten dat ze wisten waar zijn ouders woonden.

'U weer,' zei Roger Cropley, toen hij Kev Templeton voor de deur zag staan. 'U hebt verdomme wel lef, zeg. Wat moet u nu weer van me?'
'Ik wilde u nog een paar dingen vragen,' zei Templeton. 'Deze keer ben ik alleen. Het verbaast me trouwens u hier te zien. Ik dacht dat u wel in Londen zou zitten. Ik wilde eigenlijk even met uw vrouw praten.'
'Ik ben ziek,' zei Cropley. 'Een lichte verkoudheid. Waarover wilde u Eileen spreken?'
'O, wat ditjes en datjes. Maar nu u hier toch bent, kunnen we er net zo goed een gezellig theekransje van maken.' Templeton schoof langs hem heen de gang in. Eileen Cropley stond onder aan de trap. 'Ah, mevrouw Cropley. Goedemiddag. Ik geloof niet dat we tijdens mijn vorige bezoek de kans hebben gekregen om kennis met elkaar te maken.'
'Als ik me niet vergis kwam dat omdat u zich erg onbeschoft gedroeg. Roger, wat wil die man nu weer? Wat heb je uitgehaald?'
'Ik heb helemaal niets uitgehaald. Alles is in orde, schat.' Cropley slaakte een diepe zucht. 'U kunt maar beter even binnenkomen,' zei hij.
'Nou, graag.'
In de woonkamer rook het nog altijd naar lavendel, maar de bloemen waren verwelkt en hadden al enkele blaadjes laten vallen. 'Ik ben de vorige keer wellicht een tikje voorbarig geweest,' zei Templeton toen meneer en mevrouw Cropley allebei zaten. Ze hadden plaatsgenomen op de bank, zag Templeton, elk op een hoekje, net boekensteunen. Mevrouw Cropley was kil en afstandelijk. Cropley zelf maakte een berustende indruk. 'Ik had niet alle feiten op een rijtje.'
'Dat kunt u wel zeggen, ja,' zei Cropley.
'Nu ja, gedane zaken nemen geen keer. Zand erover?'
Cropley keek hem achterdochtig aan.
'Ik ben blij dat ik u beiden thuis tref,' ging Templeton verder. 'Dat geeft me de gelegenheid om de slechte indruk die ik heb gemaakt een beetje goed te maken. We hebben met iemand van de wegenwacht gesproken, meneer Cropley, en die persoon heeft bevestigd dat u op het tijdstip in kwestie inderdaad gestrand was op de vluchtstrook van de M1 even ten zuiden van de afslag naar Derby.'
'Dat heb ik jullie toch gezegd.'

'Dat klopt. En ik wil u graag mijn verontschuldigingen aanbieden voor het feit dat ik heb laten blijken daar enigszins sceptisch tegenover te staan. In onze zoektocht naar gerechtigheid hebben we nogal eens de neiging om een beetje door te slaan en soms houden we daardoor geen rekening met de tere gevoelens van anderen.'

'Waarom bent u dan nu hier?'

'Welnu, we hebben inmiddels iets meer gegevens tot onze beschikking dan de vorige keer en het heeft er veel van weg dat de twee mannen die u in de donkere Mondeo hebt gezien het slachtoffer, Jennifer Clewes, zijn gevolgd toen ze de A1 verliet en de weg naar Eastvale nam, waar ze haar tegen een stapelmuurtje hebben klemgereden en doodgeschoten. Vervolgens zijn ze teruggereden naar de plek waar ze vandaan waren gekomen en de nacht daarop hebben ze de Mondeo in de East End in Londen gedumpt, waar de auto onmiddellijk is gestolen. We hebben enkele bandensporen van die desbetreffende auto aangetroffen op een privé-weggetje in Gratly en een aantal vingerafdrukken die mogelijk aan een van de mannen toebehoort. De technische recherche controleert nu de Mondeo verder op vingeraf-drukken om ze met elkaar te vergelijken, maar u kunt zich vast wel voor-stellen dat er na zo'n enorme botsing... tja...'

'Dit is allemaal bijzonder interessant,' zei Cropley, 'maar ik zie nog altijd niet in hoe mijn vrouw of ik u kan helpen.'

'Luister eerst eens naar wat die man te zeggen heeft, Roger,' zei mevrouw Cropley, die ondanks zichzelf heel belangstellend luisterde.

'Dank u wel, mevrouw Cropley. We hebben een signalement gekregen van de man die de auto in Londen heeft gedumpt en een Londense collega van ons heeft me zojuist de compositietekening gefaxt die de politietekenaar heeft gemaakt. Ik vroeg me af of u daar misschien even naar zou willen kij-ken om te zien of u hem herkent.'

'Ik heb u al gezegd dat ik hen niet echt goed heb gezien,' zei Cropley. 'Ik ben heel slecht in het beschrijven van mensen.'

'Dat geldt voor de meeste mensen,' zei Templeton. 'Daarom helpt het vaak om even naar een foto of tekening te kijken.' Hij pakte zijn koffertje. 'Mag ik?'

'Natuurlijk,' zei Cropley.

Templeton liet hem de tekening zien.

Cropley staarde er een tijdje zwijgend naar en zei toen: 'Het zou hem wel kunnen zijn.'

'Zou wel kunnen? Meer niet?'

'Zoals ik al zei: ik kon hen niet echt goed zien.'

'Maar hij draaide zich toch om om u aan te kijken toen de bestuurder vlak voor u invoegde? Dat hebt u me zelf verteld.'

'Jawel, maar het was donker.'

'Het benzinestation is goed verlicht.'

'En toch weet ik het niet zeker. Ik zou het bijvoorbeeld niet durven zweren in een rechtbank. Is dat soms wat u wilt?'

'Nog niet. We willen hem alleen maar vinden.'

'Nou, hij lijkt er wel heel veel op. Het haar, de vorm van zijn hoofd, maar het was gewoon te donker om zijn gelaatstrekken te kunnen onderscheiden.'

'Dat begrijp ik. Was hij forsgebouwd?'

'Hij had inderdaad vrij brede schouders, nu ik erover nadenk, en bijna geen nek. En hij leek vrij lang, zat met zijn hoofd dicht tegen het dak.'

'Uitstekend,' zei Templeton en hij borg de tekening weer weg. 'Heel hartelijk bedankt.'

'Graag gedaan,' zei Cropley. 'Maar u zei dat u eigenlijk met mijn vrouw wilde praten. Zij had die man niet voor u kunnen identificeren, want ze was er niet bij.'

'Dit was gewoon een mooie gelegenheid om het u te vragen, meneer Cropley. Het bespaart me een reisje naar Londen.' Templeton haalde zijn opschrijfboekje tevoorschijn.

'Wat wilde u me vragen?' zei mevrouw Cropley.

Templeton krabde aan de zijkant van zijn neus. 'Dit betreft een geheel andere kwestie, mevrouw Cropley. Dat denken we tenminste. Op 23 april van dit jaar is een jonge vrouw die naar de naam Claire Potter luisterde vlak bij de M1 even ten noorden van Chesterfield verkracht en doodgestoken. Ze was vlak daarvoor voor het laatst bij het benzinestation van Trowell gezien.'

'Dat hebt u de vorige keer ook al verteld,' zei Roger Cropley. 'Het zei me toen niets en het zegt me nu nog steeds niets.'

Templeton negeerde hem en keek mevrouw Cropley aan. 'Er is ons inmiddels iets meer bekend over dat misdrijf,' zei hij, 'en degene die dat heeft gedaan moet onder het bloed hebben gezeten. Ik vroeg me af of u rond die tijd iets is opgevallen aan de kleding van uw man, u weet wel, vreemde vlekken en dergelijke. Kleding waar bloed op zit is verduiveld lastig schoon te krijgen. U doet hier in huis zeker de was?'

'Ik kan bijna niet geloven dat u me dit vraagt,' zei mevrouw Cropley. 'De brutaliteit.'

'Tja, aan lef heeft het me nooit ontbroken,' zei Templeton. 'Wie niet waagt, die niet wint. Dat is mijn motto. Dus als er iets is wat u van het hart moet...'

'Ik heb niets vreemds opgemerkt.'

'Nu ja, het is natuurlijk heel goed mogelijk dat er niets meer met de kleren te beginnen was,' ging Templeton verder. 'Zijn er de laatste tijd misschien kledingstukken van uw man verdwenen?'

'Nee.'

'Nu heeft de moordenaar het lichaam van het slachtoffer gewassen,' dacht Templeton hardop, 'dus er bestaat een gerede kans dat hij met zijn eigen kleren ook wel raad wist. Heel proper was hij. Bent u ook een proper man, meneer Cropley?'

'Ik mag hopen van wel,' zei Cropley, 'maar daarom ben ik nog geen moordenaar en ik neem aanstoot aan uw beschuldigingen.'

'Ja, uiteraard. Dat is niet meer dan logisch. Maar ik moet het toch vragen. Ik zou als politieagent geen knip voor mijn neus waard zijn als ik dat niet deed, of wel?'

'Eerlijk gezegd kan dat me geen zier schelen,' zei Cropley. 'Ik vind u een zeer onaangename man en ik zou graag zien dat u mijn huis onmiddellijk verlaat.'

'Nog één vraag, alstublieft, en dan zal ik u verder met rust laten.'

Eileen Cropley staarde hem woedend aan.

'Hoe vaak komt het voor dat uw man op vrijdag opvallend laat thuiskomt uit Londen? Na middernacht, bijvoorbeeld.'

'Dat weet ik niet.'

'Zoiets kunt u zich toch zeker nog wel herinneren? Blijft u dan niet op tot hij thuis is?'

'Nee. Ik neem meestal om elf uur een slaappil en ga dan naar bed. Om middernacht slaap ik allang.'

'Dus we kunnen wel stellen dat hij normaalgesproken pas na een uur of elf thuis is?'

Ze wierp een blik op haar man. 'Dat zou inderdaad wel kunnen.'

Templeton richtte zich tot Roger Cropley. 'Bijna klaar, hoor, meneer. Ik weet nog goed dat u me, toen ik hier de vorige keer met agent Jackman was, heel nadrukkelijk hebt verteld dat u gewoonlijk probeert om halverwege de middag al te vertrekken om de spits voor te zijn.'

243

'Wanneer dat mogelijk is. Het lukt me lang niet altijd.'

'Hoe vaak is dat de afgelopen vier maanden voorgekomen?'

'Dat weet ik niet. Dat hou ik niet bij.'

'Ik denk dat ik het me wel zou herinneren,' zei Templeton.

'Ik ben u niet.'

'Nee, dat is helemaal waar.' Templeton stopte zijn opschrijfboekje in zijn binnenzak. 'Mooi, dan ga ik nu maar. Dank u wel voor uw medewerking. U hoeft me niet uit te laten. Ik weet de weg.'

Templeton liep naar de deur, maar vlak voordat hij deze opendeed, draaide hij zich om en keek hij Cropley nogmaals aan. 'Nog één ding.' Hij haalde zijn opschrijfboekje tevoorschijn, fronste zijn wenkbrauwen en bladerde er even doorheen. 'Vrijdag twintig februari. Weet u misschien nog of u die dag ook pas zo laat naar huis reed? Bent u toen even bij Newport Pagnell langsgegaan?'

'Dat weet ik niet meer.'

'Toen is er namelijk ook een jong meisje, Paula Chandler, van de weg gedrukt en heeft iemand geprobeerd haar aan te vallen. Dat is mislukt. De portieren van haar auto zaten allemaal op slot. Er bestaat een kans dat ze de aanvaller misschien herkent.'

'Sta ik onder arrest?' vroeg Cropley.

'Natuurlijk niet,' zei Templeton. 'Ik probeer alleen maar...'

'Dan wil ik dat u nu vertrekt, anders bel ik mijn advocaat,' zei Cropley en hij stond op en beende met grote passen in Templetons richting. 'Vooruit, wegwezen!'

Heel even dacht Templeton dat Cropley van plan was hem een klap te verkopen, maar hij pakte hem slechts bij zijn schouder vast en duwde hem naar de voordeur. Templeton verzette zich niet. Toen de deur achter hem werd dichtgeslagen, bleef hij even staan en ademde hij genietend de frisse, vochtige buitenlucht in. Het regende niet meer, maar het was nog steeds bewolkt en de straten glommen. In het westen vormden de lage heuvels vage, grijze silhouetten tegen de donkergrijze hemel. Hij hoorde ergens dichtbij het geluid van stromend water, waarschijnlijk een beekje, en in een van de bomen zat een vogeltje te zingen. Alles bij elkaar was dit een veel succesvoller interview geweest dan het vorige, vond hij.

Toen hij in zijn auto stapte, zag Templeton dat er een paar schilfertjes roos van Cropley op de mouw van zijn jasje waren gevallen en hij wilde ze al wegvegen. Toen bedacht hij zich. Als Roger Cropley de man was die ze zochten, vertikte hij het toch echt om brigadier Susan Browne in haar een-tje met alle eer te laten strijken.

Annie stond in de regen te midden van de te hoop gelopen mensenmassa, die door dranghekken aan de overkant van Euston Road werd gehouden. Het hele gebied was afgezet, al het verkeer werd omgeleid, alle toegangen tot het station waren verzegeld en de ondergrondse was stilgezet. Uit alle kantoren, winkels en restaurantjes in de buurt waren mensen toegestroomd die op veilige afstand bleven kijken om te zien wat er aan de hand was en door hun komst dijde de menigte mensen in razend tempo uit. Annie werd aan alle kanten door mensen omringd en voelde zich niet op haar gemak. Aan de overkant van de weg bewogen politiemensen in beschermende kle-ding als schaduwen door het station. De woorden die op vrijwel ieders lip-pen bestorven lagen, waren terroristen en bommelding, in Londen de rea-liteit van alledag. Annie had aan een van de agenten die de mensenmassa in bedwang hield gevraagd hoelang het nog zou duren voordat de treinen weer reden, maar hij wist het niet. Misschien een paar uur, misschien wel langer, was het enige wat hij kon zeggen. Annie zag de reis naar huis heel snel tussen haar vingers weglippen. Het had geen zin om nog te gaan als ze pas 's avonds zou aankomen.

Ze baande zich een weg door de menigte en wist ternauwernood te voor-komen dat iemand haar met een opgestoken paraplu in haar oog stak. Het maakte haar niet uit waar ze naartoe liep, zolang ze maar bij al de mensen uit de buurt kwam. Toen ze ten slotte Euston Road achter zich had gelaten en zich wilde oriënteren, ontdekte ze dat ze via een aantal kleinere straatjes in de richting van Bloomsbury was gelopen.

Toen ze op Russell Square aankwam, schoot haar het kleine hotel te bin-nen waar Banks en zij een paar jaar geleden hadden gelogeerd, toen hun relatie nog erg pril was en talloze mogelijkheden had geboden. Daar wilde ze in haar eentje niet naartoe. Dat zou veel te deprimerend zijn. Ze kon maar beter terugkeren naar het karakterloze, moderne, efficiënte hotel waar ze vandaan kwam; daar hadden ze beslist wel een kamer voor haar, wellicht zelfs dezelfde die ze net had verlaten, al leken ze allemaal zoveel op elkaar dat het er eigenlijk ook niet toe deed.

Ze zou dus nog een nacht in Londen moeten blijven, maar het was nu een-maal niet anders. Ze pakte haar mobiele telefoontje en belde Brooke. Hij had de compositietekening al naar Eastvale gefaxt, maar had er geen enkel bezwaar tegen om hem direct naar haar hotel te faxen. Vervolgens belde Annie het hotel om een kamer te reserveren en door te geven dat ze een fax verwachtte. Men beloofde dat ervoor zou worden gezorgd dat alles in orde kwam.

Annie bedacht dat ze die avond wel bij dokter Lukas thuis kon langsgaan, maar nu zou ze eerst naar Oxford Street gaan, want ze kon niet nog een dag en nacht in Londen doorbrengen zonder wat kleding te kopen. Een paar uur winkelen zou beslist de sombere bui verdrijven die tegelijk met de regen op haar leek te zijn neergedaald.

In de pub aan Frith Street was het om vijf uur al behoorlijk druk. Burgess was eerder gearriveerd dan Banks en gebaarde vanaf een houten kruk aan een kleine tafel in een hoekje tegenover de deur met een leeg pintglas naar Banks. Banks bestelde bij de bar voor zichzelf een glas sinaasappelsap en voor Burgess een pint bier.

'Drink je niet?' zei Burgess toen Banks met de drankjes kwam aangelopen.

'Nu even niet. Zeg,' zei Banks, 'waarom spreken wij eigenlijk altijd in een pub af? Volgens mij heb ik je kantoor nog nooit gezien. Ik ben er zelfs niet helemaal van overtuigd dat je er wel een hebt.'

'Ze zouden je er nooit binnenlaten. Trouwens, als ze dat wel deden, zouden ze je daarna waarschijnlijk moeten doden. Dit is beter. Veel gemakkelijker voor iedereen.'

'Schaam je je er soms voor om met me te worden gezien?'

Burgess lachte even, maar keek al snel weer ernstig. 'Hoe gaat het met je?'

'Niet slecht. Het is... Ik weet het niet. Roy en ik hadden niet echt een goede band met elkaar, maar toch is het net of een deel van mij ook is gestorven.'

'Het is toch familie,' zei Burgess.

'Ja. Dat zegt iedereen. Ik heb het gevoel dat ik hem net een beetje beter leerde kennen en dat hij me nu is ontnomen.'

'Een paar jaar geleden is een zus van me overleden,' vertelde Burgess. 'Ze woonde in Zuid-Afrika. Durban. Ik had haar al in geen jaren meer gezien, sinds onze tienerjaren niet meer. Ze was tijdens een overval vermoord. Doodgeschoten. Ik voelde me toen ook zo en heb een hele tijd aan haar lopen denken, hoe het moest zijn geweest toen ze wist dat ze zou sterven. Gelukkig is het snel gegaan.'

'Bij Roy ook.'

'Dat is nu eenmaal het voordeel van kogels. Waar ben je momenteel mee bezig?'

Banks vertelde hem over de mannen die hem op de snelweg hadden gevolgd en het schietgebaar door het raampje.

'Wat heb je eraan gedaan?'

'Ik wilde al bijna terugrijden, maar dat is waarschijnlijk precies waar het hen om te doen was. Ik heb het hoofdbureau in Peterborough gebeld en hun gevraagd een oogje in het zeil te houden. Ze hebben toegezegd om een surveillancewagen in de wijk te laten posten.'

'Kan ik misschien nog iets doen?'

'Zou je een nummerbord voor me kunnen natrekken?'

'Fluitje van een cent.'

Banks gaf hem het kenteken van de Vectra.

'Je beseft toch hoop ik wel dat hij waarschijnlijk gestolen is, hè?' vroeg Burgess.

'Elk detail kan belangrijk zijn,' zei Banks. 'Ook zij maken wel eens fouten.'

'Dat is inderdaad waar.'

'Ooit van het Berger-Lennox Centrum gehoord?'

'Wat is dat precies?'

'Een particulier centrum voor gezinsplanning. Alle aspecten. Abortus, adoptie, noem maar op.'

'Nee,' zei Burgess, 'ik kan niet zeggen dat ik ervan heb gehoord, maar ja, ik heb bij zo'n instelling natuurlijk ook niet echt iets te zoeken, hè?'

'Nee, dat zal wel niet. Roy was een van de aandeelhouders en Jennifer Clewes werkte daar op de administratie.'

'Interessant, maar het zegt me nog steeds niets. Wat was je nu van plan te gaan doen?'

'Ik ga uitzoeken wie Roy heeft vermoord en waarom.'

'Dat verbaast me dus niets. Ik neem aan dat het geen enkele zin heeft om je te vertellen dat je het aan de plaatselijke politie moet overlaten?'

'Nee.'

'Dat dacht ik al. Wat wil je nu van mij?'

'Je hebt me al het een en ander over Roys niet geheel smetteloze verleden verteld.'

'Dat gedoe met die wapens?'

'Ja.'

'Dat was jaren geleden. Echt, voorzover wij weten heeft je broer zich de laatste tijd keurig gedragen. Dat kun je rustig uit je hoofd zetten.'

'Waarom is hij dan dood?'

'Soms gaan de aardigste mensen dood.' Burgess stak een dun sigaartje op en droeg daarmee zijn steentje bij aan de bedompte sfeer die in de pub hing.

'Al enig idee wie die vent is die op de foto met Lambert op dat terras zit?'

'Nee. Ik ben er wel mee bezig, hoor. De foto circuleert momenteel. Geloof me, ik wil het net zo graag weten als jij. Het is alleen jammer dat in deze tijd van het jaar veel van onze mensen op vakantie zijn. En verder zijn er sinds die tijd ook heel wat mensen met pensioen gegaan. Je zult dus geduld moeten hebben. Bedenk wel dat je niet met een of ander eenvoudig wijkteam van doen hebt. Ik beloof je dat je een van de eersten bent die het hoort.'

'Vertel me eens iets meer over Gareth Lambert.'

'Ik heb je zo'n beetje alles al verteld. Hij was een zakelijke partner van je broer en in alle opzichten een schurk. Maar aan de buitenkant uiterst charmant. Zoals ik eerder al zei: Harry Lime. Ik neem tenminste aan dat je *The Third Man* wel hebt gezien?'

'Het is een van mijn lievelingsfilms. Moet je horen, volgens Julian Harwood woont Lambert in Spanje.'

'Nou, nou, je bent zo te horen druk bezig geweest.'

'Waarom zou hij zijn teruggekomen?'

'Ik vermoed dat de paella hem de neus uitkwam. Hij is trouwens met een bloedmooie Spaanse actrice getrouwd. Kan zo als model aan de slag. Engeland is tegenwoordig hartstikke hot, wist je dat? Madonna, Gwyneth Paltrow, Liv Tyler, noem maar op. Ze willen allemaal hier wonen. Maar goed, hij is dus terug en zit blijkbaar in de reiswereld.'

'Legaal?'

'Dat heb ik niet gezegd. Maar er is geen bewijs van het tegendeel. Lambert is een gladde jongen. Hij heeft geen strafblad, is nog nooit gearresteerd. In elk geval niet in dit land. Nog niet. Hij weet iedereen altijd één stap voor te blijven. Zeker weten dat je niet iets sterkers wil?'

'Nee, bedankt. Ik moet mijn kop er even bij houden.'

'Waarvoor?'

'Voor Roy.'

'Oké.' Burgess liep naar de bar en bestelde nog een biertje voor zichzelf. Banks merkte dat het nog drukker werd in de pub, met mensen die uit hun werk kwamen. Er stond buiten een bord dat aankondigde dat er 'echte' ale van de tap werd geserveerd, dus misschien was dat wel wat hen naar binnen lokte. De meeste nieuwkomers moesten blijven staan en inmiddels stonden de klanten drie rijen dik aan de bar. Een paar mensen maakten gebruik van de korte onderbreking tussen de buien in en stonden buiten met hun glas, maar Banks zag door de openstaande deur dat de lucht alweer betrok en ze zouden binnen de kortste keren wel weer naar binnen komen rennen.

Burgess kwam terug en wrong zich door de mensenmassa heen in de richting van zijn kruk zonder ook maar een druppel te morsen. 'Zijn er verder nog aanwijzingen in het moordonderzoek van Roy?' vroeg hij.

'Dat weet ik niet,' zei Banks. 'Ik spreek straks Annie Cabbot nog, dus dan hoor ik hopelijk hoe het onderzoek van inspecteur Brooke vordert.'

'Naai je die lieftallige inspecteur Cabbot nog steeds of heb je alweer een ander liefje?'

Banks negeerde de opmerking. Burgess probeerde altijd om mensen op stang te jagen. Gewoonlijk slaagde hij daar wonderwel in, maar deze keer niet. 'Zeg eens eerlijk,' zei Banks. 'Denk je dat het mogelijk is dat Roy weer samen met die Lambert bij een of andere louche deal betrokken was?'

'Niets is onmogelijk. Maar je moet wel beseffen dat ik, dat wij, daar dan niet van op de hoogte zijn. Als ze samen iets aan het uitspoken waren, dan is het zeer goed georganiseerd. Dit zijn natuurlijk ervaren jongens. Tenminste, Lambert dan.'

'En als er iets gaande was, dan zou jij het weten?'

'Misschien wel. Als het om een grote, gevaarlijke operatie gaat in elk geval wel. Een groot deel van ons werk bestaat uit het in de gaten houden van dergelijke zaken en erover na te denken, maar we zijn niet alwetend. We weten veel, maar niet alles. Trouwens, het is mijn probleem ook niet meer. En Lambert kan onmogelijk al heel lang terug zijn in het land. Hooguit een paar maanden, als mijn bronnen goed zijn ingelicht, wat meestal wel het geval is. Dus als er iets gaande is, is het een nieuwe operatie of anders iets internationaals waaraan hij in Spanje ook al werkte. Ik zal eens navraag doen. Ik heb nog altijd een paar contacten. Er werkt een kerel bij Interpol, ene Dieter Ganz, die dit graag zal willen weten, als ik hem tenminste kan bereiken. Ik zal eens zien wat ik kan doen.'

'Ik wil weten waar Lambert woont.'

'Ik vroeg me al af wanneer je me dat zou vragen.'

'Ik zou het je allang hebben gevraagd, als ik niet eerst mijn ouders had moeten opvangen. Kun je het me vertellen?'

'Zie niet in waarom niet.' Burgess ratelde een adres af in Chelsea. 'Je zou er op een of andere manier toch wel achter zijn komen. Hij heeft ook een huis ergens op het platteland waar hij met zijn vrouw woont, maar wanneer hij in de stad is, verblijft hij in deze flat. Hij is nog altijd vrij veel op pad. En hij werkt vanuit een kantoortje boven een stomerij aan Edgeware Road, aan de kant van Marble Arch. Wees voorzichtig, Banks. Hij is een gladde. Denk aan Harry Lime.'

Banks dronk zijn glas leeg. 'Zeg eens,' zei hij toen. 'Je doet in eerste instantie meestal enorm moeilijk, maar wanneer puntje bij paaltje komt vertel je me eigenlijk altijd alles wat ik wil weten. Waarom is dat?'

'Puur voor de lol,' zei Burgess. 'Bovendien mag ik je wel. En je manier van werken bevalt me. Het is heel interessant. Het valt me op dat je steeds meer wordt zoals ik vroeger was. Wanneer jij iets wilt, ga je er direct op af en de mogelijke consequenties lap je aan je laars. En indien nodig de wet ook.'

'Zoals jij vroeger was?'

Burgess nam een slok bier. 'Ik ben wat milder geworden, Banksy. Volwassener.'

'Gelul.'

'Toch is het waar. Laten we het er verder maar op houden dat inspecteur Brookes belangen en de mijne niet altijd met elkaar overeenkomen. Brooke is een ploeteraar. Ik ken dat type maar al te goed. Geen fantasie. Geen brede visie. Hem gaat het puur en alleen om de kortetermijnresultaten, om zaken die een goed cijfer opleveren op zijn rapport op weg naar de volgende promotie.'

'En jij?'

'Mij gaat het juist om de grotere context, de langetermijnvisie. En ik ben graag op de hoogte van wat er speelt. Tegenwoordig werk ik vooral op basis van de informatie die ik binnenkrijg. Ik kom zelden nog buiten.'

'Mis je het niet?'

Burgess vermeed zijn blik. 'Soms wel.' Hij lachte en hief zijn glas op. 'En nu oprotten. Veel succes met Lambert.'

Het regende inmiddels weer en Banks moest zich door de stroom naar binnen vluchtende mensen heen worstelen om buiten te komen. Hij zocht een portiekje op en toetste Annies nummer in op zijn mobieltje. Ze nam vrij snel op.

'Annie, met mij, Alan.'

'Waar zit je? Ik probeer je de hele tijd te pakken te krijgen, al sinds ik het nieuws heb gehoord. Ik vind het zo vreselijk wat er met je broer is gebeurd.'

'Dank je, dat is fijn om te horen. Ik ben weer terug in Londen. Waar ben jij?'

'Om je de waarheid te zeggen, sta ik op dit moment in een van de pashokjes in Selfridge's,' zei Annie. 'Ik weet niet of je het al had gehoord, maar ze hebben King's Cross dichtgegooid. Bommelding. Dat houdt dus in dat ik hier nog een nacht moet blijven. Ik moet iets hebben om aan te trekken. Ik wilde net teruggaan naar het hotel. Alan, ik moet met je praten. Er is heel veel gebeurd.'

'Dat weet ik, maar een andere keer. Even snel een paar vragen. Hebben Brookes mensen al met Gareth Lambert gesproken?'

'Dat dacht ik niet,' zei Annie. 'De laatste keer dat ik Dave sprak, was hij daar niet echt in geïnteresseerd. Ze concentreren zich op een paar Londense crimineeltjes, ene Oliver Drummond en een William Gilmore. Hun namen zijn opgedoken in de zakelijke correspondentie en de gegevens van je broers telefoon die het telefoonbedrijf beschikbaar heeft gesteld.' De namen kwamen Banks bekend voor, maar zeiden hem verder niets.

Vervolgens bracht Annie hem op de hoogte van het gesprek dat ze die ochtend met Alf Seaton had gehad, en ze gaf hem het signalement van de man met de paardenstaart en vertelde wat er met de Mondeo was gebeurd. Banks besefte onmiddellijk dat dit een van de mannen was geweest die hem vanuit Peterborough was gevolgd, degene die dat gebaar had gemaakt.

'Er dan is er nog iets,' zei Annie. 'Het ziet ernaar uit dat de vriendin van je broer via het Berger-Lennox Centrum een abortus heeft gehad. Daar heeft hij toen Jennifer Clewes ontmoet.'

'Jezus,' zei Banks. 'Je bedoelt toch niet Corinne?'

'Zijn er dan nog meer?'

'Waarschijnlijk wel,' zei Banks, 'maar ik geloof dat zij het recentste model was, degene die aan Jennifer voorafging. Bedankt dat je me dat hebt verteld.'

'Zullen we ergens afspreken? We moeten dit alles echt even met elkaar bespreken.'

'Misschien kunnen we morgen samen ontbijten?' zei Banks. 'Ik moet vanavond met een paar mensen gaan praten. Weet je wat, ik bel je wel wanneer ik daarmee klaar ben.' Banks beëindigde het gesprek voordat ze kon protesteren.

De regen kwam nu werkelijk met bakken uit de lucht en Banks had alleen een dunne regenjas aan. Hij bleef een tijdje vanuit het portiek van een gesloten schoenwinkel naar de mensen staan kijken die door de stromende regen voorbijliepen, liep toen de straat op en holde zo snel hij kon naar de halte van de ondergrondse aan Tottenham Court Road.

13

'Hoe bent u aan mijn adres gekomen?' vroeg dokter Alex Lukas, toen Annie die avond om even na zevenen met een paraplu boven haar hoofd voor de deur van haar huis aan Belsize Park stond. 'Ik sta niet in het telefoonboek.'

'We hebben zo onze bronnen,' zei Annie, die even snel in de personeelsdossiers had gegluurd toen ze bij het Berger-Lennox Centrum een kijkje in Jennifer Clewes' kantoor nam, wat verder overigens niets had opgeleverd. 'Mag ik even binnenkomen?'

'Waarom? We leven hier toch nog niet in een politiestaat, of wel?'

'Niet dat ik weet,' zei Annie glimlachend. 'Maar het hoost hier buiten.'

Dokter Lukas haalde de ketting van de deur en deed een stap naar achteren. Annie klapte haar paraplu op, trok haar regenjas uit en hing hem aan de kapstok. Toen liep ze door de met dikke vloerbedekking beklede gang achter dokter Lukas aan naar een knusse, gerieflijke woonkamer. De gordijnen waren nog open en de regen striemde tegen de ruiten. De radio stond zachtjes aan, een orkest dat een of ander concert speelde. Dokter Lukas excuseerde zich even en liep naar boven. Tijdens het wachten keek Annie de kamer rond.

Aan de muren hingen schilderijen, voornamelijk abstracte expressionistische en kubistische stukken, en vrijwel overal stonden snuisterijen en ingelijste foto's. In de overvolle, donkere, houten boekenkast stond een verzameling boeken met kleurrijke omslagen, die geen van alle medisch waren. Er stonden romans, voornamelijk van Tolstoj en Dostojevksi, poëzie van Mandelsjtam, Achmatova, Jevtoesjenko en Tsvetajeva, en enkele biografieën: Sjostakovitsj, Gorbatsjov, Pasternak. Annie zag aan de belettering dat sommige boeken in het Russisch waren. Toen ze vervolgens de matroesjkapop op de schoorsteenmantel ontwaarde en het lichte accent waarmee de dokter sprak haar weer te binnen schoot, kostte het haar niet al te veel moeite om te raden dat dokter Lukas uit Rusland of uit een ander deel van de voormalige USSR afkomstig moest zijn.

Naast de pop stond een zwartwitfoto van een gezin tegen een beboste achtergrond: de ouders en drie kinderen. Annie liep ernaartoe om hem van dichtbij te bekijken. Ze droegen allemaal een jas en niemand lachte; ze

253

hadden alle vijf het uitgeputte, magere gezicht van mensen die niet genoeg te eten krijgen en niet genoeg kolen hebben voor de kachel. Naast de eerste foto stond nog een andere van zo te zien de ouders, recenter en in kleur. Op deze foto keken ze lachend in de lens en stonden ze aan de oever van een enorm, met zonlicht overgoten meer.

'Ze waren daar op vakantie,' zei dokter Lukas achter haar.

'Het spijt me, ik wilde niet nieuwsgierig zijn,' zei Annie. 'Zijn dit uw ouders?'

'Ja. Hij is twee jaar geleden gemaakt.'

'Dus u komt uit Rusland?'

'Oekraïne. Een stadje dat Lviv heet, in het oosten, dicht bij de grens met Slowakije. Hebt u er wel eens van gehoord?'

'Nee, eigenlijk niet,' zei Annie, die over een bar slechte topografische kennis beschikte.

'Het doet er niet toe.'

Annie gebaarde nogmaals naar de foto. 'Wonen ze daar nog steeds?'

Dokter Lukas zweeg even voordat ze aarzelend antwoordde: 'Ja.'

'Hoelang woont u al hier?'

'Dertien jaar. Ik was 25 toen de Sovjet-Unie uiteenviel. Ik heb geluk gehad. Ik mocht medicijnen gaan studeren in Edinburgh. Ik had in Lviv natuurlijk al een opleiding gevolgd, maar dit land erkende mijn diploma's niet. Weet u hoeveel in het buitenland opgeleide doktoren hier taxichauffeur zijn of in restaurants of hotels werken?'

'Nee,' zei Annie.

'Het is zonde, een verschrikkelijke verspilling,' zei dokter Lukas en in haar stem klonk een tragisch fatalisme door.

'U hebt geen sterk accent,' merkte Annie op.

'Ik heb heel hard gewerkt om dat kwijt te raken. Een buitenlands accent werkt hier niet in je voordeel. Maar dit doet allemaal niet terzake. Waar wilde u me over spreken?'

Dokter Lukas zat ongemakkelijk op het randje van de leunstoel, zag Annie, haar lichaam enigszins voorovergebogen en gespannen, haar handen ineengeslagen op haar schoot. Ze droeg een vale spijkerbroek en een sportief wit mannenoverhemd, en op haar gezicht was geen spoortje make-up te bekennen. Haar korte donkere haar werd hier en daar al grijs en ze zag er net als in haar kantoor ook nu moe en afgetobd uit.

'U hebt gelijk,' zei Annie. 'Dit is geen beleefdheidsbezoekje.' Ze zweeg even en zocht naar de beste manier om het gesprek te beginnen. 'Tijdens een moordonderzoek houden mensen soms dingen verborgen, verhullen ze de waarheid. Niet omdat ze schuldig zijn, maar omdat ze bijvoorbeeld een kleine overtreding hebben begaan en bang zijn dat we erachter komen en hen zullen vervolgen. Begrijpt u wat ik bedoel?'

'Ik luister.'

'Wanneer dat gebeurt, wordt ons werk, dat toch al niet gemakkelijk is, alleen nog maar moeilijker. We weten namelijk niet wat belangrijk is en wat niet, dus hoe moeten we dan weten waar we ons op moeten concentreren?'

'Elke baan kent zo zijn moeilijke kanten,' zei dokter Lukas. 'De mijne ook. Ik begrijp niet waarom u het nodig vindt me te vertellen hoe moeilijk de uwe is.'

'Ik hoopte eigenlijk dat u, wanneer u dit eenmaal begreep, tot inkeer zou komen en me de waarheid zou vertellen.'

'Pardon?'

'Ik denk dat u me wel hebt verstaan.'

'Ik weet alleen niet zeker of ik u wel goed heb verstaan. Wilt u soms beweren dat ik heb gelogen?'

'Wat ik wil zeggen is dat u misschien iets verborgen houdt, omdat u bang bent dat het u in een kwaad daglicht stelt. Ik geloof niet zozeer dat u liegt als wel dat u de waarheid versluiert. Misschien is het belangrijk, misschien ook niet, of misschien denkt u dat het niet zo belangrijk is, maar ik zou graag willen weten wat het is en ik vermoed dat u het mij ook graag wilt vertellen.'

'Waarom denkt u dat?'

'In dit werk bouw je een enorme mensenkennis op. Ik geloof dat u een heel fatsoenlijk mens bent en ik geloof ook dat u onder een enorm zware druk staat. Nu kan dat simpelweg door uw werk komen of te wijten zijn aan problemen in uw privé-leven die helemaal losstaan van dit onderzoek. Ik heb echter sterk de indruk dat er iets anders is en dat het hiermee verband houdt.'

'Juist.' Dokter Lukas stond op en liep naar een kleine drankkast. 'Ik kan wel een borrel gebruiken,' zei ze en ze pakte een glas en een fles Southern Comfort. 'Wilt u misschien ook iets?'

'Nee, bedankt,' zei Annie.

'Zoals u wilt.' Ze schonk een stevige borrel voor zichzelf in en ging weer zitten. Deze keer liet ze zich ontspannen tegen de achterleuning zakken en de spanning, die diepe groeven in haar voorhoofd en om haar ogen en mond had geëtst, nam iets af. Het concert was afgelopen en Annie hoorde heel even het applaus van het studiopubliek voordat de presentator het woord nam. Dokter Lukas zette de radio uit, nam een slokje bourbon en staarde nadenkend naar Annie met haar ernstige, bruine ogen. Annie had het gevoel dat ze probeerde een knoop door te hakken en besefte dat ze waarschijnlijk, zoals zo vaak, hooguit een deel van de waarheid te horen zou krijgen.

De klok tikte en de regen sloeg tegen het raam. Dokter Lukas was nog altijd diep in gedachten verzonken en nipte af en toe aan haar glas. Toen Annie het bijna niet langer meer kon uithouden, zei ze ten slotte: 'U hebt gelijk.'

'In welk opzicht?'

'Dat mensen de waarheid vaak achterhouden. Dacht u soms dat dit in mijn vak niet voorkwam? Mensen liegen voortdurend tegen me. Hoeveel ze drinken. Of ze roken. Of ze drugs gebruiken. Hoe vaak ze aan sport doen. Alsof ze gezonder worden door erover te liegen. Maar ik heb niets verkeerds gedaan.'

'Soms hanteren mensen voor zichzelf andere maatstaven,' zei Annie. 'Misschien denkt u dat u in moreel of ethisch opzicht niets verkeerds hebt gedaan, maar hebt u toch de wet overtreden. Of vice versa.'

Dokter Lukas glimlachte vluchtig. 'Een subtiel onderscheid.'

'Ik ben er niet op uit om u in de problemen te brengen.'

'Dat is fijn om te weten.'

'Maar ik wil wel de waarheid weten. Wat zijn late meisjes?'

Dokter Lukas nam eerst een slokje bourbon voordat ze antwoord gaf en liet haar vinger over de rand van haar glas glijden. 'Het is eigenlijk heel simpel,' zei ze. 'Dat zijn meisjes die laat naar het centrum komen.'

'In welk opzicht? In een laat stadium van hun zwangerschap?'

'Nee. U hebt het helemaal bij het verkeerde eind.'

'Tja, er is dan ook niemand die me in de juiste richting wijst. Het is niet de bedoeling dat ik ernaar moet gaan zitten raden.'

'Ik vertel het u nu toch. Er zijn na de wettelijk vastgestelde grens van 24 weken geen medische ingrepen meer bij deze meisjes verricht.'

'Oké,' zei Annie, 'maar waar gaat het dan wel om?'

'Meisjes die laat naar het centrum komen, na de reguliere openingstijden. 's Avonds.'

'Op de avonden dat u laat moet doorwerken?'

'Ik heb altijd heel veel papierwerk te doen. Het is bijna niet te geloven, zelfs als arts... maar het is toch zo.'

'Waarom komen deze meisjes dan pas na de reguliere openingstijden?'

'Wat denkt u zelf?'

'Omdat ze om een of andere reden de officiële kanalen willen omzeilen en u hen daarbij helpt?'

'Deze meisjes zijn prostituees, de meesten tenminste, en velen van hen zijn illegale immigranten of asielzoekers. Ze kunnen geen gebruikmaken van de voorzieningen van het ziekenfonds en kunnen zich evenmin onze normale tarieven veroorloven.'

'Pro-Deowerk, dus?'

'Zo zou u het wel kunnen stellen, ja.'

'En wat houdt dat werk dan precies in?'

'Ik regel de formulieren, de papieren die nodig zijn om een abortus te kunnen ondergaan, als dat tenminste is wat ze willen. Als de papieren door een tweede arts moeten worden ondertekend, zorg ik daar via de klinieken ook voor. Ze vragen daar zelden iets. Het is heel gemakkelijk en het schaadt niemand.'

'Verricht u ook zelf abortussen?'

'Nee. Dat wordt ergens anders gedaan, in een van de klinieken.'

'Wat doet u dan wel?'

'Ik onderzoek hen, controleer of ze gezond zijn. We moeten altijd bedacht zijn op geslachtsziekten. En aids, uiteraard. Sommige meisjes hebben een drank- of drugsprobleem. De meeste foetussen zouden zwaar gehandicapt ter wereld zijn gekomen en de kans dat ze het zouden overleven is soms minimaal.'

'Voorziet u hen ook van drugs?'

Dokter Lukas keek Annie recht aan. 'Nee,' zei ze. 'Als ik naar het leven kijk dat ze leiden, begrijp ik ergens wel waarom ze drugs gebruiken, maar ik lever ze niet. Het kost hen trouwens geen enkele moeite om er op een andere manier aan te komen.'

'Dus als we de medicijnvoorraad van het centrum laten controleren, zal blijken dat daar niets ontbreekt?'

'Als er wel iets ontbreekt, ben ik niet degene die het heeft weggenomen. Maar volgens mij zal er inderdaad niets worden vermist. Bovendien gebruiken we het soort medicijnen waar u op doelt niet in dit centrum.'

'Hoe vaak komt het voor dat zo'n meisje bij u komt?'

'Niet heel vaak. Eén keer per maand, soms twee keer.'

'Waarom komen deze meisjes speciaal bij u? Hoe weten ze dat ze bij u terechtkunnen?'

'De meesten van hen komen uit Oost-Europa,' zei dokter Lukas schouderophalend. 'De mensen uit die gemeenschap kennen me nu eenmaal.'

Dat klonk een tikje vaag, vond Annie – Oost-Europa besloeg immers een enorm gebied – maar ze ging er niet op in. Nu dokter Lukas op de praatstoel zat, was het maar beter om zo veel mogelijk uit haar los te krijgen en niet al te moeilijk te doen over één enkele opmerking. 'En Jennifer Clewes? Wist zij hiervan?'

'Ja.'

'Wanneer is ze erachter gekomen?'

'Een maand of twee geleden. Ik had me niet gerealiseerd dat zij soms ook laat doorwerkte. Ik dacht altijd dat ik alleen in het centrum was. U hebt zelf kunnen zien hoe geïsoleerd mijn kantoor ligt. De meisjes bellen gewoonlijk bij de voordeur aan en dan laat ik hen zelf binnen. Die ene keer was Jennifer eerder bij de deur dan ik. Ze zei er op dat moment niets van, maar heeft me later gevraagd wat er allemaal gaande was.'

'Wat hebt u haar verteld?'

'Wat ik u nu ook heb verteld.'

'Hoe reageerde ze erop?'

'Ze was erg geïnteresseerd.' Dokter Lukas speelde met het restje van haar bourbon. 'Jennifer had echt een goed hart,' zei ze. 'Toen ik haar vertelde over de meisjes en de situatie waarin zij zich bevonden, haar uitlegde dat ze nergens naartoe konden voor hulp, begreep ze dat.'

'Ze reageerde niet geschokt of overstuur?'

'Nee. Aanvankelijk zat het haar niet helemaal lekker, maar...'

'Maar?'

'Nu ja, ze was het hoofd van de administratie. Ze hielp me om mijn sporen te wissen. Papieren raakten zoek en dergelijke. Ik had tegen haar gezegd dat het het beste zou zijn als ze dit aan niemand vertelde, dat niet iedereen er begrip voor zou hebben.'

'We vermoeden dat ze het aan haar vriend heeft verteld.'

Dokter Lukas haalde haar schouders op. 'Dat was dan puur haar eigen beslissing.'

'Dus vanaf dat moment is Jennifer erbij betrokken geraakt?'

'Ja. We deden het allebei omdat we die onfortuinlijke meisjes wilden helpen. Niet dat het vaak voorkwam, hoor. Het was niet iets wat regelmatig gebeurde. Deze meisjes zouden nooit naar ons toe zijn gekomen als ze ervoor hadden moeten betalen. En vergeet niet dat ze niet zomaar de dichtstbijzijnde kliniek binnen konden wandelen. Hoe zou het anders met hen zijn afgelopen, denkt u? Dacht u soms dat er geen clandestiene aborteurs met roestige kleerhangers meer bestaan?'

'Wat is er dan verkeerd gegaan?'

'Er is niets verkeerd gegaan.'

'Jennifer Clewes is dood.'

'Daar weet ik niets van. Ik heb u nu verteld wat ik voor u had achtergehouden, wie de late meisjes zijn, en hoe en waarom ik hen help. Ik heb u verteld over Jennifers aandeel hierin. Meer is er niet. Af en toe komt er een meisje naar me toe dat mijn hulp nodig heeft en die hulp geef ik haar. Dat is alles.'

'Is er verder nog iemand van op de hoogte? Georgina bijvoorbeeld?'

'Nee. In het begin was ik de enige, later kwam Jennifer erbij. Zij was de enige die ook wel eens laat doorwerkte.'

Ergens klopte er iets niet, dacht Annie bij zichzelf. Er waren nog te veel ontbrekende stukken en de stukken die ze wel had, pasten niet allemaal in elkaar. 'En Carmen Petri? Was zij een van de late meisjes? Wat was er zo bijzonder aan haar?'

Dokter Lukas leek weer te verstrakken, de spanningsrimpels op haar voorhoofd werden dieper en haar lichaam verstijfde. 'Die naam ken ik niet.'

'Zij was toch een van de late meisjes? Wat is er met haar gebeurd?'

'Ik zeg u net dat ik nog nooit van haar heb gehoord.'

'Is er iets misgegaan? Is dat het?'

'Ik heb u al gezegd dat ik niemand ken die Carmen heet.'

Annie pakte de compositietekening die Brookes politietekenaar met Alf Seaton had samengesteld. 'Kent u deze man?' vroeg ze.

'Nee,' zei dokter Lukas. Annie wist niet zeker of ze de waarheid sprak.

'Ongeveer een week geleden zag iemand Jennifer samen met een jong meisje het pand verlaten. Deze persoon zei dat hij de indruk had dat het meisje zwanger was. Ze waren in een gesprek verwikkeld, maar toen kwam er een man naar hen toe die er ongeveer zo uitzag en het meisje is samen met hem per auto vertrokken. Weet u misschien wat dat allemaal te betekenen had?'

Annie zou hebben durven zweren dat dokter Lukas verbleekte. 'Nee,' zei ze. 'Ik heb u al verteld dat Jennifer soms ook laat doorwerkte en die meisjes ontmoette. Soms praatte ze wat met hen. Ze was een erg zorgzame vrouw en haar dood is diep tragisch.'

'Dat is het zeker,' zei Annie en ze stond op om te vertrekken. 'En ik kom er echt wel achter hoe het allemaal in elkaar steekt, met of zonder uw hulp.'

'Alstublieft, u weet niet...'

'Wat weet ik niet?'

Dokter Lukas zweeg en wreef in haar handen. 'Alstublieft. Ik heb u de waarheid verteld.'

'Ik denk dat u me een deel van de waarheid hebt verteld,' zei Annie, 'en ik ga nu, in de hoop dat u zich zult bezinnen. Wanneer u van gedachten bent veranderd, kunt u me op dit nummer bellen.' Annie krabbelde haar mobiele nummer achter op haar visitekaartje en legde dat op de salontafel. 'Ik kom er zelf wel uit.'

Ach, je kunt ook niet altijd je zin krijgen, hield Banks zichzelf voor toen hij onverrichter zake uit Chelsea terugkeerde. Het probleem van een onaangekondigd bezoek was dat degene die je wilde spreken soms niet thuis bleek te zijn en dat was op deze natte dinsdagavond dan ook het geval geweest, ook al had Banks bijna een uur staan wachten in de portiek van een winkel aan de overkant van de straat. Burgess had hem al gewaarschuwd dat Lambert ongrijpbaar was.

Door de vochtige lucht en de natte kleding rook het in de propvolle wagon van de ondergrondse naar natte hondenharen en Banks was blij dat hij bij Green Park kon overstappen op de Piccadilly Line. De tweede wagon was half leeg en tijdens de korte rit las hij de reclameposters en probeerde hij te achterhalen in welke taal de krant was geschreven die de man tegenover hem zat te lezen. Het waren weliswaar Romeinse letters, maar hij kwam er niet uit. Soms schrok hij zelf van de enorme gaten in zijn kennis.

Toen hij bij Corinnes flat aankwam, was hij doorweekt en ze gaf hem een handdoek voor zijn haar, liet hem zijn regenjas en colbertje uittrekken en hing deze in de badkamer te drogen bij een elektrisch kacheltje. Zijn broek plakte vast aan zijn bovenbenen en schenen, en even overwoog hij om haar te vragen of ze deze ook te drogen zou willen hangen, maar misschien zou dat een wat vreemde indruk maken. Bovendien zou het zijn waardigheid aantasten als hij in zijn onderbroek een gesprek met haar moest voeren, hoe vriendschappelijk dit ook was.

'Wil je iets warms drinken?'

'Thee, als je hebt. Zonder melk en suiker, graag.'

'Ik denk dat dat me wel zal lukken.'

Ondanks, of wellicht dankzij, de regen was het een drukkende, zwoele avond. Op Corinnes bovenlip en voorhoofd zat een laagje zweet en zo te zien had ze niet goed geslapen. Haar haren zaten verward en ze had donkere wallen onder haar ogen. Roy had dus de macht om dit gevoel bij vrouwen op te roepen, ongeacht wat hij hen had aangedaan. Wat was er dan verdomme zo bijzonder aan hem? Sandra negeerde Banks volkomen en zelfs Annie wist niet hoe snel ze moest maken dat ze wegkwam wanneer hij het over iets anders wilde hebben dan hun werk. Banks dacht terug aan Penny Cartwright en de afschuw waarmee de gedachte aan een etentje met hem haar had vervuld. Als Roy haar had gevraagd, had ze waarschijnlijk onmiddellijk toegehapt.

'Het spijt me dat ik hier niet eerder naartoe kon komen,' zei Banks, toen hij eenmaal een kop warme thee in zijn hand had. 'Je kunt je vast wel voorstellen hoe het is geweest.'

'Ben je bij je ouders geweest? Hoe gaat het met hen? Je moeder was heel aardig tegen me. Niet dat je vader niet... nu ja, je snapt wel wat ik bedoel.'

Banks herinnerde zich dat zijn moeder Corinne afgelopen oktober tot zijn stomme verbazing had gevraagd om mee te gaan naar de keuken en haar te helpen met de voorbereidingen voor de maaltijd voor hun gouden bruiloft en ze binnen de kortste keren als oude vriendinnen met elkaar hadden staan kletsen.

Nu hij weer aan zijn ouders dacht, schoot hem ook de boodschap weer te binnen die die hufter in de rode Vectra hem had gegeven. We weten waar je ouders wonen. Hoe wisten ze dat? Had Roy het hun verteld? Als puntje bij paaltje komt is het natuurlijk helemaal niet zo moeilijk om dat soort informatie te achterhalen. Hoogstwaarschijnlijk waren ze Banks de dag ervoor gewoon naar Peterborough gevolgd zonder dat hij het had opgemerkt. Hij zou zo zijn vader bellen voor het te laat werd en zich ervan vergewissen dat alles in orde was. Ook was hij van plan de politie van Peterborough nogmaals te bellen om er zeker van te zijn dat ze het huis werkelijk continu in de gaten hielden. Als die vent met de paardenstaart Jennifer Clewes had vermoord, wat volgens Annie blijkbaar het geval was, dan deden zijn maten en hij niet aan loze dreigementen. Banks had graag gezien dat zijn ouders een tijdje weg konden gaan, maar dat zouden ze zelf toch niet willen. Niet nu.

'Ze slaan zich er wel doorheen,' antwoordde Banks ten slotte. 'Voor mijn moeder was de klap het hardst, dat begrijp je zeker wel. Mijn vader probeert haar zo veel mogelijk tot steun te zijn, maar de spanning begint zijn tol te eisen.'

'Ik hoop dat het hen lukt dit te verwerken. Denk je dat het een goed idee is als ik hen eens opbel?'

'Het kan nooit kwaad,' zei Banks. 'Over een paar dagen misschien.' Hij nam een slokje thee – lekkere, geurige earl grey – leunde voorover en zette zijn kop en schotel terug op het lage tafeltje. 'Luister eens, Corinne, dit heeft waarschijnlijk helemaal niets te maken met wat Roy is overkomen, maar in een moordonderzoek moet je nu eenmaal alle aanwijzingen natrekken.'

'Dat begrijp ik.'

'Een paar maanden geleden, in april om precies te zijn, ben je met Roy bij het Berger-Lennox Centrum geweest.'

Corinne wendde haar blik af. 'Dat klopt. Een privé-kwestie.'

'Ik ben wel de laatste om over jou, over jullie, te oordelen. Wiens idee was dat?'

'Wat?'

'Om naar het Berger-Lennox te gaan.'

'O, van Roy. Hij had er geld in geïnvesteerd. Hij was ook al eens eerder bij het centrum geweest, had er toen uitgebreid rondgekeken. Volgens hem was het een betrouwbaar centrum.'

Dus Roy had Jennifer Clewes tijdens een eerder bezoek al ontmoet, of op zijn minst gezien. 'En was dat ook zo?'

'Ze hebben me er heel goed behandeld.'

'De vrouw bij de receptie dacht dat je Roys dochter was.'

'Nu ja, ik heb mijn eigen naam opgegeven. Ik heb me niet opzettelijk zo voorgesteld of zo.'

'Er zijn vandaag de dag talloze redenen waarom een meisje een andere achternaam kan hebben dan haar vader.'

'Dat zal best.'

'Dus je hebt de procedure voortgezet?'

Nu keek ze hem recht aan. 'Ja. Ik heb een abortus gehad. Nou goed?'

'Ik neem aan dat je zeker wist dat het Roys baby was?'

'Ja, natuurlijk. Wie denk je wel dat ik ben?'

'Waarom wilde je het kind niet houden?'

'Ik... ik was er nog niet klaar voor.'

'En Roy?'

'Roy had al duidelijk laten blijken dat het voor hem niet hoefde. En mij hoefde hij trouwens eigenlijk ook niet meer. Hij dacht dat ik niet had gezien dat hij met die rooie bij de receptie stond te flirten, maar dat was me heus niet ontgaan.'

'Jennifer Clewes?'

Corinne sloeg een hand voor haar mond. 'O, mijn god. Was zij dat? Dat meisje dat is doodgeschoten? Ik heb over haar gelezen in de krant. Wat is er gebeurd?'

'Roy had haar in het centrum leren kennen. Misschien begrijp je nu waarom ik je al die vragen stel. Er zijn gewoon te veel verbanden en overeenkomsten, maar er ontbreekt nog steeds iets.'

'Ik geloof niet dat ik je kan helpen. Ik heb hem inderdaad met haar zien praten, maar zo was hij nu eenmaal, hij flirtte altijd met meisjes. En ik wist dat er een ander was. Alleen heb ik die dingen niet bij elkaar opgeteld. Het is bij mij ook altijd hetzelfde liedje.'

'Daar had je ook geen enkele reden toe. Toen je ontdekte dat je zwanger was, stonden Roy en jij dus al op het punt om uit elkaar te gaan?'

'Het had werkelijk niet op een slechter moment kunnen komen.' Ze lachte ruw. 'Maar dat is toch altijd zo met dit soort dingen.'

'Jullie hebben, neem ik aan, de situatie besproken en waren het erover eens dat abortus de enige oplossing was?'

'Ja. Moet je luisteren, het heeft niets te maken met wat er is gebeurd. Dat kan gewoon niet. Het was een privé-kwestie. Je wilt toch hoop ik niet beweren dat ik hem heb vermoord omdat ik een abortus heb gehad en hij mij liet zitten voor een nieuwe vriendin?'

'Natuurlijk niet,' zei Banks, hoewel de gedachte wel bij hem was opgekomen. Afwijzing en jaloezie, gekoppeld aan de emotionele, traumatische ervaring van een abortus, konden een dodelijke combinatie zijn. Ze had het niet zelf gedaan, dat wist Banks wel zeker, maar misschien had ze genoeg geld om iemand in te huren en misschien wist ze zelfs ook wel hoe ze aan zo iemand moest komen. Ze was als accountant tenslotte bekend met de showbizz en dat wereldje zat nu eenmaal vol schurken, of beroemdheden die graag met hen wilden worden gezien. Banks had de gedachte vrijwel onmiddellijk weer verdrongen. Geliefden die aan de kant zijn gezet geven meestal de voorkeur aan een veel directere methode, iets wat iedere politie-agent die ooit is opgeroepen voor een geval van huiselijk geweld kan beamen. 'Terwijl jij bij de dokter zat, stond Roy dus te flirten met zijn nieuwe vriendin,' zei Banks. 'Hoe vind je dat?'

Er stonden tranen in haar ogen. 'Hoe ik dat vind? Wat denk je?' zei ze. 'Hij is altijd een schoft geweest. Dat wist ik ook wel. Maar ik hield nu eenmaal van hem.'

En nu was er geen houden meer aan. De dijken braken en al het water stroomde naar buiten. Banks liep naar Corinne toe, ging naast haar op de bank zitten en sloeg een arm om haar heen. Ze duwde hem niet weg. Ze liet zich tegen hem aan zakken, drukte haar hoofd tegen zijn toch al natte schouder en liet het er allemaal uit komen. Banks hield haar vast en streelde haar haren. Na een paar minuten bedaarde ze wat en trok ze zich voorzichtig los uit zijn armen. Banks ging weer in de leunstoel zitten en pakte zijn kop thee op. Deze was inmiddels lauw geworden, maar het was iets om zich achter te verschuilen tijdens de beschaamde, opgelaten stilte die nu eenmaal onvermijdelijk op een emotionele uitbarsting volgde. Toen hij het kopje oppakte, ketste het hard tegen de rand van het schoteltje.

Corinne stond op om een paar papieren zakdoekjes te halen. 'Het spijt me,' zei ze. 'Het is voor het eerst... Ik had het allemaal opgekropt. Ik voel me al veel beter.'

'Daar ben ik blij om,' zei Banks, 'en het spijt me als ik te direct of onbeleefd was.'

'Het moet enorm frustrerend voor je zijn,' merkte Corinne op. 'Ik weet heus wel dat Roy en jij niet echt dik met elkaar waren, maar het moet voor jou toch ook... hij was tenslotte wel je broer.'

'Het lijkt misschien een rare vraag,' zei Banks nu, 'maar heeft Roy jou ooit verteld dat hij getuige is geweest van de aanslagen op het World Trade Center?'

'Ja,' antwoordde Corinne. 'Ik kende hem toen natuurlijk nog niet, maar hij heeft me later verteld dat hij er echt kapot van was. Hij heeft er nog maandenlang nachtmerries over gehad. Het moet werkelijk vreselijk zijn geweest.'

'Heeft hij het met jou wel eens over religie gehad, over spirituele zaken?'

'Nee, niet echt. Ik wist natuurlijk wel dat hij op zondag naar de kerk ging en hij heeft me verteld dat hij de dominee bij hem in de buurt erg graag mocht, maar het speelde niet echt een belangrijke rol in ons gezamenlijke leven.'

'Jij bent zelf niet echt in spirituele zaken geïnteresseerd?'

'In spirituele zaken nog wel, voorzover ik die tenminste kan volgen. Maar niet in georganiseerde religie. Die heeft door de geschiedenis heen al veel te veel ellende en bloedvergieten veroorzaakt. En nog steeds, trouwens.'

'Hebben jullie hierover wel eens gediscussieerd?'

'Ja zeker, maar dat eindigde altijd in een impasse, zoals dergelijke discussies eigenlijk altijd doen. Volgens hem was dat slechts een excuus, was het de mens zelf die verantwoordelijk was voor het bloedvergieten en de ellende, en dan zei ik dat zijn god blijkbaar een heel akelig type was, als hij inderdaad zo almachtig was en toch alles maar gewoon liet gebeuren. Uiteindelijk zijn we het onderwerp maar zo veel mogelijk uit de weg gegaan. Wat moet je anders?'

Dat was een goede vraag, vond Banks, die zelf door de jaren heen ook een enkele keer verzeild was geraakt in een dergelijke discussie.

'Hij heeft me zijn geloof niet opgedrongen, aan niemand trouwens, als je dat soms wilt weten. Het was voor hem een privé-zaak. En hij heeft het duidelijk ook niet aangegrepen om me ervan te weerhouden om abortus te plegen.'

'Ik vroeg me gewoon af welke rol het in zijn leven speelde.'

'Nu ja, zoals ik net al zei: hij ging op zondag naar de kerk en had zo nu en dan een filosofisch gesprek met de dominee.'

'Oké. Dan weet ik genoeg. Heeft hij het wel eens gehad over een zekere Gareth Lambert, een oude vriend van hem?'

'Ja, ik herinner me inderdaad dat hij die naam wel eens heeft laten vallen.'

'Heb je hem ooit ontmoet?'

Ze pakte een zakdoekje en snoot haar neus. Toen ze daarmee klaar was, zag deze helemaal rood. 'Nee,' zei ze. 'Maar ik heb die naam wel eens gehoord.'

'Weet je ook nog in welk verband?'

'Roy had het op een gegeven moment over een oude vriend van hem die weer terug was in het land. Ze hadden elkaar al in geen eeuwen gezien.'

'Wanneer was dat?'

'Een paar maanden geleden. Tegen de tijd van de abortus. Hij vertelde dat hij iets met hem ging drinken in een of andere club aan The Strand waar ze allebei lid van waren, om herinneringen aan vroeger op te halen en eens te kijken of ze op zakelijk gebied nog iets samen konden ondernemen. Hij was altijd op zoek naar nieuwe dingen. Ik zocht er indertijd iets anders achter. Ik vroeg hem met wie hij daarnaartoe ging en toen vertelde hij me dit. Maar ik geloofde hem niet.'

'Is Roy toen inderdaad naar die club gegaan?'

'Ja.'

'Weet je nog welke club het was?'

'Nee, sorry.'

'Nu ja, misschien is het een schrale troost om te weten dat hij je toen waarschijnlijk de waarheid vertelde. Heeft hij er na afloop nog iets over gezegd?'

'Nee, niet echt. Zoals gewoonlijk deed hij een beetje vaag en hij was ook aangeschoten. Hij zei alleen maar dat het een interessant gesprek was geweest. Hij was wel opgewonden over de nieuwe mogelijkheden op zakelijk gebied.'

'Zei hij ook wat voor mogelijkheden dat precies waren?'

'Nee,' zei ze. 'Hij hield zich een beetje op de vlakte.'

Een of ander louche dealtje dus, dacht Banks bij zichzelf. Hoogstwaarschijnlijk geen wapens, maar een andere illegale zaak waar Lambert bij betrokken was. Hij had verder geen vragen meer voor Corinne, maar bedacht dat hij nog wel even kon blijven om haar gezelschap te houden, zodat ze over Roy kon praten. Het was net na negenen; het was een lange dag geweest en hij was een beetje moe. Hij moest zijn ouders en de politie van Peterborough nog bellen, en daarna Annie, aan wie hij wilde voorstellen om iets voor de volgende ochtend af te spreken, als dat haar tenminste uitkwam. Het was alsof Corinne zijn gedachten had gelezen, want ze zei: 'Moet je horen, ik heb nog een fles lekkere witte wijn in de koelkast staan. Ik heb ook rode, als je dat soms liever hebt. Ik heb alleen geen zin om in mijn eentje te gaan zitten drinken. Ik wil nu ook liever even niet alleen zijn. Zou je me misschien een tijdje gezelschap willen houden? Dat wil zeggen, als je tenminste niet nog ergens naartoe moet. Waar logeer je eigenlijk?'

Banks besefte dat hij compleet was vergeten om een bed te regelen voor die nacht. Hij was naar Londen gereden zonder vooraf iets te regelen en het incident op de snelweg had dergelijke praktische zaken volledig uit zijn gedachten verdrongen. Hij kon natuurlijk altijd naar Roys huis gaan – hij had de sleutel bij zich – maar het was best mogelijk dat de politie haar werk daar nog niet had afgerond.

'Geen idee,' zei hij. 'Ik was eigenlijk van plan om ergens een hotelkamer te zoeken.'

Ze wendde haar blik af en bloosde licht. 'Als je wilt, kun je hier wel blijven slapen. Er is een logeerkamer en het bed is al opgemaakt en zo.'

Banks werd een beetje nerveus bij de gedachte. Hij wist dat het aanbod volkomen onschuldig was. Het arme kind was alleen en van streek door de moord op haar vriend, en Banks was niet van plan om toe te staan dat er op seksueel vlak iets tussen hen zou voorvallen, net zomin als hij dat met zijn eigen zus zou doen, als hij die tenminste had gehad. Daar stond echter tegenover dat Corinne een aantrekkelijke jonge vrouw was en hij was tenslotte ook maar een man. Stel nu eens dat ze midden in de nacht overmand werd door verdriet? Stel dat Banks haar dan ging troosten en ze naakt onder de lakens bleek te liggen? Wat zouden ze dan doen?

Wat voor hem echter uiteindelijk de doorslag gaf, was het feit dat hij op dat moment zo uitgeput was dat hij amper uit de leunstoel kon opstaan, laat staan dat hij in de stromende regen op zoek kon gaan naar een goedkoop hotel, dus hij zei: 'Bedankt, dat is heel lief van je. Dat zou geweldig zijn. En ik heb liever rode, als je dat niet erg vindt.'

14

Annie werd op woensdagochtend vroeg wakker en toen ze de gordijnen opentrok, zag ze tot haar grote vreugde dat de zon weer scheen en de lucht zo blauw was als het ei van een roodborstje. Ze trok twintig minuten uit om te mediteren en een korte yogasessie af te werken – tien keer een zonnegroet, cobra, sprinkhaan en pauw – ze trok vervolgens haar nieuwe witte, katoenen broek, rode shirt met korte mouwen en lichte spijkerjack aan en liep met vochtige haren van het douchen naar beneden om in het restaurant met Banks te ontbijten.

Ze voelde zich na de meditatie en yoga minder kalm dan ze had gehoopt, en zag als een berg op tegen deze ontmoeting met Banks, vooral nadat hij haar de vorige avond zo nonchalant had afgewimpeld. Tijdens hun vorige ontmoeting was alles redelijk normaal verlopen, maar er was helemaal niets uitgepraat en Annie zat nog steeds met talloze vragen en twijfels.

De artikelen in de ochtendkrant hadden haar ook van haar stuk gebracht en veel te veel akelige herinneringen opgeroepen. Omdat hun verslaggever probeerde een verband te leggen tussen de brand bij Banks en de moord op zijn broer, hadden ze ook dat hele gedoe rondom Phil Keane en zijn naïeve vriendin de politieagente weer opgerakeld. Waar ze al die informatie vandaan haalden, was haar een raadsel, maar er is overal wel een lek te vinden.

Banks zag er niet slecht uit, vond Annie, toen ze hem achter een kop koffie aan een van de gedekte tafels zag zitten. Hij leek zelfs meer op de oude, vertrouwde Banks dan hij in tijden had gedaan. Het enige wat hij nu eigenlijk nog nodig had, was een goede knipbeurt en een paar nachten goed doorslapen om de wallen onder zijn ogen kwijt te raken. En wellicht wat schone kleding. De ziekelijke bleekheid was verdwenen en de gekmakende lusteloosheid die uit zijn lichaamstaal had gesproken, was verdrongen door een zekere felheid. Ook glansden zijn donkerblauwe ogen weer, iets wat ze al een hele tijd had gemist. Misschien was hij door de dood van zijn broer gaan beseffen hoeveel geluk hij zelf eigenlijk had gehad, bedacht ze. Of misschien had hij nu eindelijk iets wat hem na aan het hart lag, had hij weer een doel. Dat laatste was het meest waarschijnlijke, want het viel namelijk met geen mogelijkheid te ontkennen dat hij zich met de zaak bezighield; officieel of officieus, dat maakte verder niet uit.

Ze nam tegenover hem plaats en merkte op dat hij een beetje naar Old Spice rook. Het was een geur waarvan ze hield, iets wat haar aan hun tijd samen deed terugdenken. Het had een tijd geduurd voordat ze de deodorant die hij in het kastje in haar badkamer had laten staan, had weggegooid, maar uiteindelijk had ze het toch gedaan, samen met scheermes, scheerschuim en tandenborstel.

'Wat was er gisteravond allemaal zo belangrijk dat we elkaar niet ergens konden ontmoeten?' vroeg Annie.

'Sociale verplichtingen,' zei Banks.

'Zeg, neem jij even een ander in de maling.'

'Ik was bij Corinne,' zei hij.

'Hoe gaat het met haar?'

'Ze heeft het erg zwaar,' zei Banks. 'Ik weet niet hoe jij erover denkt,' vervolgde hij, 'maar ik ga altijd voor de eieren met spek wanneer ik in een hotel ontbijt. Geen flauw idee waarom. Thuis eet ik dat nooit.'

'Dat komt omdat je het hier niet zelf hoeft te maken en na afloop de afwas niet hoeft te doen,' zei Annie.

'En omdat ik nooit genoeg tijd heb om het rustig op te eten.'

'Hoe gaat het?'

'Naar omstandigheden niet slecht,' zei Banks. 'Mijn vader is door dit alles gewoon uitgeput, maar mijn moeder gedraagt zich erg vreemd.'

'In welk opzicht?'

'Alsof het een doorsnee familiebijeenkomst betreft, zoiets als hun gouden bruiloft. Ze heeft het nu al over de sandwiches voor de koffietafel na afloop van de begrafenis.'

'Misschien niet eens zo'n slecht idee,' merkte Annie op. 'De lijkschouwing heeft plaatsgehad. Gelet op de doodsoorzaak kan ik me niet voorstellen dat ze het stoffelijk overschot nog lang zullen vasthouden. Ik vind het echt verschrikkelijk van je broer, Alan. Ik weet zeker dat Brooke zijn uiterste best zal doen. Hij verstaat zijn vak.'

Er kwam een serveerster naar hen toe en Banks bestelde een volledig Engels ontbijt. Annie vroeg met enige wroeging om een omelet met kaas en champignons – op de eerste ochtend had ze slechts een eenvoudig ontbijt van toast met jam gehad en op de tweede muesli – maar je moest jezelf af en toe een beetje kunnen verwennen, want wat had het anders voor zin?

'Hoe staan de zaken in Eastvale er trouwens voor?' vroeg Banks.

Annie streek met een hand over haar haren. 'Ik heb hen alleen telefonisch gesproken, maar zo te horen vlot het daar aardig. Het draait voornamelijk om het onderzoek van de technische recherche naar de bandensporen en vingerafdrukken die we in jouw cottage en op het portier van Jennifers auto hebben aangetroffen. Ook zijn er mensen bezig met een buurtonderzoek om te kijken of iemand iets heeft gezien of gehoord. We verwachten daar echter niet al te veel van. Het was al laat en op een afgelegen plek. Maar goed, Winsome is daarmee bezig en ik weet dat ik op haar kan vertrouwen.'

'En Templeton en Rickerd?'

'Die werken daar ook aan mee. Dat weet je net zo goed als ik. Rickerd is natuurlijk een geboren office manager. En Kev mag dan misschien een arrogante zak zijn, maar met zijn intuïtie is niets mis. Hij is momenteel bezig met een iets andere invalshoek en het kan geen kwaad om hem een beetje de ruimte te geven. In elk geval is alles in goede handen. Ik hoop vandaag even terug naar huis te kunnen, al is het maar een bliksembezoekje om de vaart er een beetje in te houden. De telefoon heeft zo zijn beperkingen.'

'Dat is maar al te waar.'

'En jij?' vroeg Annie. 'Wat heb jij allemaal uitgevoerd?'

'Ik? Ik heb eerst mijn ouders een tijdje gezelschap gehouden en daarna Corinne; verder heb ik eigenlijk niet veel bijzonders gedaan,' zei Banks. 'Ik betwijfel of ik iets heb ontdekt waar jij wat aan hebt.'

'Vertel het me toch maar. Hoe zeg jij dat ook altijd alweer tegen getuigen of verdachten? "Dat maak ik wel uit."'

'Touché,' zei Banks. 'Goed dan. Ik ben erachter gekomen dat Gareth Lambert is teruggekeerd van zijn zelfverkozen ballingschap in Spanje en dat hij een paar maanden geleden op een avond iets met Roy is gaan drinken. Zegt jou dat iets?'

'Nee.'

'Ze zijn oude vrienden,' zei Banks. 'Kennen elkaar al jaren. Waren ongetwijfeld samen bij allerlei criminele zaakjes betrokken totdat iets of iemand hen bij die wapendeal de stuipen op het lijf joeg. Roy tenminste. Wat Lambert betreft zijn we daar nog niet zo zeker van. Ik vind het allemaal net iets te toevallig, twee oude oplichters die met elkaar herenigd worden en nu is een van hen dood.'

'Ik neem aan dat je dit allemaal van Burgess hebt? Die man brengt alleen maar ongeluk.'

'Dirty Dick heeft zo zijn goede kanten, maar ik begrijp niet waarom je denkt dat ik dit allemaal van hem heb.'

'Omdat ik niemand anders kan bedenken van wie je dit zou kunnen hebben.'

De serveerster kwam hun ontbijt brengen. Banks bestelde nog een kop koffie en Annie thee.

Toen de serveerster weer was vertrokken, zei Banks: 'Ik heb trouwens alles wat ik had gevonden aan inspecteur Brooke gegeven: het mobieltje, de cd en de USB-stick, zelfs de digitale foto's die ik vanaf de cd had geprint. Alles.'

Annie keek hem achterdochtig aan. 'Maar je hebt natuurlijk wel een paar exemplaren voor jezelf bewaard.'

'Dat is niet verboden. Ik heb niets achtergehouden en nergens mee geknoeid.'

'Godallemachtig, Alan, je hebt ingebroken in het huis van iemand die is vermoord, je hebt zijn spullen doorzocht, je hebt zijn mobiele telefoontje gebruikt, je hebt persoonlijke informatie gevonden en gekopieerd. Ga me nu dus niet zitten vertellen dat je niet met zijn spullen hebt geknoeid.'

Banks legde zijn mes en vork op de rand van zijn bord. 'Om te beginnen wist ik toen nog niet dat hij was vermoord. Hij was gewoon verdwenen en was nog geen 24 uur weg. Wat zouden wij hebben gedaan wanneer er bij ons zo'n melding binnenkwam? Als het om een kind of tiener was gegaan, zouden we wellicht nog wel actie hebben ondernomen. Maar een gezonde man van in de veertig? Kom nu toch, Annie, je weet net zo goed als ik wat er dan gebeurt. Niets. En het ging hier wel om mijn broer. Familie. Ik vind dat ik daardoor het recht had om zijn huis binnen te gaan. Wat zit je nu eigenlijk echt dwars?'

Annie prikte in haar ei en de romige, gele dooier vloeide over haar volkoren toast. 'Wat mij dwarszit is dat je altijd zo ongelooflijk individualistisch te werk gaat,' zei ze. 'Je vertelt nooit iemand wat er gaande is. Je denkt altijd dat je de enige bent die het kan oplossen. Je gelooft dat je alles wel in je eentje afkunt. Maar je weet niet altijd alles. Je kunt het niet altijd in je eentje afhandelen. In godsnaam, Alan, het heeft je zelfs bijna het leven gekost.'

Toen een van de andere restaurantbezoekers in hun richting keek, besefte Annie dat ze steeds harder was gaan praten. Ze had alles er spontaan uitgeflapt. Ze had niet geweten wat haar antwoord zou zijn toen Banks haar vroeg wat haar dwarszat, omdat ze het zelf eigenlijk niet goed wist. Misschien was alles door de krantenberichten weer bij haar bovengekomen, want nu wist ze het plotseling wel. Het ging helemaal terug tot Phil Keane en het feit dat Banks hem had verdacht, maar niets had gezegd en stiekem in zijn eentje had geprobeerd om bewijzen tegen Phil te verzamelen.

Nu ze erover nadacht, begreep ze dat het zelfs nog verder terugging dan de zaak-Phil Keane. Toen Banks op zoek was naar de onhandelbare dochter van hoofdcommissaris Riddle, Emily, had hij precies hetzelfde gedaan en gedurende het onderzoek zoveel informatie voor Annie achtergehouden dat ze machteloos was geweest. Op een gegeven ogenblik had ze hem er zelfs van verdacht dat hij een seksuele relatie had met de moeder van het meisje en wellicht ook met het meisje zelf. Dat kreeg je er nu eenmaal van wanneer je dingen verborgen hield; dan werd de waarheid in het hoofd van de mensen verdraaid en verkracht. Bij gebrek aan informatie fantaseerden ze een verhaal bij elkaar, net als de artikelen in de tabloids.

Nadat ze het echter eenmaal had gezegd, voelde ze zich enorm opgelaten en terwijl ze met een stukje toast wat ei opdepte, wierp ze steels een blik in Banks' richting. Hij zat onverstoorbaar te eten. De serveerster kwam koffie en thee brengen. Annie bedankte haar.

'Moet je ons nu toch eens horen,' zei Banks. 'We zijn net zo'n oud, getrouwd stel dat tijdens het ontbijt zit te bekvechten.'

'We zitten niet te bekvechten,' zei Annie. 'Dat kan alleen als je allebei meedoet. Ben je nog van plan om te reageren op wat ik net heb gezegd?'

'Wat moet ik dan zeggen? Ik ben blij dat je je hart hebt gelucht.'

'Meer niet?'

Banks keek haar aan. 'Het is een begin. Als we willen blijven samenwerken, zullen we het een en ander moeten oplossen.'

'Op wiens voorwaarden?'

'Daar gaat het niet om. Ik zal niet veranderen. Jij evenmin.'

'Misschien moeten we dan maar niet blijven samenwerken.'

'Dat is dan jouw beslissing.'

'En jij dan? Wat wil jij?'

'Ik zou graag met je willen blijven samenwerken. Misschien vind je het moeilijk te geloven, maar ik mag je graag en ik vind dat je je werk verdomd goed doet.'

Annie was enorm blij met het compliment, maar hoopte dat dit niet van haar gezicht was af te lezen. 'Maar je gewoonte om me steeds in het duister te laten rondtasten, daar verandert niets aan?'

'Ik hou echt niet met opzet informatie voor je verborgen. Als ik je meteen had verteld over mijn vermoedens omtrent Phil Keane – wat ik overigens in eerste instantie nog heel voorzichtig heb geprobeerd – zou je me onmiddellijk de deur hebben gewezen en me hebben verweten dat ik jaloers was – wat je overigens alsnog wel hebt gedaan – en had je nooit meer met me willen praten. Aanvankelijk was het slechts een voorgevoel, het vage idee dat er iets aan hem niet helemaal klopte.'

'Maar dan had ik misschien ook niet een brandend huis hoeven binnen rennen om je naar buiten te slepen.'

'Dus daar gaat het om?'

'Nee, daar gaat het eigenlijk ook niet om.' Annie zweeg even. 'Als je het dan echt wilt weten, het is de manier waarop je me na afloop hebt behandeld.'

'Hoe bedoel je?'

'Laat maar.' Annie was echter al te ver gegaan en kon nu niet meer terug. Het ei stolde langzaam op haar bord en ze legde haar mes en vork weg.

'Vooruit, Annie,' zei Banks. 'Het wordt tijd dat we de lucht tussen ons klaren. Eens kijken of we een manier kunnen bedenken om dit op te lossen.'

'Dat klinkt al heel anders.' Het bleek veel moeilijker dan Annie had verwacht, mede door de plek waar ze zich bevonden, het ietwat goedkoop aandoende restaurant bij het hotel, met de bomen en planten in potten, de serveersters die af en aan liepen met dienbladen, zakenmannen in krijtstreeppak die hun dag zaten in te delen, een enkeling al druk in de weer met zijn mobiele telefoontje en PDA. 'Ik kreeg de indruk dat je me afpoeierde,' zei ze, 'me opzijschoof alsof mijn gevoelens er niet toe deden. God weet dat ik me al belabberd genoeg voelde omdat ik er wat Phil betreft zo gigantisch naast had gezeten. Kun je je voorstellen hoe het is om je bed te hebben gedeeld met een seriemoordenaar?' Ze schudde haar hoofd. 'En jij. Juist van jou had ik verwacht dat je me... hoe moet ik dit zeggen... me zou steunen... me troosten, misschien. Je bent gisteravond bijvoorbeeld wel naar Corinne gegaan, maar je was er niet voor mij toen ik je nodig had. Ik weet dat we een gemeenschappelijk verleden hebben en dat het niet altijd gemakkelijk is geweest, maar je had me moeten opvangen en dat deed je niet. Ik had net zo'n klap gehad als jij, zo niet erger.'

Ziezo, het was eruit, meer dan ze had gewild zelfs. Jezus, hij bleef wel afschuwelijk lang zwijgen. Zeg iets. Zeg iets.

Ten slotte nam Banks het woord. 'Je hebt gelijk,' zei hij. 'En ik weet niet of je er iets aan hebt, maar het spijt me.'

273

'Waarom deed je zo? Waarom heb je me in de steek gelaten? Kwam het door haar?'

'Door wie?'

'Die Michelle of hoe ze ook heet.'

Banks staarde haar verbaasd aan. 'Nee, het kwam niet door Michelle. Maar Michelle had nu eenmaal niets te maken gehad met de gebeurtenissen, dus bij haar werd ik er niet steeds aan herinnerd. Bij haar kon ik me op andere dingen concentreren, had ik afleiding. Wanneer ik er wel over nadacht, werd ik bijna gek. Vanaf het moment dat ik de deur opendeed tot aan het moment dat ik in het ziekenhuis bijkwam, kon ik me helemaal niets herinneren. Nog steeds niet, trouwens. Het enige wat ik weet is wat jij me hebt verteld en ik raak nog altijd in paniek wanneer ik whisky ruik. Jezus, wekenlang wilde ik 's ochtends niet eens uit bed komen, laat staan dat ik een openhartig gesprek met iemand over het gebeurde wilde voeren. Wat heeft het voor zin? Dat is net zoiets als die eindeloze praatprogramma's die overdag op televisie zijn, al die mensen die maar doorzagen over hun gevoelens en hun problemen zonder dat het ergens toe leidt. Allemaal loos gezwets.'

'Sommige mensen geloven dat dat misschien beter is dan alles op te kroppen.'

Banks streek met een hand over zijn haar. 'Hoor eens, Annie, ik voel me alsof ik uit een diepe put omhoog aan het kruipen ben. Eigenlijk zou ik door de moord op Roy weer helemaal op de bodem moeten zijn beland, maar dat is niet gebeurd. Laat me nou even.'

'Misschien word je door woede gedreven?'

'Misschien wel, maar ik ben tenminste weer actief bezig.'

Annie keek hem een tijdje zwijgend over de rand van haar theekopje aan en liet zijn woorden bezinken. Misschien had hij gelijk. Misschien werd het inderdaad tijd om alles achter hen te laten en verder te gaan, en misschien was een onderdeel daarvan wel dat ze Banks enige vrijheid gaf in het onderzoek naar de moord op zijn broer. Ze kon hem tenslotte toch niet tegenhouden.

'Goed, laten we eens doen alsof jij de zaak onderzoekt,' zei ze. 'Hypothetisch gesproken, uiteraard. Hoe zou jij nu dan verdergaan?'

'Wat is het officiële proces waarlangs dit onderzoek plaatsvindt?'

'Het komt erop neer dat ze het telefoonboek in Roys mobiele telefoontje helemaal nalopen en de zakelijke contacten natrekken die op die USB-stick staan die jij hebt overhandigd. Oliver Drummond en William Gilmore, de namen die ik gisteravond al noemde, hebben voor inspecteur Brooke de hoogste prioriteit, omdat die ook op zijn computer zijn gevonden. Verkoop van onderdelen van gestolen auto's en fraude. Zijn dat zaken waar je broer in geïnteresseerd zou kunnen zijn geweest?'

'Best mogelijk,' zei Banks. 'Hoewel fraude volgens mij het meest aannemelijk is. Ik kan me niet echt voorstellen dat Roy iets te maken zou hebben gehad met gestolen auto-onderdelen. Heeft het onderzoek naar die twee mannen Brooke al wat opgeleverd?'

'Dat weet ik niet,' zei Annie. 'Ik heb hem vanochtend nog niet gesproken.'

'Hij zou zich op Lambert moeten concentreren,' zei Banks. 'Hij weet net zoveel als ik, weet dat Roy vlak voordat hij verdween een foto van Lambert en een nog onbekende man heeft gemaakt en die ergens heeft verstopt. Dat moet toch iets te betekenen hebben, denk je ook niet?'

'Ik weet zeker dat Dave er zo zijn redenen voor heeft. Heeft Lambert een strafblad?'

'Nee.'

'Komt zijn naam voor op het overzicht van de binnenkomende of uitgaande gesprekken, of in het telefoonboek?'

'Nee.'

'Dan is het toch duidelijk? Drummond en Gilmore hebben allebei een strafblad en komen wel allebei op dat overzicht voor.'

'Maar dan nog...' zei Banks. 'Wat heb jij allemaal gedaan?'

'Ik trek een aantal aanwijzingen na in de zaak-Jennifer Clewes.'

'Er bestaat een verband tussen beide zaken. Roy en Jennifer hadden een relatie met elkaar.'

'Dat weet ik. Maar ze kunnen niet allebei door de man met de paardenstaart zijn vermoord. Dat is wat betreft timing gewoon onmogelijk. Dat is ook de reden dat Dave denkt dat het verstandig is om Roys moordenaar elders te zoeken. En zoals ik net al zei, hebben Drummond en Gilmore allebei een strafblad. Brooke laat uitzoeken of er iemand is die op de hoogte is van Roys handel en wandel op de dag dat hij verdween. Blijkbaar hebben ze in dat opzicht niet zo heel veel aan zijn mobieltje, want dat is die dag slechts één keer gebruikt. Om zijn kapper te bellen.'

'Dat weet ik,' zei Banks.

'Ja, dat zal ook wel. Jij hebt dat ding tenslotte als eerste in handen gehad. Ze hebben ook de foto uitvergroot die jij hebt ontvangen. Brooke is er nog niet helemaal van overtuigd dat de man Roy is, maar volgens mij is dat wel het meest waarschijnlijk. Ze denken overigens dat ze aan de hand daarvan de plek kunnen achterhalen waar het is gebeurd.'

Banks knikte.

'Al enig idee met wie Roy die avond is weggegaan?' vroeg Annie.

'Ik weet het niet zeker, maar ik vermoed dat het wel eens Gareth Lambert kan zijn geweest. Roy kende hem al jaren. Ik zou nog steeds graag willen weten wie die andere man op de foto is.'

'Al aanwijzingen?'

'Nog niet, maar ik ben ermee bezig.' Hij glimlachte. 'Ik heb natuurlijk niet zoveel mensen tot mijn beschikking als inspecteur Brooke en jij om alle namen in Roys leven na te trekken, dus ik ben eigenlijk van plan om er via Lambert achter te komen, zodra ik die glibberige hufter tenminste heb gevonden. Ik vind het nog altijd verbazingwekkend dat Brooke niet allang bij hem is langsgegaan.'

'Ik heb je al verteld waarom dat is,' zei Annie. 'Bovendien is zijn team toch al overbelast.'

Ze zweeg even. 'Moet je horen, eigenlijk zou ik je dit niet mogen vertellen, maar er is iets gaande in het Berger-Lennox Centrum. Dokter Lukas heeft me verteld dat ze jonge, Oost-Europese prostituees die zwanger zijn geraakt – volgens haar voornamelijk illegale immigranten – heeft geholpen om stiekem gratis abortus te laten plegen. Jennifer Clewes is daar achter gekomen, maar in plaats van haar aan te geven, heeft ze haar juist geholpen door het papierwerk te laten verdwijnen. Ik geloof niet dat dit alles is wat dokter Lukas weet, maar het is in elk geval een begin. En denk nu maar niet dat je met haar kunt gaan praten. Ze is erg nerveus en gespannen, en een bezoekje van een onbekende kan ervoor zorgen dat ze weer helemaal in haar schulp kruipt.'

'Maak je geen zorgen,' zei Banks. 'Zo stom ben ik nu ook weer niet. Ik zal haar wel aan jou overlaten. Geloof je niet wat zij je heeft verteld?'

'Voor het merendeel wel,' zei Annie, 'maar ik vermoed ook dat ze me graag meer wil vertellen, maar alleen wanneer zij daaraan toe is en op haar eigen voorwaarden.'

'Hoelang is dit al aan de gang?'

'Ongeveer een jaar.'

'Over hoeveel geld hebben we het dan?'

'Het centrum brengt voor een consultatie, zwangerschapsbeëindiging en nazorg tussen de vierhonderd en duizend pond in rekening, afhankelijk van het stadium van de zwangerschap.'

'Dus na verloop van tijd is daar een aardige som geld mee gemoeid?'

'Ja. Maar niet genoeg om iemand voor te vermoorden.'

'Misschien niet,' zei Banks. 'Was Roy ervan op de hoogte?'

'Jennifer wist ervan en ik durf te wedden dat zij het aan Roy heeft verteld. Het probleem is alleen dat dokter Lukas zei dat Jennifer het al een paar maanden wist, maar dat het mensen pas in de laatste dagen voor haar dood is opgevallen dat ze zich anders dan anders gedroeg.'

'Misschien had ze nog iets anders ontdekt?' opperde Banks. 'Iets wat wij nog niet weten. Hoe wisten die meisjes dat ze bij dokter Lukas terechtkonden?'

'Dat is me nog niet helemaal duidelijk. Ze komt uit de Oekraïne. Ze zegt dat de mensen uit die gemeenschap haar nu eenmaal allemaal kennen. Het zou natuurlijk wel kunnen. Sommige van dergelijke gemeenschappen zijn erg hecht. Dat soort dingen gaan daar van mond tot mond.'

'Maar jij twijfelt daaraan?'

'Ik denk dat ze iets achterhoudt. En ik denk ook dat ze heel bang is.'

'Dat verbaast me niets,' zei Banks. 'Er zijn twee mensen vermoord.'

'Misschien zelfs drie.'

'O?'

'Jennifer heeft vlak voordat ze werd vermoord tegen een goede vriendin van haar, Melanie Scott, iets gezegd over een meisje dat Carmen Petri heet, een van de late meisjes. Jennifers ex-vriend, Victor Parsons, stalkte haar min of meer. Het is wel ironisch dat het nu voor het eerst is dat een stalker ons van pas komt. Die Parsons heeft Jennifer afgelopen maandagavond samen met een jong meisje dat zo te zien zwanger was uit het centrum naar buiten zien komen. Er kwam vrijwel onmiddellijk een man aangelopen en het meisje is per auto met hem vertrokken.'

'En jij denkt dat dat meisje die Carmen was?'

'Ja. En ik denk ook dat ze dood is. De man met wie ze is meegegaan, was een spierbundel met een paardenstaart, degene over wie ik je al eerder heb verteld, en zijn signalement vertoont opmerkelijk veel gelijkenis met dat van de man die volgens ons Jennifer Clewes heeft vermoord en bij jouw cottage heeft ingebroken.'

'En me vanuit Peterborough hiernaartoe is gevolgd,' zei Banks.

Annie sperde haar ogen wagenwijd open. 'Hè?'

Banks vertelde haar wat er de vorige dag op de snelweg was voorgevallen en welke maatregelen hij had getroffen om zijn ouders te beschermen.

'Heb je het nummerbord onthouden?' vroeg Annie.

'Ja, natuurlijk.'

'Geef maar aan mij. Dan zal ik het laten natrekken.'

'Dat wordt al gedaan.'

'Burgess?'

Banks zei niets.

Annie zuchtte diep. 'Geef het me toch maar.'

Banks deed wat ze hem vroeg.

'Ik neem aan dat je dit nog niet aan Dave Brooke hebt verteld?'

'Dat heb ik je toch al gezegd. Ik heb de politie van Peterborough gebeld. Het is hun gebied. Ik heb hen voor alle zekerheid vanochtend nog een keer gebeld en er is vannacht niets ongewoons voorgevallen.'

'Best,' zei Annie. 'Dan vertel ik het hem wel.'

'Paardenstaart mag dan misschien Jennifer Clewes hebben vermoord en hebben geprobeerd om mij af te schrikken, maar we weten dat hij Roy niet kan hebben vermoord.'

'Dus is er nog iemand anders bij betrokken.'

'Tja, als paardenstaart de zware jongen is en het allemaal om prostitutie draait, moet er volgens mij ook ergens een pooier in het spel zijn.'

'Dat zou heel goed kunnen,' zei Annie instemmend. 'Lambert?'

'Misschien wel.' Banks stond op. 'Daar komen we in elk geval niet achter door hier te blijven zitten, hoe aangenaam het verder ook is. Bedankt voor het ontbijt, Annie. Ik ben blij dat we het een en ander hebben uitgepraat.'

'Waar ga je naartoe?'

Banks glimlachte. 'Tja, als ik je dat vertelde, zou je wel eens enorm in moeilijkheden kunnen raken. Maar ik zal je het nummer van mijn nieuwe mobieltje geven.'

Annie schreef het nummer op en legde toen een hand op Banks' arm. 'Ik weet heus wel dat ik je niet kan tegenhouden,' zei ze, 'maar wil je me wel iets beloven?'

'Wat dan?'

'Dat je contact met me houdt, me laat weten wat je hebt ontdekt.'

'Oké. Dat geldt ook voor jou.'

'En blijf uit de buurt van dokter Lukas. Die komt echt wel over de brug wanneer ze er klaar voor is. Je zult haar alleen maar afschrikken.'

'Komt voor elkaar.'

'En wees voorzichtig, Alan. Dit is geen spelletje.'

'Geloof me, dat weet ik heus wel.' Banks boog zich voorover, kuste haar zachtjes op haar wang en vertrok. Annie keek hem even na en liep toen snel naar haar kamer om haar spullen in te pakken. Ze zou die ochtend even kortsluiten met Brooke en daarna ging ze terug naar Eastvale, wat er verder ook gebeurde.

'Het is echt ongelooflijk. We hebben hier de afgelopen dagen een enorme toestand voor de deur gehad,' zei Malcolm Farrow nadat hij zich met een flink glas gin en tonic in zijn hand in zijn leunstoel had laten zakken. Aangezien het pas tien uur 's ochtends was, had Banks de gin afgeslagen, maar de tonic had hij dankbaar geaccepteerd. Farrow had een tikje verbaasd gekeken, maar het toch voor hem ingeschonken. 'Zoals u kunt zien, is alles nu weer een beetje tot rust gekomen.'

Banks staarde door het raam van Farrow naar Roys huis. De politie was zo te zien klaar met haar onderzoek en had blijkbaar alles meegenomen wat van enig belang kon zijn, want het pand werd niet langer bewaakt.

Ze hadden Roys bezittingen doorzocht op zoek naar zaken die verband hielden met de misdaad en tevens naar gegevens over zijn levensstijl, zijn gewoonten en vrienden of bekenden die hun mogelijk nieuwe informatie konden verschaffen. Banks wist al wat ze zouden vinden, omdat hij het huis zelf ook grondig had doorzocht en alles aan Brooke had overhandigd. Nu de formaliteiten waren afgehandeld, zou het huis worden overgedragen aan Roys naaste familieleden, zijn ouders, nam Banks aan, tenzij er nog ergens op de achtergrond een echtgenote rondhing.

'Ik kan me er wel iets bij voorstellen,' zei Banks. 'Zeg, het spijt me dat ik u niet meteen heb gebeld, maar ik ben een tijdje bij mijn ouders geweest en had daar uw nummer niet.'

'Dat geeft helemaal niets. Ik was diep geschokt toen ik het op het nieuws hoorde. Het heeft in alle kranten gestaan en is ook op televisie geweest. Er zijn zelfs verslaggevers aan de deur geweest. Nu de politie is vertrokken, zijn zij ook weggegaan.'

'Er valt hier verder niets meer voor hen te halen,' zei Banks.

'Het is trouwens erg aardig van u dat u er nog aan hebt gedacht om even langs te komen.'

'Graag gedaan. Is de politie nog bij u geweest?'

'De politie? Ja zeker. Die zijn bij de hele straat langs geweest.'

'Wat hebt u hun verteld?'

'Wat ik u ook heb verteld. Dat is alles wat ik weet.'

'En die verslaggevers?'

Farrows gezicht werd rood. 'Die heb ik weggestuurd. Stelletje aasgieren.'

'Hebt u nog verder nagedacht over de foto die ik u heb laten zien?' vroeg Banks en hij haalde de envelop uit zijn koffertje.

Farrow bekeek hem nogmaals aandachtig door zijn leesbril, die stevig op zijn stompe neus met paarse adertjes zat vastgeklemd. 'Hoor eens, ik hoef toch niet voor de rechtbank te getuigen, hè?'

'Dit is puur iets tussen u en mij,' zei Banks. Farrow tuurde nogmaals naar de foto en Banks nam een slokje van zijn tonic. Hij moest een boer laten en proefde daardoor nog steeds de eieren met spek die hij bij het ontbijt had gehad.

'Tja,' zei Farrow, 'het zou hem heel goed kunnen zijn. Hoe langer ik ernaar kijk, des te meer de gelijkenis me opvalt. Zoals ik u al heb gezegd zie ik niet meer goed genoeg om details te kunnen onderscheiden, maar er staan straatlantaarns en de lengte van de man en het grijze haar kloppen wel ongeveer.' Hij gaf de foto terug aan Banks. 'Het is een beetje vaag, helaas, maar meer kan ik er niet van zeggen.'

'Ik waardeer uw hulp zeer.'

'Wie is hij eigenlijk? Hij is toch niet degene die...?'

'Dat denk ik niet,' zei Banks. 'Als hij is wie ik denk dat hij is, dan is hij een oude zakenrelatie van Roy.' Iemand voor wie Roy waarschijnlijk de deur wel zou opendoen, iemand met wie hij wel ergens naartoe zou gaan om iets te drinken of wat dan ook, wat blijkbaar ook was gebeurd. Iemand die hij vertrouwde.

Banks bedankte Farrow nogmaals voor zijn hulp, zei dat hij er nu echt vandoor moest en vertrok.

Op woensdagochtend was er geen enkele bedrijvigheid meer waar te nemen rond Roys huis en de voordeur was niet door de politie verzegeld. Banks gebruikte zijn sleutel om de voordeur te openen en liep naar binnen. Het enige geluid dat hij hoorde, was het gebrom van de koelkast. Er hing een diepe stilte in het hele huis, de stilte van Roys afwezigheid, en deze voelde zwaarder aan dan tijdens Banks' eerste bezoek.

Hij controleerde de keuken. De laptop die hij daar op de tafel had laten liggen, was verdwenen en hij ging ervan uit dat de politie hem had meegenomen. Daar kon hij op dit moment weinig aan doen, maar hij zou aan Brooke moeten doorgeven dat hij hem terug wilde hebben zodra ze ermee klaar waren.

Toen liep hij naar Roys kantoortje. Degene die het huis had doorzocht, had keurig werk afgeleverd. Het was alsof er niets van zijn plek was geweest.

Banks ging de televisiekamer binnen en liet zich op de bank zakken. Hij dacht aan de cd die hij had gevonden. Toen hij op woensdag de foto's van Lambert en diens vriend tussen de pornografische afbeeldingen had verstopt, moest Roy al hebben beseft dat hij bij een louche zaakje betrokken was geraakt. En misschien had hij ook begrepen dat dit louche zaakje – of het nu prostitutie betrof of illegale immigranten, of iets heel anders – in sneltreinvaart een kritiek punt zou bereiken. Had Roy geweten dat zijn leven gevaar liep? Banks betwijfelde het. Als Roy er inderdaad een gewoonte van had gemaakt om langs de grenzen van de wet te opereren en met criminelen was opgetrokken, wat zo te zien het geval was geweest, dan was hij waarschijnlijk ook wel eigenwijs genoeg geweest om te denken dat er niets was wat hij niet aankon. Tussen woensdag- en vrijdagavond, of mogelijk zelfs een paar dagen eerder als je op Jennifer Clewes' gedrag mocht afgaan, was er echter iets gebeurd waardoor alles was veranderd.

Wat had Roy op die cruciale dagen gedaan? Waar was hij geweest? Met wie had hij gesproken? Als Banks het antwoord op die vragen had, zou hij wellicht het raadsel rond Roys dood kunnen oplossen, dacht hij. En Jennifers dood.

Hij dacht na over wat Annie hem tijdens het ontbijt over die dokter die prostituees hielp had verteld. Had Jennifer Clewes dat aan Roy verteld? Grote kans van wel. Hoe had hij daarop gereageerd? Had het ook maar iets te maken met hun dood? Banks zag echter niet in hoe het helpen van een paar illegale immigranten tot moord zou kunnen leiden. Tenzij de mensen die hen bij de dokter brachten erbij betrokken waren en zich door iets of iemand bedreigd voelden.

Ook was Banks niet vergeten dat Burgess hem had verteld dat Gareth Lambert een smokkelaar was met een enorm netwerk aan connecties in de onderwereld. Burgess had gezegd dat Lambert de Balkan-route kende als zijn broekzak en nu had Annie hem ook nog verteld dat het Berger-Lennox Centrum door Oost-Europese prostituees werd bezocht. Er begon zich nu eindelijk een vaag beeld te vormen in zijn hoofd, maar hij wist nog altijd niet wat Roys rol in het geheel was geweest of waarom hij was vermoord. Banks dacht terug aan zijn gesprekje met Corinne van de vorige avond. Door met haar te praten, was hij heel wat aan de weet gekomen over zijn broer. Roy was gek op de *The Goon Show* en *Monty Python*; hij kon een hilarische imitatie weggeven van de Ministry of Silly Walks en wist ook de Four Yorkshiremen-sketch heel aardig na te doen; New York was zijn favoriete stad, Italië zijn favoriete land; hij had zich sinds kor   gitale fotografie gestort en de foto's aan de muren waren inderdaad   ! van zijn hand; hij speelde regelmatig golf en tennis; hij was een fan   Arsenal (uiteraard, dacht Banks, die Arsenal in dezelfde categorie plaatste als Manchester United: de beste teams die met geld te koop waren); zijn favoriete kleur was paars; zijn favoriete eten risotto met wilde paddestoelen, zijn favoriete wijn Amarone; hij was gek op opera en nam Corinne vaak mee naar Covent Garden (hoewel ze toegaf dat ze er vaak maar weinig van snapte); en ze gingen allebei graag naar Hollywood-musicals en oude, buitenlandse films met ondertiteling: Bergman, Visconti, Renoir, Fellini.

Roy gaf altijd geld aan zwervers op straat, maar zei er wat van wanneer hij vond dat hij in winkels en restaurants te veel moest betalen. Hij kon erg humeurig zijn en Corinne moest bekennen dat ze nooit precies wist wat er in zijn hoofd omging. Maar ze hield van hem, had ze na het derde glas wijn tegen Banks gezegd, terwijl de tranen voor de tweede keer over haar wangen stroomden, ook al had ze wekenlang niet geweten waar ze met hem aan toe was en ook al had hij haar de traumatische ervaring van de abortus min of meer in haar eentje laten verwerken. Ze was ergens altijd blijven hopen dat hij uitgekeken zou raken op zijn nieuwste verovering en bij haar zou terugkomen.

Er stond slechts één familiefoto in Roys televisiekamer en Banks liep ernaartoe om hem van dichtbij te bekijken. Hij was genomen op de boulevard in Blackpool, wist hij nog, in augustus 1965, en op de achtergrond kon je de Blackpool Tower zien.

Daar stonden ze dan met hun vieren, hun ouders in het midden, met aan de ene kant Roy, die toen sproeten had gehad en heel licht haar, veel lichter dan op latere leeftijd, en aan de andere kant de veertienjarige Banks, chagrijnig en zo cool mogelijk, of wat in die tijd kennelijk voor cool moest doorgaan, in een zwarte broek met nauwe pijpen en een Beatle-coltrui. Hij had de foto nog niet eerder goed bekeken en het drong nu pas tot hem door dat hij moest zijn genomen door Graham Marshall, die ongeveer een maand voordat hij tijdens het rondbrengen van de zondagkranten spoorloos verdween, met de familie Banks op vakantie was geweest.

Dat was de vakantie waarin Banks als een blok was gevallen voor de mooie Linda, die daar achter de toonbank van een cafeetje had gestaan. Ze was veel te oud voor hem geweest, maar toch was hij als een blok voor haar gevallen. Later hadden Graham en hij op Pleasure Beach een paar meisjes ontmoet, Tina en Sharon, met wie ze onder de pier hadden liggen rommelen. Hij kon zich niet meer herinneren dat de foto werd gemaakt, maar dat was niet verbazingwekkend. Ook herinnerde hij zich amper dat Roy er tijdens die vakantie ook bij was geweest. Welke veertienjarige verdeed zijn tijd nu met zijn negenjarige broertje?

Graham Marshall was dood, ook al een slachtoffer van een moord, en nu dus Roy. Banks keek naar zijn vader met zijn oude, grijze trui met V-hals, de mouwen opgerold, een sigaret in een mondhoek, zijn haar achterover geborsteld met Brylcreem. Toen keek hij naar zijn moeder, niet direct een knappe meid, maar verrassend jong en leuk, met een permanentje, een zomerjurk waarin haar slanke middeltje goed uitkwam en een brede glimlach in de richting van de camera. Wat zouden ze de volgende week in haar lichaam aantreffen wanneer ze haar vanbinnen bekeken? vroeg Banks zich af. Zou ze het overleven? En zijn vader dan, na alle klappen die hij te verwerken had gekregen? Banks kreeg zo langzamerhand het gevoel dat iedereen die met hem in aanraking kwam vervloekt was, alsof de dood hen had gegijzeld, net als de schimmen in *Strange Affair*.

Hij zei tegen zichzelf dat hij niet zo melodramatisch moest doen. Hij had de moord op Graham Marshall meer dan 35 jaar nadat deze had plaatsgevonden opgelost, zijn moeder zou de operatie overleven en zijn vaders hart zou nog heel lang blijven kloppen. Roy was dood en Banks was van plan erachter te komen wie hem had vermoord. En dat was dat.

Net toen Banks op het punt stond om weer een poging te wagen bij het huis van Gareth Lambert, ging zijn mobieltje.

'Alan, met Annie.'

'Ik dacht dat jij naar huis zou gaan.'

'Dat was ook de bedoeling, maar er is iets tussen gekomen.'

Banks klemde zijn mobieltje stevig vast. 'Wat is er?'

'Het team technische ondersteuning heeft ontdekt waar de digitale foto op het mobiele telefoontje van je broer is genomen.'

'Hoe is hen dat in vredesnaam gelukt?'

'Via de lijst met leegstaande fabrieken,' zei Annie. 'Er waren een paar letters zichtbaar op de muur op de achtergrond: "ngs" en "ife". Een van de fabrieken op de lijst was die van Midgeley's Castings en een van de oudere teamleden herinnerde zich plotseling dat hij daar vroeger op weg naar school altijd langskwam en dat er een bord had gehangen waarop stond: "Midgeley's Castings: Cast For Life". De fabriek is in 1989 gesloten en sinds die tijd heeft niemand er meer iets mee gedaan.'

'Waar staat hij?'

'Bij de rivier, in Battersea. Het spijt me dat ik je dit moet vertellen, Alan, maar de getijdenexperts zijn het erover eens dat dit zeer waarschijnlijk de omgeving is waar het stoffelijk overschot van je broer in de rivier is gedumpt, dus het heeft er steeds meer van weg dat het inderdaad Roy was op die foto. We gaan er nu naartoe. Wil je mee?'

'Dat weet je best. Wat zegt Brooke ervan?'

'Hij vindt het goed. Zien we elkaar dan daar?'

'Uitstekend.'

Annie gaf hem het adres en een routebeschrijving, en Banks rende naar zijn auto.

'Brigadier Browne?'

'Ja?'

'Met Kev Templeton uit Eastvale. Hoe staan de zaken er bij jullie voor?'

'Prima, dank je. Is er al nieuws?'

'Misschien,' zei Templeton en hij speelde met het plastic zakje dat voor hem op zijn bureau lag. 'Ik ben met Roger Cropleys vrouw gaan praten en toen bleek hij zelf ook thuis te zijn. Hij beweerde dat hij een lichte kou had opgelopen, maar ik heb hem niet een keer horen snuffen. Volgens mij zat hij toch wel een beetje in de rats, omdat ik er alweer was. Hij reageerde ook een tikje zenuwachtig toen ik hem vertelde dat Paula Chandler, die vrouw die aan haar aanvaller is ontsnapt, denkt dat ze hem misschien wel zou herkennen.'

'Maar dat is helemaal niet zo,' zei Susan.

'Dat weet Cropley toch niet. En ik geloof dat zijn vrouw misschien wel meer weet dan ze tot nu toe heeft toegegeven. Ik heb een ideetje. Heeft de technische recherche bij jullie de auto van het slachtoffer ook op sporen onderzocht?'

'Ik neem aan van wel,' zei Susan. 'Maar niets wees erop dat de moordenaar ooit in de auto is geweest. Het is duidelijk dat hij haar uit de auto heeft getrokken en het bos in heeft gesleurd.'

'Maar als hij chloroform heeft gebruikt, moet hij zich in elk geval deels in de auto over haar heen hebben gebogen.'

'Klopt. Waar wil je eigenlijk naartoe?'

'Jullie hebben alle monsters nog wel, neem ik aan? Haar? Huid?'

'Natuurlijk.'

'En de auto?'

'Die ook. Hoor eens, wat is er allemaal aan de hand?'

'Kun je navragen of ze ook roos hebben gevonden op de leuning van de stoel?'

'Roos?'

'Ja.'

'Ik zal het navragen,' zei Susan. 'Waar zit je aan te denken?'

'Ik heb een beetje op het web gesurft en het klinkt allemaal vrij ingewikkeld, maar voorzover ik heb begrepen kun je uit roos DNA verkrijgen. Het is tenslotte gewoon huid, nietwaar?'

'Daar hebben we alleen niet zoveel aan,' merkte Susan op, 'tenzij we iets hebben om het mee te vergelijken.'

'Ehm... tja, nou ja, misschien hebben we dat wel.'

'Hoe bedoel je?'

'Ik heb een monster van Cropleys roos. Zal ik het naar je opsturen?'

'Ik ga ervan uit dat je meneer Cropley niet om dat monster hebt gevraagd?'

Templeton lachte. 'Nee. Maar neem maar van mij aan dat hij het geheel uit vrije wil bij me heeft achtergelaten.'

'Daar gaat het niet om,' zei Susan. 'Jij weet ongetwijfeld net zo goed als ik dat je daar schriftelijke toestemming van een verdachte voor moet hebben, tenzij je hem hebt opgepakt voor een ernstig misdrijf en van hogerhand toestemming is verleend om een monster af te nemen.'

'Ik ken de PACE-regels ook, hoor,' zei Templeton. 'Wat ik wil zeggen, is dat daarmee mijn vermoedens kunnen worden bevestigd. Als je zeker wist dat hij het was, als wij zeker wisten dat hij het was, dan zou dat een heel verschil uitmaken en konden we echte bewijzen gaan verzamelen. Hij hoeft toch niet te weten van dat eerste monster? Daar hoeft niemand iets vanaf te weten, behalve jij en ik. Op dit moment hebben we geen geldige reden om hem te arresteren en een monster te eisen, maar als het monster dat hij me nu heeft gegeven overeenkomt met de roos die in de auto is aangetroffen, dan weten we in elk geval waar we moeten zoeken en je kunt op je tien vingers natellen dat we uiteindelijk heus wel iets vinden waarvoor we hem kunnen oppakken. En dan... tja, dan kunnen we natuurlijk een officieel monster afnemen.'

'En als hij het nu eens niet is?'

'Dan laten we hem verder met rust.'

'En de rapporten en documenten die naar de eerste test verwijzen? Die dingen zijn enorm duur.'

'Dat weet ik, maar wat dan nog? Het hoeft toch niet naar buiten te komen? Je kent toch zeker wel iemand in het lab die een beetje discreet is? Dan hoeft er toch verder niemand iets te weten?'

'Een goede advocaat zal dat beslist tegen ons gebruiken.'

'Maar alleen als hij er vanaf weet. En trouwens, dat geeft ook helemaal niets. Tegen die tijd hebben we allang een officiële DNA-vergelijking die zonder enig probleem als bewijs zal worden toegelaten, omdat die wel keurig volgens het boekje is verkregen. Daar kan niemand iets tegen inbrengen. Jezus, als het je om het geld te doen is, dan betaal ik die test zelf wel.'

'Het geld is het probleem niet. Ik betwijfel trouwens of jij je het zou kunnen veroorloven. Nee, het punt is dat als blijkt dat Cropley inderdaad degene is die we zoeken, het echte bewijs zou kunnen worden verworpen vanwege dit verzoek. Het is heel dubieus. Nee, dit zit me helemaal niet lekker.'

Templeton zuchtte diep. Hij had niet doorgehad dat Browne zo'n pietlut was. 'Luister nu eens,' zei hij, 'wil je die vent te pakken krijgen of niet? Misschien sluit zo'n test wel uit dat hij hierbij betrokken is geweest. Dat weet ik niet. Maar we moeten hem in elk geval in de gaten blijven houden. Als ik gelijk heb – en het DNA dat staaft – dan heeft hij al eens eerder zoiets gedaan en zal hij het beslist nog een keer doen. Wat denk je ervan? Zou jij het soms niet graag zeker willen weten?'

In de stilte die daarop volgde, wachtte Templeton gespannen haar antwoord af.

Ten slotte zei Susan Browne: 'Stuur dat monster maar op. Ik zal met mijn leidinggevende gaan praten en eens zien wat ik kan doen. Maar ik beloof niets, hoor.'

'Geweldig,' zei Templeton. 'Het is al naar je onderweg.'

Toen Banks met Brooke en Annie over het onder onkruid en losse stenen schuilgaande terrein in de richting liep van de smerige, bakstenen fabriek met zijn lelijke gevel vol fluorescerende graffiti, merkte hij dat hij enorm opzag tegen wat komen ging, meer dan hij ooit had verwacht. Zou hij zo meteen de plek onder ogen krijgen waar zijn broer was neergeschoten en vermoord? Kleine Roy, die hij uit de handen van een pestkop had gered en een litteken had bezorgd met een speelgoedzwaard. Hij knarsetandde van woede en voelde dat de spieren in zijn nek en armen gespannen waren. De toegangsdeuren zagen er nogal afschrikwekkend uit, maar gingen gemakkelijk open en al snel liepen ze met galmende voetstappen over de uitgestrekte begane grond van de fabriek. Leegstaande fabrieken met enorme gaten in hun daken, weggeroeste machines, vaten, pallets en onkruid dat door kieren in de muren en vloeren heen groeide, gaven Banks altijd een ongemakkelijk gevoel. Hij dacht zelf dat het kwam door een droom die hem als kind de stuipen op het lijf had gejaagd, maar kon zich de details niet meer herinneren. Misschien had het ook iets te maken met de kogellagerfabriek die tegenover het huis had gestaan waar hij was opgegroeid, hoewel die indertijd nog gewoon in gebruik was geweest en hij geen vervelende dingen had meegemaakt die daarmee verband hielden. Er waren echter wel heel wat onbewoonbaar verklaarde huizen en vervallen werkplaatsen of fabrieken in de omgeving geweest en in de meeste daarvan was hij wel eens met zijn vrienden op onderzoek uitgegaan, speurend naar denkbeeldige monsters. Wat de achterliggende reden ook was, hij kreeg nog altijd koude rillingen van dergelijke plekken en deze fabriek vormde daarop geen uitzondering.

'Jij weet ook wel waar je me mee naartoe neemt, Dave,' zei Annie. 'Dit is bijna net zo erg als die straat in Bow.'

'Maar het regent vandaag tenminste niet,' zei Brooke.

Een rat kwam onder een verroeste metalen plaat vandaan gekrabbeld en rende op weg naar buiten bijna over Annies voeten heen. Ze trok een gezicht, maar maakte geen geluid. Zonlicht scheen door de ontbrekende dakdelen heen naar binnen en verlichtte de stofdeeltjes die ze hadden opgeworpen toen ze langskwamen. De grote ramen achter de tralies waren allemaal kapot en de vloer lag bezaaid met glasscherven die het zonlicht weerkaatsten. Hier en daar waren vettige plassen en vochtige plekken zichtbaar die de regen daar de vorige avond had achtergelaten.

Midden in de hal en grotendeels verborgen achter de roestige machines zag Banks een houten stoel. Op de vloer lagen een paar stukken touw.

'Niet te dichtbij komen,' zei Brooke, toen ze erop afliepen. 'De technische recherche kan elk moment arriveren en die lui kunnen het niet echt waarderen als we hun werkterrein verpesten door er doorheen te banjeren.'

Banks bleef staan en staarde naar het tafereel voor hem. Hij dacht dat hij bloedvlekken zag op het touw en ook op de vloer rondom de stoel. Heel even zag hij voor zich hoe Roy daar vastgebonden had gezeten, voelde hij diens angst toen hij besefte dat hij op deze smerige plek zou sterven, maar toen werd de politieman in hem wakker en probeerde hij wat hij voor zich zag te interpreteren.

'Roy is toch met een .22 door het hoofd geschoten, net als Jennifer Clewes?' zei hij.

'Dat klopt,' antwoordde Brooke.

'En de kogel is in het hoofd blijven zitten?'

'Ja.'

'Waar komt al dat bloed dan vandaan?'

Banks onderschepte de blik die Brooke in Annies richting wierp.

'Vooruit,' zei Banks. 'Ik ben niet achterlijk. Jullie hebben iets voor me achtergehouden, hè? Als Roy hier op vrijdagavond even na halftien naartoe is gebracht, maar pas in de vroege uren van zaterdagochtend is vermoord, dan... nu ja, dat is wel duidelijk.' Banks voelde dat hij misselijk werd.

'Er zijn volgens de patholoog aanwijzingen dat hij is geslagen,' gaf Brooke toe.

'Ze hebben hem dus eerst gemarteld, die klootzakken.'

Brooke staarde naar zijn schoenen. 'Daar lijkt het wel op. Maar we weten nog niet eens zeker of je broer hier ooit is geweest. Je kunt op de foto niet echt zien wie het is.'

'Wie kan het dan volgens jou nog meer zijn geweest?' vroeg Banks. 'Trouwens, er is hier meer dan genoeg bloed voor een DNA-vergelijking.'

'Dat is inderdaad zo,' zei Brooke.

'Waarom zouden ze hem in godsnaam hebben gemarteld?' vroeg Banks.

'Dat weten we niet,' zei Annie. 'Kennelijk om informatie uit hem los te krijgen. Of misschien wilden ze weten hoeveel hij over een bepaalde zaak wist en of hij dat ook aan iemand anders had doorverteld.'

'Ik geloof niet dat er veel voor nodig was om Roy aan het praten te krijgen,' zei Banks. Het beeld van de jongen die Roy had staan pesten en van Roy zelf, huilend en met zijn handen tegen zijn buik gedrukt, flitste door zijn hoofd. Toen het beeld van Banks zelf die tussenbeide kwam. Deze keer was hij echter te laat geweest om hem nog te kunnen helpen. Deze keer was hij er niet voor hem geweest. En deze keer was Roy vermoord. Banks kon alleen maar hopen dat het zijn ouders nooit ter ore zou komen wat er precies was gebeurd. Hij nam het Annie en Brooke niet kwalijk dat ze het hem in eerste instantie niet hadden verteld – hij had waarschijnlijk precies hetzelfde gedaan als het om een van hun familieleden was gegaan – maar nu moest híj ervoor zorgen dat zijn vader en moeder nooit de hele waarheid te horen zouden krijgen.

'Ze hebben niet de moeite genomen om de boel na afloop een beetje op te ruimen,' zei Annie en ze wees naar één enkele huls die vlak bij de stoel op de grond lag.

'Dachten zeker dat niemand deze plek ooit zou vinden,' merkte Brooke op.

'Op een gegeven moment was hij heus wel door kinderen ontdekt,' zei Banks. 'Kinderen zijn gek op dergelijke plekken.'

Duiven vlogen af en aan door de gaten in het dak en de muren, en schudden zittend op de dakspanten hun veren uit. Grote delen van de vloer en zelfs de stoel zaten onder hun witte uitwerpselen. Hoewel de binnenkant van het gebouw deels aan de elementen was blootgesteld, rook het vanbinnen naar dode dieren en gesmolten metaal.

'Ik zal zien of ik wat mensen van de uniformdienst kan krijgen voor een buurtonderzoek,' zei Brooke. 'Wie weet? Misschien heeft iemand wel iets vreemds bij het gebouw gezien.'

De wind die door de kapotte ramen naar binnen waaide, gierde klaaglijk door de ruimte en dit vormde vreemd genoeg een goede samenzang met het gekoer van de duiven. Hoewel het een warme dag was, huiverde Banks even. Hij had gezien wat hij wilde zien, het godvergeten oord waar Roy de laatste uren van zijn leven was gemarteld en vervolgens vermoord. Hij besefte dat hij dit beeld nooit meer uit zijn herinnering zou kunnen wissen, dat dit hem zijn hele verdere leven zou bijblijven. Nu had hij echter andere dingen te doen. Hij zei tegen Brooke en Annie dat hij wegging, en geen van beiden vroeg hem waar hij naartoe ging. Toen hij in zijn auto wilde stappen, kwam net het busje van de technische recherche het terrein van de fabriek op gereden. Deze mannen zouden de plek waar Roy was gestorven haarfijn uitkammen, bloedresten opschrapen en op zoek gaan naar vingerafdrukken, vezels, haren en huid, al die sporen die de moordenaars hadden achtergelaten. Met een beetje geluk vonden ze hier zo veel dat dit uiteindelijk tot een veroordeling zou leiden, als de politie tenminste ooit met een geschikte verdachte op de proppen kwam. Dat liet Banks met een gerust hart over aan de technische recherche.

15

Nadat hij zijn auto bij het huis van Roy had geparkeerd – hij had geen zin om de hele dag in het Londense verkeer vast te zitten of op zoek te moeten naar een parkeerplaatsje en bovendien was de ondergrondse veel sneller – ging Banks langs bij Lamberts reisorganisatie aan Edgeware Road, maar daar kreeg hij te horen dat meneer Lambert niet aanwezig was. Vervolgens ging hij naar de flat in Chelsea, vlak bij Sloane Square, waar hij bij de voordeur Gareth Lambert aantrof, die net naar buiten kwam.

'Ga je ergens naartoe, Gareth?' zei hij.

'Wie bent jij verdomme?' Lambert probeerde zich langs hem te wringen.

Banks bleef staan waar hij stond. 'Mijn naam is Banks. Inspecteur Alan Banks.'

'De broer van Roy.' Lambert deed een stap naar achteren en bekeek Banks van top tot teen. 'Krijg nou wat, zeg. De grote spelbreker in hoogsteigen persoon.'

'Zullen we even naar binnen gaan?'

'Ik heb het druk. Ik moet naar kantoor.'

'Heel even maar.' Banks staarde Lambert aan totdat deze zijn ogen neersloeg. Na een tijdje haalde Lambert onverschillig zijn schouders op en ging hij Banks voor naar een flat op de eerste verdieping. De inrichting was tamelijk functioneel, maar had iets onpersoonlijks, alsof Lamberts echte leven zich ergens anders afspeelde. De man zelf zag er precies zo uit als op Roys foto: stevig gebouwd, een beetje te dik zelfs, met een rode huid – deels door de zon en deels door een te hoge bloeddruk, vermoedde Banks – en een dikke bos krullend, grijs haar. Hij droeg een lichtblauwe spijkerbroek en een oversized, ruimvallend wit shirt. Burgess had hem met Harry Lime vergeleken, maar als Banks het zich goed herinnerde, was Lime uiterlijk juist een hoffelijke, charmante man, eerder iemand als Phil Keane. Lambert was duidelijk een wat ruwer type, dat geen charme nodig had om zich te kunnen redden. Ze namen als een stel schaakspelers tegenover elkaar plaats en Lambert staarde Banks met een lichtelijk geamuseerde blik in zijn ogen aan.

'Dus jij bent Roys grote broer, de inspecteur.'

'Inderdaad. Ik heb gehoord dat jullie elkaar al een hele tijd kennen?'

'Dat klopt. Ik heb Roy ontmoet toen hij net was afgestudeerd aan de universiteit. We waren eigenlijk nog nat achter de oren. 1978. Als ik het me goed herinner, droegen alle jongeren in die tijd gescheurde T-shirts en veiligheidsspelden in hun oren, en luisterde iedereen naar de Sex Pistols en The Clash, en intussen zaten wij in ons keurig nette pak in een of andere oerdegelijke bar van een hotel om onze volgende zakelijke onderneming te plannen. Wat hoogstwaarschijnlijk de verkoop van gescheurde spijkerbroeken en veiligheidsspelden aan jongeren was.' Hij lachte. 'Dat waren nog eens tijden. Ik vond het trouwens heel erg om te horen wat er met Roy is gebeurd.'

'Is dat zo?'

'Ja, natuurlijk. Zeg, moet je eens horen, ik heb het echt heel druk. Als je alleen maar een gezellig babbeltje komt maken...'

'Ik heb namelijk niet de indruk dat je erg diep treurt om iemand die je al zo lang kent.'

'Hoe kun jij nu weten of ik om hem treur of niet?'

'Tja, daar zeg je zo wat. Die zakelijke ondernemingen van jullie, zat daar toevallig ook een wapendeal bij?'

Lambert kneep zijn ogen tot spleetjes. 'Waarom begin je daar nu weer over?' zei hij. 'Dat was in een ver, grijs verleden. Ja, we waren indertijd inderdaad betrokken bij wat wij als een volkomen legale wapenverkoop beschouwden, maar we werden bedot en de lading werd ergens anders naartoe gestuurd. Nou, toen had ik het wel gezien. Hoe zeggen ze dat ook alweer? Door schade en schande wijs geworden.'

'Dus vanaf dat moment hebben jullie je bij minder risicovolle ondernemingen gehouden?'

'Ik zal niet beweren dat onze zakelijke ondernemingen geheel en al zonder risico waren, maar laten we het er maar op houden dat dat voornamelijk risico's op het financiële vlak waren en niet het soort waardoor je in het gevang kon belanden als je niet uitkeek.'

'Of het met de dood moest bekopen.'

'Precies.'

'Op handel met voorkennis kan ook een erg zware straf staan.'

'Ha! Dat deed iedereen. Nog steeds trouwens. Heb je zelf nooit eens uit eerste hand een pracht van een tip ontvangen en daardoor een aardig zakcentje verdiend?'

'Nee,' zei Banks.

'Dus als ik nu zeg dat een bepaald bedrijf volgende week een grote fusie gaat aankondigen waardoor de waarde van hun aandelen zal worden verdubbeld, kun jij dan naar eer en geweten zeggen dat je niet meteen zo veel mogelijk aandelen zou aanschaffen?'

Daar moest Banks even over nadenken. Het klonk zo eenvoudig en misschien ook wel een tikje ondeugend, zoals hij het voorstelde. Nauwelijks een misdaad, eigenlijk. Maar hij wist niets van de aandelenhandel af en dat was ook de reden dat hij er niet aan meedeed. Bovendien had hij eigenlijk nooit genoeg geld om een dergelijke gok aan te gaan. 'Misschien zou ik er dan wel een paar aanschaffen, ja,' zei hij ten slotte.

Lambert klapte opgetogen in zijn handen. 'Zie je nu wel!' zei hij. 'Dat dacht ik al.' Het klonk alsof hij Banks bij een club verwelkomde waar hij helemaal niet bij wilde horen.

'Ik heb me ook laten vertellen dat je als smokkelaar actief bent geweest,' zei Banks.

'Interessant. Waar heb je dat gehoord?'

'Is het waar?'

'Natuurlijk niet. Dat woord heeft zo'n negatieve klank, vind je ook niet? Smokkelaar. Zo'n emotioneel geladen term. Ik beschouw wat ik heb gedaan liever als een kwestie van praktische geografie. Ik verplaats zaken van de ene plek naar de andere. En met enorm veel efficiëntie, als ik het even mag zeggen.'

'Ik ben blij dat je niet lijdt aan valse bescheidenheid. Wat voor zaken precies?'

'Van alles en nog wat eigenlijk.'

'Wapens? Drugs? Mensen? Ik heb gehoord dat je de Balkan-route kent.'

Lambert trok één wenkbrauw op. 'Je bent goed op de hoogte, hè? Roy heeft me nooit verteld hoe scherpzinnig je bent. De Balkan-route? Ach, die heb ik misschien ooit wel gekend, ja, maar tegenwoordig... de grenzen daar veranderen sneller dan je ze kunt tekenen. En je kunt me er maar beter niet meer van beschuldigen dat ik de wet heb overtreden, want anders stuur ik mijn advocaat op je af, of je nu Roys broer bent of niet. Ik ben nog nooit van mijn leven ergens voor veroordeeld.'

'Dan heb je gewoon heel veel geluk gehad. Er zijn trouwens nog altijd heel veel mogelijkheden voor ondernemers in de Balkan. Of de voormalige Sovjet-Unie.'

'Veel te gevaarlijk. En ik ben daar inmiddels ook te oud voor. Ik ben al gedeeltelijk met pensioen. Ik heb een vrouw van wie ik heel veel hou en een reisbureautje waar ik zelf leiding aan geef.'

'Wanneer heb je Roy voor het laatst gezien?'

'Vrijdagavond.'

Banks probeerde niet te laten merken hoe opgewonden hij was. 'Hoe laat was dat?'

'Halfeen, een uur in de ochtend. Hoezo?'

'Weet je heel zeker dat het vrijdagavond was?'

'Ja, natuurlijk weet ik dat heel zeker.'

Lambert speelde een spelletje met hem, begreep Banks. Hij zag het aan de rusteloze, plagende ogen van de man tegenover hem. Lambert wist dat de overbuurman hem samen met Roy in een auto had zien stappen, en dat Banks ongetwijfeld met die buurman had gesproken en een signalement van hem had gekregen. Dat was echter om halftien geweest. Wat hadden ze dan tot halfeen of een uur 's nachts gedaan?

Lambert pakte een doosje sigaren van de tafel en bood Banks er een aan. 'Cubaanse sigaar?'

'Nee, bedankt.'

'Dan niet.' Lambert modderde wat met een tangetje en lucifers, en het duurde even voordat hij het ding had opgestoken. Hij tuurde door de rook naar Banks. 'Je keek verbaasd toen ik zei dat ik Roy op vrijdagavond had gezien. Waarom?'

'Ik denk dat je dat wel weet,' zei Banks.

'Vertel het me toch maar.'

'Omdat hij op die avond is verdwenen. Sinds vrijdagavond halftien heeft niemand hem meer levend gezien.'

'Ik kan je met de hand op het hart verzekeren dat hij na dat tijdstip nog wel degelijk levend is gezien. Door mij en talloze andere leden van de Albion Club.'

'De Albion Club?'

'Aan The Strand. Het is een tamelijk exclusieve club. Lidmaatschap alleen op uitnodiging.'

Banks herinnerde zich weer dat Corinne hem had verteld dat Roy een paar weken geleden ook al met Lambert naar een club aan The Strand was geweest. 'Wat is dat precies voor een club?'

Lambert lachte. 'Niets illegaals, mocht je dat soms denken. De club heeft een casino. Verder is er een uitstekend restaurant en een bijzonder aangename bar. Roy en ik zijn allebei lid. Al jaren. Zelfs toen ik nog in het buitenland woonde, wipte ik altijd even aan wanneer ik toevallig in de stad was.'

Hij trok puffend aan zijn sigaar en in zijn tot spleetjes geknepen ogen lag een berekenende blik, alsof hij Banks uitdaagde om zijn woorden in twijfel te trekken.

'Even terug naar het vorige onderwerp, graag,' zei Banks.

'Uitstekend.'

'Hoe laat zag je Roy vrijdagavond voor het eerst?'

'Dat was om ongeveer halftien,' zei Lambert. 'Ik ben toen bij hem thuis langs gegaan om hem op te pikken.'

'Was dit een vaste afspraak?'

'Ik zou het niet direct een vaste afspraak willen noemen, maar we hadden het inderdaad al eens eerder zo gedaan. Roy geeft er de voorkeur aan om zijn auto thuis te laten wanneer hij ergens wat gaat drinken en ik drink tegenwoordig nog maar zelden, dus ik vind het niet erg om te rijden. Het ligt min of meer op mijn route.'

'En jullie hadden afgesproken dat jij hem vrijdag zou ophalen om naar de Albion Club te gaan?'

'Ja.' De sigaar was uitgegaan. Lambert stak hem opnieuw aan. Banks kreeg de indruk dat het ding voornamelijk als decorstuk fungeerde.

'Wat deden jullie toen jullie daar aankwamen?'

Lambert schokschouderde. 'Wat we altijd doen. We zijn naar de bar gegaan, hebben daar een paar flinke bellen cognac besteld en een tijdje met wat mensen zitten praten. Nee, nu lieg ik. Ik heb één glas cognac gehad – de enige alcohol die ik die avond heb gedronken – en Roy dronk wijn. De club heeft een heel aardige rode huiswijn, een bordeaux.'

'Met wie hebben jullie daar allemaal gesproken?'

'Enkele andere leden.'

'Wie?'

'Hoor eens, dit zijn belangrijke mensen. Invloedrijke mensen. Ze zullen het niet zo prettig vinden dat de politie hen komt lastigvallen en mij scheef aankijken wanneer ze horen dat ik degene ben die jullie op hen heeft afgestuurd.'

'Misschien besef je nog niet helemaal hoe ernstig dit is,' zei Banks. 'Er is een man vermoord. Mijn broer. Jouw vriend. Jij bent een van de laatsten geweest die hem levend heeft gezien. We moeten zien te achterhalen waar hij op de avond waarop hij is verdwenen is geweest en wat hij heeft gedaan.'

'Dat plaatst mij in een lastige positie.'

'Het kan me verdomme niets schelen in wat voor positie dat jou plaatst. Ik wil weten wie het waren.' Banks hield zijn blik gevangen. Na een korte aarzeling somde Lambert een reeks namen op, die Banks noteerde. Niet een ervan kwam hem bekend voor.

'Hoe gedroeg Roy zich?' vroeg Banks. 'Was hij depressief, bezorgd, gespannen?'

'Ik had niet het idee dat hij zich anders gedroeg dan normaal.'

'Heeft hij met je gesproken over problemen die hij mogelijk had of iets anders?'

'Nee.'

'Waar praatte hij wel over?'

'Zaken, golf, cricket, wijn, vrouwen. Je kent het wel: de gebruikelijke m-nenpraat.'

'Heeft hij het nog over mij gehad?'

Lambert glimlachte moeizaam. 'Ik ben bang van niet, nee.'

Dat vond Banks moeilijk te geloven, aangezien Roy hem vlak daarvoor nog totaal onverwacht had gebeld over een dringend probleem, een 'kwestie van leven of dood', maar hij ging er niet direct op in. 'Heeft Roy het wel eens over een meisje gehad dat Carmen Petri heet?'

Het was binnen een seconde alweer verdwenen, maar het was er wel degelijk: de shock, de minieme aarzeling voordat hij antwoord gaf, de ontwijkende blik. 'Nee,' zei Lambert.

'Heb je de naam al eens eerder gehoord?'

'Ik ken wel die actrice, Carmen Electra, maar ik denk niet dat je haar bedoelt.'

'Nee,' zei Banks. 'En ik bedoel ook niet de opera *Carmen*.' Hij haalde nonchalant een exemplaar van de foto die hij van Roys cd had laten printen uit zijn koffertje en legde hem op de salontafel. 'Wie is die andere man die hier op de foto bij je zit?' vroeg hij.

Lambert tuurde aandachtig naar de foto en wierp Banks toen een zijdelingse blik toe. 'Hoe kom je hieraan?' Hij gebaarde met zijn sigaar naar de foto.

'Die heeft Roy genomen.'

Lambert liet zich achteroverzakken in zijn stoel. 'Wat vreemd. Dat heeft hij me nooit verteld.'

'Ik neem aan dat je wel weet wie de man is die hier bij je zit?'

'Ja, natuurlijk weet ik dat. Dat is Max. Max Broda. Hij is een zakelijke relatie. Ik snap niet waarom Roy het nodig heeft gevonden om een foto van ons beiden te maken.'

'In welk opzicht is hij een zakelijke relatie?'

'Reizen. Max stelt programma's samen, neemt gidsen aan, maakt routebeschrijvingen, boekt hotels, komt met voorstellen voor interessante bestemmingen.'

'Waarnaartoe?'

'Voornamelijk naar landen rond de Adriatische en de Middellandse Zee.'

'Inclusief de Balkan-landen?'

'Sommige, ja. Maar alleen als het veilig is om er op vakantie te gaan.'

'Ik zou hem graag willen spreken,' zei Banks.

Lambert staarde even naar het stompje van zijn sigaar en nam nog een trekje voordat hij antwoord gaf. 'Ik ben bang dat dat een beetje moeilijk zal gaan,' zei hij ten slotte. 'Hij is terug naar huis.'

'En waar is dat?'

'Praag.'

'Heb je zijn adres voor me?'

'Ben je soms van plan om ernaartoe te gaan? Het is werkelijk een prachtige stad. Ik ken daar iemand die de beste rondleiding met gids voor je kan regelen.'

'Wie weet,' zei Banks. 'Maar ik wil wel zijn adres hebben.'

'Misschien heb ik dat hier wel ergens.' Lambert zocht even in het adressenbestand van zijn PDA en somde toen een adres op voor Banks, die het noteerde. 'Hoe laat zijn jullie uit de club weggegaan?' vroeg hij.

'Roy is tussen halfeen en een uur vertrokken.'

'Jullie waren toen niet meer samen?'

'Nee. We zaten niet aan elkaar vast of zo, hoor. Roy speelt graag aan de roulettetafels. Ik geef zelf de voorkeur aan poker.'

'Is hij alleen weggegaan?'

'Volgens mij wel.'

'Waar is hij toen naartoe gegaan?'

'Ik heb geen flauw idee.'

'Hoe laat ben jij vertrokken?'

'Rond een uur of drie. Tegen die tijd was ik helemaal doodop. En volledig kaalgeplukt.'

'Waar ben je toen naartoe gegaan?'

'Hiernaartoe.'

'Niet naar huis, naar je vrouw?'

Lambert boog zich een stukje voorover, stak kwaad zijn kin vooruit en gebaarde fel met zijn sigaar in de lucht. 'Laat haar hier buiten.'

'Is ze zo'n begrijpend type?'

'Ik waarschuw je. Laat haar hier buiten.' Lambert stak zijn sigaar opnieuw
aan en ging op iets rustiger toon verder. 'Luister,' zei hij en hij streek met
zijn vrije hand door zijn krullende, grijze haar, 'ik was moe, dus ik ben hiernaartoe gereden. Ik weet niet waar je me van verdenkt, maar Roy was een
goede vriend van me en al sinds jaar en dag een zeer gewaardeerde zakenpartner. Ik heb hem niet vermoord. Waarom zou ik? Welke reden zou ik
daar in vredesnaam voor kunnen hebben gehad?'

'Je weet heel zeker dat hij niet heeft gezegd waar hij naartoe ging?'

'Nee. Ik ging ervan uit dat hij naar huis ging.'

'Was hij dronken?'

Lambert hield zijn hoofd een tikje schuin en dacht even na. 'Hij had wel
een paar glazen op,' zei hij. 'Voornamelijk wijn. Maar hij was niet onvast
ter been, sprak nog heel duidelijk. Niet in staat om nog te rijden, zou ik zeggen, maar nog helder genoeg om zelf een taxi aan te houden.'

'Heeft hij dat ook gedaan?'

'Ik heb geen idee wat er is gebeurd toen hij eenmaal buiten was.'

'En je hebt hem daarna ook niet meer gezien?'

'Nee.'

'Goed,' zei Banks en hij stond op om te vertrekken. 'We kunnen natuurlijk
altijd nog navraag doen bij taxichauffeurs.'

'Nog één ding,' zei Lambert toen hij met Banks meeliep naar de voordeur.
'Je weet dus al van die wapendeal van vroeger. Je had het er daarstraks
over.'

'Ja?'

'Ik heb zo het vermoeden dat hij overwoog om weer zoiets te ondernemen.
Het is in elk geval iets om na te trekken. Roy heeft namelijk zoiets laten
doorschemeren, vroeg mij bijvoorbeeld wat ik ervan zou vinden en informeerde naar mijn oude contactpersonen en dergelijke.'

'Op vrijdag?'

'Ja. In de club.'

'En?'

'Ik heb hem gezegd dat ik geen contact meer met die mensen had. Dat is

trouwens de waarheid. De wereld is veranderd, voor het geval het je is ontgaan. En ik heb hem gewaarschuwd om het niet te doen.'
'Hoe reageerde hij daarop?'
Ze stonden bij de voordeur en Lambert legde een hand op Banks' schouder. 'Ach, je kent Roy,' zei hij. 'Of misschien ook niet. Hoe dan ook, zodra hij iets in zijn kop heeft, laat hij zich er niet gemakkelijk meer van afbrengen. Hij bleef aandringen, werd zelfs een beetje kwaad op me omdat hij dacht dat ik hem gewoon niet wilde helpen en een zakelijke kans voor hem zou verknallen.'
'Dus jullie zijn die avond niet als vrienden uit elkaar gegaan?'
'Hij zou er uiteindelijk wel weer overheen zijn gekomen.'
'Als hij niet was vermoord, bedoel je?'
'Inderdaad.'
'Waarover heb je trouwens ruzie gehad met Julian Harwood?'
Lambert staarde hem verrast aan. 'Daar weet je van?'
'Ja.'
'Dat is iets van jaren geleden. Storm in een glas water. Harwood beweerde dat ik hem had bedrogen bij de verkoop van een stuk land, dat ik had geweten dat er vlak daarnaast een nieuwe snelweg zou worden aangelegd.'
'En wist je dat inderdaad ook?'
Lambert probeerde de vermoorde onschuld uit te hangen, maar was niet erg overtuigend. 'Ik? Natuurlijk niet. Zoiets zou ik nooit doen.'
'Natuurlijk niet,' herhaalde Banks. 'Is er verder nog iets wat je me kunt vertellen?'
'Jammer genoeg niet. Behalve dan misschien...'
'Wat?'
Lambert stond bij de deur en wreef over zijn slaap. 'Je moet dit niet verkeerd opvatten,' zei hij. 'Het is goed bedoeld. Roy is dood. Daar kan ik niets aan veranderen. Ik weet er niets van en ik weet al helemaal niet wie het heeft gedaan, maar denk je niet dat het beter zou zijn als je er nog eens goed over nadacht, je je rekenschap geeft van wat je je op de hals haalt en je wellicht iets voorzichtiger te werk kunt gaan zodat je misschien niet in een wespennest terechtkomt?'
'Is dat een waarschuwing?'
'Dat mag je zelf bepalen.' Lambert keek op zijn horloge. 'Ik moet nu toch echt naar kantoor. Ik heb een bedrijf te runnen.'

Annie had nauwelijks genoeg tijd om even bij haar cottage in Harkside langs te gaan en de verlepte potplanten water te geven, voordat ze alweer naar Eastvale moest voor de teamvergadering die om drie uur gepland stond. Het was weer een schitterende dag in de Dales, iets koeler dan het in de voorgaande dagen was geweest en er schoven een paar donzige witte wolkjes langs de lichtblauwe lucht, maar ze had geen tijd om er even rustig van te genieten. Soms vroeg ze zich af wat het voor haar, met haar drukke baan en de vele uren die ze maakte, eigenlijk voor zin had om op het platteland te wonen.

Ze zaten allemaal in de vergaderkamer te wachten: Gristhorpe, Hatchley, Winsome, Rickerd, Templeton en Stefan Nowak, de coördinator plaats delict. De lange tafel was zo glimmend gepoetst dat je jezelf erin kon zien en aan één muur hing een wit schrijfbord, omringd door kurken prikborden waarop Stefan de foto's van de plaats delict had gehangen. Ze vormden een scherp contrast met de schilderijen van katoenmagnaten die aan de andere muren hingen.

Nadat Annie iedereen had bijgepraat over het Berger-Lennox Centrum, Roy Banks, Carmen Petri en de mogelijke connectie die er tussen deze zaken en de moord op Jennifer Clewes bestond, gaf Gristhorpe het woord aan Stefan Nowak.

Stefan ging bij de muur met het witte bord en de prikborden met foto's staan en schraapte zijn keel. Annie vroeg zich voor de zoveelste keer af wat voor leven Stefan naast zijn werk eigenlijk leidde. Hij was een van de charmantste, elegantste mannen die ze kende en zijn privé-leven was een enorm mysterie voor haar.

'Om te beginnen,' zei Stefan, 'hebben we op de deur van inspecteur Banks' cottage vingerafdrukken gevonden die niet overeenkomen met die van de bouwvakkers; ook hebben we bandensporen aangetroffen op de oprit en daarnaast...' Hij zweeg even voor het effect en hield een plastic zak omhoog, '... is er ook een sigarettenpeuk, die we, gelukkig voordat het begon te regenen, vlak bij de beek op het terrein van inspecteur Banks' cottage hebben gevonden. Aan deze peuk hebben we het speeksel weten te onttrekken dat nodig is voor DNA.'

'En de bandensporen?' vroeg Annie.

'Die zijn van een bepaald type Michelin-banden die meestal voor Mondeo's worden gebruikt,' zei Stefan. 'Ik heb de noodzakelijke informatie naar Essex gestuurd voor een vergelijking met de resten van de Mondeo die net buiten Basildon is verongelukt. Ik heb de uitslag daarvan nog niet binnen.'

'Inspecteur Banks' cottage heeft dus vingerafdrukken, bandensporen en DNA opgeleverd,' zei Gristhorpe, 'en zodra we een verdachte hebben, kunnen we aan de hand daarvan dus een verband aantonen tussen hem en de moord op Jennifer Clewes en Roy Banks?'

'Nu ja,' zei Stefan, 'we kunnen aan de hand daarvan een verband aantonen tussen hem en inspecteur Banks' cottage.'

'Juist,' zei Gristhorpe. 'En daar is geen misdrijf gepleegd.'

'Dat is niet helemaal waar, hoofdinspecteur,' zei Annie. 'Er is daar wel door iemand ingebroken.'

Gristhorpe wierp haar een vernietigende blik toe en schudde zijn hoofd. 'Dat is niet goed genoeg. Is er verder nog iets?'

'We hebben de gegevens van Jennifer Clewes' mobiele telefoontje van de provider ontvangen,' zei Winsome. 'Helaas zijn we daar niet veel wijzer van geworden. Het enige wat ik er tot nu toe uit heb kunnen opmaken, is dat alle telefoontjes van en naar familie en vrienden zijn geweest.'

'En de laatste keer dat er is gebeld?' vroeg Annie. 'Het telefoontje dat Kate Nesbit zich nog herinnerde van vrijdagavond?'

'Ja, dat wilde ik net zeggen,' zei Winsome. 'Jennifer is op vrijdag elf juni om 22.43 uur gebeld en dat gesprek duurde drie minuten. Het probleem is alleen dat het een anoniem nummer betreft. De provider is ermee bezig, maar ze geven me weinig hoop.'

'Het was een poging waard. Bedankt,' zei Annie.

Gristhorpe keek op zijn horloge. 'Ik moet ervandoor,' zei hij. 'Assistent-hoofdcommissaris McLaughlin en de pers zitten me op de huid. Ik waardeer de vooruitgang die jullie hebben geboekt, maar het is niet voldoende. We hebben keiharde resultaten nodig en snel. Annie, ik wil dat jij morgen weer teruggaat naar Londen om de betrokkenheid van het Berger-Lennox Centrum verder uit te pluizen. De rest van jullie zoekt hier verder. Winsome, neem nog een keer contact op met die provider en vraag of ze inmiddels een nummer voor ons hebben. Laat hen ook Jennifers uitgaande telefoongesprekken nagaan. Dat was het voor vandaag.'

Toen Gristhorpe de kamer had verlaten, haalde iedereen opgelucht adem. 'Hij is een tikje knorrig vanochtend, hè?' zei Stefan tegen Annie, toen ze enkele ogenblikken later allemaal de ruimte verlieten.

'Ik geloof dat hij door zowel de hoofdcommissaris als assistent-hoofdcommissaris McLaughlin achter zijn vodden wordt gezeten,' zei Annie. 'En ik vermoed dat hij het nog steeds niet goed kan hebben dat een vrouw hem de mantel uitveegt, hoe verlicht hij zichzelf ook vindt.'

Stefan glimlachte. 'Au,' zei hij.

'Mevrouw, kan ik u even spreken?'

Het was Templeton. 'Natuurlijk, Kev,' zei Annie en ze wuifde ter afscheid naar Stefan. 'Laten we eerst even koffie halen in de kantine.'

Templeton trok een vies gezicht. 'Met alle respect, mevrouw...'

'Ja, ik weet het,' zei Annie. 'Die smaakt naar kattenpies. Je hebt helemaal gelijk. We gaan wel even naar de Golden Grill.'

Ze baanden zich een weg tussen de vele toeristen in Market Street door en vonden gelukkig meteen een vrij tafeltje. De enige aanwezige serveerster had het razend druk, maar kwam hen toch vrij snel een kop koffie brengen. 'Wat is er, Kev?' vroeg Annie.

'Het is die Roger Cropley,' zei Templeton. 'Ik heb u er tot nu toe maar niet mee lastiggevallen, omdat... nu ja, u zit vrij veel in het zuiden en hebt al genoeg aan uw hoofd. Het kan best zijn dat dit er slechts zijdelings mee te maken heeft, maar ik geloof echt dat we iets op het spoor zijn.'

'Wat dan?'

'De moord op Claire Potter.'

'Ik weet het nog niet,' zei Annie. 'Het is wel enorm toevallig allemaal, vind je ook niet?'

'Dat dacht ik in eerste instantie ook,' zei Templeton, die langzaam maar zeker warm begon te lopen voor het onderwerp, 'maar als je er goed over nadenkt en even aanneemt dat Cropley inderdaad elke vrijdagavond op jacht is naar jonge vrouwen die in hun eentje via de snelweg reizen, dan is het enige wat toevallig is het feit dat hij tegelijk met Jennifer Clewes bij het benzinestation van Watford Gap was en dat is nu precies het soort toeval waar hij altijd op hoopt. Hij gebruikt die plekken als zijn jachtgebied: Watford Gap, Leicester Forest, Newport Pagnell, Trowell. Claire Potter en Jennifer Clewes waren precies het soort vrouwen waarnaar hij op zoek was.'

'Ik begrijp wat je bedoelt,' zei Annie. 'Wat ik eigenlijk bedoelde was dat het wel heel toevallig is dat hij deze keer een meisje had uitgezocht dat iemand anders ook al wilde doden.'

'Oké, maar er gebeuren wel vreemdere dingen. Dat wil nog altijd niet zeggen dat Cropley ongevaarlijk is.'

'Dat hoef je mij niet te vertellen, Kev,' zei Annie.

'Er is ook nog een andere vrouw geweest: Paula Chandler. Op een vrijdagavond in februari heeft iemand haar 's avonds laat van de weg gedrukt en toen geprobeerd om haar portier te openen, maar die zat op slot en zij is erin geslaagd om aan hem te ontsnappen.'

'Heeft ze hem goed gezien?'

'Alleen zijn hand.'

Annie dacht even na. 'Dat bewijst nog altijd niet dat Cropley de moordenaar is.'

'Er is misschien een manier om daarachter te komen.'

'Vertel.'

Templeton leunde een stukje voorover en keek haar opgewonden aan. 'Ik heb brigadier Browne uit Derby gesproken,' ging hij verder, 'en ze is het met me eens dat het de moeite waard is. Ik heb sinds die eerste keer nogmaals met Cropley en zijn vrouw gesproken, en ik ben er nog steeds van overtuigd dat daar iets aan de hand is. Het zit zo...' En hij vertelde Annie over de roosschilfers.

Toen hij was uitgesproken, merkte Annie op: 'Ik moet zeggen dat het bijzonder slim van je is, Kev. Ik wist helemaal niet dat ze uit roos ook DNA konden afleiden.'

'Het is echt zo,' zei Templeton. 'Ik heb het nagevraagd bij Stefan en brigadier Browne heeft het bevestigd toen ze me telefonisch liet weten dat ze er spoed achter had gezet. Het vaststellen van DNA hoeft tegenwoordig trouwens niet eens zo heel lang in beslag te nemen, als het lab een beetje meewerkt.'

'Het zal alleen nooit als bewijsmateriaal worden toegelaten,' ging Annie verder, 'dus wat verwacht je eigenlijk dat er nu gaat gebeuren?'

'Het hoeft ook helemaal niet als bewijsmateriaal te worden toegelaten,' legde Templeton uit, zoals hij eerder ook aan brigadier Browne had gedaan. 'We zijn alleen op zoek naar een concreet bewijs dat we de juiste man op het oog hebben, want zodra eenmaal is gebleken dat dat zo is, kunnen we alle registers opentrekken en hem op de correcte manier arresteren. We nemen wettige DNA -monsters af. We verhoren hem opnieuw. We laten hem verantwoording afleggen voor elke minuut van elke vrijdagavond die hij ooit op de snelweg heeft doorgebracht. We vragen zijn collega's en werkgevers wat ze over hem en zijn handel en wandel weten. We horen iedereen bij alle benzinestations en restaurants langs de snelweg nogmaals.

Alle vrachtwagenchauffeurs die laat op de avond nog onderweg waren. Iemand moet toch zeker iets hebben gezien.'

Templeton keek haar zo geestdriftig aan dat Annie begreep dat het ondanks haar twijfels wel erg lomp zou zijn om hem teleur te stellen. En als de CID van Derby er ook bij betrokken was, kon hij nooit al te ver afdwalen. Als de voortekenen haar niet bedrogen, ging Templeton langzaam maar zeker een beetje op Banks lijken, dacht Annie bij zichzelf, en twee van die types kon ze echt niet gebruiken. Hij had in elk geval nog wel met haar gepraat, haar verteld wat hij dacht, wat meer was dan Banks meestal deed.

'Oké,' zei ze ten slotte. 'Maar ik wil dat je in deze zaak nauw samenwerkt met de CID van Derby. Als je met Cropley gaat praten, wil ik dat die brigadier Browne of iemand anders uit Derby erbij aanwezig is. Ik wil niet dat je dit in je eentje afhandelt, Kev. Begrepen?'

Templeton knikte met een stralend gezicht. 'Ja zeker, mevrouw. Maakt u zich maar geen zorgen. Op dit onderzoek zal niets aan te merken zijn, alles zal keurig volgens het boekje verlopen.'

Annie glimlachte. 'Je moet geen dingen beloven die je niet kunt waarmaken,' zei ze. 'Maar als het echt zover komt, verwacht ik een zaak waarmee het OM zo naar de rechtbank kan.'

'U vraagt nogal wat.'

Annie lachte. Het OM stond erom bekend dat het niet snel bereid was om aan een zaak te beginnen wanneer ze niet zeker wisten dat de kans op een veroordeling honderd procent was. 'Doe je best,' zei ze. 'Laten we dan nu maar teruggaan naar het bureau.'

Ze dronken hun koffie op, betaalden en liepen door Market Street terug. Annie was het bureau nog niet binnen of haar mobieltje ging. Ze gebaarde naar Templeton dat hij alvast moest doorlopen.

'Inspecteur Cabbot?' vroeg een bekende stem.

'Ja, dokter Lukas.'

'Ik zou graag met u willen praten.'

'Zegt u het maar.'

'Niet via de telefoon. Kunnen we ergens afspreken?'

Tja, dacht Annie, daar ging haar rustige avondje thuis met een ontspannend bad en een goed boek. Hopelijk was het dat wel waard. 'Ik ben momenteel in het noorden,' zei ze met een blik op haar horloge. 'Het is nu tien over halfvier. Afhankelijk van de treinen zou ik rond een uur of acht terug moeten kunnen zijn.'

'Dat is uitstekend.'

'Bij u thuis dan maar?'

'Nee.' Dokter Lukas gaf het adres op van een Frans restaurant in Covent Garden. 'Ik zal daar op u wachten,' zei ze en ze hing op.

Na zijn gesprek met Gareth Lambert nam Banks de ondergrondse naar Charing Cross en daarvandaan liep hij naar de Albion Club. Deze ging pas 's avonds laat open en de deuren waren op slot. Hij klopte een paar keer aan, rammelde ten slotte zelfs even aan de deurklink, maar er werd niet opengedaan. Enkele voorbijgangers keken hem afkeurend aan, alsof hij een alcoholist was die wanhopig naar drank snakte. Uiteindelijk schopte hij keihard tegen de deur, waarna hij naar Trafalgar Square liep en een tijdje tussen de hordes toeristen rondslenterde, terwijl hij zijn best deed om de toenemende frustratie en spanning die hij had gevoeld sinds de avond waarop hij Roys lichaam op de strook riviergrind had zien liggen, van zich af te zetten.

Het was halverwege de middag en hoewel hij die ochtend in het hotel van Annie een uitgebreid Engels ontbijt had gehad, had hij nu alweer trek. Aan het begin van Old Compton Street, vrijwel direct tegenover een bodypiercing-studio, zat een op de Amerikaanse leest geschoeide snackbar waar hij een cheeseburger en cola bestelde.

Terwijl hij zat te eten en door het raam naar buiten staarde, waar het leven gewoon verderging, dacht hij na over zijn gesprek met Gareth Lambert: het gehannes met de sigaar, het grapje over Carmen Electra, de opmerking over Roys hernieuwde belangstelling voor wapendeals, de onhandige waarschuwing toen hij op het punt stond om te vertrekken; geen van deze dingen was echt noodzakelijk geweest, maar Lambert had de verleiding niet kunnen weerstaan. Onschuld? Arrogantie? Het viel niet altijd mee om die twee uit elkaar te houden.

Er was echter nog iets anders, iets wat hij erg vreemd vond. Banks was er waarschijnlijk meer dan wie ook van overtuigd dat Roy in de loop der jaren niet altijd even netjes volgens de wet had gehandeld in zijn zakelijke transacties. Hij was, zoals Corinne hem had voorgehouden, altijd onmiddellijk bereid geweest om het ergste van zijn broer te geloven. Het was niet iets waar hij trots op was, maar hij dacht wel dat hij gelijk had.

Nu hij dominee Ian Hunt had gesproken en zich iets meer in Roys leven had verdiept, was hij langzaam maar zeker tot de conclusie gekomen dat

Roy na de onbezonnen wapendeal waarbij hij ooit betrokken was geweest, echt zijn lesje had geleerd. Wat hij op 11 september 2001 in New York had gezien, had hem tot in het diepst van zijn ziel geraakt en hem met zijn neus op de grimmige realiteit van het terrorisme gedrukt. Het ging niet langer om een bus vol onbekenden in Basra of Tel Aviv op het televisiescherm, maar ook om mensen net als hij, mensen die bezig waren met hun dagelijkse bezigheden, mensen die hij persoonlijk kende en die hij met zijn eigen ogen had zien sterven.

Banks kreeg zo langzamerhand het idee dat Gareth Lambert wellicht te ver was gegaan. Hij geloofde niet dat Roy zich weer op de wapenhandel had willen storten en Lambert naar zijn oude contactpersonen had gevraagd. Tenzij hij plannen had voor een vergeldingsactie, wat zoveel jaar na dato niet echt waarschijnlijk meer was. Als Roy nog oude rekeningen te vereffenen had gehad, zou hij dat jaren geleden in de withete razernij van zijn woede over 11 september wel hebben gedaan. Maar dat was niet gebeurd. Daardoor kreeg Banks het vermoeden dat Lambert had gelogen. En daar kon maar één begrijpelijke verklaring voor zijn: om Banks op een dwaalspoor te zetten, hem uit de buurt te houden van wat er werkelijk speelde. Hij raakte er steeds meer van overtuigd dat dit iets te maken had met de gebeurtenissen bij het Berger-Lennox Centrum, met Jennifer Clewes en Roy, met dokter Lukas, met de mysterieuze Carmen Petri en de late meisjes. Welke rol Lambert in het geheel speelde, was Banks echter nog altijd niet duidelijk. Welk stukje ontbrak er dan nog?

Hij dacht niet dat Lambert het hem zou vertellen. Daar was hij veel te gehaaid voor. Hij had genoten van het spelletje dat hij met Banks had gespeeld, had er veel genoegen in geschept hem te kunnen vertellen dat hij Roy vrijdag nog had gezien, terwijl hij ongetwijfeld allang wist dat Roy juist op die dag was verdwenen. Dat had hij echter gedaan omdat hij wist dat Banks van Malcolm Farrow een beschrijving had gekregen en omdat hij dacht dat hij die avond niets had gedaan wat de verdenking op hem kon laden. Het was ongetwijfeld waar dat Roy tussen halfeen en een uur uit de Albion Club was vertrokken en dat Lambert pas om drie uur was weggegaan. Banks was van plan om die avond naar de club terug te gaan en het na te vragen.

Hij at zijn cheeseburger op en nam de ondergrondse terug naar South Kensington, omdat hij nogmaals in Roys dossiers wilde snuffelen om te zien of de Albion Club of een van de namen die Lambert hem had gegeven erin voorkwamen. Misschien kon hij een paar van die mensen bellen om te vragen of ze Lamberts verhaal konden bevestigen. Ook wilde hij zijn ouders en de politie van Peterborough weer bellen om te controleren of alles in orde was.

Het was stil in Roys huis. Banks deed de voordeur achter zich op slot, liet de sleutels in zijn zak glijden en liep naar de keuken. Toen hij naar binnen ging, zag hij tot zijn stomme verbazing een man aan de keukentafel zitten. Hij was nog verbaasder toen de man zich omdraaide en een pistool op hem richtte.

16

'Ga langzaam zitten,' zei de man, 'en zorg ervoor dat ik je handen kan zien.'

Banks deed wat hem werd opgedragen.

'Wie ben je?' vroeg de man.

'Dat zou ik jou ook kunnen vragen.'

'Ik heb het als eerste gevraagd. En ik heb het pistool.'

'Ik ben Alan Banks.'

'Heb je een identiteitsbewijs bij je?'

Banks stak voorzichtig een hand in zijn binnenzak en haalde zijn politiepas tevoorschijn. Deze schoof hij over de tafel naar de man toe, die hem nauwkeurig bekeek, hem daarna teruggaf en zijn wapen in de schouderholster stak die onder zijn jasje verborgen zat.

'Wat is er verdomme allemaal aan de hand?' vroeg Banks, die de woede door zijn lijf voelde gieren nu de adrenalinestroom weer op gang kwam.

'Ik moest het zeker weten,' zei de man. 'Dieter Ganz, Interpol.' Hij hield zijn eigen pasje in de lucht, zodat Banks het aandachtig kon bekijken, en stak toen zijn hand uit. Banks had niet echt veel zin om hem een hand te geven; hij had hem het liefst een knal verkocht. Ganz schokschouderde. 'Het spijt me,' ging hij verder. 'Hoofdinspecteur Burgess had me gezegd dat ik je waarschijnlijk wel hier kon vinden, maar ik moest het zeker weten.'

Hij sprak met zo'n licht accent dat het bijna niet opviel, maar als je goed luisterde hoorde je het terug in zijn iets te vormelijke taalgebruik en zorgvuldige uitspraak.

'Hoe ben je binnengekomen?'

'Zo moeilijk was dat niet,' zei Ganz met een blik op het raam aan de achterkant. Banks zag dat daar net onder de grendel een rond gat ter grootte van een mannenvuist was uitgesneden.

'Ik weet niet hoe jij erover denkt,' zei Banks, 'maar ik kan nu wel even een borrel gebruiken.'

'Nee, bedankt,' zei Ganz. 'Voor mij niet.'

'Wat je wilt.' Banks opende een van Roys flessen Côte de Nuits en schonk een groot glas voor zichzelf in. Zijn hand beefde nog altijd. 'Dus Burgess heeft je gestuurd?'

Ganz knikte. 'Hij heeft me gezegd waar ik je kon vinden. Het spijt me dat het zo lang heeft geduurd, maar het heeft hem enige moeite gekost om me te vinden. Ik zat in het buitenland. Blijkbaar hebben we een gemeenschappelijke interesse.'

'Vertel me dan eerst maar eens waar het jou om te doen is.'

'Momenteel ben ik geïnteresseerd in mensensmokkel en dan vooral die van jonge vrouwen met als doel seksuele exploitatie.'

Ganz zag eruit alsof hij undercover was, vond Banks. Hij was jong, hooguit begin dertig. Zijn blonde haar was iets te lang en te vettig, en hij had zich overduidelijk al een dag of vier, vijf niet geschoren. Het linnen jasje dat hij over zijn overhemd aanhad, was gekreukeld en zat onder de vlekken, en ook zijn spijkerbroek kon wel een wasbeurt gebruiken.

'En wat is volgens jou onze gemeenschappelijke interesse?' vroeg Banks.

Ganz haalde een briefje uit de zak van zijn jasje, vouwde het open en legde het op tafel neer. Het was een kopie van de foto die Banks aan Burgess had gegeven. 'Jij wilt weten wie die man is die hier bij Gareth Lambert zit,' zei hij.

'Lambert heeft me verteld dat hij Max Broda heet.'

'Dat klopt inderdaad,' zei Ganz. 'Max Broda. Hij is Albanees, maar reist op een Israëlisch paspoort.'

'Waarom?'

Ganz glimlachte, waardoor zichtbaar werd dat hij een voortand miste. 'Geen lastige visa om je druk over te maken.'

'Wat doet hij precies?' Gareth Lambert had Banks verteld dat Max in de reiswereld werkzaam was, rondreizen en cruises organiseerde, maar Banks had zo het vermoeden dat Ganz hier niet zou zitten als dat ook inderdaad zo was.

'Broda is een handelaar,' zei Ganz. 'Je weet wat dat is?'

'Een handelaar in wat?'

'Heb je wel eens van de Arizona Market gehoord?'

'Nee.'

'Ik weet dat de naam Amerikaans klinkt, maar deze markt bevindt zich in werkelijkheid in Bosnië, tussen Sarajevo en Zagreb. Het lijkt net zo'n oude markt die je wel eens in films ziet: zo'n romantische kashba met kraampjes vol felgekleurde spullen en smalle, kronkelende straatjes. Overdag komen daar heel veel mensen om illegaal gekopieerde cd's en dvd's te kopen of namaak-Rolexen en -Chanelparfum. 's Nachts heeft de markt echter een heel ander karakter. 's Nachts kun je er gestolen auto's, wapens en drugs kopen. En jonge vrouwen. Die worden daar verkocht, zoals hier op veemarkten schapen en koeien worden verkocht. Soms worden ze geveild en moeten ze naakt met een nummer in hun hand heen en weer lopen, terwijl handelaren hen betasten en strelen voordat ze een bod doen, en in hun mond kijken zoals je dat doet wanneer je een paard koopt. Wanneer ze eenmaal zijn gekocht, belanden de meesten van hen in clubs en bordelen in Bosnië, waar ze de internationale vredesmachten moeten plezieren, maar velen van hen worden ook naar andere landen gesmokkeld waar ze in peepshows en massagesalons aan het werk worden gezet.'

'Ik neem aan dat Lambert zich met dat laatste bezighoudt?' zei Banks. 'De Balkan-route.'

'Dat is één manier,' zei Ganz instemmend. 'Servië, Kroatië, Albanië, Macedonië, Bosnië-Herzegovina, Montenegro en Kosovo. Maar er zijn er nog meer en ze veranderen voortdurend. Ze steken de grens over op plekken waar geen bewaking is. Heel veel vrouwen uit Rusland, Oekraïne en Roemenië worden langs de oostelijke route gesmokkeld, via Polen naar Duitsland of door Hongarije. Op de route van Servië naar Italië geven de meeste smokkelaars de voorkeur aan Albanese zeehavens en verschepen ze de vrouwen in rubberbootjes. Niet iedereen haalt de overkant. Zodra ze echter op een of andere manier de EU hebben bereikt, kunnen ze vrij gemakkelijk van hot naar her worden gesleept.'

'Dus Lambert en Broda zijn zakenpartners?'

'Ja.' Er verscheen een harde blik in Ganz' ogen. 'Broda koopt de vrouwen en Lambert regelt het vervoer hiernaartoe. Uiteraard is hij daar zelf niet bij aanwezig. Dat is veel te riskant. Maar hij weet waar de zwakke plekken in het systeem zitten, weet wie kan worden omgekocht. We denken dat ze al een hele tijd samenwerken. Tot voor kort werkte Lambert vanuit Spanje, maar daar werd de grond hem te heet onder de voeten, dus nu zit hij hier en het reisbureau is een perfecte dekmantel voor de vele reisjes die hij moet maken.'

'Dus Gareth Lambert en Max Broda zijn nu al een aantal jaren betrokken bij de smokkel van jonge meisjes naar Engeland met als doel prostitutie?'

'Ja. Maar niet alleen naar Engeland. Daarom is het ook zo moeilijk om hen aan te pakken. We zijn momenteel bezig dossiers samen te stellen over vergelijkbare praktijken in Parijs, Berlijn en Rome. Het is een wijdverspreid probleem.' Hij zweeg even. 'Ik heb die vrouwen gezien, met hen gesproken. Het is in feite niet eens correct om hen als "vrouwen" te bestempelen. Het zijn nog maar meisjes, sommigen pas veertien of vijftien jaar oud. Ze worden van huis weggelokt met beloften van een baan in het buitenland als kinderjuffrouw, model, schoonmaakster of serveerster. Soms worden ze direct het land uit gesmokkeld en verkocht, soms ook worden ze eerst naar een inwerkhuis in Belgrado gebracht. Daar moeten ze onder de smerigste omstandigheden leven. Ze worden er vernederd, geslagen en uitgehongerd, de meest basale menselijke behoeften worden hen ontzegd, ze worden herhaaldelijk verkracht en met allerlei drugs behandeld, om hen tot gehoorzaamheid te dwingen. Wanneer al hun verzet gebroken is, worden ze naar een van de markten gebracht en aan de hoogste bieder verkocht. En ook wanneer ze daarna naar Rome, Tel Aviv, Parijs of Londen worden gesmokkeld, moeten ze onder de verschrikkelijkste omstandigheden leven en worden ze gedwongen tien, twintig, soms zelfs dertig mannen per avond ter wille zijn. Als ze niet meewerken, niet net doen alsof ze genieten van wat hen wordt aangedaan, worden ze geslagen en bedreigd. Ze krijgen te horen dat als ze proberen te ontsnappen, ze zullen worden opgejaagd om samen met hun familie in hun vaderland te worden vermoord.'

'Ik had hier al het een en ander over gehoord,' zei Banks, die geschokt was door de beelden die Ganz bij hem had opgeroepen, 'maar niet de enorme omvang ervan.' Hij schudde zijn hoofd.

'De meeste mensen weten dat niet,' zei Ganz. 'De meesten willen het niet weten. Mensen geloven liever dat meisjes die als prostituee eindigen dat wel zullen hebben verdiend, dat ze er zelf voor hebben gekozen, maar bij de meesten is dat echt niet het geval. Je kunt voor nog geen duizend pond een jong meisje aanschaffen en meer dan honderdduizend pond per jaar aan haar verdienen. Heb je haar helemaal opgebruikt, dan koop je gewoon een nieuwe. In zakelijk opzicht een prima investering, toch?'

'Ik kan niet geloven dat mijn broer hieraan heeft meegewerkt.'

'Voorzover ik weet heeft hij dat ook niet,' zei Ganz. 'Op basis van wat hoofdinspecteur Burgess me heeft verteld, vermoed ik dat je broer en zijn vriendin erachter zijn gekomen wat er gaande was.'

'Via het Berger-Lennox Centrum?'

'En dokter Lukas.'

'Wat is haar aandeel hierin?'

'Zij probeert meisjes die zwanger zijn geraakt te helpen. Meer niet. Ze stelt geen lastige vragen. Die meisjes hebben geluk dat zij er is, want anders...'

'Maar hoe is ze hierbij betrokken geraakt?'

'Dat weten we nog niet zeker. Het onderzoek hier is pas vrij recent opgestart. Tot voor kort zijn we voornamelijk in Bosnië, Roemenië en Servië bezig geweest.'

'Was Carmen een van de meisjes die ze heeft willen helpen? Carmen Petri?'

Ganz fronste zijn wenkbrauwen. 'Sorry, die naam zegt me niets.'

'Weet je dat zeker?'

'Ja. Petri, zei je?'

'Zoiets, ja.'

'Dat klinkt Roemeens.'

'Maar je hebt nog nooit van haar gehoord?'

'Nee.'

'Goed,' zei Banks. 'Vertel verder.'

'Ongeacht wat dokter Lukas allemaal wel of niet weet,' ging Ganz verder, 'is er ergens een pooier bij betrokken en Lambert en Broda leveren hem meisjes aan die uit Oost-Europa worden binnengesmokkeld. Waarschijnlijk verspreidt hij hen over verschillende panden, afhankelijk van het aantal meisjes dat hij heeft. Misschien is er zelfs wel meer dan één pooier. Dat weet ik niet. We moeten wachten tot Broda of Lambert ons naar hem toe leidt.'

'Dat is nog niet gebeurd?'

'Nog niet. We zijn bang dat ze ons misschien doorhebben. Lambert beperkt zich tot zijn flat en het reisbureau, en in het weekend speelt hij vaak de grote meneer in zijn landhuis op het platteland.'

'Waar staat dat huis?' vroeg Banks.

'Een dorpje dat Quainton heet, vlak bij Buckingham. Daar leidt hij een voorbeeldig leventje. Maar goed, zodra er pooiers en smokkelaars bij komen kijken, heb je gewoonlijk ook met de georganiseerde misdaad te maken en dat is altijd gevaarlijk.'

'De Russische maffia?'

'Hoogstwaarschijnlijk wel.'

Banks vertelde hem wat hij van Annie had gehoord over de twee mannen die werden verdacht van de moord op Jennifer en wellicht ook die op Roy. Ganz knikte langzaam. 'Dat zou heel goed kunnen.'

'Dus wat nu?'

'We denken dat de hele operatie door deze recente moorden wellicht op ontploffen staat. Het is best mogelijk dat ze nu fouten gaan maken.'

'Kom je mij soms vertellen dat ik me erbuiten moet houden?'

Ganz lachte. 'Erbuiten houden? Hoofdinspecteur Burgess had me al verteld dat je waarschijnlijk wel zoiets zou zeggen.'

'O? Wat heeft hij je nog meer verteld?'

'Dat het totaal geen zin zou hebben. Sommige mensen laten zich gemakkelijk afschrikken, maar jij niet. Hij zei dat je je door niemand laat commanderen.'

'Daar heeft hij gelijk in.'

Ganz stak bezwerend zijn hand op. 'Nee, ik wil je helemaal niet vertellen dat je je erbuiten moet houden. Ik wil je juist graag gebruiken op een manier waarop het me met de politie die de zaak onderzoekt niet lukt. Ik wil juist dat je doorgaat met waar je mee bezig bent. Ik wilde je alleen even laten weten dat je je in een wespennest steekt.'

'Ga verder.'

'Ik zal niet beweren dat je geen gevaar loopt – als je op het adres was geweest dat je broer aan zijn vriendin had meegegeven, hadden ze je misschien al vermoord – maar ik vermoed dat ze, met alle moeilijkheden die de twee moorden hebben veroorzaakt die ze al op hun naam hebben, zich momenteel wel twee keer zullen bedenken voordat ze een politieman doden. Toen je hiernaartoe kwam, hebben ze je ongetwijfeld in de gaten gehouden, gewoon voor het geval dat, maar ze hadden wel andere dingen aan hun hoofd en ze wisten al dat je broer geen tijd had gehad om je alles te vertellen, want anders was je wel recht op je doel afgegaan. Ook hebben ze hem gemarteld voordat ze hem vermoordden en hij heeft hun verteld dat jij van niets wist. Hij heeft hun ook verteld waar je woonde en toen hebben ze de mannen in de auto gebeld. Gelukkig heeft je broer hun het verkeerde adres gegeven. Zij hebben ook die digitale foto naar het mobieltje verstuurd. Misschien wisten ze niet eens dat jij het ding had, maar ze wisten in elk geval wel dat je broer het zelf niet bij zich had. Dat is typisch iets voor hen, zo'n misselijk geintje. Hoogstwaarschijnlijk Max Broda zelf. Als jij het bericht niet had ontvangen, zou iemand anders die het mobieltje bij zich had de foto wel hebben gezien. Misschien zelfs de politie. Het kon hen werkelijk helemaal niets schelen. Vervolgens hebben ze je duidelijk gemaakt dat ze weten waar je ouders wonen. Dat is eveneens typisch iets voor hen. En maak je trouwens geen zorgen, je ouders zijn veilig. Dat hebben we maar niet aan het bureau van Peterborough overgelaten.'

'Hebben jullie daar nu ook mensen zitten dan?'

'Een. Gewapend. Hoe dan ook, nu je daadwerkelijk bij Gareth Lambert langs bent geweest en hem waarschijnlijk flink bang hebt gemaakt, kan er wel eens het een en ander gaan veranderen, maar ik weet het niet zeker.'

'Hoe weet jij dat ik bij Lambert langs ben geweest?'

'Hoofdinspecteur Burgess zei dat hij je had verteld waar je hem kon vinden. Ik dacht niet dat je met die informatie voorhanden rustig zou blijven afwachten en geen actie zou ondernemen. Wat vond je van hem?'

'Ik geloofde hem niet, vertrouwde hem niet.'

'Daarin heb je gelijk. Van nu af aan zullen we, voorzover dat mogelijk is, proberen je een beetje rugdekking te geven, maar om voor de hand liggende redenen kan ik nu nog niet al mijn kaarten op tafel leggen. Het is jammer dat jullie van de Engelse politie ongewapend zijn.'

'Daar ben ik nog niet zo zeker van,' zei Banks, die bedacht dat hij in zijn carrière niet vaak behoefte had gehad aan een pistool, maar dat het nu misschien toch wel handig was geweest. 'Heb je trouwens wel een vergunning voor het pistool dat je nu bij je draagt?'

Ganz begon te lachen. 'Daar heb ik toestemming voor gekregen van jullie regering, als je dat soms bedoelt. Wil jij er soms ook een? Ik weet zeker dat ik er wel een voor je kan regelen.'

'Ik zou waarschijnlijk alleen mezelf maar in mijn voet schieten,' zei Banks. 'Maar bedankt voor het aanbod.'

'O, dat zou ik haast nog vergeten,' zei Ganz. 'Meneer Burgess vroeg me om tegen je te zeggen dat hij het nummerbord heeft nagetrokken en dat de rode Vectra uit een grote parkeergarage in Putney is gestolen. Zegt dat je iets?'

'Ja, bedankt,' zei Banks. Het betekende dat de auto die hem vanaf het huis van zijn ouders was gevolgd was gestolen, wat hij eigenlijk al had verwacht. 'Wat ga je nu doen?'

Banks keek op zijn horloge. 'Ik neem nog een glas wijn en ga eens goed nadenken over wat jij me hebt verteld.' Banks was van plan om later die avond, wanneer de club open was, naar de Albion Club aan The Strand te gaan om te zien of hij nog iets meer kon ontdekken over Roys laatste uren, maar hij vond het niet nodig om dat aan Dieter Ganz te melden. Als Interpol hem in de gaten hield, kwamen ze daar toch snel genoeg achter.

Vlak nadat Annie rond een uur of vier was vertrokken om de trein naar Londen te pakken, kwam Susan Browne vanuit Derby aan in Eastvale en ze bracht naast de positieve resultaten van de zeer discreet uitgevoerde DNA-vergelijking meer goed nieuws met zich mee.

Op weg naar het huis van Roger Cropley vertelde ze Templeton dat inspecteur Gifford navraag had gedaan bij Cropleys softwarebedrijf in Londen en daar te horen had gekregen dat Cropley op vrijdag regelmatig laat vertrok en op vrijdag 23 april ook laat was vertrokken, omdat er die avond een bedrijfsfeestje was geweest om het binnenhalen van een lucratief nieuw contract te vieren.

Cropley was overduidelijk niet erg blij toen hij de twee politiemensen laat in de middag voor zijn deur zag staan. Hij wilde de deur weer dichtdoen, maar Templeton had zijn voet er snel tussen gezet. 'U kunt ons maar beter even binnenlaten,' zei hij. 'Anders blijf ik hier op de stoep staan wachten tot brigadier Browne terugkomt met een huiszoekingsbevel.'

Cropley liet de deur los en ze liepen naar binnen, achter hem aan naar de woonkamer. 'Ik snap niet waarom jullie me niet gewoon met rust kunnen laten,' zei hij. 'Ik heb jullie al verschillende keren verteld dat ik niets over die moorden weet.'

'U bedoelt zeker dat u al verschillende keren hebt staan liegen,' zei Templeton. 'Dit is overigens brigadier Browne. Ze is helemaal vanuit Derby hiernaartoe gekomen om even met u te praten. Zou u haar niet eens begroeten?'

Cropley staarde zwijgend naar Susan Browne. Ze ging zitten en streek haar rok glad. 'Meneer Cropley,' zei ze. 'Ik zal maar meteen terzake komen. Toen agent Templeton met zijn vermoedens bij me kwam, was ik aanvankelijk zeer sceptisch. Nu ik echter wat tijd heb gehad om erover na te denken en zelf ook wat informatie hebt vergaard, begin ik toch te twijfelen.'

'Wat voor informatie?'

Susan haalde een map uit haar attachékoffertje en sloeg deze open. 'Volgens mijn gegevens bent u op vrijdag 23 april van dit jaar rond een uur of acht vanuit uw kantoor in Holborn vertrokken.'

'Hoe weet u dat?'

'Is het waar?'

'Dat weet ik niet meer. U verwacht toch zeker niet van me dat ik me dat nu, na al die tijd, nog herinner?'

'Volgens ons bewijsmateriaal is het waar. Dat houdt in dat u rond hetzelfde tijdstip bij het benzinestation van Trowell moet zijn geweest als Claire Potter.'

'Hoor eens, dit is belachelijk. Dat bewijsmateriaal van u is allemaal indirect.'

'Op twee andere data waarop u laat bent vertrokken,' las Susan verder, 'zijn twee andere vrouwen ook vlak nadat ze de M1 hadden verlaten, gevolgd of aangevallen.'

'Ik heb niemand aangevallen.'

'Wat we nu gaan doen, meneer Cropley,' vervolgde Susan, 'is u meenemen naar het politiebureau voor een nader verhoor. Daar zal iemand uw vingerafdrukken afnemen, een foto van u maken en een DNA-monster afnemen. Zodra we eenmaal...'

De deur ging open en mevrouw Cropley kwam binnen. 'Wat is er aan de hand, Roger?' wilde ze boos weten.

'Ze vallen me weer eens lastig,' zei Cropley.

Zijn vrouw keek naar Susan en Templeton, en vervolgens met een verachtelijke uitdrukking op haar gezicht weer naar haar man. 'Misschien is dat je verdiende loon,' zei ze.

'Weet u soms iets, mevrouw Cropley?' vroeg Templeton.

'Dat is iets tussen mijn man en mij,' zei mevrouw Cropley.

'Er is een vrouw vermoord,' zei Susan. 'Verkracht en doodgestoken.'

Mevrouw Cropley sloeg haar armen over elkaar.

Susan en Templeton keken elkaar even aan, voordat Susan het woord weer tot Cropley richtte, die grauwbleek zag. 'Zodra we eenmaal de foto's hebben, zullen we deze aan iedere medewerker van elk wegrestaurant en benzinestation langs de snelweg laten zien. Zodra we eenmaal uw DNA hebben, zullen we dat vergelijken met de sporen die we hebben aangetroffen op de plek waar Claire Potter is vermoord. U dacht misschien dat u heel grondig was geweest, meneer Cropley, maar er blijft altijd wel iets achter. In uw geval waren dat roosschilfers.'

'Roosschilfers?'

'Ja. U wist niet dat we tegenwoordig DNA aan roos kunnen onttrekken? Als u ook maar één schilfertje op de plaats delict hebt achtergelaten, dan ligt dat in ons bewijsdepot en zullen we het laten testen.'

Cropley was met stomheid geslagen.

'Wilt u misschien nog iets zeggen?' ging Susan verder.

Cropley schudde slechts zijn hoofd.

'Mooi.' Susan stond op. 'Roger Cropley, u staat onder arrest wegens verdenking van de moord op Claire Potter. U hebt het recht om te zwijgen, maar het kan uw verdediging schaden als u in reactie op een vraag iets verzwijgt waarvan u later in de rechtszaal gebruik wilt maken. Alles wat u zegt, kan tegen u worden gebruikt.'

Toen Cropley met gebogen hoofd tussen Browne en Templeton naar buiten liep, keerde zijn vrouw hem haar rug toe en bleef ze onbeweeglijk als een standbeeld met over elkaar geslagen armen midden in de kamer staan.

Annie was een halfuur te laat toen ze over de drukke trottoirs van Covent Garden op weg was naar het restaurant aan Tavistock Street dat dokter Lukas had genoemd. Ze had de trein van 16.25 uur net gemist en omdat de trein van 17.05 uur een stoptrein was, moest ze op die van 17.25 uur wachten, die pas om 20.13 uur aankwam. In de trein had ze dokter Lukas op het nummer van het centrum gebeld, maar ze had te horen gekregen dat de dokter er die dag niet was. Ze had een berichtje achtergelaten, maar was er niet zeker van dat dit dokter Lukas ook had bereikt en had dus vervolgens het restaurant gebeld om ook daar een berichtje achter te laten. Ten slotte had ze haar vaste hotel gebeld om een kamer te reserveren voor die avond. De baliemedewerker herkende haar naam en stem, en werd zo familiair dat het gênant was.

Nu ja, dacht Annie bij zichzelf toen ze gehaast het overvolle restaurant binnen ging, dokter Lukas had gezegd dat ze op haar zou wachten en er waren wel ergere plekken om dat te doen. Ze zag de dokter aan een tafeltje in een hoekje zitten en liep naar haar toe. Het was een klein restaurant met sfeervolle verlichting en witte tafellakens. Op een zwart schoolbord aan de muur stonden de dagschotels en wijnsuggesties. Er klonk muziek, maar zo zwakjes dat Annie niet kon horen wat het was. Het klonk in elk geval Frans. 'Hebt u mijn berichtje ontvangen?' vroeg ze, nadat ze was gaan zitten en een beetje op adem was gekomen.

Dokter Lukas knikte. 'Het geeft nict,' zei ze en ze tikte op de paperback waarin ze had zitten lezen. 'Ik heb een boek bij me. Ik was erop voorbereid dat ik misschien even zou moeten wachten. Ze kennen me hier. Ze zijn heel vriendelijk.'

Annie bekeek de menukaart, die erg traditioneel was, en koos ten slotte de coq au vin. Dokter Lukas had al besloten dat ze de bouillabaisse zou nemen. Toen ze hun bestelling hadden doorgegeven, schonk de dokter een glas chablis voor Annie in en vulde ze ook haar eigen glas bij.

'Het spijt me dat u nu door mij helemaal hiernaartoe hebt moeten komen,' zei ze, 'maar ik kon het u echt niet aan de telefoon vertellen.'

'Dat hindert niet,' zei Annie. 'Ik moest hier toch nog zijn. Wilt u me nu alles vertellen?'

'Alles wat ik weet.'

'Waarom kon u het me niet eerder vertellen?'

'Omdat de situatie inmiddels gewijzigd is. En het is allemaal veel te ver gegaan.'

De ober kwam een mandje met brood brengen en Annie scheurde een stukje af, dat ze met boter besmeerde. Ze had in de trein niets gegeten en voelde opeens dat ze honger had. 'Ik luister.'

'Dit is heel moeilijk voor me,' stak dokter Lukas van wal. 'Het is niets iets waar ik trots op ben.'

'Uw hulp aan de meisjes?'

'Dat niet zozeer. Als ik het niet had gedaan, wie dan wel?'

'Gaat het om Carmen Petri?'

'Deels. Om te begrijpen wat ik u ga vertellen, moet u eerst weten waar ik vandaan kom. Lviv is een heel oude stad, in veel opzichten ook een heel mooie stad, met heel veel prachtige, oude gebouwen en kerken. Mijn moeder was naaister totdat ze door artritis haar vingers niet langer kon gebruiken. Mijn vader was mijnbouwkundig ingenieur. Mijn ouders hebben nog meegemaakt dat de joden in de oorlog door de Duitsers bij elkaar werden gedreven en vermoord. Je hoort altijd over het bloedbad van Babi Yar, vlak bij Kiev, maar elders hebben er nog vele andere, kleinere bloedbaden plaatsgehad, waaronder ook in Lviv. Mijn ouders hebben geluk gehad. Ze waren toentertijd nog kinderen, en ze hebben zich verstopt en zijn niet gevonden. Toen ik er woonde, maakte Oekraïne nog deel uit van de Sovjet-Unie. Ik ben opgegroeid in een modern gedeelte van de stad, met lelijke Stalinistische blokkendozen. We waren arm en ondervoed, maar er heerste een sterke saamhorigheid en soms was het niet eens moeilijk om in de idealen te geloven die achter de realiteit van de revolutie schuilgingen. Toen Oekraïne in augustus 1991 een onafhankelijke staat werd, was het korte tijd een enorme chaos. Niemand wist wat er zou gaan gebeuren. In die tijd ben ik weggegaan.'

Annie luisterde geïntrigeerd naar het verhaal van dokter Lukas, maar vroeg zich tegelijkertijd nieuwsgierig af waar het naartoe zou leiden. Al vrij snel werd hun eten geserveerd en dokter Lukas schonk nog wat wijn in. Het was alsof ze Annies gedachten had gelezen, want ze glimlachte en zei: 'U vraagt zich misschien af waar ik precies naartoe wil, maar laat me alstublieft even doorgaan.' Ze vertelde verder over haar jeugd, de staatsschool, de onhygiënische leefomstandigheden, haar ambitie om arts te worden. 'En hier zit ik dan,' zei ze. 'Mijn ambitie is uitgekomen.'

'U zult wel trots zijn.'

Dokter Lukas fronste haar wenkbrauwen. 'Trots? Ja. Meestal wel. Toen kwam er ongeveer een jaar geleden een man bij mij thuis langs. Ik kende hem nog van school, van het gebouw in Lviv waar zijn ouders woonden, dicht bij de mijne. Hij zei dat hij via zijn ouders, die een artikel over me hadden gelezen in een plaatselijke krant, had gehoord dat ik hier een succesvol dokter was. Het is waar. Heel veel mensen hebben de Oekraïne verlaten, maar degenen die die buitenwereld zelf niet hebben meegemaakt blijven geïnteresseerd in hun verhalen.'

'Wat wilde hij van u?'

'Toen hij op school zat, was hij een pestkop. Toen hij ouder werd, terroriseerden zijn bende en hij het gebouw waarin we woonden; ze persten mensen geld af, braken in appartementen in, verkochten spullen op de zwarte markt. Niemand was veilig voor hem. En toen was hij plotseling verdwenen. U kunt zich wel voorstellen hoe opgelucht we allemaal waren.'

'Maar hij is dus hier in Londen weer opgedoken?'

'Ja, hij vertelde me dat hij door heel Europa had gereisd, het leven in de vrije wereld met een vrije economie had verkend, en dat zijn ervaringen uit Lviv hem daar wonderwel bij van pas waren gekomen.'

'Hij is degene die de late meisjes naar u toestuurt, is het niet?'

Dokter Lukas zei niets. Ze was tijdens het praten steeds bleker geworden, merkte Annie op, en haar bouillabaisse stond vrijwel onaangeroerd voor haar. Na een tijdje fluisterde ze: 'Ja. Dat is hij nu. Een pooier. Toen hij me die eerste keer kwam opzoeken, was dat omdat een van zijn meisjes problemen had met haar menstruatie, waardoor ze erg onregelmatig was. Toen bedacht hij dat het een heel goed idee zou zijn als ik onofficieel hun vaste dokter zou worden, zoals hij dat noemde. Daar is het allemaal mee begonnen.'

'En dit speelt nu al een jaar?'

'Ja.'

'Hoeveel meisjes hebt u in die tijd al behandeld?'

'Vijftien, misschien zestien.'

'Allemaal zwanger?'

'De meesten wel. Sommigen hadden een seksueel overdraagbare aandoening. Een had een akelige uitslag in haar schaamstreek. Een ander meisje bloedde uit haar anus. Hij bracht alle meisjes die iets mankeerden, ongeacht wat het was, na kantooruren bij mij in de kliniek. Ik kreeg dan van tevoren telefonisch te horen dat ik langer moest blijven.'

'Waarom hebt u hem geholpen?' Annie dacht dat ze het antwoord op die vraag al wist voordat ze hem stelde, maar ze moest het uit de mond van dokter Lukas zelf horen. Een luidruchtig gezelschap aan de andere kant van het restaurant barstte in luid gelach uit.

Dokter Lukas wierp een blik in hun richting en keek toen met een sombere uitdrukking op haar gezicht weer naar Annie. 'Hij zei dat hij mijn ouders in Lviv zou vermoorden als ik niet deed wat hij vroeg of het aan iemand anders doorvertelde. Ik weet dat hij ertoe in staat is. Hij kent daar nog altijd wat mensen.'

'Waarom bent u dan nu van gedachten veranderd?'

'Mijn ouders zijn niet langer in Lviv. Ze zijn naar Amerika vertrokken om bij mijn broer in San Francisco te gaan wonen. Ik zat te wachten op een bevestiging dat ze daar waren aangekomen. Ze hebben me vandaag gebeld.'

'En u?'

'Om mezelf maak ik me niet zoveel zorgen,' zei dokter Lukas. 'Trouwens, hij zal me niets doen. Levend heeft hij veel meer aan me.'

'Het is misschien een schrale troost,' zei Annie, 'maar straks zit hij in de gevangenis.'

Dokter Lukas lachte. 'Jawel,' zei ze. 'Maar hij zal zijn rijk gewoon vanuit zijn cel blijven leiden. En buiten de gevangenis zal iemand anders zijn plaats innemen. Een nieuw monster. Er is in de wereld beslist geen tekort aan monsters.' Ze schudde haar hoofd. 'Maar nu is het veel te ver gegaan. Die arme Jennifer... en die man...'

'Hij heette Roy Banks. En Carmen Petri?'

Dokter Lukas keek Annie nadenkend aan. 'Dat was eigenlijk het begin van het einde. Carmen.'

'Wat bedoelt u daarmee?'

'Tot die tijd kon ik nog wel een oogje dichtknijpen, kon ik mezelf wijsmaken dat wat ik deed goed was en dat de meisjes hier als prostituee een beter leven hadden dan in de door oorlog verscheurde dorpjes en stadjes in hun thuisland. Ik kende de waarheid toen nog niet. Net als iedereen dacht ik dat ze zelf wilden wat ze deden, dat er met hen zelf iets ernstig mis moest zijn, dat ze slecht waren. Ik was zo naïef.'

'Waarom veranderde dit na de komst van Carmen?'

'De meisjes zeiden nooit iets. Ik heb hen naar hun leven gevraagd, maar ze wilden me niets vertellen. Ze waren veel te bang. Carmen was... ze had meer zelfvertrouwen, was intelligenter... ik weet het niet. Misschien kwam het zelfs wel door Jennifer, die heel lief voor haar was. Wat de reden ook was, op een gegeven moment liet Carmen zich iets ontvallen.'

'Wat?'

'Ze zei tegen me dat een van de nieuwe meisjes in een kamertje was opgesloten en in elkaar geslagen, omdat ze had geweigerd een of andere walgelijke seksuele daad te verrichten. Ook vertelde ze dat het meisje in een klein dorpje in Bosnië door twee mannen met een mes was ontvoerd toen ze op weg was van school naar huis en dat ze was gedwongen om in de prostitutie te gaan. Ze was vijftien. Toen kreeg ik voor het eerst door dat deze meisjes onder normale omstandigheden niet automatisch in de prostitutie zouden zijn beland, dat ze helemaal niet "slecht" waren. Het waren heel gewone meisjes, net als u en ik, die werden gedwongen om te doen wat ze deden. Net als ik vreesden ze voor hun familie thuis. Degenen die nog familie hebben, tenminste. Die arme kinderen... Hij heeft ze hierheen gesmokkeld vanuit Bosnië, Moldavië, Roemenië en Kosovo. De meesten zijn in de oorlog wees geworden. Wanneer ze op hun zestiende het weeshuis moeten verlaten, hebben ze vaak geen geld en kunnen ze nergens naartoe. Zijn mannen staan hen bij de voordeur op te wachten. De meisjes zijn doodsbenauwd voor hem. Ze willen nooit praten over wat er gebeurt, maar ik heb blauwe plekken gezien, soms zelfs open wonden. Ik heb geen vragen gesteld en dat is iets waar ik echt niet trots op ben, maar ik heb wel van alles gezien. En toen kwam Carmen... zij deed wel haar mond open.'

'Wanneer was dit?'

'Vorige week maandag.'

'Wat is er met haar gebeurd?'

'Voorzover ik weet niets.'

'Ze is dus niet dood?'

'Volgens mij niet. Ik zie niet in waarom ze dood zou zijn.'

'Maar als ze dachten dat zij Jennifer en u had verteld wat er allemaal echt aan de hand was...?'

'Ik geloof niet dat ze wisten dat zij het ons had verteld en levend is ze waardevoller voor hen dan dood.'

'Maar ze moeten wel degelijk iets hebben doorgehad,' zei Annie. 'Jennifer en Roy Banks zijn dood. Toen Jennifer het aan Roy had verteld, is hij op onderzoek uitgegaan, heeft hij vragen gesteld. Hij had contact met mensen die... nu ja, laten we het er maar op houden dat hij een aantal criminelen kende.'

'Misschien heb ik het dan wel verkeerd. Ik weet het niet. Het enige wat ik over Carmen weet, is wat zij me heeft verteld. Ze was zwanger geraakt, dus had hij haar naar mij toegestuurd. Wat deze keer echter zo bijzonder was, was dat Carmen de baby wilde houden. Ze is vroom katholiek en heeft geweigerd om het te laten weghalen.'

'Is dat toegestaan?'

'Onder bepaalde omstandigheden,' zei dokter Lukas. 'Dat hangt af van de hoeveelheid geld die ze daarmee mislopen. Carmen is een van de speciale meisjes, gezegend met een knap gezichtje en een mooi figuurtje. Ook is ze erg intelligent en spreekt ze goed Engels. Ze is nooit een straathoertje geweest, is eerder wat men hier een callgirl zou noemen.'

'Hoe wil hij dat misgelopen inkomen dan compenseren?'

'Ik heb wel een vermoeden,' zei dokter Lukas. 'Er zijn namelijk mannen die graag seks willen hebben met zwangere vrouwen en bereid zijn daar meer voor te betalen. Op die manier zou ze minder klanten hebben, maar net zoveel of zelfs meer geld verdienen.'

Annies maag draaide zich om. Ze begon te begrijpen waarom dokter Lukas niets at. Ze was zelf haar eetlust ook kwijtgeraakt. 'En de baby?'

'Adoptie. Ze vertelde dat er goed voor haar werd gezorgd en dat ze goed te eten kreeg vanwege ene meneer Garrett, die, zo neem ik tenminste aan, grof geld betaalt voor Carmens baby.'

'Kunt u me de naam van de pooier ook vertellen?'

'Zijn echte naam is Hadeon Mazuryk. Hij noemt zichzelf Harry. Zijn bijnaam is "Happy Harry", omdat hij er altijd zo droevig uitziet. Dat is hij natuurlijk niet, het is puur een fysionomisch gebrek.'

'Weet u waar hij die meisjes vasthoudt?'

Dokter Lukas knikte. 'Er is een huis vlak bij King's Cross. Ik ben daar ooit een keer geweest. Een noodsituatie. Maar weest u alstublieft wel voorzichtig.'

'Waarom?'

'Hij heeft een pistool. Ik heb het zelf gezien.'

Banks had opnieuw Roys kledingkasten geplunderd voor een geschikte outfit. Hij dacht dat hij in een spijkerbroek met een sportief shirt niet echt ver zou komen in de Albion Club. De broek vormde een probleem. Die van Roy pasten hem niet en hij had maar één nette broek meegenomen, die helaas bij geen van Roys colbertjes paste. Hij hoopte maar dat de club slecht verlicht was, zodat het zwart en donkerblauw waarvoor hij uiteindelijk had gekozen niet al te gek stond.

De man bij de deur, die veel weg had van een kruising tussen een butler en een uitsmijter, vroeg hem naar zijn ledenkaart. Banks zwaaide met zijn politiepas.

'Politie? Er zijn toch hoop ik geen moeilijkheden, meneer?' zei de man.

'Absoluut niet,' zei Banks. 'Even snel een paar vragen en dan ben ik weer weg.'

'Vragen?'

'Ja. Stond jij hier afgelopen vrijdag ook?'

'Ja.'

'Herinner je je nog of je Roy Banks samen met Gareth Lambert heb zien arriveren?'

'Wat een vreselijke tragedie is dat met meneer Banks. Een echte heer. Wie zou er nu zoiets doen?'

'Een goede vraag. Heb je hen samen zien aankomen?'

'Ja. Dat moet om een uur of tien zijn geweest.'

'En was je hier ook toen ze weer vertrokken?'

'Ze zijn niet samen weggegaan. Meneer Banks is rond halfeen als eerste vertrokken, maar meneer Lambert is veel langer gebleven. Misschien wel tot een uur of drie, zoiets.'

Wat dat betreft had Lambert in elk geval de waarheid gesproken. 'Zijn ze allebei alleen weggegaan?'

'Ja.'

'Weet je ook waar meneer Banks naartoe is gegaan toen hij hier wegging?'

'Dat heeft meneer Banks niet gezegd. Hij groette me zoals altijd wel bij het weggaan.'

'Je hebt geen taxi voor hem gebeld?'

'Er rijden op The Strand altijd heel veel beschikbare taxi's en bij Charing Cross is een taxistandplaats.'

'Prima,' zei Banks. 'Is het goed dat ik even naar binnen ga?'

'Doet u alstublieft wel uw best om de leden niet te storen.'

'Ik wil alleen even met het personeel praten.'

'Vooruit dan maar.'

De binnenkant van de club was een grote verrassing voor Banks. De deur gaf toegang tot een ruime bar met een laag plafond en in plaats van de donkere lambrisering, kroonluchters en obers in bordeauxrode, korte jasjes die hij eigenlijk had verwacht, zag hij buismeubels, halogeenverlichting en serveersters in krijtstreeppak, met een lange broek in plaats van een rok. Waaiervormige, kleurige lichtstralen afkomstig uit verdekt opgestelde lampen beschenen de muren in verschillende tinten blauw, roze, groen, rood en oranje. De chromen tafels waren hoog, met bijpassende, met leer beklede krukken. Het was beslist niet zo'n club voor oude heren, waar alleen het juiste soort mensen kwam logeren wanneer ze een weekend in de stad doorbrachten; dit was eerder een luxe casino met bar en restaurant, het soort gelegenheid waar je vijftig jaar geleden James Bond had kunnen aantreffen. Tegenwoordig bestond het publiek uit trendy, jonge effectenmakelaars, investeringsbankiers en een enkele voormalige smokkelaar als Gareth Lambert.

Al snel bleek dat de kledingvoorschriften lang niet zo strikt waren als Banks had gedacht – hij was nog nooit eerder in een club geweest en had iets in de geest van lord Peter Wimsey en Bertie Wooster verwacht – en hij keek ervan op dat niet iedereen een stropdas of pak droeg. Sportieve zakelijke kleding was in. Het was er niet echt druk, maar hier en daar zaten wel mensen te drinken en te kletsen, en de enige grote tafel aan de andere kant van de ruimte werd in beslag genomen door een groep Japanse zakenmensen die gezelschap hadden van een paar zeer duur ogende dames. De meeste aanwezigen waren ergens in de dertig, waaruit bleek dat de leeftijd van Roy en Lambert iets hoger was dan dat van het gemiddelde lid. Niemand schonk overdreven veel aandacht aan Banks. Er was geen muziek.

Banks nam plaats op een van de krukken aan de bar en bestelde een fles Stella. Zoals hij al had verwacht, was de prijs extravagant hoog. De barkeeper was een vrouw van achter in de twintig, schatte hij, ongeveer van dezelfde leeftijd als Corinne en Jennifer. Ze had heel dun, kort haar dat roze en blond was geverfd. Ze glimlachte naar Banks toen ze zijn bestelling opnam. Ze had een leuke glimlach en kuiltjes in haar wangen.

Banks liet haar zijn pas zien. 'Werk je hier elke avond?' vroeg hij.

'Vaak wel, ja,' zei ze en ze bestudeerde de pas veel aandachtiger dan de portier had gedaan. 'Yorkshire? Wat doet u dan hier helemaal?'

'Soms moet je voor een zaak het halve land afreizen,' zei hij. 'Mensen blijven tegenwoordig veel minder lang op één plek dan vroeger.'

'Zeg dat wel.'

'Ik ben eerlijk gezegd op zoek naar informatie over Roy Banks. Ik heb gehoord dat hij lid was van deze club.'

'Die arme meneer Banks,' zei ze. 'Hij was echt een lieve man.'

'Kende je hem goed?'

'Niet echt heel goed. Alleen van hier, eigenlijk. Maar we maakten af en toe een praatje. Dat doe je nu eenmaal veel in dit werk. Hij nam altijd de tijd voor het barpersoneel, in tegenstelling tot die verwaande types die we hier ook hebben rondlopen.'

'Zat hij dan hier aan de bar om je over zijn problemen te vertellen?'

Ze lachte. 'Och, nee. Dat gebeurt alleen maar in films.'

'Hoe heet je trouwens?'

'Maria.'

'Aangenaam, Maria.'

'Wat is uw familieband?'

'Hoe bedoel je?'

'U heet ook Banks. Dat zag ik op uw pas. Bent u zijn broer?'

Maria was beslist niet op haar achterhoofd gevallen, dacht Banks bij zichzelf. 'Ja,' zei hij.

'Het moet vast een enorme klap voor u zijn geweest.'

'Inderdaad. Ik probeer nu te achterhalen wat er is gebeurd. Heb je hem afgelopen vrijdag nog gesproken?'

'Ja. Meneer Lambert en hij zaten aan dat tafeltje daar.' Ze wees op een tafeltje dat in een rustig hoekje stond. 'Meneer Banks kwam me altijd even gedag zeggen en vragen hoe het met me ging. En hij liet ook altijd een mooie fooi liggen.'

'Heeft hij het die avond nog over iets bijzonders gehad?'

Er kwam een serveerster bij de bar staan die de bestelling voor een paar drankjes doorgaf. Maria excuseerde zich even en maakte de bestelling met elegante behendigheid gereed. 'Wat wilde u ook alweer weten?' vroeg ze toen ze terugkwam.

'Alleen maar of Roy nog iets ongewoons tegen je heeft gezegd.'

'Nee. Niets. Niet dat ik me nog kan herinneren.'

'Had je het idee dat hij van streek was of geïrriteerd?'

'In het begin niet. Eerder een beetje afwezig misschien.'

'En later op de avond?'

'Nadat hij een tijdje met meneer Lambert had zitten kletsen, leek hij wat slecht op zijn gemak, als u begrijpt wat ik bedoel. Ik weet niet goed hoe ik het moet omschrijven, maar je kon de spanning tussen hen zelfs hier helemaal voelen.'

'Is het de andere aanwezigen ook opgevallen?'

'Dat durf ik niet te zeggen. Ik ben zelf gewoon heel gevoelig voor de signalen die anderen uitzenden.'

'En deze keer had je er geen goed gevoel over?'

'Inderdaad. Volgens mij was er iets.'

'Hadden ze ruzie?'

'Nee. Ze gingen niet steeds harder praten of zo. Het had eerder iets weg van een vervelende bespreking.'

Lambert had Banks verteld dat Roy bij hem had geïnformeerd naar contactpersonen in de wapenhandel, maar Banks geloofde hem niet. 'Wat gebeurde er toen?'

'Nadat hij de telefoon had gebruikt, liep meneer Banks naar het casino en daarna heb ik hem niet meer gezien.'

'En meneer Lambert?'

'Die is een tijdje in zijn eentje blijven zitten en toen ook naar het casino gegaan.'

'Roy heeft de telefoon gebruikt, zeg je?'

'Ja.'

'Waar is die?'

'Er is een telefoon in de gang bij de toiletten,' zei ze. 'Die kant op.' Ze wees naar de andere kant van de ruimte. Banks draaide zich om en zag een telefoon aan de muur hangen. Vanaf de plek waar Lambert had gezeten, kon hij nooit hebben gezien dat Roy iemand belde. 'Het ding wordt vrijwel niet meer gebruikt, omdat iedereen tegenwoordig een mobieltje heeft, maar hij was die van hem waarschijnlijk vergeten of misschien was de batterij leeg of zoiets.'

Banks dacht terug aan het mobiele telefoontje dat op Roys keukentafel had gelegen. 'Was het een lang telefoongesprek?'

'Nee. Twee of drie minuten maar.'

'Hoelang was hij hier al voordat hij ging bellen?'

'Niet zo heel lang. Een halfuur, misschien ietsje langer.'

Dat moest dan het telefoontje naar Jennifer zijn geweest, bedacht Banks, om haar naar Yorkshire te sturen. 'En hoe gedroeg hij zich daarna?'

'Hij ging naar het casino, dat zei ik net al. Hij heeft me echter niet gedag gezegd en dat is niets voor hem.'

'Heeft meneer Lambert misschien ook iemand gebeld?'

'Niet dat ik weet.'

'Maar het zou kunnen?'

'Ja zeker. Hij is naar het toilet gegaan. Daar kan hij best met zijn mobieltje iemand hebben gebeld, als hij dat tenminste bij zich had. Ik bedoelde eigenlijk dat ik hem zelf niet heb zien bellen.'

'Heel hartelijk bedankt, Maria,' zei Banks. 'Je hebt me enorm geholpen.'

'Echt?'

Banks liet een flinke fooi voor haar achter en slenterde The Strand op. Hij keek steels om zich heen om te zien of er verdachte types rondhingen, maar hij zag niets. Volgens zowel de portier als Maria had Roy de club die avond rond halfeen verlaten. Er reden hier vrij veel taxi's, zag Banks. Wat had Roy daarna gedaan? Had hij een taxi genomen? Of had iemand hem een lift aangeboden? Lambert kon het niet zijn geweest, want die zat toen nog in het casino. Wie dan wel?

17

Tegen de tijd dat de operatie was goedgekeurd door de leiding van SO19,
de Metropolitan Force Firearms-eenheid van Scotland Yard, en het team
bij elkaar was geroepen en instructies had ontvangen, was de zon al op.
Annie en Brooke voegden zich aan de voorkant van het huis, dat zich
vlak bij King's Cross in een van de smalle straatjes rond Wharfdale Road
bevond, bij de speciale eenheid gewapende agenten. Het pand vormde een
onderdeel van een blok rijtjeshuizen en de teamleider van SO19 had een
plattegrond bij zich. De buren hadden op alle mogelijke en vaak ook onmogelijke tijdstippen jonge meisjes zien komen en gaan, soms in het gezelschap van een man. Het team telde acht leden, die allemaal een beschermend hoofddeksel en een kogelvrij vest droegen, en een Glock-pistool en
een Heckler en Koch MP5-karabijn bij zich hadden. Aan iedere man was
verteld welk deel van het huis hij moest veiligstellen. Drie mannen hielden
de achterkant van het huis in de gaten.

Het was een griezelige aanblik, vond Annie, en het had iets onwerkelijks.
Op de straathoeken hadden zich een paar toeschouwers verzameld, die
door de aanwezige mensen van de uniformdienst op afstand werden gehouden. Het was een vochtige ochtend en er hing een dunne mist in de
straat. Er was vrijwel geen verkeer in de directe omgeving, maar in de verte
ving Annie het geluid van claxons en motoren op. Een nieuwe dag in de
grote stad was begonnen.

Ergens had Annie graag gewild dat Banks toestemming had gekregen om
erbij aanwezig te zijn; ze zou het wel prettig hebben gevonden om hem bij
zich te hebben. Voor dergelijke operaties golden echter zeer strenge regels
en er was absoluut geen sprake van geweest dat ze Roy Banks' broer hierin
zouden laten participeren. Ze had hem de vorige avond laat aan de telefoon gehad en hij had haar verteld over zijn bezoekje aan de Albion
Club. Op haar beurt had Annie hem verteld wat dokter Lukas had gezegd
over de late meisjes en Carmen Petri.

Op het vooraf afgesproken signaal ramde het SO19-team de voordeur in
en stormden de mannen het huis binnen. Annie en Brooke, die allebei ongewapend waren, hadden instructies gekregen om buiten te blijven wachten tot het hele pand was veiliggesteld; daarna zouden ze naar binnen mo-

gen om eventuele getuigen of verdachten te ondervragen. Brooke was ongewoon stil. Annie voelde dat de spanning in haar lichaam toenam toen ze binnen in het huis geluiden hoorde, geschreeuw, bevelen, een vrouw die gilde, iets wat met een klap op de vloer viel.

Maar er klonken geen schoten en dat beschouwde ze als een goed teken. Ze had geen flauw idee hoelang het had geduurd, maar ten slotte kwam de teamleider naar buiten om hun te vertellen dat het pand was veiliggesteld. Er was één bewaker aanwezig geweest, gewapend met een honkbalknuppel, en drie andere mannen die geen van allen gewapend waren. De overige aanwezigen waren allemaal jonge vrouwen. Ze konden maar beter zelf even een kijkje nemen, zei hij tegen hen, terwijl hij ongelovig zijn hoofd schudde.

Annie en Brooke gingen naar binnen. Het was een vervallen pand met veel achterstallig onderhoud, oud, vlekkerig behang dat hier en daar had losgelaten, een kale trap en alleen vieze linoleum op de vloer op de begane grond. Er hing een muffe geur van seks en oude sigarettenrook in het huis. De ramen lieten vrijwel geen licht binnen, dus hadden de agenten alle lampen aangedaan die ze konden vinden, voornamelijk kale peertjes, en het weinig flatterende licht verleende het tafereel voor hen een bijzonder grimmige sfeer.

De zeven meisjes bevonden zich allemaal in een klein kamertje op de eerste verdieping. Waarschijnlijk woonden hier nog wel meer meisjes, vermoedde Annie, maar die waren nu aan het werk in de straten rond King's Cross. Hoe laat op de dag het ook was, het werk ging altijd door. Het gebied had al jaren een slechte reputatie en Annie wist nog dat de meisjes ooit Maggies Kinderen werden genoemd, omdat ze allemaal de trein naar Londen hadden genomen toen de banen in het noorden van het land waren verdwenen. Tegenwoordig zouden ze Poetins, Iliescu's of Terzics Kinderen heten.

Terwijl het SO19-team het pand doorzocht, gingen Annie en Brooke naar de meisjes. Het rook in de spaarzaam gemeubileerde kamer naar zweet en goedkope parfum, en de meisjes waren schaars gekleed, in strakke hotpants, minirokjes, hoge laarzen en doorzichtige hemdjes, en hun gezichten waren opzichtig opgemaakt met lippenstift en oogschaduw. Enkelen van hen waren zo te zien stoned; geen van hen zag er veel ouder dan vijftien uit. Achter de angstige uitdrukking op hun gezichten ontwaarde Annie slechts berusting en wanhoop. Dit was inderdaad de generatie van verloren meisjes die dokter Lukas had beschreven, dacht ze bij zichzelf. Jezus, het liefst zou ze hen meenemen naar huis om daar de make-up van hun gezichtjes te boenen en hen een stevig maal voor te zetten. De meesten van hun waren broodmager en een enkeling had zweertjes op haar lippen. Verschillende meisjes zaten te roken, waardoor de weeïge lucht in de kamer alleen nog maar werd versterkt.

De andere kamers in het huis waren elk uitgerust met een bed en een wastafel, maar deze ruimte fungeerde blijkbaar als de gemeenschappelijke zitkamer. De vier mannen die het SO19-team in het pand had aangetroffen, waren allemaal in de boeien geslagen en in het busje gezet. De meisjes waren volgens de standaardprocedure op wapens onderzocht en daarna alleen gelaten met een bewaker voor de deur.

'Mevrouw?' Een van de teamleden stond in de deuropening en wenkte Annie. 'Ik denk dat u hier even naar moet komen kijken.'

Hij ging Annie voor naar een kamertje ter grootte van een gangkast. Er zat een jong meisje in, naakt, op het dunne laken na dat een andere agent om haar heen had geslagen. Ze was graatmager en er zat geronnen bloed in het kloofje tussen haar neus en haar bovenlip. Ze leefde, maar haar ogen waren doods. Verder was er in de kamer alleen maar een emmer, waar een gruwelijke stank vanaf kwam.

'Laat een ambulance komen,' zei Annie. Ze hielp het meisje bij het opstaan, zorgde ervoor dat het laken goed om haar heen bleef zitten en bracht haar toen naar de anderen terug. Een van de meisjes kwam op haar af gerend, sloeg haar armen om de nieuwkomer heen, fluisterde haar troostende woordjes toe, liet haar voorzichtig plaatsnemen in een leunstoel en ging zelf op de armleuning naast haar zitten.

'Spreek je Engels?' vroeg Annie.

Het meisje knikte. 'Een beetje.'

'Wat is er met haar gebeurd?'

'Ze is nieuw,' zei het meisje in het Engels met een zwaar accent tegen haar, terwijl ze het haar van haar vriendin streelde. 'Ze wilde niet doen wat ze zeiden, dus sluiten ze haar op en slaan ze haar. Ze heeft al drie dagen geen eten gehad.'

Brooke probeerde intussen een gesprek aan te knopen met de andere meisjes, maar die spraken blijkbaar geen van allen Engels. Om een of andere reden leken ze allemaal bang voor hem en wilde niemand iets zeggen. De meesten durfden hem niet eens aan te kijken. Annie vermoedde dat ze wel wist waarom dat was. Ze nam hem even apart. 'Luister eens, Dave,' zei ze met een blik op zijn teleurgestelde gezicht. 'Jij kunt er niets aan doen; ze weten gewoon niet dat jij een fatsoenlijke, betrouwbare man bent. Ze kennen geen fatsoenlijke, betrouwbare mannen. Misschien is het beter dat jij de mannen beneden gaat ondervragen.'

Brooke knikte witjes. 'Gaat dit lukken, denk je?'

'Ik red me wel,' zei Annie. Ze raakte zachtjes even zijn schouder aan en hij ging weg.

'Wat gaat er nu met ons gebeuren?' vroeg het meisje op de leuning van de stoel, dat blijkbaar de leiding op zich had genomen. Ze had donker haar dat tot op haar schouders hing, dunne armen en een bleke huid.

Het was een goede vraag en Annie wist niet zeker of ze er een antwoord op had. Het doel van de inval was geweest om Happy Harry Mazuryk op te pakken en, met een beetje geluk, Carmen Petri op te sporen. Annie wist nog niet of Harry zich onder de vier gearresteerde mannen bevond, maar ze had in het voorbijgaan al wel gezien dat geen van hen echt aan het signalement voldeed.

'Er zal goed voor jullie worden gezorgd,' zei ze. 'Hoe heet je?'

'Veronika.'

'Goed, Veronika. Ik wil je graag een paar vragen stellen.'

'Ik kan u niets vertellen. Hij vermoordt me.'

'Nee, hoor, dat doet hij niet,' zei Annie. 'Hij gaat de gevangenis in.'

'U begrijpt het niet. Hij was hier niet, alleen maar die achterlijke bewaker van hem. Die andere mannen zijn hier voor...' Ze maakte een obscene beweging met haar heupen.

'Waar is Hadeon Mazuryk?'

Bij het horen van de naam kromp ze in elkaar. 'Dat weet ik niet.'

'Oké,' zei Annie. 'En Carmen? Ken je Carmen Petri?' Ze liet haar blik over de bange meisjes glijden. 'Is ze hier?'

Ze schudden allemaal hun hoofd. Eén meisje begon te huilen. Annie keek Veronika weer aan. 'Ken je Carmen?'

Veronika knikte.

'Waar is ze?'

'Ze is niet hier. Carmen is een van de speciale meisjes.'

'Wat wil dat zeggen?'

'Ze is heel mooi. Ze spreekt heel goed Engels. Ze hoeft nooit buiten op straat te werken. De mannen komen altijd naar haar toe. Ze betalen meer.'

Dat had Annie ook al van dokter Lukas gehoord. Toch vroeg ze zich nog altijd af of Carmen misschien was vermoord. 'Weet je waar ze nu is, Veronika? Ik moet haar echt spreken.'

Veronika draaide zich om naar het meisje in het laken, streelde haar haren en keek toen met een grimmig gezicht weer naar Annie. 'Er is nog een huis,' zei ze. 'Ik heb met Carmen gepraat. Zij heeft me dat verteld. Daar zit ze.'

Banks vond het niet eens zo heel erg dat hij niet bij de inval bij King's Cross aanwezig mocht zijn. Hij had al eerder dergelijke operaties bijgewoond en vond de paramilitaire sfeer rond het hele gebeuren over het algemeen nogal saai. Wel wilde hij weten wat het had opgeleverd en dat was ook de reden dat hij al vroeg op de ochtend ongeduldig met een kop koffie en de ochtendkrant aan de keukentafel zat, zijn mobieltje naast hem in de aanslag.

Hij zat nog altijd te piekeren over wat er die vrijdag in de Albion Club tussen Roy en Lambert was voorgevallen en had bedacht dat het het meest voor de hand lag dat Lambert iets had voorgesteld waar Roy afwijzend tegenover stond en dat Lambert toen bang was geworden dat hij de boel zou verraden. Hun vriendschap ging helemaal terug tot aan hun jaren op de universiteit en ze hadden samen van alles uitgehaald. Inmiddels hadden ze echter al een hele tijd geen contact met elkaar gehad en Lambert wist waarschijnlijk niet dat Roy zijn morele grenzen had verlegd.

Als Lambert Roy had willen betrekken bij de import van ontvoerde tienermeisjes voor de seksindustrie, een mogelijkheid die Annie had geopperd, dan zou Roy daar waarschijnlijk wel voor zijn teruggedeinsd, meende Banks. Als hij er niet van op de hoogte was geweest dat deze meisjes in feite tot prostitutie werden gedwongen, net als dokter Lukas volgens eigen zeggen, dan was hij daar natuurlijk alsnog achter gekomen via Jennifer, die met Carmen Petri had gesproken en op de maandag van de week waarin ze was gestorven de waarheid had ontdekt. In dit verband was de timing heel belangrijk. Het was best mogelijk dat Roy aanvankelijk op het punt had gestaan om Lamberts aanbod te accepteren, maar toen de waarheid ontdekte doordat Carmen het aan Jennifer had verteld, en dat Lambert vervolgens een aantal dagen lang had geprobeerd hem ervan te overtuigen dat er niets aan de hand was. Toen moest er iets zijn gebeurd wat de doorslag had gegeven, iets waar Roy op de dag van zijn verdwijning achter was gekomen.

Banks vermoedde dat op het moment dat Roy van de bar naar het casino liep, Lambert naar het toilet was gegaan om iemand te bellen – mogelijk Max Broda – om hem te vertellen dat de situatie uit de hand dreigde te lopen. Vanaf dat moment had Broda de touwtjes in handen genomen en had hij een auto gestuurd om Roy buiten de club op te pikken en hem naar de verlaten fabriek in Battersea te brengen. Paardenstaart en zijn maatje werkten waarschijnlijk ook voor Broda en waren aangewezen om Jennifer in de gaten te houden, haar overal waar ze naartoe ging te volgen. Banks kon zich goed voorstellen hoe de gesprekken via mobieltjes waren verlopen tussen de Mondeo, die Jennifer volgde, en de fabriek, waar Roy mee naartoe was genomen, uiteindelijk uitmondend in de opdracht om haar te doden. Wellicht was Roy ook van plan geweest om naar Banks' cottage te komen zodra hij doorkreeg dat alles veel te ver was gegaan, maar had hij daar de kans niet toe gekregen. Ze waren hem te snel af geweest.

Tijdens deze overpeinzingen viel een aantal puzzelstukken in Banks' hoofd vanzelf op hun plek, zoals wel vaker gebeurde op die momenten waarop hij eigenlijk dacht dat hij er helemaal niets meer van begreep. Annie had hem verteld dat dokter Lukas had gezegd dat de baby zou worden geadopteerd door ene 'meneer Garrett'. Hij hoorde in gedachten weer hoe Dieter Ganz de vorige dag de naam 'Gareth' had uitgesproken met zijn lichte accent en bedacht dat de mannen die Carmen Petri erover had horen praten waarschijnlijk ook een accent hadden gehad, net als zijzelf. In het geval van Ganz had het als 'Garrett' geklonken en dat was ook precies wat dokter Lukas had gezegd, dat de mannen goed voor Carmen en haar baby zorgden vanwege 'meneer Garrett'.

Was dit het dan? Was dit het nieuwe feit dat Roy had ontdekt? Wilde Lambert Carmens baby soms adopteren, kopen wellicht, en was het daarom zo belangrijk voor hem om te voorkomen dat Roy hem zou verraden? Er was maar één manier om daarachter te komen, één persoon aan wie hij dat kon vragen.

Banks liep naar Roys kantoor, waar hij meende een atlas te hebben gezien. Hij haalde hem tevoorschijn en ontdekte dat Quainton in Buckinghamshire lag, niet al te ver van Aylesbury vandaan. Het was een prachtige dag voor een ritje over het platteland, dacht hij, en het zou interessant zijn om de onbekende mevrouw Lambert te ontmoeten. Hij griste zijn jasje en mobiele telefoontje mee en liep naar de auto.

Het tweede huis stond ongeveer anderhalve kilometer verderop in Islington, maar was wat comfort betreft vele lichtjaren verder. Het was een vrijstaand huis met een tuintje en de gordijnen waren allemaal dicht om het ochtendlicht buiten te houden. Als de leider van het SO19-team niet had nagevraagd of het inderdaad het eigendom was van meneer Hadeon Mazuryk, zou Annie hebben gedacht dat het het thuis was van een volkomen normaal gezinnetje met een paar kinderen, een hond en een gezinswagen. Het team moest snel toeslaan voordat Mazuryk van de inval bij King's Cross had gehoord en ze hadden zich in het bestelbusje verzameld voor een snelle briefing. De indeling van het huis was vergelijkbaar met die van vele andere in de omgeving, waaronder ook de woning van een van de mannen zelf, en gezamenlijk wisten de agenten een tamelijk waarheidsgetrouwe plattegrond te schetsen. Vervolgens evacueerden ze stilletjes alle aanwezigen uit de panden aan weerszijden van het huis en sloten ze de straat aan beide uiteinden af.

Annie zat met Brooke, die niets had losgekregen uit de mannen van King's Cross, in een auto aan de overkant van de straat te wachten. Ze hoorde heel zachtjes muziek uit een van de kamers op de begane grond komen, de baspartij van een of andere popsong die ze niet kende. Toen hoorde ze een man hoesten en iemand lachen.

'Je bent wel heel stil, Dave,' merkte ze op en ze keek Brooke aan, die naar de straat zat te staren.

'Ze hebben me teruggefloten,' zei hij zonder haar aan te kijken.

'Hè?'

'Ze hebben me teruggefloten, Annie.' Nu keek hij haar wel recht aan en ze zag de zelfverachting in zijn ogen. 'Orders van bovenaf. Gareth Lambert maakt deel uit van een internationaal lopend onderzoek. Als de politie zich wegens deze zaak op hem had gestort, zouden alle belangrijke spelers weer in het niets zijn opgelost en jarenlang onvindbaar blijven. Dat is wat mij is verteld. Als ik prijs stelde op mijn promotie... nu ja, ik denk dat je de rest zelf wel kunt invullen. Oliver Drummond en William Gilmore waren voor de hand liggende verdachten.'

'Het spijt me, Dave,' zei Annie, die met hem meeleefde. 'Je deed alleen maar wat je was opgedragen.'

Hij keek haar ironisch aan. 'Is dat niet wat de Duitsers ook zeiden?'

'Dit is iets anders. Wat had je dan moeten doen?'

Brooke haalde zijn schouders op. 'Dat weet ik niet. Maar het is gewoon geen prettig gevoel. Ik denk niet dat jouw vriend Banks zich zo gemakkelijk had laten terugfluiten.'

Annie glimlachte. 'Inspecteur Banks volgt alleen zijn eigen regels,' zei ze. 'Dat komt deels omdat hij denkt dat hij niets te verliezen heeft. Het is niet per se iets om hem om te benijden.' Ze gebaarde naar de SO19-agenten op de straat. 'Nu ja, hoe dan ook, er gaat nu eindelijk iets gebeuren.'

Brooke knikte. 'Het is te ver gegaan. Zelfs de leiding kon niet rechtvaardigen dat kwetsbare, minderjarige meisjes ook maar één nacht langer dan noodzakelijk in gevangenschap zouden moeten doorbrengen. Bovendien weten we nog altijd niet of, en zo ja hoe, Lambert hierbij betrokken is. Misschien is dit wel iets totaal anders.'

'We zullen het zo dadelijk weten,' zei Annie. 'Ze gaan naar binnen.'

De helft van de mannen liep om het huis heen naar de achterkant en de rest maakte zich op om via de voordeur naar binnen te gaan. Annie hield haar adem in toen een van hen met een stormram op de deur inbeukte en het hout verbrijzelde, en toen waren ze binnen. Aan de achterkant hoorde ze vergelijkbare geluiden.

Deze keer ving Annie naast het geschreeuw en gegil wel het geluid van schoten op. Dat gold ook voor de buren verderop in de straat, die binnen de kortste keren achter ramen en in deuropeningen opdoken, maar ze werden tegengehouden door de geüniformeerde agenten die waren aangesteld om de toeschouwers op afstand te houden. Na een kwellende periode van stilte kwam de teamleider naar buiten gelopen en hij gebaarde dat Annie en Brooke konden binnenkomen.

'Iedereen in orde?' vroeg Annie.

'Wij wel,' zei hij. 'Eddie heeft een schot opgevangen op de borst, maar het kogelvrije vest heeft zijn werk uitstekend gedaan. Het doet wel pijn, maar meer ook niet. Nu moeten we wachten op de ambulance en een leidinggevende. Je weet hoe dat gaat wanneer er schoten zijn gelost. Formulieren in drievoud. Vragen. Soms krijg je het idee dat je zelf een crimineel bent in plaats van een politieman.'

Annie en Brooke liepen achter de mopperende teamleider aan naar de kamer aan de voorkant. Daar hadden vier mannen zitten kaarten aan een vouwtafeltje. Twee van hen waren in de boeien geslagen en de andere twee lagen met gaten in hun borst en bedekt door een dikke laag donker bloed onderuitgezakt tegen de muur. Ook de muren en vloerbedekking zaten onder het bloed. Annie voelde zich een beetje misselijk. Zoveel slachtoffers met schotwonden had ze tot nu toe nog niet gezien en ze was niet echt voorbereid op de geur van gebruikte munitie vermengd met die van vers bloed die in de kamer hing.

Een van de dode mannen voldeed aan het signalement dat ze van Hadeon 'Happy Harry' Mazuryk had en de ander had de bouw van een bodybuilder, lang, vettig haar dat in een paardenstaart was gebonden en een dikke gouden ketting om zijn nek. Een van de kogels moest dwars door de ketting zijn gegaan, want deze lag als een lange gouden slang op zijn bebloede borstkas.

De andere twee mannen herkende Annie niet. Ze staarden allebei nors voor zich uit, geboeid en bewaakt door SO19-agenten met hun Heckler en Kochs in de aanslag. Een van de mannen kon wel eens de bestuurder van de Mondeo zijn geweest, maar de beschrijvingen die ze van hem had waren vaag. Hoe langer ze naar de andere man staarde, des te bekender hij haar voorkwam: piekhaar, een sikje. Toen schoot het haar weer te binnen: de foto die Banks haar had laten zien en die zijn broer kennelijk enkele dagen voor zijn dood had gemaakt. Dit was de man die samen met Gareth Lambert buiten op een terrasje had gezeten. Nu konden ze een verband aantonen, ook al was nog niet duidelijk waar dit toe zou leiden.

Er kwam een ambulance voorgereden en de kamer stroomde plotseling vol met mannen. Annie en Brooke liepen achter een van de agenten aan naar boven. Er waren drie slaapkamers en in elk ervan zat een beeldschoon jong meisje, die alle drie een beetje van de kaart waren door de schoten. Terwijl SO19-agenten zich over de andere twee ontfermden en Brooke zich een beetje op de achtergrond hield, ging Annie een knusse kamer binnen en liep ze naar de bewoonster, het enige zwangere meisje in het pand, dat met een angstig gezichtje op het bed lag.

'Carmen?' vroeg ze. 'Carmen Petri?'

Het meisje knikte verbaasd, omdat Annie haar naam bleek te kennen. Ze leek iets ouder dan de meisjes in het huis bij King's Cross, een jaar of negentien, twintig, misschien en ze gebruikte heel wat minder make-up. Het was moeilijk te zien wat voor figuurtje ze had gehad, want ze was ongeveer zes maanden zwanger, maar ze had een prachtig gezicht: een Bardot-pruilmondje met volle lippen, een perfect gevormd neusje, een smetteloze huid – afgezien van de moedervlek naast haar mond – en donkerblauwe ogen die vochtig waren van de tranen. Annie kon de uitdrukking op haar gezicht niet doorgronden en vermoedde dat Carmen een meisje was dat omwille van haar lijfsbehoud zeer bekwaam was geworden in het verbergen van haar gevoelens en gedachten.

'Wat is er gebeurd?' vroeg Carmen.

'Dat leg ik je later allemaal wel uit,' zei Annie. 'Ik vind het heel fijn om je eindelijk te ontmoeten. Ik ben Annie Cabbot. Zou je een paar vragen voor me willen beantwoorden?'

'Waar is Hadeon?'

'Dood.'

'Mooi. En Artyom?'

'Wie is dat?'

'Grote man. Paardenstaart.'

'Die is ook dood.'

'Dat is ook mooi,' zei ze en ze verschoof een stukje op het bed. Annie zag dat er een pijnlijke uitdrukking over haar gezicht vloog toen ze zich bewoog. Waarschijnlijk de baby die schopte.

'Wat is er met jou gebeurd?' vroeg Annie. 'Hoe ben je hier terechtgekomen?'

'Dat is een lang verhaal,' zei ze. 'En het is al heel lang geleden gebeurd. Ik ben op straat ontvoerd toen ik nog een jong meisje was.'

'Hoe jong?'

'Zestien.'

'Door wie?'

Ze schokschouderde. 'Een man.'

'Waar?'

'Een dorpje vlak bij Craiova in Roemenie. U hebt er vast nog nooit van gehoord.'

'Heb je dokter Lukas in het Berger-Lennox Centrum bezocht?'

'Ja. Ze was erg vriendelijk.' Carmen pakte een sigaret. 'Ze wilde dat ik stopte met roken, maar ik zeg tegen haar dat een meisje één slechte gewoonte mag hebben. Ik drink niet en ik gebruik geen drugs.' Haar Engels was opvallend goed, vond Annie, en ze kon zien wat Veronika had bedoeld toen ze zei dat ze mooi was. Carmen bezat een verfijnde beschaving die haar leeftijd ver vooruit was en een stijlvolle gratie die je gewoonlijk niet met mensen in haar beroep associeert.

Annie vroeg zich af hoe ze dit leven in vredesnaam had volgehouden zonder enige vorm van ontsnapping, maar wat wist zij er nu helemaal van? En hoe durfde ze te denken dat ze ook maar iets wist van iemand die had mee-gemaakt wat Carmen allemaal had meegemaakt?

'Weet je nog wie Jennifer Clewes is?'

'Ja. Ze werkt bij dokter Lukas.'

'Ze is ook dood, Carmen. Iemand heeft haar vermoord.'

Carmen keek geschrokken op. 'Waarom?'

'Dat weten we nog niet. We denken dat het misschien iets te maken heeft met wat jij haar hebt verteld. Jennifer en haar vriend wisten blijkbaar dat er hier iets gaande was. Heb je iets tegen haar gezegd toen jullie elkaar vorige week spraken?'

Carmen staarde naar haar dikke buik. 'De dokter denkt dat we dit doen omdat we het zelf willen,' zei ze. 'Ik zeg haar dat ze niet weet dat er slechte dingen gebeuren, dat niemand van ons hier is omdat ze dat zelf wil. Ik zeg het ook tegen Jennifer. Ik vertel haar een paar dingen die met de meisjes gebeuren. Dat had ik niet mogen zeggen. Maar ik denk dat ik me dapper voelde, omdat ze me goed behandelden, anders dan de anderen.'

'Wanneer heb je haar dat verteld?'

'De laatste keer dat ik naar de kliniek ga. Niet lang. Maandag, denk ik.'

'Wist Artyom dat je met haar had gepraat?'

'Hij bracht me terug met de auto en vertelde het aan Hadeon. Ze konden me geen pijn doen zodat ik het hun zou vertellen. Dat wist ik. Maar...'

'Ik denk dat ik het al weet,' zei Annie. 'Ze hebben gedreigd om je ouders iets aan te doen, is het niet zo?'

'Ja,' zei Carmen fluisterend.

'Dus heb je het hun verteld.'

'Ja.'

Annie knikte. 'Dat huis bij King's Cross,' zei ze. 'We komen daar net van-daan. Die meisjes zijn afschuwelijk slecht behandeld. Ik heb nog nooit zoiets gezien.'

'Ik ben daar ook geweest. Hadeon zegt altijd dat ik heel veel geluk heb ge-had. Voor mij betalen mannen honderden ponden per nacht, maar voor die meisjes moeten ze heel veel mannen hebben om evenveel geld te ver-dienen. Hadeon laat zijn meisjes heel hard werken. Hij zegt tegen mij dat hij mij daar ook naartoe stuurt als ik me niet goed gedraag. Ik ben blij dat hij dood is.'

'Denk je dat hij in staat is om mensen die hebben ontdekt wat hij aan het doen was te laten vermoorden?'

Carmen knikte. 'Harry heeft ooit eens een meisje met zijn blote handen vermoord, omdat ze geen seks met hem wilde hebben.'

'Werkte Artyom voor hem?'

'Ja. En Boris ook.'

'Die met dat korte blonde haar?'

'Dat is Boris.'

De bestuurder, dacht Annie bij zichzelf. 'Er zat beneden nog een man.' Annie beschreef hem. 'Weet je wie dat is?'

'Ik weet alleen dat hij Max heet en dat hij nieuwe meisjes voor Harry meebrengt. Hij is niet altijd hier. Ik heb nooit met hem gepraat.'

Annie vermoedde dat Mazuryk of anders Max Lambert erbij had gehaald om de schade zo veel mogelijk te beperken, toen Mazuryk eenmaal wist dat Carmen haar mond voorbij had gepraat, en dat dit was wat er die hele week had gespeeld. Mazuryk had eveneens Artyom en de bestuurder opgedragen om Jennifer in de gaten te houden, op te letten waar ze naartoe ging. Het was mogelijk dat Lambert met Roy had gesproken en erin was geslaagd om Mazuryk ervan te overtuigen dat niemand de politie zou bellen, maar de onderhandelingen waren stroef verlopen en toen was er iets gebeurd, iets waardoor alles was veranderd.

'Ken jij een man die Lambert heet?' vroeg Annie.

'Lambert? Nee,' zei Carmen.

Annie gebaarde naar haar buik. 'Wat waren ze met jou van plan?'

'Ik mag mijn baby ter wereld brengen. Daarom zorgen ze zo goed voor me. Ik krijg eten en ze laten me met rust. Soms verveel ik me. Ik mag alleen het huis uit om naar dokter Lukas te gaan en dan brengt Artyom me meestal. Maar het is veel beter dan vroeger.'

'Weet je wie de vader is?'

Carmen wierp haar een verachtelijke blik toe.

'En de baby? Dokter Lukas vertelde me dat deze zou worden geadopteerd.'

'Ja. Ze willen de baby aan een rijke man verkopen. Ze krijgt een goed tehuis en een goed leven. Daarom behandelen ze me zo goed, om de baby gezond te houden. Harry maakt altijd een grap wanneer hij mij ziet, dat hij moet zorgen dat ik gezond blijf voor meneer Garrett.' Plotseling klonk er angst door in haar stem. 'Maar Harry is dood. Wat gaat er nu met mij gebeuren?'

'Dat weet ik niet,' zei Annie. 'Dat weet ik echt niet.'

Op weg naar buiten bedacht Banks iets en hij deed de deur naar Roys garage open. De Porsche stond daar nog steeds, glanzend gepoetst en puntgaaf. Hij deed het portier aan de bestuurderskant open, ging zitten en tastte in het zijvak naar het AA-boekje met wegenkaarten. Het was nog steeds opengeslagen op dezelfde pagina als de vorige keer en deze keer ontdekte Banks rechts bovenaan de naam Quainton. Oké, hield hij zichzelf voor, het mocht dan misschien niet direct een sluitend bewijs zijn, maar een beetje toevallig was het wel. Misschien was Roy wel naar Quainton geweest voordat hij naar huis was gereden, Banks had gebeld en met Lambert naar de Albion Club was gegaan. Wat had hij daar ontdekt waardoor hij zo van slag was geraakt?

Banks nam het boekje mee, deed autoportier, garagedeur en voordeur achter zich op slot en reed in de richting van de M41 en Quainton. Voorzover hij na een aantal afleidingsmanoeuvres kon nagaan, werd hij niet gevolgd. Zijn mobiele toestel lag op de stoel naast hem en net toen hij Berkhamsted was gepasseerd, belde Annie om hem op de hoogte te brengen van de invallen, de dood van Hadeon Mazuryk en Artyom, en haar gesprek met Carmen Petri. Dat plaatste een aantal dingen in het juiste perspectief en overtuigde Banks ervan dat hij beslist op de goede weg was.

Anderhalf uur nadat hij uit Londen was vertrokken, was hij op de plaats van bestemming.

Quainton lag aan de voet van een heuvel, een plaatsje met verspreid liggende huizen rondom een klein dorpsplein. Banks parkeerde zijn auto bij de George and Dragon. Hij bleef even staan om naar de bakstenen molen boven op de heuvel te kijken en ging toen de pub binnen. Dieter Ganz had hem geen adres gegeven, alleen de naam van het dorpje, maar hij had zo het vermoeden dat het plaatsje zo klein was dat ze Lambert en zijn Spaanse vrouw in de dorpspub wel zouden kennen.

Het leek tevens een goede plek om iets te eten. Het aanbod op de zwarte borden bestond uit steak met Stilton pie, kip en Thaise rode curry. Misschien kon hij hier na zijn gesprek met Lambert en diens vrouw wel even iets nuttigen. De barkeeper kende de Lamberts en vertelde hem dat ze in een groot huis aan Denham Road woonden dat hij bijna niet kon missen. Banks bedankte hem en ging op weg.

Hij vond het huis, dat aan de rand van het dorp stond, vrij gemakkelijk. Het was zo'n woning waaraan in de loop der jaren steeds nieuwe dingen waren toegevoegd – geveltop, extra vleugel, garage – dus het was moeilijk te zeggen uit welke tijd het oorspronkelijke gebouw precies stamde. Banks reed de oprit op, parkeerde de auto voor het huis en belde aan.

Al snel werd de deur opengedaan door een jonge vrouw, die hem met een glimlach begroette en vroeg wat ze voor hem kon doen. Banks wilde haar niet laten schrikken, dus hij liet haar zijn politiepas zien, maar zei er meteen bij dat hij de broer van Roy Banks was.

De vrouw keek hem meelevend aan. 'Die arme meneer Banks,' zei ze. 'Komt u toch binnen. Gareth is op dit moment nog in Londen, maar misschien wilt u wel een kopje thee? Ik weet hoe dol jullie Engelsen op thee zijn. Ik ben Mercedes Lambert.' Ze stak haar hand uit en Banks schudde deze voorzichtig.

Haar accent paste goed bij haar sensuele, mediterrane uiterlijk en Banks kon zich inderdaad goed voorstellen dat ze een Spaanse actrice en pin-up-girl was geweest. Ze had nog altijd een prachtig figuurtje, dat in de korte broek en het mouwloze topje dat ze aanhad bijzonder goed uitkwam. Haar olijfkleurige huid spande zich strak over haar fraaie botten en haar lange, kastanjekleurige haar viel golvend over haar schouders.

Ze ging Banks voor naar een ruime woonkamer, die groot genoeg was voor een vleugel én een driedelige, met damast beklede zithoek. Als een echte Engelse dame liet ze de hulp komen en vroeg ze haar om thee te brengen. Banks had kunnen weten dat ze zo'n groot huis als dit niet zelf schoonhield. Hij vroeg zich af of ze zich zo weggestopt op het platteland niet verveelde en of ze vaak samen met haar man in de flat in Chelsea verbleef. Zo te zien was ze een heel stuk jonger dan Lambert, hoewel niet meer zo jong als Corinne of Jennifer. Banks schatte haar op halverwege tot eind dertig.

'Ik heb gehoord dat u in Spanje actrice was,' zei hij, nadat hij had plaatsgenomen in een stoel met bewerkte houten leuningen.

Ze bloosde. 'Ik was niet echt goed. Ik heb gespeeld in... hoe noem je dat ook alweer, films waarin ik achterna word gezeten door monsters en heel veel moet gillen?'

'Horrorfilms?'

'Ja. Horrorfilms.' Ze haalde haar schouders op. 'Ik mis het niet.'

Dat geloof ik graag, dacht Banks bij zichzelf, en hij liet zijn blik door de kamer glijden. De openslaande tuindeuren achter de vleugel gaven toegang tot een patio en Banks zag de weerkaatsing van het zonlicht op het blauwe oppervlak van een zwembad, net een schilderij van Hockney. 'Kende u Roy goed?' vroeg hij.

'Nee,' zei ze. 'Ik heb hem slechts één keer ontmoet, vorige week, toen hij hiernaartoe kwam. Maar Gareth heeft me verteld wat er is gebeurd. Wat vreselijk.'

Zij sprak de naam ook als 'Garrett' uit.

'Wanneer was dat precies?' vroeg Banks.

'Ik geloof dat het vrijdag was.' Ze glimlachte. 'Maar soms lijken de dagen hier allemaal hetzelfde.'

'Waarom was hij hier?'

Op dat moment kwam de hulp binnen met een dienblad met daarop de thee, die ze op een tafeltje tussen Banks en Mercedes Lambert neerzette. Nadat ze melk in de kopjes had gedaan en thee had ingeschonken, verliet ze de kamer weer net zo geruisloos als ze was binnengekomen. Normaalgesproken gebruikte Banks geen melk, maar hij vond het niet erg.

Mercedes fronste haar wenkbrauwen. 'Ik weet eigenlijk niet waarom hij hier was,' zei ze. 'Hij wilde met me praten over een meisje dat Carmen heette en haar baby, maar ik heb hem gezegd dat ik haar niet kende. Carmen klinkt inderdaad wel Spaans, maar de naam komt ook in andere landen voor.'

'Wat zei hij toen?'

'Hij vertelde me dat deze Carmen zwanger was en dat hij had gehoord dat ze haar baby aan mij zou verkopen voor adoptie.' Er verscheen een diepe rimpel in Mercedes' voorhoofd. 'Hij zei dat Gareth hem dat had verteld.'

'En bent u ook inderdaad van plan om Carmens baby te adopteren, mevrouw Lambert?'

'Nee, natuurlijk niet. Dat vroeg uw broer me ook. Ik kon maar niet begrijpen waarom hij dat dacht.'

'Dat weet u heel zeker?'

'Ja, dat heb ik uw broer ook gezegd. Toen gebeurde er iets heel vreemds.'

'Wat?'

'Kleine Nina begon te huilen, en toen ik haar aan hem liet zien en hem alles over haar vertelde, zei meneer Banks dat het hem speet dat hij het verkeerd had begrepen en is hij snel weggegaan.'

'Sorry,' zei Banks. 'Ik begrijp het niet. 'Wie is kleine Nina?'

En toen hoorde hij het zelf. Een baby die boven begon te huilen. Mercedes Lambert glimlachte. Enkele ogenblikken later kwam een kindermeisje met de baby – die hooguit drie maanden oud kon zijn – naar beneden en Mercedes hield het kleine pakketje met betraande ogen tegen zich aan.

'Ze is ziek,' legde ze uit aan Banks. 'Dit heb ik uw broer ook verteld. Er is een probleem met haar hart. Het is, hoe zeg je dat? Aan... aan...'

'Aangeboren?'

'Ja. Aangeboren. En als ze niet heel snel een nieuw hart krijgt, gaat ze dood.' Toen klaarde haar gezicht op. 'Maar Gareth zegt dat we heel hoog op de lijst staan. Hij heeft geregeld dat een kliniek in Zwitserland – de beste ter wereld, zegt hij – al voor ons klaarstaat. Dus misschien heeft mijn Nina wel geluk.'

'En u weet heel zeker dat het niet de bedoeling is om een andere baby te adopteren?' vroeg Banks, wiens bloed in zijn aderen stolde.

Mercedes glimlachte. 'Nee. Natuurlijk niet. Nina krijgt een nieuw hart en dan wordt ze heel sterk. Dat weet ik gewoon. Denkt u ook niet?'

Banks keek Mercedes Lambert aan, las de vertwijfelde hoop op haar gezicht en wierp een blik op het bleke gezichtje dat tussen de dekentjes zichtbaar was. 'Ja,' zei hij. 'Ja, misschien wel.'

De treinreis had Annie goedgedaan en toen ze rond lunchtijd weer in Eastvale aankwam, voelde ze zich minder depressief dan direct na de invallen. Voordat ze naar het station was vertrokken, had ze geprobeerd Brooke een hart onder de riem te steken, maar ze wist dat het zelfverwijt over de slappe houding die hij naar eigen zeggen had getoond jegens de 'orders van bovenaf' iets was waar hij op de lange duur mee zou moeten leren leven en wat hij zelf zou moeten verwerken. Om redenen die alleen bij henzelf bekend waren, hadden gezagdragers, mogelijk met hulp van Burgess, het officiële politieonderzoek gedwarsboomd en Banks aangemoedigd om op eigen houtje de boel een beetje op te stoken, ongetwijfeld in de hoop dat meer spelers zich ertoe zouden laten verleiden om zich bloot te geven, in plaats van spoorloos te verdwijnen. En het was iedereen een rotzorg geweest of Banks bij dat proces misschien wel zou omkomen.

Toen Annie op het bureau aankwam, zaten Gristhorpe, Stefan, Winsome en Rickerd allemaal in de gemeenschappelijke werkruimte, waar een feestelijke stemming hing. Dat mocht ook wel. De moordenaar van Jennifer Clewes was tenslotte dood, net als zijn baas, en hun handlangers zaten achter de tralies. Zaak opgelost.

'Zo, dus jij hebt midden in het oorlogsgewoel gezeten,' zei Gristhorpe, die opkeek toen ze binnenkwam.

Annie ging achter haar bureau zitten en zette automatisch de computer

343

aan. 'Eerder de triage op het slagveld,' zei ze. 'Inspecteur Brooke en de jongens van SO19 hebben alles inmiddels onder controle. Mijn werk daar zit erop.'

'Gefeliciteerd,' zei Gristhorpe.

'Nog nieuws, Stefan?' vroeg Annie.

'Ik vertelde hoofdinspecteur Gristhorpe net dat we de eigenaar van de vingerafdrukken op de deur van inspecteur Banks' cottage hebben gevonden: Artyom Charkov. Hij heeft geen strafblad, maar de afdrukken komen overeen met die van een stoffelijk overschot in het mortuarium in Londen, een van de mannen die vanochtend tijdens de tweede inval is doodgeschoten. Ook komen ze overeen met de gedeeltelijke vingerafdruk die we op het portier van Jennifer Clewes' auto hebben gevonden. Londen meldt dat ze een pistool op het lichaam van Charkov hebben aangetroffen, een .22. Dat wordt nu nagetrokken.'

'Daarom is hij ook neergeschoten,' zei Annie. 'Omdat hij het vuur opende op een gewapende politieagent.'

'Tja, ik zou zelf een wat krachtiger wapen hebben genomen dan een .22.'

'Voor de agent in kwestie is het maar goed dat hij dat niet heeft gedaan. Trouwens, is dit niet een beetje als mosterd na de maaltijd nu hij dood is?' merkte Annie op.

Stefan keek teleurgesteld.

'O, Stefan, het spijt me. Het is niet mijn bedoeling om jouw inspanningen te bagatelliseren. We hebben altijd die andere kerel nog, die bestuurder, Boris.'

'De dienst technische ondersteuning van Essex heeft zijn afdrukken van de in de prak gereden Mondeo gehaald,' zei Stefan en hij onderdrukte een glimlach. 'Aan de binnenkant van het handschoenenkastje.'

'Fantastisch. Het schiet dus lekker op.'

'Hoe gaat het met Alan?' informeerde Gristhorpe.

'Voorzover ik weet wel goed, hoofdinspecteur,' zei Annie. 'Ik geloof dat hij later vandaag weer teruggaat naar Peterborough om bij zijn ouders te zijn en hen te helpen met het regelen van de begrafenis. Nu kan hij hun in elk geval vertellen dat het recht min of meer heeft gezegevierd.'

Achter Annie ging de deur open en ze zag dat Gristhorpe met een brede grijns op zijn gezicht opstond. 'Kijk eens wie we daar hebben. Susan Gay,' zei hij en hij liep naar de ietwat stevig gebouwde vrouw met kleine blonde krulletjes toe die in de deuropening stond, met Kev Templeton glunderend naast zich. 'Kom binnen, meisje. Kom er gezellig bij zitten.'

'We hebben hem,' zei Susan. 'Cropley. Hij zit beneden in een cel, in arrest voor de moord op Claire Potter. Alles keurig volgens het boekje. We hebben een DNA-monster afgenomen en dat is nu onderweg naar Derby. Ook krijgen we drie agenten die met zijn foto de benzinestations en wegrestaurants zullen afgaan. Maar het DNA alleen al is meer dan voldoende.'

Templeton straalde ook helemaal, zag Annie. 'Gefeliciteerd, Kev,' zei ze. 'Goed werk.'

Templeton grijnsde. 'Dank u wel, inspecteur.'

'Mooi,' zei Gristhorpe. 'Blijkbaar hebben we nu twee redenen om feest te vieren, dus wie gaat er bier halen?'

Tijdens de terugrit vanuit Quainton vielen bij Banks ook de laatste stukjes langzaam op hun plek, maar hij miste nog altijd het antwoord op een paar vragen. Hij ging op zoek naar Gareth Lambert, die in het reisbureau aan Edgeware Road bleek te zitten en hij parkeerde zijn Renault daar voor de deur. Lambert leek verbaasd en vooral ook enorm uit zijn humeur toen hij onder het toeziend oog van zijn personeel, dat hen met open mond nastaarde, praktisch de straat op werd gesmeten, maar hij ging zonder enige vorm van verzet met Banks mee.

Banks trok het portier aan de passagierskant open en duwde hem naar binnen. 'Riem vast,' zei hij.

'Waar gaan we naartoe?'

'Ik wil je iets laten zien.' Banks reed langs de rand van Hyde Park naar Chelsea Bridge, stak de rivier over en vervolgde zijn weg naar de oude fabriek van Midgeley's Castings. Als Lambert al doorhad waar ze naartoe gingen of de plek herkende toen ze er eenmaal waren, dan liet hij dat niet merken.

Banks zette zijn auto stil op het met onkruid overwoekerde beton voor de ingang en stapte uit. Hij rukte het portier aan Lamberts kant open en sleurde hem half naar buiten. Lambert woog meer dan hij, maar was in bar slechte conditie en Banks' pezige kracht was voldoende om hem vooruit te duwen in de richting van de fabrieksdeur.

'Wat is er verdomme met jou aan de hand?' sputterde Lambert tegen. 'Het is werkelijk nergens voor nodig om me zo ruw te behandelen. Of je nu Roys broer bent of niet, ik doe er heus wel aangifte van.'

Banks duwde Lambert door de deur de fabriek in. Vogels gingen er door de gaten in het dak vandoor. De politie was klaar met haar onderzoek op deze plaats delict en de stoel en stukken touw waren verdwenen, maar er zaten nog wel bloedvlekken op de vloer. Roys bloed. Dat had het lab bevestigd. Banks bleef staan en smeet Lambert op een stapel kapotte pallets en roestige, verwrongen stukken oud ijzer. Lambert kreunde toen er iets scherps in zijn rug prikte.

'Dit gaat je je baan kosten, verdomme,' riep hij met een vuurrood hoofd en hij probeerde overeind te klauteren.

Banks zette een voet tegen zijn borstkas en drukte hem weer omlaag. 'Blijf daar,' zei hij. 'En luister goed naar wat ik te zeggen heb. Dit is de plek waar ze Roy naartoe hebben gebracht. Je kunt zijn bloedvlekken nog steeds zien.' Banks wees. 'Kijk maar eens goed, Gareth, dat is het bloed van mijn broer.'

'Daar heb ik niets mee te maken,' zei Lambert, die nu rechtop zat en over zijn rug wreef. 'Ik ben hier nog nooit van mijn leven geweest. Je weet niet waar je het over hebt. Je raaskalt.'

Hij wilde weer opstaan, maar Banks duwde hem opnieuw omlaag.

'Dat is een goeie,' zei Banks. 'Even voor alle duidelijkheid, Gareth. Nadat Roy en jij elkaar hadden gesproken in de Albion Club heb jij vanuit het toilet van de club via je mobieltje Hadeon Mazuryk of Max Broda gebeld en hem om hulp gevraagd. Ik ben ervan overtuigd dat dit uitgaande gesprek op het overzicht in je mobieltje terug te vinden is. Je moest ervoor zorgen dat Roy uit de weg werd geruimd. Mazuryk kwam zelf of heeft iemand anders gestuurd en ze hebben hem voor de club in een auto laten stappen en hem hierheen gebracht. Ze hebben hem ook gemarteld, Gareth, om erachter te komen hoeveel hij wist, wat mijn adres was en wat ik eventueel wist. Misschien hebben ze zelfs het adres van onze ouders uit hem losgekregen, want ze hebben ook dreigementen in hun richting geuit. Hij zat vastgebonden op een stoel daarginds, bloedend, in de wetenschap dat hij na afloop van dit alles waarschijnlijk zou sterven.' Banks voelde tranen van woede in zijn ogen opwellen toen hij dit hardop zei en hij moest zichzelf bedwingen om niet woest naar Lambert uit te halen. Hij zag een ijzeren staaf op de vloer liggen, raapte deze op en sloeg ermee tegen zijn handpalm.

Lambert kromp ineen. 'Ik heb het je toch al eerder gezegd,' zei hij. 'Daar heb ik echt helemaal niets mee te maken gehad. Waarom zou ik dat in vredesnaam doen? Dat meisje en je broer vormden een gevaar voor Mazuryk, niet voor mij.'

'Maar jij hebt banden met Mazuryk. Jij zorgde ervoor dat de meisjes die Max Broda op de markten in de Balkan kocht bij hem terechtkwamen.'

'Dat kun je nooit bewijzen.'

'Dat doet er ook niet toe,' zei Banks, 'want dat was niet waar het eigenlijk om draaide. Aanvankelijk dacht ik inderdaad dat het om de meisjes ging die jij in samenwerking met Max Broda voor Mazuryk het land binnensmokkelde. Meisjes die jullie met de valse belofte van een baan hadden gelokt of gewoon op straat hadden ontvoerd. Je wilde Roy er ook bij halen, net als vroeger, en je hebt het er een paar keer met hem over gehad, een paar maanden lang. In het begin was Roy niet van het hele verhaal op de hoogte en misschien heeft hij zelfs wel even interesse getoond toen bleek dat het hem een aardige som geld zou opleveren. Kerkganger of niet, mijn broer was echt geen heilige.

Toen verklapte Carmen Petri aan Roys vriendin dat die meisjes het werk niet vrijwillig deden. Jennifer vertelde dit aan Roy en dat veranderde alles voor hem. Ik vermoed dat hij er vanaf dat moment niets meer mee te maken wilde hebben. Ik denk dat hij je nog wel een kans heeft gegeven om van gedachten te veranderen, uit nostalgische overwegingen. Volgens mij heeft Roy op dinsdag, de dag nadat Carmen het aan Jennifer had verteld, met jou en Max Broda geluncht en hebben jullie samen geprobeerd hem ervan te overtuigen dat alles volkomen legaal was. Hij geloofde jullie echter niet. Daarom heeft hij die foto van jullie tweeën gemaakt. Hij is als eerste weggegaan, is het niet zo?'

Lambert zei niets.

'Misschien zou hij je niet eens hebben aangegeven,' vervolgde Banks, 'hoezeer hij ook walgde van wat je deed. Ik geloof niet dat mijn broer met zijn verleden een erg hoge pet ophad van de politie. Maar hij moest natuurlijk ook aan zijn vriendin denken. En zij, als vrouw, was nog veel kwader dan hij. Roy heeft jullie tijdens die lunch op dinsdag ongetwijfeld verteld dat hij haar had overgehaald om voorlopig haar mond te houden, om geen contact op te nemen met de politie, en dat het niet nodig was voor jullie om haar aan te pakken. Mazuryk stuurde voor alle zekerheid toch Artyom en Boris op haar af om haar in de gaten te houden, en te kijken waar ze naartoe ging en wie er bij haar langskwam. Als ze de politie had gebeld, zou die beslist geen genoegen hebben genomen met een of andere anonieme stem aan de telefoon; dan zouden ze haar persoonlijk hebben willen spreken, bij haar thuis of anders op het bureau. Daarom moesten Artyom en Boris haar in de gaten houden. En toen op die vrijdagavond in de Albion Club het kritieke punt werd bereikt en Roy Jennifer opdroeg om naar mij toe te gaan, zijn ze haar gevolgd en hebben ze haar op een verlaten landweggetje vermoord.'

'Dit is te belachelijk voor woorden,' zei Lambert met een neerbuigende grijns op zijn gezicht. 'Je zou jezelf eens moeten horen. Je kunt werkelijk niets van dit alles bewijzen. Zodra ik hier weg ben, zal ik...'

Banks schopte hem keihard in zijn maag. Lambert kreunde, rolde omver, klemde zijn middenrif met beide handen vast en kokhalsde. 'Vuile klootzak,' siste hij.

Banks haalde hard uit met de ijzeren staaf en raakte hem op zijn schouder. Lambert krijste. 'Maar het was jullie niet eens om die meisjes te doen, hè?' ging Banks verder. 'Dat was slechts het begin. O, ik geloof best dat je hebt geprobeerd Roy ervan te overtuigen dat ze hier een veel beter leven hadden, weg uit hun door oorlog verscheurde thuisland, weg van de armoede en ziekten en dood. Misschien wilde hij het zelfs wel geloven. En toen, in een laatste poging om hem over de streep te trekken, probeerde je zelfs op zijn gemoed te werken door hem te vertellen dat je Carmen Petri's baby zelf wilde adopteren. Waarschijnlijk heb je een of ander treurig verhaaltje opgehangen over je vrouw die zelf geen kinderen zou kunnen krijgen en wanhopig naar een gezinnetje snakte. Je hield hem voor dat jij het kind een veel beter leven kon bieden dan het in Roemenië of als kind van een prostituee in Londen zou hebben gehad. Dat had de zaak moeten beklinken. Wat een edelmoedige daad van je. Hij zou natuurlijk nooit de privé-adoptie van een kindje door een oude vriend van hem in de weg willen staan, of wel? Het mocht dan misschien niet helemaal op wettelijke wijze verlopen, maar het gebeurt immers aan de lopende band? Hoe kan het nu een misdaad zijn, als je er een kindje hoop mee zal geven En zelfs Roy moest wel inzien dat een kindje dat door jou werd geadopteerd veel meer mogelijkheden en voordelen had dan de meeste anderen. In financieel opzicht, dan.'

'En wat dan nog?' wierp Lambert tegen. 'Oké, misschien wil ik inderdaad haar kind wel adopteren. Het is toch waar. Bij ons zou het kind een veel beter leven krijgen. Dat ziet iedere idioot toch zo.'

'Dat kan wel zo zijn,' zei Banks. 'Maar daar was het je niet werkelijk om te doen, hè?'

'Hoe bedoel je?'

'Ik weet waarom Roy dood moest,' zei Banks.

'Waar heb je het over?' Lamberts gefluister was amper te verstaan.

'Omdat hij eerder die dag, voordat jij bij hem langskwam, ergens naartoe was geweest. Hij had de waarheid ontdekt.'

'Ik begrijp het niet.'

'Ik ben er zelf namelijk ook net geweest. Quainton.'

Lambert zei niets. Hij leek nog verder in elkaar te krimpen.

'Roy is bij je vrouw geweest om haar naar die adoptie te vragen,' vervolgde Banks. 'Ze hadden elkaar nog niet eerder ontmoet. Als het inderdaad waar bleek te zijn, zou hij er waarschijnlijk wel mee hebben ingestemd om alles stil te houden en ook Jennifer zover te krijgen dat ze niets zou zeggen. Alleen ontdekte Roy precies hetzelfde wat ik ook heb ontdekt. Dat jij en je vrouw een baby'tje hebben, een dochtertje dat Nina heet en een nieuw hart nodig heeft. En het enige hart dat geschikt is voor een baby die een transplantatie moet ondergaan, is het hart van een andere baby. Je wist hoe klein de kans was dat je er via de normale kanalen een zou kunnen krijgen, dus toen je hoorde dat een van Mazuryks meisjes zwanger was – en niet zomaar een meisje, maar nog wel Carmen, intelligent, gezond en niet verslaafd – sloot je een deal met hem. Jij zou Mazuryk betalen voor de kans om Carmens baby te adopteren. Op die manier draaide hij geen verlies wanneer ze tijdens haar zwangerschap niet kon werken. Alleen was je helemaal niet van plan om de baby te adopteren, hè? Je kocht alleen het hart van de baby. Ik weet niet of Mazuryk ervan op de hoogte was, maar zodra de baby was geboren, zou deze direct naar Zwitserland worden gebracht. Was je eigenlijk van plan om de baby zelf te doden of heb je een louche arts betaald om het voor je te doen?'

'Doe niet zo dwaas. Dit is pure fantasie.'

'Is dat zo? Ik vermoed dat je iemand had klaarstaan, waarschijnlijk een of andere louche arts die je nog van de Balkan kende. Je hebt het lef niet om het zelf te doen. En vervolgens die kliniek in Zwitserland waar alles al klaarstaat en waar geen vragen worden gesteld. Je had het helemaal voor elkaar, hè?'

Lambert lag kronkelend op de stapel versplinterd hout en verwrongen metaal. Op een gegeven ogenblik was zijn lip gebarsten en tijdens het praten druppelde daar bloed uit. 'Luister, je bent overduidelijk volkomen geschift, Banks. Laat me gaan en we hebben het er niet meer over.'

Hij wilde weer opstaan, maar Banks trapte hem terug op de grond en zwaaide vervaarlijk met de staaf boven zijn hoofd.

'Blijf waar je bent. Begrijp je dan niet dat het spelletje uit is? Denk je echt dat je vrouw je nog zal willen kennen na alles wat je van plan was?'

'Ze weet het niet,' zei Lambert. 'Als jij...'

'Ik heb haar niets verteld. Nog niet. Zeg eens eerlijk, Gareth. Hoe kon je er zeker van zijn dat je de juiste donorbaby had? Wie heeft de tests uitgevoerd?'

'Welke tests?' Lambert zweeg even en wreef over zijn schouder.

'Kom, Gareth. Doe me nu eens een lol. Vertel het me.' Banks zwaaide nogmaals met de staaf en liet hem met een luide klap op zijn handpalm terechtkomen.

Lambert bleef even zwijgend zitten. 'De bloedgroepen kwamen overeen,' zei hij toen. 'Meer kun je bij baby's niet verwachten en zelfs de bloedgroep doet er niet echt toe wanneer ze pas geboren zijn. Dacht je soms dat ik dat niet grondig had uitgezocht? Het hart kan buiten het lichaam slechts zes uur overleven, dus voer je eerst de transplantatie uit en stel je daarna pas de vragen. Een kans. Dat was het enige wat ik wilde.'

Hoewel Banks na het zien van Mercedes en Nina al had begrepen hoe de vork in de steel zat, kon hij nog steeds nauwelijks geloven, zelfs nu hij het van Lambert zelf hoorde, dat deze man koelbloedig een baby had gekocht en van plan was geweest om het hartje ervan te gebruiken om het leven van zijn eigen dochter te redden. 'Heb je enig idee wat je zegt?' zei hij.

'Moet je horen,' zei Lambert. 'Hoeveel kans zou een kind met zo'n moeder nou hebben gehad? Hè? Zeg het eens. Moet je haar zien. Een ordinaire prostituee. Een hoertje. Op deze manier had de geboorte van de baby tenminste nog enigszins zin. Dit soort mensen baart kinderen in de buitenlucht en vindt dat de normaalste zaak van de wereld. Je hebt hen niet gezien, Banks. Je bent er zelf niet geweest. Ik wel. Ik ken hen. Ik heb tussen hen in gewoond. Het zijn beesten. Hun smerige kinderen lopen op straat te bedelen en te stelen, en groeien op tot criminelen en prostituees, net als hun ouders. De weeshuizen zijn tot aan de nok toe gevuld met in de steek gelaten kinderen die geen van allen een kans maken. Mijn kind maakt wel een kans. Zij kan iets goeds doen met haar leven. Iets bereiken. Iets toevoegen.'

Banks schudde verachtelijk zijn hoofd. 'Ik heb me zitten afvragen waar voor Roy de grens lag,' zei hij, 'en nu weet ik het. Hij zou omwille van het geld en een jarenlange vriendschap heel wat door de vingers hebben gezien. De meisjes. De illegale adoptie. Maar niet dit, niet de moord op een onschuldige baby omwille van diens hart. Wat heb je op vrijdag in de

Albion Club gedaan? Hem geld aangeboden om zijn mond te houden of geprobeerd hem ervan te overtuigen dat je het moreel gelijk aan jouw kant had?'

'We hadden het al de hele week over de meisjes en de adoptie. Toen hij Mercedes had gezien en erachter was gekomen... dat was voor hem blijkbaar de laatste druppel.'

'Waarom heeft hij het dan niet onmiddellijk bij de politie aangegeven? Waarom nam hij de moeite om nog eens met je te praten?'

'Hij was helemaal niet van plan om ermee naar de politie te stappen. Hij wilde het aan jou vertellen.'

'Wat? Maar ik ben toch van de politie,' zei Banks.

Lambert schudde zijn hoofd. 'Je begrijpt het niet. Jij bent zijn grote broer. Hij verwachtte dat jij er wel iets aan zou doen.'

Banks staarde hem verbluft aan. Hij had niet beseft dat Roy hem niet zozeer als politieman had benaderd, als wel als zijn broer: de broer die hem in bescherming had genomen tegen pestkoppen. Daardoor werd alles anders. Roy was de politie altijd angstvallig uit de weg gegaan en zou van Banks hebben verwacht dat hij de situatie oploste zonder er een officiële politie-aangelegenheid van te maken. Zelf als hij dat had gewild, wist Banks niet of het hem zou zijn gelukt, ook als ze Roy en Jennifer niet hadden vermoord. Daar was alles waarschijnlijk al veel te ver voor gegaan.

'Wat is er nu eigenlijk in de club gebeurd?' vroeg Banks.

'Hij zei dat hij me omwille van onze vriendschap een uur zou geven om erover na te denken. Hij zou in het casino zijn, voor het geval ik hem wilde spreken. Ook zei hij dat hij al iemand naar je had toegestuurd, maar dat hij haar op haar mobieltje kon bellen om haar terug te roepen als ik ermee instemde om mijn plannen te laten varen.'

'Wat heb je tegen hem gezegd toen het uur om was?'

'Niets.'

'Je had ook tegen hem kunnen liegen, hem kunnen wijsmaken dat je je plannen niet zou doorzetten.'

'Dat had hij heus wel doorgehad. Dacht je soms dat hij het gewoon zou vergeten, niet zou controleren of het ook echt zo was?'

'Nee, dat zal ook wel niet,' zei Banks. 'Dus toen heb je hem de dood in gestuurd?'

'Ik moest wel. Wat kon ik anders doen? Ik kon Mercedes en Nina niet in de steek laten. Hij zou alles hebben verpest. Mazuryks zakelijke belangen, het leven van mijn Nina. Mercedes' leven. Alles. Begrijp je het dan niet? Ik kon gewoon niet doen wat hij wilde. Zonder een nieuw hart zal mijn dochter sterven.'

Er stroomde bloed over Lamberts onderlip dat luchtbelletjes vormde toen hij sprak. Banks had hem het liefst nogmaals geslagen, maar wist dat hij waarschijnlijk niet meer zou kunnen ophouden wanneer hij eenmaal begon.

'En daarom heb je Roy laten vermoorden.'

'Ik niet. Mazuryk.'

'Wist Mazuryk wat je met Carmens baby van plan was?'

'Ben je helemaal belazerd? Niemand wist er vanaf, behalve ikzelf en de arts die ik had omgekocht. Die arts was me iets verschuldigd. Ik heb hem ooit geholpen toen hij in de nesten zat. Je kunt trouwens helemaal niets bewijzen. Ik ontken gewoon alles. Ik zal zeggen dat je me in elkaar hebt geslagen en me hebt gedwongen om een valse bekentenis af te leggen. Moet je zien, ik zit onder de blauwe plekken en ik bloed.'

'Bij lange na nog niet genoeg,' zei Banks. 'Je hebt Mazuryk vanuit de Albion Club gebeld om te zeggen dat Roy dwarslag en toen is Mazuryk zelf gekomen of anders heeft hij Broda gestuurd om Roy buiten de club op te pikken en hierheen te brengen.'

'Ik heb hem verteld dat Roy dreigde alles te verraden. Het enige waar Mazuryk zich druk over maakte waren de meisjes en het geld dat ze voor hem verdienden.'

'Dus Mazuryk beschermde zijn belangen en jij de jouwe?'

'Wat had ik dan moeten doen? Wat zou jij hebben gedaan als het jouw dochter was geweest?'

Daar wilde Banks liever niet over nadenken. 'Waarom zijn ze later teruggegaan om Roys computer op te halen? Wie heeft dat gedaan? Daar kon toch nog niets over de baby op staan, want hij was pas net terug van zijn bezoekje aan Mercedes toen jij aanbelde.'

'Mazuryks mannen. Niet Artyom en Boris. Anderen. Niet al te snugger. We dachten dat hij er wellicht belastende informatie op had opgeslagen. Over mij. Over Mazuryks activiteiten, de meisjes. We hadden die week veel met elkaar gepraat. Op een gegeven moment dacht ik echt dat hij mee wilde doen. Ik heb hem toen een aantal dingen verteld. Roy gebruikte zijn computer heel veel.'

En het mobiele telefoontje hadden ze niet meegenomen, omdat ze niet in de keuken waren geweest en dus waarschijnlijk niet eens hadden geweten dat het daar lag, vermoedde Banks. Niet dat dat er nu nog iets toe deed. Roy en Lambert hadden hun mobieltjes bewust niet gebruikt voor die gesprekken. Ze wisten hoe gemakkelijk dat na te trekken was en hoe belastend dergelijk gebruik kon zijn. Dat was ook de reden dat criminelen meestal gestolen exemplaren gebruikten. En Banks betwijfelde of Roy ooit zelf telefonisch contact had gehad met Mazuryk of Broda. Later had Broda het mobieltje natuurlijk gebruikt om zijn visitekaartje af te geven en zijn misselijkmakende grap te versturen. 'Wat is er dan gebeurd waardoor hij van gedachten veranderde?'

'Als die stomme hoer Roys vriendin niet had verteld dat sommige meisjes waren ontvoerd en slecht werden behandeld, zou dit volgens mij allemaal niet zijn gebeurd,' zei Lambert, 'en dan zouden je broer en ik gewoon partners zijn geworden. Ik heb de hele week geprobeerd om Roy ervan te overtuigen dat het nog altijd een goed plan was, maar hij vond het geen prettig idee dat de meisjes het werk niet vrijwillig deden. Toen heb ik hem over de adoptie verteld. Ik dacht dat hij dan wel zou inzien dat het een goed plan was.'

'En was dat ook zo?'

'Hij was duidelijk niet overtuigd. Maar hij werd wel iets milder. Totdat hij naar Mercedes ging.'

Roy als pooier of leverancier van meisjes? Banks kon zich dat maar moeilijk voorstellen. Waarschijnlijk zou hij zichzelf dan hebben omschreven als investeerder in een escortbureau of misschien zelfs wel reisadviseur. Zijn spirituele en morele ommezwaai hadden in elk geval geen temperende invloed gehad op zijn behoefte om op welke manier dan ook geld te verdienen, afgezien van de illegale handel in lichaamsdelen. 'En het dreigement aan het adres van mijn ouders? Van wie is dat uitgegaan?'

'Mazuryk. Toen je je niet liet afschrikken door de digitale foto die ze je hadden gestuurd, moesten ze met doeltreffender maatregelen komen. Ze hadden je natuurlijk ook kunnen doden, maar ik heb hun voorgehouden dat de dood van een politieman zo vlak nadat zijn broer was vermoord wel het laatste was wat ze konden gebruiken. Dat heb ik hun verteld, Banks. Ik heb jouw leven gered. Deze mensen zijn niet altijd voor rede vatbaar, maar ik heb veel tijd met hen doorgebracht. Ik kan met hen praten. Ze zijn je naar huis gevolgd en weer terug, en lieten je op de snelweg weten dat ze er waren om je af te schrikken.'

'Ik laat me niet zo gemakkelijk afschrikken. En Jennifer Clewes?'
'Ze maakten zich al zorgen over haar. In het begin vond ze het geweldig om dokter Lukas te helpen met deze meisjes, maar ze was veel te vriendelijk tegen hen en Mazuryk was bang dat iemand misschien haar mond voorbij zou praten en zou vertellen hoe ze hier in werkelijkheid waren terechtgekomen. Ze vonden dat Carmen iets te brutaal werd omdat ze niet meer hoefde te werken en toen Artyom hen met elkaar zag praten, Carmen en Jennifer Clewes, kreeg hij achterdocht en hij meldde het aan Mazuryk. Ze hebben Carmen gedwongen hun te vertellen wat ze tegen haar had gezegd. Zonder haar pijn te doen, natuurlijk. Ze konden niet riskeren dat ze de baby iets zouden aandoen.'
'Laat me eens raden. Ze hebben zeker gedreigd dat ze haar ouders iets zouden aandoen.'
'Dat zou best kunnen. Artyom en Boris hielden Roys vriendin al een paar dagen in de gaten, dus toen zij er als een speer vandoor ging op hetzelfde moment dat ik Mazuryk vertelde dat Roy onhandelbaar was geworden... Luister, ik was er zelf niet bij... ik weet niet zeker wat er is gebeurd. Maar ik heb het niet gedaan.'
'Maar je weet wel degelijk wat er is gebeurd. Je hebt zelf het startsignaal gegeven.'
'Max heeft het me pas na afloop verteld. Ze hadden ontdekt waar ze naartoe ging. Dat had Roy Mazuryk verteld toen ze hem in elkaar sloegen en Mazuryk heeft Artyom in de auto gebeld. Zodra ze een rustig gedeelte van de weg hadden bereikt, hebben ze haar vermoord. Artyom zou jou voor alle zekerheid ook hebben vermoord als je thuis was geweest. Hij is niet echt slim.'
'Wat jammer dat hij dat niet heeft gedaan,' zei Banks, 'want nu is Mazuryk dood, Artyom is dood en de rest gaat de gevangenis in. En jij...'
'Wat?'
'Ik kan maar niet beslissen of ik je ga vermoorden of dat ik je naar het bureau zal brengen.'
En dat was waar. Banks was nog nooit zo sterk in de verleiding geweest om iemand te doden als nu bij Gareth Lambert. Als hij een pistool had gehad, had hij het misschien ook wel gedaan. Hij hief de ijzeren staaf op, die hard en kil aanvoelde, en liet hem nogmaals in de palm van zijn hand neerkomen. Daarmee zou het moeten lukken. Eén stevige klap. Zijn schedel als een eierschaal verbrijzelen. Lambert staarde hem met angstige ogen aan.

'Nee!' zei hij en hij hield zijn handen afwerend voor zijn gezicht. 'Niet doen. Dood me niet.'

Het was niet alleen wraak vanwege Roy, maar ook omdat hij nog nooit iemand had ontmoet die zo weerzinwekkend was dat hij in staat was om alleen al te bedenken wat Lambert had bedacht, laat staan dit te verdedigen en rechtvaardigen. Zoiets was bij hemzelf nooit opgekomen als hij niet net als Roy naar Mercedes Lambert was gegaan en daar die arme Nina had horen huilen. Mercedes Lambert wist overduidelijk niets van het onzalige plan van haar man. Banks walgde ervan en voelde dat zijn maag zich omkeerde, en hij kon het niet langer verdragen om Lambert aan te kijken. 'Wat ga je nu doen? Je gaat me toch geen pijn doen?' jammerde Lambert. Banks slingerde de ijzeren staaf weg. Deze viel rinkelend nog geen vijf centimeter boven Lamberts hoofd op de stapel verwrongen metaal. Toen liep Banks weg, en hij boog zich voorover en gaf over op de vloer. Toen hij daarmee klaar was, steunde hij met zijn handen op zijn knieën, haalde hij een paar keer diep adem, veegde hij zijn mond af met de rug van zijn hand en haalde hij zijn mobiele telefoontje tevoorschijn.

Enkele dagen later stak Banks op een avond het oude, speciaal voor pakpaarden bestemde bruggetje aan de westkant van de High Street in Helmthorpe over en sloeg hij rechts af het pad langs de rivier op. Het was een wandeling die hij al vaak met veel plezier had gemaakt. Het pad, met aan de ene kant bomen en aan de andere kant het water, was vlak en gemakkelijk begaanbaar, zonder heuvels die je op moest klauteren, en zou hem uiteindelijk terugvoeren naar Helmthorpe, waar hij dan uit drie pubs kon kiezen.

Tijdens de wandeling dacht hij na over de gebeurtenissen van de afgelopen maand, die allemaal waren begonnen op de avond dat hij Penny Cartwright *Strange Affair* had horen zingen in de Dog and Gun. Hij dacht aan Roy, Jennifer Clewes, Carmen Petri, Dieter Ganz en al die anderen.

En Gareth Lambert.

Inmiddels was alles bijna achter de rug. Artyom en Mazuryk waren dood. Gareth Lambert zat in een cel, net als Boris en Max Broda, en er bestond een vrij grote kans dat ze alle drie een heel lange gevangenisstraf zouden krijgen. Door Banks' inmenging was Dieter Ganz gedwongen geweest om open kaart te spelen, maar hij leek te denken dat zijn team genoeg bewijsmateriaal had verzameld om diverse veroordelingen af te dwingen jegens handel in minderjarige meisjes met als doel hen de prostitutie in te jagen.

Helaas waren bij invallen in vergelijkbare huizen in Parijs, Berlijn en Rome alleen maar enkele onbeduidende spelers opgepakt, want het nieuws van de gebeurtenissen in Londen had zich snel verspreid. Op de Balkan waren gidsen, chauffeurs, ontvoerders en handelaren gevlogen. Ze zouden echter wel weer opduiken, had Dieter Ganz tegen Banks gezegd, en dan zou hij hen opwachten.

Of Lamberts medeplichtigheid aan de samenzwering om Roy Banks en Jennifer Clewes te vermoorden kon worden aangetoond, was een heel ander verhaal. Lamberts laaghartige plannen konden niet worden bewezen. Zoals hij al had aangegeven, wisten alleen hijzelf en de arts wat ze van plan waren geweest met Carmens baby en geen van beiden gaf iets prijs. Banks had een officiële berisping gekregen voor de manier waarop hij Lambert in de leegstaande fabriek had behandeld, waardoor tevens aan het waarheidsgehalte van alles wat Lambert hem had verteld zou worden getwijfeld. Er bestond echter nog altijd een mogelijkheid dat Max Broda niet bereid was overal in zijn eentje voor op te draaien en Lamberts aandeel in de samenzwering alsnog zou verraden. En uit de gegevens van Lamberts mobiele telefoon was gebleken dat er op vrijdag 11 juni om elf uur 's avonds vanuit de Albion Club mee was gebeld naar het nummer van Mazuryk.

Hoe de rest zou aflopen wist Banks niet. Mazuryks meisjes zouden binnenkort naar huis worden gestuurd, maar wie zou hun leven herstellen, hun geknakte ziel helen? Misschien zou een enkeling zich er mettertijd overheen zetten en verdergaan met haar leven, maar de anderen zouden waarschijnlijk uiteindelijk weer vervallen in het enige leven dat ze kenden. Annie had Banks verteld dat Carmen Petri zou worden herenigd met haar ouders in Roemenië, waar de baby, in tegenstelling tot wat Gareth Lambert had gedacht, een redelijk goede kans had om iets van het leven te maken. Carmen was drie jaar geleden op straat ontvoerd en haar ouders waren al die tijd blijven hopen dat ze nog in leven was.

Van alle betrokkenen was Mercedes Lambert wellicht het slechtst af en Banks leefde enorm met haar mee. Haar man zou waarschijnlijk voor lange tijd achter de tralies verdwijnen en als er geen wonder gebeurde, zou haar baby Nina hoogstwaarschijnlijk binnen niet al te lange tijd sterven. De politie had Banks' beschuldiging in onderzoek genomen en haar daarover gehoord, dus nu moest ze ook nog leven met het volle besef van wat haar man van plan was geweest. Banks kon zich voorstellen dat deze wetenschap een moeder kon verscheuren en haar voor eeuwig in haar dromen zou achtervolgen. Wat had kunnen zijn. Het naamloze, onbekende kind van een Roemeense prostituee die ze nooit had ontmoet, afgezet tegen het leven van haar eigen dochter.

Zijn gedachten namen een andere wending. Hij was net terug van Roys begrafenis in Peterborough. Het was zoals verwacht een sombere, trieste aangelegenheid geweest, maar hij had in elk geval wel even wat tijd kunnen doorbrengen met Brian en Tracy, die voor de gebeurtenis waren overgekomen, en het had voor zijn ouders een zekere afsluiting gevormd, waar ze zo naar hadden verlangd. Voor Banks ging dat niet op. Voor hem was het niet afgesloten.

Het goede nieuws was dat zijn moeder heel snel de resultaten had binnengekregen van de medische testen. De darmkanker was operabel en de kans dat ze volledig zou herstellen, was groot. Ook leek ze iets beter om te gaan met het verlies van haar zoon, ook al besefte Banks dat ze er nooit helemaal overheen zou komen, nooit meer haar oude zelf zou worden.

Felgroene libellen hingen vlak boven het water en muggen en vliegjes zwermden boven het pad. De zon was bijna helemaal onder, het water was donkerblauw gekleurd en de hemel vertoonde bloedrode strepen. Banks ving de roep van nachtvogels op vanuit de bomen en het geluid van kleine dieren die door de lage begroeiing schuifelden. Aan de overkant van de rivier kon hij de achtergevels van de winkels en huizen aan de High Street van Helmthorpe zien liggen. Buiten in de tuin van de Dog and Gun zaten mensen en hij hoorde gedempte gesprekken en de muziek uit de jukebox. Eigenlijk had het Delius' *Summer Night on the River* moeten zijn, dacht hij, en hij ademde de geurige lucht in, maar het was zelfs niet *Strange Affair*, het was Elvis Costello's *Watching the Detectives*.

Banks bleef even staan om een sigaret op te steken en merkte toen op dat er vanuit de andere richting iemand op hem af kwam gelopen. Hij zag slechts een donkere gedaante, maar toen deze dichterbij kwam, zag hij dat het Penny Cartwright was. Hij deed een stap opzij om haar langs te laten. De laaghangende bladeren streken langs zijn nek en hij huiverde even. Het was net of er een spin onder zijn kraag was gekropen en nu langs zijn rug een weg naar beneden zocht.

Toen ze hem passeerde, knikte Banks beleefd in haar richting en mompelde hij hallo, waarna hij snel verder wilde lopen, maar toen klonk achter zijn rug haar stem. 'Wacht even.'

Banks draaide zich om. 'Ja?'

'Hebt u een vuurtje voor me?'

Toen Banks zijn aansteker ophield, boog ze zich met een sigaret in haar mond een stukje naar hem toe en terwijl ze inhaleerde, lieten haar ogen de zijne niet los. 'Bedankt,' zei ze. 'Wat een toeval dat ik uitgerekend u hier tegen het lijf loop.'

'Tja. Heel toevallig. Goedenavond dan maar.'

'Wacht even. Heel even maar. Goed?'

Ze klonk zenuwachtig en gespannen. Banks vroeg zich af wat er aan de hand was. Ze stonden tegenover elkaar op het smalle pad. Ergens diep in de bossen kraste een uil. Het was nu bijna helemaal donker, nog slechts een paar paarse en donkerrode vegen langs de hemel als het gewaad van een grote godheid.

'Het spijt me van uw broer,' zei ze.

'Dank je.'

Penny wees naar de tuin van de pub. 'Herinnert u zich die avond nog?' vroeg ze. 'Al die jaren terug?'

Banks herinnerde het zich nog. Hij had daar in die tuin gezeten met zijn vrouw Sandra, Penny en haar vriend Jack Barker, en hun uitgelegd wat zich rond de moord op Harry Steadman allemaal had afgespeeld. Net als nu was het een warme zomeravond geweest.

'Hoe gaat het met Jack?' vroeg hij.

Penny glimlachte. Ze was niet iemand die snel glimlachte en wanneer ze het wel deed, was het zeker de moeite waard. 'Ik denk dat het heel goed gaat met Jack,' zei ze. 'Ik heb hem al in geen eeuwen meer gezien. Hij woont nu in Los Angeles. Schrijft af en toe iets voor televisie. Soms zie je zelfs zijn naam voorbijkomen op het scherm.'

'Ik dacht dat jullie tweeën...?'

'Dat waren we ook. Maar dat is al zo lang geleden. Niets blijft hetzelfde. Dat zou u toch moeten weten.'

'Dat is ook zo,' zei Banks.

'Nadat ze ons met elkaar had zien praten, heeft Kath achter de bar me over de brand verteld, over wat er met uw cottage is gebeurd. Ik vind het echt heel erg voor u.'

'Er is sinds die tijd alweer heel wat gebeurd,' zei Banks. 'Ik laat hem trouwens helemaal opknappen.'

'Maar toch... Moet u eens horen' zei ze en ze keek hem niet aan. 'Ik was die avond heel onbeschoft en het spijt me. Zo, dat is eruit.'

'Waarom reageerde je eigenlijk zo?'

'Ik deed het niet met opzet, als u dat soms bedoelt.'

'Wat was er dan?'

Penny zweeg even en staarde naar de rivier. 'U hebt echt geen flauw idee, hè? Al die jaren terug,' zei ze ten slotte, 'hoe ik dat heb beleefd. Ik voelde me zo bezoedeld. Ik weet dat u mijn leven hebt gered en dat ik u daarvoor eigenlijk zou moeten bedanken, maar u behandelde me als een crimineel. U geloofde echt dat ik Harry, mijn beste vriend, had vermoord.'

Dat was op een bepaald moment waarschijnlijk inderdaad het geval geweest, dacht Banks bij zichzelf. Het hoorde gewoon bij zijn werk en hij had er nooit bij stilgestaan hoe Penny zich daaronder moest hebben gevoeld. Niemand komt ongeschonden uit een moordonderzoek tevoorschijn. Roy had zijn grote broer erbij willen halen, herinnerde Banks zich, en niet een politieagent. Maar waar hield de een op en begon de ander?

'En toen dook u uit het niets weer op,' ging ze verder, 'en u vroeg me mee uit eten, heel terloops, alsof er niets was gebeurd.'

'Mensen zijn niet altijd wat ze op het eerste gezicht lijken,' zei hij. 'Wanneer de politie langskomt om vragen te stellen, liegen mensen. Iedereen heeft wel iets te verbergen.'

'Dus u verdenkt altijd iedereen?'

'Min of meer wel, ja. Iedereen die mogelijk een motief, de middelen en de gelegenheid heeft gehad.'

'Zoals ik?'

'Zoals jij.'

'Maar ik gaf echt heel veel om Harry. Hij was mijn beste vriend.'

'Dat heb je ons inderdaad verteld.'

'Bedoelt u dat ik daarover misschien heb gelogen?'

'Als ik het me goed herinner, hing die zaak van leugens aan elkaar.'

Penny nam een laatste trekje van haar sigaret en gooide het peukje toen in de rivier. 'Oeps,' zei ze. 'Dat had ik niet moeten doen. Nu krijgt ik straks de waterpolitie nog op mijn dak.'

'Maak je geen zorgen,' zei Banks. 'Ik zal wel een goed woordje voor je doen.'

Ze glimlachte even. 'Ik moet er maar eens vandoor,' zei ze en ze deed een stapje bij hem vandaan. 'Het is al laat.'

'Goed.'

Ze wilde al langs het pad verder lopen, maar draaide zich nog eens half om en keek hem aan. 'Goedenavond dan maar, meneer de inspecteur. En het spijt me echt dat ik zo vervelend reageerde. Ik wilde u alleen maar uitleggen hoe dat kwam.'

'Goedenavond,' zei Banks. Er drukte iets zwaars op zijn borst, maar het was nu of nooit. 'Zeg,' riep hij haar na, 'misschien ben ik weer eens tactloos en het spijt me dat ik het verkeerd heb aangepakt, maar denk je dat er wellicht een klein kansje bestaat, je weet wel, wat ik je de vorige keer al heb gevraagd, een mogelijkheid dat wij, jij en ik, nu ja, je weet wel... een keertje samen iets gaan eten?'

Ze draaide zich heel even om. 'Ik denk het niet,' zei ze en ze schudde traag haar hoofd. 'U snapt het nog steeds niet, hè?' En ze verdween in de schaduw.

Dankbetuiging

Ik wil graag de volgende mensen bedanken voor hun tijd, hun goede zorgen en hun hulp bij de totstandkoming van de definitieve versie van dit boek: Sarah Turner, Maria Rejt en Nicholas Blake van Pan-Macmillan; Dan Conaway bij William Morrow en Dinah Forbes bij McClelland & Stewart. Ook gaat mijn dank uit naar Michael Morrison, Lisa Gallagher, Sharyn Rosenblum, Angela Tedesco, Dominick Abel, David Grossman, David North, Katie James, Ellen Seligman en Parmjit Parmar, voor hun niet-aflatende harde werk en steun.

Verder wil ik graag hoofdinspecteur Philip Gormley bedanken, hoofd van SO19, de Metropolitan Force Firearms Unit, en inspecteur Claire Stevens van de Thames Valley Police. Zoals gewoonlijk komen eventuele fouten volledig voor mijn rekening en zijn die geheel in het belang van het verhaal gemaakt.

Ten slotte ben ik dank verschuldigd aan de muziek van Richard Thompson en aan Victor Malarek voor zijn boek *The Natashas*.

Een interview met Peter Robinson
Door Sander Verheijen van Crimezone.nl

Drijfzand is alweer het vijftiende deel in de Inspecteur Banks-serie van Peter Robinson. De in Canada woonachtige Britse auteur debuteerde in 1987 met *Gallows View* (*Stille blik*, 2005), waarin de inspecteur voor het eerst zijn opwachting maakte. Het was meteen raak. *Gallows View* belandde direct op de shortlist voor de Beste Debuutroman in Canada en de John Creasey Award in Engeland. Sindsdien levert Robinson bijna elk jaar een nieuw deel af in de populaire serie.

Toch duurde het bijna vijftien jaar voordat wij in Nederland kennis konden maken met de eigenzinnige inspecteur. In 2002 verscheen *Nasleep* (*Aftermath*), eigenlijk het twaalfde deel in de serie. En niet zonder succes want sindsdien volgden nog vier titels, en ook dit jaar kunnen we het nodige verwachten. *Wie is deze Peter Robinson die ondanks zijn internationale successen pas zo laat is doorgebroken in ons land?*

Peter Robinson werd geboren in 1950 in Yorkshire, Engeland. Na zijn studie Engelse literatuur in Leeds vertrok hij in de jaren zeventig naar Canada. Hij vervolgde zijn studie en belandde uiteindelijk als leraar *creative writing* in Toronto. Na zijn succesvolle debuut in 1987, verscheen een jaar later het tweede deel in de Inspecteur Banks-serie. Ook hiermee gooide hij hoge ogen. *A Dedicated Man* (*Nachtlicht*, 2005) werd genomineerd voor de Arthur Ellis Award. Na nog een aantal nominaties was het écht raak met nummer vijf, *Past Reason Hated*, waarvoor Robinson in 1992 de Arthur Ellis Award voor de Beste Misdaadroman kreeg uitgereikt. Hij ontving deze prestigieuze prijs daarna nog twee keer: in 1996 voor *Innocent Graves* en in 2000 voor *Cold is the Grave* (*Kil als het graf*, 2004). Een groot aantal andere mooie prijzen volgden.

Toch lag het niet heel erg voor de hand dat Robinson zich op het misdaadgenre zou storten. Robinson: 'Ik ben begonnen met het schrijven van poëzie en ging steeds meer richting de verhalende variant. Het vertellen van rijmende verhalen. De stap naar fictie was dus, wat dat betreft, niet zo groot, maar door mijn studie Engelse literatuur was ik niet meer zo thuis in het misdaadgenre. Ik had er ook helemaal niets van in huis, behalve dan de Sherlock Holmes- en de Saint-boeken uit mijn jeugd.'

De echte overtuiging kwam nadat hij tijdens een regenachtige zomer terug was in het Engelse Yorkshire en de boekenkast van zijn vader ontdekte. Robinson: 'Mijn vader was een echte lezer en ik ontdekte daar Raymond Chandler, Georges Simenon, Nicolas Freeling, Sjöwall & Wahlöö en vele andere misdaadauteurs. Ik begon me te verdiepen in het misdaadgenre en las alles wat los en vast zat. Uiteindelijk dacht ik dat ik het net zo goed zou kunnen als sommige van deze schrijvers en misschien wel beter dan andere. Ik moest het gewoon proberen!'

Volgens Robinson was het niet direct goud wat er uit zijn pen rolde: 'Ik schreef drie verhalen die waarschijnlijk direct verbrand hadden moeten worden. Ze waren echt slecht... Maar ineens stuitte ik op Banks. Ik schreef eerst *Nachtlicht*, een verhaal dat uiteindelijk als tweede in de serie zou worden uitgebracht. Op het moment dat ik een contract kreeg bij mijn uitgever had ik *Stille blik* net klaar. Dit boek werd mijn debuut.'

Opvallend is dat bijna alle boeken van de auteur zich afspelen in zijn geboorteland. De reden hiervoor is volgens Robinson eenvoudig: 'Door de afstand kan ik een objectievere en soms nostalgische sfeer creëren. Ik denk niet dat ik dezelfde boeken zou kunnen schrijven als ik nog steeds in Leeds zou wonen.'

Zijn hoofdpersoon, Alan Banks, maakte het plaatje compleet. Robinson: 'Met Alan Banks wilde ik een echte protagonist creëren, een man die tegen een burn-out aanzat en de grote stad was ontvlucht om een nieuw leven op te bouwen.'

Robinson vindt de geloofwaardigheid van zijn karakters en de setting erg belangrijk. 'Per boek heb je het ongeveer over een jaar uit het leven van Banks. Er worden misschien twee moorden gepleegd en dat is niet ondenkbaar. Ik heb in elk geval nog niet twee keer de hele populatie van Yorkshire vermoord! (lacht). Alles wat Banks meemaakt, heeft een weerslag op zijn persoonlijkheid. Het resultaat daarvan is dat hij door de jaren heen een donkerder beeld krijgt van de wereld. Maar hij blijft vooral mens door zijn voorliefde voor muziek, drank en vrouwen. In de latere boeken is hij meer op zichzelf en bezig met zijn eigen beslommeringen, zeker na zijn scheiding. Hij denkt na over zijn jeugd en zijn verleden. Ik denk dat hij daardoor steeds toegankelijker wordt voor de lezer... en dat proces gaat gewoon door, ook in de volgende boeken.'

Wat Robinson het meest waardeert aan zijn hoofdpersoon is zijn integriteit en ontembare doorzettingsvermogen. *Maar welke punten vindt hij voor verbetering vatbaar?* Robinson: 'Ik weet dat eigenlijk niet. Nou ja, ik zou graag zien dat hij wat gelukkiger zou zijn en een passende relatie vindt...'

En dan de hamvraag: *Hoeveel van de schrijver zelf zit er in Alan Banks?* Robinson: 'Behoorlijk wat. We delen bijvoorbeeld onze muzieksmaak en een aantal andere interesses. Ik denk wel eens dat we tot ons achttiende of negentiende levensjaar dezelfde persoon zouden kunnen zijn, en dat we daarna allebei een compleet andere richting in zijn geslagen. Nu heeft Banks een beroep waarvan ik denk dat ik dat nooit zou kunnen uitoefenen. Waar hij de confrontatie nooit uit de weg gaat, zou ik weglopen. Ik hou ook helemaal niet van fysiek geweld. Waarschijnlijk val ik al flauw op het moment dat ik bloed zié...'

Niet vreemd dus dat zijn boeken niet bol staan van geweld of bloedvergieten. Robinson: 'Het meeste geweld in mijn boeken speelt zich achter de schermen af. Als lezer betreed je het podium en zie je eigenlijk alleen het resultaat van de daden. De verschrikking van de dood zit hem volgens mij ook niet alleen in de beschrijving van de gruwelijkheid van de daad, maar vaak juist in de details daarna.'

De inspiratie voor *Drijfzand* haalde Robinson – als zo vaak – uit een berichtje in de krant. Robinson: 'Ik hou van nieuwsberichten die niet compleet zijn. Dan kan ik namelijk zelf de gaten invullen. Dit was een bericht dat alle vormen van geloofwaardigheid te boven ging. Ik ging op onderzoek uit en kon het beeld dat ik had opgeroepen niet meer loslaten.
Af en toe kreeg ik kippenvel tijdens mijn research voor *Drijfzand*. Ik kan er niet al te veel over zeggen zonder dat ik te veel prijsgeef, maar het is schok-

kend wat mensen allemaal doen om er financieel beter van te worden. Ik kan er gelukkig redelijk afstand van nemen, maar sommige zaken blijven me achtervolgen, bijvoorbeeld misdrijven waar kinderen bij betrokken zijn...'

In *Drijfzand* keert Alan Banks terug naar de stad die hij ontvluchtte, Londen, waar hij op zoek gaat naar zijn 'verdwenen' broer. Collega Annie Cabbot vindt op hetzelfde moment het levenloze lichaam van een jonge vrouw met in haar zak een briefje met de naam en het adres van Banks. Robinson: 'Als je *Vuurspel* hebt gelezen, dan moet je dit boek lezen, *simple as that!*'

Inmiddels werkt Robinson aan een nieuw verhaal dat zich – net als *Onvoltooide zomer* – voor een belangrijk deel in de roerige *sixties* afspeelt. We zijn voorlopig nog niet klaar met deze prachtige serie boeken over Alan Banks. Robinson: 'Het einde is nog niet in zicht. De lezers hoeven niet bang te zijn dat ik Banks in de nabije toekomst dood laat gaan. Misschien dat hij ooit nog stopt met roken...'

Lees nu ook alvast het eerste hoofdstuk van de literaire thriller Stille blik *van Peter Robinson.*

De vrouw stapte in de lichtcirkel en begon zich uit te kleden. Op de zwarte rok die tot op haar kuiten viel, droeg ze een zilverkleurige blouse met aan de voorkant tientallen paarlemoeren knoopjes. Ze trok hem uit de rokband en terwijl ze hem traag van onder naar boven openknoopte, staarde ze glazig voor zich uit alsof een verre herinnering al haar aandacht in beslag nam. Met een schokkerige beweging liet ze de blouse van haar schouders glijden en trok ze de linkermouw, die statisch was geworden en aan haar pols bleef hangen, los; daarna boog ze haar hoofd, strekte ze haar armen als vleugels achter haar rug uit om haar beha los te maken en schoof ze de dunne bandjes van haar schouders die ze een voor een een stukje optrok. Haar borsten waren groot en zwaar, met donkere, omhoogwijzende tepels.

Ze ritste de rok aan de linkerkant open en liet hem op de vloer zakken. Ze stapte uit de rok, boog zich om hem op te rapen en hing hem netjes over de rug van een stoel. Daarna rolde ze haar panty over haar heupen, billen en dijen omlaag en ging ze op de rand van het bed zitten om hem voorzichtig uit te trekken, zodat hij niet zou gaan ladderen. Toen ze zich bukte, plooide de strakke huid zich in een donkere rimpel over haar buik en wezen haar borsten omlaag, zodat de tepels haar knieën aanraakten.

Ze stond weer op, stak haar duimen achter het elastiek van haar zwarte slipje en boog zich voorover om het naar beneden te duwen. Ze stapte eruit, ving het broekje met haar linkervoet op en schopte het in de hoek naast de kledingkast.

Toen ze ten slotte helemaal naakt was, schudde ze haar golvende blonde haren naar achteren en liep ze naar de toilettafel.

Op dat moment viel haar blik op de kier tussen de gordijnen. Zijn hele lichaam tintelde toen hij de geschokte blik in haar ogen zag verschijnen. Hij kon zich niet bewegen. Ze hapte naar adem en probeerde automatisch haar borsten met haar handen te bedekken, en hij bedacht hoe grappig en kwetsbaar ze eruitzag met dat plukje haar tussen haar benen dat onbedekt bleef...

Toen ze haar ochtendjas naar zich toe griste en snel op het raam af kwam gelopen, wist hij zichzelf los te rukken en hij rende weg en sprong over het lage muurtje, waarbij hij zijn schenen openhaalde en bijna viel. Tegen de tijd dat ze de hoorn van de telefoon had opgepakt, was hij al verdwenen.

'Waar heb ik nu in 's hemelsnaam die suikerpot gelaten?' mompelde Alice Matlock in zichzelf, terwijl ze haar blik door haar propvolle woonkamer liet glijden. Ze had hem drie dagen geleden cadeau gekregen van Ethel Carstairs voor haar 87e verjaardag. En nu was hij weg.

Het kostte Alice tegenwoordig steeds meer moeite om dergelijke dingetjes te onthouden. Iedereen zei dat dat heel normaal was wanneer je ouder werd. Maar waarom stond het verleden haar dan nog wel zo helder voor de geest? Waarom herinnerde ze zich met name die ene dag in 1916, toen Arnold trots naar de loopgraven was afgereisd, wel en de dag ervoor nauwelijks. 'Wat is er gisteren allemaal gebeurd?' vroeg Alice hardop om zichzelf te testen en ze herinnerde zich bepaalde kleine details: ze had boodschappen gedaan, het zilver gepoetst en naar een hoorspel op de radio geluisterd. Maar had ze die dingen echt gisteren gedaan of was het eergisteren geweest, of misschien zelfs wel vorige week? De herinneringen waren er nog wel, maar het snoer van de tijd dat ze als een parelketting aaneenreeg, was gebroken. In die prachtige zomer zoveel jaren geleden, toen de weilanden vol boterbloemen hadden gestaan (die akelige nieuwe bungalows waren er in die tijd nog niet), toen de heggen vol fluitenkruid hadden gezeten ('zigeunerkruid' had zij het altijd genoemd, omdat haar moeder tegen haar had gezegd dat de zigeuners haar zouden meenemen als ze het plukte) en haar tuin vol rozen, chrysanten, clematissen en lupinen had gestaan, in die zomer had Arnold daar gestaan, klaar voor vertrek, in het zonlicht dat in zijn knopen weerkaatste en dansende lichtvlekjes op de witgeverfde muren tekende. Hij had tegen de deurpost geleund, deze deurpost, met zijn plunjezak en die scheve grijns op zijn gezicht: zo'n jong gezicht nog, een dat zelfs nog nooit een scheermes van dichtbij had gezien en toen was hij met kaarsrechte rug gracieus naar het station gemarcheerd.

Hij was nooit meer teruggekomen. Net als zoveel anderen was ook hij voorbestemd geweest om in een graf in het buitenland te eindigen. Alice wist het best. Ze wist dat hij dood was. Maar was ze desondanks niet toch al die jaren op hem blijven wachten? Was dat waarom ze nooit was getrouwd, zelfs niet toen die knappe winkelier Jack Wormald haar een aanzoek had gedaan? Hij was ervoor op zijn knieën gegaan bij de waterval van Rawley Force; zijn knieën waren helemaal nat geworden en dat had hij vreselijk gevonden. Maar ze had nee gezegd, had het huis na de dood van haar ouders aangehouden en zo weinig mogelijk veranderd.

Er was nog een andere oorlog geweest ook, herinnerde ze zich vaag: rantsoenbonnen; dwingende stemmen en oorlogsliederen op de radio; gerommel in de verte dat wellicht door bommen werd veroorzaakt. Ook uit die oorlog was Arnold niet teruggekeerd, maar ze zag in gedachten al voor zich hoe hij had meegevochten, strijdend als een Griekse god, lichtvoetig en sterk, met een grimmig gezicht, een gezicht dat nog nooit een scheermes van dichtbij had gezien.

Er waren nog meer oorlogen gevolgd, zo had Alice tenminste gehoord. Ver weg. Kleine oorlogen. En hij had in elk ervan meegevochten, een eeuwige soldaat. Diep vanbinnen wist ze dat hij nooit meer zou thuiskomen, maar ze mocht de hoop niet opgeven. Zonder hoop bleef er niets meer over.

'Waar heb ik hem toch in 's hemelsnaam gelaten?' mompelde ze in zichzelf, terwijl ze op haar knieën in het kastje onder de gootsteen tuurde. 'Hij moet ergens zijn. Als mijn hoofd niet vastzat, zou ik dat ook nog vergeten.' Toen hoorde ze buiten iemand rennen. Haar ogen waren dan wel niet zo goed meer als vroeger, maar ze was trots op haar uitstekende gehoor en wees vaak winkelmeisjes en buschauffeurs terecht, omdat die meenden dat ze moesten schreeuwen om zich voor haar verstaanbaar te maken. Het geluid van rennende voetstappen hield op en toen werd er zachtjes op haar deur geklopt. Ze keek verbaasd op, kwam langzaam overeind, klemde zich even aan het aanrecht vast om haar evenwicht niet te verliezen en schuifelde toen voorzichtig naar de woonkamer. Er bestond altijd een kansje. Ze mocht de hoop niet opgeven. Dus deed ze de deur open.

'Het zijn viezeriken, allemaal,' zei seniorinspecteur Alan Banks en hij stelde het geluid van de stereo wat bij.

'Ik ook?' vroeg Sandra.

'Dat zou zomaar kunnen.'

'En waarom is het maken van kunstzinnige afbeeldingen van de naakte menselijke gedaante dan wel vies?'

'Omdat de helft van die lui niet eens een rolletje in hun camera heeft zitten.'

'Maar ik heb wel altijd een rolletje in mijn camera.'

'Ja,' zei Banks enthousiast, 'ik heb de resultaten ervan gezien. Waar halen jullie die meisjes in vredesnaam vandaan?'

'Het zijn voornamelijk studenten van de kunstacademie.'

'Hoe dan ook,' ging Banks verder en hij pakte zijn whisky weer op, 'ik weet heel zeker dat Jack Tatum nooit een rolletje in zijn camera heeft zitten. En Fred Barton ziet het verschil tussen een groothoeklens en een putter niet eens. Het zou me ook helemaal niets verbazen als ze jou wel eens zouden willen zien poseren, zo'n mooie, slanke blondine.'

Sandra lachte. 'Mij? Onzin. En wees niet zo'n boerenpummel, Alan. Dat past niet bij je. Zolang je mij blijft martelen met die verrekte opera's van je, heb je geen poot om op te staan met je idiote ideeën over fotografie.'

'Voor iemand die zo hoog opgeeft over het kunstzinnig afbeelden van de naakte menselijke gedaante ben je wat muziek betreft echt een cultuurbarbaar.'

'Ik heb helemaal niets tegen muziek. Maar van al dat gekrijs krijg ik hoofdpijn.'

'Gekrijs! Lieve god, mens, dit is het geluid van de menselijke geest die zich verheft: *"Vissi d'arte, vissi d'amore."*' Wat Banks' stem aan zuiverheid ontbeerde, compenseerde hij ruimschoots met volume.

'Ach, hou toch je kop,' zei Sandra met een zucht en ze pakte haar glas.

Zo ging het nu altijd wanneer hij weer een nieuwe hobby oppikte. Hij stortte zich er vol overgave op, maar binnen een tot zes maanden tijd werd hij rusteloos, nam zijn belangstelling af en ging hij weer op zoek naar iets nieuws. Uiteraard liet elke hobby zijn sporen in huis achter en bleef hij stug volhouden dat hij er nog steeds zeer geïnteresseerd in was, maar het er gewoon te druk voor had. Daarom stond het huis nu vol met romans van Charles Dickens, apparatuur om zelf wijn te maken, elpees met jazz uit de jaren twintig, amper gebruikte hardloopschoenen, een verzameling vogeleieren en boeken over vrijwel elk denkbaar onderwerp: van de geschiedenis van het tudortijdperk tot doe-het-zelfloodgieterswerk.

Nadat hij bij toeval op televisie eens een opvoering van Mozarts *Die Zauberflöte* had gezien, had hij plotseling belangstelling gekregen voor opera. Zo ging het altijd. Zijn nieuwsgierigheid werd door iets gewekt en dan wilde hij er meer van weten. Er was geen logica in te ontdekken, niet in zijn hoofd en evenmin in zijn manier van opbergen. Hij wierp zich altijd met een luchthartige veronachtzaming van de chronologische ontwikkeling op een onderwerp. Zo was het ook met zijn operabevlieging: *L'Orfeo* stond naast *Lulu*; *Peter Grimes* was *Tosca's* niet direct voor de hand liggende buurman; *Madame Butterfly* stond op dezelfde plank als *The Rake's Progress*. Hoewel ze gek was op muziek, werd Sandra horendol van opera. De vele klaagzangen van Brian en Tracy hadden er inmiddels zelfs al toe geleid dat de televisie naar de logeerkamer op de eerste verdieping was verhuisd. En Sandra struikelde regelmatig over de cassetteboxen op boekformaat die Banks verkoos boven elpees, omdat hij graag op zijn walkman naar Purcell of Monteverdi luisterde wanneer hij naar zijn werk liep; in de auto draaide hij voornamelijk Puccini of Giuseppe Verdi, die goede oude Jantje Groen.

Die dorst naar kennis was iets wat ze gemeen hadden, overpeinsde Sandra. Ze hadden geen van beiden een universitaire opleiding genoten, waren geen van beiden intellectueel, maar voelden allebei de dwingende behoefte om zich verder te ontwikkelen, die vaak voorkomt bij intelligente mensen uit de arbeidersklasse die niet al vanaf hun geboorte cultuur door hun strot geduwd krijgen. Ze wilde alleen maar dat hij eens een stille, vredige bezigheid vond, zoals het houden van bijen of het verzamelen van postzegels.

De sopraan had een crescendo bereikt dat Sandra onwillekeurig deed huiveren.

'Je gelooft toch niet echt dat sommige leden van de fotografieclub viezeriken zijn, hè?' vroeg ze.

'Het zou me anders niets verbazen als een of twee van hen er een heel andere kick van krijgen dan alleen een artistieke.'

'Je zou trouwens best eens gelijk kunnen hebben,' zei Sandra nadenkend. 'Het zijn niet alleen vrouwelijke modellen. Vorige week hadden we een heel aardige rastafari. Prachtig gespierde borst...'

De telefoon ging.

'Verdomme.' Banks vloekte en liep snel naar het irritante toestel om op te nemen. Sandra maakte stiekem van de gelegenheid gebruik om het geluid van *Tosca* zachter te zetten.

'Blijkbaar heeft iemand weer eens ongevraagd naar de naakte menselijke gedaante zitten loeren,' zei Banks een paar minuten later toen hij weer ging zitten.

'Die gluurder?'

'Ja.'

'Je hoeft toch niet naar het bureau?'

'Nee. Het kan wel tot morgenochtend wachten. Er zijn geen gewonden gevallen. De dame in kwestie is alleen erg kwaad. De jonge Richmond heeft haar verklaring opgenomen.'

'Wat is er precies gebeurd?'

'Een zekere Carol Ellis. Ken je haar?'

'Nee.'

'Ze kwam thuis na een rustig avondje in de pub, kleedde zich uit om naar bed te gaan en zag toen dat iemand door een kier in de gordijnen naar haar stond te gluren. Zodra hij in de smiezen kreeg dat hij was betrapt, is hij er als een speer vandoor gegaan. Het is in die nieuwe wijk gebeurd, Leaview, een van die lelijke bungalows vlak bij de cottages aan Gallows View. Geweldige plek voor voyeurs, zo'n bungalow. Ze hoeven niet eens langs een regenpijp omhoog te klauteren.' Banks zweeg even en stak een Benson and Hedges Special Mild op. 'Deze gluurder houdt blijkbaar echter wel van een beetje risico. De voorlaatste keer was het de bovenste verdieping van een maisonnette.'

'Ik krijg er koude rillingen van,' zei Sandra en ze sloeg haar armen beschermend voor haar borst over elkaar. 'De gedachte dat iemand naar je staat te kijken terwijl je denkt dat je alleen bent.'

'Dat kan ik me wel indenken,' zei Banks instemmend. 'We zullen nu die verdomde groep feministen wel weer op ons dak krijgen, denk ik. Ze geloven blijkbaar echt dat we zijn daden heimelijk juist goedkeuren en daarom geen enkele moeite hebben gedaan om hem te pakken te krijgen. Ze denken dat er in alle mannen een verkrachter schuilt. Volgens hen is Jack the Ripper stiekem onze held. Ze zijn er beslist van overtuigd dat we op het bureau pin-ups aan de muren hebben hangen.'

'Dat is ook zo. Ik heb ze zelf gezien. Misschien niet in jouw kantoortje, maar beneden wel.'

'Ik bedoelde eigenlijk posters van Jack the Ripper.'

Sandra lachte. 'Dat gaat inderdaad wel een beetje te ver, dat ben ik met je eens.'

'Weet je wel hoe moeilijk het is om een gluurder te vangen?' vroeg Banks. 'Het enige wat zo'n smeerlap doet, is toekijken om vervolgens spoorloos in het donker te verdwijnen. Geen vingerafdrukken, niemand die hem heeft gezien, helemaal niets. We zullen hem op heterdaad moeten betrappen

en er patrouilleren inmiddels al wekenlang extra politiemannen en -vrou-
wen. En nog steeds niets. Maar goed,' zei Banks en hij stak een hand naar
haar uit, 'al dat gepraat over naakte lichamen is wel erg opwindend. Tijd
om naar bed te gaan?'

'Sorry,' zei Sandra en ze zette de stereo uit. 'Vanavond niet, lieverd. Ik heb
hoofdpijn.'